U0925738

曾昭岷 曹濟平
王兆鵬 劉尊明 編撰

全唐五代詞

上

中華書局

圖書在版編目(CIP)數據

全唐五代詞/曾昭岷等編撰. —北京:中華書局,1999. 12
(2025. 10 重印)
ISBN 978-7-101-01609-3

Ⅰ. 全…　Ⅱ. 曾…　Ⅲ. ①五代詞-中國-選集②詞(文學)-中國-唐代-選集　Ⅳ. I222. 842

中國版本圖書館 CIP 數據核字(1999)第 18790 號

責任編輯:劉　明
責任印製:陳麗娜

全唐五代詞

(全二册)

曾昭岷　曹濟平　王兆鵬　劉尊明　編撰

*

中 華 書 局 出 版 發 行
(北京市豐臺區太平橋西里 38 號　100073)
http://www.zhbc.com.cn
E-mail:zhbc@zhbc.com.cn
三河市中晟雅豪印務有限公司印刷

*

850×1168 毫米 1/32 · 47½印張 · 804 千字
1999 年 12 月第 1 版　2025 年 10 月第 11 次印刷
印數:14101-14700 册　定價:248.00 元

ISBN 978-7-101-01609-3

全唐五代詞總目

前言

在中國古代詩歌苑囿中，詞是一朵新生的奇葩秀花。它起源於隋、唐之際，歷晚唐、五代漸趨成熟定型，至兩宋達於繁榮鼎盛的高峰，經元、明的衰落消沉之後，於清代再度中興，近代以來，依然餘音裊裊，不絶如縷。

在中華民族這個古老詩國裏，詞雖中道而起，而時至今日，它也走過了一千多年的歷史行程。千餘年來，伴隨着詞的創作的發展繁榮，一個新的研究領域——詞學也逐步形成。詞學研究的一個最基礎的工程便是作品文本的編選、彙纂、整理、校勘與出版。這項工作實際上早在唐五代即已開始進行，敦煌寫本《雲謡集》便是我國現存最早的一部民間詞選集，而五代後蜀趙崇祚編選的《花間集》則堪稱是我國現存第一部文人詞總集。在以後的歷史歲月裏，詞集（包括别集、總集、律譜、選本等）的編纂刻印都一直延續不衰。遺憾的是，由於種種原因，古代學者却未能爲我們編纂整理出像《全唐詩》那樣規模的歷代詞的總集文本。如果説唐、宋、元、明、清各朝尚没有條件編纂出本朝當代的詞總集的話，那麽宋以後各朝是應該有條件進行前朝各代詞總集的編纂工作的，至少清人在編纂《全唐詩》的同時或之後，是完全有條件和責任編纂出一部篇幅數量只有《全唐詩》一半的《全宋詞》的。由此也可以看出，在傳統的文學觀念中，詞的價值和地位是不能和「正統」詩、文相比的。

對歷代詞總集的編纂整理工作和任務，也就歷史地落在了現當代詞學研究者的肩上。本世紀四十年代初，先師唐圭璋以一己之力率先編成《全宋詞》，六十年代以來又進行了多次增補、改編與再版；於七十年代末又相繼推出《全金元詞》，對現當代詞學研究的發展和繁榮做出了重大貢獻。目前，《全明詞》、《全清詞》也正在分别整理編纂之中。那麽，作爲發生發展階段的唐五代詞，自然不能爲詞學研究的這項重大的基礎工程所遺漏。事實上，有關唐五代詞的整理編纂工作，目前已有了兩種類似總集性質的成果：一是三十年代林大椿所輯《唐五代詞》，二是八十年代張璋、黄畬所輯《全唐五代詞》。作爲兩種階段性的成果，以上二編對唐五代詞乃至整個詞史、詞學研究所提供的文本參考價值是不容否認的。然而，由於受唐五代詞作爲萌芽狀態與初期階段所具有的模糊性、複雜性等特徵的制約，以上二編在對唐五代詞的整理編纂上也就難免存在缺憾與不足。因此，重編《全唐五代詞》的工作也就提上了議事日程。一方面，對一個時代的一種文學總集的編纂整理，固然取決於對該文學研究之現狀及水準，包括局部研究之深度與整體研究之廣度；另一方面，一個時代的一種文學的進展，也需要憑藉一定的文本選集或總集以作依據與參考。由於時代的久遠、資料的散佚等諸種因素的影響，給《全唐五代詞》的編纂工作帶來了特殊的困難；同時也因爲唐五代詞的研究乃至整個詞學研究中還存在一些薄弱環節，因此，《全唐五代詞》的重編也許條件還不够完全成熟。然而，任何一門學科的發展都需要經歷一個不斷完善的過程，在否定之否定的歷史進程中走向成熟的境界。整個詞學研究的發展在呼唤《全唐五代詞》的編纂，《全唐五代詞》的編纂也應該和必將爲整個詞學研究的深入拓展提供新的文本依據。

以上便是我們進行《全唐五代詞》編纂工作的背景、原因和目的所在。《全唐五代詞》的編纂要想取得新的進展和突破，除了全面掌握歷史資料、提高校勘質量、規範操作方法之外，恐怕更重要的還是要進一步明確和解決一些相關的詞學理論問題。寄希望於新的歷史資料的發掘以解決實質性問題的想法恐怕是不切實際的，即使有新材料的發現，也面臨着如何解釋的問題。因此，資料問題實質上或最終仍歸結爲觀念問題，歸結爲理論問題。關於《全唐五代詞》編纂的主要原則，已大致反映在《凡例》中。這裏，我們還須就幾個相關的較重要較複雜的詞學理論問題略作補充説明。

一、關於詞的名稱與本質特徵

「詞」是什麽？或者什麽是「詞」？這是詞學研究所面臨的一個最基本的問題，它既關係到如何界定詞學研究的對象與範圍，自然也關係到怎樣編纂詞的文本總集。

對《全唐五代詞》的編纂來説，這個問題尤須首先明確與解決。按照一部份學者的觀點，唐代只有「曲」或「曲子」，没有「詞」，「詞」是唐以後宋以來産生的文體概念，是指一種按譜填寫的新型格律詩體，而唐代的「曲」或「曲子」則是配合隋唐燕樂曲調歌唱的歌辭，是一種綜合藝術型態的音樂文學形式，因此反對用「唐詞」的名稱將「唐曲子」納入「詞學」的研究體系。可見這個問題不僅關係到本編命名的正確與否，而且更關係到本編能否作爲詞學研究對象與範圍的文本總集來編纂的問題。其實，關於「詞」的名稱並不重要，最實質性的問題乃在於我們對「詞」的本質特徵的認識。

實際的情形是，作爲一種新的文學藝術形式，「詞」在產生之後的很長歷史時期内，一直是多種名稱同時並行、流動變化的，宋以來才逐漸並最終約定俗成地用「詞」的專稱固定下來。這本是很自然的現象，它反映了人們對「詞」這種新型的獨特的文學藝術形式的認識過程。根據歷史文獻資料的記載，「詞」的名稱可考知者有數十種之多，似乎每一種名稱都有它產生和存在的背景和依據，它們各從一個側面反映了人們對「詞」的内涵和特徵的一種體認，有的注重於從詩歌的整體系統來認識，有的偏重於從音樂藝術的角度來觀察，有的又側重於從文學形體方面來觀照；有的名稱可能更切近於事物的本質特徵，有的名稱則不免具有「深刻的片面性」，或者僅僅是作爲一種「有意味」的形式符號而存在。另外，「詞」的名稱在不同的歷史時期也具有不同的流行特色。我們承認，就唐五代的歷史情形而言，「曲」或「曲子」的名稱更爲流行，但流行並不代表科學，就對事物本質特徵的揭示來講，「曲」或「曲子」的名稱都具有片面性，即偏重於音樂藝術一面。實際上，「曲」或「曲子」也並非唐五代唯一流行的名稱。在現存最早的文人詞總集《花間集》中已有「低聲唱小詞」的描寫（牛嶠《女冠子》），在「花間詞人」歐陽炯爲《花間集》所寫的序中已出現「詩客曲子詞」的概念，在另一「花間詞人」孫光憲的雜史筆記《北夢瑣言》卷六中，也有對另一「花間詞人」和凝「少年時好爲曲子詞」的記載，這些都説明在五代之際，「詞」或「曲子詞」已作爲指稱這種新型的文學藝術形式的名稱而出現。我們不否認，在唐五代「詞」或「曲子詞」的名稱確實不如「曲」或「曲子」的名稱那麼流行，但就對事物本質特徵的反映來看，應該説「曲子詞」的名稱更全面、更準確。

然而我們不能苛求歷史的選擇。實際上，任何一種名稱、概念作爲對一種事物的指稱，除了盡可能切近該事物的本質特徵之外，也不排除約定俗成的因素與作用。「詞」的名稱的確定也不例外。就對事物內涵的揭示來看，「詞」的名稱似乎更偏重於文學形式這一面，這與它所指稱的這種文學藝術形式在後期的發展趨勢和創作實際是相聯繫的；但是如果我們把「詞」看作是對「曲子詞」名稱的簡稱，那麽它還是能够涵蓋該事物在早期或前期的一些本質特徵的。

我們認爲，有關「詞」的各種不同的名稱，實質上反映了這種文學藝術形式的內涵或本質的多面性、複雜性和流變性。在「詞」的名稱已約定俗成、「詞學」研究已成爲一個學科領域的今天，我們已用不着重新選擇一個名稱來取「詞」的名稱而代之，而是應該對「詞」所代表的對象事物的本質特徵進行更準確、更全面、更系統地體認與界定。解決了這個問題，也就解決了唐五代的「曲子」或「曲子詞」能否納入「詞學」系統的問題。如果我們把「詞」定義爲一種按照格律譜填寫的特殊型態的格律詩體或抒情詩體，那麽唐五代的「曲子」或「曲子詞」就要被摒棄在「詞」的範圍以外，甚至連大部分「宋詞」也不能被接納入內；如果我們把「詞」定義爲一種配合隋唐燕樂曲調的歌唱而以「依調填詞」的方式創作的歌辭形式或音樂文學形式，那麽這個定義也同樣不能適合於宋以後已脱離音樂歌唱而僅以書面文學形式呈現的「詞」。可見，對「詞」的定義應該避免片面性，注意它的流變性和系統性。盡管情况複雜，但是通過綜合考察，我們還是可以對「詞」的本質特徵或主要內涵作出如下幾個方面的界定與闡釋：

（一）「詞」是一種流動變化的文學藝術形式，它經歷了從綜合藝術型態向純粹文學形式的轉變歷程。在唐宋時代，詞主要是爲配合流行音樂曲調的歌唱而創作的歌詞，宋以後始與音樂歌唱相分離而演變成一種具有特殊格律型態的抒情詩體。這譬如「樂府」由原本入樂歌唱的歌辭演變爲不可歌的徒詩一樣。

（二）詞在初期階段即唐五代，原是多種歌辭體裁中的一種特殊型態，當時主要稱之爲「曲子」或「曲子詞」，與「聲詩」等其它歌辭形式相區別，宋詞主要是在唐五代曲子詞的基礎上發展演變而來的，宋以後的詞又是承宋詞而繼續推演變化的，它們之間有着明顯而確切的淵源傳承關係，構成一個不可分割有機聯繫的「詞史」與「詞學」的整體系統。這譬如六朝的擬樂府與漢樂府、唐代的新樂府與古樂府同屬「樂府」系統一樣。

（三）作爲一種音樂文學形式，唐宋的詞主要是一種融詩、樂、歌、舞爲一體的綜合藝術型態，這與宋以後已脱離音樂歌舞而僅以書面文學形式表現出來的、以長短句式爲主的格律詩體，在功能和性質上又是有所區别的。這種區别也譬如漢樂府與六朝擬樂府及唐代新樂府之間的區别。

（四）唐宋詞與音樂曲調的配合主要是以「依調填詞」或「因聲度詞」的方式表現出來的，這裏的「調」或「聲」是指音樂的曲調或譜式，而且是先有曲調曲譜後填詞，由樂以定詞（宋代少數「自度曲」的創作有所變異），這種創作方式既與漢魏六朝樂府歌辭的創作方式有了重大轉變和突破，又與宋以後的詞按照在曲調譜的基礎上凝結而成的格律譜或具體的作品範例來「填詞」的方式，不可等觀共語。

（五）唐宋詞所依之「聲」、「調」，主要是指隋唐新興音樂——燕樂曲調，這是在魏晋以來中原音樂、南方音樂和西域音樂相互交融的基礎上所創造的一種新音樂，是與「雅樂」相區別的以「俗樂」爲主流的娱樂性、藝術性音樂的總稱，它與前此的周秦古樂系統和六朝清樂系統劃出了較明晰的分界綫，也與宋以後南、北曲的音樂系統相區别。

我們對《全唐五代詞》的編纂，正是建立在上述對「詞」的本質特徵及詞學系統的總體認識的基礎之上的。如果我們的認識基本符合實際或接近歷史事實的話，那麽《全唐五代詞》的編纂不僅是可行的，而且是必要的。

二、關於詞的起源與形成過程

關於詞的起源，也是詞學研究中一個最基本的也是最複雜的問題，它要回答和解決詞是什麽時期産生以及怎樣産生的等一系列相關的問題。這與我們上面所談詞的名稱及本質特徵實際上是同一個問題的兩個不同的方面，也就是説，要解决詞的起源問題，自然必須首先明確詞的定義或本質，否則也就失去了具體操作的依據與前提。在明確了這個前提之後，我們自然要把關注點轉移到詞的起源問題上來。但是，我們在這裏不可能詳細而深入地展開對這個問題的探討，而只能就與《全唐五代詞》的編纂相關的方面表明我們的認識與看法。

幾乎從晚唐五代時期開始，人們就已經在自覺不自覺地關注和探索詞的起源問題，然而千餘年來，對這個問題的探討却並没有獲得很一致的認識與實質性的結論。透過這一事實與現象，我們除了看到詞的起源問題本身所具有的模糊性、複雜性等特徵之外，是否也應該反思一下傳統的詞學研究方法是否科學與規範等問題呢？應該説，概念的混亂、定義的模糊、以及傳統的文學觀念、文化心理和思維方式等，便是有礙於詞的起源研究的幾個重要因素。其中，概念的混亂便是一個很明顯的問題，比如在歷代對詞的起源問題的論述中所經常見到的一些語詞概念，如「起於」、「昉于」、「濫觴」、「啓」、「具」、「寓」、「源」、「祖」等等，便缺乏明確的規定性與一致性；又比如究竟什麽叫「詞的起源」？是指一個特定的時間點還是指一個適當的時間段？是指其在母體中的「孕育」還是指其與母體分離而「出生」？是指它的萌芽狀態還是指它的形成體貌呢？這在歷代乃至現當代有關詞的起源研究中都是一個模糊不清的問題，大家各自站在不同的邏輯起點上各憑感覺行事，又如何能指望得到一致的認識、圓滿地解決問題呢？比如僅就歷代對詞的起源的時間考察與確定來看，從《詩經》到楚辭、到漢魏六朝樂府，從隋代到盛唐、到中唐、到晚唐，幾乎把探源的觸鬚伸向自盤古開天地以來的任何一個時期的任何一種詩歌或音樂文學形式之中，這種「泛源論」的做法當然不能解決實質性的問題；另一種相似的做法則是把詞的起源籠統地確定在「隋唐」或「唐代」，這雖然比「泛源論」的做法明確多了，但把「起源」確定在一個長達三百多年的時間段上，同樣也是一種模糊的、不科學的做法，於問題的解决没有多大作用和意義。究竟什麽地方出了問題呢？很明顯，除了對「詞」的定義模糊不清之外，還因爲對「詞的起源」缺乏明確的界定，混淆了「詞的起源」與「詞體的成立」這兩個相關而又不同的問題。

任何一種事物，都要經歷一個從孕育到出生、從萌芽到成形、從小到大的發生發展過程，詞作爲一種客觀事物的存在，自然也不能例外。不同的只是有的事物較簡單，其發生發展過程相對清晰，有的事物較複雜，其發生發展過程也相對模糊而已。詞應該屬於後一種情況。與同樣作爲音樂文學形式的漢樂府相比，詞所孕育其中的「母體」與環境、起源的動因與機制、發生發展的時限與過程等，都比前者顯得複雜多了。比如，如果我們從詞最先乃是作爲配合隋唐燕樂曲調的歌唱而創作的一種歌辭這一本質特徵方面來考察，詞又與「聲詩」等其它燕樂歌辭形式處於同一時代與同一系列；如果我們改從詞的形體特徵方面來考察，詞的一部分齊言體形式與近體詩在外觀上相同或相近；詞的長短句的主體形式又與古體詩、雜言詩在外觀上相同或相近。可見，要考察和描述詞是如何從它所孕育其中的那個大文化系統的「母體」中誕生、又是如何割斷與其它文學藝術形式的親緣近鄰關係而獨立成體的，恐怕任何簡單的、片面的、機械的方法都不可能奏效。也許對這個問題的探討難以獲得最後的一致的結論，但是因爲事關《全唐五代詞》的編纂、以及詞學研究對象的界定、詞史的描述等一系列問題，我們又無法迴避這一問題，而有責任有必要在現有研究水準的基礎上，通過進一步地努力，使問題的探討更進一步地接近歷史的真實狀況，至少是表明我們的認識和看法，以作爲《全唐五代詞》編纂的理論依據和操作原則。

首先，我們必須對「詞的起源」這一論題作出定義。按照我們對早期「詞」的本質特徵的界定，「詞」是指爲配合隋唐燕樂曲調的歌唱、以「依調填詞」的方式創作出來的、以長短句的句式爲主要形體特徵的歌詞或音樂文學形式，那麽，「詞的起源」便是指具備了以上幾個重要因素或本質特徵的詞的發生階段或萌芽狀態。這樣，我們也就把「詞的起源」與「詞體的成立」兩個問題有所區分，而不致混爲一談了。按照「生命發生學」的原理，個體生命的發生，既可以從其受精孕育之時算起，也可以從其離開母體出生之日算起，而且還可以把生命的發生理解爲一個過程，那麽，我們對「詞的起源」的研究也完全可以採用「仿生學」的方法來操作，即把「詞的起源」理解爲一個過程，一個時間段，而不是確定爲一個特定的、具體的時間點。這樣，我們也就可以避免犯偏執、片面之類的錯誤。

接下來，我們需要做的便是在總結和吸取歷代有關「詞的起源」的研究成果的基礎上，對「詞的起源」進行更深入一步地論斷或推測。我們可以按照大家已逐漸形成的共識，首先把「詞體的成立」確定在中、晚唐之際，因爲在這個時期裏，以張志和、白居易、劉禹錫、温庭筠、皇甫松爲代表的一批詞人及相當數量的詞作表明，「依曲拍爲句」、「由樂以定詞」、「因聲度詞」已成爲詞的自覺而穩定的創作方式，詞的長短句的形體特徵以及篇制、聲韻、格律等形式規則也都日益形成並凸現出來，而且他們的大多數作品都已被稍後的《花間集》、《尊前集》等流行詞集所選録，表明了當時人們對這些作品作爲「詞」的集合體與文本範例的性質的共同認識。其次，我們可以把中唐以前的歷史時期視爲詞的起源階段或發生過程；如果覺得這個時間段稍顯長了一些的話，我們還可以有稍微細緻一些的做法，即把「隋至初唐之際」確定爲詞的起源階段，而把初、盛唐視爲詞的萌芽階段或形成過程。實際上，從總體情形來看，在隋至中唐以前的歷史時期裏，詞的發生與形成呈現爲一個連續的過程，初、盛唐只不過是前一時期的自然延伸，詞的萌芽狀態更顯明晰一些，而並没有出現本質性的變化，我們還没有確定無疑的資料或證據能把這一連續的過程絶然劃分開來，因此上述所謂「稍微細緻一些的做法」也就只具有相對意義。按照我們對早期「詞」的定義，再根據文獻資料的記載，考察和檢驗中唐以前的文學創作，我們的確能發現一些符合定義的「詞」作或似「詞」準「詞」之作（少量作品存在真僞問題），它們都不同程度地具備、包含或表現了「詞」的一些因素與特徵，但是，這些作品的創作又大多呈散發狀態、偶發狀態、非自覺狀態，還没有達到一定的數量級和質量級，没能形成自覺性、穩定性、規範性與集合體。這本是符合事物在發生過程中的特徵的。如果我們承認事物的發展規律，如果我們要完整系統地考察和把握一種事物的生命歷程，我們就完全有理由把中唐以前發生階段與形成過程中的「詞」納入詞學研究的系統中來。

需要進一步加以説明與闡釋的是，我們爲什麽要將詞的起源的時間上限點確定在隋代。這與我們對「詞的起源」原理的認識以及對「詞」的本質特徵的體認是相聯繫的。從廣義上講，詞原本是一種配樂歌唱的歌辭，屬「歌辭文學」或「音樂文學」範疇，是一種融音樂、舞蹈和詩歌爲一體的綜合藝術型態，它的起源也就是最本原意義上的文學藝術的起源。即使在進入文學藝術的分工進化的歷史行程以後，「音樂文學」形式仍在不同的社會和時代中得以生存和發展，只要有音樂和歌唱，就必然有歌辭文學。因此我們可以認定，詞的最基本的發生原理就是配合音樂歌唱。但是從狹義上講，詞又是一種特殊型態的歌辭文學品種，正像「古歌」、「三百篇」、「楚辭」、「古樂府」等皆以不同的歌辭型態與性質而分屬於各自不同的時代與時空一樣，詞也以其新的型態和特質而隸屬於新的歷史時空。這是因爲不同時代的歌辭文學的發生發展，不僅要依賴於各自時代音樂與詩歌分别發展所達到的層次與水準，而且還要取決於音樂系統或性質、辭與樂的配合方式等重要因素。從這個意義上看，早期的詞乃是一種配合新興音樂曲調

（隋唐燕樂曲調）的歌唱、並以穩定的辭樂配合方式（依調填詞方式）創作出來的新型的歌辭文學品種。如果説長短句的形體特徵以及詩、樂、歌、舞融爲一體的綜合藝術型態等，只是我們衡量早期詞作的基本條件，那麽，「隋唐燕樂系統」和「依調填詞方式」，則是我們探討「詞源」和判别「詞體」的兩個關鍵因素和必要條件，没有前者，我們將超越隋唐的歷史時空而到有生民以來的任何一個時代去尋覓詞的起源；没有後者，我們又將混淆同屬於唐五代這個音樂史階段與燕樂系統的「詞」與「聲詩」等其它音樂文學品種的界限。我們的基本觀點是：詞乃由隋唐音樂文化的新變所催生，爲隋唐燕樂曲調流行的新産物，是詩歌與音樂在隋唐時代以新水準和新方式再度結合的寧馨兒。這裏也就進一步涉及到對「隋唐燕樂系統」及「依調填詞方式」的理解等問題。

關於隋唐燕樂的名稱、内容、性質及其形成等問題，學術界似乎仍存在一些模糊認識與分歧意見，如有把隋唐燕樂與周秦以來歷代宫廷燕樂相提並論的，有認爲隋唐燕樂的正式成立是在盛唐時期的，等等。的確，「燕樂」一詞早在《周禮》中即已出現，主要是指宫廷宴享時所用音樂，周秦以來歷代所謂「燕樂」的内容和性質大致皆不出這一範圍。隋唐音樂雖然也使用了「燕樂」這個名稱，但它所包含的音樂内容却比前代「燕樂」有了極大的擴充與豐富，它的音樂性質也發生了深刻而全面的變化，從而形成爲一種由多元音樂成份整合而成的代表隋唐音樂文化主體的新型民族音樂。當然，對一種新興音樂系統的内容和性質的認識與概括是需要經歷一個過程的。如果説唐人對「燕樂」概念的使用還較狹窄，對「燕樂」内涵的概括還不够全面，那麽到了宋代，「燕樂」作爲隋唐新俗樂的集中表現，作爲與「雅樂」相區别相對立的娛樂性、藝術性音樂的總稱，已獲得了比較確定的涵義。

關於隋唐燕樂的内容和性質，我國現代已故著名燕樂研究專家丘瓊蓀先生在其《燕樂探微》中曾經有一個「速寫」：「這燕樂是雅俗兼施的，上自郊廟朝廷之所謂『雅』，下至陌頭里巷之所謂『俗』。其中有中原樂，有邊疆民族樂，也有外族樂；有歌，有舞，有新，有舊。應用的範圍既很廣泛，性質和内容又較複雜。事實上，典禮中用得少，日常娛樂、尤其是廣大的民間用得多。一切民間樂曲，可稱無一不在燕樂範圍之中。所以『燕樂』二字，在唐以後便成爲俗樂的代名詞了。隋唐燕樂中的中國樂（原按：此『中國』與四夷相對，指京師及中原地區），以清樂、法曲爲主。外族樂很多，以龜兹樂爲主。於是，這燕樂成爲古今中外、兼收並蓄、包羅萬象的一個新樂種，發始於隋而完成於唐，因亦稱爲隋唐燕樂。」這個「速寫」應當可以看作今人對燕樂研究的一個總結性意見。我們承認，作爲隋至初唐宫廷燕樂代表的「十部伎」，主要繼承了魏晋南北朝的音樂文化遺産，除「讌樂伎」作爲新製外，如「清商伎」爲南朝漢樂，「西涼伎」爲北朝華夷融合之漢樂，「天竺」、「高麗」、「龜兹」、「安國」、「疏勒」、「康國」、「高昌」這七部外族樂，也都是在北朝統治時期陸續輸入中原地區的；我們也不否認魏晋南北朝時期的音樂文化在多元發展的基礎上也有一定程度的交流與融合，但是我們却不能因此而混淆隋唐燕樂與魏晋六朝音樂的本質區别。這是因爲中國自魏晋以來便長期處在一個南北分裂的狀態之中，音樂文化的發展也因此呈現出南北不同的風格特徵。西域樂舞的輸入和流行以及由此而形成的一定程度的胡漢融合的音樂發展趨勢也主要是在北中國得到實現的。相比之下，南北音樂文化的交流融合則顯得極其有限。正如清淡靡麗的南朝清樂難以在金戈鐵馬的塞北得到繁殖一樣，雄健貞剛的西域樂舞也未能在杏花春雨的江南得到流行。杜佑《通典》卷一四二《樂二》所云「梁陳盡吴楚之聲，周齊皆胡虜之音」，正概括地揭示了南北音樂鮮明的地域特色。對魏晋南北朝以來多元發展的音樂文化進行全面搜輯與整理，將古今、中外、南北、胡漢、雅俗等多元複雜的音樂成份熔鑄爲水乳交融的有機整體，從而創造出一代新型民族音樂——燕樂，這種音樂文化的質變與新生自然不可能在南北分裂的六朝得到完成，它的實現只能在南北統一後的隋代，盛唐乃是它成熟與繁榮的高峰。

在對詞所依託的音樂載體——隋唐燕樂做出上述界定與闡釋之後，我們對「詞的起源」的發生起點的確定自然不能超越到隋以前的時代去；即使從理論上我們可以把詞所依託的音樂載體的「遠源」追溯到六朝，但是就《全唐五代詞》的編纂而言，在隋代以來的歷史時空内進行具體操作應該是合乎邏輯而又切合實際的做法。

談到詞的長短、奇偶句式，平仄、聲律規則，乃至「依調填詞」方式，我們當然也不能割斷詞與前此音樂文學及詩歌韻文的歷史淵源關係。比如，我們既能在「三百篇」以來的所有音樂文學或詩歌韻文形式中找到詞的長短、奇偶錯綜交織的句式結構因素，也能超越於近體詩的視綫範圍以外而把詞的平仄、聲律規則形成的「遠源」追溯到六朝齊梁時代，我們還可以在漢魏六朝樂府詩的創作中發現由樂定辭、依調作歌的辭樂配合方式的個例或迹象。但是這些都不足以消融「詞」與同時代及前此音樂文學或詩歌韻文形式有所區别的獨特性所在。從詩體史的視角來看，在「詞體」出現以前的漫長歷史時期中，由雜言體向齊言體轉化，由自由體向格律體演進，乃是漢語詩歌發展的總趨勢，因此，即使我們能够在「三百篇」、「古樂府」及近體詩出現前後的「古體詩」中找到長短參差的句式，但我們却無法否認它們在不同的歷史階段分別以四言、五言、七言或五七言句式爲主的總體特徵及齊言化進程。在近體詩出現前的古體詩中，雜言的形式被淹没在齊言詩不斷發展的歷史洪流中；在近體詩定型和繁榮後的古體詩中，雜言的形式已無力與龐大的齊言方陣相抗衡；只有當詞出現和興盛之後，長短句方以一種新型詩體的身份和魅力，取得了與齊言詩並駕齊驅的地位，甚至掩過了齊言詩的光彩。可見，長短句無論對於「詞體」、還是對於「詩體」的意義都是十分重要的。因此，從長短句的視角去探尋「詞的起源」，當然是一條可取的途徑。問題在於我們的工作不能僅僅停留在追尋外觀形體的相似性，而應該更深入一步地探求長短句的形成機制。於是創作方式作爲一個關鍵因素便被突現出來。同樣作爲配樂歌唱的樂歌或歌詩，「三百篇」、「漢樂府」、「唐聲詩」這幾種重要的音樂文學形式，主要採用的都是先詩後樂、以樂從詩、選詩入樂的辭樂配合方式，只有在漢魏六朝樂府詩的創作中可能存在少量的先樂後詩、依調製辭的變例。因此從總體上我們可以認定，「三百篇」乃至「樂府詩」中的長短句主要不是受音樂曲調的規範而賦形的，而是先於音樂的、取決於詩歌創作主體的情感内容的表現需要而産生的。至於近體詩出現前、後的古體詩，作爲一種純文學形式，其中長短句的穿插運用，更是不受任何形式約束的，完全是服從於感情的驅使，舒卷自如，没有定規。詞作爲一種新型的音樂文學形式，長短句不僅占據了詞體的主導地位，而且極盡參差錯綜之能事。但是，詞的長短句式又並非隨意爲之，而是「依曲拍爲句」、「依調填詞」的産物。詞所依憑的每首樂曲，樂句有長短，節拍有急慢，因調而異，各調不同，那麽，「依曲拍爲句」、「依調填詞」，隨物賦形，也就自然會句有長短、字有多少了。如果我們假設唐代只有「聲詩」這樣一種歌辭形式，燕樂曲子的歌唱只是以傳統的選詩入樂的方式來實現，那麽我們將不可能指望有新的歌辭品種的推出，也不會看到新的詩體奇觀的出現。可見，創作方式即辭樂配合方式的更新與變革，乃是詞體出現的一個關鍵因素與重要機制。「依曲拍爲句」、「依調填詞」，不僅造成了詞的長短句的形體特徵，造成了配合同一曲調歌唱的詞作大體整齊規範的篇制句段及聲韻格律，而且造成了詞在内容題材及美學風貌方面的一系列新變化和獨特性。需要説明的是，我們對「依調填詞」方式的强調和突出，並非要否定其它因素對詞體及其特徵形成的作用；同時，我們還應該看到，作爲一種創作方法的革新，「依調填詞」在隋唐五代也經歷了一個由自發到自覺、由靈活到穩定的演進歷程，而且在敦煌民間詞創作與文人詞創作中也有不同的表現。

理論的闡釋也許並不能完全解决實際問題，但至少對具體研究和操作具有規範、指導或啓示意義。具體到《全唐五代詞》這一文本總集的編纂，我們就不可避免地會遇到如何判别每一首具體作品屬「詞」或非「詞」的問題。這種困難與矛盾的處境古人已有所經驗與體認。如清人先著《詞潔發凡》云：「唐人之作，有可指爲詞者，有不可執爲詞者。若張志和之《漁歌子》、韓君平之《章臺柳》，雖語句聲響居然詞令，仍是風人之别體，後人因其制，以加之名耳。夫詞之託始，未嘗不如此，但其間亦微有分别。苟流傳已盛，遂成一體，即不得不謂之詞；其或古人偶爲之，而後無繼者，則莫若各仍其故爲得矣。」（《詞話叢編》一三二九頁）又如謝章鋌《賭棋山莊詞話》卷七云：「《竹枝》、《柳枝》諸體，無非詞，亦無非絶句而已。然作譜者不録此體，則失詞源；選集者盡録此體，又紊詞界。」（《詞話叢編》三四〇九頁）應該説，以上二人都看到了詞在初期階段的複雜性，他們的論述實際上涉及的是如何判別早期詞作的問題，也就是如何區別與處理「詞源」與「詞界」的問題。謝氏主張作詞譜者應標準放寬，以反映詞的起源過程；選詞集者應界限分明，以表現詞的獨特體性。那麼，《全唐五代詞》作爲對一代詞的文本總集的編纂，是否能做到融「譜」、「集」爲一體、既反映「詞源」又體現「詞界」呢？鑒於我們對詞的本質特徵、詞的起源、詞體的形成以及詞學體系的認識，鑒於我們對唐五代詞作爲史源階段與初期階段的複雜性及獨特性的認識，我們採用了正、副編的設置方案，以《正編》來體現「詞界」，以《副編》來反映「詞源」。凡有文獻記載或參照系統表明其性質確定無疑、完全符合或大致符合（如敦煌寫本中的一部分民間詞）我們對早期「詞」的本質特徵的揭示與界定的作品，皆納入《正編》，以體現「詞」區別於其它非「詞」的獨特體性；凡似「詞」非「詞」、性質難明、疑而未定之作，或在歷代傳播過程中體認不一、争議紛呈、甚至包括後人訛傳妄指之作，皆一并歸入《副編》，以反映詞在起源階段的複雜性。由於在早期階段，在「詞」與非「詞」之間存在較廣闊的中間地帶或交叉地帶，因此，我們並不奢望正、副編的設置能徹底解決問題，但我們將根據自己的理論水準和操作原則，努力使「詞源」進一步澄清，使「詞界」進一步分明。

三、關於本書的編纂情況

我們編纂《全唐五代詞》，既面臨着特殊的困難，如「詞界」之不易區分，「詞」與非「詞」之難以判定等，又有着特殊的有利條件，這就是有關唐五代人的詞集、詞作，前賢今人已做了大量的整理、搜集、研究工作，爲本書的編纂打下了良好的基礎，並提供了許多有益的經驗和教訓。

早在明代，董逢元就已開始專門搜輯唐五代詞。他於萬曆二十二年（一五九四）輯成《唐詞紀》十六卷，收録唐五代詞作九百四十八首。但其書「不以人序，不以調分，而區爲景色、弔古、感慨」等十六門，而被《四庫全書總目提要》譏爲「漫無體例」，「割裂無緒」（卷二〇〇《詞曲類存目》）。又其書濫採詩以爲詞，如將唐人《折楊柳》、《採蓮曲》等樂府詩題擅改作《楊柳枝》、《採蓮子》詞調以録入；又將慕容巖卿妻、韓文璞、妓劉燕歌等宋元詞作者誤録作唐人。因而其書影響甚微，傳刻本亦少。

清人康熙間編纂《全唐詩》時，也附帶地對唐五代詞進行了一次較大規模的輯録整理。《全唐詩》中收録唐五代詞作者六十八人，詞作八百三十九首，釐爲十卷。其詞主要輯録自五代趙崇祚的《花間集》、無名氏《尊前集》、宋黄昇《唐宋諸賢絶妙詞選》、明陳耀文《花草粹編》等詞選集，馮延巳《陽春集》、李璟和李煜《南唐二主詞》等唐五代詞别集、合集，蒐採的範圍並不廣泛，遺漏尚多。

本世紀二十年代，王國維整理、校勘了包括「花間詞人」在内的唐五代二十一家詞作，彙編成《唐五代二十一家詞輯》。其輯佚、校勘之功勝於《全唐詩》，但規模不大，而且真僞莫辨、收詩爲詞之病也未能盡免。

稍後，林大椿於一九三三年推出《唐五代詞》。是編收録唐五代作者八十一人，詞作一千一百四十七首，是繼《全唐詩》之後又一次唐五代詞的大型結集。書中附有校記，並注明所録各詞的來源出處，爲讀者檢核覆按提供了便利。但此書未收早已問世的敦煌詞，是一大闕憾。

一九八六年，上海古籍出版社出版的張璋、黄畬先生所編《全唐五代詞》，收録有姓氏可查的作者一百七十餘人，包括敦煌詞在内的唐五代詞作二千五百餘首，是明清以來收録唐五代詞最多的一部總集。但此書收詞過濫，收録了不少聲詩和徒詩。

敦煌詞的發現與整理，則是本世紀以來的事。自一九〇〇年敦煌石窟打開以後，海内外學人爲整理、輯校經卷中抄存的詞什付出了不懈的努力，並取得了累累碩果。其中較突出的有朱孝臧輯校《雲謡集雜曲子》、王重民《敦煌曲子詞集》、任二北《敦煌曲校録》、饒宗頤《敦煌曲》、林玫儀《敦煌曲子詞斠證初編》、任半塘《敦煌歌辭總編》等。

以上兩類詞籍，爲我們編纂《全唐五代詞》提供了一個基本藍圖和一些材料綫索。

在前賢今人有關研究成果的基礎上，我們除校勘各本文字異同之外，主要做了以下幾個方面的工作：

（一）增補。唐五代詞的零篇斷章，明清以來的有關詞總集基本上已予收録，本書增補的主要是近些年新發現的詞集或版本。其一是中唐釋德誠的《船子和尚撥棹歌》，内收漁父詞三十九首。三十年代，周泳先先生輯成《唐宋金元詞鈎沉》後，始知船子和尚爲唐人，以不及録《五燈會元》所載其三首漁父詞爲憾。一九五六年，施蟄存先生從清嘉慶九年刻本《機緣集》中，發現船子和尚漁父詞三十九首，後撰文並詞發表於《詞學》第二輯（華東師範大學出版社一九八三年版）。一九八七年，施氏又得見上海圖書館所藏元刻本《船子和尚撥棹歌》，並由華東師範大學出版社影印出版。本書即據影印本入録三十九首。

其二是晚唐易静的《兵要望江南》。是集歷代公私藏書目著録於「兵家」類，論詞者罕有及之，歷代詞籍亦未曾收録。自張璋、黄畬先生所編《全唐五代詞》收録五百首後，《兵要望江南》才漸爲治詞者所注意。稍後出版之任半塘、王昆吾《隋唐五代燕樂雜言歌辭集》、陳尚君《全唐詩補編》分别據他本收録《兵要望江南》詞七百一十三首和七百二十一首（陳編重出一首）。本書據今傳各本輯録，得七百二十首，較張璋、黄畬所編《全唐五代詞》增補二百二十首。

（二）探源。明清以來，唐五代詞多見輯録，然遞相鈔録者多，探求、注明原始出處者少。本書爲明真僞，以求所録之詞可信可據，正編中凡自别集之外輯録之詞，皆先探明其原始出處，以見載最早之書爲底本入録，並注明出處。而據别集入録之詞，則在弄明其版本源流的基礎上，再選擇、採用善本、足本爲底本。副編中所録作品，凡可考原爲詩而被明清詞籍誤收爲詞之作，則以最早收之爲詞的詞籍爲底本，而不以最早録其原作的唐宋載籍爲底本，以表明誤收之爲詞的始作俑者。

（三）考辨。唐五代詞，真僞雜存、詞主互見的現象所在多有，其中李白、温庭筠、韋莊、馮延巳、李璟和李煜詞尤爲複雜。爲此，本書專立「考辨」一項於校記之後，對有争議、互見之作一一依據文獻予以考辨説明。能斷則斷，難以判定真僞者，則存疑；詞主不能判定者，則兩收之。如書中所收李白九首長短句詞，依我們在編纂過程中對唐五代詞的體認，盛唐時期的李白似乎很難創作出那麽多成熟的長短句詞，直到中唐的劉禹錫、白居易，長短句詞尚不多，主要的還是寫其熟悉的齊言體調。但就現存文獻而言，又無法確證李白諸詞是僞作，我們也只得存疑依舊。又如名作《烏夜啼》（無言獨上西樓），宋黄昇《唐宋諸賢絶妙詞選》題作李煜撰，明清及今人選本亦多録作李詞；而《花草粹編》引宋楊湜《古今詞話》，則題作孟昶詞。皆宋人之説，難定誰是誰非，故兩收之。

（四）甄別。唐五代詞在形成、發展和長期流傳的過程中，常常與詩混雜。我們編纂《全唐五代詞》，自當劃清「詞界」，甄別「詞」與非「詞」。

雖然詞體在中晚唐以後漸趨成熟定型，但詞作爲一種獨立文體類型的觀念，至五代尚未正式確立，如西蜀牛希濟的《文章論》，分「文章」爲十六種體裁、類型，而没有納入「歌詞」或「曲子詞」，可見詞在當時尚未被承認爲「文章」之一體。因此，唐五代人的詞什，往往與詩歌雜編在一起，如白居易的《憶江南》長短句詞及《浪淘沙》等齊言體調，是編在他的《白氏長慶集》「律詩」類中；劉禹錫《竹枝詞》、《瀟湘神》諸詞則編在《劉賓客文集》「樂府」類中，俱未别出單列一類。類似這些與詩歌混雜在一起的詞作，若無其他詞籍或有關記載作參照，屬詞屬詩，頗難分辨。此其一。

其二，唐人以燕樂歌唱的歌辭，既有「依曲拍爲句」、因調製詞之詞作，也有選詩入樂的「聲詩」。有些「聲詩」被賦予了詞調名，又没有創作、歌唱本事可考，屬詩屬詞，也不易辨别。明清以來的有關詞譜、詞律、詞話、詞選等詞籍，由于編撰者的體認不同，出發點各異，輯録了不少「聲詩」入其中，而使詩詞混雜。長期以來，少有辨别者。

其三，唐五代詩歌中，有些詩題與詞調名相同，如《長相思》、《烏夜啼》、《拜新月》、《離别難》、《夢江南》等。這類與詞調同名的樂府詩、近體詩有時也被後人誤認作詞而收入詞籍中。

其四，在唐五代，有些雜言體詩，如李白的《秋風清》、白居易的《花非花》、韓偓的《憶眠時》等，字數句式與詞體相近似，也被明清人誤認作詞而收入有關詞籍中；有些作品的詩題與詞調名相近，如《採蓮曲》、《折楊柳》等與《採蓮子》、《楊柳枝》等詞調僅一字之别，有的也被後人妄改作詞調收入詞籍中。

鑒於這些情況，我們在編纂《全唐五代詞》的過程中，依據我們自己對詞體特性的認識，盡可能地將詞與「聲詩」、「徒詩」區别開來。本書正編所收爲可以確定之詞作，副編所收則包括：屬詩屬詞，難以判定之作；明清詞籍所誤收而可以考定的原屬「聲詩」或「徒詩」之作。今人有關詞集中始誤收詩爲詞之作，則未予甄辨、輯録。

我們甄别詞與非詞的基本原則和操作方法是：第一，以唐宋人編撰的詞籍爲依據。凡唐宋人編撰的詞選集、詞别集和詞話著作所載録之唐五代詞，我們都認作詞收入正編，因爲唐宋人編撰的詞選，尤其是像《花間集》、《尊前集》等早期選本，大多是供人歌唱時選擇的「唱本」，其所收録之作，可以肯定都是可歌之詞。第二，以其他唐宋人典籍作參照。甲、凡唐宋人典籍載有其歌詞創作本事或明確指認其爲詞之作，我們也都認作詞而收入正編。唐宋人意見不一，或謂是詩，或稱爲「詞」之作，則入副編備考。乙、唐宋典籍中載有其歌唱本事且有詞調之作，若無其他史料證明其爲「聲詩」，如《雲溪友議》所載温庭筠、裴諴之《新添聲楊柳枝》等，我們也視作詞録入正編。丙、有歌唱本事並有調名之作，或無歌唱本事記載而僅有調名之作，若另有唐宋人的記載可以考定其爲被選入樂歌唱之「聲詩」，或有資料記載表明其爲

「徒詩」而非詞者，則録入副編。如賀知章的《楊柳枝》，《雲溪友議》載有其歌唱本事，而《鑒誡録》、《唐詩紀事》等則謂是《詠柳》詩；王維《渭城曲》雖爲唐代傳唱不衰的名作，然原係《送元二使安西》詩而被選入樂歌唱，故皆録入副編。第三，探本求源。凡明清詞籍所載而未見於唐宋詞籍又無歌唱本事的作品，則考察其原始出處。根據唐宋人的記載可以考定其爲詩者，或難以判定其爲「詞」者，皆收入副編。如韓翃、柳氏之《章臺柳》，自明人《花草粹編》録作詞後，明清以來多種詞選俱因之收作詞，而最早記載此二首作品的唐許堯佐《柳氏傳》、孟棨《本事詩》則稱之爲「詩」，且未言入樂歌唱之事，實爲「徒詩」而非詞，故剔入副編。又如段成式、張希復、鄭符三首《閑中好》，明清詞選、詞譜多録作詞，然考察最早記載此作的《酉陽雜俎》等，實難判定其爲詞體，故亦收入副編。

此外，唐五代詩别集、詩總集中所載李涉、何希堯、裴夷直、姚合、盧肇、司空圖、崔道融、孫魴、徐鉉等人之《楊柳枝》、《浪淘沙》、《竹枝詞》等作品，與唐宋詞籍所載之其他同調詞作字數句式皆相同，然未被唐宋詞籍收録，屬詩屬詞，難以斷定，我們也姑且録入副編備考。這是考慮到唐宋人編撰的詞總集都是選本，不可能將唐五代的所有詞什都全部選録，我們既然是編纂《全唐五代詞》，旨在求「全」，自有必要録入。

或許有人會問：既然有些作品可以考定爲詩而非詞，又何必要録入《全唐五代詞》中？對此，本書的《編纂凡例》已作過簡略的説明，此處再補充一點我們的考慮。所謂是詩而非詞，是依據我們現在的理論水平和對詞體特性的認識理解來判定的。隨着時代的推移和觀念的變化，今人與後人的看法肯定會與我們的體認有差異。此次予以收録，可供需要者參考，以省翻檢之勞。如本書摒而不録，有人將會質問與懷疑：明清諸多詞籍所收之唐五代詞，新編《全唐五代詞》根據甚麽理由不收録？是疏忽遺漏還是有所取舍？將這些我們認爲是詩而非詞的作品收入副編，對讀者也有一個總的交代和説明。

我們深知，本書對詞與非詞的甄别與判定，不一定完全科學和準確。我們所力求做到的是，甄别與判定時堅持自定的一致的體例和標準。由于我們的水平和能力所限，檢閲的文獻不廣，加之唐五代詩詞混雜的情況十分複雜，書中難免有種種錯訛、疏漏、不當之處，敬希方家、讀者批評指教，以便今後修訂增補。

本書是我們師生四人合作完成。具體分工情況如下：十八位「花間詞人」和馮延巳詞，由曾師昭岷輯校；易静《兵要望江南》，由曹師濟平負責校録，王兆鵬協助校勘了有關版本；敦煌詞，由劉尊明輯校；其他詞人詞作，皆由王兆鵬輯校。王兆鵬並負責編纂過程中的組織協調、全書的統稿定稿工作以及執筆修訂編纂凡例、彙輯目録和引用書目等。

劉尊明　王兆鵬

一九九五年十一月二十八日於湖北大學

編纂凡例

一、本書爲唐五代曲子詞之總集，旨在網羅放佚，存詞存人，故雖斷章殘句，亦加摭拾。

二、本書分正編、副編兩部份。正編主要收録倚聲製詞之曲子詞，並依據以下兩條原則判定曲子詞：一、唐五代宋人編撰之詞總集、别集所載之作品；二、唐五代兩宋典籍中載有其有關創作、歌唱本事或明確指認其爲曲子詞之作品。副編主要收録：一、屬詩屬詞，唐宋人有争議之作品；二、明清人詞選集、總集、詞譜、詞話等詞籍所載録而可考原爲詩後被度入聲律演唱並賦予詞名之作品（即被採入樂的聲詩），以及可考原爲樂府或絶句而被明清人改加詞調之作品；三、明清詞籍所載録而未見於唐宋詞籍且與唐宋人其它同調長短句體相異之齊言體作品；四、調名字數句式同正編所收詞作而唐宋詞籍未載録、屬詩屬詞難以判定之作品。副編所録，部份是屬詩屬詞難以考定之作，部份是已考定是詩而非詞之作，這類作品若摒而不録，則難以反映歷代文獻載録、傳播詞作的歷史狀況，故録入以備考。

三、敦煌詞之收録，以現有敦煌寫卷爲範圍，以已經著録、校訂之「敦煌曲」、「敦煌曲子詞」、「敦煌歌辭」之選本或總集爲參照，彙輯符合曲子詞之性質與特徵之作品：凡調名見載於《教坊記》等唐宋樂籍及唐宋詞籍之作，原卷有「曲」、「曲子」、「雜曲子」及宫調、音調等題記或標誌之作，歌辭形式與唐宋文人詞作相同或相近之作，概予收録。調名及傳辭僅見敦煌寫卷者，則視調名性質及歌辭形式而定。

失調者則視寫卷特徵、歌辭形式及與唐宋文人詞之比勘情況而定。凡屬詩屬詞，抑一般歌辭，諸説分歧而難以確考者，録入副編。

四、本書所收詞人，上起初唐，下迄五代。由五代入宋之詞人，《全宋詞》已收者，本書不復收録。

五、詞人依生年先後排列，生年不可考者依卒年，生卒年俱不可考者依其生活、交游唱和之時代酌予排列。無名氏詞，時代可考者，列於相應部份；時代無考者，列於五代詞人之後，並以其所出之書成書時代爲序。

六、敦煌詞統編於無名氏詞後。首列《雲謡集雜曲子》，次列斯坦因編號之寫卷，再次列伯希和編號之寫卷，末次其他寫卷或刻本。

七、唐五代傳奇小説所載人物詞、鬼仙詞，依小説作者立目，並依其作者時代編於相應部份，小説作者不可考者，列作無名氏。原非曲子詞而由明清詞籍改認作詞者，則入副編相應部份。宋元小説和有關典籍所載宋元人依托唐五代人物、鬼仙詞及明清詞籍誤收之唐五代鬼仙詞，統輯爲《宋元人依托唐五代人物鬼仙詞》次於副編之末，列作附録。

八、詞人姓氏，悉稱其本名或通用名。帝、后亦用本名。唯僧尼則稱法名，法名上冠以「釋」字樣。

九、詞人小傳，首列姓名，括注生卒年，次述字號、籍貫、科第、仕履、封贈和著述。正史有傳者略記之，傳末注明某史有傳字樣。有傳而不詳及無傳者，則據有關載籍叙其要，並注明所據書名卷數。舊説有誤者，於傳末簡要辨之。詞人有詞别集者，小傳後另段叙述版本源流及校勘情況，無别集者，則交代所録作品使用之底本及參校本情況。詞人於正編、副編兩見者，小傳列於正編，副編參見之。

一〇、文人詞作之排列順序，凡據别集或總集入録者，悉仍其舊，輯佚之作列於其後。雜取諸書者，依各書編撰時代先後爲序。敦煌詞原卷爲曲子詞集者，次序一仍原卷，其它散見之作，依原卷編號次序排列。

一一、本書盡量採用善本和足本爲底本。輯佚詞以見載最早之書爲底本。副編之作則以見載最早之詞籍爲底本。所録詞出於同源者，在最後一首詞末以小字注明所據書名版本及卷數。若底本有可考定爲僞作者，删入存目，並於前一首詞後小字注明。敦煌詞以原寫卷爲底本，原作見諸多種寫卷者，以鈔寫完整且書法良好易認之寫卷爲底本，原卷不得見者，以今人著録較善之本爲底本。其中有與唐五代文人詞互見者，則僅列存目，並於前一首詞後小字注明。所録詞出於同一卷號或校録本者，悉於末首小字注明原卷編號或書名版本。

一二、校勘以校是非爲主，兼校異同，並作按斷。原則上不改動底本原文，有顯誤而他本不誤者，則逕改之，並出校記；疑誤而改正根據不足者，只作校記説明。

一三、詞有本事記載者，於校記之後，列【本事】一項録其原文，文末注明出處。節録者，節省處括注「略」或「下略」等字樣，以存原貌。

一四、詞有需考辨者，設【考辨】一項，列於【本事】之後。詞主不能考定者，則兩收之；僞誤者删歸存目。有詞傳世者，存目列於其詞後；無詞傳世者，統輯爲《誤收誤題唐五代人詞存目》次於副編之末。副編所收各詞，其被收入之理由依據，亦在【考辨】中説明。

一五、本書詞正文標點根據格律，叶韻處用句號，句用逗號，讀用頓號。其他文字則使用新式標點，然不使用專名號。爲免混淆繁複，校記、本事、考辨中的詞調名用書名號。

校勘細則

一、校記列於正文之後。正文中取校之辭，加注校碼。

二、詞調諸本有異者，校記中除述各本異文之外，必要時略加考辨或略叙曲調源流。

三、正文取校之辭，不用引號，下述各本異文則用引號以别之。取校版本一般用簡稱。敦煌寫卷以斯坦因、伯希和等編號爲指稱，今人校録本悉用簡稱。全稱、版本及有關引用文獻之出處悉於「引用書目」中注明。

四、底本不誤而他本有誤者，一般不出校。

五、文人詞之古今字、繁簡字、不通行的通假字及明顯的版誤字、别體字徑改，不出校記。敦煌詞之通行古今字、異體字、通假字及自成規律的俗寫别字，悉改爲正體正字，不出校記；有歧義者，視其具體情況或徑改或保留，並出校記説明。

六、校記中參校之書，首次出現者寫明卷數，以便檢核。

七、詞有别集者，先出校該集之主要版本，後出校總集之主要版本，最後出校其他雜著可參校之異文。敦煌詞先出校底本之外的其它寫卷，後出校近人重要之校録本。

八、雜取諸書之詞，取各書之主要版本校之。

九、明清人詞選集、總集、詞譜、詞律、詞話等，如文字與宋元版本或典籍無異者，不出校；如有異文，則出校。

一〇、底本闕文，據他本校補者，以〔　〕識之，並出校記。原作疑誤難通而無法校訂者，姑存其舊以俟考，且出校記説明。

一一、調名同前者，標以「又」字；大曲、聯章體則用「其二」、「其三」等標示。

一二、凡吸取他人之校勘成果，將隨文注明，不敢掠美。

引用書目（括號内指版本簡稱）

（一）詞總集類

花間集　五代趙崇祚輯　宋紹興十八年刊晁謙之跋本（晁本）
又　宋淳熙鄂州刊公文册紙本（鄂本）
又　天津圖書館藏明吴訥輯《唐宋名賢百家詞》鈔本（吴本）
又　明正德十六年陸元大刻本（陸本）
又　明萬曆八年茅氏凌霞山房刊本（茅本）
又　明萬曆三十年玄覽齋刊巾箱本（玄本）
又　明萬曆四十八年刊湯顯祖評朱墨本（湯本）
又　明雪艷亭活字印本（雪本）
又　明毛氏汲古閣刊本（毛本）
花間集注　華連圃注　商務印書館一九三五年版
花間集校　李一氓校　人民文學出版社一九五八年版

尊前集佚名輯　明吴訥《唐宋名賢百家詞》鈔本（吴本）

又（殘）　北京圖書館藏明顧梧芳刻本（顧本）

又　明毛氏汲古閣刻《詞苑英華》本（毛本）

又　北京圖書館藏明鈔本（明鈔本）

又　清朱孝臧刻彊村叢書本（朱本）

金奩集題温庭筠撰　清鮑氏知不足齋鈔本（鮑本）

又　清朱孝臧刻彊村叢書本（朱本）

梅苑宋黄大輿輯　清康熙曹寅輯楝亭十二種本

樂府雅詞宋曾慥輯　四部叢刊景清鮑廷博校鈔本（叢刊本）

唐宋諸賢絶妙詞選宋黄昇輯　四部叢刊景明本（叢刊本）

又　明毛氏汲古閣刻《詞苑英華》本（毛本）

陽春白雪宋趙聞禮輯　清伍崇曜刊粵雅堂叢書本（伍本）

鳴鶴餘音元彭致中輯　正統道藏本（道藏本）

增修箋注妙選羣英草堂詩餘宋佚名輯　明洪武二十五年遵正書堂刊本（洪武本《草堂詩餘》）

草堂詩餘明楊慎批點　明萬曆刊《詞壇合璧》本（楊慎批點本）

又　明嘉靖二十三年楊金刻本（楊金本）

類編草堂詩餘武陵逸史編次　明嘉靖二十九年顧汝所刊本（顧本）

草堂詩餘正集續集別集 明沈際飛評　明萬賢樓刊本（沈際飛本）
類編草堂詩餘 明胡桂芳重輯　明萬曆三十五年黄作霖刊本（胡本）
類編草堂詩餘　明毛氏汲古閣刻《詞苑英華》本（毛本）
詞林萬選 明楊慎選　同右
花草粹編 明陳耀文輯　民國二十二年陶風樓影印明萬曆十一年刻本（萬曆本）
又　清咸豐七年金繩武活字印本（金本）
花間集補 明温博輯　明萬曆八年茅氏凌霞山房刊本
唐詞紀 明董逢元輯　明萬曆二十三年刻本（明刻本）
詞的 明茅暎輯　明萬曆刊《詞壇合璧》本（合璧本）
古今詞統 明卓人月輯　明崇禎刻本（明刻本）
古今詩餘醉 明潘遊龍輯　清乾隆壬午玉田齋刊本
林下詞選 清周銘輯　清康熙十年寧静堂刊本
詞綜 清朱彝尊輯　清康熙三十年裘杼樓刊本（康熙本）
詞鵠初編 清孫致彌輯　清康熙四十四年刻本（康熙本）
古今別腸詞選 清趙式輯　清康熙四十八年遺經堂刊本
歷代詩餘 清沈辰垣等輯　清康熙内府刊本（内府本）
古今詞選 清沈時棟輯　清康熙五十四年瘦吟樓刊本
詞腴 清黄承勛輯　清道光求心館刊本

書名	版本
詞綜補遺清陶樑輯	清道光十四年刊本
閩詞鈔清葉申薌輯	清道光十四年自刻本
同情集詞選清陳鼎輯	北京圖書館藏鈔本
詞選清張惠言選	清同治十一年刊本
詞辨清周濟輯	清光緒四年刊本
三李詞清楊文斌輯	清光緒十六年香海閣刊本
蓼園詞選清黄蘇輯	民國九年上海聚珍仿宋書局印本
唐五代詞選清成肇麐輯	清光緒十三年刻蒙香室叢書本
唐五代詞林大椿輯	文學古籍刊行社一九五六年版
唐宋金元詞鈎沉周泳先輯	商務印書館一九三七年排印本
全宋詞唐圭璋編	中華書局一九八〇年印本
蜀十五家詞吴虞輯	民國初年排印本

（二）詞别集類

書名	版本
李翰林集唐李白撰	劉毓盤輯《唐五代宋遼金元名家詞集六十種輯》本（劉輯本）
檀欒子詞唐皇甫松撰	王國維輯《唐五代二十一家詞輯》本（王輯本）
金荃詞唐温庭筠撰	劉毓盤輯《唐五代宋遼金元名家詞集六十種輯》本（劉輯本）

又	王國維輯《唐五代二十一家詞輯》本（王輯本）
浣溪詞唐韋莊撰	劉毓盤輯《唐五代宋遼金元名家詞集六十種輯》本（劉輯本）
又	王國維輯《唐五代二十一家詞輯》本（王輯本）
香奩詞唐韓偓撰	同右
又	明萬曆十年保定府辛自修刊本（辛本）
李衛公望江南唐易静撰	首都圖書館藏清乾隆三十六年王垂綱手鈔本（王本）
又	四川圖書館藏舊鈔本（川本）
白猿奇書兵法雜占彖詞唐易静撰	東北師範大學圖書館藏明天啓二年蘇茂相鈔本（東北本）
兵要望江南唐易静撰	北京圖書館藏前京師圖書館藏舊鈔本（京本）
歐陽平章詞五代歐陽炯撰	王國維輯《唐五代二十一家詞輯》本（王輯本）
紅葉稿五代和凝撰	劉毓盤輯《唐五代宋遼金元名家詞集六十種輯》本（劉輯本）
紅葉稿詞五代和凝撰	王國維輯《唐五代二十一家詞輯》本（王輯本）
魏太尉詞五代魏承班撰	同右
薛侍郎詞五代薛昭藴撰	同右
牛給事詞五代牛嶠撰	同右
張舍人詞五代張泌撰	同右
毛司徒詞五代毛文錫撰	同右
牛中丞詞五代牛希濟撰	同右

顧太尉詞五代顧夐撰　同右
鹿太保詞五代鹿虔扆撰　同右
閻處士詞五代閻選撰　同右
尹參卿詞五代尹鶚撰　同右
毛祕書詞五代毛熙震撰　同右
瓊瑤集五代李珣撰　同右
荆臺傭稿五代孫光憲撰　劉毓盤輯《唐五代宋遼金元名家詞集六十種輯》本（劉輯本）
孫中丞詞五代孫光憲撰　王國維輯《唐五代二十一家詞輯》本（王輯本）
陽春集五代馮延巳撰　明吴訥《唐宋名賢百家詞》鈔本（吴本）
又　清康熙二十八年侯文燦輯刻《十名家詞》本（侯本）
又　北京圖書館藏清康熙五十四年蕭江聲鈔本（蕭本）
又　清王鵬運四印齋所刻詞本（四印齋本）
又　清金武祥輯粟香室叢書本（金本）
陽春集校證近人孫人和校證　民國間中國大學講義鉛印本
南唐二主詞五代李璟李煜撰　明吴訥《唐宋名賢百家詞》鈔本（吴本）
又　明萬曆庚申吕遠刻譚爾進校本（吕本）
又　清董氏誦芬室鈔《南詞十三種》本（南詞本）
又　清康熙二十八年侯文燦輯刻《十名家詞》本（侯本）

又　清康熙五十四年蕭江聲鈔本（蕭本）
又　劉毓盤輯《唐五代宋遼金元名家詞集六十種輯》本（劉本）
又　王國維輯《唐五代二十一家輯》本（王本）
南唐二主詞集清朱景行輯　清光緒己丑詠花館刊本（朱本）
南唐二主詞箋清劉繼增箋　民國七年無錫圖書館校印本（劉箋本）
南唐二主詞彙箋唐圭璋箋　正中書局一九三六年版
南唐二主詞校訂王仲聞校訂　人民文學出版社一九五七年版
李璟李煜詞詹安泰箋　人民文學出版社一九五八年版
張子野詞宋張先撰　明吴訥輯《唐宋名賢百家詞》鈔本
又　清鮑氏知不足齋叢書本
又　清朱孝臧刻彊村叢書本
珠玉詞宋晏殊撰　明吴訥輯《唐宋名賢百家詞》鈔本
又　明毛氏汲古閣刻《宋六十名家詞》本
歐陽文忠公近體樂府宋歐陽修撰　上海古籍出版社影印《景刊宋金元明本詞》景宋本（景宋本）
又　同右（景宋本）
醉翁琴趣外篇宋歐陽修撰　明吴訥《唐宋名賢百家詞》鈔本
六一詞宋歐陽修撰　同右
杜壽域詞宋杜安世撰　明毛氏汲古閣刻《宋六十名家詞》本
又

東坡樂府宋蘇軾撰	北京圖書館藏元延祐七年刻本
東坡詞宋蘇軾撰	明吳訥輯《唐宋名賢百家詞》鈔本
又	北京大學圖書館藏明紫芝漫鈔《宋元名家詞》本
又	明毛氏汲古閣刻《宋六十名家詞》本
山谷詞宋黃庭堅撰	同右（毛本）
淮海居士長短句宋秦觀撰	民國十九年北平故宮博物院影印宋乾道高郵軍學刻本（宋刊本）
酒邊集宋向子諲撰	《景刊宋金元明本詞》景宋本（宋本）
頤堂詞宋王灼撰	清朱孝臧彊村叢書本
栟櫚詞宋鄧肅撰	清王鵬運四印齋刻本
龍洲詞宋劉過撰	明吳訥輯《唐宋名賢百家詞》鈔本
又	明毛氏汲古閣刻《宋六十名家詞》本
又	清朱孝臧彊村叢書本（朱本）
玉蟾先生詩餘宋葛長庚撰	同右
金谷遺音宋石孝友撰	明吳訥《唐宋名賢百家詞》鈔本
又	明毛氏汲古閣刻《宋六十名家詞》本
夢窗詞集宋吳文英撰	清朱孝臧彊村叢書本（朱本）
風雅遺音宋林正大撰	清江標輯刻《宋元名家詞》本
撫掌詞題宋歐良撰	北京圖書館藏清勞權抄《典雅詞十種》本

本堂詞　宋陳著撰　清朱孝臧彊村叢書本

竹山詞　宋蔣捷撰　同右

遺山樂府　金元好問撰　同右

磻溪詞　金丘處機撰　《景刊宋金元明本詞》景金本

貞居詞　元張雨撰　清朱孝臧彊村叢書本

（三）敦煌詞類

敦煌發見唐朝之通俗詩及通俗小説　王國維撰　載《東方雜誌》第十七卷八號（王國維校本）

貞松堂藏西陲秘籍叢殘　羅振玉輯　臺北新文豐出版公司《敦煌叢刊初集》本（貞松堂藏本）

敦煌零拾　羅振玉輯校　一九二四年東方學會排印《六經堪叢書》本（羅書）

敦煌掇瑣　劉復輯校　一九二五年中央研究院歷史語言研究所專刊之二（劉書）

雲謡集雜曲子　朱祖謀校　清朱孝臧《彊村叢書》本（叢書本）

又　一九三三年龍沐勛刊《彊村遺書》本（遺書本）

唐人寫本曲子　趙尊嶽輯校　載《詞學季刊》第一卷第四號（趙尊嶽校本）

敦煌詞掇　周泳先輯校　商務印書館一九三七年鉛印《唐宋金元詞鉤沉》本（周本）

新覯雲謠集雜曲子冒廣生校　載《同聲》月刊第一卷第九號，後收入上海古籍出版社一九九二年版《冒鶴亭詞曲論文集》（冒斠）

雲謠集雜曲子校釋唐圭璋校　載《中央大學文史哲季刊》一九四三年第一期，後收入上海古籍出版社一九八六年版《詞學論叢》（唐校）

敦煌曲子詞集王重民校録　商務印書館一九五六年版（王集）

敦煌曲校録任二北校録　上海文藝聯合出版社一九五五年版（校録）

敦煌曲子詞校議蔣禮鴻撰　載上海古籍出版社一九八八年版《敦煌變文字義通釋》（蔣議）

敦煌曲饒宗頤輯校　一九七一年法國巴黎國家科學研究中心版（饒編）

敦煌曲訂補饒宗頤撰　載臺北《中央研究院歷史語言研究所集刊》第五十一卷一期（饒補）

敦煌雲謠集新書潘重規輯校　石門圖書公司一九七七年版（新書）

敦煌雲謠集新校訂沈英名校　臺北正中書局一九八二年版（新校訂）

補敦煌曲子詞周紹良輯校　載甘肅人民出版社一九八五年版《敦煌學論集》（周紹良校本）

敦煌曲子詞斠證初編林玫儀編校　臺灣東大圖書公司一九八六年版（林編）

敦煌歌辭總編任半塘編校　上海古籍出版社一九八七年版（總編）

法忍鈔本殘卷王梵志詩初校陳慶浩校　載一九八七年《敦煌學》第十二輯（陳校）

《敦煌歌辭總編》校釋商榷黃征撰　載《敦煌研究》一九九〇年第二期（商榷）

王梵志詩校注項楚校注　上海古籍出版社一九九一年版（項注）

《敦煌歌辭總編》匡補 項楚撰　載《文史》第三十五——三十九輯（匡補）

卜天壽論語鈔本後的詩詞雜録 郭沫若撰　載人民出版社一九八四年版《郭沫若全集》歷史編第三卷（郭録）

卜天壽寫卷　載文物出版社一九八一年版《吐魯番出土文書》

敦煌寶藏 黄永武主编　臺北新文豐出版公司一九八一——一九八六年版

（四）別集類

沈佺期集 唐沈佺期撰　上海古籍出版社影印明銅活字本《唐五十家詩集》本（活字本）

張説之文集 唐張説撰　四部叢刊景明嘉靖刊本（嘉靖本）

張説之集　明銅活字本《唐五十家詩集》本（活字本）

王昌齡集 唐王昌齡撰　明銅活字本《唐五十家詩集》本（活字本）

王昌齡詩　明嘉靖十九年刊朱警輯《唐百家詩》本（朱本）

又　明嘉靖三十三年刊黄貫曾輯《唐詩二十六家》本（黄本）

分類補注李太白集 宋楊齊賢集注 元蕭士贇刪補　四部叢刊本（蕭本）

李太白文集 唐李白撰　北京圖書館藏宋刊本（宋刊本）

又　清康熙繆曰芑刻本（繆本）

又　乾隆二十三年刊王琦輯注本（王本）
王右丞集唐王維撰　四部叢刊景元刊本（元刊本）
類箋唐王右丞詩集明顧起經箋　明嘉靖三十四年奇字齋刊本（顧本）
王摩詰詩集唐王維撰　明凌氏（蒙初）刊本（凌刻本）
王右丞詩集箋注清趙殿成箋注　清乾隆二年刊本（趙本）
高常侍集唐高適撰　四部叢刊本（叢刊本）
分門集注杜工部詩唐杜甫撰　四部叢刊本（叢刊本）
顔魯公文集唐顔真卿撰　四部叢刊本
岑嘉州詩唐岑參撰　北京圖書館藏宋刊本（宋刊本）
又　四部叢刊本（叢刊本）
岑嘉州集唐岑參撰　明銅活字本《唐五十家詩集》本（活字本）
元次山文集唐元結撰　四部叢刊景明正德郭勛刊本（明刊本）
韓君平集唐韓翃撰　明刻《唐人集》本（明刻本）
又　明銅活字本《唐五十家詩集》本（活字本）
韓君平詩集　清康熙席啓寓輯刻《唐詩百名家全集》本（席本）
華陽真逸詩唐顧況撰　影宋本《唐人五十家小集》本（影宋本）
顧況集　明銅活字本《唐五十家詩集》本（活字本）
顧逋翁詩集唐顧況撰　清康熙席啓寓輯刻《唐詩百名家全集》本（席本）

戴叔倫集唐戴叔倫撰　靈鶼閣影宋刻本（宋本）
戴叔倫詩集　清康熙席啓寓輯刻《唐詩百名家全集》本（席本）
劉隨州文集唐劉長卿撰　四部叢刊景明正德刊本（明本）
劉隨州集　明銅活字本《唐五十家詩集》本（活字本）
劉隨州詩集　清康熙席啓寓輯刻《唐詩百名家全集》本（席本）
韋江州集唐韋應物撰　四部叢刊景明嘉靖江州刊本（明本）
韋蘇州集唐韋應物撰　明銅活字本《唐五十家詩集》本（活字本）
又　四部備要本
于鵠詩集唐于鵠撰　清康熙席啓寓輯刻《唐詩百名家全集》本（席本）
李端詩集唐李端撰　影南宋書棚刊本（宋刊本）
李端集　明銅活字本《唐五十家詩集》本（活字本）
耿湋集唐耿湋撰　靈鶼閣景宋刊本（宋刊本）
又　明銅活字本《唐五十家詩集》本（活字本）
耿湋詩集　明刻《唐人詩》本（明刊本）
耿拾遺詩集唐耿湋撰　清康熙席啓寓輯刻《唐詩百名家全集》本（席本）
楊少尹詩集唐楊巨源撰　同右
張文昌文集唐張籍撰　續古逸叢書景宋本（宋本）
唐張司業詩集唐張籍撰　四部叢刊景明刊本（明刊本）

張司業集　清康熙席啓寓輯刻《唐詩百名家全集》本（席本）

又　文淵閣四庫全書本（四庫本）

王建詩集唐王建撰　南宋陳解元書鋪刻本（宋本）

又　清康熙席啓寓輯刻《唐詩百名家全集》本（席本）

唐王建詩集　明嘉靖刊本（明本）

王建詩　明毛氏汲古閣刊《唐六名家集》本（毛本）

機緣集（船子和尚撥棹歌）唐釋德誠等撰　元釋坦輯　華東師範大學出版社影印元刻本（元刻本）

又　清嘉慶九年刻本（清刻本）

權載之文集唐權德輿撰　四部叢刊本

劉夢得文集唐劉禹錫撰　四部叢刊景董氏景宋本（景宋本）

劉賓客文集唐劉禹錫撰　清結一廬賸餘叢書景刊明鈔本（結一廬本）

白氏長慶集唐白居易撰　文學古籍刊行社影印宋紹興刊本（宋本）

唐柳先生集唐柳宗元撰　四部叢刊景元刻本（元刻本）

元氏長慶集唐元稹撰　文學古籍刊行社影印明鈔宋本

姚少監詩集唐姚合撰　四部叢刊景明鈔本（明鈔本）

姚少監詩　明毛氏汲古閣刻《唐六名家集》本（毛本）

竇氏聯珠集唐褚藏言輯　四部叢刊景嘉業堂藏宋刊本

李文饒文集唐李德裕撰　四部叢刊本（叢刊本）

樊川文集唐杜牧撰　四部叢刊景明刊本（叢刊本）

樊川詩集注清馮集梧注　清裕德堂刊本

温飛卿詩集唐温庭筠撰　清顧嗣立等注　清顧氏秀野堂刊本（顧本）

段成式詩唐段成式撰　清康熙席啓寓輯刻《唐詩百名家全集》本（席本）

新雕注胡曾詠史詩唐胡曾撰　米崇吉等評注　四部叢刊景宋鈔本（叢刊本）

薛許昌詩集唐薛能撰　明毛氏汲古閣刻《唐人八家詩》本（毛本）

張承吉文集唐張祜撰　上海古籍出版社景宋蜀刻本（宋蜀刻本）

張處士詩集唐張祜撰　明嘉靖十九年刊朱警輯《唐百家詩》本（明刻本）

張祜詩集唐張祜撰　清康熙席啓寓輯刻《唐詩百名家全集》本（席本）

李義山詩集唐李商隱撰　四部叢刊景明嘉靖蔣氏刻本（蔣本）

玉谿生年譜會箋近人張爾田箋　劉氏求恕齋叢書本

玉谿生詩集箋注清馮浩編注　清乾隆庚子德聚堂重刻本（乾隆本）

唐黄先生文集唐黄滔撰　四部叢刊本

甲乙集唐羅隱撰　四部叢刊本（叢刊本）

香奩集唐韓偓撰　明毛氏汲古閣刊《五唐人詩集》本（毛本）

又　四部叢刊景鈔本（鈔本）
又　清武强賀氏刊吴汝綸評注《韓翰林集評注》本（吴本）
香奩集發微　清震均撰　民國十八年掃葉山房石印本
白蓮集　唐釋齊己撰　四部叢刊本（叢刊本）
徐騎省集　五代徐鉉撰　四部叢刊景黄堯圃校宋本（宋本）
純陽吕真人文集　題吕巖撰　明萬曆十九年刊《道書全集》本（道書本）
吕帝詩集　題吕巖撰　清光緒三十二年《重刊道藏輯要》本
山谷内集注　宋任淵注　武英殿聚珍版書本
雲巢編　宋沈遼撰　四部叢刊三編景明覆宋本（覆宋本）
後山先生集　宋陳師道撰　適園叢書本
栟櫚先生集　宋鄧肅撰　明正德刊本
松隱文集　宋曹勛撰　嘉業堂叢書本
渭南文集　宋陸游撰　四部叢刊初編本
知稼翁集　宋黄公度撰　清道光重刊本
心泉學詩稿　宋蒲壽宬撰　文淵閣四庫全書本
弇州山人四部稿　明王世貞撰　文淵閣四庫全書本

（五）總集類

國秀集 唐芮挺章選　四部叢刊景秀水沈氏藏明翻宋刻本（沈本）

御覽詩 唐令狐楚選　明毛氏汲古閣刊本（毛本）

又玄集 唐韋莊選　古典文學出版社影印日本江户昌平坂學問所官板本（江户本）

才調集 五代韋縠選　四部叢刊景述古堂鈔本（叢刊本）

文苑英華 宋李昉等輯　中華書局影印宋刊配明本（宋本）

樂府詩集 宋郭茂倩輯　文學古籍刊行社影印宋本（宋本）

萬首唐人絶句 宋洪邁輯　文學古籍刊行社影印明嘉靖本（嘉靖本）

無名氏詩集 佚名輯　影南宋書棚刊本（影宋本）

瀛奎律髓 元方回輯　明成化三年紫陽書院刊本（成化本）

唐詩品彙 明高棅輯　上海古籍出版社影印汪宗尼校訂本（汪校本）

詩淵 佚名輯　書目文獻出版社影印明鈔本（鈔本）

全蜀藝文志 明楊慎輯　清嘉慶二十三年樂山張汝傑重刊本（張本）

補續全蜀藝文志 明杜應芳等輯　明萬曆刊本

名媛詩歸 明鍾惺輯　明萬曆刊本

唐詩選脉會通 明周敬輯　明崇禎縠采齋刻本

唐音統籤明胡震亨輯　清康熙二十三年刻本（康熙本）
唐詩紀明黄德水輯　明萬曆十四年刻本
全唐詩　上海古籍出版社影印康熙揚州詩局本（康熙本）
又　中華書局排印本
全唐文　中華書局影印嘉慶原刊本
唐詩解清唐汝詢輯　清順治十六年刻本
唐詩箋要清吴瑞榮撰　清乾隆金陵三樂齋三多齋刊本（乾隆本）
歷朝名媛詩詞清陸昶輯　清乾隆癸巳刻本
全五代詩清李調元輯　函海本
沅湘耆舊集清鄧顯鶴輯　清道光二十四年刊本
全唐詩補編陳尚君輯校　中華書局一九九二年版
唐聲詩任半塘著　上海古籍出版社一九八二年版
隋唐五代燕樂雜言歌辭集任半塘　王昆吾編著　巴蜀書社一九九〇年版

（六）詩話類

本事詩唐孟棨撰　明毛氏津逮祕書本（津逮本）

樂府古題要解唐吴兢撰	同右
詩人主客圖唐張爲撰	上海醫學書局印丁福保《歷代詩話續編》本（丁本）
續本事詩□聶奉先撰	宛委山堂《説郛》本
後山居士詩話宋陳師道撰	宋刊百川學海本（百川本）
後山詩話宋陳師道撰	明毛氏津逮祕書本（津逮本）
又	清乾隆刊何文焕輯《歷代詩話》本（何本）
冷齋夜話宋釋惠洪撰	明毛氏津逮祕書本
吟窗雜録宋陳應行撰	北京圖書館藏明刻本（明刻本）
又	中國科學院圖書館藏明鈔本（明鈔本）
許彦周詩話宋許顗撰	宋刊百川學海本（百川本）
又	明刊稗海本（稗海本）
彦周詩話宋許顗撰	明毛氏津逮祕書本（津逮本）
又	清乾隆刊何文焕輯《歷代詩話》本（何本）
竹坡詩話宋周紫芝撰	同右（何本）
竹坡老人詩話宋周紫芝撰	宋刊百川學海本（百川本）
庚溪詩話宋陳巖肖撰	同右（百川本）
唐詩紀事宋計有功撰	四部叢刊影印錢塘洪氏刊本（洪本）
觀林詩話宋吴聿撰	清道光刊守山閣叢書本

書名	版本
詩話總龜宋阮閱撰	四部叢刊影印明月窗道人校刊本（月窗本）
又	北京圖書館藏明鈔本（明鈔本）
又	北京圖書館藏清鈔本（清鈔本）
又	北京圖書館藏繆荃孫校本（繆校本）
苕溪漁隱叢話宋胡仔撰	清乾隆耘經樓依宋本重刊本（耘經樓本）
艇齋詩話宋曾季貍撰	上海醫學書局印丁福保《歷代詩話續編》本
懷古録宋陳模撰	中國科學院圖書館藏明鈔《説集》本（明鈔本）
又	北京圖書館藏傅增湘校清鈔本（清鈔本）
浩然齋雅談宋周密撰	武英殿聚珍版書本
詩人玉屑宋魏慶之撰	北京圖書館藏日本寬永十六年刻本（寬永本）
藝苑卮言明王世貞撰	上海醫學書局印丁福保《歷代詩話續編》本
升菴詩話明楊慎撰	同右（丁本）
四溟詩話明謝榛撰	同右
詩藪明胡應麟撰	上海古籍出版社一九七九年版
唐音癸籤明胡應亨撰	上海古籍出版社一九八一年版
五代詩話清王士禎輯	北京書目文獻出版社一九八九年版

（七）詞話類

碧雞漫志 宋王灼撰　清鮑氏知不足齋叢書本

渚山堂詞話 明陳霆撰　民國劉氏吴興叢書本

詞品 明楊慎撰　南京圖書館藏明刻本（明刻本）

詞家辨證 清李良年撰　清道光刊學海類編本

填詞名解 清毛先舒撰　北京中國書店一九八四年影印《詞學全書》本

詞苑叢談 清徐釚撰　清康熙二十七年丁煒刻蛾術齋印本

古今詞話 清沈雄撰　清康熙二十八年澄輝堂刊本

詞林紀事 清張宗橚撰　清嘉慶三年陳敬銘印本（嘉慶本）

詞綜偶評 清許昂霄撰　中華書局一九八六年版《詞話叢編》本

詞苑萃編 清馮金伯輯　清嘉慶刊本

本事詞 清葉申薌撰　清道光十二年天籟軒刻本（道光本）

樂府餘論 清宋翔鳳撰　中華書局一九八六年版《詞話叢編》本

雙硯齋詞話 清鄧廷楨撰　同右

詞徵 清張德瀛撰　同右

蕙風詞話 清況周頤撰　同右

（八）詞譜類

嘯餘譜 明程明善撰　明萬曆刊本
詞學筌蹄 明周瑛撰　上海圖書館藏明鈔本
填詞圖譜 清賴以邠撰　北京中國書店影印《詞學全書》本
詞律 清萬樹撰　清光緒二年刊本（光緒本）
詞譜 清王奕清等編　清康熙五十四年内府刊本（内府本）
詞律拾遺 清徐本立撰　清同治刊本
詞律箋榷 清徐棨撰　載《詞學季刊》二卷二至四號、三卷一至二號

（九）史部

舊唐書 後晋劉昫等撰　中華書局點校本
新唐書 宋歐陽修等撰　同右
舊五代史 宋薛居正等撰　同右
新五代史 宋歐陽修撰　同右
宋史 元脱脱等撰　同右

書名	版本
資治通鑑宋司馬光撰	同右
宋史紀事本末明陳邦瞻編	同右
十國春秋清吴任臣撰	清乾隆刻本（清刻本）
五代史補宋陶岳撰	豫章叢書本
隋唐嘉話唐劉餗撰	明刊顧氏文房小説本（顧本）
大唐新語唐劉肅撰	明嘉靖潘玄度刻本（潘本）
又	明刊稗海本（稗海本）
唐摭言南漢王定保撰	清刊學津討原本（學津本）
因話録唐趙璘撰	同右
中朝故事南唐尉遲偓撰	明刊歷代小史本（歷代本）
又	文淵閣四庫全書本（四庫本）
南部新書宋錢易撰	清刊學津討原本（學津本）
五代新説南唐徐鉉撰	宛委山堂《説郛》本
五國故事宋佚名撰	清鮑氏知不足齋叢書本（鮑本）
九國志宋路振撰	清刊粤雅堂叢書本
錦里耆舊傳宋句延慶撰	清刊讀畫齋叢書本
蜀檮杌宋張唐英撰	清刊藝海珠塵本（藝海本）
江南野史宋龍衮撰	文淵閣四庫全書本

南唐書宋馬令撰　清刊墨海金壺本（墨海本）
南唐書宋陸游撰　明毛氏汲古閣刊本（毛本）
南唐近事宋鄭文寶撰　明刊寶顔堂祕笈本（寶顔本）
吴越備史宋范坰撰　清刊學津討原本
北夢瑣言五代孫光憲撰　清繆氏雲自在龕叢書本（繆本）
唐語林宋王讜撰　清刊守山閣叢書本（守山本）
釣磯立談宋史虚白撰　清鮑氏知不足齋叢書本
該聞録宋鄭畋撰　宛委山堂《説郛》本
湘山野録宋釋文瑩撰　明毛氏刊津逮祕書本（津逮本）
又　清刊學海類編本（學海本）
又　清刊學津討原本（學津本）
玉壺清話宋釋文瑩撰　清鮑氏知不足齋叢書本（鮑本）
邵氏聞見録宋邵伯温撰　明毛氏刊津逮祕書本（津逮本）
邵氏聞見後録宋邵博撰　同右（津逮本）
默記宋王銍撰　清刊學海類編本
玉照新志宋王明清撰　明刊寶顔堂祕笈本
味水軒日記明李日華撰　嘉業堂叢書本
歷代名畫記唐張彦遠撰　明刊王氏書畫苑本

書名	版本
五代名畫補遺宋劉道醇撰	同右
宋高僧傳宋釋贊寧撰	文淵閣四庫全書本
五燈會元宋釋普濟撰	同右
續仙傳南唐沈汾撰	正統道藏本
三洞羣仙録宋陳葆光撰	同右
純陽帝君神化妙通紀元苗時善撰	同右
韓仙傳題唐韓若雲撰	明刊寶顔堂祕笈本
鍾吕二仙傳明黄魯曾撰	同右
崇文總目宋王堯臣等編次	清刊粤雅堂叢書本
郡齋讀書志宋晁公武撰	續古逸叢書本
直齋書録解題宋陳振孫撰	武英殿聚珍版書本
國史經籍志明焦竑輯	清刊粤雅堂叢書本
文淵閣書目明楊士奇等編	清刊讀畫齋叢書本
菉竹堂書目明葉盛編	清刊粤雅堂叢書本
絳雲樓書目清錢謙益撰	同右
讀書敏求記清錢曾撰	清刊海山仙館叢書本
豐順丁氏持静齋書目清丁日昌撰	清刊江刻書目三種本
佳趣堂書目清陸漻撰	葉氏觀古堂書目叢刊本

四庫全書總目 清永瑢等撰　中華書局一九六五年影印本

通志 宋鄭樵撰　浙江書局刊九通本

文獻通考 元馬端臨撰　同右

嘉定赤城志 宋陳耆卿纂　清嘉慶二十三年臨海宋氏刻本

景定建康志 宋周應合纂　清嘉慶七年金陵孫忠愍祠刻本(嘉慶本)

咸淳毘陵志 宋史能之纂　清嘉慶二十五年趙懷玉刻本

至元嘉禾志 元徐碩纂　文淵閣四庫全書本(四庫本)

正德袁州府志 明嚴嵩纂修　上海古籍書店影印天一閣藏明代方志選刊本

隆慶岳州府志 明鍾崇文纂修　同右

萬曆嚴州府志 明楊守仁纂　書目文獻出版社影印明萬曆六年刻本

太平寰宇記 宋樂史撰　文淵閣四庫全書本

莆陽比事 宋李俊甫撰　宛委別藏本

歲時廣記 宋陳元靚撰　清陸心源刊十萬卷樓叢書本(陸本)

蜀中名勝記 明曹學佺撰　清刊粤雅堂叢書本

(十)子部

朝野僉載 唐張鷟撰　明刊寶顔堂祕笈本(寶顔本)

唐國史補唐李肇撰　明毛氏刊津逮祕書本（津逮本）
杜陽雜編唐蘇鶚撰　清刊學津討原本（學津本）
松窗雜録唐李濬撰　明刊顧氏文房小説本（顧本）
劇談録唐康駢撰　明毛氏刊津逮祕書本（津逮本）
又　文淵閣四庫全書本（四庫本）
西陽雜俎唐段成式撰　明毛氏刊津逮祕書本（津逮本）
又　中華書局一九八一年點校本
集異記唐薛用弱撰　明刊顧氏文房小説本
甘澤謡唐袁郊撰　明毛氏刊津逮祕書本（津逮本）
宣室志唐張讀撰　明刊稗海本
廣異記唐戴孚撰　龍威祕書本
雲溪友議唐范攄撰　明刊稗海本（稗海本）
鑒誡録後蜀何光遠撰　明毛氏刊津逮祕書本（津逮本）
又　清鮑氏知不足齋叢書本（鮑本）
海山記佚名撰　宛委山堂《説郛》本
又　涵芬樓《説郛》本
又　明刊古今説海本
又　明刊歷代小史本

太平廣記宋李昉等編　明嘉靖四十五年談愷刻本（談本）
楊太真外傳宋樂史撰　明刊顧氏文房小説本
梅妃傳佚名撰　明刊顧氏文房小説本（顧本）
又　涵芬樓《説郛》本
又　清刊唐人説薈本
東坡題跋宋蘇軾撰　明毛氏津逮祕書本
夢溪筆談宋沈括撰　文物出版社影印元刊本
羅湖野録宋釋曉瑩撰　明刊寶顔堂祕笈本（寶顔本）
犒簡贅筆宋章淵撰　涵芬樓《説郛》本
又　宛委山堂《説郛》本
青瑣高議宋劉斧撰輯　清董氏誦芬室刊本（董本）
又　上海圖書館藏清鈔本
宋朝事實類苑宋江少虞撰　清董氏誦芬室刊本
江淮異人録宋吴淑撰　文淵閣四庫全書本
洞微志宋錢易撰　宛委山堂《説郛》本
又　涵芬樓《説郛》本
江鄰幾雜志宋江休復撰　明刊寶顔堂祕笈本（寶顔本）
侯鯖録宋趙令畤撰　明刊稗海本

書名	版本
茅亭客話宋黄休復撰	明毛氏津逮祕書本
墨莊漫録宋張邦基撰	四部叢刊三編影明鈔本（明鈔本）
西溪叢語宋姚寬撰	北京圖書館藏繆荃孫校明嘉靖二十七年刻本（繆校本）
又	清刊學津討原本（學津本）
能改齋漫録宋吴曾撰	武英殿聚珍版叢書本（聚珍本）
賓退録宋趙與時撰	清刊學海類編本
緑窗新話宋皇都風月主人編	上海古籍出版社一九九一年點校本
野雪鍛排雜説宋許景迂撰	宛委山堂《説郛》本（説郛本）
清波雜志宋周煇撰	四部叢刊續編本
桯史宋岳珂撰	同右
東皐雜録宋孫宗鑑撰	宛委山堂《説郛》本
又	涵芬樓《説郛》本
緯略宋高似孫撰	清刊守山閣叢書本
演繁露宋程大昌撰	清刊學津討原本
耆舊續聞宋陳鵠撰	清鮑氏知不足齋叢書本（鮑本）
捫蝨新話宋陳善撰	涵芬樓校刊本
夷堅志宋洪邁撰	涵芬樓排印本（涵芬樓本）
投轄録宋王明清撰	涵芬樓校刊本

又　上海古籍出版社一九九一年點校本
野客叢書宋王楙撰　明嘉靖四十一年王穀祥刊本
四朝聞見録宋葉紹翁撰　清鮑氏知不足齋叢書本
湖海新聞夷堅續志元佚名撰　適園叢書本（適園本）
爐餘録元徐大焯撰　望炊樓叢書本
庶齋老學叢談元盛如梓撰　清鮑氏知不足齋叢書本
六硯齋二筆明李日華撰　文淵閣四庫全書本
客座贅語明顧起元撰　金陵叢刊本（金陵本）
少室山房筆叢明胡應麟撰　明萬曆刊本
留青日札摘抄明田藝蘅撰　明刊紀録彙編本
才鬼記明梅鼎祚輯　臺灣偉文書局《秘籍叢編》本
揚州瓊花集明楊端撰　南京圖書館藏明成化刊本（成化本）
清平山堂話本明洪楩編　文學古籍刊行社景印本
癸巳類稿清俞正燮撰　安徽叢書本
太平御覽宋李昉等撰　中華書局影宋本
類説宋曾慥撰　明天啓六年岳鍾秀刊本（岳本）
紺珠集宋佚名撰　文淵閣四庫全書本
新編古今事文類聚宋祝穆撰　書目文獻出版社影元刻本（元本）

新編分門古今類事 宋佚名撰　清陸心源刊十萬卷樓叢書本(陸本)

全芳備祖 宋陳景沂撰　農業出版社景宋刻本(宋本)

又　徐氏積學齋鈔本(徐鈔本)

又　文淵閣四庫全書本

新編事文類聚翰墨大全 元劉應李輯　中國科學院圖書館藏元刊本

古今圖書集成 清蔣廷錫等輯　中華書局、巴蜀書社影印本

紫陽真人悟真篇三注 宋薛道光等注　正統道藏本

紫陽真人悟真篇 宋翁葆光等注　同右

玉溪子丹經指要 宋李簡易纂　同右

三極至命筌蹄 宋王慶升述　同右

金丹詩訣 題唐吕嵓撰　明刊寶顏堂祕笈本(寶顏本)

修真十書金丹大成集 元蕭廷芝撰　正統道藏本(道藏本)

修真十書雜著捷徑 佚名輯　同右

雲笈七籤 宋張君房撰輯　四部叢刊本(叢刊本)

魚山私鈔 日本長惠撰輯　大正新修大藏經本

(十一)近人雜著

尊前集校記冒廣生著　載上海古籍出版社一九九二年版《冒鶴亭詞曲論文集》
金奩集校記冒廣生著　同右
詞學通論吴梅著　商務印書館一九三二年版
四庫提要辨證余嘉錫著　中華書局一九八〇年版
郎官石柱題名新考訂岑仲勉著　上海古籍出版社一九八四年版
唐宋詞人年譜夏承燾著　上海古籍出版社一九七九年版
唐代詩人叢考傅璇琮著　中華書局一九八〇年版
唐才子傳校箋傅璇琮主編　中華書局一九八六——九六年版
唐詩人行年考續編譚優學著　巴蜀書社一九八七年版
元次山年譜孫望著　古典文學出版社一九五七年版
劉禹錫年譜卞孝萱著　中華書局一九六三年版
白居易年譜朱金城著　上海古籍出版社一九八二年版
中國小説史略魯迅著　人民文學出版社一九七三年版
唐代小説史話程毅中著　北京文化藝術出版社一九九〇年版
教坊記箋訂任半塘箋訂　中華書局上海編輯所一九六二年版
蘇軾選集王水照選注　上海古籍出版社一九八四年版
詞學論叢唐圭璋著　上海古籍出版社一九八六年版

花間詞人事輯 陳尚君撰　載巴蜀書社一九九二年版《俞平伯先生從事文學活動六十五周年紀念文集》

全唐詩作者小傳正補 陶敏撰　湘潭師範學院學報一九八六年一期

目次

正編卷一　唐詞

牛希濟一二首

顧　敻五五首

副編卷一　唐五代作品

副編卷二　敦煌作品

副編卷三　宋元人依托唐五代人物鬼仙詞

全唐五代詞正編卷一　唐詞

沈佺期

沈佺期（？——七一三？）字雲卿，相州内黄（今屬河南）人。高宗上元二年（六七五）登進士第。長安二年（七〇二），累遷給事中。中宗神龍元年（七〇五），坐阿附張易之，流放驩州。次年北歸。稍遷台州録事參軍。後歷中書舍人、太子詹事。玄宗開元初卒。原有文集十卷，今存《沈佺期集》四卷。《舊唐書》卷一九〇中、《新唐書》卷二〇二有傳。另參傅璇琮《唐才子傳校箋》卷一、譚優學《唐詩人行年考續編》。

沈佺期存詞一首，據津逮本《本事詩》入録，用耘經樓本《苕溪漁隱叢話》、嘉靖本《萬首唐人絶句》參校。

迴波樂〔一〕

迴波爾時佺期。流向嶺外生歸。身名已蒙齒録〔二〕，袍笏未復牙緋〔三〕。　津逮本《本事詩·嘲戲

第七》

〔一〕《苕溪漁隱叢話》前集卷二三、《萬首唐人絶句》卷二六作《迴波詞》。

〔二〕身名已：《苕溪漁隱叢話》作「姓名雖」。

〔三〕復：《苕溪漁隱叢話》作「换」。

【本事】

沈佺期曾以罪謫，遇恩，官還秩，朱紱未復。嘗内宴，羣臣皆歌《迴波樂》，撰詞起舞，因是多求遷擢。佺期詞曰（略）。中宗即以緋魚賜之。（《本事詩・嘲戲第七》）

楊廷玉

楊廷玉（生卒年里不詳），武則天表姪，曾任蘇州嘉興令。爲人貪狠無厭，爲御史康訔所推奏，斷死，後獲赦免。事跡據《朝野僉載》卷二。

楊廷玉存詞一首，據寶顔本《朝野僉載》入録，用談本《太平廣記》參校。

迴波詞〔一〕

迴波爾時廷玉。打獠取錢未足。阿姑婆見作天子〔二〕，傍人不得棖觸〔三〕。

寶顔本《朝野僉載》卷二

〔一〕 原無調名，據《唐音癸籤》卷一三、《全唐詩》卷八六九補。

〔二〕 婆：原作「姿」，據《太平廣記》卷三二九引《朝野僉載》改。

〔三〕 棖：《太平廣記》卷三二九引《朝野僉載》作「抵」。

【本事】

周長安初，前遂州長江縣丞夏文榮，時人以爲判冥事。張鷟時爲御史，出爲處州司倉，替歸，往問榮焉。榮以杖畫地作「柳」字，曰：「君當爲此州。」至後半年，除柳州司，後改德州平昌令。榮刻時日，晷漏無差。又蘇州嘉興令楊廷玉，則天之表姪也。貪狠無厭，著詞曰（略）。差攝御史康訔推奏，斷死。時母在都，見夏文榮，榮索一千張白紙，一千張黄紙，一爲這逐（《太平廣記》作「爲廷玉禱」）。後十日來，母如其言。榮曰：「且免死矣。後十日内有進止。」果六日有敕：「楊廷玉改盡（《太平廣記》「改盡」作「奉養」）老母殘年。」（《朝野僉載》卷二）

李景伯

李景伯（生卒年不詳），邢州柏仁（今河北隆堯）人。李懷遠之子。中宗景龍中爲給事中，後遷諫議大夫。睿宗景雲中，進太子右庶子，累遷右散騎常侍，尋以老疾致仕。玄宗開元中卒。《舊唐書》卷九〇、《新唐書》卷一一六有傳。

李景伯存詞一首，據潘本《大唐新語》入録，用顧本《隋唐嘉話》、談本《太平廣記》、宋本《太平御覽》、洪本《唐詩紀事》、嘉靖本《萬首唐人絶句》、宋本《樂府詩集》參校。

迴波詞〔一〕

迴波爾時酒巵〔二〕。微臣職在箴規〔三〕。侍宴既過三爵〔四〕，喧譁竊恐非儀〔五〕。　潘本《大唐新語》卷三

〔一〕《隋唐嘉話》下、《太平廣記》卷一六四引《國史異纂》作《下兵詞》。《太平御覽》卷八四四引《唐書》、《樂府詩集》卷八〇作《迴波樂》。《唐詩紀事》卷八作《迴波辭》。

〔二〕時：原作「持」，《隋唐嘉話》同。《太平廣記》、《太平御覽》、《唐詩紀事》、《萬首唐人絶句》、《樂府詩集》作「時」。按此調首句以《迴波爾時》爲定格（參前沈佺期、楊廷玉詞），因據改。

〔三〕微臣職：《隋唐嘉話》、《太平廣記》作「兵兒志」。

〔四〕侍宴既過：《太平御覽》作「禮飲只合」。

〔五〕喧譁竊恐非儀：《隋唐嘉話》、《太平廣記》作「喧譁竊恐非宜」。《太平御覽》作「君臣混雜非宜」。

【本事】

景龍中，中宗嘗遊興慶池，侍宴者遞起歌舞，並唱《迴波詞》，方便以求官爵。給事中李景伯亦起舞歌曰（略）。於是宴罷。（《大唐新語》卷三）

中宗朝優人

優人，名里不詳。詞一首，據津逮本《本事詩》入録。

迴波詞

迴波爾時栲栳。怕婦也是大好。外邊祇有裴談，内裏無過李老。　津逮本《本事詩·嘲戲第七》

【本事】

中宗朝，御史大夫裴談崇奉釋氏。妻悍妬，談畏之如嚴君。嘗謂人：「妻有可畏者三：少妙之時，視之如生菩薩。及男女滿前，視之如九子魔母，安有人不畏九子魔母耶？及五十六十，薄施脂粉或黑，視之如鳩盤茶，安有人不畏鳩盤茶？」時韋庶人頗襲武氏之風軌，中宗漸畏之。内宴唱《迴波詞》，有優人詞曰（略）。韋后意色自得，以束帛賜之。（《本事詩·嘲戲第七》）

【考辨】

此首始見於《本事詩》，本優人之詞。《全唐詩》卷八六九署「中宗朝優人」，《詞譜》卷一作「無名氏」，是。《萬首唐人絶句》卷二六誤題「裴談」作，《全唐詩》卷八九〇、《詞律》卷一、《詞林紀事》卷一等俱沿其誤。杜文瀾於《詞律》校勘記、徐棨《詞律箋榷》卷一已辨其非。又按，以上四首《迴波樂》詞，調名已見《教坊記》，並有歌唱本事，且句式基本相同（唯楊廷玉詞第三句襯一字，爲七字句），首句皆以「迴波爾時」爲定格，具有「依調填詞」性質。《朝野僉載》謂楊廷玉「著詞」，亦證楊氏是依調製詞，蓋「著詞」乃唐人依調作詞或唱詞之專用術語。故録入正編。

李隆基

李隆基（六八五——七六一），隴西成紀（今甘肅秦安）人。睿宗李旦第三子，故自稱「三郎」。武后垂拱元年（六八五）生於東都洛陽。睿宗景雲元年（七一〇）立爲皇太子。先天元年（七一二）即位，先後改元開元、天寶，在位四十五年。天寶十五載（七五六）六月，因安史之亂，倉皇奔蜀。七月，太子李亨即位，尊爲太上皇。肅宗至德二載（七五七）還京。上元二年（七六一）四月卒。廟號玄宗。有《唐玄宗皇帝集》二卷。《舊唐書》卷八、《新唐書》卷五有本紀。

好時光

寶髻偏宜宮樣，蓮臉嫩、體紅香。眉黛不須張敞畫，天教入鬢長。　莫倚傾國貌，嫁娶箇，有情郎。彼此當年少，莫負好時光。　朱本《尊前集》

【考辨】

此詞首見於《尊前集》，題「明皇」撰。其後《全唐詩》、《詞律》、《詞譜》俱因之。毛先舒《填詞名解》卷一引郭紹孔《詞譜》云：「此詞或疑非明皇作。」然《尊前集》、《全唐詩》俱收，必有所據。近人吴梅《詞學通論》亦以爲「僞作」。今按，唐宋載籍未見有著録言及此詞者，不無可疑。然《尊前集》既已收録，兹從之作李隆基詞。

李白

李白（七〇一——七六二），字太白，自號青蓮居士。祖籍隴西成紀（今甘肅秦安），生於中亞碎葉城（今托克馬克城），少居綿州彰明縣（今四川江油）。玄宗開元十二年（七二四），出蜀遠游，居湖北安陸。二十四年（七三六），移居山東任城。天寶元年（七四二），應詔入京，供奉翰林。三載（七四四）春，被玄宗賜金放還。安史亂時，隱居廬山。永王璘舉兵東巡，辟爲僚佐。肅宗至德二載（七五七），永王兵敗，白繫潯陽獄，坐長流夜郎。後遇赦東還。寶應元年（七六二），病卒於當塗，年六十二。著有《李太白集》三十卷。《舊唐書》卷一九〇中、《新唐書》卷二〇二有傳。另參《唐才子傳校箋》卷二等。

李白詞，向無專集，且真僞難辨。清末楊文斌輯《三李詞》本收七調十四首，近人吴虞《蜀十五家詞》本《李白詞》收六調十五首，劉毓盤輯本《李翰林集》收八調十七首。今據《尊前集》等重輯。兹從《尊前集》輯十二首、津逮本《邵氏聞見後録》輯一首，凡十三首。其他可考定之僞詞列入存目。

《尊前集》以朱本爲底本，校以吴本、毛本、明鈔本，並參校蕭本《分類補注李太白集》、王本《李太白文集》、叢刊本、毛本《唐宋諸賢絶妙詞選》、宋本《樂府詩集》、月窗本《詩話總龜》、古松堂本《詩人玉屑》、顧本《松窗雜録》、津逮本《湘山野録》、聚珍本《能改齋漫録》、内府本《詞譜》、康熙本《古今詞話》。

連理枝黄鍾宫

雪蓋宫樓閉〔一〕。羅幕昏金翠。鬬鴨闌干〔二〕，香心淡薄，梅梢輕倚。噴寶猊香燼麝煙濃，馥紅綃翠被。

〔一〕蓋：明鈔本《尊前集》作「盡」。

〔二〕鴨：原作「壓」，據《詞譜》卷一六、《古今詞話·詞辨》下卷改。

又

淺畫雲垂帔。點滴昭陽淚。咫尺宸居，君恩斷絶，似遠千里〔一〕。望水晶簾外竹枝寒，守羊車未至。

〔一〕遠：吴本、毛本、明鈔本《尊前集》作「遥」。

【考辨】

以上二首明鈔本、朱本《尊前集》、《詞譜》、《三李詞》本、《蜀十五家詞》本、劉輯本《李翰林集》合刻爲一詞，作雙調。兹從吴本、毛本《尊前集》、《全唐詩》、《歷代詩餘》、《詞律》作二首。《古今詞話·詞辨》下卷云：「唐詞最初都無换頭，今以太白兩首疊作雙調者何故？後晏殊亦爲此調，始有换頭。」又，冒廣生《尊前集校記》云：「此與杜牧《八六子》、和凝《麥秀兩歧》、尹鶚《金浮圖》、《秋夜月》、李珣《中興樂》，疑皆贋作。明人通行惟《花間》、《草堂》兩集。諸詞兩集均不載，不知顧氏從何處得來。唐五代尚無此長調，稍知學術源流者當能辨之。」按，顧梧芳本《尊前集》刻於明萬曆壬午（一五八二），而吴訥《唐宋名賢百家詞》本《尊前集》鈔成於明正統六年（一四四一），早於顧刻本一百四十餘年，其必有據。至於冒氏謂唐五代無此長調，此原爲明鈔本、朱本所爲，不足致疑。今人施蟄存《讀李白詞劄記》認爲「此詞必宋初人所撰，謬托於李白」（《華東師範大學學報》一九八四年第一期）。可備一說。

清平樂〔一〕

禁庭春晝。鶯羽披新繡。百草巧求花下鬬。祇賭珠璣滿斗。　日晚卻理殘粧。御前閑舞霓裳。誰道腰肢窈窕，折旋笑得君王〔二〕。

〔一〕《唐宋諸賢絶妙詞選》卷一作《清平樂令》，題作《翰林應制》。吴本、明鈔本《尊前集》調下有「五首」二字。

〔二〕笑：《唐宋諸賢絶妙詞選》作「消」。

又

禁闈清夜〔一〕。月探金窗罅。玉帳鴛鴦噴蘭麝〔二〕。時落銀燈香灺。　女伴莫話孤眠。六宮羅綺三千。一笑皆生百媚，宸衷教在誰邊〔三〕。

〔一〕清：吴本、明鈔本《尊前集》、《唐宋諸賢絶妙詞選》作「秋」。

〔二〕蘭：《唐宋諸賢絶妙詞選》作「沉」。

〔三〕衷：《能改齋漫録》卷八、《唐宋諸賢絶妙詞選》作「遊」。

【考辨】

以上二首始見於《尊前集》。《唐宋諸賢絶妙詞選》亦載，並注：「唐吕鵬《遏雲集》載應制詞四首，以後二首無清逸氣韻，疑非太白所作。」是此二首亦見載於《遏雲集》。《能改齋漫録》亦録有第二首下片。明王世貞《弇州山人四部稿》卷一五二以爲此二首「非太白作，謂其卑淺也。按太白《清平樂》本三絶句而已，不應復有詞」。《古今詞統》卷五徐士俊批語承此説。胡應麟《少室山房筆叢》卷四一亦認爲此二首「尤淺俚，俱贋作也」。按王氏混《清平調》爲《清平樂》而疑之，非；以其「卑淺」而疑之，亦無確據。又按歐陽炯《花間集序》云：「在明皇朝，則有李太白應制《清平樂》詞四首。」南宋初王灼《頤堂詞》亦有《清平樂·填太白應制詞》。《能改齋漫録》卷一七亦謂王觀集中有《清平樂·擬太白應制》，《唐宋諸賢絶妙詞選》卷五並録入。是五代宋人皆以爲李白曾作《清平樂》應制詞。然今存五首，未知除此二首外哪二首屬歐陽炯所見、《遏雲集》所載之四首。

又

煙深水闊。音信無由達。惟有碧天雲外月。偏照懸懸離別。　盡日感事傷懷。愁眉似鎖難開。夜夜長留半被，待君魂夢歸來。

又

鸞衾鳳褥。夜夜常孤宿。更被銀臺紅蠟燭。學妾淚珠相續。　花貌些子時光。抛人遠泛瀟湘。欹枕悔聽寒漏，聲聲滴斷愁腸。

又

畫堂晨起。來報雪花墜。高卷簾櫳看佳瑞。皓色遠迷庭砌。　盛氣光引爐煙，素草寒生玉珮。應是天仙狂醉。亂把白雲揉碎。

【考辨】

此首《樂府雅詞》卷上作無名氏詞。《花草粹編》卷三因之。又下片首句當用韻而未用，第三句不叶韻而叶，與前四首不同。或此首原不屬《遏雲集》所載《清平樂》四首之内。今人施蟄存《讀李白詞劄記》以爲是「北宋人作，託名于李白，誤入《尊前集》者」。姑存疑。又《詞綜補遺》卷二誤作宋袁綯詞，《全宋詞》九八七頁已訂正。

菩薩蠻　中呂宮

平林漠漠煙如織。寒山一帶傷心碧。暝色入高樓。有人樓上愁。　玉階空佇立〔一〕。宿鳥歸飛急〔二〕。何處是回程〔三〕。長亭接短亭〔四〕。

〔一〕玉階：吴本、明鈔本《尊前集》、《湘山野録》卷上、《詩話總龜》前集卷四〇、《唐宋諸賢絶妙詞選》卷一、《詩人玉屑》卷二一作「玉梯」。

〔二〕鳥：《湘山野録》作「鴈」。

〔三〕回：《湘山野録》、《詩話總龜》、《唐宋諸賢絶妙詞選》、《詩人玉屑》作「歸」。

〔四〕接：《湘山野録》、《唐宋諸賢絶妙詞選》作「連」。

【考辨】

釋文瑩《湘山野録》卷上云：「此詞不知何人寫在鼎州滄水驛樓，復不知何人所撰。魏道輔泰見而愛之。後至長沙，得古集於子宣内翰家，乃知李白所作。」《詩話總龜》前集卷四〇、《詩人玉屑》卷二一引《古今詩話》略同。後人遂以爲此詞「始見」於《湘山野録》並因而疑爲僞作。不知各本《尊前集》早已收録。文瑩或未見《尊前集》，故「不知何人所撰」。宋高承《事物紀原》卷二引楊繪《本事曲》云：「近傳一闋，云李白制，即今《菩薩蠻》，其詞非白不能及，信其自白始也。」《事物紀原》約成書於神宗元豐三年，可知此前李白《菩薩蠻》詞已傳世。李白此詞可謂其來有自，宋人未嘗致疑。自明胡應麟《少室山房筆叢》卷四一發難，以爲此詞「近飛卿」，「蓋晚唐人詞」；胡震亨《唐音癸籤》卷一三亦謂此詞是「後人妄托」，近人遂聚訟紛紜（參《文學評論叢刊》第三一輯葛景春《近六十年來李白詞真僞討論綜述》）。兹從《尊前集》作李白詞。

又

舉頭忽見衡陽雁。千聲萬字情何限。叵耐薄情夫。一行書也無。　泣歸香閣恨。和淚淹紅粉。待雁卻回時。也無書寄伊。

【考辨】

此首楊金本《草堂詩餘前集》卷下、《草堂詩餘續集》卷上、《花草粹編》卷三作宋末陳達叟詞。《全宋詞》仍之。《歷代詩餘》卷九、《閩詞鈔》卷四、《蕙風詞話》卷二、冒廣生《尊前集校記》別又作宋陳以莊詞。劉輯本《李翰林集》校記以爲非李白詞，「自是宋人筆也」。按吳訥《唐宋名賢百家詞》本《尊前集》鈔成於明正統六年，早於楊金本《草堂詩餘》、《花草粹編》、《歷代詩餘》成書一、二百年。兹從《尊前集》作李白詞。

清平調〔一〕

雲想衣裳花想容。春風拂檻露華濃〔二〕。若非羣玉山頭見，會向瑶臺月下逢〔三〕。

〔一〕《唐宋諸賢絶妙詞選》卷一作《清平調辭》，題作《沉香亭應制》。

〔二〕檻：《松窗雜録》作「曉」。

〔三〕會：叢刊本《唐宋諸賢絶妙詞選》作「定」。

又

一枝紅艷露凝香〔一〕。雲雨巫山枉斷腸。借問漢宫誰得似，可憐飛燕倚新粧。

〔一〕紅：《分類補注李太白集》作「穠」。《李太白文集》王琦注：「許本作『濃』。」

又

名花傾國兩相歡。常得君王帶笑看〔一〕。解得春風無限恨〔二〕，沈香亭北倚闌干。以上十二首朱本《尊前集》

〔一〕常：《分類補注李太白集》、《李太白文集》、《松窗雜録》、《唐宋諸賢絶妙詞選》、《樂府詩集》卷八〇作「長」。

〔二〕得：同上諸集及明鈔本《尊前集》作「釋」。恨：《唐宋諸賢絶妙詞選》作「意」。

【本事】

開元中，禁中初重木芍藥，即今牡丹也。得四本紅紫淺紅通白者，上因移植於興慶池東沉香亭前。會花方繁開，上乘月夜召太真妃以步輦從。詔特選梨園弟子中尤者，得樂十六色。李龜年以歌擅一時之名，手捧檀板，押衆樂前欲歌之。上曰：「賞名花，對妃子，焉用舊樂詞爲？」遂命龜年持金花牋宣賜翰林學士李白，進《清平調》詞三章。白欣承詔旨，猶苦宿酲未解，因援筆賦之。（略）龜年遽以詞進，上命梨園弟子約略調撫絲竹（《楊太真外傳》作「約略詞調，撫絲竹」），遂促龜年以歌。（《松窗雜録》）

【考辨】

以上三首始見於唐李濬《松窗雜録》。宋樂史《楊太真外傳》、林正大《風雅遺音》卷下及今傳各本李白集皆著録。今人有疑其非詞者，亦有疑爲僞作者（參葛景春《近六十年來李白詞真僞討論綜述》)，迄無定論。兹從《尊前集》、《唐宋諸賢絶妙詞選》收録作詞。

憶秦娥

簫聲咽。秦娥夢斷秦樓月。秦樓月。年年柳色。灞橋傷别〔一〕。　樂遊原上清秋節。咸陽古道音塵絶。音塵絶。西風殘照，漢家陵闕〔二〕。

〔一〕灞橋：《唐宋諸賢絶妙詞選》卷一作「霸陵」。《李太白文集》作「灞陵」。　津逮本《邵氏聞見後録》卷一九

〔二〕陵：《李太白文集》王琦注：「一作『宫』」。

【考辨】

此詞始見於邵博《邵氏聞見後録》卷一九。其引此詞原文後云：「李太白詞也。予嘗秋日餞客咸陽寶釵樓上，漢諸陵在晚照中，有歌此詞者，一座悽然而罷。」而前此李之儀有《憶秦娥·用太白韻》，是此詞北宋後期即已傳播，至宋末《唐宋諸賢絶妙詞選》、《草堂詩餘》亦作李白詞收入，傳播遂廣。明胡應麟《少室山房筆叢》卷四一始疑其僞，《李太白文集》王琦注亦以爲「其真贋誠未易定決，《筆叢》所辯未爲無見」。清楊希閔《詞軌》卷一引陳廣夫云：「太白未有詞，傳者皆晚唐人作。」又謂此首「恐是五代人作」。今人證真、辨僞者皆有之(參葛景春《近六十年來李白詞真僞討論綜述》)，迄無定論。兹從宋人之説作李白詞。

存目詞

調名	首句	出處	附注
菩薩蠻	游人盡道江南好	諸本《尊前集》	韋莊詞。見《花間集》、《金奩集》,唯字句小異,乃從韋莊同調之「人人盡道江南好」、「如今却憶江南樂」二首割裂點竄而成,顯係僞作。此詞又見馮延巳《陽春集》,唯結末二句有異。陳匪石《聲執》卷下等皆斷爲韋莊詞。附録於後。
桂殿秋	仙女侍	《能改齋漫録》卷一六、《詞綜》卷一、《全唐詩》卷八九	李德裕《步虛詞》,詳後李詞考辨。
又	河漢女		
酒泉子	紫陌青門	劉毓盤輯本《李翰林集》	張泌詞,見《花間集》。詳後張詞【考辨】。

調名	首句	出處	附注
竹枝詞	一聲望帝花片飛	《古今詞統》卷一	宋黄庭堅詩，見《山谷内集注》卷一二。岳珂《桯史》有本事。附録於後。
又	命輕人鮓甕頭船	《古今詞統》卷一	宋黄庭堅詩，見《山谷内集注》卷一二。岳珂《桯史》有本事。附録於後。
長相思	一重山	《詞學筌蹄》卷五	宋鄧肅詞。參後李煜存目詞。

菩薩蠻

遊人盡道江南好。遊人只合江南老。未老莫還鄉。還鄉空斷腸。　繡屏金屈曲。醉入花叢宿。春水碧如天。畫船聽雨眠。

竹枝詞

一聲望帝花片飛。萬里明妃雪打圍。馬上胡兒哪解聽，琵琶應道不如歸。

又

命輕人鮓甕頭船。日瘦鬼門關外天。北人墮淚南人笑，青壁無梯聞杜鵑。

戴叔倫

戴叔倫（七三二——七八九），字幼公，一作次公。潤州金壇（今屬江蘇）人。代宗大曆初，爲湖南轉運留後。改河南轉運留後。德宗建中初，以監察御史里行爲東陽令，政績頗著。建中四年（七八三），入湖南觀察使李臯幕任職，旋隨李臯任江西節度使從事。興元元年（七八四），任撫州刺使。貞元四年（七八八），授容州刺史，兼御史中丞、本管經略使。貞元五年卒，年五十八。有《戴叔倫詩》。《新唐書》卷一四三有傳。另參《權載之文集》卷二四《戴公墓誌銘》、傅璇琮《唐代詩人叢考》、《唐才子傳校箋》卷五。戴叔倫詞一首，據宋本《樂府詩集》録入，用康熙本《全唐詩》參校。

轉應詞〔一〕

邊草。邊草。邊草盡來兵老。山南山北雪晴。千里萬里月明。明月。明月。胡笳一聲愁絶。宋本《樂府詩集》卷八二

〔一〕《全唐詩》卷八九〇作《調笑令》。按《樂府詩集》卷八二引《樂苑》曰：「《調笑》，商調曲也。戴叔倫謂之《轉應詞》。」此首與韋應物《調笑》二首字數句式平仄相同，故入正編。

劉長卿

劉長卿（？——七九〇？），字文房，宣州（今安徽宣城）人，其家久居長安。少居嵩山讀書。玄宗天寶間登進士第。天寶十四載（七五五）任長洲尉。肅宗至德三載（七五八）攝海鹽令。因事陷獄，上元元年（七六〇）貶潘州南巴尉。後入朝任監察御史。代宗大曆五年（七七〇），以檢校祠部員外郎爲轉運判官、知淮西鄂岳轉運留後。十一年（七七六）前後貶睦州司馬。德宗即位初，遷隨州刺史。約卒於貞元六年（七九〇）前後。有《劉隨州文集》十一卷。事跡具《新唐書》卷六〇《藝文志》、《唐詩紀事》卷二六、《唐才子傳校箋》卷二、傅璇琮《唐代詩人叢考》。劉長卿詞一首，據津逮本《劇談録》録入，參校四庫本《劇談録》、守山本《唐語林》、董本、清鈔本《青瑣高議》、明本《劉隨州文集》、活字本《劉隨州集》、宋本《文苑英華》。

謫仙怨

晴川落日初低〔一〕。惆悵孤舟解攜〔二〕。鳥去平蕪遠近〔三〕，人隨流水東西。白雲千里萬

里，明月前溪後溪。獨恨長沙謫去〔四〕，江潭春草萋萋〔五〕。津逮本《劇談録》卷下

〔一〕晴川句：《劉隨州文集》卷八、《劉隨州集》卷八作「清川永路何極」，注：「一作『清溪落日初低』。」《文苑英華》卷一六六注：「一作『清川永路何極』。」

〔二〕惆悵：《劉隨州文集》、《劉隨州集》作「落日」，注：「一作『惆悵』。」《文苑英華》注：「一作『落日』。」

〔三〕鳥去：《劉隨州文集》、《劉隨州集》作「鳥向」，注：「一作『鳥 去』。」《文苑英華》作「鳥向」，無注。平蕪：《文苑英華》注：「一作『浮萍』。」

〔四〕獨恨：《劉隨州文集》、《劉隨州集》作「惆悵」，注：「一作『獨恨』。」

〔五〕春：《劉隨州文集》、《劉隨州集》作「芳」，注：「一作『春』。」

【考辨】

此首《劉隨州文集》、《劉隨州集》、席本《劉隨州詩集》卷八題作《苕溪酬梁耿别後見寄》，《文苑英華》題作《答秦徵君除少府春日見集苕溪酬梁耿别後見寄六言》，似詩而非詞。然《劇談録》卷下載玄宗入蜀途中製《謫仙怨》曲，「大曆中，江南人盛爲此曲，隨州刺史劉長卿左遷睦州司馬，祖筵之内，吹之爲曲，長卿遂撰其詞，意頗自得」（詳後竇弘餘詞序）。長卿顯然是依調填詞，其後竇弘餘依此調所填之詞與長卿此首句式平仄亦完全相同。而《劇談録》所載創作時地本事與《文苑英華》、詩集所題「見集苕溪酬梁耿别後」云云亦相吻合。劉長卿當是依調撰詞後加上一題目以寄友人。兹從

《劇談録》作詞收入正編。

韋應物

韋應物(七三七?——七九一?),京兆萬年(今陝西西安)人。玄宗天寶後期供職宫中侍衛。尚俠負氣,後折節讀書。代宗廣德中,爲洛陽丞。大曆中任京兆府功曹,攝高陵令。大曆十三年(七七八),任鄠縣令,後改櫟陽令。德宗建中二年(七八一),授比部員外郎。四年,出爲滁州刺史。貞元元年(七八五),移江州刺史。三年,入爲左司郎中。次年,出任蘇州刺史。貞元六年(七九〇),罷職,仍居蘇州。未幾卒。有《韋蘇州集》。事跡據《賓退録》卷九、《唐才子傳校箋》卷四。

韋應物詞四首,據《尊前集》朱本録入,校以吴本、毛本、明鈔本,並用明本《韋江州集》、活字本和四部備要本《韋蘇州集》、嘉靖本《萬首唐人絶句》、宋本《樂府詩集》參校。

調笑〔一〕

胡馬。胡馬。遠放燕支山下。跑沙跑雪獨嘶〔二〕。東望西望路迷。迷路。迷路〔三〕。邊草無窮日暮。

〔一〕《樂府詩集》卷八二作《宫中調笑》。《韋江州集》卷十作《調嘯詞》二首。

〔二〕跑沙跑雪：《樂府詩集》作「咆沙咆雪」，非。

〔三〕迷路二句：四部備要本《韋蘇州集》作「路迷。路迷。迷路」三句。參唐圭璋《詞學論叢》七一九頁。

又

河漢。河漢。曉挂秋城漫漫。愁人起望相思。江南塞北別離。離別。離別〔一〕。河漢雖同路絶。

〔一〕離別二句：四部備要本《韋蘇州集》作「別離。別離。離別」三句。

三臺〔一〕

一年一年老去，來日後日花開〔二〕。未報長安平定，萬國豈得銜杯。

〔一〕《韋江州集》卷一〇、《韋蘇州集》卷一〇、《萬首唐人絶句》卷二六作《三臺詞二首》。

〔二〕來：《韋江州集》、《韋蘇州集》作「明」。

又

冰泮寒塘水淥〔一〕，雨餘百草皆生。朝來門巷無事〔二〕，晚下高齋有情。　以上四首朱本《尊前

集》

〔一〕　水渌：《韋江州集》、《韋蘇州詩集》、《樂府詩集》卷七五、《萬首唐人絶句》作「始緑」。

〔二〕　門巷：毛本《尊前集》作「衡門」。《韋江州集》、《韋蘇州集》作「門閭」。《樂府詩集》、《萬首唐人絶句》作「門閭」。

張志和

張志和（生卒年不詳），本名龜齡，字子同，自號煙波釣徒，又號玄真子，婺州金華（今屬浙江）人。年十六遊太學，擢明經。獻策肅宗，深蒙賞重，命待詔翰林，授左金吾衛録事參軍，因賜名。後坐事貶南浦尉，會赦還。不復仕，隱居越州會稽。代宗大曆九年（七七四）秋謁湖州刺史顏真卿，撰《漁歌》五首，後傳入日本，嵯峨天皇於弘仁十四年（八二三）作《和張志和漁歌子五首》，爲日本填詞之開山。著有《玄真子》等。《新唐書》卷一九六有傳。另參《顏魯公文集》卷九《浪跡先生玄真子張志和碑》、《唐才子傳校箋》卷二。

張志和詞五首，據叢刊本《李文饒文集》録入，用吴本、毛本、明鈔本、朱本《尊前集》、叢刊本《唐宋諸賢絶妙詞選》、宋本《樂府詩集》、洪本《唐詩紀事》、月窗本《詩話總龜》、古松堂本《詩人玉屑》、岳本《類説》、叢刊本《雲笈七籤》、道藏本《三洞羣仙録》參校。

漁父〔一〕

西塞山邊白鷺飛〔二〕。桃花流水鱖魚肥。青箬笠，緑蓑衣。斜風細雨不須歸〔三〕。

〔一〕原作《漁歌》，據《尊前集》改。《唐宋諸賢絶妙詞選》作《漁歌子》。《樂府詩集》卷八三、《唐詩紀事》卷四六作《漁父歌》。《詩話總龜》前集卷四五、《詩人玉屑》卷二〇、《雲笈七籤》卷一一三下《玄真子傳》作《漁父詞》。

〔二〕邊：吴本《尊前集》、《唐宋諸賢絶妙詞選》、《唐詩紀事》、《詩話總龜》、《詩人玉屑》作「前」。鷺：《詩話總龜》、《詩人玉屑》、《雲笈七籤》、《三洞羣仙録》卷八作「鳥」。

〔三〕斜風：《樂府詩集》、《類説》卷六〇引《玄真子漁歌》作「春江」。

又

釣臺漁父褐爲裘。兩兩三三蚱蜢舟。能縱棹，慣乘流。長江白浪不曾憂〔一〕。

〔一〕曾：《唐宋諸賢絶妙詞選》作「須」。

又

霅溪灣裏釣魚翁〔一〕。蚱蜢爲家西復東。江上雪，浦邊風。反著荷衣不歎窮〔二〕。

〔一〕霅：《尊前集》作「雲」。按顔真卿《浪跡先生玄真子張志和碑》載張志和謂願以漁舟「往來苕、霅之間」。當以「霅」爲是。

〔二〕反：《尊前集》、《唐宋諸賢絶妙詞選》、《樂府詩集》、《唐詩紀事》、《三洞羣仙録》作「笑」。　歎：《類説》作「怕」。

又

松江蟹舍主人歡〔一〕。菰飯蓴羹亦共飡〔二〕。楓葉落，荻花乾〔三〕。醉泊漁舟不覺寒〔四〕。

〔一〕舍：原作「合」，據《尊前集》、《唐宋諸賢絶妙詞選》、《樂府詩集》、《唐詩紀事》改。又首句《類説》作「沿江近舍與人歡」。

〔二〕飯：原作「飰」，據同上諸書及《三洞羣仙録》引《漁歌記》改。

〔三〕乾：《類説》作「殘」。

〔四〕泊：《尊前集》、《唐宋諸賢絶妙詞選》、《樂府詩集》、《唐詩紀事》作「宿」。

又

青草湖中月正圓。巴陵漁父棹歌還。釣車子，掘頭船〔一〕。樂在風波不用仙〔二〕。　以上五首

叢刊本《李文饒文集》别集卷七《玄真子漁歌記》

〔一〕 掘：朱本《尊前集》、《唐宋諸賢絶妙詞選》作「橛」。吴本、毛本、明鈔本《尊前集》、《類説》、《三洞羣仙録》作「撅」。

〔二〕 用仙：毛本《尊前集》作「覺寒」。

【本事】

德裕頃在内庭，伏睹憲宗皇帝寫真求訪玄真子《漁歌》，歎不能致。余世與玄真子有舊，早聞其名，又感明主賞異愛才見思如此，每夢想遺跡，今乃獲之，如遇良寶。於戲！漁父賢而名隱，鴟夷智而功高，未若玄真隱而名彰，顯而無事，不窮不達，其嚴光之比歟？處二子之間，誠有裕矣。長慶三年甲寅歲（按長慶三年，歲在癸卯，原文有誤）夏四月辛未日潤州刺史兼御史大夫李德裕記。（《李文饒文集》别集卷七《玄真子漁歌記》）

魯公顔真卿與之（張志和）友善。真卿爲湖州刺史，門客會飲，乃唱和爲《漁父詞》，其首唱即志和之詞（略）。真卿與陸鴻漸、徐士衡、李成矩共唱和二十五首，遞相誇賞。（《雲笈七籤》卷一一三下引沈汾《續仙傳·玄真子》。又見《太平廣記》卷二七）

存目詞

調名	首句	出處	附注
漁父一五首	遠山重疊水縈紆	《金奩集》	乃中唐人和張志和詞。參後無名氏詞【考辨】。原詞見後無名氏詞。

無名氏

無名氏詞十五首，據《金奩集》朱本録入，用鮑本校。

漁父

遠山重疊水縈紆。水碧山青畫不如。山水裏，有巖居。誰道儂家也釣魚。

又

釣得紅鮮劈水開。錦鱗如畫逐鉤來。從棹尾〔一〕，且穿顋。不管前溪一夜雷。

〔一〕 棹：鮑本作「掉」。

又

桃花浪起五湖春。一葉隨風萬里身。車宛□〔二〕，餌輪困。水邊時有羨魚人。

〔二〕 宛□：冒廣生《金奩集校記》云：「『宛』下疑『轉』字。」

又

五嶺風煙絶四鄰。滿川梟雁是交親。風觸岸，浪揺身。青草燈深不見人。

又

雪色髭鬚一老翁。時開短棹撥長空。微有雨，正無風。宜在五湖煙水中。

又

殘霞晚照四山明。雲起雲收陰又晴。風脚動，浪頭生。定是虚篷夜雨聲。

又

極浦遥看兩岸花。碧波微影弄晴霞。孤艇小，信横斜。那個汀洲不是家。

又

洞庭湖上晚風生。風觸湖心一葉横。蘭棹快，草衣輕。只釣鱸魚不釣名。

又

舴艋爲舟力幾多。江頭雷雨半相和。珍重意，下長波。半夜潮生不柰何。

又

垂楊灣外遠山微。萬里晴波浸落暉。擊楫去，本無機。驚起鴛鴦撲鹿飛。

又

衝波棹子橛頭船。青草湖中欲暮天。看白鳥，下長川。點破瀟湘萬里煙。

又

料理絲綸欲放船。江頭明月向人圓。尊有酒，坐無氈。拋下漁竿踏水眠。

又

風攬長空浪攬風。魚龍混雜一川中。藏遠溆，繫長松。儘待雲收月照空。

又

舴艋爲家無姓名。胡蘆中有甕頭清。香稻飯，紫蓴羹。破浪穿雲樂性靈。

又

偶然香餌得長鱏。魚大船輕力不任。隨遠近，共浮沈。事事從輕不要深。　以上朱本《金奩集》

【考辨】

以上十五首原署張志和作，實爲時人和張志和之詞。朱本《金奩集》附曹元忠《鈔本金奩集跋》據《直齋書録解題》卷一五《玄真子漁歌碑傳集録》所云：「嘗得其一時倡和諸賢之詞各五章，及南卓、柳宗元所賦，通爲若干章。因以顔魯公《碑述》、《唐書》本傳，以至近世用其詞入樂府者，集爲一編，以備吴興故事。」而「疑此集所載，當是同時諸賢倡和，或南卓、柳宗元所賦者，本題『《漁父》十五首和張志和』，傳鈔本以爲衍『和』字而去之」。所言甚確。蓋其一，張志和確曾與諸賢唱和《漁父詞》。不僅《直齋書録解題》有記載，且前張志和詞「本事」引南唐沈汾《續仙傳·玄真子傳》亦謂顔真卿爲湖州刺史時門客會飲，張志和、顔真卿與陸羽、徐士衡、李成矩等唱和《漁父詞》「二十五首」。唯二十五首之數與今傳十五首不合，疑另十首至宋代已失傳（宋黄庭堅所見亦爲十五首。參曹元忠跋）。其二，張志和「首唱」爲五首，今傳諸本所載及日本嵯峨天皇《和張志和漁歌子五首》可證。則其他十五首自應屬顔真卿、陸羽諸賢之和作。

張松齡

張松齡（生卒年不詳），一作鶴齡，婺州金華（今屬浙江）人。志和兄。曾任浦陽尉。恐弟志和浪跡不還，於會稽東郭買地結茅以居之。事跡參《顔魯公文集》卷九《浪跡先生玄真子張志和碑》。

張松齡詞一首，據洪本《唐詩紀事》録入，用宋本《酒邊集》、毛本《山谷詞》、萬曆本《花草粹編》參校。

漁父

樂在風波釣是閑。草堂松逕已勝攀〔一〕。太湖水，洞庭山。狂風浪起且須還。洪本《唐詩紀事》卷四六

〔一〕逕：《山谷詞·鷓鴣天並序》、《酒邊集·浣溪沙並序》、《花草粹編》卷一作「桂」。勝：《花草粹編》作「堪」。

【本事】

玄真之兄張松齡，懼其放浪而不返也，和答其《漁父》云（略）。（《唐詩紀事》卷四六）

王建

王建（七六六？——？），字仲初，關輔（今陝西）人，郡望潁川（今河南許昌）。德宗建中、興元間，求學山東，與張籍同窗。貞元中，歷佐淄青、幽州、嶺南軍幕。憲宗元和初，復佐荆南、魏博幕府。後任昭應縣丞，歷官太府寺丞、太常丞。穆宗長慶二年（八二二），轉秘書丞。文宗大和二年（八二八），出爲陝州司馬，後罷職居咸陽。有《王建詩集》（一作《王司馬集》）十卷。事跡據《唐詩紀事》卷四四、《唐才子傳校箋》卷四。

王建詞十首，據《尊前集》朱本録入，校以吴本、毛本、明鈔本，並用宋本、席本《王建詩集》、明本

《唐王建詩集》、毛本《王建詩》、叢刊本《才調集》、叢刊本《唐宋諸賢絶妙詞選》、宋本《樂府詩集》、嘉靖本《萬首唐人絶句》參校。

宮中三臺〔一〕

魚藻池邊射鴨，芙蓉苑裏看花〔二〕。日色赭袍相似〔三〕，不著紅鸞扇遮。

〔一〕《才調集》卷一、《萬首唐人絶句》卷二六作《宮中三臺詞》。《唐宋諸賢絶妙詞選》卷一作《三臺令》。

〔二〕苑：《才調集》、《樂府詩集》卷七五、《萬首唐人絶句》作「園」。

〔三〕赭袍：《才調集》、《萬首唐人絶句》作「柘黄」。《唐宋諸賢絶妙詞選》作「赭黄」。按，「赭」與「柘」通。

又

池北池南草緑，殿前殿後花紅。天子千秋萬歲〔一〕，未央明月清風。

〔一〕秋：明本《唐王建詩集》、《才調集》、《樂府詩集》作「年」。

江南三臺〔一〕

揚州池邊少婦〔二〕，長干市裏商人〔三〕。三年不得消息，各自拜鬼求神。

〔一〕《才調集》、《萬首唐人絶句》作《江南三臺詞》。

〔二〕池邊少婦：宋本《王建詩集》作「橋邊少婦」。《才調集》、《樂府詩集》作「橋邊小婦」。

〔三〕長干市：宋本《王建詩集》、明本《唐王建詩集》作「長安城」。《才調集》作「長安市」。

又

青草臺邊草色〔一〕，飛猿嶺上猿聲。萬里三湘客到〔二〕，有風有雨人行。

〔一〕臺：宋本《王建詩集》、明本《唐王建詩集》、《才調集》、《樂府詩集》作「湖」。

〔二〕三湘：宋本《王建詩集》、明本《唐王建詩集》作「湘江」。

又

樹頭花落花開。道上人去人來。朝愁暮愁即老〔一〕，百年幾度三臺。

〔一〕朝愁暮愁：明鈔本《尊前集》作「少小還愁」。宋本《王建詩集》作「朝愁暮恨」。即老：《才調集》作「郎老」。

又

鬬身强健且爲〔一〕。頭白齒落難追。準擬百年千歲，能得幾許多時〔二〕。

〔一〕 䦨身句：宋本《王建詩集》、明本《唐王建詩集》、《才調集》、《萬首唐人絶句》作「聞身强健且爲」。《樂府詩集》同，並注：「一作『聞身康健早爲』。」

〔二〕 能得：宋本《王建詩集》、明本《唐王建詩集》注：「一作『不知』。」

宫中調笑〔一〕

團扇。團扇。美人病來遮面〔二〕。玉顔憔悴三年〔三〕。誰復商量管絃。絃管。絃管。春草昭陽路斷。

〔一〕 宋本《王建詩集》、明本《唐王建詩集》、《才調集》作《宫中調笑詞四首》。《唐宋諸賢絶妙詞選》作《古調笑》。

〔二〕 病：宋本《王建詩集》、明本《唐王建詩集》作「並」。

〔三〕 顔：宋本《王建詩集》、明本《唐王建詩集》作「容」。

又

胡蝶。胡蝶。飛上金枝玉葉〔一〕。君前對舞春風。百葉桃花樹紅。紅樹。紅樹。燕語鶯啼日暮。

〔一〕 金枝玉葉：吴本、明鈔本《尊前集》、宋本《王建詩集》、明本《唐王建詩集》、《才調集》、《樂府詩集》、《唐宋諸賢絶妙詞選》作「金花枝葉」。

又

羅袖。羅袖。暗舞春風已舊[一]。遥看歌舞玉樓。好日新妝坐愁。愁坐。愁坐。一世虚生虚過[二]。

〔一〕已:《樂府詩集》作「依」。

〔二〕一世虚生:宋本《王建詩集》作「一日虚生」。《才調集》作「一世浮生」。

又

楊柳。楊柳。日暮白沙渡口。船頭江水茫茫。商人少婦斷腸。腸斷。腸斷。鷓鴣夜飛失伴[一]。

以上十首朱本《尊前集》

〔一〕飛:宋本《王建詩集》、明本《唐王建詩集》作「啼」。

釋德誠

德誠(生卒年不詳),號船子和尚,蜀東武信(今四川遂寧)人。在藥山三十年,嗣惟儼禪師。後住秀州華亭，泛一小舟，隨緣度日，以接四方往來之者。文宗大和、開成間（八二七——八四〇），覆舟入水而逝。事跡據《五燈會元》卷五《船子德誠禪師傳》、《機緣集》卷下《西亭蘭若記》、《詞學》第二輯施蟄存《船子和尚撥棹歌》。

德誠《撥棹歌》詞今存三十九首，原爲宋呂益柔所輯。元釋坦據石刻輯入《機緣集》。兹以《機緣集》元刻本爲底本，校以清刻本，並參校四庫本《五燈會元》、四庫本《至元嘉禾志》。

撥棹歌

有一魚兮偉莫裁〔一〕。混虚包納信奇哉〔二〕。能變化，吐風雷。下線何曾釣得來。

〔一〕偉莫裁：清刻本《機緣集》作「日溯洄」。

〔二〕虚：《五燈會元》卷五作「融」。

又〔一〕

千尺絲綸直下垂。一波纔動萬波隨。夜静水寒魚不食，滿船空載月明歸。

〔一〕《至元嘉禾志》卷三〇題作《自題三絶》。參後「二十年來」詞【考辨】。

又

莫學他家弄釣船。海風起也不知邊。風拍岸，浪掀天。不易安排得帖然。

又

大釣何曾離釣求。拋竿捲線却成愁。法卓卓〔一〕，樂悠悠。自是遲疑不下鈎。

〔一〕 法卓卓：清刻本《機緣集》作「活潑潑」。

又

別人只看採芙蓉。香氣長黏繞指風。兩岸映，一船紅。何曾解染得虛空。

又

靜不須禪動即禪。斷雲孤鶴兩蕭然。煙浦畔，月川前。槁木形骸在一船。

又

莫道無修便不修。菩提癡坐若爲求。勤作棹，慧爲舟。這箇男兒始徹頭〔一〕。

〔一〕徹頭：清刻本《機緣集》作「出頭」。

又

水色春光處處新〔一〕。本來不俗不同塵。着氣力，用精神。莫作虛生浪死人。

〔一〕春：清刻本《機緣集》作「山」。

又

獨倚蘭橈入遠灘。江花漠漠水漫漫。空鈎線〔一〕，没腥膻。那得凡魚總上竿〔二〕。

〔一〕空鈎：清刻本《機緣集》作「空鉤」。案當以「鉤」爲是。

〔二〕總：清刻本《機緣集》作「都」。

又

揭却雲篷進却船。一竿雲影一潭煙。既擲網，又抛筌。莫教倒被釣絲牽。

又

蒼苔滑静坐忘機。截眼寒雲葉葉飛。戴篛笠，掛蓑衣。别無歸處是吾歸。

又

外却形骸放却情。蕭然孤坐一船輕〔一〕。圓月上，四方明。不是奇人不易行。

〔一〕船：清刻本《機緣集》作「舟」。

又

世知我懶一何嗔〔一〕。宇宙船中不管身。烈香飲，落花茵。祖師元是箇閑人。

〔一〕我懶一何嗔：清刻本《機緣集》作「吾懶懶原真」。

又

都大無心罔象間。此中那許是非關。山卓卓〔一〕，水潺潺。忙者自忙閑者閑。

〔一〕卓卓：清刻本《機緣集》作「兀兀」。

又

鼓棹高歌自適情。音稀和寡出囂塵〔一〕。清風起，浪元平。也且隨流逐勢行。

〔一〕出囂塵：清刻本《機緣集》作「不求名」。

又

浪宕從來水國間。高歌軀枕看遥山〔一〕。紅蓼岸，白蘋灣。肯被蘭橈使不閑。

〔一〕軀：清刻本《機緣集》作「欹」。

又〔一〕

一葉虚舟一副竿。了然無事坐煙灘。忘得喪，任悲歡。却教人唤有多端〔二〕。

〔一〕此首及下二首《至元嘉禾志》卷三〇題作《題松澤西亭三首》，當源出《華亭朱涇船子和尚機緣》（詳後【本事】）。

〔二〕端：《至元嘉禾志》作「般」。

又

一任孤舟正又斜。乾坤何路指津涯〔一〕。拋歲月，卧煙霞。在處江山便是家。

〔一〕津涯：元刻本《機緣集》卷上《華亭朱涇船子和尚機緣》、清刻本《機緣集》、《至元嘉禾志》作「生涯」。

又

愚迷未識主人翁〔一〕。終日孜孜恨不同。到彼岸，出樊籠。元來只是舊時公〔二〕。

〔一〕愚迷：元刻本《機緣集》卷上《華亭朱涇船子和尚機緣》、清刻本《機緣集》、《至元嘉禾志》作「愚人」。翁：清刻本《機緣集》、《至元嘉禾志》作「公」。

〔二〕公：清刻本《機緣集》、《至元嘉禾志》作「翁」。

又

古鈞先生鶴髮垂。穿波出浪不曾疑。心蕩蕩，笑怡怡。長道無人畫得伊。

又

一片江雲倏忽開〔一〕。翳空朗日若爲哉〔二〕。適消散，又徘徊。試問本從何處來。

〔一〕江：清刻本《機緣集》作「紅」。

〔二〕朗日若爲哉：清刻本《機緣集》作「晴日絶氛埃」。

又

不妨輪線不妨鈎〔一〕。只要鈎輪得自由〔二〕。擲即擲，收即收。無踪無跡樂悠悠。

〔一〕輪線：清刻本《機緣集》作「綸線」。

〔二〕鈎輪：清刻本《機緣集》作「鈎綸」。

又

釣下俄逢赤水珠。光明圓澈等清虚。静即出，覓還無。不在驪龍不在魚。

又

卧海拏雲勢莫知。優遊何處不相宜。香象子，大龍兒。甚麽波濤颺得伊。

又

雖慕求魚不食魚。網簾篷户本空無。在世界，作凡夫。知聞只是箇毘盧。

又

香餌針頭也不無〔一〕。向來只是釣名魚。波沃日，浪涵虚。萬象籮籠號有餘〔二〕。

〔一〕針：清刻本《機緣集》作「竿」。

〔二〕籮：清刻本《機緣集》作「牢」。

又

乾坤爲舸月爲篷。一屏雲山一罨風〔一〕。身放蕩，性靈空。何妨南北與西東。

〔一〕屏：清刻本《機緣集》作「帶」。罨：同上作「逕」。

又

終日江頭理棹間。忽然失濟若爲還。灘急急，水潺潺。争把浮生作等閒。

又

有鶴翱翔四海風。往來踪跡在虚空。圖不得，算何窮。日月還教没此中。

又

釣頭曾未曲些些。静向江濱度歲華。酌山茗，折蘆花。誰言埋没在煙霞。

又

吾自無心無事間。此心只有水雲關。攜釣竹，混塵寰。喧靜都來離又閑。

又

晴川清瀨水橫流。瀟灑元同不繫舟。長自在，恣優遊〔一〕。將心隨逐幾時休。

〔一〕恣優遊：清刻本《機緣集》作「任夷猶」。

又

歐冶銛鋒價最高。海中收得用吹毛。龍鳳繞，鬼神號。不見全牛可下刀。

又

動靜由來兩本空〔一〕。誰教日夜强施功。波渺渺，霧濛濛。却成江上隱雲中〔二〕。

〔一〕兩本：清刻本《機緣集》作「本兩」。

〔二〕成：清刻本《機緣集》作「來」。

又

問我生涯只是船。子孫各自睹機緣。不由地，不由天。除却蓑衣無可傳。

又

媚俗無機獨任真。何須洗耳復澄神。雲與月，友兼親。敢向浮漚任此身。

又

逐愧追歡不識休〔一〕。津梁渾不掛心頭。霜葉落，岸花秋。却教漁父爲人愁。

〔一〕 愧：清刻本《機緣集》作「塊」。

又〔一〕

二十年來江上遊〔二〕。水清魚見不吞鉤。釣竿斫盡重栽竹，不計工程得便休〔三〕。

〔一〕 此首和下首及前「千尺絲綸直下垂」一首，《至元嘉禾志》卷三〇題作《自題三絶》。

〔二〕 二十年來：元刻本《機緣集》卷上《華亭朱涇船子和尚機緣》、《至元嘉禾志》作「二十餘年」。清刻本《機緣集》

作「三十年來」。　江：《五燈會元》卷五作「海」。

〔三〕　工程：清刻本《機緣集》作「工夫」。《五燈會元》作「功程」。

【考辨】

此首、下首及前「千尺絲綸直下垂」一首，皆齊言四句二十八字，與其他三十六首長短句式二十七字不同。元刻本《機緣集》卷上《華亭朱涇船子和尚機緣》謂此三首爲「頌」，明謝榛《四溟詩話》卷三引下首亦作「頌」，《五燈會元》卷五謂是「偈」，《冷齋夜話》卷五、《苕溪漁隱叢話》前集卷五六、《詩話總龜》前集卷四二、《詩人玉屑》卷二〇引「千尺絲綸直下垂」一首亦作「偈」，《至元嘉禾志》卷三二又題作《自題三絶》，似非詞。然宋吕益柔總編於《撥棹歌》内而不别出另題，當亦可歌。今人施蟄存謂此「三首形式上雖爲七言絶句，然若破第三句爲四三句法，仍可以《撥棹子》歌之，惟添一襯字而已。吕益柔總題之爲《撥棹歌》，而不别出此三首，其意可知也」（《詞學》第二輯《船子和尚撥棹歌》）。兹依原編一併録入。

又

三十餘年坐釣臺〔一〕。釣頭往往得黄能〔二〕。錦鱗不遇虚勞力〔三〕，收取絲綸歸去來。　以上三十九首元刻本《機緣集》

〔一〕　三十餘年：《五燈會元》卷五作「三十年來」。《至元嘉禾志》卷三〇作「二十餘年」。

〔二〕 鈎頭：清刻本《機緣集》作「竿頭」。元刻本《機緣集》卷上《華亭朱涇船子和尚機緣》、《五燈會元》作「鈎頭」。

〔三〕 錦：《五燈會元》作「金」。　虚：清刻本《機緣集》、《五燈會元》作「空」。

【本事】

師名德誠，初參澧州藥山弘道儼禪師（中略）。至嘉禾，上一小舟，常泛吴江朱涇，日以輪鈎舞棹，隨緣而度，以接往來，時人號爲船子和尚。師一日泊舟岸次，閑坐，有官人問：「如何是日用事？」師竪起撓云：「會麽？」官人云：「不會。」師云：「撥棹清〔波，金鱗〕（原殘闕，據《五燈會元》補）罕遇。」師因有頌云：「千尺絲綸直下垂（略）。」又曰：「三十餘年江上遊（略）。」「三十餘年坐釣臺（略）。」又於松澤西亭留辭三首，其一曰：「一葉虚舟一副竿（略）。」其二曰：「一任孤舟正又斜（略）。」其三曰：「愚人未識主人翁（略）。」又答山洪禪師。問師：「如何是道？」師曰：「一亘晴空絶點雲，十分清澹廓如秋。」洪云：「恁麽，則溢目自全彰，清波無透路。」師云：「霜天月白江澄練，堪笑遊魚長自迷。」洪不契，師舞棹撥船而去。乃歌曰：「有一魚兮偉莫裁（略）。」又曰：「莫道無修便不修（略）。」又曰：「一片江雲疏忽開（略）。」（元刻本《機緣集》卷上《華亭朱涇船子和尚機緣》。《五燈會元》卷五略同）

【考辨】

以上三十九首，係宋吕益柔輯入石刻。其跋云：「雲間船子和尚法嗣藥山，飄然一舟，泛於華亭吴江洙涇之間，夾山一見悟道。常爲《撥棹歌》，其播傳人口者纔一二首。益柔於先子遺編中得三十九首，屬詞寄意，脱然迥出塵網之外，篇篇可觀，決非庸常學道輩所能亂真者。因書以遺風涇海惠卿老，俾鑱之石，以資禪客玩味云。船子事實備見《傳燈》，此不復載。大觀庚寅三月十六日書於揚子步。松澤叟吕益柔。」（元刻本《機緣集》卷上）元釋坦又依石刻輯入《機緣集》。案，宋吴聿《觀林詩話》謂此三十九首是「詩」，其説云：「華亭船子和尚詩，少見於世，吕益柔刻三十九首於楓涇寺，云得其父遺編中。一詩云：『歐冶鋸鋒價最高（下略）。』」金王若虚《滹南詩話》卷二亦稱「千尺絲綸直下垂」一首爲「詩」。然宋人亦有稱之爲「漁歌」者，南宋初釋曉瑩《羅湖野録》卷一載蜀僧普首座曰：「誰是知音，船子和尚。高風難繼，百千年一曲，漁歌少人唱。」所言「漁歌」，即德誠之《撥棹歌》。而此組《撥棹歌》有三十六首與張志和《漁歌》之句式音節字數完全相同，可證《撥棹歌》是可歌之詞。又《教坊記》有《撥棹子》曲，宋吴曾《能改齋漫録》卷二亦載「南方釋子作《漁父》、《撥棹子》」，吕益柔當因之而題作《撥棹歌》。或以爲《撥棹歌》即《撥棹子》（參《詞學》第二輯施蟄存《船子和尚撥棹歌》）。兹入正編。

劉禹錫

劉禹錫（七七二——八四二），字夢得，洛陽（今屬河南）人。舊稱中山或彭城人，乃稱其郡望。德宗貞元九年（七九三）進士，又中博學宏詞科。十一年（七九五），授太子校書。十六年，爲徐泗濠節度掌書記，旋改淮南節度掌書記。十八年，調補渭南縣主簿。次年，入爲監察御史。順宗即位，擢屯田員外郎，判度支鹽鐵案，參與「永貞革新」。憲宗即位，貶連州刺史，斥朗州司馬。元和十年（八一五），召還。再出爲播州刺史，以裴度力請，改連州刺史。穆宗長慶元年（八二一），移刺夔州。四年，徙和州刺史。文宗大和元年（八二七），授主客郎中分司東都。三年，爲禮部郎中。五年，出爲蘇州刺史，轉汝、同二州刺史。開成元年（八三六），遷太子賓客、分司東都。武宗會昌二年（八四二）卒，年七十一。有《劉夢得文集》。《舊唐書》卷一六〇、《新唐書》卷一六八有傳。另參卞孝萱《劉禹錫年譜》。

劉禹錫詞三十九首。據《尊前集》録三十八首，以朱本爲底本，校以吴本、毛本、明鈔本，並用結一廬本《劉賓客文集》、影宋本《劉夢得文集》、叢刊本《才調集》、宋本《樂府詩集》、嘉靖本《萬首唐人絶句》、宋本《全芳備祖》、洪本《唐詩紀事》、耘經樓本《苕溪漁隱叢話》參校。另據《樂府詩集》録入一首。

楊柳枝〔一〕

塞北梅花羌笛吹。淮南桂樹小山詞。請君莫奏前朝曲，聽唱新翻楊柳枝。

〔一〕《劉賓客文集》卷二七、《劉夢得文集》卷九、《萬首唐人絶句》卷五作《楊柳枝詞》。

又

南陌東城春草時〔一〕。相逢何處不依依。桃紅李白皆誇好，須得垂楊相發揮〔二〕。

〔一〕草：《劉賓客文集》卷二七、《劉夢得文集》卷九、《樂府詩集》卷八一、《萬首唐人絶句》卷五作「早」。

〔二〕揮：《樂府詩集》作「輝」。

又

鳳闕輕遮翡翠帷。龍墀遥望麴塵絲〔一〕。御溝春水相輝映〔二〕，狂殺長安年少兒。

〔一〕墀：《劉賓客文集》、《苕溪漁隱叢話》後集作「池」。

〔二〕相輝：《樂府詩集》卷八一作「柳暉」。

又

金谷園中鶯亂飛。銅駝陌上好風吹〔一〕。城東桃李須臾盡〔二〕，争似垂楊無限時。

〔一〕好：吴本、明鈔本《尊前集》作「妙」。

〔二〕東：《劉賓客文集》卷二七作「中」。

又

花萼樓前初種時。美人樓上鬬腰肢。如今抛擲長街裏〔一〕，露葉如啼欲恨誰〔二〕。

〔一〕長：《樂府詩集》卷八一作「上」。注：「一作『長』。」

〔二〕欲恨：《才調集》卷五作「欲向」。《全芳備祖》後集卷一七作「將恨」。

【考辨】

此首《詩淵》一一三一頁誤作劉長卿《柳》詩。

又

煬帝行宫汴水濱。數株殘柳不勝春。晚來風起花如雪〔一〕，飛入宫墻不見人。

〔一〕晚：《樂府詩集》卷八一作「昨」。

【考辨】

此首及下首「城外春風吹酒旗」，明刊本《唐張司業詩集》卷六誤收作張籍詞，宋本《張文昌文集》、席本、四庫本《張司業集》未收，亦可證其誤。因其他詞籍未收，故不另列存目。

又

御陌青門拂地垂。千條金縷萬條絲。如今綰作同心結，將贈行人知不知。

又

城外春風吹酒旗〔一〕。行人揮袂日西時。長安陌上無窮樹，唯有垂楊管別離〔二〕。

〔一〕吹：《樂府詩集》卷八一作「滿」。《全芳備祖》後集卷一七作「颺」。

〔二〕管：《劉賓客文集》卷二七作「綰」。

【考辨】

此首《詩淵》一一三一頁誤作劉長卿《柳》詩。

又

輕盈嫋娜占年華〔一〕。舞榭粧樓處處遮。春盡絮飛留不得，隨風好去落人家〔二〕。

〔一〕年：《樂府詩集》卷八一作「春」。

〔二〕落人：《劉賓客文集》卷二七、《劉夢得文集》卷九、《樂府詩集》、《萬首唐人絶句》卷五作「落誰」。

又

揚子江頭煙景迷。隋家宫樹拂金堤。嵯峨猶有當時色，半蘸波中水鳥棲。

竹枝〔一〕

四方之歌，異音而同樂。歲正月，余來建平，里中兒聯歌《竹枝》，吹短笛擊鼓以赴節。歌者揚袂睢舞，以曲多爲賢。聆其音，中黄鐘之羽。卒章激訐如吴聲，雖傖儜不可分，而含思宛轉，有淇澳之豔。昔屈原居沅、湘間，其民迎神，詞多鄙陋，乃爲作《九歌》，到于今荆楚鼓舞之。故余亦作《竹枝詞》九篇，俾善歌者颺之，附於末。後之聆巴歈，知變風之自焉〔二〕。

白帝城頭春草生。白鹽山下蜀江清。南人上來歌一曲，北人莫上動鄉情〔三〕。

〔一〕《劉賓客文集》卷二七、《劉夢得文集》卷九、《萬首唐人絶句》卷五作《竹枝詞》。

〔二〕此序原無，據《劉賓客文集》、《劉夢得文集》補。

〔三〕莫：《劉賓客文集》作「陌」。

【考辨】

此首及後「日出三竿春霧銷」、「瞿塘嘈嘈十二灘」、「山上層層桃李花」、「楊柳青青江水平」四首，明刊本《唐張司業詩集》卷六誤收作張籍。别本不誤。

又

山桃紅花滿上頭。蜀江春水拍山流〔一〕。花紅易衰似郎意，水流無限似儂愁。

〔一〕拍山：吴本、明鈔本《尊前集》、《樂府詩集》卷八一作「拍江」。

又

江上春來新雨晴〔一〕。瀼西春水穀紋生。橋東橋西好楊柳〔二〕，人來人去唱歌行。

〔一〕江：吴本《尊前集》作「溪」。　春來：《劉賓客文集》、《樂府詩集》、《萬首唐人絶句》作「朱樓」。

〔二〕好：吴本、明鈔本《尊前集》作「妙」。

又

日出三竿春霧消。江頭蜀客駐蘭橈。憑寄狂夫書一紙，住在成都萬里橋。

又

兩岸山花似雪開。家家春酒滿銀杯。昭君坊中多女伴，永安宮外踏青來。

又

瞿塘嘈嘈十二灘。此中道路古來難。長恨人心不如水，等閑平地起波瀾。

又

巫峽蒼蒼煙雨時。清猿啼在最高枝。箇裏愁人腸自斷，由來不是此聲悲。

又

城西門前灩澦堆。年年波浪不能摧〔一〕。懊惱人心不如石〔二〕，少時東去復西來。

〔一〕能：《才調集》卷五作「曾」。

〔二〕惱：《劉賓客文集》卷二七作「恨」。

又

楊柳青青江水平。聞郎江上唱歌聲。東邊日出西邊雨，道是無晴還有晴〔一〕。

〔一〕無晴還有晴：吴本《尊前集》作「無情還有情」。《苕溪漁隱叢話》後集卷一二作「無情也有情」。

又

楚水巴山江雨多。巴人能唱本鄉歌。今朝北客思歸去，回入紇那披緑蘿。

紇那曲〔一〕

楊柳鬱青青。竹枝無限情。同郎一回顧〔二〕，聽唱紇那聲〔三〕。

〔一〕《劉賓客文集》卷二七、《劉夢得文集》卷九、《萬首唐人絶句》卷二作《紇那曲詞》。

〔二〕同：《劉賓客文集》、《萬首唐人絶句》作「周」。

〔三〕唱：毛本《尊前集》注：「一作『徹』。」

又

踏曲興無窮。調同詞不同。願郎千萬壽，長作主人翁。

憶江南〔一〕

春去也，多謝洛城人。弱柳從風疑舉袂，叢蘭裛露似霑巾。獨坐亦含嚬〔二〕。

〔一〕《劉賓客文集》外集卷四題作「和樂天春詞，依《憶江南》曲拍爲句」。

〔二〕坐：《樂府詩集》卷八二作「笑」。

浪淘沙〔一〕

九曲黄河萬里沙。浪淘風簸自天涯。如今直上銀河去，同到牽牛織女家。

〔一〕《劉賓客文集》卷二七、《劉夢得文集》卷九、《萬首唐人絶句》卷五作《浪淘沙詞》。

又

洛水橋邊春日斜。碧流輕淺見瓊沙。無端陌上狂風急，驚起鴛鴦出浪花。

又

汴水東流虎眼紋。清淮曉色鴨頭春。君看渡口淘沙處，渡却人間多少人。

又

鸚鵡洲頭浪颭沙。青樓春望日將斜。銜泥燕子争歸舍，獨自狂夫不憶家。

【考辨】

此首明刊本《唐張司業詩集》卷六誤收作張籍詞。別本不誤。

又

濯錦江邊兩岸花。春風吹浪正淘沙。女郎剪下鴛鴦錦，將向中流定晚霞。

又

日照澄洲江霧開。淘金女伴滿江隈。美人首飾侯王印，盡是沙中浪底來。

又

八月濤聲吼地來。頭高數丈觸山回。須臾卻入海門去，捲起沙堆似雪堆。

又

莫道讒言如浪深。莫言遷客似沙沈。千淘萬漉雖辛苦〔一〕，吹盡寒沙始到金〔二〕。

〔一〕漉：《劉賓客文集》卷二七、《劉夢得文集》卷九、《樂府詩集》卷八二、《萬首唐人絶句》卷五作「灑」。

〔二〕寒：《劉賓客文集》、《劉夢得文集》、《樂府詩集》、《萬首唐人絶句》作「狂」。

又

流水淘沙不暫停。前波未滅後波生。令人忽憶瀟湘渚，回唱迎神三兩聲。

瀟湘神

湘水流。湘水流。九疑雲物至今秋。若問二妃何處所〔一〕，零陵芳草露中愁〔二〕。

〔一〕若：吴本《尊前集》、《劉賓客文集》作「君」。

〔二〕 芳：《劉賓客文集》、《樂府詩集》卷八二作「香」。

又

斑竹枝。斑竹枝。淚痕點點寄相思。楚客欲聽瑶瑟怨。瀟湘深夜月明時。

拋毬樂

五色繡團圓。登君玳瑁筵。最宜紅燭下，偏稱落花前。上客如先起，應須贈一船。

又

春早見花枝。朝朝恨發遲。及看花落後，却憶未開時。幸有拋毬樂，一杯君莫違〔一〕。

〔一〕 違：毛本《尊前集》、《劉賓客文集》卷二七、《樂府詩集》卷八二作「辭」。

楊柳枝

迎得春光先到來。輕黄淺緑映樓臺〔一〕。祇緣嫋娜多情思，便被東風長挫摧〔二〕。

〔一〕 輕黄淺緑：吴本、毛本、明鈔本《尊前集》作「淺黄輕緑」。

〔二〕東：《劉賓客文集》卷二七作「春」。　挫摧：吴本、明鈔本、毛本《尊前集》、《樂府詩集》卷八一作「請捘」。《劉夢得文集》作「暗摧」。

又

巫峽巫山楊柳多。朝雲暮雨遠相和。因想陽臺無限事，爲君回唱竹枝歌。　以上三十八首朱本《尊前集》

憶江南

二

春過也，共惜豔陽年。猶有桃花流水上，無辭竹葉醉樽前。惟待見青天。　宋本《樂府詩集》卷八

存目詞

調名	首句	出處	附注
楊柳枝	和風煙雨九重城	《花間集補》卷上、《唐詞紀》卷三	薛能詞，參後薛詞【考辨】。

白居易

白居易（七七二——八四六），字樂天，晚號香山居士、醉吟先生，祖籍太原，後徙居下邽（今陝西渭南），遂爲下邽人。德宗貞元十六年（八〇〇）進士。十八年（八〇二），登書判拔萃科。憲宗元和元年（八〇六），中才識兼茂明於體用科，授盩厔尉。二年，入爲翰林學士。三年，遷左拾遺。十年，貶江州司馬。十三年（八一八），轉忠州刺史。穆宗即位，入爲主客郎中、知制誥。長慶元年（八二一），轉中書舍人。次年，除杭州刺史。敬宗寶曆元年（八二五），除蘇州刺史。次年，以病罷官歸洛陽。文宗大和二年（八二八），由祕書監除刑部侍郎。次年，以太子賓客分司東都。歷官河南尹、太子少傅。會昌二年（八四二），以刑部尚書致仕。六年，卒，年七十五。謚文。有《白氏長慶集》（又稱《白香山集》）、《白氏六帖》等。《舊唐書》卷一〇六、《新唐書》卷一一九有傳。另參朱金城《白居易年譜》。

白居易詞二十八首，據《尊前集》録二十六首，以朱本爲底本，校以吴本、毛本、明鈔本，並參校宋本《白氏長慶集》、宋本《樂府詩集》、嘉靖本《萬首唐人絶句》、津逮本《本事詩》、月窗本《詩話總龜》。另據《唐宋諸賢絶妙詞選》毛本録入二首，校以叢刊本，並參校明刻本、明鈔本《吟窗雜録》、影宋本《醉翁琴趣外篇》。

楊柳枝〔一〕

六么水調家家唱，白雪梅花處處吹。古歌舊曲君休聽，聽取新翻楊柳枝。

〔一〕《白氏長慶集》卷三一、《萬首唐人絶句》卷一五作《楊柳枝詞八首》。

又

陶令門前四五樹，亞夫營裏百千條。何似東都正二月，黄金枝映洛陽橋。

又

依依嫋嫋復青青。勾引春風無限情〔一〕。白雪花繁空撲地，緑絲條弱不勝鶯。

〔一〕春：《白氏長慶集》卷三一、《樂府詩集》卷八一、《萬首唐人絶句》卷一五作「清」。

又

紅板江橋青酒旗。館娃宮暖日斜時。可憐雨歇東風定，萬樹千條各自垂。

又

蘇州楊柳任君誇。更有錢塘勝館娃。若解多情尋小小，緑楊深處是蘇家。

又

蘇家小女舊知名。楊柳風前別有情。剥條盤作銀環樣，卷葉吹爲玉笛聲。

又

葉含濃露如啼眼，枝嫋輕風似舞腰。小樹不禁攀折苦，乞君留取兩三條。

又

人言柳葉似愁眉。更有愁腸似柳絲。柳絲挽斷腸牽斷，彼此應無續得時〔一〕。

〔一〕時：《白氏長慶集》卷三一、《樂府詩集》卷八一、《萬首唐人絶句》卷一五作「期」。

又〔一〕

一樹春風萬萬枝。嫩於金色軟於絲。永豐南角荒園裏〔二〕，盡日無人屬阿誰。

〔一〕《萬首唐人絶句》卷一六題作《永豐坊園中垂柳》。《詩話總龜》前集卷二一題作《柳詩》。

〔二〕南角荒園裏：《本事詩·事感第二》作「坊裏東南角」。《白氏長慶集》卷三七、《樂府詩集》卷八一、《萬首唐人絶句》卷一六「南」作「西」。

【本事】

白尚書姬人樊素，善歌；妓人小蠻，善舞。嘗爲詩曰：「櫻桃樊素口，楊柳小蠻腰。」年既高邁，而小鑾方豐豔，因爲楊柳之詞以託意，曰（略）。及宣宗朝，國樂唱是詞，上問誰詞，永豐在何處，左右具以對之。遂因東使，命取永豐柳兩枝，植於禁中。白感上知其名，且好尚風雅，又爲詩一章，其末句云：「定知此後天文裏，柳宿光中添兩枝。」（《本事詩·事感第二》）

又〔一〕

一樹衰殘委泥土，雙枝榮曜植天庭〔二〕。定知此後天文裏〔三〕，柳宿光中添兩星。

〔一〕《白氏長慶集》卷三七無調名，題作《刑部尚書致仕白居易和》，《全唐詩》卷四六〇作《詔取永豐柳植禁苑感賦》。《萬首唐人絶句》卷一六作《〔和〕（知）盧尹》。

〔二〕枝：原作「林」，據吴本、明鈔本《尊前集》、《白氏長慶集》改。

〔三〕此後天文裏：《白氏長慶集》、《樂府詩集》、《萬首唐人絶句》作「玄家今春後」。

竹枝〔一〕

瞿塘峽口水煙低〔二〕。白帝城頭月向西。唱到竹枝聲咽處，寒猿閒鳥一時啼〔三〕。

〔一〕《白氏長慶集》卷一八、《萬首唐人絶句》卷一三作《竹枝詞》。

〔二〕水：《樂府詩集》卷八一作「冷」。

〔三〕閒：吴本、明鈔本、毛本《尊前集》、《白氏長慶集》、《萬首唐人絶句》作「闇」。《樂府詩集》作「晴」。

又

竹枝苦怨怨何人。夜盡山空歇又聞。蠻兒巴女齊聲唱〔一〕，怨殺江南病使君〔二〕。

〔一〕齊聲：毛本《尊前集》作「聲聲」。

〔二〕怨：吴本、明鈔本《尊前集》、《白氏長慶集》作「愁」。　南：明鈔本《尊前集》、《白氏長慶集》、《樂府詩集》作「樓」。

又

巴東船舫上巴西。波面風生雨脚齊〔一〕。水蓼冷花紅簇簇〔二〕，江蘺濕葉碧凄凄〔三〕。

〔一〕生：吴本、明鈔本《尊前集》作「去」。

〔二〕水蓼冷花：吴本、明鈔本《尊前集》作「水鳥冷花」。毛本《尊前集》作「水冷蓼花」。　簇簇：毛本《尊前集》、《白氏長慶集》作「簇簇」。

〔三〕凄凄：《樂府詩集》、《萬首唐人絶句》作「萋萋」。

又

江畔誰家唱竹枝〔一〕。前聲斷咽後聲遲。怪來調苦緣詞苦，多是通州司馬詩。

〔一〕家：吴本、明鈔本、毛本《尊前集》、《白氏長慶集》、《樂府詩集》作「人」。

浪淘沙

一泊沙來一泊去，一重浪滅一重生。相攪相淘無歇日，會教山海一時平。

又

白浪茫茫與海連。平沙浩浩四無邊。暮去朝來淘不住〔一〕，遂令東海變桑田。

〔一〕不住：吴本《尊前集》作「不去」。

又

青草湖中萬里程。黄梅雨裏一人行。愁見灘頭夜泊處，風翻暗浪打船聲。

又

借問江潮與海水，何似君情與妾心。相恨不如潮有信，相思始覺海非深。

又

海底飛塵終有日，山頭化石豈無時。誰道小郎抛小婦，船頭一去没回期。

又

隨波逐浪到天涯。遷客西還有幾家〔一〕。却到帝都重富貴〔二〕，請君莫忘浪淘沙。

〔一〕西：吴本、明鈔本《尊前集》作「去」。《白氏長慶集》卷三一、《樂府詩集》卷八二、《萬首唐人絶句》卷一五作「生」。

〔二〕都：明鈔本《尊前集》、《白氏長慶集》、《樂府詩集》、《萬首唐人絶句》作「鄉」。

憶江南〔一〕

江南好，風景舊曾諳。日出江花紅勝火，春來江水緑如藍。能不憶江南。

〔一〕《白氏長慶集》卷三四作《憶江南詞三首》，並注：「此曲亦名《謝秋娘》，每首五句。」

又

江南憶，最憶是杭州。山寺月中尋桂子，郡亭枕上看潮頭。何日更重游。

又

江南憶，其次憶吴宫。吴酒一杯春竹葉，吴娃雙舞醉芙蓉。早晚復相逢。

宴桃源〔一〕

前度小花静院。不比尋常時見。見了又還休，愁却等閑分散。腸斷。腸斷。記取釵横鬢亂。

〔一〕《全唐詩》卷八九〇、《歷代詩餘》卷二作《如夢令》。

【考辨】

此首及下二首疑非白居易作，蓋《宴桃源》即《如夢令》。蘇軾《如夢令》（水垢何曾相受）題注云：「此曲本唐莊宗製，名《憶仙姿》，嫌其名不雅，故改爲《如夢令》。莊宗作此詞，卒章云：『如夢。如夢。和淚出門相送。』因取以爲名云。」又因莊宗詞首句爲「曾宴桃源深洞」，故後人又名《宴桃源》

（如汲古閣本《片玉詞》之《如夢令》即作《宴桃源》）。中唐之白居易何以能用後唐莊宗所製調填詞？殊可懷疑。唯《尊前集》已録作白詞，姑録存備考。

又

落月西窗驚起。好箇怱怱些子。鬒鬢䩞輕鬆，凝了一雙秋水。告你。告你。休向人間整理〔一〕。

〔一〕間：吴本、明鈔本《尊前集》作「前」。

又

頻日雅歡幽會，打得來來越殺。説著暫分飛，蹙損一雙眉黛。無奈。無奈。兩箇心兒總待。

以上二十六首朱本《尊前集》

長相思　閨怨

汴水流。泗水流。流到瓜洲古渡頭。吴山點點愁。　思悠悠。恨悠悠。恨到歸時方始休。月明人倚樓。

又〔一〕

深畫眉〔二〕。淺畫眉。蟬鬢鬅鬙雲滿衣〔三〕。陽臺行雨迴〔四〕。　巫山高，巫山低。暮雨瀟瀟郎不歸〔五〕。空房獨守時〔六〕。　以上二首毛本《唐宋諸賢絶妙詞選》卷一

〔一〕《吟窗雜録》卷五〇作《長相思令》。

〔二〕畫眉：《吟窗雜録》作「黛眉」。下句「畫眉」亦作「黛眉」。

〔三〕蟬鬢句：《吟窗雜録》作「十指籠葱雲染衣」。

〔四〕迴：《吟窗雜録》作「歸」。

〔五〕暮雨句：影宋本《醉翁琴趣外篇》卷六作「日暮蕭郎歸不歸」；明鈔本《吟窗雜録》作「暮雨朝朝良不歸」。

〔六〕時：《吟窗雜録》作「誰」。

【考辨】

此首《唐宋諸賢絶妙詞選》作白居易詞，《花草粹編》卷一、《唐詞紀》卷一二、《花間集補》卷下、《詞綜》卷一、《全唐詩》卷八九〇、《詞譜》卷二等從之。宋陳應行《吟窗雜録》作吴二娘詞，《古今詞統》卷三、《升庵詩話》卷四、胡桂芳《類編草堂詩餘》卷下、《詞鵠初編》卷一、《詞苑萃編》卷一引《詞苑》、卷二四引《樂府紀聞》亦作吴二娘詞。白居易《寄殷協律》「吴娘暮雨蕭蕭曲，自别江南更不聞」二句自注：「江南吴二娘曲辭云：『暮雨蕭蕭郎不歸。』」據此，是詞當爲吴二娘作。然《本事詞》卷

上云：「吴二娘，江南名姬也，善歌。白香山守蘇時，嘗製《長相思》詞云（略）。吴喜歌之。」據此，則詞爲白居易作而吴二娘歌唱。未知《本事詞》有無確據。此首别又作宋歐陽修詞，見影宋本《醉翁琴趣外篇》卷六、景宋本《歐陽文忠公近體樂府》卷一、《樂府雅詞》卷上。《近體樂府》宋羅泌校云：「此首《尊前集》作唐無名氏詞」。然今傳各本《尊前集》皆未收此詞。《全宋詞》於歐陽修「存目詞」中據《唐宋諸賢絶妙詞選》訂爲白居易作。陳尚君《全唐詩補編·續拾》卷二八歸吴二娘作。《隋唐五代燕樂雜言歌辭集》正編五於吴二娘、白居易下俱收録。究屬誰作，尚難斷定，姑兩存之，俟考。

吴二娘

吴二娘（生卒年里不詳），與白居易同時之江南歌女。一説爲杭州名妓。事迹具《白氏長慶集》卷二五《寄殷協律》、《吟窗雜録》卷五〇、《升庵詩話》卷四、《本事詞》卷上。

吴二娘詞一首，據《吟窗雜録》明刻本録入，校以明鈔本，並參校丁本《升庵詩話》等。

長相思

明刻本《吟窗雜録》卷五〇

深黛眉。淺黛眉。十指蘢葱雲染衣。巫山行雨歸〔一〕。　巫山高，巫山低。暮雨瀟瀟郎不歸。空房獨守時。

〔一〕深黛眉四句：《升庵詩話》卷四作：「深花枝。淺花枝。深淺花枝相間時。花枝難似伊。」按，此四句本宋歐陽修《長相思》之上片，見影宋本《醉翁琴趣外篇》卷六、景宋本《歐陽文忠公近體樂府》卷一。楊慎誤記而移花接木，非。

【考辨】

此首别作白居易詞，詳前白居易同調詞【考辨】。

盧貞

盧貞（七七八？——八四八？），字子蒙，别號南郭子，居汝州梁縣（今河南臨汝）。敬宗寶曆中，爲度支員外郎。文宗大和初，轉户部郎中。開成元年（八三六），以太常少卿任諸道黜陟使。次年，任汝州刺史。四年（八三九），自大理卿出爲福建觀察使。武宗會昌間，爲河南尹。五年（八四五），任嶺南節度使。宣宗大中初，入爲太子賓客。卒。事迹參《因話録》卷六、《宣室志》卷八、《舊唐書》卷一七下《文宗紀》、《册府元龜》卷一六二、《太平寰宇記》卷八、《郎官石柱題名》、陶敏《全唐詩作者小傳正補》（《湘潭師範學院學報》一九八六年一期）。

盧貞詞一首，據《尊前集》朱本録入，校以吴本、毛本、明鈔本，並參校宋本《白氏長慶集》、宋本《樂府詩集》、嘉靖本《萬首唐人絶句》、洪本《唐詩紀事》。

楊柳枝

一樹依依在永豐。兩枝飛去杳無蹤。玉皇曾採人間曲，應逐歌聲入九重。　朱本《尊前集》

【考辨】

此首始見於宋本《白氏長慶集》卷三七附録，題作《永豐坊西南角園中有垂柳一株柔條極茂白尚書曾賦詩傳入樂府遍流京都近有詔旨取兩枝植於禁苑乃知一顧增十倍之價非虚言也，因此偶成絶句非敢繼和前篇》。《萬首唐人絶句》卷一九據此題作《詔取永豐坊柳植禁苑》。按此首係和前録白居易《楊柳枝》（一樹春風千萬枝）詞，盧氏原題謂「偶成絶句」，似是絶句詩而非詞，實則因《楊柳枝》詞爲齊言絶句體，故唐人有時亦稱之爲「絶句」，如晚唐薛能《楊柳枝》（朝陽晴照緑楊煙）五首序即謂「自以五絶爲《楊柳》新聲」（詳後薛詞）。因而盧氏此首仍屬詞而非詩，《唐詩紀事》卷四九即作《楊柳枝》詞，《尊前集》、《樂府詩集》亦以詞收録。故從《尊前集》録入正編。

滕邁

滕邁（生卒年不詳），婺州東陽（今屬浙江）人，郡望河東（今山西太原）。憲宗元和十年（八一五）進士。累官至吉州刺史。文宗開成四年（八三九），任台州刺史。後歷刑部郎中，終睦州刺史。事迹據《嘉定赤城志》卷八、《咸淳毗陵志》卷二六。

滕邁詞一首，據稗海本《雲溪友議》録入，用洪本《唐詩紀事》、月窗本《詩話總龜》參校。

楊柳枝

三條陌上拂金羈。萬里橋邊映酒旗。此日令人腸欲斷〔一〕，不堪將入笛中吹〔二〕。　稗海本《雲溪友議》卷一〇

〔一〕此日句：《詩話總龜》前集卷二〇引《古今詩話》作「近日令人腸斷處」。

〔二〕入：《詩話總龜》作「向」。

【本事】

知湖州崔郎中芻言，初爲越副戎，宴席中有德華周氏者，乃劉採春女也。雖《羅嗊》之歌，不及其母，而《楊柳》之詞，採春難及。（中略）所唱者七八篇，乃近日名流之詠也。滕邁郎中一首：「三條陌上拂金羈（略）。」賀知章祕監一首：「碧玉裝成一樹高（略）。」楊巨源員外一首：「江邊楊柳麴成絲（略）。」劉禹錫尚書一首：「二十年前舊板橋（略）。」韓琮舍人二首：「枝鬬芳腰葉鬬眉（略）。」「梁苑隋堤事已空（略）。」　（《雲溪友議》卷一〇）

竇弘餘

竇弘餘（生卒年不詳），扶風平陵（今陝西咸陽西）人，竇常之子。武宗會昌元年（八四一）爲黄州刺史。宣宗大中五年（八五一）任台州刺史。事跡參《竇氏聯珠集・竇常傳》、《劇談録》卷下、《嘉定赤城志》卷八。

竇弘餘詞一首，據《劇談録》津逮本録入，校以四庫本，並參校守山本《唐語林》、董本、清鈔本《青瑣高議》。

廣謫仙怨

玄宗天寶十五載正月，安禄山反，陷没洛陽，王師敗績，關門不守。車駕幸蜀，途次馬嵬驛，六軍不發，賜貴妃自盡，然後駕發。行次駱谷，上登高下馬，謂力士曰：「吾蒼惶出狩長安，不及辭宗廟。此山絶高，望見秦川。吾今遥辭陵廟。」因下馬，望東再拜，嗚咽流涕，左右皆泣。謂力士曰：「吾取九齡之言〔一〕，不到如此。」乃命中使，往韶州以太牢祭之（中書令張九齡每因奏對，未嘗不諫誅禄山。上怒曰：「卿豈以王夷甫識石勒，便殺禄山。」於是不敢諫矣）。因上馬，遂索長笛，吹於曲。曲成，潸然流涕，竚立久之。時有司旋録成譜。及鑾駕至成都，乃進此譜，請曲名。上不記之，視左右曰：「何曲？」有司具以駱谷望長安、下馬後索長笛吹出對。上良久曰：「吾省矣。吾因思九齡，亦别有意，可名此曲爲謫仙怨。」其旨屬馬嵬之事，厥後以亂離隔絶，有人自西川傳得者，無由知，但呼爲劍南神曲。其音怨切，諸曲莫比。大曆中，江南人盛爲此曲，隨州刺史劉長卿左遷睦州司馬，祖筵之内，吹之爲曲，長卿遂撰其詞，意頗自得。蓋亦不知本事。詞云（略）。余在童幼，亦聞長老話謫仙之事頗熟。而長卿之詞，甚是才麗，與本事意興不同。余既備知，聊因暇日，輒撰其詞，復命樂工唱之，用廣不知者。其詞曰

胡塵犯闕衝關。金輅提攜玉顏。雲雨此時消散，君王何日歸還。傷心朝恨暮恨，迴首千山萬山。獨望天邊初月，蛾眉猶在彎彎[二]。

津逮本《劇談録》卷下

〔一〕取：四庫本《劇談録》、《唐語林》卷四、《青瑣高議》前集卷二作「聽」。

〔二〕猶在：《唐語林》作「獨自」。《青瑣高議》作「猶自」。

李德裕

李德裕（七八七——八五〇），字文饒，趙郡贊皇（今屬河北）人。憲宗元和元年（八一五）以蔭補校書郎。十四年，拜監察御史。次年，擢翰林學士。穆宗長慶元年（八二一），遷考功郎中、知制誥。二年，轉中書舍人。文宗太和三年（八二九），爲兵部尚書，旋出爲劍南西川節度使。七年，拜平章

事。八年，出爲浙西節度使。開成五年（八四〇），復入相，進封衛國公。宣宗即位，罷相。大中元年（八四七），貶潮州司馬。次年，再貶崖州司户。三年十二月，卒於貶所，年六十四。著有《李文饒文集》、《次柳氏舊聞》。《舊唐書》卷一七四、《新唐書》卷一八〇有傳。

李德裕作品一首，據百川本《許彦周詩話》録入，參校稗海本《許彦周詩話》、津逮本、何本《彦周詩話》、聚珍本《能改齋漫録》、津逮本《邵氏聞見後録》、耘經樓本《苕溪漁隱叢話》、萬曆本《花草粹編》、明刻本《唐詞紀》、康熙本《詞綜》、康熙本《全唐詩》、内府本《歷代詩餘》。

步虚詞〔一〕

仙女侍，董雙成〔二〕。桂殿夜寒吹玉笙〔三〕。曲終却從仙官去〔四〕，萬户千門空月明〔五〕。河漢女，玉鍊顔〔六〕。雲軿往往到人間〔七〕。九霄有路去無跡〔八〕，裊裊天風吹珮環〔九〕。百川本《許彦周詩話》

〔一〕　此首《邵氏聞見後録》謂是《送神》、《迎神》二曲，以爲「并爲一曲」，非是。《詞綜》卷一、《全唐詩》卷八九〇作《桂殿秋》調二首。《歷代詩餘》卷一分作二首，一作《步虚詞》，一作《桂殿秋》，非。按《能改齋漫録》卷一六作一首，無調名。《苕溪漁隱叢話》後集卷一二作《桂花曲》一首。《花草粹編》卷五、《唐詞紀》卷一五亦作《步虚詞》一首。兹從見載最早之《許彦周詩話》作一首。

〔二〕　仙女二句：津逮本、何本《彦周詩話》作「仙家女侍董雙成」七言一句，並注：「一本無『家』字。」　侍：《邵氏聞見後録》作「是」。《詞綜》、《全唐詩》、《歷代詩餘》作「下」。

〔三〕桂：《能改齋漫録》、《詞綜》、《全唐詩》作「漢」。　寒：《能改齋漫録》、《邵氏聞見後録》、《苕溪漁隱叢話》、《詞綜》、《全唐詩》作「凉」。

〔四〕仙官：《邵氏聞見後録》作「天官」。《苕溪漁隱叢話》作「仙宫」。

〔五〕空：《能改齋漫録》、《詞綜》、《全唐詩》作「惟」。《花草粹編》、《唐詞紀》作「皆」。

〔六〕河漢二句：津逮本、何本《彦周詩話》作「河漢女主能鍊顔」七言一句，並注：「一本作『河漢玉女能鍊顔』。」

鍊：《能改齋漫録》、《苕溪漁隱叢話》作「練」。

〔七〕到：《能改齋漫録》、《詞綜》、《全唐詩》作「在」。

〔八〕跡：《苕溪漁隱叢話》作「際」。

〔九〕天風吹：《能改齋漫録》、《詞綜》、《全唐詩》作「香風生」。《苕溪漁隱叢話》作「大風吹」，疑非。

【考辨】

此首始見於宋高宗建炎二年（一一二八）許顗撰《許彦周詩話》，許氏謂：「李衛公作《步虚詞》。」其後吴曾《能改齋漫録》卷一六亦著録，謂是「李太白詞也。有得於石刻而無其腔，劉無言自倚其聲歌之，音極清雅。《東皋雜録》又以爲范德孺謫均州，偶游武當，石室極深處有題此曲崖上。未知孰是」。稍後邵博《邵氏聞見後録》謂是「李太尉文饒《送神》、《迎神》二曲。予遊秦，尚有能宛轉度之者。或並爲一曲，謂李太白作，非也」。許氏、邵氏明謂是李德裕詞，並辨非李太白作，或有所據。吴氏雖録作李白詞，然又言「未詳孰是」，難以據信。胡仔《苕溪漁隱叢話》後集卷一二亦是疑似之辭：「此曲《許彦周詩話》謂是李衛公作，《桐江詩話》謂是均州武當山石壁上刻之，云神仙所作，未詳孰是。」宋人皆未信爲李白作。清初朱彝尊《詞綜》始據《能改齋漫録》收作李白詞，並補調名爲《桂殿秋》，《詞鵠初編》卷一、《全唐詩》卷八九〇因之。按《桂殿秋》調始見於南宋初向子諲《酒邊集》詞，李白絶無可能填此調，李德裕亦不及見此調，作《桂殿秋》，非。胡仔謂是《桂花曲》，然據《樂府詩集》卷八〇，《桂花曲》始創於白居易，李白亦無從知此調。清沈雄《古今詞話·詞辨》上卷、今人施蟄存《讀李白詞劄記》亦謂非李白作。兹從《許彦周詩話》、《邵氏聞見後録》、《花草粹編》、《唐詞紀》歸李德裕。又宋人吴曾、邵博、胡仔明謂此首是「詞」、「曲」，且與副編所録陳羽諸家齊言絶句體《步虚詞》不同，故入正編。

韓琮

韓琮（生卒年里不詳），字成封，一作代封（疑誤）。穆宗長慶四年（八二四）進士。武宗初，充陳許節度判官。入爲司封員外郎。大中五年（八五一），爲户部郎中。八年（八五四），遷中書舍人。十二年（八五八），任湖南觀察使。同年五月，以軍亂被逐。事跡據《新唐書·藝文志四》、《唐詩紀事》卷五八、《唐才子傳校箋》卷六。

韓琮詞一首，據稗海本《雲溪友議》録入，參校嘉靖本《萬首唐人絶句》、康熙本《唐音統籤》、洪本《唐詩紀事》、月窗本《詩話總龜》、元本《新編古今事文類聚》、宋本《全芳備祖》。

楊柳枝

枝鬬芳腰葉鬬眉〔一〕。春來無處不如絲〔二〕。灞陵原上多離别〔三〕，少有長條拂地垂〔四〕。

稗海本《雲溪友議》卷一〇

〔一〕枝鬬：《唐詩紀事》卷四九、《全芳備祖》後集卷一七作「枝裊」。芳腰：《詩話總龜》前集卷二〇引《古今詩話》、《萬首唐人絶句》卷六八、《全芳備祖》作「纖腰。」

〔二〕如：《全芳備祖》、《新編古今事文類聚》後集卷二二作「成」。

〔三〕原：《唐音統籤》卷六二八注：「一作**「橋」**。」

〔四〕少有：《詩話總龜》作「多少」。

【考辨】

此首《雲溪友議》、《唐詩紀事》、《詩話總龜》、《萬首唐人絶句》、《全芳備祖》、《新編古今事文類聚》、《唐音統籤》卷六二八俱作韓琮詞。《唐詞紀》卷一、《古今詞統》卷一作薛能詞，非。

杜牧

杜牧（八〇三——八五三），字牧之，京兆萬年（今陝西西安）人。文宗大和二年（八二八）登進士第。又中賢良方正直言極諫科，任弘文館校書郎，試左武衛兵曹參軍。旋佐江西觀察使沈傳師幕，後隨轉宣歙觀察使幕。大和七年（八三三），爲牛僧孺淮南節度推官、監察御史里行，轉掌書記。九年，入爲監察御史。開成二年（八三七），復爲宣州幕吏。次年，遷左補闕。五年，爲膳部員外郎。武宗會昌二年（八四二），自比部員外郎出爲黄州刺史。四年，轉池州刺史。六年，徙睦州刺史。宣宗大中間，歷司勳員外郎、吏部員外郎、湖州刺史。大中六年，遷中書舍人。卒。著有《樊川文集》。《舊唐書》卷一四七、《新唐書》卷一六六有傳。另參《唐才子傳校箋》卷六。

杜牧詞一首，據《尊前集》朱本録入，參校吴本、毛本、明鈔本。

八六子

洞房深。畫屏燈照，山色凝翠沈沈。聽夜雨冷滴芭蕉，驚斷紅窗好夢，龍煙細飄繡衾。辭恩久歸長信，鳳帳蕭疏，椒殿閒扃。　輦路苔侵。繡簾垂、遲遲漏傳丹禁。蕣華偷悴，翠鬟羞整，愁坐、望處金輿漸遠，何時綵仗重臨。正消魂，梧桐又移翠陰。　朱本《尊前集》

無名氏

無名氏詞一首，據涵芬樓《説郛》本《槁簡贅筆》録入，參校宛委山堂《説郛》本《槁簡贅筆》、嘉靖本《詞品》、萬曆本《花草粹編》、鮑本、朱本《張子野詞》。

菩薩蠻〔一〕

牡丹含露真珠顆〔二〕。美人折向庭前過〔三〕。含笑問檀郎。花强妾貌强。　檀郎故相惱。剛道花枝好〔四〕。一餉發嬌嗔。碎挼花打人〔五〕。涵芬樓本《説郛》卷四四《槁簡贅筆》

〔一〕原無調名，據《詞品》卷二、《花草粹編》卷三補。

〔二〕含：《詞品》作「帶」。

〔三〕庭：鮑本、朱本《張子野詞》作「簾」。

〔四〕剛：宛委山堂本《説郛》卷二四《槁簡贅筆》、《花草粹編》作「須」，《詞品》作「只」。

〔五〕餉：《槁簡贅筆》作「面」，《詞品》、《花草粹編》作「向」。　一餉二句：鮑本、朱本《張子野詞》作「花若勝如奴，花還解語無」。

【本事】

今人見婦人麄率者，戲之曰「碎挼花打人」。唐宣宗時有婦人以刀斷其夫兩足，宣宗戲語宰相曰：「無乃『碎挼花打人』。」蓋引當時人有詞云（略）。（涵芬樓本《説郛》卷四四《槁簡贅筆》）

【考辨】

此首乃唐宣宗時無名氏詞，始見於宋章淵《槁簡贅筆》，《花草粹編》卷三據之録入。《詞品》卷二、《古今詞統》卷五、《唐詞紀》卷九、《詞的》卷一、沈際飛《草堂詩餘續集》卷上亦俱作唐無名氏詞。鮑本、朱本《張子野詞》卷一作宋張先詞，唯結拍二句文字不同。案吴本《張子野詞》未收，《全宋詞》於張先存目詞中據《槁齋(簡)贅筆》已斷爲唐無名氏作，是。又楊金本《草堂詩餘前集》卷下作宋黄庭堅詞，清道光重刊本《知稼翁集》附録此首作宋黄公度詞，俱誤，《全宋詞》亦分别於二黄存目詞中斷爲唐無名氏作。

李忱

李忱(八一〇——八五九)，初名怡，郡望隴西成紀(今甘肅秦安)，世居長安(今陝西西安)。憲宗第十三子。穆宗長慶元年(八二一)，封光王。武宗會昌六年(八四六)，即帝位。次年改元大中。大中十三年卒，年五十。廟號宣宗。《舊唐書》卷一八、《新唐書》卷八有本紀。另參《杜陽雜編》卷下、《唐語林》卷七。

李忱詞殘句，據學津本《杜陽雜編》録入。

泰邊陲

海岳晏咸通。　學津本《杜陽雜編》卷下

【本事】

宣宗製《泰邊陲》曲，其詞曰：「海岳晏咸通。」及上（懿宗）垂拱，而年號「咸通」焉。（《杜陽雜編》卷下。又見《舊唐書》卷一九《懿宗紀》、《南部新書》庚、《唐語林》卷七）

皇甫松

皇甫松（生卒年不詳），松一作嵩，字子奇，自號檀欒子，睦州新安（今浙江淳安）人。父湜，唐著名古文家，官至工部郎中。松爲牛僧孺表甥，工詩詞，亦擅文，然久試進士不第，終生未仕。光化三年十二月（九〇一年初），韋莊奏請追賜温庭筠、皇甫松等人進士及第，故《花間集》稱爲「皇甫先輩」，蓋唐人呼進士爲先輩。事迹見《唐摭言》卷一〇、《唐詩紀事》卷五三。

皇甫松詞今存二十二首。兹以晁本《花間集》爲底本録十二首、以朱本《尊前集》録十首，參校鄂本、吴本、陸本、茅本、玄本、湯本、雪本、毛本《花間集》、吴本、顧本、毛本《尊前集》、李一氓《花間集校》、王輯本《檀欒子詞》及互見各詞之别集、明以前所刊之總集等。

天仙子

晴野鷺鷥飛一隻。水葓花發秋江碧。劉郎此日别天仙，登綺席。淚珠滴。十二晚峯高歷歷〔一〕。

〔一〕高：王輯本《檀欒子詞》作「青」。

又

躑躅花開紅照水。鷓鴣飛遶青山觜。行人經歲始歸來，千萬里〔一〕。錯相倚。懊惱天仙應有以〔二〕。

〔一〕千：雪本《花間集》作「遥」。

〔二〕應：雪本《花間集》作「似」。

浪濤沙〔一〕

灘頭細草接疏林。浪惡罾舡半欲沉。宿鷺眠鷗飛舊浦〔二〕。去年沙觜是江心。

〔一〕王輯本《檀欒子詞》作「浪淘沙」。

〔二〕飛：陸本、玄本、雪本《花間集》作「非」。

【考辨】

此首及下一首《全唐詩》卷二五〇作皇甫冉詩，題作《浪淘沙》二首。注云：「一作皇甫松詩」。案：《全唐詩》重在「全」，而謹嚴不足，明知可疑而不加考辨，不足爲據。當從《花間集》作皇甫松詞。

又

蠻歌豆蔻北人愁。蒲雨杉風野艇秋〔一〕。浪起鵁鶄眠不得，寒沙細細入江流。

〔一〕蒲：原作「浦」。據王輯本《檀欒子詞》、陸本、玄本《花間集》、《花間集校》改。

楊柳枝

春入行宫映翠微。玄宗侍女舞煙絲。如今柳向空城緑，玉笛何人更把吹。

又

爛熳春歸水國時。吴王宫殿柳絲垂。黄鶯長叫空閨畔〔二〕，西子無因更得知。

〔一〕長：雪本《花間集》作「常」。　畔：湯本《花間集》作「伴」。

摘得新

酌一巵。須教玉笛吹。錦筵紅蠟燭，莫來遲。繁紅一夜經風雨，是空枝。

又

摘得新。枝枝葉葉春。管絃兼美酒，最關人。平生都得幾十度〔一〕，展香茵。

〔一〕十：吴本、雪本《花間集》作「千」。

夢江南〔一〕

蘭燼落，屏上暗紅蕉。閑夢江南梅熟日，夜船吹笛雨蕭蕭。人語驛邊橋。

〔一〕王輯本《檀欒子詞》作《憶江南》。

又

樓上寢，殘月下簾旌。夢見秣陵惆悵事，桃花柳絮滿江城。雙髻坐吹笙。

採蓮子〔一〕

菡萏香連十頃陂舉棹。小姑貪戲採蓮遲年少。晚來弄水船頭濕舉棹，更脱紅裙裹鴨兒年少。

〔一〕晁本《花間集》同調各首緊相連接，惟從行間空格分段、分闋。此首及下首不但緊相連接，且行間無空格以識别其爲兩闋，後世諸本遂誤合爲一首。《花間集》卷五張泌《江城子》二首，卷八孫光憲《竹枝》二首，皆因之誤合爲一首。此首及下首用韵各異；就内容言，前首寫「小姑貪戲」，後首寫蓮女懷春，亦各自不同。兹分爲兩首。

又

船動湖光灧灧秋舉棹〔一〕。貪看年少信船流年少。無端隔水拋蓮子舉棹，遥被人知半日羞年少。

以上十二首晁本《花間集》。

〔一〕 動：玄本、雪本《花間集》作「頭」。 光：玄本、雪本《花間集》作「色」。 灧灧：湯本《花間集》作「艷艷」。

竹枝

檳榔花發竹枝鷓鴣啼女兒。雄飛煙瘴竹枝雌亦飛女兒〔一〕。

〔一〕 瘴：王輯本《檀欒子詞》作「嶂」。

又

木棉花盡竹枝荔枝垂女兒。千花萬花竹枝待郎歸女兒。

又

芙蓉並蒂竹枝一心連女兒。花侵隔子竹枝眼應穿女兒。

又

筵中蠟燭竹枝淚珠紅女兒。合歡桃核竹枝兩人同女兒。

又

斜江風起竹枝動橫波女兒。劈開蓮子竹枝苦心多女兒。

又

山頭桃花竹枝谷底杏女兒。兩花窈窕竹枝遥相映女兒。

抛球樂

紅撥一聲飄。輕裘墜越綃。墜越綃〔一〕。帶翻金孔雀，香滿繡蜂腰。少少抛分數，花枝正索鐃。

〔一〕墜越綃：王輯本《檀欒子詞》無此重文，下首同。

又

金鼈花毬小，真珠繡帶垂〔一〕。繡帶垂。幾回衝鳳蠟〔二〕，千度入香懷。上客終須醉，觥盂且亂排。

〔一〕真：王輯本《檀欒子詞》作「珍」。

〔二〕鳳蠟：王輯本《檀欒子詞》作「蠟燭」。

怨回紇

白首南朝女，愁聽異域歌。收兵頡利國，飲馬胡盧河。毳布腥膻久，穹廬歲月多。雕窠城上宿，吹笛淚滂沱。

【考辨】

此首及下首又見《全唐詩》卷二五〇，作皇甫冉詩，題作《怨回紇歌》二首。案：《全唐詩》收作皇甫冉詩，未可據信，當從《尊前集》作皇甫松詞。

又

祖席駐征棹，開帆候信潮。隔筵桃葉泣，吹管杏花飄。　船去鷗飛閣，人歸塵上橋。別離惆悵淚，江路濕紅蕉。　以上十首朱本《尊前集》

存目詞

調名	首句	出處	附注
竹枝	門前流水竹枝白蘋花女兒	《詞律》	孫光憲作，見《花間集》卷八。
應天長	緑槐陰裏黄鶯語	《近體樂府》卷三羅泌校語	韋莊作，見《花間集》卷二。
荷葉盃	記得那年花下	《詞律》卷一	又

温庭筠

温庭筠（八一二——八七〇），本名岐，字飛卿，太原祁（今山西祁縣）人。相貌奇醜，人稱「温鍾馗」。初至京師，人士翕然推重，與當世詩人李商隱齊名，號「温李」。然生性傲岸，恃才詭激，好譏訶權貴，取憎於時，尤爲宰相令狐綯所不容，由是累年不第。宣宗大中十三年（八五九）始授隨縣尉，終仕國子助教。事迹見《舊唐書》卷一九〇下、《新唐書》卷九一《温大雅傳》附、《唐詩紀事》卷五四、《唐才子傳校箋》卷八、夏承燾《唐宋詞人年譜·温飛卿繫年》。

温庭筠詞，原有《金荃集》，歐陽炯《花間集序》即稱「近代温飛卿復有《金荃集》」，而未言卷數。《新唐書·藝文志》著録有《金筌集》十卷，然未知是否爲詞之專集。清顧嗣立跋《温飛卿詩集》謂見宋刻《全荃詞》一卷，然此本既未見公私著録，又未聞流傳，不無可疑。今存温詞，始見於《花間集》所録六十六首；近人劉毓盤《唐五代宋遼金元名家詞輯》有《金荃詞》一卷（簡稱劉輯本），收詞七十二首；王國維《唐五代二十一家詞輯》有《金荃詞》一卷，收詞七十首；盧冀野《温飛卿及其詞》輯有《詞録》，得詞六十七首，係據《花間集》、《尊前集》而録之。案《花間集》北宋刊本早已亡佚，今傳最早之本爲南宋紹興十八年（一一四八）刊晁謙之跋本（簡稱晁本），一九五五年文學古籍刊行社有影印本。其次爲淳熙十一、十二年（一一八四——一一八五）鄂州刊公文册子紙本（簡稱鄂本），《四印齋所刻詞》本據以仿刻，《四部備要》本又據四印齋本排印。另明末毛氏汲古閣刊《詞苑英華》本（簡稱毛本）謂出自南宋開禧元年（一二〇五）陸游二跋本，然開禧本久佚。明刊《花間集》本頗叢雜，知見者有：一、正德辛巳（一五二一）陸元大覆刻晁謙之跋本（簡稱陸本），此本校印頗精，校正晁本錯刻約三十處。《景刊宋金元明本詞》本即據陸本景刊，清光緒十四年（一八八八）《邵武徐氏叢書》本亦據陸本翻刻。二、明萬曆八年（一五八〇）茅氏凌霞山房刊本（簡稱茅本）。此本以陸本爲底本，附温博《花間集補》二卷、茅一楨《音釋》二卷。萬曆四十年（一六一二）有重修本。三、萬曆三十年壬寅（一六〇二）玄覽齋刊巾箱本（簡稱玄本）。此本以茅本爲底本，然擅裂十卷爲十二卷，錯字百出，遠遜祖本。《四部叢刊》本即據此影印。四、天啓四年甲子（一六二四）讀書堂刻鍾人傑箋校本。此本據茅本重輯爲二卷，依字數少多爲序，《花間》原詞五百首漏刻一百八首，温博所補十四家被剔出四家、李煜詞十四首被删去四首，且誤植詞人姓氏頗多，殊乏參考價值。五、明清間雪艷亭活字排印本（簡稱雪本）。此本亦據茅本而重新編次爲二卷，温博所補十四家而删去薛能一家。校勘粗疏，臆改誤植處尤多，然亦有舊本訛脱而校正極愜之處。六、萬曆間吴勉學師古齋刊本。此本亦據茅本，編次卷數仍舊。七、萬曆四十八年庚申（一六二〇）刊湯顯祖評朱墨套印本（簡稱湯本），此本作四卷，然詞人詞調次序仍舊。此本不知所從出，其文字接近鄂本，然鄂本誤而晁本正處又多與晁本同。明朱之蕃輯刻《詞壇合璧》本，即出自湯本。八、明刻本三種，各本版式俱不同（分别藏於上海圖書館、南京圖書館、中國社會科學院文學研究所）。九、明正統間吴訥《唐宋名賢百家詞》鈔本（藏天津圖書館。簡稱吴本）。此本作二卷，不知所從出。十、明紫芝漫鈔《宋元名家詞》本（藏北京大學圖書館），亦作二卷。清代尚有影宋鈔本（藏上海圖書館）、四庫全書本（出自毛本）等。民國間有宣古愚刻本、上海碧梧山莊石印本（用厲鶚斷句本）等。近有李一氓《花間集校》等。温庭筠詞，今以晁本《花間集》爲底本録六十六首，參校鄂本、吴本、陸本、茅本、玄本、湯本、雪本、毛本《花間集》、《花間集校》、王輯本、劉輯本《金荃詞》及互見各詞之别集、明以前所刊之總集等。另據朱本《尊前集》録一首，校以吴本、毛本、明鈔本《尊前集》。又從稗海本《雲溪友議》輯録二首，計六十九首。

菩薩蠻〔一〕

小山重疊金明滅。鬢雲欲度香顋雪〔二〕。懶起畫蛾眉。弄粧梳洗遲。　照花前後鏡。花面交相映。新帖繡羅襦〔三〕。雙雙金鷓鴣。

〔一〕《金奩集》入「中吕宫」。

〔二〕香：雪本《花間集》作「春」。

〔三〕帖：《唐宋諸賢絶妙詞選》卷一作「著」。　繡：《唐宋諸賢絶妙詞選》作「綺」。

又

水精簾裏頗黎枕〔一〕。暖香惹夢鴛鴦錦。江上柳如煙。鴈飛殘月天〔二〕。　藕絲秋色淺。人勝參差剪。雙鬢隔香紅。玉釵頭上風。

〔一〕頗黎：《金奩集》作「珊瑚」。

〔二〕月：《唐宋諸賢絶妙詞選》卷一作「日」。

又

蘂黄無限當山額。宿粧隱笑紗窗隔。相見牡丹時。暫來還别離〔一〕。　翠釵金作股。釵上蝶雙舞〔二〕。心事竟誰知。月明花滿枝。

〔一〕暫：吴本《花間集》作「新」。

〔二〕蝶雙：鄂本、湯本《花間集》作「雙蝶」。

又

翠翹金縷雙鸂鶒。水紋細起春池碧。池上海棠梨。雨晴紅滿枝。　繡衫遮笑靨。煙草粘飛蝶。青瑣對芳菲。玉關音信稀〔一〕。

〔一〕關：毛本《花間集》作「門」。

又

杏花含露團香雪。綠楊陌上多離別〔一〕。燈在月朧明。覺來聞曉鶯。玉鈎褰翠幕。粧淺舊眉薄。春夢正關情。鏡中蟬鬢輕。

〔一〕多：吴本《花間集》作「雙」。

又

玉樓明月長相憶。柳絲裊娜春無力。門外草萋萋〔一〕。送君聞馬嘶。畫羅金翡翠。香燭銷成淚。花落子規啼。綠窗殘夢迷。

〔一〕萋萋：吴本《花間集》作「淒淒」。

又

鳳皇相對盤金縷。牡丹一夜經微雨。明鏡照新粧。鬢輕雙臉長。畫樓相望久。欄外垂絲柳。音信不歸來。社前雙燕迴。

又

牡丹花謝鶯聲歇。緑楊滿院中庭月。相憶夢難成。背窗燈半明。　翠鈿金壓臉。寂寞香閨掩。人遠淚闌干。燕飛春又殘。

又

滿宫明月梨花白。故人萬里關山隔。金鴈一雙飛。淚痕沾繡衣。　小園芳草緑。家住越溪曲。楊柳色依依。燕歸君不歸〔一〕。

〔一〕燕：雪本《花間集》作「鴈」。

又

寶函鈿雀金鸂鶒。沉香閣上吴山碧〔一〕。楊柳又如絲。驛橋春雨時。　畫樓音信斷。芳草江南岸。鸞鏡與花枝。此情誰得知。

〔一〕閣：原作「關」，據雪本《花間集》改。

又

南園滿地堆輕絮。愁聞一霎清明雨。雨後却斜陽。杏花零落香。　無言匀睡臉〔一〕。枕上屏山掩。時節欲黄昏。無憀獨倚門。

〔一〕匀：朱本《尊前集》作「彈」。

【考辨】

此首毛本《草堂詩餘》卷一作何籀詞，《草堂詩餘正集》注云：「誤刻何籀。」並云：「芟《花間集》者，額以温飛卿《菩薩蠻》十四首，此其一也。」又洪武本《草堂詩餘》前集卷下於此詞未題作者姓名，明周瑛《詞學筌蹄》卷五以此詞在《草堂詩餘》中失作者姓名，而緊接在晏叔原《生查子》「金鞍美少年」詞後，遂又誤作晏幾道詞。案：當從《花間集》作温詞。

又

夜來皓月纔當午。重簾悄悄無人語〔一〕。深處麝煙長。卧時留薄粧。　當年還自惜。往事那堪憶。花露月明殘〔二〕。錦衾知曉寒。

〔一〕簾：朱本《尊前集》作「門」。

〔二〕露：鄂本、湯本《花間集》作「落」。

又

雨晴夜合玲瓏日〔一〕。萬枝香裊紅絲拂。閑夢憶金堂。滿庭萱草長。　繡簾垂𥶉𥷑。眉黛遠山緑。春水渡溪橋。凭欄魂欲銷。

〔一〕日：朱本《尊前集》作「月」。

又

竹風輕動庭除冷。珠簾月上玲瓏影。山枕隱穠粧。緑檀金鳳皇。　兩蛾愁黛淺。故國吳宫遠。春恨正關情〔一〕。畫樓殘點聲。

〔一〕根：王輯本《金荃詞》作「夢」。

更漏子〔一〕

柳絲長，春雨細。花外漏聲迢遞。驚塞鴈，起城烏〔二〕。畫屏金鷓鴣。　香霧薄。透簾幕〔三〕。惆悵謝家池閣〔四〕。紅燭背，繡帷垂〔五〕。夢長君不知。

〔一〕《金奩集》入「林鐘商調」。

〔二〕城：《尊前集》作「寒」。

〔三〕簾：《尊前集》作「重」。

〔四〕惆：《金奩集》作「怊」。

〔五〕帷：原作「簾」，據《尊前集》改。

【考辨】

此首《尊前集》作李煜詞。吴本《尊前集》注云：「《金奩集》作温飛卿。」案：《花間集》所録温詞中有此闋。《花間》成書於廣政三年夏四月，其時李煜年僅四歲，此詞非其所作甚明。當從《花間集》作温詞。别又誤作蘇軾詞，見傅幹《注坡詞》傅共序。

又

星斗稀，鍾鼓歇。簾外曉鶯殘月。蘭露重，柳風斜。滿庭堆落花〔一〕。　虚閣上。倚欄望。還似去年惆悵〔二〕。春欲暮，思無窮。舊歡如夢中。

【考辨】

〔一〕堆：《張子野詞》卷二作「堦」。

〔二〕似：王輯本《金荃詞》作「是」。

此首又見張先《張子野詞》卷二。案：張先《安陸集》亡佚不傳，《張子野詞》不知何人所輯。鮑廷博得緑斐軒抄本，又合侯氏亦園《十家樂府》刊本去其重複，並從諸家選本中採輯次爲補遺，合計得一百八十四闋，入《知不足齋叢書》，朱祖謀《彊村叢書》亦收之，稱最完備。然所收舛亂，竄入温庭筠、歐陽炯、馮延巳以及北宋諸人之作，見於《花間》、《陽春》、《珠玉》諸集，並《梅苑》、《樂府雅詞》、《唐宋諸賢絶妙詞選》而不題張先作者近三十首。殊不足據。此首既在《花間集》中，當從《花間集》作温詞。

又

金雀釵，紅粉面。花裏暫時相見。知我意，感君憐。此情須問天。　香作穗。蠟成淚。還似兩人心意〔一〕。山枕膩，錦衾寒。覺來更漏殘〔二〕。

〔一〕似：《尊前集》作「是」。

〔二〕覺：《尊前集》作「夜」。

又

相見稀，相憶久。眉淺澹煙如柳。垂翠幕，結同心。待郎燻繡衾〔一〕。　城上月。白如雪。

蟬鬢美人愁絶。宮樹暗，鵲橋横。玉籤初報明。

〔一〕 待：鄂本《花間集》作「侍」。當以作「待」爲優。

又

背江樓，臨海月。城上角聲嗚咽。堤柳動，島煙昏。兩行征鴈分。　京口路〔一〕。歸帆渡。正是芳菲欲度。銀燭盡，玉繩低。一聲村落鷄。

〔一〕 京口：鄂本、湯本《花間集》作「西陵」。

又〔一〕

玉鑪香〔二〕，紅蠟淚〔三〕。偏照畫堂秋思〔四〕。眉翠薄〔五〕，鬢雲殘。夜長衾枕寒〔六〕。　梧桐樹。三更雨。不道離情正苦〔七〕。一葉葉，一聲聲。空堦滴到明。

〔一〕 敦煌寫卷伯三九九四作《更漏長》。

〔二〕 玉鑪：敦煌寫卷伯三九九四作「金鴨」。　香：《陽春集》、《尊前集》作「煙」。

〔三〕 蠟：《陽春集》、《尊前集》作「燭」。

〔四〕 照：《陽春集》、《尊前集》作「對」。

〔五〕薄：敦煌寫卷伯三九九四作「盡」。

〔六〕長：《陽春集》、敦煌寫卷伯三九九四作「來」。

〔七〕情：敦煌寫卷伯三九九四作「心」。　正：《陽春集》作「最」。

【考辨】

此首《尊前集》作馮延巳詞，又見馮延巳《陽春集》。四印齋本《陽春集》注云：「别作温庭筠」。《全唐詩》作温詞，又作馮詞，一詞兩見。姜亮夫《詞選箋註》云：「詞境不類温作，當從《尊前》。」案：此首在《花間集》温詞中。《尊前集》誤題作者姓氏者多有，自宋以來諸家選本皆題温作。「詞境不類」之説，未足爲據。當從《花間集》作温庭筠詞。此首别又誤作牛嶠詞，見《古今詞統》卷四(參下首【考辨】)。

歸國遥〔一〕

香玉。翠鳳寶釵垂𥿂䍐。鈿筐交勝金粟。越羅春水渌〔二〕。　畫堂照簾殘燭。夢餘更漏促。謝娘無限心曲。曉屏山斷續。

〔一〕《金奩集》入「雙調」。

〔二〕渌：吴本《花間集》、《陽春集》、《金奩集》作「緑」。

【考辨】

此首《古今詞統》卷四題牛嶠作。《陽春集》又録作馮延巳詞。四印齋本《陽春集》注云：「别作温庭筠，又作牛嶠。」《花草粹編》卷二亦題馮作，注云：「《花間》作温。」案：《古今詞統》所題作者姓氏，多有訛誤，殊不足據；且此首及前首《花間集》牛嶠詞未收，他家選本亦無作牛嶠詞者。陳世修輯《陽春集》不加審慎，多有竄入他人詞作，以此詞爲馮延巳作，未可據信。當從《花間集》作温庭筠詞。

又

雙臉。小鳳戰篦金颭艷。舞衣無力風斂。藕絲秋色染。　錦帳繡幃斜掩。露珠清曉簟。粉心黄蘂花靨。黛眉山兩點。

酒泉子〔一〕

花映柳條。閑向緑萍池上〔二〕。凭欄干，窺細浪。雨蕭蕭。　近來音信兩疎索。洞房空寂寞。掩銀屏，垂翠箔〔三〕。度春宵。

〔一〕《金奩集》入「高平調」。

〔二〕閑：鄂本、湯本《花間集》作「吹」。

〔三〕箔：雪本《花間集》作「幕」。

又

日映紗窗。金鴨小屏山碧。故鄉春，煙靄隔。背蘭釭。宿粧惆悵倚高閣。千里雲影薄。草初齊，花又落。燕雙雙〔一〕。

〔一〕雙雙：王輯本《金荃詞》作「雙飛」。

又

楚女不歸。樓枕小河春水。月孤明，風又起。杏花稀。玉釵斜篸雲鬟髻〔一〕。裙上金縷鳳。八行書〔二〕，千里夢。鴈南飛。

〔一〕篸：《陽春集》作「插」。髻：《金奩集》作「重」。

〔二〕八：《陽春集》作「一」。

【考辨】

此首又見馮延巳《陽春集》。四印齋本《陽春集》注云：「别作温庭筠。」《花草粹編》卷二亦題作馮詞。案：此首《花間集》作温詞，《陽春集》顯係誤收，《花草粹編》未可據信。當從《花間集》作温庭筠詞。別又誤作牛嶠詞，見《古今詞統》卷三。

又

羅帶惹香。猶繫別時紅豆。淚痕新，金縷舊。斷離腸。　一雙嬌燕語彫梁。還是去年時節。綠陰濃〔一〕，芳草歇。柳花狂。

〔一〕陰：吳本、毛本《花間集》作「楊」。

定西番〔一〕

漢使昔年離別。攀弱柳，折寒梅。上高臺。　千里玉關春雪。鴈來人不來。羌笛一聲愁絶。月徘徊。

〔一〕《金奩集》入《高平調》。

又

海燕欲飛調羽。萱草綠，杏花紅。隔簾櫳。　雙鬢翠霞金縷。一枝春艷濃。樓上月明三五。瑣窗中。

又

細雨曉鶯春晚。人似玉，柳如眉。正相思。　羅幕翠簾初捲。鏡中花一枝。腸斷塞門消息，鴈來稀。

楊柳枝〔一〕

宜春苑外最長條〔二〕。閑裊春風伴舞腰。正是玉人腸絶處〔三〕，一渠春水赤欄橋〔四〕。

〔一〕《金奩集》入「高平調」。
〔二〕最：湯本《花間集》作「又」。
〔三〕絶：玄本《花間集》、《温飛卿詩集》卷九作「斷」。
〔四〕渠：湯本《花間集》作「溪」。

又

南内墻東御路傍〔一〕。須知春色柳絲黄〔二〕。杏花未肯無情思，何事行人最斷腸〔三〕。

〔一〕墻：《金奩集》作「橋」。

〔二〕須：《温飛卿詩集》卷九作「預」。絲：王輯本《金荃詞》作「枝」。

〔三〕何事行：《金奩集》作「惱亂何」。行：《温飛卿詩集》注云：「一作『情』。」

又

蘇小門前柳萬條。毿毿金線拂平橋。黄鶯不語東風起，深閉朱門伴舞腰〔一〕。

〔一〕舞：《温飛卿詩集》卷九作「細」。

又

金縷毿毿碧瓦溝。六宫眉黛惹春愁〔一〕。晚來更帶龍池雨〔二〕，半拂欄干半入樓。

〔一〕春：原作「香」，據《温飛卿詩集》卷九改。

〔二〕晚：《温飛卿詩集》作「曉」。

【考辨】

此首《古今詞統》卷二作牛嶠詞。案：此首在《花間集》温庭筠詞中，《古今詞統》顯係誤題。當從《花間集》作温詞。

又

館娃宫外鄴城西。遠映征帆近拂堤。繫得王孫歸意切〔一〕，不關芳草緑萋萋〔二〕。

〔一〕意：《温飛卿詩集》卷九作「思」。

〔二〕關：原作「同」，據茅本、玄本、湯本《花間集》改。　芳：《温飛卿詩集》作「春」。

又

兩兩黄鸝色似金。裊枝啼露動芳音〔一〕。春來幸自長如線〔二〕。可惜牽纏蕩子心。

〔一〕動：王輯本《金荃詞》作「惹」。

〔二〕自：《温飛卿詩集》卷九注云：「一作『有』。」

又

御柳如絲映九重。鳳皇窗映繡芙蓉〔一〕。景陽樓畔千條路〔二〕，一面新粧待曉風〔三〕。

〔一〕映：《金奩集》作「近」，《温飛卿詩集》卷九作「柱」。

〔二〕畔：劉輯本《金荃詞》作「外」。　路：《温飛卿詩集》作「露」。

〔三〕風：《温飛卿詩集》作「鍾」。

又

織錦機邊鶯語頻。停梭垂淚憶征人〔一〕。塞門三月猶蕭索，縱有垂楊未覺春。

〔一〕征：《金奩集》作「行」。

【考辨】

此首《古今詞統》卷二作牛嶠詞。案：此首《花間集》作温庭筠詞。《古今詞統》録作牛嶠，非是。當從《花間集》作温詞。

南歌子〔一〕

手裏金鸚鵡，胸前繡鳳皇。偷眼暗形相。不如從嫁與，作鴛鴦。

〔一〕《金奩集》入「仙呂宫」。

【考辨】

此首《古今詞統》卷一作牛嶠詞。案：此詞原在《花間集》温庭筠詞中，《古今詞統》顯係誤題，當從《花間集》作温詞。

又

似帶如絲柳，團酥握雪花。簾捲玉鈎斜。九衢塵欲暮，逐香車。

又

髻墮低梳髻，連娟細掃眉。終日兩相思。爲君憔悴盡，百花時。

又

臉上金霞細，眉間翠鈿深。欹枕覆鴛衾。隔簾鶯百囀，感君心。

又

撲蘂添黄子，呵花滿翠鬟。鴛枕映屏山〔一〕。月明三五夜，對芳顔。

〔一〕映：湯本《花間集》作「暗」。

【考辨】

此首《古今詞統》卷一作牛嶠詞。案：此詞原在《花間集》温庭筠詞中，《古今詞統》顯係誤題，當從

《花間集》作温詞。

又

轉昖如波眼〔一〕，娉婷似柳腰。花裏暗相招。憶君腸欲斷，恨春宵。

〔一〕昖：王輯本《金荃詞》、毛本《花間集》作「盼」。

又

懶拂鴛鴦枕，休縫翡翠裙。羅帳罷鑪熏。近來心更切，爲思君。

河瀆神〔一〕

河上望叢祠。廟前春雨來時。楚山無限鳥飛遲。蘭棹空傷別離。何處杜鵑啼不歇。艷紅開盡如血。蟬鬢美人愁絶。百花芳草佳節。

〔一〕《金奩集》入「仙呂宫」。

又

孤廟對寒潮。西陵風雨蕭蕭。謝娘惆悵倚欄橈〔一〕。淚流玉筯千條。　暮天愁聽思歸樂〔二〕。早梅香滿山郭。迴首兩情蕭索。離魂何處飄泊。

〔一〕欄：陸本《花間集》、《花間集校》作「蘭」。

〔二〕樂：鄂本、毛本《花間集》作「落」。毛本《花間集》注云：「一作『樂』。」李一氓《花間集校》云：「樂，讀如約。」施蟄存《讀温飛卿詞札記》云：「非也。此『思歸樂』乃是鳥名。」舉元稹《思歸樂》詩爲證，並引陶岳《零陵記》云：「狀如鳩而慘色，三月則鳴，其音云『不如歸去』。」蓋即杜鵑也。施氏所云甚是。

又

銅鼓賽神來。滿庭幡蓋徘徊。水村江浦過風雷。楚山如畫煙開。　離別櫓聲空蕭索。玉容惆悵粧薄。青麥燕飛落落。捲簾愁對珠閣〔一〕。

〔一〕珠：吴本《花間集》作「朱」。

女冠子〔一〕

含嬌含笑。宿翠殘紅窈窕。鬢如蟬。寒玉簪秋水，輕紗捲碧煙。　雪胸鸞鏡裏，琪樹鳳樓前。寄語青娥伴，早求仙。

〔一〕《金奩集》入「歇指調」。

【考辨】

此首《古今詞統》卷四作牛嶠詞，《詞律》因之。案：此首《花間集》作温庭筠詞，《古今詞統》顯係誤題，當從《花間集》作温庭筠詞。

又

霞帔雲髮。鈿鏡仙容似雪。畫愁眉。遮語迴輕扇，含羞下繡幃〔一〕。　玉樓相望久，花洞恨來遲。早晚乘鸞去，莫相遺〔二〕。

〔一〕羞：王輯本《金荃詞》作「笑」。

〔二〕遺：《金奩集》作「違」。

玉胡蝶〔一〕

秋風凄切傷離。行客未歸時。塞外草先衰。江南鴈到遲。　芙蓉凋嫩臉，楊柳墮新眉。摇落使人悲。斷腸誰得知。

〔一〕《金奩集》入「中吕宫」。

清平樂〔一〕

上陽春晚。宫女愁蛾淺。新歲清平思同輦。争奈長安路遠。　鳳帳鴛被徒燻。寂寞花鎖千門。競把黄金買賦，爲妾將上明君。

〔一〕《金奩集》入「越調」。

又〔一〕

洛陽愁絶。楊柳花飄雪。終日行人恣攀折〔二〕。橋下水流嗚咽。　上馬争勸離觴。南浦鶯聲斷腸。愁殺平原年少，迴首揮淚千行。

〔一〕《唐宋諸賢絶妙詞選》卷一作《清平樂令》。案：《清平樂》乃唐教坊曲名，《教坊記》全部曲名皆無「令」字，宋人始作《清平樂令》，當以《清平樂》爲是。

〔三〕 恣：王輯本《金荃詞》、鄂本、吴本、毛本《花間集》作「争」。

遐方怨〔一〕

憑繡檻，解羅幃。未得君書，斷腸瀟湘春鴈飛〔二〕。不知征馬幾時歸。海棠花謝也，雨霏霏。

〔一〕《金奩集》入「越調」。

〔二〕 斷腸：雪本《花間集》作「腸斷」。

又

花半拆，雨初晴。未捲珠簾，夢殘惆悵聞曉鶯。宿粧眉淺粉山横〔一〕。約鬟鸞鏡裏，繡羅輕。

〔一〕 眉：王輯本《金荃詞》作「梅」。

訴衷情〔一〕

鶯語。花舞。春晝午。雨霏微。金帶枕。宫錦。鳳皇帷。柳弱燕交飛〔二〕。依依。遼陽音信稀。夢中歸。

〔一〕《金奩集》入「越調」。

〔二〕燕：原作「蝶」，據陸本、茅本、湯本《花間集》改。

思帝鄉〔一〕

花花。滿枝紅似霞。羅袖畫簾腸斷，卓香車。迴面共人閑語〔二〕，戰篦金鳳斜。唯有阮郎春盡，不歸家〔三〕。

〔一〕《金奩集》入「越調」。

〔二〕閑：王輯本《金荃詞》作「言」。

〔三〕歸：《金奩集》作「還」。

夢江南〔一〕

千萬恨，恨極在天涯。山月不知心裏事，水風空落眼前花。摇曳碧雲斜。

〔一〕《金奩集》入「南吕宫」。

又

梳洗罷，獨倚望江樓。過盡千帆皆不是，斜暉脉脉水悠悠。腸斷白蘋洲。

河傳〔一〕

江畔。相唤。曉粧鮮〔二〕。仙景箇女採蓮。請君莫向那岸邊。少年。好花新滿舡。紅袖摇曳逐風暖〔三〕。垂玉腕。腸向柳絲斷。浦南歸。浦北歸。莫知。晚來人已稀。

〔一〕《金奩集》入「南吕宫」。

〔二〕鮮：鄂本《花間集》作「仙」。

〔三〕暖：王輯本《金荃詞》作「軟」。

又

湖上。閑望。雨蕭蕭。煙浦花橋路遥。謝娘翠娥愁不銷。終朝。夢魂迷晚潮。蕩子天涯歸棹遠。春已晚。鶯語空腸斷〔一〕。若耶溪。溪水西。柳堤。不聞郎馬嘶。

〔一〕空腸：湯本《花間集》作「腸空」。

又

同伴。相喚。杏花稀。夢裏每愁依違。仙客一去燕已飛。不歸。淚痕空滿衣。天際雲鳥引晴遠〔一〕。春已晚。烟靄渡南苑。雪梅香。柳帶長。小娘。轉令人意傷。

〔一〕晴：原作「情」。據鄂本《花間集》、《花間集校》改。李一氓云：「義雙關。」

蕃女怨〔一〕

萬枝香雪開已遍。細雨雙燕。鈿蟬箏，金雀扇。畫梁相見。鴈門消息不歸來。又飛迴。

〔一〕《金奩集》入「南呂宫」。

又

磧南沙上驚鴈起。飛雪千里。玉連環，金鏃箭。年年征戰。畫樓離恨錦屏空。杏花紅。

荷葉盃〔一〕

一點露珠凝冷。波影。滿池塘。緑莖紅艷兩相亂。腸斷。水風凉。

〔一〕《金奩集》入「南吕宫」。

又

鏡水夜來秋月。如雪。採蓮時。小娘紅粉對寒浪。惆悵。正相思〔一〕。

〔一〕相思：原作「思想」，據吴本《花間集》、《金奩集》改。陸本《花間集》、《花間集校》作「思惟」。

又

楚女欲歸南浦。朝雨。濕愁紅。小舡摇漾入花裏。波起。隔西風。以上六十六首晁本《花間集》

菩薩蠻〔一〕

玉纖彈處真珠落。流多暗濕鉛華薄。春露浥朝華。秋波浸晚霞。　風流心上物。本爲風流出。看取薄情人。羅衣無此痕。朱本《尊前集》

〔一〕此首下原有「南園滿地堆輕絮」、「夜半皓月才當午」、「雨晴夜合玲瓏月」、「竹風輕動庭除冷」四首，已見前，不重録。

【考辨】

此首始見《尊前集》，題温庭筠作。吴本、朱本《尊前集》注云：「一作袁國傳。」案歷代詞籍未見有作袁國傳詞者。然此詞頗鄙俗，與前録温庭筠十四首《菩薩蠻》不類，且爲《花間集》所遺，是否確爲温作，不無可疑。而《全唐詩》卷八九一、《歷代詩餘》卷九、劉輯本、王輯本《金荃詞》俱作温詞，姑録存，俟考。

新添聲楊柳枝〔一〕

一尺深紅朦麴塵〔二〕。天生舊物如此新〔三〕。合歡桃核終堪恨，裏許元來别有人。

〔一〕此首及下首《萬首唐人絶句》卷四四作《南歌子》，非，蓋未審《雲溪友議》而誤（參後本事）。《南歌子》亦無七言四句體。《花草粹編》卷一作《添聲楊柳枝》，王輯本《金荃詞》作《楊柳枝》。案《楊柳枝》乃唐調，冠「添聲」、「新添聲」於調名之上，爲宋詞後起之事，且此二首仍爲七言四句，並無所添。未詳其故。

〔二〕朦：《萬首唐人絶句》作「勝」。

〔三〕如此：《萬首唐人絶句》作「不如」。

又

井底點燈深燭伊。共郎長行莫圍棋〔一〕。玲瓏骰子安紅豆，入骨相思知不知。以上二首稗海本

《雲溪友議》卷一

〔二〕 行：劉輯本《金荃詞》作「對」。

【本事】

裴郎中諴，晋國公次子也。足情調，善談諧，與舉子温岐爲友，好作歌曲，迄今飲席，多是其詞焉。裴君既入臺，而爲三院所謔，曰：「能爲淫艷之歌，有異清潔之士也。」裴君《南歌子》云（略）。」二人又爲《新添聲楊柳枝》詞，飲筵競唱而打令也。詞云（略）。温岐詞曰：「一尺深紅朦麴塵（略）。」又：「井底點燈深燭伊（略）。」（《雲溪友議》卷一〇）

存目詞

調名	首句	出處	附注
定西番	捍撥紫檀金襯	《詞律拾遺》卷一	宋張先作，見《張子野詞》補遺上。附録於後。

調名	首句	出處	附注
更漏子	玉闌干	《歷代詩餘》卷一一	歐陽炯作，見《尊前集》。
南鄉子	嫩草如烟	陸游《渭南文集》卷二七《跋金奩集》	歐陽炯作，見《花間集》卷六。
又	畫舸停橈	又	又
又	岸遠沙平	又	又

又	洞口誰家	又	又
又	二八花鈿	又	又
又	路入南中	又	又
又	袖斂鮫綃	又	又
又	翡翠鵁鶄	又	又

調名	首句	出處	附注
應天長	綠槐陰裏黄鶯語	《近體樂府》卷三羅泌校語	韋莊作，見《花間集》卷二。
玉樓春	綠楊芳草長亭路	《菊坡叢話》	宋晏殊作，見《唐宋諸賢絶妙詞選》。附録於後。
浣溪沙	蘭沐初休曲欄前	《詞的》卷一	孫光憲作，見《花間集》卷七。
生查子	含羞整翠鬟	《弇州山人詞評》	宋歐陽修作，見《近體樂府》卷一。附録於後。

詞牌	首句	出處	附注
又	裙拖簇石榴	《觀林詩話》引《泉南老人雜記》	宋韓玉作，見武進陶氏影汲古閣鈔本《東浦詞》。附録於後。
菩薩蠻	平林漠漠煙如織	《少室山房筆叢》卷四一《莊嶽委談》下	李白作，見《尊前集》。
憶秦娥	簫聲咽	又	李白作，見《唐宋諸賢絶妙詞選》卷一。

定西番

捍撥紫檀金襯，雙秀萼，兩回鸞。齊學漢宫眉様，競嬋娟。三十六絃蟬鬧，小絃蜂作團。聽盡昭君幽怨，莫重彈。

玉樓春

緑楊芳草長亭路。年少抛人容易去。樓頭殘夢五更鍾，花底離情三月雨。無情不似多情苦。一寸還成千萬縷。天涯地角有窮時，只有相思無盡處。

生查子

含羞整翠鬟，得意頻相顧。雁柱十三絃，一一春鶯語。嬌雲容易飛，夢斷知何處。深院鎖黄昏，陣陣芭蕉雨。

又

裙拖簇石榴，髻綰偏荷葉。頭上短金釵，輕重還相壓。輕顰月入眉，淺笑花生頰。夫婿不風流，取次看承別。

裴誠

裴誠（生卒年不詳），河東聞喜（今屬山西）人。宣宗大中間，任主客員外郎，後歷職方郎中、太子中允。與温庭筠爲友，好作歌曲。事迹見《雲溪友議》卷一〇、《新唐書》卷九一、岑仲勉《郎官石柱題名新著録》。

裴誠詞五首，據稗海本《雲溪友議》録入，校以嘉靖本《萬首唐人絶句》、萬曆本《花草粹編》。

南歌子

不是厨中弗〔一〕，争如炙裏心〔二〕。井邊銀釧落，展轉恨還深。

〔一〕是：《萬首唐人絶句》卷一九作「知」。弗：《花草粹編》卷一作「串」。

〔二〕如：《花草粹編》作「知」。

又

不信長相憶，抬頭問取天。風吹荷葉動，無夜不摇蓮。

又

簳蠟爲紅燭，情知不自由。細絲斜結網，争奈眼相鉤。

【考辨】以上三首與《花間集》所載《南歌子》單調長短句體、宋人雙調長短句體不同。然《雲溪友議》明謂是「《南歌子》詞」，故入正編。

新添聲楊柳枝

思量大是惡因緣，只得相看不得憐。願作琵琶槽那畔，美人長抱在胸前。

又

獨房蓮子没人看。偷折蓮時命也拚。若有所由來借問，但道偷蓮是下官。以上五首稗海本《雲溪友議》卷一〇

【本事】

裴郎中諴，晉國公次子也。足情調，善談諧，與舉子温岐爲友。好作歌曲，迄今飲席多是其詞焉。裴君既入臺，而爲三院所謔，曰：「能爲淫艷之歌，有異清潔之士也。」裴君《南歌子》詞云（略）。二人又爲《新添聲楊柳枝》詞，飲筵競唱其詞而打令也。詞云（略）。（《雲溪友議》卷一〇）

薛逢

薛逢（生卒年不詳），字陶臣，河東（今山西永濟）人。武宗會昌元年（八四一）進士，釋褐爲秘書省校書郎。崔鉉鎮河中，辟爲從事。宣宗大中三年（八四九），授萬年尉，累遷侍御史、尚書郎。後出

爲巴州刺史。咸通三年（八六二），任嘉州刺史。咸通五年，爲綿州刺史。咸通七年（八六六），入爲太常少卿。官終秘書監。有集不傳。《舊唐書》卷一九〇下、《新唐書》卷二〇三有傳。另參《唐才子傳校箋》卷七、陶敏《全唐詩作者小傳正補》。

薛逢詞一首，據鮑本《碧鷄漫志》録入，參校宋本《樂府詩集》。

何滿子

繫馬宫槐老，持杯店菊黄。故交今不見，流恨滿川光。　鮑本《碧鷄漫志》卷四

【考辨】

王灼《碧鷄漫志》卷四云：「《何滿子》，白樂天詩云：『世傳滿子是人名。臨就刑時曲始成。一曲四詞歌八疊，從頭便是斷腸聲。』（中略）薛逢《何滿子》詞云：『繫馬宫黄老，持杯店菊黄。故交今不見，流恨滿川光。』五字四句，樂天所謂『一曲四詞』，庶幾是也。五代時尹鶚、李珣亦同此。其他諸公所作，往往只一段，而六句各六字，皆無復有五字者。字句既異，即知非舊曲。」按，白居易《聽歌六絶句》之五《何滿子》，王灼稱之爲詩，而稱薛逢此首爲「詞」，並謂此首合乎《何滿子》調「一曲四詞」，《樂府詩集》卷八〇收入《近代曲辭》類，《唐詞紀》卷三亦收録，故入正編。

袁郊

袁郊(生卒年不詳),字之乾(一作之儀),蔡州朗山(今河南確山)人,宰相袁滋子。懿宗咸通中,爲祠部郎中。曾任虢州刺史。著有傳奇小説《甘澤謡》,原有咸通九年戊子(八六八)自序。事迹據《新唐書》卷七四《宰相世系表》、卷一五一《袁滋傳》、《唐詩紀事》卷六五、《直齋書録解題》卷一一。

袁郊詞二首,據學津本《甘澤謡》録入,參校談本《太平廣記》。

竹枝詞

三生石上舊精魂。賞月吟風不要論。慚愧情人遠相訪,此身雖異性長存。

又

身前身後事茫茫。欲話因緣恐斷腸。吴越山川遊已遍〔一〕,却迴煙棹上瞿塘。　學津本《甘澤謡》

〔一〕山川遊:《太平廣記》卷三八七《圓觀》引《甘澤謡》作「溪山尋」。

【本事】

圓觀者，大曆末，洛陽惠林寺僧。能事田園，富有粟帛。梵學之外，音律貫通，時人以富僧爲名。而莫知所自也。李諫議源，公卿之子，當天寶之際，以遊宴歌酒爲務。父憕居守，陷於賊中，乃脱粟布衣，止於惠林寺。悉將家業爲寺公財，寺人日給一器食一杯飲而已，不置僕吏，絶其紀聞。唯與圓觀爲忘言交，促膝静話，自旦及昏，時人以清濁不倫，頗招譏誚。如此三十年。（以下略謂二人相約遊蜀州，圓觀卒，旋托生於孕婦王氏，並約十二年後於杭州天竺寺相見。後十二年秋八月，李源赴約）時天竺寺，山雨初晴，月色滿川，無處尋訪。忽聞葛洪川畔，有牧豎歌《竹枝詞》者，乘牛叩角，雙髻短衣，俄至寺前，乃圓觀也。李公就謁曰：「觀公健否？」却問李公曰：「真信士矣。與公殊途，慎勿相近。俗緣未盡，但願勤修，勤修不墮，即遂相見。」李公以無由叙話，望之潸然。圓觀又唱《竹枝》，步步前去。山長水遠，尚聞歌聲。詞切韻高，莫知所詣。初到寺前歌曰：「三生石上舊精魂（略）。」又歌曰（略）。後三年，李公拜諫議大夫。一年亡。（袁郊《甘澤謡》《苕溪漁隱叢話》前集卷五六、《詩話總龜》後集卷四四引《甘澤謡》略同）

【考辨】

此首乃袁郊擬作，故歸袁郊名下。案《宋高僧傳》卷二〇有《唐洛京慧林寺圓觀傳》，圓觀似實有其人。然小説中《竹枝詞》，乃圓觀轉世再生後所歌，顯爲小説作者所依托。

薛能

薛能（？——八八〇），字大拙，汾州（今山西汾陽）人。武宗會昌六年（八四六）進士。宣宗大中八年（八五四），書判入等，補盩厔尉。辟太原、陜虢、河陽從事。李福鎮滑州，表爲觀察判官，歷侍御史、都官、刑部員外郎。懿宗咸通五年（八六四），李福鎮劍南，取爲節度副使。後攝嘉州刺史。歸朝遷主客、度支、刑部郎中。俄爲同州刺史。十一年（八七〇），由給事中知京兆尹。出領感化節度。入授工部尚書，忠武軍節度使。僖宗廣明元年（八八〇）遇害。有《薛許昌詩集》。事迹據《唐詩紀事》卷六〇、《唐才子傳校箋》卷七。

薛能詞十八首，以《尊前集》朱本爲底本，校以吴本、毛本、明鈔本，並參校毛本《薛許昌詩集》、宋本《樂府詩集》、嘉靖本《萬首唐人絶句》、洪本《唐詩紀事》、元本《新編古今事文類聚》、宋本《全芳備祖》。

楊柳枝〔一〕

此曲盛傳，爲詞者甚衆。文人才子各衒其能，莫不「條似舞腰」、「葉如眉翠」，出口皆然，頗爲陳熟。能專於詩律，不愛隨人，搜難抉新，誓脱常態，雖欲弗伐，知音其舍諸〔二〕。

華清高樹出深宮〔三〕。南陌柔條帶晚風〔四〕。誰見輕陰是良夜，瀑泉聲伴月明中〔五〕。

〔一〕《薛許昌詩集》卷六、《萬首唐人絶句》卷四八作《折楊柳十首》。

〔二〕此序原無，據《薛許昌詩集》補。

〔三〕深：《薛許昌詩集》、《樂府詩集》卷八一、《萬首唐人絶句》作「離」。

〔四〕晚：吴本、明鈔本、毛本《尊前集》、《薛許昌詩集》、《樂府詩集》、《萬首唐人絶句》作「暖」。

〔五〕伴：《薛許昌詩集》、《樂府詩集》、《萬首唐人絶句》作「畔」。

又

洛橋明景覆江船〔一〕。羌笛秋聲濕塞煙。閑想習池公宴罷，水蒲風絮夕陽天。

〔一〕洛橋：毛本《尊前集》作「洛陽」。

又

嫩緑輕懸似綴旒。路人遥見隔宫樓。誰能更近丹墀種，解播皇風入九州。

又

暖風晴日斷浮埃。廢路新條發釣臺。處處輕陰可惆悵，後人攀折古人栽〔一〕。

〔一〕折：《薛許昌詩集》、《樂府詩集》、《萬首唐人絶句》作「處」。

又

潭上江邊嫋嫋垂。日高風静絮相隨。青樓一樹無人見，正是女郎眠覺時。

又

汴水高懸百萬條。風清兩岸一時揺。隋家力盡虚栽得，無限春風屬聖朝。

又〔一〕

和花煙樹九重城〔二〕。夾路春陰十萬營〔三〕。唯向邊頭不堪望，一株顦顇少人行。

〔一〕《升庵詩話》卷二、卷一四作《柳枝詞》。

〔二〕和花煙樹：《升庵詩話》卷一四作「和花香雪」，并云：「本集作『和花煙絮』，趙松雪作『和花香雪』。《唐詩三體》作「和風煙雨」，非也。當從本集及松雪所書始有味。」

〔三〕路：《薛許昌詩集》作「岸」。

【考辨】

此首《尊前集》、《薛許昌詩集》、《樂府詩集》、《萬首唐人絶句》、《升庵詩話》、《唐音統籤》卷六七一等俱作薛能詞。《花間集補》卷上、《唐詞紀》卷三作劉禹錫詞，誤。

又

窗外齊垂曉日初〔一〕。樓邊輕好暖風徐〔二〕。遊人莫道栽無益，桃李清陰却不如。

〔一〕曉：《薛許昌詩集》、《樂府詩集》作「旭」。《萬首唐人絶句》作「皎」。

〔二〕好暖：《薛許昌詩集》、《萬首唐人絶句》作「暖好」。

又

衆木猶寒獨早青。御溝橋畔曲江亭。陶家舊日應如此，一院春條緑透廳〔一〕。

〔一〕透：《薛許昌詩集》、《樂府詩集》、《萬首唐人絶句》作「遶」。

又

帳偃纓垂細復繁。人心想在石家園〔一〕。風條月影皆堪重，何事侯門愛樹萱。

〔一〕人心句：《薛許昌詩集》、《樂府詩集》、《萬首唐人絶句》作「令人心想石家園」。吴本、明鈔本、毛本《尊前集》注：「一作『令人心想石家園』。」

又〔一〕

數首新詞帶恨成。柳絲牽我我傷情。柔娥幸有腰肢穩，試踏吹聲作唱聲。

〔一〕此首及下三首《薛許昌詩集》、《萬首唐人絶句》、作《柳枝四首》。

又

高出軍營遠映橋。賊兵曾斫火曾燒〔一〕。風流性在終難改〔二〕，依舊春來萬萬條〔三〕。

〔一〕賊兵句：《新編古今事文類聚》後集卷二三、《全芳備祖》後集卷一七作「曾逢兵火一時燒」。

〔二〕風流句：《新編古今事文類聚》、《全芳備祖》作「風流性格終難挫」。

〔三〕依舊春來：《新編古今事文類聚》、《全芳備祖》作「暖日還生」。

【考辨】

此首《全芳備祖》後集卷一七署薛逢作，非。

又

縣依陶令想嫌迂。營伴將軍刦太粗〔一〕。此日與君除萬恨，數篇風調更應無。

〔一〕刦：《薛許昌詩集》、《樂府詩集》、《萬首唐人絶句》作「即」。

又〔一〕

乾符五年，許州刺史薛能於郡閤與幕中談賓酣飲醅酎，因令部妓少女作《楊柳枝》健舞，復賦其詞，無可聽者，自以五絶爲《楊柳》新聲〔二〕。

朝陽晴照緑楊煙。一别通波十七年。應有舊枝無覓處〔三〕，萬條風裏卓旌旃〔四〕。

〔一〕《薛許昌詩集》、《萬首唐人絶句》作《柳枝詞五首》。案據作者自序，當作《楊柳枝》。

〔二〕此序原無，據《薛許昌詩集》補。

〔三〕覓處：吴本、明鈔本、毛本《尊前集》作「處覓」。

〔四〕條：《薛許昌詩集》、《樂府詩集》、《萬首唐人絶句》作「株」。

又

晴垂芳態吐牙新。雨擺輕條濕面春。別有出墻高數尺，不知摇動是何人。

又

暖梳簪朵事登樓。困挂垂楊立地愁〔一〕。牽斷緑絲攀不及〔二〕，半空懸着玉搔頭。

〔一〕困：《薛許昌詩集》、《樂府詩集》、《萬首唐人絶句》作「因」。

〔二〕及：《樂府詩集》作「得」。

又

西園高樹後庭根。處處尋芳有斷痕〔一〕。終憶舊時桃葉舍〔二〕，一株斜映竹籬門。

〔一〕斷：吴本、毛本、明鈔本《尊前集》作「折」。

〔二〕舊時：《薛許昌詩集》作「我遊」。《樂府詩集》、《萬首唐人絶句》作「舊遊」。　舍：原作「合」，據明鈔本《尊前集》、《薛許昌詩集》、《樂府詩集》改。

又

劉白蘇臺總近時。當時章句是誰推〔一〕。纖腰舞盡春楊柳，未有儂家一首詩。　劉、白二尚書，繼爲蘇州刺史，皆賦《楊柳枝》詞，世多傳唱，雖有才語，但文字太僻，宫商不高。如可者豈斯人徒歟！洋洋乎唐風，其令虚愛〔二〕。

以上十八首朱本《尊前集》

〔一〕當時：《薛許昌詩集》、《樂府詩集》、《萬首唐人絶句》作「當初」。

〔二〕此段作者自注原無，據《薛許昌詩集》補。

劉瞻

劉瞻（生卒年不詳），字幾之，彭城（今江蘇徐州）人。宣宗大中初進士。大中四年（八五〇），又登博學宏詞科，歷佐使府。懿宗咸通初升朝，累遷翰林學士、中書舍人、户部侍郎承旨等。十年（八六九），同平章事，加中書侍郎。次年，貶康州刺史，量移虢州刺史。入朝爲太子賓客分司。僖宗初，被宰相劉鄴毒害致死。《舊唐書》卷一七七有傳。另參《中朝故事》卷上。

劉瞻詞殘句，據《中朝故事》四庫本録入，校以歷代本。

竹枝詞

躡履過溝竹枝恨渠深女兒。　四庫本《中朝故事》卷上

【本事】

咸通中，中書侍郎平章事劉瞻以清儉自守，忠正佐時，懿皇以同昌公主薨謝，怒其醫官韓宗紹等，縶於霜臺，並親屬二三百人散繫大理。内外憂懼，瞻上疏切諫。時路巖、韋保衡恃寵忌之（中略），取十道圖，檢見驩州去京萬里，乃謫瞻爲驩州司户參軍。舍人李庾行誥詞，駁斥深焉，將欲行加害。時遇懿皇厭代，僖皇初立，用元臣蕭倣佐佑大政，倣舉瞻自代，又幽州節度使張公素上疏理之，韋、路意乃止焉。俄而路巖出爲益帥，保衡又離相位，召瞻爲康州刺史，再授虢州。瞻旋至湘江，韋保衡南竄，相遇於江中，瞻家人齊登舟外詬罵之，保衡約束家人無辭以對，至賀州驛内伏法，乃是數年前殺楊收閤子中榻上也。瞻至湖南，李庾方典是郡，出迎於江次竹牌亭置酒，瞻唱《竹枝詞》送李庾：「躡履過溝竹枝恨渠深女兒。」庾懾怒，乃上酒於瞻，瞻命庾酬唱，庾云：「不曉詞間音律。」瞻投杯曰：「君應只解爲制詞也。」是夕庾飲鴆而卒。（《中朝故事》卷上）

路巖

路巖（八二七——？），字魯瞻，陽平冠氏（今山東冠縣）人。宣宗大中中登進士第。方鎮交辟，數年間出入禁署，累遷中書舍人、户部侍郎。咸通三年（八六二）以本官同平章事，年始三十六。在相位八年，累遷左僕射。後出爲劍南西川節度使，未幾改荆南節度使。《舊唐書》卷一七七、《新唐書》一八四有傳。

路巖詞殘句一則，據繆本《北夢瑣言》録入。

感恩多

離魂何處斷。煙雨江南岸。　繆本《北夢瑣言》卷三

【本事】

唐路侍中巖，風貌之美，爲世所聞。鎮成都日，委執政於孔目吏邊咸，日以妓樂自隨，宴於江津，都人士女懷擲果之羡，雖衛玠、潘岳，不足爲比。（中略）以官妓行雲等十人侍宴，移鎮渚宫日，於合江亭離筵贈行雲等《感恩多》詞，有：「離魂何處斷。煙雨江南岸。」至今播於倡樓也。（《北夢瑣言》卷三又見《唐語林》卷四）

鍾輻

鍾輻(生卒年不詳),虔州南康(今屬江西)人。進士及第。懿宗咸通末爲蘇州院巡。事迹據《唐摭言》卷八、《南部新書》卷己、《唐語林》卷四。又一鍾輻(生卒年不詳),金陵(今江蘇南京)人。後周時至洛陽應詔試,中甲科第二。狂放不還,攜女僕青箱延留於華州蒲城。一夕登樓痛飲而寢,夢妻有怨責之詩,因理裝漸歸。至家,其妻已卒數月。遂不仕,隱鍾山。壽八十餘。事迹據《分門古今類事》卷一〇引《潘佑集》、《湘山野録》卷中、《詩話總龜》前集卷三三引《古今詩話》。

鍾輻詞一首,據康熙本《全唐詩》録入,參校道光本《本事詞》。

卜算子慢

桃花院落,煙重露寒,寂寞禁煙晴晝。風拂珠簾,還記去年時候。惜春心、不喜閑窗牖。倚屏山、和衣睡覺,醺醺暗消殘酒。　獨倚危欄久。把玉筍偷彈,黛蛾輕鬬。一點相思,萬般自家甘受。抽金釵,欲買丹青手。寫别來容顔寄與,使知人清瘦〔一〕。　康熙本《全唐詩》卷八九一

〔一〕 清:《本事詞》卷下作「消」。

【考辨】

此詞今始見於《花草粹編》卷八，題《寄妓青箱》，署「江南鍾輻」。《全唐詩》卷八九一注屬咸通末「爲蘇州院巡」之鍾輻作。《本事詞》卷下則屬金陵之鍾輻，並載本事云：「江南士人鍾輻，有妓名青箱，甚寵之。後因外出，而寄以《卜算子慢》云。」此本事似出自《湘山野録》所載，而改「女僕」青箱爲「妓」，改夢中贈答詩爲寄詞。張德瀛《詞徵》卷五亦屬金陵鍾輻作。未詳孰是。姑從《全唐詩》作南康之鍾輻詞。

韋莊

韋莊（八三六——九一〇），字端己，長安杜陵（今陝西西安市東南）人。韋應物四世孫。廣明元年（八八〇），應舉長安，值黄巢入破京師，莊目睹戰亂，遂於中和三年（八八三），在洛陽作《秦婦吟》詩，時人因號曰「《秦婦吟》秀才」。後遊江南諸地，昭宗景福二年（八九三），入京應試，次年登進士第，爲校書郎。乾寧四年（八九七），李詢辟爲判官，奉使入蜀。光化三年（九〇〇），擢左補闕。十二月，奏請追賜李賀、皇甫松、陸龜蒙等進士及第。天復元年（九〇一），入蜀依王建，爲掌書記。及朱全忠篡唐自立，乃勸王建稱帝，定開國制度，爲吏部侍郎兼平章事。蜀高祖武成三年（九一〇）八月，卒於成都，謚文靖。事迹見《蜀檮杌》卷上、《唐詩紀事》卷六八、《唐才子傳校箋》卷一〇、《十國春秋》卷四〇本傳，另參夏承燾《唐宋詞人年譜·韋端己年譜》。

韋莊詞集，未聞著録，《蜀檮杌》稱莊有集二十卷，又有《浣花集》五卷，乃莊弟藹所編。《崇文總目》稱莊有《浣花集》二十卷，《郡齋讀書志》著録《浣花集》五卷，云「僞史稱莊有集二十卷，今止存此」。可知二十卷集，南宋時已亡佚不傳。韋詞在二十卷集中與否，已不可考。韋藹所編之《浣花集》，乃詩集。《宋史·藝文志》著録《浣花集》十卷，與今所存明汲古閣本卷數同，疑當時已析爲十卷。今傳韋莊詞，有《花間集》所收四十八首（《金奩集》同），《尊前集》録存五首，《類編草堂詩餘》録存一首，共五十四首。今以晁本《花間集》、朱本《尊前集》、顧本《類編草堂詩餘》爲底本録入，而用鄂本、吴本、陸本、茅本、玄本、湯本、雪本、毛本《花間集》、吴本、顧本、毛本《尊前集》、李一氓《花間集校》、劉毓盤輯《宋遼金元名家詞集》本（簡稱「劉輯本」），及王國維輯《唐五代二十一家詞》本（簡稱「王輯本」）《浣花詞》、吴虞《蜀十五家詞》、胡鳴盛《韋莊詞注》、夏承燾、劉金城《韋莊詞校注》及互見各詞之別集、明以前所刊之總集等參校。

浣溪沙〔一〕

清曉粧成寒食天。柳毬斜裊間花鈿。捲簾直出畫堂前。　指點牡丹初綻朵，日高猶自凭朱欄〔二〕。含嚬不語恨春殘。

〔一〕《金奩集》入「黄鐘宫」。

〔二〕猶：《金奩集》作「獨」。

又

欲上鞦韆四體慵。擬交人送又心忪。畫堂簾幕月明風。　此夜有情誰不極，隔墻梨雪又玲瓏。玉容憔悴惹微紅。

又

惆悵夢餘山月斜〔一〕。孤燈照壁背窗紗〔二〕。小樓高閣謝娘家。　暗想玉容何所似，一枝春雪凍梅花〔三〕。滿身香霧簇朝霞。

〔一〕山：茅本、玄本、湯本、雪本《花間集》、《韋莊詞注》作「三」。
〔二〕窗：「鄂本、毛本《花間集》、《金奩集》作「紅」。
〔三〕梅：王輯本《浣花詞》作「梨」。

又

緑樹藏鶯鶯正啼。柳絲斜拂白銅堤〔一〕。弄珠江上草萋萋。　日暮飲歸何處客〔二〕，繡鞍驄馬一聲嘶。滿身蘭麝醉如泥。

〔一〕堤：吳本《花間集》、《金奩集》作「鞮」。案：白銅鞮，梁時歌謡名。《隋書·音樂志》：「有童謡云：『襄陽白銅蹄，反縛揚州兒。』識者言白銅蹄謂馬也。」「蹄」一作「鞮」。唐人作《襄陽曲》，多借作堤岸之意。李白有「襄陽行樂處，歌舞白銅鞮」句。孟郊《獻襄陽于大夫詩》有「襄陽青山郭，漢江白銅堤」句，則已改鞮作堤。故諸刊本《花間集》皆作「堤」。

〔二〕飲：《金奩集》作「欲」。

又

夜夜相思更漏殘。傷心明月凭欄干〔一〕。想君思我錦衾寒。　咫尺畫堂深似海，憶來唯把舊書看。幾時攜手入長安。

〔一〕凭：雪本《花間集》作「依」，《金奩集》作「傍」。

菩薩蠻〔一〕

紅樓別夜堪惆悵〔二〕。香燈半捲流蘇帳〔三〕。殘月出門時。美人和淚辭。　琵琶金翠羽。絃上黄鶯語。勸我早歸家。緑窗人似花。

〔一〕《金奩集》入「中呂宫」。

〔二〕紅：雪本《花間集》作「江」。

〔三〕捲：雪本《花間集》作「掩」。

又

人人盡説江南好〔一〕。遊人只合江南老。春水碧於天〔二〕。畫船聽雨眠。　鑪邊人似月。皓腕凝雙雪〔三〕。未老莫還鄉。還鄉須斷腸〔四〕。

〔一〕盡説：《陽春集》、《金奩集》作「説盡」。

〔二〕於：《韋莊詞注》、《韋莊詞校注》作「如」。

〔三〕皓：《陽春集》作「皎」。　雙：《陽春集》、《金奩集》、《唐宋諸賢絶妙詞選》卷一作「霜」。

〔四〕未老二句：《陽春集》作「此去幾時還。緑窗離別難。」

【考辨】

此首又見馮延巳《陽春集》，歇拍云：「此去幾時還。緑窗離別難。」與此不同。《尊前集》又作李白詞，詞云：「遊人盡道江南好。遊人只合江南老。未老莫還鄉。還鄉空斷腸。　繡屏金屈曲。醉入花叢宿。春水碧於天。畫船聽雨眠。」案：《陽春》、《尊前》如此舛亂，顯係誤收，不可據信，當從《花間集》、《金奩集》作韋莊詞。

又

如今卻憶江南樂〔一〕。當時年少春衫薄。騎馬倚斜橋。滿樓紅袖招。　翠屏金屈曲。醉入花叢宿。此度見花枝。白頭誓不歸。

〔一〕江南：湯本《花間集》作「西湖」。

又

勸君今夜須沉醉〔一〕。罇前莫話明朝事。珍重主人心。酒深情亦深。　須愁春漏短。莫訴金盃滿〔二〕。遇酒且呵呵。人生能幾何〔三〕。

〔一〕夜：《韋莊詞注》作「日」。
〔二〕訴：雪本《花間集》作「壓」。案：疑是「厭」，誤作「壓」。王衍詞：「莫厭金盃酒。」
〔三〕能：王輯本《浣花詞》作「得」。

又

洛陽城裏春光好。洛陽才子他鄉老。柳暗魏王堤〔一〕。此時心轉迷。　桃花春水淥〔二〕。

水上鴛鴦浴。凝恨對殘暉〔三〕。憶君君不知〔四〕。

〔一〕柳岸句：雪本《花間集》作「垂柳拂長堤」。

〔二〕渌：王輯本《浣花詞》、吴本《花間集》、《唐宋諸賢絶妙詞選》卷一作「緑」。

〔三〕殘：王輯本《浣花詞》作「斜」。

〔四〕知：《金奩集》作「歸」。

歸國遥〔一〕

春欲暮。滿地落花紅帶雨。惆悵玉籠鸚鵡。單栖無伴侣。南望去程何許。問花花不語。早晚得同歸去。恨無雙翠羽。

〔一〕《金奩集》入「雙調」。

又

金翡翠。爲我南飛傳我意。罨畫橋邊春水。幾年花下醉。別後只知相愧。淚珠難遠寄。羅幕繡幃鴛被。舊歡如夢裏。

又

春欲晚。戲蝶遊蜂花爛熳。日落謝家池館。柳絲金縷斷。　睡覺緑鬟風亂。畫屏雲雨散。閑倚博山長歎。淚流沾皓腕。

應天長〔一〕

緑槐陰裏黄鶯語。深院無人春晝午〔二〕。畫簾垂〔三〕，金鳳舞。寂寞繡屏香一炷〔四〕。　碧天雲，無定處〔五〕。空役夢魂來去〔六〕。夜夜緑窗風雨〔七〕。斷腸君信否〔八〕。

〔一〕《金奩集》入「雙調」。

〔二〕春晝：《近體樂府》卷三作「日正」。

〔三〕畫：《陽春集》、《近體樂府》作「繡」。

〔四〕繡屏香一炷：《陽春集》作「曉屏山一柱」，《近體樂府》作「小屏香一炷」，《唐宋諸賢絶妙詞選》卷一作「繡屏香一縷」。

〔五〕碧天二句：《陽春集》作「碧雲凝，人何處」，《近體樂府》作「碧雲凝合處」。

〔六〕役：原作「有」，據《近體樂府》卷三改。《陽春集》作「復」。

〔七〕夜夜：《近體樂府》作「昨夜」。

〔八〕斷腸句：《近體樂府》作「問君知也否」。

【考辨】

此首又見馮延巳《陽春集》，别又入歐陽修《近體樂府》卷三，羅泌校云：「並載《陽春録》。」又云：「《花間集》作皇甫松詞，《金奩集》作温飛卿詞。」案：此首《花間集》作韋莊詞。《陽春集》竄入他人詞作多有，未可據信。歐陽修《近體樂府》在《歐陽文忠公集》中，熙寧五年（一〇七二）編成，上距歐陽炯序《花間集》一百三十二年。歐集北宋刊本已不可見，今所傳爲南宋紹熙二年（一一九一）孫謙益校刊本。慶元二年（一一九六），羅泌校訂《近體樂府》，其中雜有白居易、吴融、韋莊、李璟、馮延巳、張先、柳永、晏殊、李冠、黄庭堅諸人作品，見於《尊前》、《花間》、《金奩》、《陽春》、《樂章》、《珠玉》諸集及《張子野詞》、《豫章黄先生詞》、《唐宋諸賢絶妙詞選》者二十七首。《近體樂府》實不足據。《金奩集》作韋莊詞，《花間集》所録皇甫松詞中無此闋，羅泌所云非是。當從《花間集》作韋莊詞。

又

别來半歲音書絶。一寸離腸千萬結。難相見，易相别。又是玉樓花似雪。暗相思，無處説。惆悵夜來煙月。想得此時情切。淚沾紅袖黦。

荷葉盃〔一〕

絶代佳人難得。傾國。花下見無期。一雙愁黛遠山眉。不忍更思惟。　閑掩翠屏金鳳。殘夢。羅幕畫堂空。碧天無路信難通。惆悵舊房櫳。

〔一〕《金奩集》入「雙調」。

又

記得那年花下〔一〕。深夜。初識謝娘時。水堂西面畫簾垂。攜手暗相期。　惆悵曉鶯殘月。相别。從此隔音塵〔二〕。如今俱是異鄉人。相見更無因。

〔一〕那：《金奩集》作「他」。

〔二〕音：王輯本《浣花詞》作「香」。

【考辨】

此首《詞律》卷一作皇甫松詞。案：諸家選本未有作皇甫松詞者，《花間》、《尊前》皇甫松詞中也未收録，《詞律》顯係誤題。當從《花間集》作韋莊詞。

清平樂〔一〕

春愁南陌。故國音書隔。細雨霏霏梨花白〔二〕。燕拂畫簾金額。盡日相望王孫〔三〕。塵滿衣上淚痕〔四〕。誰向橋邊吹笛，駐馬西望銷魂〔五〕。

〔一〕《金奩集》入「越調」。

〔二〕細：侯本、金本《陽春集》作「紅」。　花：王輯本《浣花詞》、《陽春集》作「蕊」。

〔三〕盡日相望：《陽春集》作「日斜空望」。

〔四〕塵滿句：《陽春集》作「羅衣印滿啼痕」。

〔五〕駐馬西望：《陽春集》作「不知樓上」。

【考辨】

此首又見馮延巳《陽春集》。案：《陽春集》顯係誤收，當從《花間集》作韋莊詞。

又

野花芳草。寂寞關山道。柳吐金絲鶯語早。惆悵香閨暗老。羅帶悔結同心。獨凭朱欄思深。夢覺半床斜月〔一〕，小窗風觸鳴琴。

〔一〕斜：雪本《花間集》作「殘」。

又

何處遊女。蜀國多雲雨。雲解有情花解語。窣地繡羅金縷。粧成不整金鈿。含羞待月鞦韆。住在緑槐陰裏〔一〕，門臨春水橋邊〔二〕。

〔一〕槐：吴本《花間集》作「楊」。

〔二〕春：《金奩集》作「流」。

又

鶯啼殘月。繡閣香燈滅。門外馬嘶郎欲别。正是落花時節。粧成不畫蛾眉。含愁獨倚金扉〔一〕。去路香塵莫掃，掃即郎去歸遲。

〔一〕愁：湯本《花間集》作「羞」。

望遠行〔一〕

欲别無言倚畫屏。含恨暗傷情。謝家庭樹錦鷄鳴。殘月落邊城。人欲别，馬頻嘶。緑槐千里長堤。出門芳草路萋萋。雲雨別來易東西。不忍別君後，却入舊香閨。

〔一〕《金奩集》入「中吕宫」。

謁金門〔一〕

春漏促。金燼暗挑殘燭。一夜簾前風撼竹。夢魂相斷續。　有箇嬌饒如玉。夜夜繡屏孤宿。閑抱琵琶尋舊曲。遠山眉黛緑。

〔一〕《金奩集》入「雙調」。

又

空相憶〔一〕。無計得傳消息〔二〕。天上常娥人不識。寄書何處覓。　新睡覺來無力〔三〕。不忍把伊書迹〔四〕。滿院落花春寂寂。斷腸芳草碧。

〔一〕相：《唐宋諸賢絶妙詞選》卷一作「想」。

〔二〕得：洪武本《草堂詩餘》前集卷下作「與」。

〔三〕新：《草堂詩餘》前集卷下作「春」。

〔四〕把伊：鄂本、毛本《花間集》作「把君」，《金奩集》作「看君」，《唐宋諸賢絶妙詞選》卷一作「看伊」。

【考辨】

此首《詞學筌蹄》卷五作秦湛詞。明洪武本《草堂詩餘》前集卷下録之，未題作者姓名。案：《詞學筌蹄》以此首在《草堂詩餘》中失作者姓氏，而在秦處度（湛）《卜算子》詞後，遂誤題秦湛作。毛本《草堂詩餘》據《花間集》題作韋莊詞。當從《花間集》作韋莊詞。

江城子[一]

恩重嬌多情易傷[二]。漏更長。解鴛鴦。朱唇未動，先覺口脂香。緩揭繡衾抽皓腕，移鳳枕，枕潘郎[三]。

〔一〕《金奩集》入「雙調」。

〔二〕恩：《韋莊詞注》作「思」。

〔三〕潘：王輯本《浣花詞》作「檀」。

又

髻鬟狼籍黛眉長。出蘭房。别檀郎。角聲嗚咽，星斗漸微茫。露冷月殘人未起，留不住，淚千行。

河傳〔一〕

何處。煙雨。隋堤春暮。柳色葱蘢。畫撓金縷〔二〕。翠旗高颭香風。水光融。　青娥殿脚春粧媚。輕雲裏。綽約司花妓。江都宮闕，清淮月映迷樓。古今愁。

〔一〕《金奩集》入「南吕宫」。

〔二〕撓：湯本、毛本《花間集》、《花間集校》作「橈」。

又

春晚。風暖。錦城花滿。狂殺遊人。玉鞭金勒〔一〕，尋勝馳驟輕塵。惜良晨〔二〕。　翠娥争勸臨邛酒。纖纖手。拂面垂絲柳。歸時煙裏，鍾鼓正是黄昏。暗銷魂。

〔一〕鞭：毛本《花間集》作「邊」。

〔二〕晨：《金奩集》作「辰」。

又

錦浦。春女。繡衣金縷。霧薄雲輕〔一〕。花深柳暗，時節正是清明。雨初晴。　玉鞭魂斷煙霞路。鶯鶯語。一望巫山雨。香塵隱映，遥見翠檻紅樓〔二〕。黛眉愁。

〔一〕霧：鄂本《花間集》作「露」。

〔二〕見：王輯本《浣花詞》、鄂本、吴本、毛本《花間集》作「望」。

天仙子〔一〕

悵望前回夢裏期。看花不語苦尋思〔二〕。露桃宫裏小腰肢〔三〕。眉眼細，鬢雲垂。唯有多情宋玉知。

〔一〕《金奩集》入「歇指調」。

〔二〕尋：《韋莊詞注》作「情」。

〔三〕露桃宫裏：鄂本《花間集》作「露桃花裏」，吴本《花間集》作「露盤宫裏」。

又

深夜歸來長酩酊。扶入流蘇猶未醒。醺醺酒氣麝蘭和。驚睡覺，笑呵呵。長道人生能幾何〔一〕。

〔一〕道：王輯本《浣花詞》作「笑」。　能：王輯本《浣花詞》作「得」。

又

蟾彩霜華夜不分。天外鴻聲枕上聞。繡衾香冷懶重薰。人寂寂，葉紛紛。纔睡依前夢見君〔一〕。

〔一〕 前：雪本《花間集》作「然」。

又

夢覺雲屏依舊空〔一〕。杜鵑聲咽隔簾櫳。玉郎薄幸去無蹤。一日日，恨重重。淚界蓮腮兩線紅。

〔一〕 雲：王輯本《浣花詞》作「銀」。

又

金似衣裳玉似身。眼如秋水鬢如雲。霞裙月帔一羣羣〔一〕。來洞口，望煙分。劉阮不歸春日曛〔二〕。

〔一〕 裙：《金奩集》作「裾」。　帔：《金奩集》作「帳」。

〔二〕歸：王輯本《浣花詞》作「來」。

喜遷鶯〔一〕

人洶洶，鼓鼕鼕。襟袖五更風。大羅天上月朦朧。騎馬上虛空。　香滿衣，雲滿路。鸞鳳遶身飛舞。霓旌絳節一羣羣。引見玉華君。

〔一〕《金奩集》入「黃鐘宮」。

又

街鼓動，禁城開〔一〕。天上探人迴。鳳銜金牓出雲來〔二〕。平地一聲雷。　鶯已遷，龍已化。一夜滿城車馬。家家樓上簇神仙〔三〕。争看鶴冲天。

〔一〕城：王輯本《浣花詞》作「煙」。

〔二〕雲：鄂本、吴本、毛本《花間集》作「門」。

〔三〕家家：《金奩集》作「謝家」。

思帝鄉〔一〕

雲髻墜〔二〕，鳳釵垂。髻墜釵垂無力，枕函欹。翡翠屏深月落，漏依依。説盡人間天上，兩心知。

〔一〕《金奩集》入「越調」。

〔二〕髻墜：雪本《花間集》作「髻墮」。

又

春日遊。杏花吹滿頭。陌上誰家年少，足風流。妾擬將身嫁與〔一〕，一生休。縱被無情弃，不能羞。

〔一〕擬將：《金奩集》作「擬待將」。

訴衷情〔一〕

燭燼香殘簾未捲〔二〕，夢初驚。花欲謝〔三〕。深夜。月朧明〔四〕。何處按歌聲。輕輕。舞衣塵暗生〔五〕。負春情。

〔一〕《金奩集》入「越調」。
〔二〕未：王輯本《浣花詞》、湯本、毛本《花間集》作「半」。
〔三〕謝：原作「榭」，據陸本《花間集》、《花間集校》改。
〔四〕朧：王輯本《浣花詞》作「籠」。
〔五〕舞：《金奩集》作「繡」。

又

碧沼紅芳煙雨靜，倚欄橈〔一〕。垂玉珮。交帶。裊纖腰。鴛夢隔星橋。迢迢。越羅香暗銷。墜花翹。

〔一〕欄：陸本《花間集》、《花間集校》作「蘭」。

上行盃〔一〕

芳草灞陵春岸。柳煙深、滿樓絃管。一曲離聲腸寸斷〔二〕。今日送君千萬〔三〕。紅縷玉盤金鏤盞〔四〕。須勸。珍重意，莫辭滿。

〔一〕《金奩集》入「歇指調」。
〔二〕離聲腸寸斷：鄂本、毛本《花間集》作「離腸寸寸斷」。
〔三〕千萬：湯本《花間集》作「十萬」，雪本《花間集》作「千里」。
〔四〕鏤：原作「鏤」，據鄂本《花間集》改。

又

白馬玉鞭金轡。少年郎、離別容易。迢遞去程千萬里。惆悵異鄉雲水〔一〕。滿酌一盃勸和淚。須愧。珍重意，莫辭醉。

〔一〕惆：《金奩集》作「怊」。　異鄉：王輯本《浣花詞》作「萬重」。

女冠子〔一〕

四月十七。正是去年今日。別君時。忍淚佯低面，含羞半斂眉。　不知魂已斷，空有夢相隨。除却天邊月，没人知。

〔一〕《金奩集》入「歇指調」。

又

昨夜夜半。枕上分明夢見。語多時。依舊桃花面，頻低柳葉眉。　半羞還半喜，欲去又依依。覺來知是夢，不勝悲。

更漏子〔一〕

鍾鼓寒，樓閣暝。月照古桐金井。深院閉，小庭空。落花香露紅。　煙柳重，春霧薄。燈背水窗高閣〔二〕。閑倚户，暗沾衣。待郎郎不歸〔三〕。

〔一〕《金奩集》入「林鐘商調」。
〔二〕水：王輯本《浣花詞》作「小」。
〔三〕郎不：《金奩集》作「歸未」。

酒泉子〔一〕

月落星沉。樓上美人春睡。緑雲傾，金枕膩。畫屏深。　子規啼破相思夢。曙色東方纔動〔二〕。柳煙輕，花露重。思難任。

〔一〕《金奩集》入「高平調」。

〔二〕曙：《金奩集》作「曉」。

木蘭花〔一〕

獨上小樓春欲暮。愁望玉關芳草路〔二〕。消息斷，不逢人，却斂細眉歸繡户〔三〕。　坐看落花空歎息。羅袂濕斑紅淚滴。千山萬水不曾行，魂夢欲教何處覓。

〔一〕《金奩集》入「林鐘商調」。

〔二〕愁望：《唐宋諸賢絶妙詞選》卷一作「望斷」。

〔三〕細：雪本《花間集》作「愁」。

小重山〔一〕

一閉昭陽春又春。夜寒宫漏永〔二〕，夢君恩。卧思陳事暗消魂。羅衣濕〔三〕，紅袂有啼痕〔四〕。　歌吹隔重閽。遶庭芳草緑，倚長門。萬般惆悵向誰論。凝情立〔五〕，宫殿欲黄昏。

以上四十八首晁本《花間集》

〔一〕《金奩集》入「雙調」。

〔二〕宫：《韋莊詞注》、《韋莊詞校注》作「更」。
〔三〕濕：湯本《花間集》作「温」。
〔四〕紅袂句：洪武本《草堂詩餘》後集卷下作「流血舊啼痕」。
〔五〕凝：鄂本、毛本《花間集》、《金奩集》作「顒」。

怨王孫〔一〕

錦里。蠶市。滿街珠翠。千萬紅妝。玉蟬金雀，寶髻花簇鳴璫。繡衣長。　日斜歸去人難見。青樓遠。隊隊行雲散。不知今夜，何處深鎖蘭房。隔仙鄉。

〔一〕王輯本《浣花詞》作「河傳」。

定西蕃

挑盡金燈紅燼，人灼灼，漏遲遲。未眠時。　斜倚銀屏無語。閒愁上翠眉。悶煞梧桐殘雨。滴相思。

又

芳草叢生縷結〔一〕，花艷艷，雨濛濛。曉庭中。　塞遠久無音問，愁銷鏡裏紅。紫燕黄鸝猶生〔二〕，恨何窮〔三〕。

〔一〕縷結：原作「結縷」，校云：「毛本作『縷結』。」據王輯本《浣花詞》改。

〔二〕猶生：原校云：「按『生』字，疑『在』誤。」

〔三〕何：王輯本《浣花詞》作「無」。

清平樂

瑣窗春暮。滿地梨花雨。君不歸來情又去〔一〕。紅淚散沾金縷。　夢魂飛斷煙波。傷心不柰春何。空把金鍼獨坐，鴛鴦愁繡雙窠。

〔一〕情：《韋莊詞注》、《韋莊詞校注》作「晴」。

又

緑楊春雨。金綫飄千縷。花拆香枝黄鸝語。玉勒雕鞍何處。　碧窗望斷燕鴻。翠簾睡

眼溟濛〔一〕。寶瑟誰家彈罷，含悲斜倚屏風。　以上五首朱本《尊前集》

〔一〕溟濛：王輯本《浣花詞》作「濛濛」。

謁金門

春雨足。染就一溪新緑。柳外飛來雙羽玉〔一〕。弄晴相對浴。　樓外翠簾高軸。倚徧欄干幾曲。雲淡水平煙樹簇。寸心千里目。　顧本《類編草堂詩餘》卷一

〔一〕羽：王輯本《浣花詞》作「屬」。

【考辨】

此首始見於明洪武本《草堂詩餘》前集卷下，未署作者姓氏，而列於韋莊《謁金門》（空相憶）詞後。《類編草堂詩餘》卷一始録作韋詞，《草堂詩餘》正集卷一、《古今詩餘醉》卷四、《全唐詩》卷八九二、《歷代詩餘》卷一一、《蓼園詞選》因之。劉輯本、王輯本《浣花詞》、《韋莊詞注》、《韋莊詞校注》亦録作韋詞。然不無可疑。《全宋詞》三七三九頁收作宋無名氏詞，而斷《類編草堂詩餘》收作韋詞爲「誤」。然求真證僞，俱無確據。姑録作韋詞以存疑。此首《詞學筌蹄》卷五別又作宋陳瓘詞，不足據。

存目詞

調名	首句	出處	附注
玉樓春	日照玉樓花似錦	《歷代詩餘》卷三一	歐陽炯作,見《尊前集》。
小重山	春到長門春草青	《花草粹編》卷六	薛昭蘊作,見《花間集》卷三。
又	秋到長門秋草黄	又	又

司空圖

司空圖(八三七—九〇八),字表聖,自號知非子、耐辱居士,河中虞鄉(今山西永濟)人。懿宗咸通十年(八六九)進士。相繼爲商州刺史、宣歙觀察使幕客。召拜殿中侍御史,以赴闕遲留,責授光禄寺主簿,分司東都。後召拜禮部員外郎。僖宗光啓元年(八八五),知制誥,遷中書舍人。僖宗出幸寶雞,圖歸隱中條山。後屢徵不起。後梁開平二年(九〇八)卒,年七十二。有《司空表聖文集》、《司空表聖詩集》。《舊唐書》卷一九〇下、《新唐書》卷一二四有傳。另參《唐詩紀事》卷六三。

司空圖詞一首,以《尊前集》朱本爲底本,校以吴本、毛本、明鈔本。

酒泉子

買得杏花,十載歸來花始坼。假山西畔藥闌東。滿枝紅。　旋開旋落旋成空。白髮多情人便惜〔一〕,黄昏把酒祝東風。且從容。　朱本《尊前集》

〔一〕便:吴本《尊前集》作「更」。

康輧

康輧(生卒年不詳),一作康駢,字駕言,池州(今屬安徽)人。僖宗乾符四年(八七七)登進士第。旋舉博學宏詞科,官崇文館校書郎。廣明亂後,退歸鄉里。著有《劇談録》二卷。事迹參《新唐書》卷五九《藝文志》、《唐摭言》卷二、《四庫提要辨證》卷一八。

康輧詞一首，據《劇談録》津逮本録入，校以四庫本，並參校董本、清鈔本《青瑣高議》。

廣謫仙怨

輧以爲竇史君序《謫仙怨》，云劉隨州之詞未知本事，及詳其意，但以貴妃爲懷。蓋明皇登駱谷之時，實有思賢之意。竇之所製，殊不述焉。輧因更廣其詞，蓋欲兩全其事。雖才情淺拙，不逮二公，而理或可觀，貽諸識者。詞云：

晴山礙日横天。緑疊君王馬前〔一〕。鑾輅西巡蜀國〔二〕，龍顔東望秦川。　曲江魂斷芳草，妃子愁凝暮煙。長笛此時吹罷，何言獨爲嬋娟〔三〕。

津逮本《劇談録》卷下

〔一〕緑疊：董本、清鈔本《青瑣高議》前集卷二作「碧映」。

〔二〕輅：董本、清鈔本《青瑣高議》作「輿」。　巡：董本《青瑣高議》作「幸」。

〔三〕獨：董本、清鈔本《青瑣高議》作「不」，非。

【考辨】

此首《花草粹編》卷四誤作宋劉斧詞，不知劉斧《青瑣高議》乃録自康輧《劇談録》，此詞並序緊隨竇弘餘詞序（已見前）後，觀詞序所言甚明。《全宋詞》三八六八頁已訂正。

韓偓

韓偓（八四二？——九一四？），字致堯，一作致光，自號玉山樵人，京兆萬年（今陝西西安）人。昭宗龍紀元年（八八九），登進士第。佐河中幕府，召拜左拾遺。後以宰相王溥薦，爲翰林學士，遷中書舍人。天復元年（九〇一），從昭宗避亂鳳翔，以功拜兵部侍郎、翰林學士承旨。以不附朱全忠，貶濮州司馬，再貶榮懿尉，徙鄧州司馬。天祐二年（九〇五），復召爲翰林學士，惧不入朝。次年，入閩依王審知，後卒於南安。著有《玉山樵人集》、《香奩集》。《新唐書》卷一八三、《十國春秋》卷九五有傳。另參《唐才子傳校箋》卷九。

韓偓詞，向無專集，近人王國維輯有《香奩詞》，凡十三首，然未足信據，兹重爲輯録。正編據《尊前集》朱本録入二首，校以吴本、毛本、明鈔本，並參校叢刊本《唐宋諸賢絶妙詞選》、毛本、吴本《香奩集》。其他作品見副編。

浣溪沙

攏鬢新收玉步摇。背燈初解繡裙腰。枕寒衾冷異香焦〔一〕。　深院下關春寂寂〔二〕。落花和雨夜迢迢。恨情殘醉却無聊。

〔一〕　冷：毛本、吴本《香奩集》作「暖」，吴本注：「一作『冷』。」

〔二〕　下：毛本《尊前集》、毛本、吴本《香奩集》、《唐宋諸賢絶妙詞選》卷一作「不」。

【考辨】

此首諸本《斷腸詞》收作宋朱淑真詞，且首句作「玉體金釵一樣嬌」，其他文字亦稍有異。案《尊前集》成書於宋初，生活於南北宋之交的朱淑真詞絶無可能入《尊前集》，故應爲韓偓詞。《全宋詞》一〇四八頁據韓偓《香奩集》已斷作韓詞，是。

又

宿醉離愁慢髻鬟。六銖衣薄惹輕寒。慵紅悶翠掩青鸞。羅襪况兼金菡萏，雪肌仍是玉琅玕。骨香腰細更沈檀。以上二首朱本《尊前集》

張曙

張曙（生卒年不詳），小字阿灰，南陽（今河南鄧縣）人。僖宗大順二年（八九一）進士。後官右補闕。與同年杜荀鶴等時有唱和。事迹據《唐摭言》卷一一、卷一二、《北夢瑣言》卷四、卷八、《唐詩紀事》卷六六。

浣溪沙

枕障薰爐隔繡幃〔一〕。二年終日兩相思。好風明月始應知〔二〕。　天上人間何處去，舊歡新夢覺來時。黄昏微雨畫簾垂〔三〕。　繆本《北夢瑣言》卷八

〔一〕障：《詩話總龜》前集卷四五作「帳」。

〔二〕始：《詩話總龜》作「爾」。

〔三〕簾：《詩話總龜》作「屏」。

【本事】

唐張禕侍郎，朝望甚高，有愛姬早逝，悼念不已。因入朝未回，其猶子右補闕曙，才俊風流，因增大阮之悲，乃製《浣溪沙》，其詞曰（略）。置於几上。大阮朝退，憑几無聊，忽睹此詩，不覺哀慟，乃曰：「必是阿灰所作。」阿灰，即中諫小字也。（《北夢瑣言》卷八）

【考辨】

此首《花間集》作張泌詞，《唐宋諸賢絶妙詞選》卷一因之。《北夢瑣言》謂是張曙詞，《詩話總龜》、《花草粹編》卷二、《古今詞統》卷三、《堯山堂外紀》卷三五、《詞綜》卷一、《歷代詩餘》卷六、《全唐詩》卷八九二等俱因之。案《花間集》成書雖早於《北夢瑣言》，然孫光憲與趙崇祚爲同時人，未詳孰是。姑兩存之。或疑張曙與張泌爲同一人（見陳尚君《「花間」詞人事輯》），若果爾，則矛盾可冰釋，然此説

尚待考實。

李曄

李曄（八六七——九〇四），初名傑，郡望隴西成紀（今甘肅秦安），世居長安（今陜西西安）。懿宗第七子。咸通十三年（八七二），封壽王。文德元年（八八八）即位，次年改元龍紀，年號歷大順、景福、乾寧、光化、天復、天祐。天祐元年（九〇四），爲朱全忠劫持至洛陽。同年八月，爲朱全忠所殺。廟號昭宗。《舊唐書》卷二〇上、《新唐書》卷一〇有本紀。另參《中朝故事》。

李曄詞五首，據四庫本《中朝故事》録入二首，校以歷代本《中朝故事》、敦煌寫卷斯二六〇七、百衲本《新五代史》、洪本《唐詩紀事》、鮑本《碧雞漫志》、津逮本《邵氏聞見後録》、萬曆本《花草粹編》。另據《尊前集》朱本録二首，校以吴本、毛本、明鈔本。又從繆本《北夢瑣言》輯録一首。

菩薩蠻〔一〕

登樓遥望秦宫殿〔二〕。茫茫只見雙飛燕〔三〕。渭水一條流。千山與萬丘。　遠煙籠碧樹〔四〕。陌上行人去。何處是英雄〔五〕。迎孥歸故宫〔六〕。

〔一〕《花草粹編》卷三調下題作《華州登齊雲樓》。

〔二〕望：《唐詩紀事》卷二、《花草粹編》作「憶」。

〔三〕茫茫：敦煌寫卷斯二六〇七作「翩翩」。

〔四〕遠煙籠碧：《新五代史》卷四〇《韓建傳》、《碧雞漫志》卷二作「野煙生碧」。敦煌寫卷斯二六〇七作「野煙遮遠」。

〔五〕何處是：《新五代史》、《碧雞漫志》、《邵氏聞見後録》卷一九作「安得有」；敦煌寫卷斯二六〇七、《花草粹編》作「何處有」。

〔六〕迎孥句：敦煌寫卷斯二六〇七、《新五代史》、《邵氏聞見後録》、《碧雞漫志》作「迎歸大内中」。「孥」，《唐詩紀事》作「奴」，《花草粹編》作「儂」。

又

飄颻且在三峯下〔一〕。秋風往往堪沾灑。腸斷憶仙宫。朦朧煙霧中。　思夢時時睡。不語常如醉〔二〕。早晚是歸期〔三〕。穹蒼知不知〔四〕。以上二首四庫本《中朝故事》卷上

〔一〕飄颻：《唐詩紀事》、《花草粹編》作「飄飄」。

〔二〕常：敦煌寫卷斯二六〇七、《唐詩紀事》、《碧雞漫志》、《花草粹編》作「長」。

〔三〕早晚句：敦煌寫卷斯二六〇七作「何日却迴歸」。

〔四〕穹蒼：《花草粹編》作「蒼穹」。

【本事】

乾寧三年，鳳翔李茂貞與朝臣有隙，將欲搆難，犯於神京。上乃順動，欲幸太原，行止渭北，華州韓建迎歸郡中。上鬱鬱不樂，時登城西齊雲（樓）眺望。明年秋，製《菩薩蠻》詞二首曰（略）。（《中朝故事》卷上）

乾寧三年，李茂貞復犯京師，昭宗將奔太原，次渭北，建遣子允請幸華州（中略）。是時，天子孤弱，獨有殿後軍及定州三都將李筠等兵千餘人爲衛，以諸王將之。建已得昭宗幸其鎮，遂欲制之，因請罷諸王將兵，散去殿後諸軍，累表不報。昭宗登齊雲樓，西北顧望京師，作《菩薩蠻》辭三章以思歸（略）。酒酣，與從臣悲歌泣下，建與諸王皆屬和之。（《新五代史》卷四〇《韓建傳》《舊唐書》卷二〇《昭宗紀》所載略同）

巫山一段雲　上幸蜀宫人留題寶鷄驛壁

縹緲雲間質，盈盈波上身。袖羅斜舉動埃塵。明豔不勝春。　翠鬢晚妝煙重。寂寂陽臺一夢。冰眸蓮臉見長新。巫峽更何人。

又

蝶舞梨園雪，鶯啼柳帶煙〔一〕。小池殘日豔陽天。苧蘿山又山。　青鳥不來愁絶。忍看鴛鴦雙結。春風一等少年心。閑情恨不禁。以上二首朱本《尊前集》

〔一〕帶：吴本《尊前集》作「岸」。

思帝鄉

紇干山頭凍殺雀。何不飛去生處樂。况我此行悠悠，未知落在何所。　繆本《北夢瑣言》卷一五

【本事】

天復三年，汴人擁兵殺宰相崔胤、京兆尹鄭元規，劫遷車駕，移都東洛。既入華州，百姓呼萬歲，帝泣謂百姓曰：「百姓勿唱萬歲，朕弗能與爾等爲主也。」沿路有《思帝鄉》之詞，乃曰（略）。言訖，泫然流涕。（《北夢瑣言》卷一五）

【考辨】

此調見《教坊記》。然此首字句格律與《花間集》所載温庭筠、韋莊、孫光憲等同調之詞不同。未知是否全璧。《北夢瑣言》既明謂是詞，故入正編。

封特卿

封特卿（生卒年不詳），字亞公，先世渤海蓨（今河北景縣）人。登進士第，任湖州軍倅。事迹見《舊唐書》卷一六八《封敖傳》、《新唐書》卷七一《宰相世系表》、《詩話總龜》前集卷二三引《雜誌》。

封特卿詞一首，據月窗本《詩話總龜》録入。

離別難

佛許衆生願，心堅石也穿。今朝雖送別，會却有明年。月窗本《詩話總龜》前集卷二三

【本事】

封特卿爲湖州軍倅，與同年李大諫詩酒唱酬。以疾阻歡，及愈，有詩曰：「已負數條紅畫燭，更辜雙帶綉香毬。白蘋洲上風煙好，扶病須拚到後籌。」後有《離別難》詞（略）。一座無不悽愴。（《詩話總龜》前集卷二三引《雜誌》按今本《江鄰幾雜誌》無此條）

【考辨】

此首與薛昭藴《離別難》雙調長短句不同，然《詩話總龜》與「詩」對舉，明謂此首是詞，又別無反證，故入正編。

全唐五代詞正編卷二　易静詞

易静

易静（生卒年里不詳），晚唐時曾任武安軍（今湖南長沙）左押衙。著有《兵要望江南》。事迹據《崇文總目》卷三、《郡齋讀書後志》卷二。

易静《兵要望江南》，歷代傳本，題名互異，約有四種。一曰《神機武略兵要望江南》一卷，始見於《崇文總目》卷三，《通志》卷六八同。《宋史》卷二〇七《藝文志》所載《神機武略歌》一卷、《讀書敏求記》所著録《神機武略望江南》一卷，雖題名略異，或同屬一源。二曰《兵要望江南》一卷，始見於《郡齋讀書後志》卷二，《文淵閣書目》卷一四、《國史·經籍志》卷四、《持静齋書目》卷三所載之本同。以上二種今未見傳本。三曰《李衛公望江南》一卷，《文淵閣書目》卷一四始見著録，《菉竹堂書目》卷五、《絳雲樓書目》卷三、《佳趣堂書目》亦録有藏本。此本今傳最早之本爲明萬曆十年（一五八二）保定府辛自修刊一卷本（今藏北京圖書館。簡稱辛本），分三十門，收六百八十九首，其中重出一首，實爲六百八十八首。其次爲清乾隆三十六年（一七七一）王垂綱手鈔本（今藏首都圖書館。簡稱王本），亦分三十門，收七百十一首。另臺灣中央圖書館藏有一舊鈔本（臺北新文豐出版公司一九九〇年有影印本。簡稱中本），作二卷，分三十門，卷首目録作七百十七首，正文實收六百九十六首。四川圖書館亦藏有舊鈔本（簡稱川本），分三十門，收六百五十三首。四曰《白猿奇書兵法雜占彖詞》一卷，明以前未見公私藏書目著録。今傳最早之本爲明天啓二年（一六二二）晉江蘇茂相鈔校本，分二十六門，收四百七十九首（東北師範大學圖書館藏有一部，簡稱東北本。臺北中央研究院歷史語言研究所亦藏有一部）。此本書名乃從目端，卷端仍題《李衛公望江南》。其次爲前京師圖書館藏舊鈔本（今藏北京圖書館。簡稱京本），亦分二十六門，收詞五百首，其中重出一首，實收四百九十九首。此本係從蘇茂相鈔校本録出，題名則據《崇文總目》而改作《兵要望江南》。今以辛本爲底本，録六百八十八首，另據他本補三十二首（其中「占風角第二」據川本、東北本、京本補一首。「占雷第九」據東北本、京本補七首。「占鳥第二十二」據王本、川本補一首，據京本補二首。「占六壬第二十八」據王本、東北本、京本補二十一首），計七百二十首，參校王本、川本、東北本、京本。底本有而他本未收之詞，在有關詞作後另行用小字注明，以便比較各本異同。

兵要望江南

委任第一〔一〕

兵之道，切忌起無名。不止少功虚效力，逡巡反禍復危傾〔二〕。容易勿言兵。

〔一〕委任：京本作「占委任」。

〔二〕禍復：東北本、京本作「復禍」。

其二

統軍帥〔一〕，不可比鹽梅。相政乖虧猶可救，朝綱雖失亦能回。兵敗國危傾。

〔一〕軍：東北本、京本作「兵」。

其三

當權將，其責重如山。社稷存亡全在爾，安危君父一時間。爵禄帝王頒〔一〕。

〔一〕爵禄帝王頒：王本、東北本、京本作「須要立功還」。

其四

銓大將〔一〕，須要素知兵〔二〕。非是等閑虛贇職，莫將軍印委狂生〔三〕。輕擁甲兵行。

〔一〕銓：川本作「詮」。　將：東北本、京本作「帥」。

〔二〕知兵：京本作「司兵」。王本作「知名」，非。

〔三〕軍印：京本作「兵柄」。　委：王本作「任」，京本作「付」。

其五

諸屬幕，必是選堪良〔一〕。勿取門高當勢位〔二〕，無私親舊與鄉邦〔三〕。曲順定爲殃〔四〕。

〔一〕必：東北本、京本作「須」。　堪：王本作「賢」，當以「賢」爲是。東北本、京本作「沉」。

〔二〕取：東北本、京本作「使」。　門高：東北本作「權門」，京本作「門風」。

〔三〕鄉邦：東北本作「鄰鄉」，京本作「同鄉」。

〔四〕曲順：京本作「邪曲」。　定：東北本作「足」。

其六

攻敵策，謀乃勝之原〔一〕。勿祇迎兵交血刃〔二〕，休憑角力靠兵官〔三〕。勇是禍之端。經曰：「善戰者不怒，善勝者不爭。非智者不能行，非賢者不能用也。」

〔一〕原：東北本、京本作「源」。

〔二〕祇：王本作「使」。　兵：京本作「軍」。

〔三〕角：京本作「勇」。

其七

統軍帥，智慮有明謀。善識天文能勇敢，更兼威德賞勤勞。士卒自英豪。

其八〔一〕

爲將帥，筮卜識機緣。更用一人高術士，精通占候要知言。凶吉預聞先。

〔一〕以上二首東北本、京本未收。

其九

覘彼勢，虚實要先評〔一〕。兵有正奇將勝敗〔二〕，有無强弱在軍情〔三〕。料敵不須驚。

〔一〕評：東北本作「詳」。

〔二〕將勝敗：東北本作「將敗勢」；東北本原校及京本作「關將敏」。

〔三〕有：京本作「勢」。　情：川本、王本、東北本、京本作「精」。當作「精」。

其十

量彼敵，將勇戒驕盈。整暇正須期死戰，凱旋猶懼有生兵〔一〕。養氣勿輕臨〔二〕。

〔一〕生：王本作「驕」。

〔二〕臨：王本、東北本、京本作「迎」。

其十一

戰危事，上將戒貪兵〔一〕。閫計豈能求小利〔二〕，師行自古有常經〔三〕。紀律要精明。

〔一〕兵：王本、京本作「行」。

〔二〕闘：京本作「國」。　能：王本作「應」，東北本、京本作「令」。　求：京本作「圖」。

〔三〕古有：川本作「有古」。

其十二

參彼將，德性好攻心〔一〕。仔細究情隨彼好〔二〕，中行離反詭相親〔三〕。設利誘前擒。　覆兵敗將，攻其便，究其情，伐其機〔四〕。

〔一〕德：京本作「得」。

〔二〕情：原本作「精」，據王本、東北本、京本改。　彼：原缺，據王本、東北本、京本補。

〔三〕反：王本作「問」，當爲「間」之誤。

〔四〕兵：京本作「軍」。　伐：原誤作「代」，據諸本改。　機：東北本、京本作「謀」。

其十三〔一〕

統兵帥〔二〕，剛暴自殘兵。有勇有勞無賞罰，却將傲慢事行刑〔三〕。彼將定欺凌。

〔一〕此首東北本、京本未收。

〔二〕兵帥：王本作「軍將」。

〔三〕傲：川本、王本作「閑」。

其十四

審向道〔一〕，測候要分明〔二〕。莫爲恃多朦躁進〔三〕，勿從剛暴速兼程。慮彼伏潛兵〔四〕。

〔一〕向道：東北本、京本作「彼將」。

〔二〕測：原作「情」，據王本改。東北本、京本作「斥」。

〔三〕莫爲恃多朦：東北本、京本作「莫與兵徒萌」。王本「朦」作「蒙」。

〔四〕慮：東北本、京本作「虞」。

其十五

途頓止，調節要均停〔一〕。力若有餘兵有鋭〔二〕，縱逢强賊亦堪征〔三〕。不致有惶驚。

〔一〕要：東北本、京本作「力」。

〔二〕兵有：東北本作「兵自」，京本作「軍自」。

〔三〕縱：東北本作「本」，誤。京本作「卒」。　强賊：東北本、京本作「賊馬」。

其十六

量强弱，彼我孰優長。敵若勢雄兵將廣〔一〕。吾軍衰弱亦難當〔二〕。主帥要參詳〔三〕。

〔一〕雄兵將廣：原作「兵將廣大」，據王本、東北本、京本改。

〔二〕衰：東北本作「恰」，京本作「何」。　亦：東北本、京本作「力」。

〔三〕主帥要參詳：東北本、京本作「奇計可施張」。

其十七

將權柄，識務辨春秋〔一〕。須是先施仁與惠，後行刑戮擇其尤〔二〕。威愛自然收〔三〕。

〔一〕識務辨：東北本、京本作「職務長」。

〔二〕戮：東北本、京本作「獄」。　尤：原作「由」，據王本、東北本、京本改。

〔三〕愛：王本作「令」。

其十八

賞與罰，須是要均平。不可循私行喜怒〔一〕，稍偏親舊失軍情〔二〕。否則禍灾生〔三〕。

〔一〕循：王本作「狥」。

〔二〕稍：東北本、京本作「私」。

〔三〕否則：王本作「如此」。

其十九〔一〕

水與陸，兩勢作艟艒。陸有勢形水亦有〔二〕，舟車捷力不相争〔三〕。專在將能明。

〔一〕以上四首東北本、京本列入《占霞》類。

〔二〕水：東北本作「河」。京本作「湖」。

〔三〕舟車捷力：東北本作「車舟沙利」，「沙」字當誤。京本作「舟車捷利」。

其二十

統軍帥，不可妄行刑。莫以軍威行殺戮，人生一失永無生。誤損命天嗔。

其二十一

統軍帥，職爵受皇恩。莫以暫時輕賞罰，休生外意信奸人。叛背怎成名〔一〕。

〔一〕背：原作「智」，非，據中本改。

其二十二〔一〕

如信佞，叛背事皆訛。自古兩邦難立廟〔二〕，當朝忠孝賜恩多。世代盡包羅。

〔一〕以上三首東北本、京本未收。

〔二〕立廟：王本作「並立」。

其二十三

狂寇定〔一〕，乘馬復還京〔二〕。結局奏功須均賞〔三〕，莫將親識冒功陞〔四〕。反掩勇無名。

〔一〕狂：京本作「征」，疑形近致誤。　定：王本作「走」。

〔二〕乘：東北本作「勒」，京本作「軍」。

〔三〕奏：京本作「有」。　均：京本作「當」。

〔四〕識：東北本、京本作「舊」。

其二十四

封城壘〔一〕，謹守保邊隅。莫恃雄强侵彼境〔二〕，復從奸佞起兵夫。虚國死無辜。

〔一〕封：原作「蜂」，據東北本、京本改。

〔二〕强：東北本作「長」。

其二十五〔一〕

太平世，積食養雄兵〔二〕。不可輒忘征戰意〔三〕，常時論武使令精〔四〕。防寇犯邊庭〔五〕。

〔一〕以上三首東北本、京本列入《占霞》類。

〔二〕積食養：東北本作「即日捲」，京本作「積粟養」。

〔三〕意：京本作「備」。

〔四〕時論武：東北本、京本作「須講習」。　令：王本作「兵」。

〔五〕防寇犯：東北本作「防禦寇」，京本作「防彼寇」。

其二十六

吾勢鋭，人馬總精雄。財寶滿盈軍足用〔一〕，更詳天象審蒼穹。灾禍那軍中〔二〕。　經曰：「善用兵者，非信義不立，非陰陽不順，非奇正不列，非詭譎不戰。謀藏於心，事見於迹，心與迹同者敗，心〔與〕迹異者勝〔三〕。」

〔一〕實：東北本、京本作「貨」。　足用：王本作「用足」。
〔二〕那：王本作「免」。當作「免」。
〔三〕「與」字原闕，據王本補。

占風角第二〔一〕

興兵道，風角最爲先。若是迎風權且住〔二〕，後來風助合蒼天。大戰我當先。

〔一〕此首東北本、京本未收。　占風角第二：京本作「占風第三」。
〔二〕迎：王本作「逆」。

其二

春屬木，風自震方來。纔起微微聲不大，終無禍福不須猜。疑慮却成灾〔一〕。

〔一〕慮：東北本、京本作「似」。

其三

離與兑，壬癸自三方〔一〕。飄作如春依逐分，不須多慮與張惶。有寇整兵當。

〔一〕自：王本作「子」。

其四

四季内，或有猛風聲〔一〕。倒瓦揚沙急似箭〔二〕，隨來方所擺精兵〔三〕。急備彼軍人〔四〕。

〔一〕或：東北本、京本作「忽」。

〔二〕倒：東北本、京本作「捲」。　急：東北本、京本作「幾」。

〔三〕擺：京本作「擁」。

〔四〕急備彼軍人：東北本、京本作「急急備軍人」，王本作「急備彼軍情」。案「情」字叶韻，當作「情」。

其五

猛風過，如箭便無踪〔一〕。名曰飆颯當速備〔二〕，風聲纔斷賊來攻。日後愈爲凶〔三〕。

〔一〕便：京本作「更」。

〔二〕飆：王本、川本作「颻」，東北本作「飄」，京本作「飖」。

〔三〕後：東北本作「夜」。京本作「入」。

其六

兵行次，黯黯久陰沉〔一〕。不雨又無光色現，下人謀上恨情深〔二〕。仔細好搜尋〔三〕。

〔一〕黯黯：王本作「點點」，非。

〔二〕恨：東北本作「憾」。

〔三〕仔細好：王本、京本作「細意要」。

其七

軍出國〔一〕，風自背邊興〔二〕。大則大贏爲大勝〔三〕，小風小勝總堪征。天意助我行。

〔一〕出：東北本、京本作「離」。

〔二〕興：王本作「生」。

〔三〕贏：東北本作「勝」。 大勝：東北本、京本作「吉兆」。

其八

軍大舉〔一〕，方出帝王城。逆面風來軍恐懼〔二〕，合將人馬結營停〔三〕。守過待時更〔四〕。

〔一〕軍：東北本、京本作「兵」。

〔二〕面：東北本作「雨」，疑非。

〔三〕停：東北本作「屯」。

〔四〕更：京本作「行」。

其九

軍行次，風猛逆狂吹。出陣若逢如此兆，不如抽退得全歸。免損將軍危〔二〕。

〔一〕此首東北本、京本未收。

〔二〕軍：王本作「兵」。

其十

吾擊彼〔一〕，參審主人方〔二〕。莫問四時並氣候，風來後助得無妨〔三〕。迎面莫征狂〔四〕。

〔一〕吾：東北本作「我」。
〔二〕參審：東北本、京本作「審彼」。
〔三〕風來後助得無妨：東北本、京本作「休論刑殺旺衰鄉」。王本「得」作「便」。
〔四〕迎面莫征狂：王本作「逆面主灾殃」。東北本、京本作「風要細推詳」。

其十一〔一〕

敵居所，風起自他方。便有精兵宜固守，若言舉動禍之殃。實語莫猜量。

〔一〕此首東北本、京本未收。

其十二

假令法〔一〕，且論在三冬。彼國守乾吾欲討，風顛西北不堪攻〔二〕。以此較餘宫。

〔一〕令：東北本、京本作「今」，非。

〔二〕顛：王本作「生」。　攻：原作「征」，據東北本、京本改。案「征」字失韻，「攻」字叶韻。

其十三

雖是應〔一〕，還即應他方〔二〕。也是彼羸吾負象，候其風止或攻傍〔三〕。不可不參詳〔四〕。

〔一〕雖是應：東北本、京本作「風雖應」。

〔二〕即：王本、東北本、京本作「則」。

〔三〕候：東北本、京本作「當」。　攻傍：東北本、京本作「成殃」。

〔四〕詳：東北本、京本作「量」。

其十四

假令法，彼國在離間。我擁前軍時正夏〔一〕，南侵北敵苦冬寒〔二〕。隨象擊傾殘〔三〕。

〔一〕前軍：王本作「軍前」。東北本、京本作「全軍」。

〔二〕侵：王本、東北本作「征」。　敵：東北本、京本作「狄」。　苦：原誤作「若」，據王本、川本、東北本、京本改。

〔三〕擊傾：東北本作「急傾」，京本作「急摧」。

其十五

八方法，准此定成功〔一〕。好事急乘他氣逆〔二〕，勿拘朝暮速吞攻〔三〕。莫放彼從容〔四〕。

〔一〕准：王本作「推」。
〔二〕事：京本作「是」。　氣：王本作「事」。
〔三〕攻：京本作「功」，非。
〔四〕莫放彼：東北本作「切莫放」。

其十六

己亥角，辰戌便爲商。丑未寅申皆屬徵〔一〕，宫音子午正相當。卯酉羽爲方〔二〕。

〔一〕皆：東北本、京本作「俱」。
〔二〕爲方：川本作「音方」，東北本、京本作「爲傍」。

其十七

占風法，甲子是貪狼〔一〕。丑戌謂之公正位，奸邪辰未自然當。審細看來方〔二〕。

〔一〕 甲子：原作「申子」，據東北本、京本改。

〔二〕 審細：王本作「細審」。

其十八

亥卯未〔一〕，陰賊内中藏〔二〕。己酉謂之寬大日，廉貞寅午未其方〔三〕。知意細推詳〔四〕。

〔一〕 未：王本、東北本、京本作「位」。

〔二〕 内：東北本、京本作「在」。

〔三〕 未：王本、京本作「位」。

〔四〕 知：京本作「加」。

其十九

占飄起，客認納音風。徵羽宫商並角姓，盡爲主位辨方蹤〔一〕。勝負在其中。

〔一〕 位：王本作「客」。

其二十

納音土，欲得角來風〔一〕。土是客軍水是主〔二〕，風從己亥發來衝。客敗主收功。

〔一〕來風：原作「風來」，據王本、東北本、京本改。

〔二〕水：東北本、京本作「木」。

其二十一

納音土，風向羽來吹〔一〕。水被土凌能尅伏〔二〕，定知主敗客來追。莫要展旌旗。卯酉日也〔三〕

〔一〕羽：東北本作「雨」。

〔二〕凌：東北本作「臨」。

〔三〕卯酉日也：王本、東北本、京本作「卯酉位也」，並列於「風向羽來吹」句後。

其二十二

軍營内，忽有旋風來〔一〕。吹折鎗旗並倒屋〔二〕，奸謀惡黨欲來摧〔三〕。暗有賊兵欺〔四〕。又防火。〔風從内起謀在裏，風從外入賊在外〔五〕。〕

〔一〕忽有句：東北本、京本作「卯酉羽風吹」。

〔二〕吹折鎗旗：東北本作「折倒旗鎗」，京本作「折倒鎗旗」。

〔三〕欲來摧：王本作「並來推」。

〔四〕欺：東北本作「追」，京本作「來」。

〔五〕風從二句：原無，據東北本、京本補。案東北本、京本無「又防火」三字注。

其二十三〔一〕

風來處，如遇作泥人〔二〕。葦箭挑弓披髮向，望空搭箭射來蹤。禳厭禍消鎔。

〔一〕此首東北本、京本未收。

〔二〕遇：王本作「式」。案此句「人」字失韻，疑有誤。

其二十四〔一〕

泥人子，手執木桃弓〔二〕。披髮仰頭風上指，張弓搭箭射來蹤。禳厭禍消鎔。禳惡風法

〔一〕此首辛本、王本未收，兹據川本、東北本、京本補。按此首文字與前首略同，疑爲前一首之別本，故録於此，以便比較。

〔二〕執木：東北本作「管絮」，疑有誤。

其二十五

風夜起〔一〕，晝則不聞聲。寇賊夜行明則伏〔二〕，遣人探視莫教停〔三〕。防備夜偷營。

〔一〕夜：原作「衣」，據東北本、京本改。　起：東北本、京本作「動」。

〔二〕賊：東北本作「則」。

〔三〕探視：東北本、京本作「伺候」，王本作「窺視」。

其二十六

邦與邑〔一〕，風猛似雷聲〔二〕。折木飛沙並走石〔三〕，摇門拔户禍應生。第一怕三刑。〔寅申己亥辰戌丑未之類〔四〕。〕

〔一〕邦：京本作「郡」。

〔二〕似：東北本作「如」。

〔三〕並：東北本、京本作「兼」。

〔四〕寅申句：原無此注，據東北本、京本補。

其二十七

軍營内，風猛突然來。若在歲刑憂歲内，月刑之内必爲灾〔一〕。准備莫遲回〔二〕。

〔一〕内：東北本作「裏」。　必爲灾：東北本、京本作「必相摧」。
〔二〕回：東北本作「違」。

其二十八

乾與坎，艮震巽離宫。坤兑八方真正位，敵軍居守起方風〔一〕。枉戰我無功。

〔一〕軍：東北本、京本作「人」。

其二十九

吾攻彼，審令看風情〔一〕。令不順方吾莫擊〔二〕，風如順我必攻城〔三〕。降虜出前迎。

〔一〕情：東北本作「清」。
〔二〕吾：王本作「兵」。　莫：東北本、京本作「可」，非。
〔三〕如：東北本、京本作「仍」。　攻城：京本作「功成」。

其三十

營下畢，風卒似雷聲。吹倒旗鎗飄帳幕〔一〕，須防敵騎欲奔營〔二〕。大戰血交并。天風起，有雷聲吼，三朝五日同。

〔一〕旗鎗飄：王本作「鎗旗並」。

〔二〕奔：王本作「偷」，京本作「奪」。

其三十一

兵行次，風卒突軍旗〔一〕。人馬驚奔皆恐懼〔二〕，前程必有廟堂基〔三〕。祭拜免灾危。

〔一〕突：王本作「亂」。

〔二〕恐懼：京本作「悸恐」。

〔三〕基：王本、京本作「期」。

其三十二

臨陣次〔一〕，風向後飄來〔二〕。旗幟翩翩吹向敵〔三〕，天威默助凱歌回。賊敗息塵埃〔四〕。

〔一〕次：京本作「處」。
〔二〕飄：東北本、京本作「頭」。
〔三〕吹向敵：東北本、京本作「從敵上」。
〔四〕息：京本作「悉」。

其三十三

臨陣次〔一〕，風起四維間。兵近塞邊先備敵，便從豹尾擊黄幡〔二〕。殺敵不爲難〔三〕。

〔一〕次：京本作「處」。
〔二〕便：王本作「更」。
〔三〕敵：東北本、京本作「賊」。

占雲第三〔一〕

兵若進，須要識浮雲〔二〕。雲氣順時當急戰〔三〕，毋令雲散後交兵〔四〕。莫問晝陰晴〔五〕。

〔一〕京本作「「占雲第二十四」。
〔二〕須：王本作「先」。　要：京本作「是」。
〔三〕時：東北本、京本作「隨」。　急：京本作「速」。

〔四〕毋：東北本、京本作「勿」。

〔五〕莫：東北本作「不」。

其二

商音姓，軍陣見雲從〔一〕。白與黑時吾大吉〔二〕，青雲亦勝赤雲凶〔三〕。黄者兩平蹤。主取天子姓，不主出帥姓〔四〕。

〔一〕雲從：王本作「從營」，非。

〔二〕時：京本作「兮」。

〔三〕亦：東北本、京本作「主」。

〔四〕主取二句：東北本、京本作「天子出（東北本「出」作「主」），取天子姓，不出則以主將」。

其三

角音姓，青氣寓晴空〔一〕。黄赤二雲軍亦勝〔二〕，黑雲陰助喜先鋒。白色定爲凶。

〔一〕寓：王本、東北本、京本作「見」。　晴：京本作「青」。

〔二〕軍：京本作「兵」。

其四

宫音姓，黄色要先逢〔一〕。青色氣來軍大敗〔二〕，更兼兵死將無功。黑氣利先攻〔三〕。

〔一〕色：東北本、京本作「赤」。

〔二〕氣：東北本、京本作「雲」。

〔三〕攻：京本作「鋒」。

其五

徵音姓，赤色火燒金。非火剋金成大器〔一〕，白雲黑氣現黄雲〔二〕。軍將禍殃深〔三〕。

〔一〕火：東北本、京本作「是」。

〔二〕白雲句：王本作「青雲黄助黑雲凶」。京本及東北本原校作「青羸黄助黑雲凶」。案「凶」字失韻。東北本作「白雲黑色現黄雲」。

〔三〕禍：東北本、京本作「盡」。

其六

羽音姓，惟事要青青〔一〕。列陣賊來先自走〔二〕，赤黄白黑總非贏〔三〕。宜退不宜征〔四〕。

〔一〕事：王本、川本、東北本、京本作「是」。　要青青：東北本、京本作「黑雲青」。

〔二〕自：京本作「是」。

〔三〕赤黄白黑：東北本、京本作「赤雲遍處」。

〔四〕退：東北本、京本作「去」。

其七

雲起處〔一〕，行色重而烏〔二〕。暗伏賊兵軍不見〔三〕，露其形體在高隅〔四〕。一半是番胡。

〔一〕起處：東北本、京本作「氣至」。

〔二〕行色：王本、東北本、京本作「形色」。

〔三〕兵：京本作「師」。

〔四〕形體：京本作「體象」。

其八

雲起處〔一〕，低覆似人形。此是賊兵謀我象〔二〕，須防入境起征凶〔三〕。遣將用精兵。

〔一〕起處：東北本、京本作「氣至」。

〔二〕兵：王本、東北本、京本作「軍」。象：東北本、京本作「重」。

〔三〕征凶：東北本、京本作「凶征」。

其九

雲似虎，或若豹行形〔一〕。及似穿連長匹絹〔二〕，暴師入境却偷營。排陣整兵迎〔三〕。

〔一〕行形：東北本、京本作「形行」。

〔二〕長匹絹：東北本、京本作「長匹練」。王本作「走匹練」，並注：「練」，「一作『驄』。」

〔三〕排：京本作「擺」。

其十

四方現，雲色競騰過〔一〕。黯淡相親來我寨〔二〕，賊來請命未爲和。賢將莫蹉跎。

〔一〕色：東北本、京本作「氣」。

〔二〕親：東北本、京本作「侵」。

其十一〔一〕

雲起現，片片或舒長。有似舒繩排緣木，名爲愁氣不相當。現處將憂喪。

〔一〕此首東北本、京本未收。

其十二

雲氣赤，尤更接連綿。有似長藤無斷續〔一〕，外邦賊起入中原〔二〕。主戰在秋天〔三〕。

〔一〕無：東北本、京本作「並」。

〔二〕入：東北本作「反」，京本作「及」。

〔三〕天：東北本、京本作「前」。

其十三

雲氣赤，那更滿蒼天〔一〕。必定賊來侵我界，黑中雲赤亦徒然〔二〕。吾將必遷延〔三〕。

〔一〕蒼：東北本、京本作「青」。
〔二〕黑中雲赤：王本、京本作「黑雲中赤」。
〔三〕必：東北本、京本作「莫」。

其十四

雲來往，有似兩争龍〔一〕。只在外軍盤頂上，賊邦兵將必逢凶。我帥顯英雄。

〔一〕兩争龍：王本作「兩龍争」，非。京本作「兩條龍」。

其十五

雲似鳥，盤繞在其中〔一〕。此是上方天助順〔二〕，不宜復見黑雲峰。連赤亦爲凶。

〔一〕其：東北本、京本作「軍」。
〔二〕是：王本作「時」。方天：東北本、京本作「蒼加」。

其十六

甲乙日，將忌白雲前〔一〕。若奔吾軍還勢急〔二〕，理當速退捨平川〔三〕。守固在高原〔四〕。

〔一〕將：王本、東北本、京本作「大」。
〔二〕吾：東北本作「白」。
〔三〕退：東北本、京本作「去」。
〔四〕守固在：東北本、京本作「固守險」。

其十七

丙丁日，若遇黑雲攔〔一〕。莫恃兵多兼將勇〔二〕，也宜堅守引師還〔三〕。征戰必遭殘〔四〕。

〔一〕若：京本作「前」。　攔：原作「閑」，據王本、東北本、京本改。
〔二〕恃：京本作「持」。
〔三〕守：東北本、京本作「壁」。
〔四〕戰：京本作「伐」。　殘：原作「殃」，失韻，據東北本、京本改。

其十八

戊己日〔一〕，前面有雲青。急止勿行權住在〔二〕，軍人須語審詳聽〔三〕。施惠得中旌〔四〕。

〔一〕己：原作「巳」，據王本改。
〔二〕急止勿行：王本作「忽止忽行」。　權住在：王本作「權且住」，東北本、京本作「權住寨」。案「寨」字義長。

〔三〕 須：王本、東北本、京本作「訛」。

〔四〕 施惠得中旌：王本作「施德惠於兵」，東北本、京本作「施德惠其兵」。

其十九

庚辛日，前忌赤雲來。勢緊迫吾須大戰〔一〕，彼軍得勝我軍摧。守險固顛危。過旬中却行〔二〕。

〔一〕 迫：東北本、京本作「迎」，非。

〔二〕 旬：東北本、京本作「日」。

其二十

壬癸日，雲忌暗而黄〔一〕。此兆主灾迎老將〔二〕，無緣兵廣恣猖狂。謀者審而詳〔三〕。

〔一〕 暗：東北本、京本作「色」。

〔二〕 迎老將：王本作「軍將損」，東北本、京本作「兵將損」。

〔三〕 者審：東北本作「賢密」，京本作「貴密」。

其二十一

觀雲氣〔一〕，擇士細詳看〔二〕。晝夜用心精審究〔三〕，莫將此事以爲閑〔四〕。風色辨相干〔五〕。

〔一〕觀：王本作「現」，非。

〔二〕細詳：東北本、京本作「汝當」。

〔三〕用心：王本作「同心」，東北本作「切須」，京本作「却須」。　審究：東北本、京本作「細審」。

〔四〕此事：東北本作「兵事」。　以：京本作「擬」。

〔五〕辨：王本作「便」，京本作「旺」。

其二十二

軍營上，雲若似飛烏。有似蓋來並伏虎，此爲勝氣不須疑。攻則定疏虞。

其二十三

軍營上，雲若死灰揚。若蓋卧魚或乍見〔一〕，此爲衰氣不虚張。不動將軍亡〔二〕。移寨遠處吉。

〔一〕蓋：王本作「似」，當以「似」爲正。

〔二〕 軍：王本作「兵」。

其二十四〔一〕

城頭上，突出赤色雲。或是黄紅雲上現，城中不久喜來臻。以此得和平。

〔一〕 以上三首東北本、京本未收。

雲氣門〔一〕

占氣法〔二〕，雞羽爲輪車〔三〕。二者勿離牙帳内〔四〕，敵人千里外須圖〔五〕。知變在須臾〔六〕。

〔一〕 王本、東北本、京本無此門標題。案，此門三首，東北本、京本列入《占雲第二十四》，王本入《占氣第四》。

〔二〕 氣法：王本作「氣色」，東北本、京本作「候法」。

〔三〕 爲輪車：東北本作「作爲壺」，京本作「作爲車」。

〔四〕 二：東北本作「占」。　離：京本作「惟」，非。

〔五〕 圖：原作「知」，失韻，據川本、東北本、京本改。

〔六〕 知：原作「圖」，據川本、東北本、京本改。　變：東北本、京本作「辨」。

其二

軍既舉，惟以氣爲先。兵若精雄加氣鋭〔一〕，超關投石可攻前〔二〕。鼓作在英賢。

〔一〕兵：東北本、京本作「吾」。
〔二〕投：東北本、京本作「拔」。

其三

將軍善，識得氣妖祥。風角鳥雲能總解〔一〕，機籌謀略又相當〔二〕。取勝應功良〔三〕。（既有其象，當隨其景，就謀術，以破其軍〔四〕。）

〔一〕雲：東北本、京本作「占」。
〔二〕機籌句：東北本、京本作「心無機巧計從長」。
〔三〕取勝句：東北本、京本作「報國效忠良」。
〔四〕既有四句：原無此注，據東北本、京本補。

占氣第四〔一〕

兵進擊〔二〕，睹氣合參詳〔三〕。不必攻城並野戰〔四〕，度其形狀自斟量〔五〕。稍錯便乖張。

〔一〕東北本、京本作《占氣第二十三》。
〔二〕兵：王本作「軍」。
〔三〕睹：京本作「觀」。
〔四〕必：京本作「似」。
〔五〕自：京本作「細」。

其二

城營内，氣似鳳如龍〔一〕。更若大山並類蓋〔二〕，猶人火赤降城中〔三〕。其下不堪攻。下必有貴人。

〔一〕氣似鳳：東北本、京本作「似鳳或」。
〔二〕大：東北本、京本作「太」。
〔三〕人：王本作「如」。

其三

高空現，拂拂又微微。透闕輕箭煙𩅞𩅞〔一〕，一般黄氣色依依。慶賀兩朝期〔二〕。

〔一〕透闕：東北本、京本作「秀潤」。

〔二〕朝：東北本作「相」。

其四

猛將氣，龍虎兩相連〔一〕。掛翳蔽天兼掠地，蔓瓜蓋路覆平川〔二〕。堅守莫争先。不可交戰。

〔一〕兩：東北本、京本作「氣」。

〔二〕路：東北本、京本作「地」。

其五

猛將氣，樓閣及旌幢。或似長堤形淼淼，更如〔華〕蓋與王良〔一〕。其下莫能當。

〔一〕華：原缺，據王本補。東北本、京本作「兵」。　王良：東北本、京本作「蟲狼」。

其六

猛將氣，黑色似龍形。或類虎形至猛獸〔一〕，當其敵上或城營〔二〕。不可向前征。

〔一〕類：王本作「似」。　形：東北本、京本作「熊」。

〔二〕當：京本作「形」。

其七

猛將氣，顯赫又衝天〔一〕。或似雙蛇山嶽樣〔二〕，又如倉廩及濃煙。休戰最爲先。

〔一〕赫：東北本、京本作「象」。

〔二〕嶽：原作「兵」，據王本、東北本、京本改。

其八

猛將氣，持戟或持刀〔一〕。林下森森弓弩樣，色兼青白若脂膏。將士盡雄豪〔二〕。

〔一〕戟：東北本、京本作「戈」。　或：王本、東北本作「又」。

〔二〕雄：東北本作「英」。

其九

猛將氣，如虎黑霞遮。或似門樓旗立内，又如氣出若蛟蛇〔一〕。其下將堪誇。

〔一〕如：東北本、京本作「兼」。

其十

暴兵氣，如火又如烟。或似旗旛並戰馬〔一〕，低頭仰尾向軍前〔二〕。觸戰血成川。

〔一〕戰馬：東北本、京本作「五馬」。

〔二〕尾：王本作「面」。　仰：東北本、京本作「傾」。　軍前：東北本、京本作「前軍」。

其十一

伏兵氣，渾渾又能圓。黑氣中間環赤色〔一〕，又如赤杵黑霞連〔二〕。其下立戈鋋。狀如赤杵，在黑氣中〔也〕〔三〕。

〔一〕黑：東北本、京本作「赤」。　環赤色：東北本、京本作「含黑氣」，川本作「環赤氣」。

〔二〕連：東北本、京本作「邊」。

〔三〕也：原闕，據東北本、京本補。

其十二

降兵氣，叉手盡低頭。形似成行相把手，三朝五日敵來求〔一〕。指日倒戈矛。

〔一〕來：王本作「兵」，非。

其十三

伏兵氣，彷彿狀如樓。兼有似人並黑赤〔一〕，或如山嶽覆崗丘〔二〕。其下有戈矛。

〔一〕並：王本、東北本、京本作「形」。

〔二〕或如：東北本、京本作「如逢」。覆：王本作「立」，非。丘：東北本、京本作「頭」。

其十四

兵發日〔一〕，天氣久陰沉。不雨又無光彩色，奸人謀事恨懷心〔二〕。仔細速推尋〔三〕。

〔一〕兵發：京本作「發兵」。

〔二〕事：東北本、京本作「士」。

〔三〕連：京本作「早」。

其十五

觀氣色，日月氣來衝。北面氣來還北狀〔一〕，氣南南狀或西東〔二〕。常以此爲宗〔三〕。

〔一〕狀：王本、京本作「壯」。

〔二〕狀：王本、京本作「壯」。

〔三〕常：東北本作「當」，京本作「俱」。

其十六

城上氣，結似犬羊形〔一〕。象主血流圍邑破，好持降類出門迎。方免血殘兵〔二〕。

〔一〕似犬羊：東北本、京本作「作犬頭」。

〔二〕血：東北本、京本作「死」。

其十七

占蒙氣，鬱鬱遶城營〔一〕。其氣周迴如帛繞，分毫不入此城中〔二〕。休擊此般城。

〔一〕遶：王本作「達」。

〔二〕中：原本作「新」，據王本改。

其十八

城營寨，有氣入城中。必主奸謀事已定，安排大戰奪吾城。謹守令嚴明。

其十九

軍上氣，漸漸變成雲。或作山形於直上，内中大有將機謀〔一〕。要擊且休休。

〔一〕大有將：王本作「將有大」。

其二十〔一〕

臨陣次，赤氣後前生。必有伏兵埋氣下，事須謹慎探其情〔二〕。固守莫胡行。

〔一〕以上四首東北本、京本未收。

〔二〕須：王本作「雖」，非。

其二十一

占敗氣，如網又如蛇〔一〕。赤氣照天營上起，又如破屋壞氈車〔二〕。其下死如麻。

〔一〕網：王本作「綱」，誤。

〔二〕屋：東北本作「壁」。

其二十二

占敗氣，掃帚似豬羊〔一〕。藤蔓死蛇並死狗〔二〕，塵埃走鹿又驚獐〔三〕。不戰自奔亡。

〔一〕掃：原作「捲」，據東北本、京本改。

〔二〕蛇：王本、京本作「蛟」。　並：京本作「兼」。

〔三〕塵埃：王本作「埃塵」。　又：東北本、京本作「及」。

其二十三

占敗氣，羣鳥似低頭。或類揚灰魚卧死〔一〕，懸鐘映暈或牽牛〔二〕。纔戰若星流〔三〕。

〔一〕死：王本作「様」。

〔二〕映：東北本、京本作「應」。

〔三〕纔：東北本作「方」。

其二十四

占敗氣，掃帚又如虹〔一〕。捲席懸衣灰色樣〔二〕，卧屍無首覆船同。戰彼不須攻。

〔一〕掃：東北本、京本作「如」。

〔二〕捲席：東北本、京本作「鑼鼓」。

其二十五

敗軍氣〔一〕，鳩尾及鷹飛〔二〕。或似壞山並破屋，彼軍形現敗無疑〔三〕。一戰自奔馳〔四〕。

〔一〕敗軍：東北本、京本作「占敗」。

〔二〕鷹：東北本、京本作「鶡」。

〔三〕形：東北本、京本作「有」。

〔四〕一戰自：東北本、京本作「纔戰便」。

其二十六

敗軍氣，乍有乍微纖〔一〕。一去一來皆斷續，又如霞氣入青天〔二〕。俱是敗之先〔三〕。

〔一〕有：東北本、京本作「大」。　微纖：京本作「微微」。

〔二〕入青天：東北本、京本作「在平田」。

〔三〕之先：東北本、京本作「亡原」。

其二十七

敗軍氣，千萬似人頭。更有偃魚零落樹〔一〕，如灰瓦礫覆城樓〔二〕。其下血交流。

〔一〕有：東北本、京本作「似」。

〔二〕如灰：東北本、京本作「又如」。

其二十八

黑氣現，其象若胡人。又似虜兵排列陣〔一〕，八方夷夏起烟塵〔二〕。民戮屋燒焚。

〔一〕兵：東北本、京本作「軍」。

〔二〕夏：東北本、京本作「狄」。

占霧第五〔一〕

天霧者，不止四時生。陽不順時陰成霧，陰不和上霧昏昏〔二〕。邪氣事難精。

〔一〕東北本、京本作「占霧第八」。

〔二〕昏昏：王本作「昏沉」。

其二〔一〕

天之霧，五七日當占。有雨時時且平吉，若無雨時疫瘟纏。民病有災愆。

〔一〕以上二首東北本、京本未收。

其三

相對敵，有霧敵邊來〔一〕。似雨紛紛來勢急〔二〕，如煙入眼目難開〔三〕。馬步一齊來〔四〕。

〔一〕敵：京本作「客」，王本作「敵」。

〔二〕來：京本作「須」。

〔三〕眼目：東北本作「眼自」，京本作「眼眼」。

〔四〕齊：東北本、京本作「時」。

其四

兵發日，霧氣晝昏昏〔一〕。欲似露來兼灑雨〔二〕，此爲天泣淚紛紛〔三〕。須駐賞三軍〔四〕。

〔一〕昏昏：京本作「紛紛」，非。

〔二〕欲：王本作「一」。露：東北本、京本作「霧」。灑：東北本、京本作「似」。

〔三〕淚：東北本、京本作「血」。

〔四〕須駐：京本作「駐泊」。

其五

久陰霧，顔色帶紅鮮。更被黑風吹上去〔一〕，兵戈即日展平川〔二〕。速備莫遷延〔三〕。

〔一〕黑：王本作「黄」。

〔二〕日：東北本、京本作「目」。

〔三〕備：京本作「避」。

其六

城營上，有霧似懸屍〔一〕。爲將且須觀此象，所居營寨即那移〔二〕。不去將當之。

〔一〕似：東北本作「如」。

〔二〕那：京本作「須」。

其七

軍營內，大霧數朝濃〔一〕。晝夜不開相對敵，客軍先敗走奔衝。排隊襲其踪〔二〕。

〔一〕濃：王本作「昏」，非。

〔二〕隊：王本作「陣」。

其八

城營內〔一〕，大霧起城頭。白色似煙兵戰喜〔二〕，三朝五日簇戈矛。準備好方遊〔三〕。

〔一〕城：京本作「軍」。

〔二〕似：東北本、京本作「沙」。　喜：王本作「起」。

〔三〕準備好：東北本、京本作「防備外」。

其九

大黄霧〔一〕，騰罩掩山川〔二〕。乍合乍開防詐僞，須防内外有相連〔三〕。不悟血侵田〔四〕。

〔一〕大：東北本、京本作「青」。
〔二〕騰罩：京本作「勝氣」。
〔三〕外有相：京本作「與外相」，東北本作「外兩方」。
〔四〕侵：京本作「浸」。

其十〔一〕

周迴霧，城内没些兒。欲要攻城攻不得，其城天助有軍威。謹守自安宜。

〔一〕此首東北本、京本未收。

占霞第六〔一〕

占霞色，似氣不相成。形若似雲雲不是，形如拖掃氣紛紛。識者自詳因。

〔一〕此首東北本、京本未收。　占霞第六：京本列作「占霞第二十六」。

其二

兵發日，占顧面前霞〔一〕。甲乙怕逢霞氣白，丙丁黑氣向前遮。大戰不應差〔二〕。

〔一〕顧：東北本、京本作「看」。

〔二〕不應差：東北本、京本作「定交加」。

其三

兵發日，霞氣日辰並〔一〕。縱有前程應大戰〔二〕，逢霞生日應須贏。拗日不宜征〔三〕。　甲乙日黄，戊己日黑之類〔四〕。

〔一〕並：原作「兵」，據王本、東北本、京本改。

〔二〕應：東北本、京本作「勿」。

〔三〕宜征：原作「多精」，據王本改。東北本、京本作「須征」。

〔四〕甲乙日：原作「甲乙者」，據王本、東北本、京本改。　己：原作「巳」，據王本、東北本、京本改。

其四

觀氣色〔一〕，霞氣日辰裁〔二〕。兵進前途交戰勝，開疆玉帛積成堆〔三〕。人馬盡驅來。

〔一〕氣色：京本、王本作「霞色」。

〔二〕裁：東北本作「才」，京本作「諸」。

〔三〕開疆玉帛：東北本作「固强玉原」，非。

其五

兵發日，五氣辨災祥。角姓怕逢霞氣白，羽音黄氣莫禁當〔一〕。宫姓怕青蒼。

〔一〕禁：東北本、京本作「相」。

其六

商音姓，前怕赤霞攔〔一〕。徵姓黑霞並黑氣〔二〕，皆爲鬼賊怕相殘〔三〕。不得視爲閑。

〔一〕赤：川本作「黑」。

〔二〕徵姓句：東北本作「徵音姓黑霞並黑」。

〔三〕 殘：京本作「攀」。

其七

城營上，五色氣並霞。盡是賊軍天預顯〔一〕，早須驚覺較量些〔二〕。否則死如麻。

〔一〕 顯：東北本作「報」。

〔二〕 驚覺較量些：王本作「爲計好防他」，東北本作「驚覺較些些」，京本作「警悟較些些」。

其八

霞與氣，二件或相兼。氣若色黄赤白好，霞如黑色亦同占〔一〕。彷彿在良賢〔二〕。

〔一〕 亦：京本作「一」。 占：東北本作「霑」。

〔二〕 良賢：京本作「賢良」，非。

其九

霞似席〔一〕，雲即便爲龍〔二〕。龍虎相交軍必勝〔三〕，臨時勝負更看風〔四〕。遂我彼軍凶〔五〕。

〔一〕 似席：王本、川本、東北本作「似虎」。京本作「與氣」。

〔二〕便：京本作「變」。

〔三〕勝：王本、京本作「戰」。

〔四〕更看風：原作「辨誰凶」，據王本、京本改，蓋「凶」字與結句韻復。

〔五〕遂：京本、王本作「逐」。

其十〔一〕

出軍日，霞氣莫前攔。我後氣來風更順，從他前鋭後寬嚴〔二〕。軍馬獲平安。

〔一〕此首東北本、京本未收。

〔二〕寬嚴：原作「寬寬」，據王本改。

其十一

攻城寨〔一〕，先料水情源〔二〕。上有大流堪決灌，不須交刃損兵員。勿縱暴剛權。

〔一〕城：東北本作「塞」。

〔二〕情源：東北本、京本作「清源」。

占虹霓第七〔一〕

虹霓現，因雨影東西。晨現必當雨未止，晚來東現日光輝。術者細觀之。

〔一〕此首東北本、京本未收。占虹霓第七：京本作「占虹第九」。

其二

兵行次，虹貫日邊傍〔一〕。禦備伏兵前有阻〔二〕，且須審細自商量〔三〕。終不得開疆〔四〕。

〔一〕日：東北本、京本作「路」。

〔二〕禦備：東北本作「備預」。京本作「預備」。

〔三〕自：京本作「更」。

〔四〕終不得開疆：王本作「移寨避災殃」。

其三

虹霓現，城寨可攻之。蛇直入來爲病疫〔一〕，淺紅兵瘴要須知〔二〕。移寨避災宜〔三〕。

〔一〕蛇：王本、東北本、京本作「虹」。

〔二〕淺紅兵瘴：東北本、京本作「青虹兵戰」。

〔三〕宜：東北本、京本作「危」。

其四

虹赤白，盡是阻軍行。若是横橋攔着路〔一〕，且須盤泊犒軍兵〔二〕。不久却回程。

〔一〕是横：東北本、京本作「似虹」。

〔二〕犒：東北本、京本作「靠」。

其五

虹入井，盡是敗軍情。或有鼠形營上現〔一〕，忽然交戰血成坑。防擊保城營〔二〕。

〔一〕有：東北本、京本作「似」。

〔二〕防：東北本、京本作「勿」。

其六

虹如暈，更復似弓形〔一〕。有若白虹形斷續〔二〕，兼之五六見城營。皆主血光成〔三〕。或見五六月〔四〕。

〔一〕復：東北本、京本作「或」。

〔二〕有若：東北本作「若有」。　斷續：京本作「續斷」。

〔三〕成：京本作「生」。

〔四〕或見句：原無此注，據東北本、京本補。

其七

虹霓見，更或似弓形。有若暈來如斷續，兵興五日便回程〔一〕。久住必災成。

〔一〕便：王本作「定」。

其八

白赤虹，單見色無雙。如氣冲天或横過，蚩尤旗號動戈鎗。起處必爲殃。

其九

虹起處，頭尾地侵天。其虹見時非有雨，晴天見者血成川。民更有災愆。

其十

白虹見，晝見地侵天〔一〕。其地一方皆主亂，衆人喧鬧有灾纏。年内應其占。

〔一〕晝：川本作「盡」。　侵：原作「青」，據王本改。

其十一〔一〕

白赤虹，晝見莫興兵。更有虹霓垂軍上，彼軍殺將且須停。動必有灾迍。

〔一〕以上五首東北本、京本未收。

占雨第八〔一〕

凡論雨，二氣是陰陽。升則爲雲降則雨，若逢兵動合灾祥。良將要參詳。

〔一〕此首東北本、京本未收。　占雨第八：東北本、京本作「占雨第二」。

其二

師在道，或始出郊城。雷雨如傾溪澗阻，沐屍凶象不堪行〔一〕。勿足與天争〔二〕。

〔一〕沐：東北本、京本作「淋」。

〔二〕足：王本、京本作「要」。

其三

軍始進〔一〕，雨急立成泥。名曰沐屍當速止〔二〕，別詮吉日與良時。强進必凶危〔三〕。　軍識曰：「兵行日暴風猛雨，折旗幟不止，此天怒也，不可進兵，待天象和明，別擇日行〔四〕。」

〔一〕軍：王本作「兵」。

〔二〕沐：東北本、京本作「淋」。　速：王本作「立」。

〔三〕必：京本作「有」。

〔四〕軍識曰七句：原無此注，據京本補。案東北本録此注於「軍始進」一首之前，《占雨第二》題後，且前四句爲：「《天文時候》云：軍行日折旗幟，大雨不止，天怒也。」

其四

軍發日，微雨灑軍行〔一〕。此是潤軍兵必利〔二〕，旌旗前指最爲精。所向定須贏。

〔一〕灑軍：京本作「潤兵」。

〔二〕軍兵：京本作「兵人」。

其五

兵始進，旗幟繞於鎗。半雨半晴霞氣過，且須盤泊好參詳。去即陣難當。

其六

天數日，半雨半兼晴。營内有奸謀結叛，先晴後雨叛難成〔一〕。先雨後晴興〔二〕。

〔一〕成：東北本、京本作「擒」。

〔二〕興：京本作「兵」。

其七

兵發日〔一〕，風雨逆沾人。天意欲知教我記〔二〕，不須前進恐危身。見陣潰亡軍。《軍行志》：「如行軍見暴風猛雨，倒折旗鎗，大雨不止者，天之怒也，軍不可進。宜待天象和明，别擇日時門户，軍行方吉也〔三〕。」

〔一〕兵：王本作「風」，非。

〔二〕欲：王本作「示」。

〔三〕軍行志九句：此注與前第三首「軍始進」所録原注基本相同。

其八

天雨物，形體不能聲。其分凶灾主兵寇，功臣遭戮國須傾。固守得平平。

其九

天雨血，賢退進邪人。血染金革皆不喜，急移營寨賞三軍。無罪受王刑。

其十

天雨鳥，爪翅及諸般。若在彼軍他主敗，我軍逢此不能安。必見損兵官。

其十一

天雨蛩，在敵不宜攻〔一〕。或鱉或魚皆凶兆〔二〕，我軍見者便回程。不動便遭凶。

〔一〕宜：王本作「能」。

〔二〕凶兆：王本作「吉兆」，非。

其十二〔一〕

天雨毛，主將信邪奸。急宜謹廉須固守，莫將輕慢事非凡。天意報君顔。

〔一〕以上九首川本未收。

其十三

無雲霧，一色見天晴〔一〕。此象無雲而雨降，謂之天泣事難禁。主帥未安心。

〔一〕天晴：原作「晴天」，出韻，據王本改。

其十四

黑雲現，横截在天河。見此天河新作换，來朝有雨應君家〔一〕。此語不曾差。

〔一〕應：王本作「報」。

其十五

天河内，閃電見光明。隨即來朝遭大雨，自然雱霈若盆傾。平地水汪盈。

其十六

月生暈，月暈暈參星。或暈井宿遭雨降，五朝七日不差分。空裏似盆傾。

其十七〔一〕

密雲見〔二〕，雨陣黑濃濃。驀地攔前轟霹靂，天雷驚震擁來攻〔三〕。有雨不多分。

〔一〕以上十一首東北本、京本未收。

〔二〕見：王本作「現」。

〔三〕擁：王本作「攤」，非。

占雷第九〔一〕

老陽極，出地變成雷。出聲之先收聲後，此爲災怪號非時。兵起主荒饑。

〔一〕東北本、京本作「占雷第二十五」。

其二

占雷法，大怕出非時。皆是守官無政法，酷民枉役有天知〔一〕。天怒震威摧〔二〕。

〔一〕役：王本作「法」。
〔二〕威摧：王本作「權威」。

其三

兵發日，風吼忽雷鳴。戰馬盡驚旗倒折，前程必有賊來迎。大戰血交并。

其四

兵發日，雲氣與雷聲。雲趁我軍雷逐後，天威神助大軍行。此去必須贏。

其五

兵發日，雷動我軍營。天助威靈軍得勝，若居彼上我勞軍。審細聽其聲。

其六

冬三月，何事忽雷鳴。只利客軍非利主〔一〕，高旗先舉定須贏。後戰必無成。

〔一〕客軍：王本作「客居」。主：原作「土」，據王本改。

其七

雷霹靂，樹木及諸般。若在彼軍營寨上，天威殺氣我難當。移寨始爲安。

其八

營寨上，雷止一聲鳴。定是命來應迅速，不然急詔事叮嚀。上將好詳聽。

其九〔一〕

營〔郡〕邑〔二〕，天上忽雷聲〔三〕。欲似雷鳴還不似〔四〕，多應土地注長傾。否則戰將争〔五〕。

〔一〕以上九首東北本、京本未收。

〔二〕郡：原空缺，據王本補。

〔三〕聲：王本作「鳴」。

〔四〕似：王本作「是」。

〔五〕則：原作「即」，據王本改。

其十

兵發日，風送逆雷聲。天意欲將兵仔細〔一〕，不宜先舉恐傷危。遇敵恐遭摧〔二〕。　夫雷霆者天地之成，震則以驚萬物，兵者尤宜祭之。凡雷霆於將軍士卒，宜擐甲張弦，其得天助也〔三〕。

〔一〕欲將：京本作「顯然」。

〔二〕恐：東北本、京本作「必」。

〔三〕夫雷霆數句：原無此注，據東北本、京本補。

其十一

無雲氣，天色十分晴。驀地一聲如雷響〔一〕，或如霹靂野鷄驚。龍出没灾刑。　經曰：「謂之天鼓，亦主兵火。」又曰：「龍出。」

〔一〕驀：原作「陌」，據王本改。

其十二

將軍衆，驀地一聲雷。次後並無雷附矣，將軍兵衆必行之。舉處可先爲。

其十三

春三月，甲子共庚寅。乙丑戊子並辛卯，雷鳴霹靂恐傷人。大戰月旬驚。

其十四

將戰次，臨陣有雷聲。後我軍中鳴至敵〔一〕，敵軍必敗我軍贏。反此一同情。

〔一〕後：王本作「從」。　鳴：王本作「謀」。

其十五

天陰久，不雨數朝期。忽有雷鳴我軍上，前程得捷占便宜〔一〕。反此我軍危。

〔一〕占便宜：王本作「便占宜」。

其十六

雷四起，南北與東西。其勢往還鳴不定，合當回避不須遲。大戰兩傷之。

其十七

聲渾渾，其勢又圓長。起處來方我軍上，若還征戰定無妨。又助我軍强。

其十八

霹靂震，牙帳震聲雄〔一〕。忽速搜尋休要住，須知營寨有奸凶。尋覓莫從容。

〔一〕牙帳：王本作「手帳」，非。

其十九

密雲見，踴躍若傾河。忽有雷聲先大作〔一〕，其時有雨也無多。説出遍遍無〔二〕。

〔一〕忽：王本、川本作「或」。

〔二〕説出遍遍無：王本作「説處莫偏頗」，川本作「説處没偏頗」。

其二十

雷忽震，震處衆人驚。若雷又非聲振怒〔一〕，我軍之上必摧傾。移寨免憂驚。

〔一〕又非聲振怒：川本作「非雷聲怒惡」。

其二十一

雷聲震，連日不收聲。此象正爲多失信，爲地官吏不能清〔一〕。天令與人聞。

〔一〕地：王本、川本作「他」。吏：川本作「令」。

其二十二

雷震雹〔一〕，隨即雪空飛。陰氣勝陽因此得，賊臣將起事須疑。主吏損心知〔二〕。

〔一〕雹：王本、川本作「電」。

〔二〕損：王本、川本作「惡」。

其二十三〔一〕

兵發日，雷發我軍中。天助神威兵大勝，若居彼上我軍凶。詳細辨雷轟。

〔一〕此首與前第五首詞意相同，唯文字略異。

其二十四〔一〕

兵發日，霞氣與雷聲。霞隨我軍雷隨彼，威感應之我軍停。此去必功成〔二〕。

〔一〕以上五首王本脱闕。以上六首辛本原刻脱闕，係據川本鈔補。又以上十四首東北本、京本未收。

〔二〕功成：原作「成功」，出韻，故改。

其二十五

兵發日，須要識鳴方。雷自我軍營上起，主軍大勝客軍傷。天意助我祥。

其二十六

兵發日，雷向敵軍鳴。彼勝我輸宜罷戰，不然城寨定遭迍。預計不宜征。

其二十七

軍營内，無雨及無雲。營上忽然雷霹靂，主軍大敗急移營。不爾禍來侵。

其二十八

占雷兆，初發那方鳴。乾上主興多士卒，坎方大水阻行兵。艮位病臨營。

其二十九

占雷兆，初若震方鳴。決主其年穀高貴，預收糧餉賑軍民。巽上旱災臨。

其三十

占雷兆，初動在離方。恐有火災兼旱孽，坤宫損稼總宜禳。兑位起兵忙。

其三十一〔一〕

商音姓，鳴忌在離方。角姓兑乾宫震巽，羽防坤艮及中央。徵姓坎方殃。 天子出，取天子姓；

出，只以主將姓并日干爲主，以八方生尅斷。訣云：「甲乙兑乾方，丙丁坎上當。戊己防震巽，庚辛離有殃。壬癸艮坤位，中央總不祥。我尅他軍敗，他尅我軍傷。生他雖用計，生我自投降。上天昭應驗，良將細推詳。」

〔一〕以上七首辛本、王本、川本俱未收，據東北本、京本補。

占天第十〔一〕

天之道，爲父又爲君。清静麗明爲順吉，昏暗陰散缺忠臣。諂佞近王庭。

〔一〕東北本、京本無此門類。

其二

天氣赤，蔭地一般紅。人物盡來如屠血，來兵必戰有灾凶。兵敗莫西東〔一〕。宋咸淳甲戌七月初六日庚辰酉時，在天有一丈餘高霞，映地如血，當年十二月過江，至丙子納降，江淮軍民遭塗灾〔二〕。

〔一〕敗：川本作「罷」。

〔二〕宋咸淳數句：此原注言及南宋咸淳十年甲戌（一二七四）時事，當爲後人所加。

其三

天之道，哀響又兼鳴。此處必主興王道，異謀革位少良臣。年内見其因。

其四

天之道，其象號乾方。或若分爲於兩半，分帝别土亂征傷。人主見憂惶。

其五〔一〕

天之道，忽裂見樓臺。皆主兵荒人世亂，千般祥瑞忽爲灾。其怪報人來。

〔一〕以上五首王本未收。

其六

天河分，忽若似戟尖〔一〕。兵革當興逢此兆，諸州郡府見憂煎。塗炭遍山川。

〔一〕戟：王本作「鎗」。

其七

天色白，慘慘甚昏曚〔一〕。久陰不雨陰謀事，必爲兵火事難通。年内始知蹤〔二〕。

〔一〕曚：王本作「朦」。

〔二〕蹤：王本作「通」。

其八

天忽響，鳴鬧在蒼穹。多是子憂當父感，天鳴臣怒鑒君同。君主可寬刑。

其九

天道慘，慘色變深黄。必主大風三二日，船行急止莫滄洋〔一〕。預報與君忙。

〔一〕滄洋：王本作「徜徉」。

其十

天忽見，有虹赤紅黄。貫北斗極星還遶，君生賢聖主非常〔一〕。此事甚相當。

〔一〕主：川本作「至」。

其十一〔一〕

天久旱，無雨水盆流。此是天時雨不潤，不能下降奔高流〔二〕。禾穀豈全收。

〔一〕以上十一首東北本、京本未收。

〔二〕奔高流：王本作「令人憂」。

占日第十一〔一〕

太陽位，爲主正爲君。兆主國君家國事，通行循度總和平。昏蝕主憂驚。

〔一〕此首東北本、京本未收。　占日第十一：東北本、京本作「占日第六」。

其二

日傍氣，赤色若懸鍾〔一〕。遊所見邊須將死〔二〕，不論春夏與秋冬〔三〕。所舉總成空。

〔一〕若：京本作「似」。

〔二〕遊所見邊：王本作「所見之時」。

〔三〕與：川本作「及」。

其三

日生暈，上下兩重交〔一〕。必有彼將亡將過〔二〕，中謀獨霸不成韜。終是舉鎗刀〔三〕。

〔一〕重：東北本作「成」。
〔二〕必有彼將：東北本作「彼兵必有」，京本作「必有彼軍」，王本作「必有彼疆」。過：東北本、京本作「帥」。
〔三〕舉：京本作「起」。

其四

日在右〔一〕，白氣若虹交。兆主血流成大戰〔二〕，緣君失政作成妖。無法可禳消。

〔一〕在：王本、東北本、京本作「左」。
〔二〕兆：京本作「即」。

其五

日光暈，暈耳有陰風〔一〕。左右並同爲吉兆〔二〕，三般變易日時逢〔三〕。日月在羅籠。日邊耳，

《經》曰：「日有抱暈於野，皆有降軍降將至也。」

〔一〕耳：王本、京本作「珥」。

〔二〕吉兆：東北本作「兆吉」。

〔三〕易：王本、京本作「動」。逢：東北本、京本作「同」。

其六

日光暈，有暈要須知。鬬處預先防備吉〔一〕，忽然不鬬亦須疑〔二〕。三日雨淋灕。

〔一〕防：京本作「隄」。

〔二〕亦：東北本、京本作「不」。

其七

日中暈，上蓋下爲纓〔一〕。向暈即凶背暈吉〔二〕，若無征戰有風聲。霞氣雨還成。

〔一〕纓：王本作「陰」。

〔二〕即：東北本作「則」。

其八

暈不合，垂在兩邊生〔一〕。城内有謀人不就，且饒緩慢看軍情〔二〕。一事也無成。

〔一〕生：東北本、京本作「旁」，出韻。

〔二〕軍：東北本、京本作「牽」。

其九

暈邊氣，入則外軍贏。隨氣攻之應大勝，忽然内出我軍傾〔一〕。勝負預先明〔二〕。

〔一〕我：王本、東北本、京本作「外」。

〔二〕明：東北本、京本作「征」。

其十

暈邊耳〔一〕，一耳喜來生。兩耳欲來相解意，又言拜將攝公卿〔二〕。此速甚分明〔三〕。

〔一〕耳：王本、東北本、京本作「珥」，下兩句「耳」字同。

〔二〕拜：王本作「敗」。

〔三〕 速：王本、東北本、京本作「術」。

其十一

日月背，順吉背須凶。若背東方西面勝，背西東面獲其功。南北並皆同。

其十二

占日月，主客要先知。晝把太陽將作主〔一〕，夜憑星月驗安危。客認氣隨時〔二〕。日月〔星〕爲主〔三〕，雲霞氣爲客。

〔一〕 把：東北本、京本作「犯」。

〔二〕 認：東北本、京本作「與」。

〔三〕 星：原無此字，據王本、京本補。

其十三〔一〕

相鬥敵，兩日見分明。必有拔營離寨去，正當日下看拋城〔二〕。大戰血交併〔三〕。

〔一〕 此首王本未收。

〔二〕下：京本作「夜」。

〔三〕併：東北本、京本作「兵」。

其十四

相鬥敵，日鬥對城營〔一〕。交戰血流看主客，必應主敗客軍羸。日度算還生。算太陽分野〔二〕。

〔一〕城營：東北本、京本作「營城」。

〔二〕算太陽句：京本原注作「精算太陽分野，在『日度算還生』第十二首。」案後一句疑爲京本抄者所加。

其十五

日中暈，日被白虹穿。天下大兵看即起〔一〕，又兼烈士執仇冤〔二〕。奮怒氣冲天。荆軻入秦時有此兆〔三〕。

〔一〕即：東北本、京本作「帥」。

〔二〕執：王本、東北本、京本作「報」。

〔三〕荆軻句：原無此注，據王本補。

其十六

發兵日〔一〕，日偶蝕并虧。莫往前程尋大戰〔二〕，天垂成象遣人知〔三〕。去則將難歸。

〔一〕發兵：王本、京本作「兵發」。

〔二〕莫往：東北本作「莫枉」。

〔三〕天垂句：東北本作「天垂成象少人知」，京本作「上天垂象欲人知」。

其十七

冠纓日〔一〕，日上即爲冠。在下爲纓縈捧日〔二〕，冠爲喜兆將須歡。纓則將心攢。

〔一〕日：東北本、京本作「者」。

〔二〕在：王本作「右」。　縈：王本、東北本、京本作「縈」。

其十八

兩日鬥，少時及明朝〔一〕。倘或忽聞如此兆〔二〕，外藩草莽競興妖〔三〕。進步疾兵消〔四〕。

〔一〕少時：東北本、京本作「小將」。

〔二〕 忽：王本作「必」。

〔三〕 競：東北本、京本作「盡」。

〔四〕 疾兵消：王本、東北本、京本作「即噻喃」。

其十九

日邊氣，如杵赤而明。既顯不當軍將出，執堅迷往損其兵〔一〕。一半不回程。

〔一〕 執堅迷往：王本、東北本、京本作「執迷堅往」。

其二十〔一〕

日旁暈，狀若死蛇圍。其兆主灾先舉將〔二〕，帥徒半出不能回〔三〕。宜改擁師歸〔四〕。

〔一〕 此首王本未收。

〔二〕 主：東北本、京本作「生」。　舉：東北本、京本作「損」。

〔三〕 帥：東北本、京本作「師」。

〔四〕 改：東北本、京本作「後」。

其二十一

日邊暈，抱日一邊生。順抱敵人須可擊，還如逆抱戰無嬴〔一〕。隨象舉其兵〔二〕。

〔一〕還如：王本、東北本作「如還」。

〔二〕象：王本作「衆」。　其：東北本作「興」。

其二十二

日下氣，赤氣列三層。天下流亡兵競起，黎民失業禍灾生。鹿走霸圖争。

其二十三

日四耳，俱在四隅邊〔一〕。宫闕儲君生太子，歡忻期降定三年。人馬罷征權。

〔一〕俱：東北本、京本作「多」。

其二十四

日中氣，上下黑衝過。長子建謀興大逆，速當根究莫蹉跎。遲便舉兵戈〔一〕。

〔一〕舉兵戈：東北本、京本作「起干戈」。

其二十五

兩陣近，青氣日邊生。其狀分明如半月，順其形氣速前征。交戰必須贏。

其二十六

太陽畔，八字氣分明。下若鹿麞形勢走〔一〕，將亡兵潰禍灾成〔二〕。固守保關營。

〔一〕下若：東北本作「若似」。

〔二〕成：王本、東北本、京本作「生」。

其二十七

太陽畔，雲氣傘張形。又若飛煙星影裏〔一〕，火星傍出血成坑。堅守不宜行。

〔一〕影：王本作「在」。

其二十八〔一〕

太陽畔，突出泰山端。紫氣盤旋俱不散〔二〕，城中軍勝賊當殘。臨陣審詳看。

〔一〕此首東北本、京本未收。

〔二〕俱：王本作「供」。

其二十九

太陽畔，氣蓋日當中〔一〕。白色東西連卯酉〔二〕，主憂社稷重灾凶〔三〕。改號任神龍。名曰喪門〔四〕。

〔一〕蓋：京本作「貫」。

〔二〕卯：原作「外」，據王本、川本、東北本、京本改。

〔三〕社稷：京本作「宗社」。　灾凶：原作「凶灾」，出韻，據王本、川本、東北本、京本改。

〔四〕名曰：王本、川本作「龍名曰」。

其三十

太陽畔，九曜簇於邊〔一〕。似火如燈光爛爛〔二〕，九州大亂水滔天〔三〕。王道苦憂煎〔四〕。又主兵干。

〔一〕簇：王本作「旋」。

〔二〕爛爛：東北本作「燦爛」，京本作「燁燁」。

〔三〕水滔天：京本作「血流川」。

〔四〕苦：京本作「若」。

其三十一

太陽畔，牛鬬競争時。更有傍邊持戟立〔一〕，戟人無首影依稀。宗廟必傾危。

〔一〕有：東北本作「主」。

其三十二

太陽畔，如幕又如花〔一〕。相繼相連不間斷〔二〕，嬪妃皇后亂其家〔三〕。術士見生涯。

〔一〕 幕：京本作「蔓」。

〔二〕 不間：京本作「黏不」。

〔三〕 其：東北本作「吾」。

其三十三

太陽畔，氣如剪刀形〔一〕。更有散花桃杏雜〔二〕，君王失政后妃稱〔三〕。鮮潔愈爲精〔四〕。

〔一〕 如：東北本作「似」。

〔二〕 杏：京本作「李」。

〔三〕 稱：東北本、京本作「嗔」。

〔四〕 鮮潔：京本作「解結」。　爲精：東北本作「精神」。

其三十四

太陽畔，氣若璧形圓。其影團圓如暈色〔一〕，羣邦臣下反謀專〔二〕。奪我境邊田。　主小臣謀反分國〔三〕。

〔一〕 團圓：京本作「團團」。

〔二〕羣：東北本、京本作「郡」。　下反：京本作「反主」。

〔三〕主小臣句：京本注作「主小臣謀叛分國侵奪之事」。

其三十五

太陽畔，一樹蔕根成。兩氣横生長拽出〔一〕，弒君自縊叛臣情〔二〕。隨帝應其徵〔三〕。

〔一〕兩：東北本、京本作「雨」。

〔二〕弒：王本、川本、京本作「殺」，非。

〔三〕帝：王本作「地」。

其三十六〔一〕

太陽畔，如鼠樹枝間。又似雞形雙翅舉〔二〕，看看洪水作爲難〔三〕。移寨向高山〔四〕。

〔一〕以上九首川本未收。

〔二〕雙翅舉：東北本、京本作「頤頸勢」。

〔三〕看看：東北本、京本作「舉看」。　爲：東北本、京本作「危」。

〔四〕向：京本作「上」。

其三十七

太陽畔，帆幔氣堪疑。又若破船來向岸〔一〕，仍居乾位帝京隳〔二〕。帆落勢傾時〔三〕。

〔一〕向：京本作「泊」。

〔二〕隳：王本作「基」，京本作「墮」。

〔三〕時：東北本、京本作「危」。

其三十八

太陽畔，五色氣鮮明〔一〕。下有奔麞形象具〔二〕，忠臣遭戮又妖興〔三〕。不可不留情。

〔一〕鮮：東北本、京本作「祥」。

〔二〕具：東北本作「在」。

〔三〕興：京本作「兵」。

其三十九

太陽畔，十字在中張。大禍欲來先露兆，奸凶懷恨作妖祥〔一〕。齋醮早消禳。

〔一〕　恨：東北本作「憾」，京本作「詐」。

其四十

太陽畔，氣色似人兵。若在離邊移寨上，君王易代表臨坰。賢者得其情。

其四十一

太陽畔，兩手在其傍。更有金星圓出現，后妃作孽亂生狂。乾地應其殃〔一〕。　乾符六年二月十八日午時現〔二〕。

〔一〕　地：東北本、京本作「帝」。

〔二〕　乾符：東北本、京本作「唐僖宗乾符」。

其四十二

太陽畔，舉手若兩分〔一〕。或作掃形居兩手〔二〕，君王帝位欲分更。不散决然成。　氣現久不散，其殃必應。

〔一〕　兩：東北本、京本作「雙」。

〔二〕 掃：京本作「箒」。

其四十三

太陽畔，青氣散如飛。變作雁行分勢列，外邦小國賊臣欺。謀反禍相隨。

其四十四

太陽畔，若對斗牛間。更有一虹迎面見，三公流國戰無還。遷改莫辭難。〔國主政權應自失〔一〕。〕

〔一〕 國主句：原無此注，據東北本、京本補。

其四十五

日邊氣，皆應在蚩尤。申酉且須看獬豸〔一〕，喪門申未午時求。見處便堪愁〔二〕。

〔一〕 豸：王本作「豹」。

〔二〕 愁：京本作「憂」。

其四十六

日之外，有耳兩邊生。必有和通同好善〔一〕，兩軍不戰結歡欣〔二〕。四海得安寧。

〔一〕通同：東北本、京本作「同通」。好善：王本作「好事」，東北本、京本作「好喜」。

〔二〕歡欣：東北本、京本作「歡情」。

其四十七

青天象〔一〕，日月氣來衝。北面氣衝北面旺，南衝南旺認西東〔二〕。取此以爲蹤〔三〕。

〔一〕青：王本作「看」。

〔二〕認：王本作「任」。

〔三〕蹤：東北本、王本作「宗」。

其四十八

日色異，黄赤病之源。色若白時多死兆，更兼兵起禍凶年〔一〕。疾疫湊來纏。

〔一〕年：京本作「連」。

其四十九

日五色，或有氣稜層〔一〕。其分國王權政失〔二〕，躭迷酒色損生靈。修德滅奢矜。

〔一〕稜層：京本作「稜稜」。

〔二〕其分國王：東北本作「其國分王」。

其五十

日紫色，名曰疾蔞蕤。其分起兵多喪敗，且宜修德厭天機。勿起禍當時〔一〕。

〔一〕起：東北本、京本作「即」。

其五十一

日有耳，兩耳戰均平。厚處必贏君占取〔一〕，一邊有耳一邊贏。無戰喜交兵。

〔一〕君：京本作「軍」。

其五十二〔一〕

日色青〔二〕，其分國堪傷。或似火光兼火影，皆爲灾亂殄忠良。防備賊臨疆〔三〕。

〔一〕此首下京本有「太陽時」一首，與前第三十六首相重，唯首二句各有一字相異。

〔二〕色青：東北本作「青色」。

〔三〕疆：原作「彊」，據王本、東北本、京本改。

其五十三

日生暈，須有暈形圓。其形如暈圓圓背〔一〕，那邦臣子叛謀專〔二〕。奪取境邊田。

〔一〕圓圓背：王本作「圓其圓」。

〔二〕那邦臣子：王本作「皆主邦臣」。

其五十四

日四耳，頂上即爲冠。兩下爲纓須近日，下爲履象不爲權。回報日須端。　經曰：「日上爲冠，下爲履，兩下爲耳，長而爲纓，朝抱日吉。」

其五十五〔一〕

太陽門，競與日争時。更有傍人持戟立，戟人無首影依稀。宗廟必傾危。

〔一〕此首與前第三十二首相重，唯首二句略異。

其五十六

太陽位，下復見形圓。便若白來其色黑，王更國變别憂權。一日見憂煎。

其五十七〔一〕

日出現，便若似臙脂〔二〕。映地滿天如血染〔三〕，此爲天殺苦軍權〔四〕。七日雨平川。無雨主火灾。

〔一〕以上五首東北本、京本未收。

〔二〕似：川本作「是」。

〔三〕映：王本、川本作「蔭」。　如血：王本作「血如」。

〔四〕天：川本作「大」。

占月第十二〔一〕

太陰位，爲后又爲臣。凡有象形凶吉定，行兵主帥要知明。一一細分清〔二〕。

〔一〕此首東北本、京本未收。　占月第十二：東北本、京本作「占月第七」。

〔二〕清：原作「情」，據王本、京本改。

其二

占圓月，下小彼軍多。若總大時占我衆〔一〕，全無大小必相和〔二〕。青白定回戈〔三〕。

〔一〕總：東北本、京本作「見」。　衆：同上作「勝」。

〔二〕全：東北本、京本作「總」。　必：京本作「亦」。

〔三〕定：東北本作「走」，京本作「早」。

其三

出軍夜，看月好參詳〔一〕。有兔主人占大勝〔二〕，兔無還是客軍强〔三〕。仔細審形相〔四〕。

〔一〕看月：王本作「月看」。

〔二〕勝：王本作「吉」。

〔三〕還：王本作「反」。　兔無：東北本作「光無」，京本作「無兔」。

〔四〕仔細句：京本作「須要細端詳」。

其四

占夜月，五色氣相當。此是交兵須謹慎〔一〕，直須拚得賞兒郎〔二〕。慳吝必相傷。

〔一〕是：東北本、京本作「時」。　謹：京本作「警」。

〔二〕拚：東北本、京本作「挨」。

其五

太陰内，有暈使人驚。其象分明如刀字〔一〕，奸臣謀反事將成。密究速加刑〔二〕。

〔一〕字：東北本、京本作「刃」。

〔二〕速加刑：京本作「庶無凶」。

其六

守彼壘，吾督將須攻。月色無光灰粉樣〔一〕，拔城不過一旬中。守將亦須凶。

〔一〕灰：東北本、京本作「如」。

其七〔一〕

看夜月，五色氣相衝。皆是將灾宜謹慎〔二〕，直須重賞宴軍中。堅執禍相逢。

〔一〕此首東北本未收。

〔二〕皆：京本作「此」。　宜：京本作「須」。

其八

月生暈，厚薄四方停。此是三軍匀力象〔一〕，一邊有抱抱邊贏〔二〕。順抱若神兵。

〔一〕匀：王本、京本作「均」。

〔二〕抱邊：王本作「一邊」。

其九

月生暈，暈有耳兼生〔一〕。將有火灾難閃避〔二〕，三朝有雨得安寧。無雨禍還成〔三〕。

〔一〕耳：東北本、京本作「珥」。

〔二〕火：東北本、京本作「大」。

〔三〕還：京本作「須」。

其十

月生暈，暈内有流星。當有貴人奔出走，客星入則將當驚〔一〕。國亦不安寧。

〔一〕則：王本作「側」。

其十一

月如赭〔一〕，莫戰最爲良。若或不依須見敗〔二〕，客軍得勝主軍傷。宜且守封疆。先出客，後出主〔三〕。

〔一〕赭：京本作「頳」。

〔二〕或不依：京本作「不依言」。

〔三〕先出二句：原無此注，據東北本、京本補。

其十二

相鬬敵，月滿色無光。客勝主衰須謹慎〔一〕，忽然交戰主難當。城内欲投降。

〔一〕衰：京本作「虧」。

其十三

雙月現，現則有兵荒。兩兩三三俱亂出〔一〕，當其現處競猖狂〔二〕。人馬兩逃亡〔三〕。

〔一〕亂出：王本作「荒亂」。

〔二〕競：王本作「有」。

〔三〕人馬兩：東北本、京本作「人死及」。

其十四

兩月鬬，侯景犯梁朝。倘或遭逢如此兆，外藩雄略有謀韜〔一〕。俱廢若冰消〔二〕。

〔一〕藩：東北本、京本作「番」。　略：京本作「客」。

〔二〕若：京本作「永」。

其十五

兵在外，月蝕八分强〔一〕。軍欲還鄉休罷戰〔二〕，忽然蝕盡倒城亡〔三〕。將死向郊荒〔四〕。

〔一〕月蝕：王本作「月色」，東北本、京本作「月食」。

〔二〕休：王本作「須」。

〔三〕蝕盡：東北本、京本作「食盡」。

〔四〕郊：京本作「畿」。

其十六

太平夕〔一〕，月破作三分。四海荒荒興逆叛，都緣人主寵奢昏〔二〕。草寇輒稱尊。

〔一〕夕：東北本、京本作「久」。

〔二〕人主寵：東北本作「多寵競」。　昏：東北本、京本作「民」。

其十七

月黄色，分野現明光。此是將軍遷職象〔一〕，彼師我衆兩無傷。各自守封疆。

〔一〕遷：東北本、京本作「還」。

其十八

月邊氣，其象若羣猪。羽姓將軍兵大吉，宫商角徵不占拘〔一〕。把捉顧方隅。方進兵大吉。

〔一〕拘：東北本、京本作「推」，失韻，非。

其十九

十五夜，月缺不團圓。一面凸凹三兩處，近臣懷怨奪君權〔一〕。急究反情原〔二〕。

〔一〕懷怨：東北本、京本作「懷恨」。

〔二〕究：東北本作「救」。

其二十

金入月，星朗月無光。星蝕太陰臣造逆〔一〕，月明生暗將星亡〔二〕。星没客軍傷。

〔一〕蝕：京本作「食」。

〔二〕生：王本、東北本、京本作「星」。　將星：王本、東北本、京本作「將身」。

其二十一

金與月，俱出在西方。星北北方軍必勝〔一〕，星南南面將星强〔二〕。月向將兵亡〔三〕。

〔一〕必：東北本作「大」。

〔二〕面：東北本作「處」。　將星：王本、京本作「將身」，東北本作「將兵」。

〔三〕向：王本、東北本、京本作「白」。

其二十二

金月暈〔一〕，星暗月昏昏。客必敗亡須好認，木星三暈宰臣奔〔二〕。天象顯然分〔三〕。

〔一〕月：東北本作「星」。

〔二〕宰臣：王本作「將臣」，東北本作「將相」。

〔三〕分：原作「明」，失韻，據王本、京本改。

其二十三〔一〕

月有暈，白虹向中穿。天下大兵看即起，更兼壯士執仇冤。日怒氣衝天〔二〕。

〔一〕此首東北本、王本未收。

〔二〕日：王本作「大」。

占星第十三〔一〕

兵要法〔二〕，爲主認星辰。伏逆遲留須固守〔三〕，更看金現便宜行〔四〕。俱伏兩均平。

〔一〕東北本、京本作「占星第五」。

〔二〕法：東北本、京本作「訣」。

〔三〕遲留：東北本、京本作「留時」。

〔四〕看金現：東北本、京本作「堪全現」。　便：京本作「使」。

其二

兵要訣，爲主認金星〔一〕。若也伏藏休動作，逆行逆戰亦均平〔二〕。順則最宜行。　星退宜退，星進宜進。

〔一〕主：東北本、京本作「客」。

〔二〕行：東北本作「來」。

其三

金與火，統帥識星無。須等行藏知決勝〔一〕，何須堅執講星孤。諸軍細參圖。

〔一〕等：王本、京本作「算」。

其四

二星合〔一〕，相犯必爲灾。分野若當須有事〔二〕，本藩太守禍之胎。修德免灾來〔三〕。

〔一〕二：京本作「土」。

〔二〕若：王本作「居」，京本作「老」。

〔三〕灾：京本作「殃」。

其五

三星聚，晋宋爲兼唐〔一〕。此地將軍須就獄，總兵主帥作猖狂。斬首獻明王〔二〕。

〔一〕爲：京本作「衛」，王本作「居」。

〔二〕明：京本作「君」。

其六

四星聚，平帝會張星〔一〕。王莽赤眉兵造起，後來光武掃餘兵〔二〕。晋魏也曾更〔三〕。

〔一〕帝：王本作「地」。

〔二〕餘：東北本、京本作「除」。

〔三〕更：京本作「經」。

其七

五星聚，漢祖得其時。秦滅漢興東井舍〔一〕，君王起事合天機。星會尾如箕〔二〕。

〔一〕 興：京本作「兵」，非。 舍：京本、王本作「會」。

〔二〕 會：東北本、京本作「聚」。 如：東北本作「與」，京本作「和」。

其八

星落寨，爲將恐遭殃。宜速移營方見吉，强堅舊所必凶傷〔一〕。天降禍難當〔二〕。

〔一〕 必凶傷：東北本作「凶而傷」。

〔二〕 難：王本作「相」。

其九

星相打，攻守兩茫茫〔一〕。遇戰血流交滿野〔二〕，攻城不下好隄防。宴犒賞兒郎。

〔一〕 茫茫：東北本、京本作「忙忙」。

〔二〕 遇戰句：京本作「遇賊血流郊野滿」。

其十

金星畔，邊有小星侵。相去不過咫尺遠，客軍當敗將消沉〔一〕。兵罷只如今。 凡金星爲將星，專主兵權兆〔二〕。

〔一〕客軍：辛本作「客將」，此據京本改。

〔二〕凡金星二句：東北本、京本作「金星專主兵權之事」。

其十一

金星疾〔一〕，急戰定應贏〔二〕。行若緩時須固守，星高攻戰有功名〔三〕。低害莫深征〔四〕。

〔一〕星：京本作「行」。

〔二〕應：京本作「須」。

〔三〕攻：東北本、京本作「遠」。

〔四〕害：東北本、京本作「則」。

其十二

金芒角〔一〕，隨角出軍征。若有焰光如掃帚〔二〕，亦名天狗食妖兵。其下血成坑。如螻赴水，其下必敗。

〔一〕芒角：東北本、京本作「星落」。

〔二〕焰光：王本作「韜光」，誤。

其十三

占星宿，伏現在西東。星若近南南必勝，忽然近北北宜攻〔一〕。專祖此爲蹤〔二〕。

〔一〕攻：王本作「征」，非。

〔二〕蹤：京本、王本作「宗」。

其十四

金星出，出在卯中央。東面兵强莫與戰〔一〕，西出西方不可當〔二〕。勿與鬭鋒鎗〔三〕。

〔一〕莫：京本作「休」。

〔二〕西出句：京本作「出西面西西難當」。

〔三〕鬭：王本作「動」。　鎗：京本作「芒」。

其十五

金西伏〔一〕，木出現東方〔二〕。軍在西南休進戰，二星同出現東方。西若戰須亡。　或水或木星。

〔一〕　西：東北本作「星」。

〔二〕　木：東北本、京本作「未」。

其十六

金東伏，木出現西方〔一〕。東北二方須敗走，忽然同現在西方〔二〕。東面不能當。

〔一〕　木：東北本、京本作「未」。

〔二〕　現在西方：王本作「出在西方」，京本作「出現在旁」。

其十七

同伏現，相去尺餘間。交戰將兵須有應，水居月上戰應先〔一〕。月内必師還。水在月上也。

〔一〕　先：原作「當」，失韻，據王本、川本改。東北本、京本作「鬭」。

其十八

攙星現〔一〕，分野屬何方〔二〕。若是正臨灾在即，忽然頭尾也遭殃。仁德可修禳。

〔一〕　攙：王本、東北本、京本作「欃」。案「攙」，星名，一作「欃」。

〔二〕屬：京本作「出」。

其十九

星一箇，無尾赤兼青〔一〕。直下落來營寨上，急須遷去别爲營。此地定無成。

〔一〕赤：東北本、京本作「亦」。

其二十

金晝見，名號是經天。其分用兵兵必敗〔一〕，未曾動處却兵連。人馬滿郊田。已動敗，未動易政〔二〕。

〔一〕敗：川本、京本作「罷」。

〔二〕政：東北本作「止」。案京本無此原注。

其二十一

星晝殞，聲震響如雷。赤白或長三五丈〔一〕，忽然更有小星陪。軍勢若寒灰。

〔一〕丈：王本作「尺」。

其二十二

星晝殞，其地定爲灾〔一〕。必有火焚軍寨栅，兼防將士涉沙泥〔二〕。移寨莫徘徊〔三〕。

〔一〕其地句：東北本作「其必地有灾」，京本作「其下地殃危」。
〔二〕沙泥：京本作「沙垝」，東北本作「沙危」。
〔三〕寨：京本作「去」。

其二十三

軍營内，斗大墜星來。或是作聲長數丈，其間大戰將星摧〔一〕。急去免灾危。〔孔明、祖逖，皆有此兆〔二〕。〕

〔一〕星：東北本、京本作「身」。　摧：王本作「移」。
〔二〕孔明二句：原無此注，據東北本、京本補。王本録此原注於下一首之後。

其二十四

軍營内，星殞落其間。拽尾或長三五丈〔一〕，皆爲敗證莫相殘〔二〕。急去免灾奸〔三〕。

〔一〕丈：王本作「尺」。

〔二〕證：王本作「陣」。莫：東北本、京本作「欲」。

〔三〕灾：京本作「凶」。

其二十五

軍營内，星殞作驢鳴〔一〕。兆是敗軍並殺將〔二〕，便須移寨不當停〔三〕。天意甚分明。

〔一〕鳴：東北本、京本作「形」。

〔二〕兆是：京本作「此兆」。

〔三〕移寨不當停：王本作「移寨不須停」，京本作「當返不當停」。

其二十六

營寨内，星大殞其中〔一〕。芒角光明兼曳尾〔二〕，急須移寨避灾凶。不去禍重重。

〔一〕大：東北本、京本、王本作「火」。

〔二〕兼：京本作「並」。

其二十七

出軍法，夜與日皆殊〔一〕。彼上有星兼月朗〔二〕，我軍上面暗稀疏〔三〕。進戰决成輸。

〔一〕皆：東北本、京本作「相」。
〔二〕星：京本作「光」。
〔三〕我：京本作「吾」。　稀疏：東北本作「疏稀」。

其二十八

星晝殞〔一〕，分作二三星。此是兵戈將欲動，須防敵國別來侵〔二〕。陰賊逆謀生。

〔一〕晝：王本作「墜」。
〔二〕別來侵：東北本、王本作「必來争」。

其二十九

吾守壁，月内一星明。必是外奸來入壘，期於半月害吾城〔一〕。搜捉審奸情〔二〕。

〔一〕半月：東北本、京本作「半夜」。　害：東北本作「入」。

〔二〕 搜：京本作「招」。

其三十

提大衆，欲打彼城墻〔一〕。月左有星占上角〔二〕，城中賢將有謀方。速退莫施張。

〔一〕 彼：東北本、京本作「破」。

〔二〕 左：京本作「上」。

其三十一

敵守壘，我力有餘攻。月下有星相近駐，彼城奸欲亂吾中。門户審其蹤。

其三十二

圖彼久〔一〕，月背一星隨。壁內敵人謀走北〔二〕，其城沉潰不須摧〔三〕。捷報凱歌回〔四〕。

〔一〕 圖：東北本、京本作「圍」。

〔二〕 壁：東北本、京本作「城」。

〔三〕 摧：東北本作「推」。

〔四〕　捷：東北本作「連」。

其三十三

觀敵壘，月背見三星〔一〕。狀若連珠敵便遁〔二〕，不須攻打自安平。撫衆勿殘生。

〔一〕　見：王本作「有」。
〔二〕　若：王本作「如」。

其三十四

軍馬進，月畔見三星。形似三臺將月捧〔一〕，攻城不下戰無成〔二〕。擇地設營停〔三〕。　候過旬日，别看氣候。

〔一〕　臺：東北本、京本作「星」。
〔二〕　城：京本作「圍」。
〔三〕　設營停：京本作「再安營」。

其三十五

攻彼壘〔一〕，月下列三星〔二〕。城内詐降設巧計〔三〕，急當準備出師征〔四〕。莫信詐爲誠。

〔一〕彼：京本作「破」。

〔二〕列：王本作「見」。

〔三〕設：京本作「施」。

〔四〕準備出：東北本、京本作「整備突」。

其三十六

圍敵壘〔一〕，月角露三星。亦類三臺侵抱月〔二〕，其城難取枉亡兵〔三〕。別處設謀贏。

〔一〕敵：京本作「彼」。

〔二〕亦：京本作「形」。

〔三〕亡：東北本、京本作「勞」。

其三十七

彗星現，出在月傍邊〔一〕。必有弑君並殺父〔二〕，國中紛擾禍相連〔三〕。更主易桑田。

〔一〕在：京本作「自」。
〔二〕殺父：京本作「弑父」，非。
〔三〕相：東北本作「中」。

其三十八

金臨木〔一〕，三五寸金分。少婦合憂生哭泣，又見鬭將見災凶。偏將喪郊中。

〔一〕木：王本作「水」。

其三十九

星墜地，鳴下似雷聲，著地便如焚薪狀〔一〕，此爲天狗食人民。百日見災生。

〔一〕地：王本作「把」，非。　便：王本作「更」。

其四十

彗星現，但看出何方。定主國君喪性命，不過百日見驚亡。咸滅在君王〔一〕。

〔一〕咸滅：王本作「減滅」。

其四十一

太白犯，昴畢二星纏。定主逆臣謀〔國〕主〔一〕，馬奔人走喪中原。入昴赦人原。

〔一〕國：原空缺，據王本補。

其四十二

金與水，二曜若侵淩。定主破軍并殺將，水居金上客軍贏〔一〕。在下主和平。

〔一〕居：王本作「君」，非。

其四十三〔一〕

彗星現，從斗向南行。經過垣墻天市界，外邊兵寇界相臨。損將血成坑。

〔一〕以上六首東北本、京本未收。

占北斗第十四〔一〕

凡北斗，斗乃衆星魁。天上衆星難相犯，若來相犯有灾危，占候者須知。

〔一〕此首東北本、京本未收。　占北斗第十四：東北本、京本作「占斗第四」。

其二

斗口内，彗現出光芒〔一〕。海内兵戈俱大起，江河流絶業城荒〔二〕。民作甲兵糧。

〔一〕現：東北本作「星」。
〔二〕江：東北本、京本作「天」。　業城：東北本、京本作「業田」，王本作「業成」。

其三

北斗内，穿出彗星輝。國内主君邊寨將〔一〕，陰謀惡黨起旌麾〔二〕。著意謹防危。

〔一〕寨：東北本、京本作「塞」。　將：京本作「帥」。
〔二〕旌麾：東北本作「旌旗」，京本作「强圍」。

其四

北斗下，氣若破車輪。白色漸生侵口内，饑荒不稔寇成羣〔一〕。餘禍不堪論。

〔一〕 饑荒：東北本、京本作「飢寒」。

其五

黑色氣，守定斗口邊。父子相吞天下歉，水湌城郭少乾田。灾害四方傳。

其六

占北斗，第一是妖星。却要分明君始吉〔一〕，忽然不現衆星明。主將落奸情。　妖星，乃貪狼星也。

〔一〕 却：京本作「都」。　君：王本作「軍」。

其七

占北斗，夜夜白霞遮。不過七旬兵大起〔一〕，横屍千里卧如麻。忌戰日西斜。　斗爲主，霞爲客，有索戰〔二〕，不可出。

〔一〕 不過：東北本作「不至」。

〔二〕 有索戰：東北本作「西來挑戰」，京本作「西末來索戰」。

其八

占北斗，紫氣在其中〔一〕。有事欲來君且記〔二〕，不過旬日喜重重〔三〕。萬姓賀堯風。

〔一〕 紫：王本作「黄」。

〔二〕 有：王本作「吉」，東北本、京本作「喜」。

〔三〕 過旬日：京本作「逾三月」。

其九

占北斗，赤氣在其中。萬萬雄師徒費力〔一〕，攻城盡死不成功。枉把庫廒空〔二〕。

〔一〕 雄師：京本作「雄兵」，王本作「雄風」，川本作「雄帥」。　徒：東北本、京本作「多」。

〔二〕 把：王本作「費」。　空：東北本作「宫」。

其十

占北斗，兼有小星多。天下不安人失業，荒凉米貴遞相磨。處處動干戈。

其十一

青蒼氣，漸入斗星中〔一〕。定有賊來侵郡邑〔二〕，不然裨將欲謀凶。大忌是三冬。

〔一〕 星：京本作「心」。

〔二〕 邑：京本作「縣」。

其十二

占北斗，明閃電光輝。定主好人初出世，輔賢明德助人君。此兆即非輕。

其十三

占北斗，太白入其中。定主將軍逢戰死，城營難守亂人民。大小走西東〔一〕。太白入斗，將星失度也。

〔一〕走：王本作「在」。

其十四

黑雲氣，夜蔽星斗中〔一〕。如此三朝當有雨，急須準備候天晴〔二〕。此理甚分明。

〔一〕蔽：王本作「散」。

〔二〕晴：王本、川本作「情」。

其十五

占北斗，忽直或伸之。衝入斗中奸事有，犯其星位各占之。術士亦須知。

其十六〔一〕

占北斗，通夜黑雲遮〔二〕。定主來朝須有雨，急披雨笠候天涯。應兆不能差。

〔一〕以上五首東北本、京本未收。

〔二〕通：川本作「遇」。

占地第十五

地之道，與月一般稱。爲母爲臣生萬物，發生含育盡乾坤。明辨豈無靈。

其二

統軍帥，下寨要安營。先是須知吉凶地，莫令誤犯損軍兵〔一〕。此理要精明。

〔一〕犯損軍兵：王本作「地損兵軍」。

其三

地名好，川破不堪安。大路叉中休下寨，伏屍古墓見多般。將帥要知言。主虛驚，賊來破寨。

其四

山窄地，泣滴莫安營。兩路中間休立寨，勿投天竈怎持兵〔一〕。仔細與君尋〔二〕。〔天竈者，大谷之口；龍頭者，大山之端〔三〕。〕

〔一〕勿投：王本作「龍頭」。

〔二〕君：王本作「軍」。
〔三〕天竈者數句：原無此注，據王本補。

其五

戰場地，古廟與靈壇〔一〕。攻破城營遺故地〔二〕，盡言凶敗與傷殘。細說與兵官〔三〕。

〔一〕壇：王本作「臺」。
〔二〕遺：王本作「移」。
〔三〕兵：王本作「軍」。

其六

山谷口〔一〕，下寨忌逢之。前高後下居之險，地無草木主憂疑。明將總須知。

〔一〕口：王本作「中」。

其七

大驛路，前後總須疑。或在高崗或近水〔一〕，長深溪間最無疑。下寨得便宜。

〔一〕 近：王本作「在」。

其八

營已下，須識有灾非。地上忽生諸怪類，往來天象看來情。主將要知因。

其九

占其地，毛羽忽然生。必主人君遭厄難，大兵侵國亂朝廷。百事應憂驚。

其十〔一〕

田地上〔二〕，忽然便生毛。處處盡生人總見，此爲謀道血流郊〔三〕。百日主凶妖。《易》曰：「憂喪之兆，如生毛在地，横亂無根鋪在地。」

〔一〕 以上十首東北本、京本未收。

〔二〕 地上：王本作「上地」。

〔三〕 道：王本作「逆」。

其十一

城營内，火焰忽然光〔一〕。將士敗亡看在速，急須移寨免灾殃〔二〕。不去禍難當〔三〕。

〔一〕然：京本作「生」。「生」字義長。

〔二〕急：原作「忽」，據王本、東北本、京本改。　寨：東北本、京本作「轉」。

〔三〕當：東北本作「量」。

其十二〔一〕

城忽裂，必主起干戈。山中地或如雷吼，敵軍來速探如何〔二〕。急避莫蹉跎。

〔一〕此首東北本、京本未收。

〔二〕來速探：王本作「來時看」。

其十三

營寨地〔一〕，泉水及生塵〔二〕。有戰不離於月内，早排兵甲敵邊隣。移寨避灾迍。先移後戰〔三〕。

〔一〕寨：京本作「砦」。

〔二〕及：東北本作「反」。

〔三〕先移後戰：東北本作「先移後戰，吉」。

其十四

城營地〔一〕，無故動還摇。大戰必應於歲月〔二〕，直須移寨禍應消〔三〕。不去將身招〔四〕。

〔一〕城營：京本作「營内」。

〔二〕歲月：東北本、京本作「歲内」，京本並注：「城年營月也。」

〔三〕移：京本作「離」。

〔四〕去：京本作「出」。

其十五

城營内，地動起兵戈。但且移營於福上〔一〕，不然刑禍將身多〔二〕。陣破自消磨〔三〕。

〔一〕但且：王本、東北本、京本作「且早」。　福上：同上作「吉地」。

〔二〕刑：川本作「行」。

〔三〕陣破：王本作「陣敗」。

其十六

城營内，忽見地生毛〔一〕。所統精兵當便起，須臾不去禍應遭〔二〕。禳醮保功勞。

〔一〕忽見：王本作「忽然」。
〔二〕不去：王本作「不起」。

其十七

城營内〔一〕，地上起錢花〔二〕。有似馬蹄同此兆，移營擁士定歸家〔三〕。應驗決無差。

〔一〕城營：王本作「地營」。
〔二〕錢：東北本、京本作「殘」。
〔三〕移營擁：京本作「各移勇」。

其十八

城營内，地忽陷崩頹〔一〕。禍起兵連緣此兆〔二〕，移營脩義滅凶灾〔三〕。不信將身摧〔四〕。

〔一〕地忽句：京本作「忽地陷崩摧」。

〔二〕起：王本、京本作「結」。

〔三〕移營句：東北本作「速修仁義滅凶灾」，京本同，唯「滅」作「免」。

〔四〕摧：京本作「危」。

其十九

城營内，忽見地生丹〔一〕。敵騎欲來衝突我，差人截路莫輕閑〔二〕。移寨倚亭關〔三〕。

〔一〕忽見句：京本作「忽有土崩塌」。

〔二〕路：東北本作「住」，京本作「待」。　閑：京本作「看」。

〔三〕倚亭關：王本、京本作「庶幾安」。

其二十

城營内，花草忽然生。急去莫令軍疾病〔一〕，經旬不動將身傾。智士切須明〔二〕。

〔一〕去：東北本、京本作「出」。

〔二〕智士切：東北本作「智勇將」，京本作「智勇切」。

其二十一

城營内，地上忽然黄〔一〕。五穀或生并地長〔二〕，將軍禄位福無疆。士馬樂安康〔三〕。

〔一〕然：東北本、京本作「生」。
〔二〕五穀句：京本作「五穀忽然生遍地」。
〔三〕樂：京本作「亦」。

占樹第十六

城中樹〔一〕，忽然總萎黄。威氣助吾軍必勝〔二〕，陰神祐我必成强。主將喜非常。

〔一〕城：京本作「營」。
〔二〕威氣：京本作「威風」。

其二

營側伴，樹木自崩摧。若近軍前師敗辱，不然彼近賊衝來〔一〕。移去免凶災。

〔一〕彼近賊：王本作「近彼賊」，東北本作「彼賊必」，京本作「彼戰必」。

其三

諸樹木，花發不當時。營内見之須速備〔一〕，定知賊衆欲來圍。移寨免灾危。

〔一〕 速備：東北本作「準備」，京本作「速避」。

其四

營寨内，樹木被雷驚。或是震傷人與物，此爲傷敗被天嗔。移寨免憂心。

其五

諸樹木，忽地出奇枝。異花奇葉人罕見，必生異事報君知。將帥者修爲〔一〕。

〔一〕 者：王本作「看」。

占蜂第十七〔一〕

軍營内，蜂衆泊於營。兵欲動移應不久〔二〕，修磨器甲莫教停。總令便須行。

〔一〕 東北本、京本作「占蜂第十一」。

〔二〕兵：東北本、京本作「軍」。

其二

軍行次〔一〕，蜂蝶接連來〔二〕。定用伏兵居草澤〔三〕，好防林木與山崖。先探保無灾。

〔一〕軍：東北本作「兵」。

〔二〕連來：原作「來連」，出韻，據京本、王本改。

〔三〕用：王本、東北本、京本作「有」。　澤：王本作「芥」。

其三

軍下寨，蜂蝶遍天飛。防有賊來攻我寨，急須固守莫遲回〔一〕。主將要先知。

〔一〕急：王本作「忽」。

其四

軍營内，蜂惡亂呵人〔一〕。或是反軍與謀將，必然軍將有灾危。謹守賊追欺〔二〕。

〔一〕呵人：王本作「叮人」。

〔二〕 追欺：王本作「欺追」。

其五〔一〕

軍營内，蜂子遍飛遊。必主將軍多口舌，若還移寨没灾危。記此在心機。

〔一〕 以上三首東北本、京本未收。

占鼠第十八〔一〕

占見鼠，其物夙名虚。主盜主奸皆主賊，若來爲怪將兵虞。不信禍難除。

〔一〕 此首東北本、京本未收。 占鼠第十八：東北本、京本作「占鼠第十」。

其二

逢見鼠，白色是金精。若順軍行軍大勝，逆軍來者禍相生〔一〕。凶吉甚分明。

〔一〕 相：京本作「灾」。

其三

逢赤鼠，來往在軍前。此是伏軍藏詭計〔一〕，搜尋斜谷道傍邊。急備莫遲延。

〔一〕此是句：東北本作「此軍伏密藏譎計」，京本作「此是伏兵藏詭計」。

其四

軍營内，鼠咬屋椽楹。忽向壁間搬出土〔一〕，移營在近改遷寧。排備向前程〔二〕。

〔一〕忽向：王本、東北本、京本作「忽見」，京本作「或向」。

〔二〕程：東北本作「征」。

其五

軍營内，行鼠尾舒前。將主有灾須醮謝〔一〕，夜深谷谷罷戈鋋〔二〕。太白報人言〔三〕。

〔一〕將：京本作「軍」，東北本作「君」。

〔二〕谷谷：東北本、京本作「各各」，王本作「谷口」。　戈：京本作「兵」。

〔三〕太白：京本作「天似」。

其六

營寨內〔一〕，驀地鼠成行。欲似弔人聲不罷〔二〕，此須爲禍將身當。禳謝得平康〔三〕。

〔一〕營寨：京本作「軍營」。
〔二〕罷：東北本、京本作「出」。
〔三〕得平康：京本作「保安康」。

其七

營寨內，白日鼠搬兒。不是火災應大水。三朝五日速遷移〔一〕。不出禍相隨。

〔一〕五日：京本作「兩日」。

其八

寨中鼠，能舞向人前。必有內奸通外敵，且須搜捉莫遷延〔一〕。速備實爲先。

〔一〕遷：川本作「遲」。

其九

軍營鼠，血染將衣冠。或咬鼓旗皆不利，信須修謝拜星官。移寨且求安。

其十

將軍服〔一〕，上被鼠來傷〔二〕。必有奸賊看在即〔三〕，或傷腰下不相當。財散客軍强〔四〕。經曰：「鼠者，賊也。如有變易，必主奸寇入也。」

〔一〕服：王本作「卧」。
〔二〕上被句：王本作「眼上被鼠傷」，京本作「上衽鼠來傷」。
〔三〕奸賊：東北本作「喜成」，京本作「喜神」。　看：王本作「來」。
〔四〕散：京本作「破」。

占蛇第十九〔一〕

兵發日，路上遇横蛇。或入水中應大勝，蛇還赤地戰無涯〔二〕。勝地住些些〔三〕。泊住過一日〔四〕，外動則吉。

〔一〕東北本、京本作「占蛇第二十一」。

〔二〕 地：東北本、京本作「色」。
〔三〕 勝地住：王本、東北本、京本作「勝負較」。
〔四〕 泊：京本作「延」。

其二

兵行次〔一〕，蛇赤忌逢之。慎備前程來勸戰〔二〕，訓兵激賞布恩威。厚薄勿偏虧。

〔一〕 兵：京本作「軍」。
〔二〕 慎備句：東北本、京本作「陣當前程來勸戰」。

其三

軍發次，驀地見交蛇〔一〕。講武揚兵須宴犒，不然上將中風邪。身喪掩黃沙。

〔一〕 交蛇：東北本作「蛟交」。

其四

蛇諸色〔一〕，大小外邊來。來入我軍兵欲敵〔二〕，更防引得外奸乖。德向好通開〔三〕。

〔一〕諸：王本作「赤」。

〔二〕敵：東北本、京本作「散」。

〔三〕德向：東北本、京本作「得上」。

其五

長蛇見，飲水近營傍〔一〕。抽退還鄉方始吉，不然移寨向高强〔二〕。營壘布旌幢〔三〕。〔太歲九天上同〔四〕。〕

〔一〕營：東北本、京本作「軍」。

〔二〕向高强：王本、東北本、京本作「九天方」。

〔三〕營壘句：王本、東北本、京本作「禳厭免灾殃」。

〔四〕太歲句：原無此注，據東北本、京本補。

其六

兵行次〔一〕，蛇貫路邊傍。備禦伏兵前道阻〔二〕，且須仔細更思量。終不使開疆〔三〕。

〔一〕兵：東北本、京本作「軍」。

〔二〕伏：京本作「賊」。

〔三〕 使開：東北本、京本作「利封」。

其七

蛇入井，俱是敗軍形。或似杵形營内現〔一〕，若還交戰血成坑。堅守我軍營。

〔一〕 形：東北本作「臼」。

其八

蛇貫道，白赤動軍情〔一〕。必有賊兵攔道路〔二〕，只宜盤泊賞軍兵。不久却回程。 但有異色之蛇攔路，回師罷戰，大吉。

〔一〕 動：東北本、京本作「助」。

〔二〕 必有句：東北本作「兵賊前來攔路道」，京本作「必有賊兵捫路道」。

其九

蛇如鳥，更有似弓形〔一〕。或似白蛇行斷續〔二〕，兼之五六見城營。泣淚血交并。

〔一〕 弓：原本作「車」。據王本、川本、東北本、京本改。

〔二〕或似：王本、東北本、京本作「或是」。　白蛇行：東北本、京本作「白形如」，王本作「形斷續」。

其十

蛟蛇見，營寨必宜攻〔一〕。更有青蛇人病疾〔二〕，黄蛇疫瘴總成凶。移寨免灾凶〔三〕。

〔一〕必：京本作「不」，據下文當作「不」。

〔二〕病疾：東北本、王本作「疾病」。

〔三〕移寨句：東北本作「移寨免灾逢」，京本作「移徙免灾逢」。

其十一

兵行次，水裏怕逢蛇。更有魚龍蜃類見，悉皆進退事無涯〔一〕。速退莫咨嗟〔二〕。　如見龍蛇蜃，並同。

〔一〕涯：東北本、京本作「捱」。

〔二〕莫：東北本作「免」。

其十二

下營畢〔一〕，繞寨大蛇棲〔二〕。必有賊兵來打寨〔三〕，高强營壘矗旌旗〔四〕。謹慎好防之〔五〕。

〔一〕畢：東北本、京本作「軍」。

〔二〕繞寨：東北本、京本作「蛇遶」。

〔三〕賊兵：東北本、京本作「戰兵」。

〔四〕矗：東北本、京本作「布」。

〔五〕好：東北本、京本作「欲」。

占獸第二十〔一〕

城營内，馬夜轉槽鳴〔二〕。軍欲離營將大戰，早排驍勇令行明〔三〕。法號整齊行〔四〕。

〔一〕東北本、京本作「占獸第二十二」。又此類前六首東北本、京本另列一類，作《占牛馬第十八》。

〔二〕鳴：東北本、京本作「嘶」。

〔三〕令行明：東北本、京本作「各令齊」，王本作「各嚴明」。

〔四〕法號句：京本作「號令辨高低」，王本作「法令整齊行」。

其二

軍營内，馬咬石兼沙。必有賊兵吾大獲〔一〕，將軍克勝遠方誇〔二〕。大小總榮華。

〔一〕吾：京本作「君」。

〔二〕勝：東北本作「戰」。

其三

軍營内，牛舞向人前。欲罷戰争休士卒，干戈不舉却回旋。齊賀太平年〔一〕。

〔一〕齊：王本作「各」。

其四

馬厩内，天火忽然燒。看即大兵將欲起，直須修福禍方消〔一〕。勿使自身招。

〔一〕須：東北本作「宜」。　福：王本、東北本、京本作「德」。

其五

城營内，驢馬作人言。聽取語言爲定准〔一〕，更看馬駿殺軍年〔二〕。方始報仇冤。

〔一〕定：東北本、京本作「作」。

〔二〕更看：東北本作「更着」。駿：王本、東北本、京本作「後」。殺：東北本作「作」。

其六

軍營内〔一〕，牛馬夜間鳴。必有暴兵來覓鬬，更須防備夜偷營〔二〕。速暗布精兵〔三〕。

〔一〕軍：川本作「城」。

〔二〕更：王本、東北本、京本作「直」。

〔三〕速暗：東北本作「乘隙」。

其七

城營内，生産兩頭奇。或有足多生八隻，四足兩頭禍不移。裂土應逾期。

其八〔一〕

占走獸，戰字體相將〔二〕。凡有怪形須要審〔三〕，由分凶吉與君張。要獸虎豺狼〔四〕。

〔一〕以上二首東北本、京本未收。
〔二〕戰：王本作「獸」。
〔三〕凡：王本作「或」。　審：王本作「當」。
〔四〕獸：王本作「辨」。

其九

發兵日〔一〕，野獸截軍行。直向隊中衝透過，必然隊伍兩縱横〔二〕。良將要須明〔三〕。

〔一〕發兵：東北本作「軍發」，王本、京本作「兵發」。　日：東北本、京本作「次」。
〔二〕然：東北本、京本作「分」。
〔三〕要：東北本、京本作「亦」。

其十

兵行次，狼虎及熊羆。若在軍前狂亂走〔一〕，此行旬日戰無移〔二〕。先舉得天機〔三〕。

〔一〕亂：東北本、京本作「浪」。

〔二〕旬日戰無移：東北本、京本作「旬戰定無宜」。

〔三〕得：東北本、京本作「合」。

其十一

諸禽獸，異色及無名。有爪有牙爲我怕〔一〕，無牙無爪亦應輕。此兆甚分明。

〔一〕牙：京本作「齒」。

其十二

營前後，野獸亂縱横。殺取太牢天地祭，三軍方保得安寧〔一〕。有戰必須贏〔二〕。

〔一〕三：京本作「六」。　保得：王本作「得保」。

〔二〕須：東北本、京本作「然」。

其十三

城營内，白鹿入營來。將士病灾方欲起，若還無角主兵回。移寨免灾危。

其十四

兵屯次，鹿走入軍營。必有降人來見我，期於三日事分明。或喜長威聲〔一〕。有戰作，主大勝。

〔一〕或：東北本、京本作「咸」。聲：王本、東北本、京本作「名」。

其十五

狼與虎，切忌入軍中〔一〕。隊伍營同並截路〔二〕，不過數日有危凶。警備勿交攻。

〔一〕軍：京本作「營」。

〔二〕營同：王本、東北本、京本作「突衝」。

其十六

虎相食，兆不出三年。必有大兵當至此，來其分野禍相煎〔一〕。其兆理關天。

〔一〕禍：王本作「兩」。

其十七

兵屯次，野象入於營〔一〕。急急殺來將祭獻〔二〕，三軍從此得安寧。齋沐要嚴精。

〔一〕象：東北本、京本作「豕」。

〔二〕獻：東北本、京本作「鼓」。

其十八

城營內，鹿子入其中〔一〕。殺取三牲將祭禱〔二〕，急當移寨免灾凶〔三〕。否則禍重重。

〔一〕鹿：東北本、京本作「麂」。

〔二〕禱：王本作「獻」。

〔三〕寨：原作「賽」，據王本、川本、東北本、京本改。

其十九

軍營側，驀地有毫猪〔一〕。須備伏兵來犯我〔二〕，便宜先舉莫躊躕。移寨始無虞。

〔一〕毫：王本、京本作「豪」。
〔二〕伏兵來犯：東北本、京本作「賊兵來劫」。

其二十

軍營内，或有野猪來〔一〕。若戰先羸多後敗，速移營寨避其灾〔二〕。修謝莫遲回。

〔一〕或：東北本、京本作「忽」。
〔二〕速移營寨：王本、京本作「速當移寨」。

其二十一

軍營内，兔走在其中〔一〕。雖有雄兵終不戰，都緣前敵欲和同〔二〕。不在苦邀功。

〔一〕在：東北本、京本作「入」。
〔二〕前：王本、京本作「彼」。

其二十二

軍營内，狸獸夜頻鳴〔一〕。恰似豺狼同此兆，必知將士欲離營。不久禍灾生。

〔一〕狸獸：東北本作「孤獸」，京本作「狸走」。

其二十三

兵屯次〔一〕，豺狗入於營〔二〕。内有奸人相結外〔三〕，急須搜捉察原情。莫遣叛蹤興〔四〕。

〔一〕屯：東北本、京本作「行」。

〔二〕於：川本作「其」。

〔三〕人：東北本、京本作「兵」。

〔四〕蹤興：王本作「縱横」，川本作「宗興」。

其二十四

軍營内，狗怪遺人猜〔一〕。急殺血流于戌地〔二〕，埋深三尺以禳灾。敵將必擒來。

〔一〕狗怪：川本作「怪狗」。　猜：東北本、京本作「灾」。

〔二〕于戌：東北本作「在戌」，京本作「于戍」。

其二十五

城營内〔一〕，獐入及登城。若遇此妖多是火，不然孝服與兵争。祈謝保安寧〔二〕。

〔一〕城：王本、東北本、京本作「軍」。

〔二〕保：京本作「得」。

其二十六

兵行次，路上遇猿猴。嚴令小心防恐怖，理當排捌整戈矛〔一〕。預備盡良籌〔二〕。

〔一〕捌：王本作「椝」，東北本、京本作「龥」。

〔二〕備：王本、京本作「計」。盡：東北本、京本作「晝」。按「盡」、「晝」當作「畫」。

其二十七

狼與虎，遶寨作悲鳴〔一〕。似笑似號軍大敗〔二〕，將軍兵敗事多驚〔三〕。屍叠澗溝平〔四〕。

〔一〕鳴：東北本、京本作「聲」。

〔二〕笑：王本、東北本、京本作「哭」。號：東北本作「喤」，京本作「嗥」。

〔三〕敗：東北本、京本作「潰」。　驚：東北本、京本作「更」。

〔四〕叠：王本、京本作「壘」。

其二十八

狼奔走，直撞入吾軍。不出三朝並五日〔一〕，敵來降我引朝君。彼我受皇恩。

〔一〕出：東北本、京本作「去」。　朝：王本作「日」。

其二十九

野猪鹿，從外入中營〔一〕。定有降人來投我〔二〕，只於三日見分明。引使履王庭〔三〕。

〔一〕中營：原作「營中」，失韻，據王本、東北本、京本改。

〔二〕投：東北本、京本作「伏」。

〔三〕使：東北本、京本作「伴」。

其三十

狼與虎，卒見使人驚。我在師徒前去後〔一〕，須防大戰血成坑。不遇聖賢明。

〔一〕我在句：東北本、京本作「在吾帥營前後走」。王本「師徒」作「徒師」。

其三十一

兵屯次〔一〕，狸走入軍中。不住夜鳴圍繞寨，先因風火事重重〔二〕。埋伏擬藏蹤〔三〕。

〔一〕屯：王本作「行」。

〔二〕先因風火事：東北本、京本作「先憂風火夜」。

〔三〕擬：王本、東北本、京本作「且」。　蹤：原作「中」，失韻，據東北本、京本改。王本作「兵」，亦失韻。

其三十二

軍營内〔一〕，驀地有來獐。三日七朝須大戰〔二〕，不然講武教旗鎗〔三〕。速斬免灾殃〔四〕。

〔一〕軍：川本作「城」。

〔二〕三日七朝：王本、東北本、京本作「三朝七日」，平仄不合。

〔三〕教：東北本、京本作「較」。

〔四〕殃：原作「殘」，失韻，據王本、東北本、京本改。

其三十三〔一〕

牛與馬，産出是人形。定主胡人侵大國，不分南北亂人民。且候聖明生。

〔一〕此首東北本、京本未收。

其三十四

狼與虎〔一〕，號叫又傷人〔二〕。五日七朝兵定至〔三〕，臨時勝負豫鋪陳。方治敗來軍〔四〕。

〔一〕狼：東北本作「猥」。

〔二〕號叫：東北本、京本作「嘯叫」，王本作「號泣」。

〔三〕定：京本作「起」。

〔四〕方治：東北本、京本作「方恥」，王本作「方許」。

占水族第二十一〔一〕

兵行次，水族忌逢之〔二〕。但是魚龍蛟蜃類，悉皆不吉兆灾危。抽退却相宜。

〔一〕東北本、京本作「占水族第十二」。

〔二〕逢：京本作「行」。

其二

龍現壘，室宅及池中〔一〕。必有大臣謀逆叛〔二〕，且須作急探奸凶。莫待有奔衝。王莽、朱温時，龍現池沼〔三〕。

〔一〕池：京本作「其」。
〔二〕逆叛：京本作「叛逆」。
〔三〕龍現池沼：東北本、京本作「魚現」。

其三

軍行次〔一〕，龍鬭在軍前。必是交鋒亡命戰〔二〕，黄龍得勝黑龍偏。平地血成川。

〔一〕軍：京本作「兵」。
〔二〕是：京本作「有」。

其四

城營内，鼈忽露其形〔一〕。防有内奸謀叛逆，不然水漲浸軍兵。速去得安寧。

〔一〕鼈忽露：王本作「魚鼈現」，東北本作「鼈魚露」。

其五

城營內，黿蟹入其中〔一〕。更有聚蠅億萬數，軍兵潰散不從容〔二〕。看即旋營空〔三〕。

〔一〕其：東北本、京本作「營」。

〔二〕散：京本作「敗」。

〔三〕旋：王本、川本、京本作「棄」。

其六

軍行次〔一〕，路上見黿鼉。或有戰爭營寨內〔二〕，不宜前進有兵戈〔三〕。細審莫奔波〔四〕。

〔一〕軍：京本作「兵」。

〔二〕或有句：京本作「或在戰營征砦內」。

〔三〕有：東北本、京本作「損」。

〔四〕細審：東北本作「審察」。

其七〔一〕

城營内，鼉鼈入其營。盡是頓遲亡敗象〔二〕，速當移寨免灾凶。不去禍將生〔三〕。

〔一〕此本東北本、京本未收。
〔二〕亡敗：王本作「忘敗」，非。
〔三〕將：王本作「灾」。

占烏第二十二〔一〕

占飛鳥，軍旅要知因。或是縱横或逐我，或來逆我或成羣。仔細説來情〔二〕。

〔一〕此首東北本、京本未收。　占烏第二十二：東北本、京本作「占飛禽第二十」。
〔二〕説：後重出一首作「看」。

其二

鷹搦鷂，勢連入軍營。必是義兄圖義弟，不然義弟欲謀兄。奸禍兩般情。

其三

兵行次，鷹鶚向前飛〔一〕。所向進兵應大勝〔二〕，必能捉彼將帥歸〔三〕。天意助神威。

〔一〕鶚：東北本、京本作「鷂」。　向：王本作「面」。

〔二〕應：東北本、京本作「須」。

〔三〕帥：原作「師」，據東北本、京本改。王本作「兵」。

其四

城營内，鷂子搦蒼鷹。定有奸謀陰禍起，早須排備莫惶驚。有戰損精兵〔一〕。

〔一〕戰：東北本作「陣」。　精：東北本作「其」。

其五

兵行次，鷂鶚捉飛禽〔一〕。此兆前程須有戰〔二〕，得其首領盡生擒。主將稱其心〔三〕。

〔一〕鷂鶚：東北本、京本作「鷹鷂」。

〔二〕兆：王本、東北本、京本作「去」。

〔三〕主：京本作「上」。

其六

兵行次，鶻雁盡同占〔一〕。雁不避鶻鶻不捣〔二〕，兩軍通好守盟言。各擁士回還。

〔一〕鶻雁：王本作「鷹鶻」。　占：東北本作「居」，失韻，非。

〔二〕雁：王本作「鷹」。

其七

城營内，忽見杜鵑來。應有負冤人未雪，佞臣謀間損賢才。天遣叫聲哀〔一〕。

〔一〕哀：原作「衰」，據王本、川本、東北本、京本改。

其八

羣烏噪〔一〕，隊隊遶營飛〔二〕。防有賊兵來劫寨〔三〕，早須整備設關機〔四〕。遲慢致灾危〔五〕。

〔一〕烏：東北本、京本作「雀」。　噪：東北本作「叫」。

〔二〕遶：王本作「逐」。

〔三〕賊：東北本、京本作「外」。

〔四〕整：東北本、京本作「准」。

〔五〕遲：京本作「稽」。

其九

城營内，衆鳥噪聲鳴。必有暴兵來劫寨，不然有戰損千兵〔一〕。移轉最爲精。

〔一〕千兵：王本作「於兵」，京本作「戈兵」。

其十

羣鳥隊，飛去又飛來。不以下營並在路〔一〕，此行千里足難回〔二〕。仔細察天灾〔三〕。

〔一〕以：王本、東北本、京本作「問」。下：京本作「在」。

〔二〕千里足：東北本作「千里走」，京本作「十里走」。

〔三〕灾：東北本、京本作「威」。

其十一

羣鳥聚〔一〕，飛起忽然驚。盡向滿天鳴噪鬧，不過三日火燒營。或有劫殘兵〔二〕。移營，吉〔三〕。

〔一〕聚：京本作「隊」。
〔二〕殘：王本作「寨」。
〔三〕營：東北本、京本作「寨」。

其十二

城營内，四面鳥聲鳴〔一〕。千萬結成鳴噪去，急須固守本城營。堅執戰傷兵〔二〕。

〔一〕鳥聲鳴：東北本、京本作「有鳥聲」。
〔二〕堅執戰：東北本作「堅戰多」。

其十三

城營内，鳥夜結羣鳴。必有暴兵來覓戰，不然城寨有虚驚。探後用心聽〔一〕。

〔一〕後：東北本、京本作「候」。

其十四

城營内，鳥衆泊營墻〔一〕。頭向此營皆盡叫，人驚不起是天殃。不免見傷亡〔二〕。

〔一〕泊：東北本、京本作「拍」。墻：東北本、京本作「壇」，失韻，非。

〔二〕不免：東北本、京本作「不去」。

其十五

城營内，烏鳥驀然驚〔一〕。内有奸人連外賊〔二〕，隄防苦戰血成坑〔三〕。謀反害英明〔四〕。

〔一〕烏鳥：王本作「鳥鵲」。

〔二〕人：王本、京本作「臣」。

〔三〕苦：東北本作「若」，王本作「大」。

〔四〕反：東北本、京本作「叛」。英明：川本作「其身」。

其十六

城營内，鳥鵲忽圍墻。當有敵兵來打寨〔一〕，不然疾病火灾殃〔二〕。營内欲來降〔三〕。

〔一〕敵：東北本、京本作「外」。

〔二〕火：王本作「大」。

〔三〕來：京本作「他」。

其十七

城營内，鳥噪兩三聲〔一〕。必有命來應在即〔二〕，早須奉候出門迎。此意且須聽〔三〕。

〔一〕噪：王本、東北本作「鵲」，京本作「叫」。　兩：京本作「二」。

〔二〕命：東北本、京本作「使」。

〔三〕意：東北本、京本作「語」。

其十八

鳥相打〔一〕，防擊有奸争。斬斷罪愆懲〔戒〕衆〔二〕，若無停戰禍應生〔三〕。固守始爲精〔四〕。

〔一〕鳥相打：京本作「相打拍」。

〔二〕戒：原空缺，據東北本、京本補。王本作「法」。

〔三〕停：東北本、京本作「敵」。

〔四〕固守始：東北本作「移轉最」。

其十九

城營内，鳥集奪巢飛。必有鬬争相競事，不然下吏欲爲非。防慎間分離〔一〕。

〔一〕防慎句：東北本、京本作「防有間相離」。王本「間」作「見」。

其二十

臨陣次，鳥向四方鳴。選取鳥聲鳴叫處〔一〕，但從此地出軍征〔二〕。百戰百回贏。

〔一〕叫：東北本、京本作「向」。

〔二〕從：東北本、京本作「存」。

其二十一

兵發日，前面有羣烏〔一〕。亂叫衆鳴防伏截〔二〕，或然有戰莫先圖〔三〕。詳緩保無虞〔四〕。

〔一〕羣烏：王本作「聲鳴」，非。
〔二〕衆：王本作「亂」。
〔三〕或：京本作「忽」。
〔四〕保：東北本、京本作「却」。

其二十二

兵行次，烏衆集旌旗。若見軍中加喜氣〔一〕，將軍增爵位遷移。在即不爲遲〔二〕。

〔一〕軍中：王本作「中軍」。
〔二〕在即句：京本作「在疾莫遲爲」。東北本「在疾」作「在我」。

其二十三

兵發日，烏衆逐軍行。未見彼軍防隱伏，若逢敵戰利先征〔一〕。攻戰必先贏。

〔一〕戰：東北本、京本作「陣」。

其二十四

兵行次〔一〕，横陣列烏來〔二〕。防有伏兵衝隊伍〔三〕，搜羅前後用心猜。不信必爲灾。

〔一〕兵：東北本、京本作「軍」。
〔二〕烏：王本作「鳥」。
〔三〕隊伍：京本作「陣位」。

其二十五

兵行次，烏衆後頭來。若遇前隨應大勝，逆來衝我且宜回。退却免灾危〔一〕。

〔一〕灾危：王本作「凶灾」。

其二十六

兵行次，烏立在軍旗〔一〕。必有奸人言賊勢，今旬來月好防之。偷號運謀機〔二〕。

〔一〕在：東北本作「大」。

〔二〕偷：東北本、京本作「發」。

其二十七

兵行次，軍上鳥鳴飛。不以下營將布陣〔一〕，若同此瑞合天機。必勝莫遲疑。

〔一〕以：王本、東北本、京本作「論」。

其二十八

下營次，烏衆集牙旗。急宰三牲將祭禱，不然軍敗主分離〔一〕。靈物報人知。

〔一〕軍：東北本、京本作「兵」。

其二十九

城營内，白鵲入營中〔一〕。若作巢窩兵大起，急須移寨免灾凶。否則禍重重。

〔一〕鵲：東北本、京本作「雀」。營中：王本作「軍營」，失韻，非。東北本作「軍中」。

其三十〔一〕

下營次，鳥衆集營中〔二〕。防有外兵來擊我，亦虞諸將起奸凶。急去莫從容。

〔一〕此首王本未收。

〔二〕集：京本作「聚」。

其三十一

寨始定，白鵲入營來。此是金星呈怪象〔一〕，有人相害處謀乖。移寨免其灾〔二〕。

〔一〕呈：東北本、京本作「星」。

〔二〕寨：王本作「營」。

其三十二

城營内，靈鵲作巢窩〔一〕。不去營空兼火起，速當移寨禍消磨。久住殺傷多〔二〕。

〔一〕鵲：東北本、京本作「雀」。 窩：川本、東北本作「窠」。

〔二〕住：東北本作「處」。

其三十三

羣鵲噪〔一〕，頭向敵軍營。隨鵲戰之軍必勝，一般羣鵲事無成〔二〕。在外也須驚。頭指敵噪，我軍勝；不指敵噪，則虚驚。

〔一〕鵲：東北本、京本作「雀」。

〔二〕鵲：東北本、京本作「雀」。

其三十四

城營内，野雉入軍中。若在德鄉來即吉，或臨刑殺候爲凶〔一〕。仔細審西東。

〔一〕或臨句：東北本、京本作「或刑或殺帥侯凶」。

其三十五

城營内，驀地降鴛鴦。必有奸人生户内〔一〕，不然朋友害忠良。自衛己身强。

〔一〕生：東北本作「主」。

其三十六

城營内，燕鴿忽離城。定有火灾兼禍起，軍中行尅事叮嚀〔一〕。禳厭始安平。

〔一〕行：東北本作「刑」。

其三十七

城營内，水鳥忽啣魚。將至門橋〔並〕臺屋〔一〕，必應大水漫街衢〔二〕。預辨早防虞〔三〕。

〔一〕橋：東北本、京本作「樓」。　並：原空缺，據王本補。　並臺屋：東北本、京本作「臺屋上」。

〔二〕應：東北本作「有」。

〔三〕預辨：川本作「預報」。　虞：東北本、京本作「危」。

其三十八

鴨聲異，一様似鵝聲〔一〕。必有官灾並口舌，速須齋醮慎交争。方使免灾刑〔二〕。

〔一〕聲：東北本、京本作「鳴」。

〔二〕灾：東北本、京本作「遭」。

其三十九

鵝與鴨，或解作人聲〔一〕。家内必登三品禄〔二〕，一門兒姪盡亨榮〔三〕。吉兆自天生。

〔一〕或解：東北本、京本作「忽辨」。
〔二〕禄：東北本、京本作「位」。
〔三〕兒姪盡亨：東北本、京本作「子姪更亨」，王本作「子姪盡亨」。

其四十

城營内，雞母作雄聲。或在夜鳴家有禍〔一〕，若門陰〔暗〕不惺惺〔二〕。禳謝始安寧〔三〕。

〔一〕家：東北本、京本作「皆」。
〔二〕門：東北本、京本作「聞」。暗：原空缺，據王本、川本補。東北本、京本作「口」。
〔三〕禳：東北本、京本作「醮」。

其四十一

兵行次，軍上伯勞鳴〔一〕。兆是軍分爲兩路〔二〕，兼防禍起察奸情。主將要須明〔三〕。〔古詩云：「莫作東伯勞，西飛雁。」故爲分軍之兆〔四〕。

〔一〕 鳴：東北本、京本作「鷩」。

〔二〕 兆是句：東北本、京本作「鳴兆是軍分兩路」。

〔三〕 須：東北本、京本作「詳」。

〔四〕 古詩云四句：原無此注，據王本補。

其四十二

伯勞鳥，鬧噪在軍前。大禍須知須早覺〔一〕，不逾兩月事應然〔二〕。此象理關天〔三〕。

〔一〕 須知：東北本、京本作「將臨」，王本作「預知」。

〔二〕 月：東北本、京本作「日」。

〔三〕 理：王本作「應」。

其四十三

伯勞鳥，啼叫在軍營。南北敵人困我將，東西只是有虛聲〔一〕。此象甚分明。

〔一〕 聲：東北本作「鷩」。

其四十四

城營内，梟鳥噪聲鳴。如在德鄉分隊伍〔一〕，如居刑殺及奔驚〔二〕。預叫使人聽。

〔一〕如：東北本、京本作「若」。

〔二〕及：東北本、京本作「有」。

其四十五

下營次，衆鳥集羣鳴。如在德鄉猶自可，若還刑上血成坑〔一〕。此兆細詳聽〔二〕。

〔一〕還：王本、京本作「臨」。

〔二〕此兆細：京本作「仔細要」。

其四十六

兵發日，百鳥忽迎軍〔一〕。此是天威來助順，賊人歸向息邊塵。端的立功勳。

〔一〕百：東北本、京本作「白」。

其四十七

兵行次，〔衆〕鳥覆於營〔一〕。必有大軍來擊我，皂旗黄杆引師行。禳厭畢登程〔二〕。

〔一〕衆：原空闕，據王本補。東北本、京本作「巨」。覆：東北本、京本作「伏」。

〔二〕畢：王本作「必」。畢登程：東北本、京本作「早堪程」。

其四十八

兵行日〔一〕，禽乃或朝軍〔二〕。將有福神天祐助〔三〕，必然旬日立功勳。官爵顯超羣。

〔一〕日：東北本、京本作「已」，東北本作「次」。

〔二〕禽乃或：東北本、京本作「巨鳥忽」。

〔三〕祐助：京本作「助祐」。

其四十九

雞聲鬧〔一〕，半夜及黄昏。半夜精兵行在速，黄昏啼後有回軍。太白報人聞。　衆雞主國事，一雞主家咎。

〔一〕鬧：東北本、京本作「鬭」。

其五十

燕雀鬧，隣境動兵争〔一〕。更有黑頭黄鳥至，腹黄身黑不知名〔二〕。彼已出精兵。

〔一〕動：京本作「有」。
〔二〕身：東北本作「頭」。

其五十一

城營内，雞鳥共喧争。鳥若贏時軍外勝〔一〕，雞贏主勝甚分明。偷寨兩般情。

〔一〕軍外：東北本、京本作「客軍」。

其五十二

鵶鳴噪〔一〕，無故噪城營。此是用兵灾欲起〔二〕，人家被噪有凶情。禍發不安寧。

〔一〕鳴：京本作「鳥」。
〔二〕欲起：東北本、京本作「預兆」。

其五十三

城營内，鷲鳥入其城〔一〕。定有兵灾並疫瘴〔二〕，人民饑餓失耕耘〔三〕。修德免灾成。

〔一〕鷲：京本作「鷲」。
〔二〕疫瘴：王本、東北本、京本作「瘴疫」。
〔三〕失：東北本、京本作「不」。

其五十四

城營内，黄鳥赤其頭〔一〕。必有官灾三日内，兼防奸叛有因由。熒惑禍堪憂。〔熒惑禍者，火灾也〔二〕。〕

〔一〕鳥：東北本、京本作「牛」。
〔二〕熒惑二句：原無此注，據王本補。

其五十五

城營内，赤鳥入於營〔一〕。更有野雞並野雉，須防風火與虚驚。皂幟厭爲精。〔水尅火，故用皂旗〔二〕。」如見赤色鳥入軍營，覆將帳幕，以皂旗白竿立帳前三日，厭〔吉〕〔三〕。

〔一〕於：京本作「其」。

〔二〕水尅火七字：原無，據王本、川本補。

〔三〕吉：原無，據王本、川本補。又東北本、京本原注作：「皂幟白桿衙帳前立。厭之三日，吉。」

其五十六

城營内，大鳥遶其中〔一〕。不是將軍亡疫瘴〔二〕，及防外寇損身躬。先兆已呈凶〔三〕。

〔一〕大：東北本、京本作「各」。

〔二〕疫瘴：王本、京本作「瘴疫」。

〔三〕兆：京本作「逃」。

其五十七

城營内，異鳥或然來〔一〕。好慎外歸刑禍事〔二〕，不然軍主將身災〔三〕。齋醮保無乖〔四〕。

〔一〕或然來：原作「或來然」，據王本改。東北本、京本「或」作「忽」。

〔二〕好慎外歸：東北本、京本作「切忌外方」。

〔三〕軍主將：王本作「軍將主」。東北本、京本作「君主將」。

〔四〕 無：東北本、京本作「年」。

其五十八

城營内，夜静有烏鳴〔一〕。此是暴兵來逼我，便須防備速移營〔二〕。即得事安寧〔三〕。

〔一〕 烏：王本、東北本、京本作「鴆」。

〔二〕 便：京本作「更」。

〔三〕 即得：東北本作「積德」。

其五十九

城營内，衆鳥鬗翱翔。障日翳天成障起〔一〕，必知内外將猖狂。仔細可消詳〔二〕。

〔一〕 障：東北本、京本作「陣」。

〔二〕 可：京本作「好」。

其六十

彼軍上，衆鳥泊其中。定見抛營軍敗走〔一〕，不然潛伏刷營空。仔細審其蹤。

〔一〕見：京本作「主」。

其六十一

彼軍上，衆鳥鬧紛紛。聚散只看三五日，不然潛伏擬謀人。防禦始參真。

其六十二

諸鳴鳥，不利叫三聲。一與五聲將快和〔一〕，若逢此數不堪聽〔二〕。一任徹天鳴〔三〕。《易》云：「三多凶」。故不利〔四〕。

〔一〕與：王本作「語」，非。　和：東北本、京本作「利」。

〔二〕逢：東北本、京本作「過」。

〔三〕天：王本作「更」。

〔四〕易云三句：原無此注，據王本補。

其六十三

占飛鳥，何處入軍營〔一〕。若在德鄉加喜氣，只從〔刑〕地是凶聲〔二〕。百鳥一般聽。

〔一〕處：王本、京本作「事」。

〔二〕刑：原空缺，據王本、東北本、京本補。　地：東北本、京本作「上」。

其六十四

城營内，鳥散作巢窩〔一〕。其地欲荒堪在即〔二〕，速須移寨莫蹉跎。不去禍來磨〔三〕。

〔一〕窩：東北本作「窠」。

〔二〕堪：東北本、京本作「看」。

〔三〕磨：東北本、京本作「多」。

其六十五

攻城次，羣鳥出墻頭。内有敵圍軍欲出〔一〕，外軍急備整戈矛〔二〕。用意設良籌。

〔一〕圍：東北本、京本作「人」。

〔二〕軍：東北本、京本作「兵」。　戈矛：王本作「干戈」。

其六十六

軍營内，白鳥立旗頭。相聚數枚人總見〔一〕，將軍遷位作公侯。吉慶喜無休〔二〕。

〔一〕枚：東北本作「枝」。
〔二〕無：京本作「天」。

其六十七

鷹與鷂，逐鳥奔吾軍。前來暴兵來勢猛〔一〕，速當準備莫因循。常守險關津〔二〕。

〔一〕前來：東北本、京本作「前有」。案當以「前有」爲正。　兵：王本作「客」。
〔二〕常：東北本、京本作「當」。

其六十八〔一〕

下營次，鳥立樹枝間。或在牙旗毛羽掩〔二〕，須防敵騎欲相殘。三日内生奸。

〔一〕此首下原有「占飛鳥，軍旅要知音」一首，與前第一首重複，不録。
〔二〕掩：京本作「際」。

其六十九〔一〕

城營内，異鳥入其中。宿處不知人不識，終須血染草頭紅〔二〕。防備有奸通〔三〕。

〔一〕此首東北本未收。
〔二〕終：京本作「中」。
〔三〕奸：京本作「妨」。

其七十

占烏鳥，結伴後隨軍〔一〕。路後敵人應過去〔二〕，我軍不久却回程〔三〕。相賀喜安平〔四〕。

〔一〕後：京本作「盡」。
〔二〕路後敵：京本作「路寇賊」。
〔三〕我：京本作「吾」。
〔四〕平：京本作「寧」。

其七十一

城營内，巨鳥忽留停。防備賊人來索戰〔一〕，兆當催衆早收兵〔二〕。不去禍還成。〔三日後始吉〔三〕。〕

〔一〕人來索：京本作「兵來搦」。

〔二〕催衆早收：京本作「擁士倒抽」。

〔三〕三日句：原無此注，據京本補。

其七十二

城營内，巨鳥至紛紛。他分欲荒人在即〔一〕，早須排備莫留停。號令速驅兵。

〔一〕他：王本、京本作「地」。當以「地」爲正。　人：王本、京本作「應」。案「應」字義長。

其七十三

臨陣次，聆取鳥聲鳴〔一〕。若在我軍頭上叫，切須避敵莫交兵〔二〕。在彼我軍贏。

〔一〕聆：京本作「聽」。

〔二〕 須避敵莫：王本作「忌備敵莫」，京本作「須忌取敵」。

其七十四

臨陣次，鳥向彼軍飛〔一〕。便整旗鎗征敵吉〔二〕，統軍大帥不須疑〔三〕。天助得其時。

〔一〕 向：京本作「鬭」。
〔二〕 鎗：京本作「旛」。
〔三〕 軍：京本作「兵」。

其七十五

臨陣次，鳥向敵軍來。一隻一雙猶可擊〔一〕，或然成陣叫聲哀〔二〕。勿戰速當迴。

〔一〕 一隻句：京本作「一隻一隻猶自可」。
〔二〕 或：京本作「忽」。

其七十六

彼軍壘，羣鳥出高飛。內有雄兵來突我〔一〕，其城難下速當回〔二〕。不悟將身危。

〔一〕來突我：京本作「將突出」。

〔二〕難：王本作「須」。

其七十七〔一〕

城營内，雞雁入其中〔二〕。必有外奸通敵事〔三〕，忽然搦鳥更爲凶〔四〕。遇戰豈成功〔五〕。

〔一〕以上九首東北本未收。

〔二〕雞雁：京本作「鷹鶻」。

〔三〕必有句：東北本、京本作「的有内奸通外敵」。

〔四〕爲：京本作「尤」。

〔五〕豈成功：京本作「我無功」。

其七十八

兵發日，烏鳥後隨聲。此是順天天助我，靈禽預報戰須贏。將士有歡情。

其七十九

臨陣次，敵上鳥來衝。進戰必當傷將士，如從我後却宜攻。賊敗定生擒。

其八十〔一〕

城營内，夜静有鳩鳴。軍欲還鄉宜準備，此爲天意事叮嚀。爲將莫憂驚。

〔一〕以上三首東北本、京本未收。

其八十一〔一〕

羣鳥至，五五及三三。營上往來聲不絶，四邊飛叫認收還。軍潰散兵殘。

〔一〕此首辛本、東北本、京本俱未收，據王本、川本補。

其八十二

兵發日，旗後有鳥鳴。此是天教吾得勝，令禽先報我公卿。將士盡歡欣。

其八十三〔一〕

他陣上，四面有鳥來。進戰必因傷將士，若從我陣往前摧。生捉將休猜。

〔一〕以上二首辛本、王本、川本俱未收，據京本補。

占怪第二十三〔一〕

戈矛上，忽有火光明。兆主三軍輕命戰，管須交戰我軍贏〔二〕。青熾不宜兵〔三〕。火青焰小如鬼火者主兵憂〔四〕。

〔一〕東北本、京本作「占怪象第十四」。

〔二〕須：京本作「取」。

〔三〕熾：京本作「焰」。

〔四〕火焰青：東北本作「青焰」。

其二

帥衣服，無故血痕班。防有奸謀來害己〔一〕，急須焚毁禍回還。不爾將遭殘〔二〕。

〔一〕有：京本作「備」。　謀：王本作「人」。

〔二〕將：東北本、京本作「帥」。　殘：京本作「殃」。

其三

抽刀劍，血點自然成〔一〕。戰有大功須在近，又兼鈴鐸不摇鳴〔二〕。遇戰必須贏〔三〕。

〔一〕血點句：東北本、京本作「點血自然生」。

〔二〕摇：京本作「搖」。

〔三〕戰：東北本作「賊」。

其四

出軍日，龍現衆人驚。急令師回休强進〔一〕，若還堅執往前行〔二〕。枉損馬和兵。

〔一〕令：東北本、京本作「命」。　師回：王本作「回師」，京本作「帥回」。　進：王本作「去」。

〔二〕往前行：京本作「向前營」。

其五

將軍帳，無故似人摇。兆主敵人兵潰散，稍驅兵馬向前交。瓦解與冰消。

其六

將軍帳，床動衆人驚。及有血生俱作〔怪〕〔一〕，若還臨陣禍無輕。身喪掩泉坰〔二〕。

〔一〕作怪：東北本作「作逆」，京本作「怪訝」。「怪」字原闕，據王本補。

〔二〕泉坰：王本作「黄坰」。

其七

將軍袂，驀地起飛騰。此是將軍傾折象〔一〕，難禳兵衆敵相凌〔二〕。火急整回程。

〔一〕折象：東北本作「逝象」，京本作「逝相」。　傾折：川本作「轉折」。

〔二〕難禳句：東北本作「象難禳厭敵相凌」，京本作「急須禳厭敵相臨」。

其八

軍纔止〔一〕，陂澤與郊田〔二〕。或有石盤從地湧，此爲吉兆可攻前。君聖宰臣賢〔三〕。

〔一〕止：東北本、京本作「上」，王本作「統」。

〔二〕郊：京本作「茭」。

〔三〕聖：京本作「任」。

其九

安營訖，分布已周圍〔一〕。碎石或生無數目，將軍不久罷兵權。天地應昭然〔二〕。

〔一〕周圍：東北本、京本作「依圓」。

〔二〕地：東北本、京本作「兆」。

其十

軍營內，田地陡然高。必得敵人來土貢〔一〕，開旗贏彼不疲勞。休士止鎗刀〔二〕。

〔一〕來土貢：京本作「城土地」。

〔二〕士止：王本作「士少」，東北本、京本作「要止」。

其十一

軍營内，元處是平田。地比始臨微似長，將軍官職必陞遷。禄位享遐年。

其十二

軍營内，地上或生黄〔一〕。照得敵人兵與馬〔二〕，凱旋歸國長威光。天下舉宫商。

〔一〕或：東北本、京本作「忽」。

〔二〕照：東北本、京本作「兆」。　馬：東北本、京本作「將」。

其十三

軍營内，氣出地中央〔一〕。滿塞便教人勿訝〔二〕，敵人怯戰愈乖張。獲將得封疆。

〔一〕地：東北本、京本作「應」。

〔二〕塞：王本、東北本、京本作「寨」。　教：東北本、京本作「交」。

其十四

軍營内，地上水泉生。此是潤軍天助順，須當先敵將和兵〔一〕。捷報入朝京。

〔一〕敵：東北本作「諭」，京本作「預」。

其十五

軍止歇〔一〕，地上忽生塵。如有震聲人總怪〔二〕，三朝五日定還軍〔三〕。大戰苦勞辛〔四〕。

〔一〕止歇：東北本作「正歇」，京本作「止憇」。

〔二〕如：王本作「若」。

〔三〕定還軍：東北本作「勒還軍」，京本作「勒還兵」。

〔四〕辛：王本、東北本、京本作「心」。

其十六

營寨内〔一〕，地上血紛紛。此象大凶人速避，麻衣布帽送將軍〔二〕。休望有功勳。

〔一〕營：京本作「軍」。

〔二〕布：京本作「履」。將：京本作「三」。

其十七

軍營内，地上艾方生〔一〕。青嫩葉香人盡識〔二〕，師徒將疾事非輕〔三〕。惡病使人驚〔四〕。

〔七年之病，求三年之艾，故爲病兆〔五〕。〕

〔一〕方：東北本、京本作「蒿」。

〔二〕香：京本作「苗」。

〔三〕疾：王本作「捷」。

〔四〕病：王本、東北本、京本作「疾」。

〔五〕七年三句：原無此注，據王本、川本補。

其十八

安營内〔一〕，街徑已編成〔二〕。地上忽然生拆裂〔三〕，不如準備速移營。不信大亡傾。

〔一〕内：東北本、京本作「畢」。

〔二〕街徑：京本作「階陘」。

〔三〕生拆裂：王本作「土裂坼」。

其十九

營寨内，地陷或成坑〔一〕。大陷大虧微小負，俱爲虧敗喪軍情〔二〕。火速去移營。

〔一〕或：東北本、京本作「忽」。

〔二〕虧：京本作「戰」。

其二十

軍營内，地陷幾人驚〔一〕。若更似催征戰鼓〔二〕，此般凶象速移營。稍緩禍灾成〔三〕。

〔一〕幾：京本作「使」。

〔二〕似催征：京本作「作聲如」。

〔三〕稍：王本作「少」。

其二十一

城營内〔一〕，半夜忽鍋鳴〔二〕。定有暴兵來劫寨，並防謀反及奸生〔三〕。列陣後相迎〔四〕。

〔一〕城：東北本、京本作「軍」。

〔二〕鍋鳴：川本作「然驚」。

〔三〕並：東北本、京本作「兼」。　反：東北本、京本作「叛」。

〔四〕後：東北本作「候」，京本作「遠」。

其二十二

軍營内，螻蟻滿營生。好備奸謀陰禍起〔一〕，兼虞地道入奸兵〔二〕。早備得平平。

〔一〕奸謀陰：東北本、京本作「陰奸謀」。

〔二〕奸：京本作「城」。

其二十三

軍邑内〔一〕，天上忽然聲〔二〕。欲似雷聲還不是〔三〕，多應土地見英靈〔四〕。不久戰兵行〔五〕。

〔一〕軍邑：東北本作「軍營」，京本作「營口」。

〔二〕然：王本、東北本、京本作「聞」。

〔三〕欲：東北本、京本作「恰」。　是：京本作「似」。

〔四〕應：東北本、京本作「因」。　見英：東北本、京本作「現陰」。

〔五〕久：東北本、京本作「是」。　行：同上作「興」。

其二十四

諸怪見〔一〕，不可廣傳聲〔二〕。防有奸人知仔細，亦知彼内有賢英〔三〕。知我兆元情〔四〕。

〔一〕見：京本作「現」。
〔二〕聲：王本作「聞」。
〔三〕知：王本作「防」，京本作「虞」。
〔四〕元：王本作「原」。

其二十五

城營内〔一〕，晝夜起虚驚。營所舊爲神廟地〔二〕，速移營寨莫居停〔三〕。不去賊偷營。

〔一〕城：京本作「軍」。
〔二〕舊：王本作「田」。
〔三〕速移句：京本作「速將移徙莫教停」。

其二十六

城營内，旗鼓自摇鳴。此是天威來助我，十番出戰九須贏。上將稱其情。

其二十七

城營内，鼓角急聲雄。此是乾坤興廢事，戈矛大舉禍重重〔一〕。萬姓失耕農。

〔一〕矛：東北本、京本作「鋋」。

其二十八

城營内，鼓角自然鳴。必有敵軍來擊我〔一〕，急須整備待來兵。着意與交征〔二〕。

〔一〕敵：東北本作「敗」，京本作「外」。

〔二〕征：東北本作「兵」。

其二十九

城營内，鼓打不多鳴。一丈高懸併九尺，都虞副將驗槌聲。七拜解妖精。各七拜後打〔一〕。

〔一〕 各七句：京本作「拜後再打」。

其三十

城營内，鼓打不能鳴。主將戰輸遭寇擄，早須收拾便回程。不去損其兵。移寨立得〔一〕。

〔一〕 立得：王本作「兵得」，京本無此二字。

其三十一

或晝夜，大將劍刀鳴。刺客奸人在庭近〔一〕，急須搜捉莫教停。便見血光成〔二〕。

〔一〕 在庭：東北本、京本作「應在」。

〔二〕 便見：王本、京本作「不信」。 光成：京本作「成坑」。

其三十二

營與邑，井沸聞其聲〔一〕。或溢水泉皆是敗，更還龍見也同情〔二〕。睹此便移營。

〔一〕 井沸句：京本作「鼎沸忽聞聲」。

〔二〕 還：東北本、京本作「逢」。

其三十三

城營内，獨角自然鳴〔一〕。此兆敵人來劫我，隨鳴火急整精兵。遠探向前征。

〔一〕角：王本、東北本、京本作「鼓」。　然：京本作「能」。

其三十四

城營角，吹了遠而微〔一〕。韻斷聲長人怪訝〔二〕，兆當我衆有災危〔三〕。固守免傾頹〔四〕。

〔一〕了：王本作「聲」。
〔二〕長：京本作「哀」。
〔三〕有：川本作「出」。
〔四〕傾：王本作「灾」。

其三十五

金鼙鼓，自裂七分餘。此是三軍因没兆〔一〕，速當求解醮移居。不可恣行誅〔二〕。

〔一〕三：京本作「將」。　兆：京本作「死」。

〔二〕 恣：王本作「侈」。

其三十六

鎗旗戟，無故倒交加。象主病灾如卧草，四門宰犬灑田沙。子候設施佳〔一〕。子時以犬血灑四門地上〔二〕。

〔一〕 候：東北本、京本作「後」。 佳：東北本、京本作「嘉」。

〔二〕 子時以：京本無此三字。

其三十七

鈴與鐸，風息自然鳴。鼓角雄聲音振地〔一〕，必須勝敵悦軍情〔二〕。擁衆返回程。

〔一〕 雄聲音：東北本作「音雄聲」。

〔二〕 情：王本作「行」。

其三十八

或晝夜，飲宴在其中。驀地盞鳴人總訝，劫人已起意忙匆〔一〕。急遣將邀衝。

〔一〕 劫：王本作「賊」。　意忙匆：東北本、京本作「盡忙匆」，王本作「影無蹤。」

其三十九

杯器内，清水忽然紅。有似血來人盡訝，此爲祥瑞立奇功。戰急總無凶。

其四十

軍營内，戰馬忽然嘶。跑擁摇身非時亂，賊兵降伏要相欺。祭享上天知。

其四十一

軍器甲，夜後更生光。折毀月形方上窖，離營百步正相當。遠去更宜良〔一〕。

〔一〕 良：王本作「長」。

其四十二

風不起，旗號自飛揚。前指敵軍並陣次，必當我勝用心腸。得勝早回鄉。

其四十三

臨陣次，馬匹忽然驚。欲悚欲謙多退縮〔一〕，牽纏不動自遲情。回首免軍驚。

〔一〕謙：王本作「慊」。

其四十四〔一〕

占怪異，説與衆賢知。正是一人行踏處，當逢奇異怪逢爲。兵衆豈無知。

〔一〕以上六首東北本、京本未收。

禳厭第二十四〔一〕

禳厭法，其理事情深。首異諸般奇異怪，或逢要日要時辰。厭法要精明。

〔一〕此首東北本、京本未收。　禳厭第二十四：東北本、京本作「占厭禳第十九」。

其二

軍行日，春正及春分。須用長鎗前列勝〔一〕，次排弓弩在中軍。决勝定須聞。

〔一〕列：東北本、京本作「作」。

其三

軍行日，立夏至皆同。令下三軍諸將士，須排戈戟作先鋒。將士定英雄。

其四

軍行日，秋始與秋分。金氣旺時須要順，先將弓矢向前存〔一〕。得勝遠方聞。

〔一〕將：王本、京本作「持」。　存：王本、東北本作「行」，失韻。

其五

軍行日，凜冽正當冬。得氣一陽回一候，首令刀劍向前衝。逢戰得全功〔一〕。

〔一〕逢：王本、京本作「舉」。

其六

東方陣，角姓七人從。純着青衣青隊伏〔一〕，青旗青馬作先鋒〔二〕。木陣號青龍。

〔一〕伏：東北本、京本作「仗」。

〔二〕青馬：東北本、京本作「驄馬」。

其七

南方陣，徵姓最爲雄。七箇赤衣乘赤馬，赤旗招動號長空。朱雀陣先鋒。

其八

西方陣，商姓白衣兵。七箇健兒乘白馬，白旗獨角引前程〔一〕。爲首向先行〔二〕。

〔一〕角：京本作「却」。程：京本作「行」。

〔二〕先行：東北本作「前行」，京本作「前征」。

其九

北方陣，羽姓顯然明。騅馬烏衣如北斗〔一〕，黑旗玄武隊前行。賊將勢摧傾。

〔一〕騅：東北本、京本作「騅」。

其十

中央陣，宫姓要黄衣。七箇黄旗黄色馬〔一〕，勾陳大將助堪衣〔二〕。敵國定横屍。

〔一〕箇：東北本作「面」。

〔二〕衣：王本、東北本、京本作「依」。

其十一

凡行陣，甲子甲辰申〔一〕。三箇甲頭旬日内〔二〕，前祛天馬攞令真〔三〕。整頓要辛勤。

〔一〕辰申：東北本、京本作「寅辰」。

〔二〕日内：原作「□有」，據王本、川本、東北本、京本補。

〔三〕祛：東北本、京本作「行」，王本作「驅」。

其十二

凡行陣，甲午甲寅旬〔一〕。甲戌都來爲一處，當時刀劍在前行〔二〕。具陳勒來兵〔三〕。

〔一〕寅：東北本、京本作「申」。

〔二〕時：東北本、京本作「持」。

〔三〕具陳：王本、東北本、京本作「其陣」。

其十三

揚兵吉〔一〕，須向九天方〔二〕。諸惡不成加喜氣，更宜上將見恩光。安得有乖張〔三〕。《太乙式》云〔四〕：「九天之上，可以陳兵；九地之下，可以潛伏。」

〔一〕揚兵吉：京本作「禳兵告」。

〔二〕須向：王本作「頓在」。

〔三〕得：京本作「將」。

〔四〕太乙：川本作「天乙」。

占夢第二十五〔一〕

凡占夢，本出自微茫。得一夢來三事應，方知凶吉爲君張。神魄預知祥。

〔一〕京本作「占夢第十三」。

其二

將軍夢，雲外見飛龍。急去戰時須獲捷，不過百日帝王封〔一〕。位顯立奇功。

〔一〕百：王本作「三」。

其三〔一〕

將軍夢，魚變作蛟龍。百戰自然看百勝〔二〕，相敵來捉必無凶。大將職加封。

〔一〕以上三首東北本、京本未收。
〔二〕看：王本作「皆」。「皆」字義長。

其四

將軍夢，大鼓大聲鳴〔一〕。小鼓小聲軍小勝〔二〕，不鳴固守莫先征〔三〕。勝負取其聲。

〔一〕大鼓：王本作「打鼓」。
〔二〕小聲：京本作「小鳴」。
〔三〕先：京本作「前」。

其五

將軍夢，夢得大魚形。若得小魚軍小勝〔一〕，雹光霹靂主軍驚〔二〕。此象最爲靈。

〔一〕軍：東北本作「决」，京本作「兵」。

〔二〕驚：王本作「鳴」。

其六

將軍夢，見水及波濤〔一〕。或與敵人相角競〔二〕，須來挑戰莫輕交〔三〕。堅守我門橋。

〔一〕見水及：京本作「夢見汲」。

〔二〕或：京本作「忽」。　角競：東北本作「角争」，京本作「争競」。

〔三〕挑：東北本、京本作「排」。

其七

將軍夢，天上作雷鳴。破敵擒王有此兆〔一〕，無拘月暗與陰晴〔二〕。擁士向前程〔三〕。

〔一〕擒王：王本作「勤王」，非。　有：東北本、京本作「看」。

〔二〕無：東北本、京本作「不」。　月：王本作「明」。

〔三〕擁：京本作「勇」。　程：東北本、京本作「征」。

其八

將軍夢，身涉大高山。遇戰必贏功顯著，相逢敵戰急攻殘〔一〕。莫放片時間。

〔一〕敵戰：京本作「鬬敵」。

其九〔一〕

將軍夢，夢見大舟船。順水順風帆幔順，戰之捷獲獨爲先〔二〕。不爾似神仙〔三〕。

〔一〕此首東北本、京本未收。

〔二〕捷獲：王本作「獲捷」。

〔三〕不爾：王本作「快樂」。

《周易》占候第二十六〔一〕

聖人道〔二〕，作易變爻辭。擲卦要知凶與吉，切須盥手動占儀。懇意合天機。

〔一〕東北本、京本無此類。

〔二〕道：王本作「造」。

其二

凡占易，動静卦爻裝。先辨剛柔分彼我，更分主客要知當。决勝自昭彰。

其三

論主客，後舉我爲尊。旗低住坐並爲主〔一〕，先身行者號爲賓。此理甚分明。

〔一〕低：王本作「底」。

其四

入他國，我即論其賓〔一〕。若是他來攻我寨，我爲賓者汝爲尊〔二〕。此理合天文。

〔一〕其：王本作「爲」。

〔二〕我爲句：王本作「我爲主者汝爲賓」。

其五

凡占易，先論六親方。大謹五鄉比和尅〔一〕，應殺世主總漂揚。官鬼子孫量。

〔一〕大謹五鄉：王本作「大煞彼鄉」。

其六

彼與我，子鬼取爲先。子孫旺相吾軍勝，鬼爻囚死復遭愆〔一〕。反此亦如然。

〔一〕復：王本作「彼」。

其七

世爲我，應象便爲他。世克應兮當我勝〔一〕，應爻克世我無家。比者各安家。

〔一〕兮：川本作「號」。

其八

内卦我，外卦屬他邦。内克外時無攢捷〔一〕，子孫發動急施張〔二〕。大戰我軍强。

〔一〕 攢捷：王本作「大損」。

〔二〕 施張：王本作「旋張」。

其九

官爻動，却在内爻興。若得子孫傍發動〔一〕，雖來攻我不曾贏〔二〕。彼敗怎回程。　凡占克戰，

世爲我，應爲他；内爲我，外爲他；子爲我，官爲他，比者吉〔三〕。

〔一〕 得：王本作「在」。

〔二〕 雖：王本作「未」。

〔三〕 比者：王本作「比和者」。

其十

子孫動，有氣甚分明。我若擊他全獲捷，他來攻我敗無門。我將立功勳。

其十一

占賊信，官鬼上二爻。無氣動居爻五六，雖然已動不相遭。賊衆再回巢〔一〕。

〔一〕再：王本作「自」。

其十二

占賊信，鬼發内三中。或是官爻生有氣，賊軍來速在逡巡。急備點三軍。

其十三

占賊信，卦裏子孫興。六位官爻全不見，話中空自説來情。不見信和音。

其十四

占賊信，應動世爲他〔一〕。其賊來時雖是到〔二〕，到時攻我將須拿。來將喪黄沙。

〔一〕世：王本作「是」。

〔二〕雖：王本作「須」。

其十五

占賊信，兄弟動如何。三四爻中我尅我〔一〕，逡巡來到不蹉跎。到後却安和。

〔一〕 我尅：王本作「他尅」。

其十六

占賊信，父母主文書。若遇〔吉〕神天喜位〔一〕，朝廷加禄永安和。賊智設機多。

〔一〕 吉：原闕，據王本補。

其十七

占賊信，卦象動妻財。天喜來交爻已動，若來相戰見兵乖。我將得和諧。

其十八

凡占易，奇偶與剛柔。陽爻爲九陰爻六，陽爻多衆我須周。柔少彼軍憂〔一〕。

〔一〕 彼：王本作「我」。

其十九

入他境，我却用官爻。官旺子孫休我勝，若然反此少功勞。術士自詳消。

入他國，大要看財鄉。子動才興皆出見，處處獲捷有衣糧。飽賞喜還鄉。

其二十一

爻上見，無鬼又無孫。但有應方并世上，以應爲他我世軍。此克定軍情。

其二十二

世爻旺，若尅應爻宫。速便提兵前去吉，自知天助喜重重。主將得奇功。

其二十三

兄獨發，有寇伏埋藏。且莫提兵行遠路，急行前必有驚惶。不信見遭殃〔一〕。

〔一〕遭：王本作「灾」。

其二十四

賊爻動〔一〕，便是我軍糧。出國尋糧財旺發〔二〕，無財雖旺恐饑荒〔三〕。半敵遇空亡〔四〕。

〔一〕賊：王本作「財」。

〔二〕財旺發：王本作「我軍旺」。

〔三〕雖：王本作「難」。

〔四〕半敵句：王本作「仔細好推詳」。

其二十五

世若墓，我軍且執屯〔一〕。應爻被尅休囚位，來軍必敗損人兵。我衆喜忻忻。

〔一〕執：王本作「默」。

其二十六

官臨火，尅我慮偷營〔一〕。水立官鄉休立寨，土臨官鬼四方兵。不一亂提兵〔二〕。

〔一〕慮：王本作「應」。

〔二〕 一：王本作「可」。

其二十七

木宫旺〔一〕，必定有凶兵〔二〕。金火不宜臨世應，兩家流血定交争。火鬼刼吾軍〔三〕。

〔一〕 宫：王本作「官」。
〔二〕 凶：王本作「雄」。
〔三〕 軍：王本作「營」。

其二十八

兄爻尅，防奪我軍糧。木動舟車火營寨〔一〕，文書父母合倉場〔二〕。嚴令下兒郎。

〔一〕 木：王本作「水」。
〔二〕 倉場：王本作「穹蒼」。

其二十九

爻辭位，九六號陰陽。中半自然皆相守，比和世應兩無傷。各自主刀鎗。

其三十

外卦静，内動見兄爻。空亡臨象虚驚事，更兼不定事無毫。固守且平交。

其三十一

歸魂卦，三四動爻凶。若〔制〕鬼爻凶轉隊〔一〕，若逢天喜好回軍。不久却抽兵。

〔一〕制：原缺，據王本補。隊：王本作「遂」。

其三十二

易之位，六親與五鄉。外卦世爻子孫旺，三般有氣我無傷。勿要落空亡。

其三十三

占凡課〔一〕，内動外平安。動爻無鬼虚驚恐，内爻兄動稔凶張〔二〕。術者細參詳。

〔一〕占凡：王本作「凡占」。

〔二〕兄：王本作「凶」。

其三十四

外卦動，内卦動興爻。内外動爻俱動發，若然我戰動鎗刀。大戰殺聲高。

其三十五

鬼爻旺，三四動交爻。定主賊兵侵我陣，急須回首莫相交。動則我軍晀。

其三十六

四德用，其課我軍强。春占雷巽寅卯木，夏火巳午得離鄉。此理要知當〔一〕。

〔一〕當：王本作「詳」。

其三十七〔一〕

秋乾位，申酉喜相逢〔二〕。三冬亥子坎宫卦，士旺用事艮和坤。丑未戌辰中〔三〕。

〔一〕以上三十七首東北本、京本未收。

〔二〕相逢：王本作「逢臨」，失韻。

〔三〕 戌辰中：王本作「辰戌冲」。

太乙式第二十七〔一〕

太乙式，逆順論陰陽。五日六時成一局，八門九曜逐當時〔二〕。凶吉利門方。〔六時者，六十時也〔三〕。〕

〔一〕 太乙：原作「天乙」，據王本改。本類中「太乙」二字辛本俱作「天乙」，以下俱據王本改，不另出校。又東北本、京本無此類。

〔二〕 逐：王本作「遂」。

〔三〕 六時二句：原無此注，據王本補。

其二

爲術者，太乙遁須知〔一〕。起造凶喪須得此，出行理任動兵機〔二〕。用者得便宜。

〔一〕 遁：王本作「式」。

〔二〕 理：王本、川本作「涖」。

其三

出軍日，出門向何方。開休生門三路吉，一奇臨自合然良。主將得安康。

其四

乙丙丁，名曰是三奇。天上若臨三吉路，自然神助合天機。恁往莫憂疑〔一〕。

〔一〕恁：王本作「任」。

其五

九星位，當住八官方〔一〕。惟有中宮寄在二，術人運式細消詳。依此我軍强。

〔一〕住：王本作「位」。

其六

甲加丙，龍首反爲先〔一〕。丙甲相臨鳥〔跌〕穴〔二〕，時中得此自然全。得勝凱歌旋。

〔一〕首反：王本作「反首」。

〔三〕 跌：原缺，據王本補。

其七

太乙遁，月奇合生門。下有六丁加臨者，此時攝政顯公卿。上策進書呈。

其八

開門合，日奇六乙方〔一〕。此爲地遁安營吉，藏兵設伏免憂殃。所獻日精良〔二〕。

〔一〕 乙：王本作「七」。

〔二〕 良：王本作「長」。

其九

星奇合，休門有陰人〔一〕。舉善薦賢求猛將，和仇説敵哲明言。此法合先賢。

〔一〕 陰：王本作「蔭」。

其十

月奇合，生門見九天。祭禱神祇行聖術，布籌作法此間言〔一〕。神遁不虚傳。　生門月奇合，得九天所臨之位，謂「神遁」。宜作布籌，行聖術，祭神祇。

〔一〕籌：王本作「仇」。

其十一

日奇合，九地見開門。探審賊機揚虚陣，遥虚説假利偷營〔一〕。鬼遁隱神兵。

〔一〕説：王本作「設」。

其十二

日休並，九地上加臨。龍遁祭龍宜水戰，祈求雨水奏天庭〔一〕。掩敵有才能。

〔一〕水：王本作「澤」。

其十三

生門下，辛儀艮位安。此處一方爲虎遁，招安反賊討交關。將師總平安〔一〕。

〔一〕師：王本作「帥」。

其十四

論雲遁，龍走有奇門。便把鐵礫噴噀酒，令軍仰望必昇平〔一〕。雲遁自相陳。

〔一〕仰：王本作「佈」。

其十五

論風遁，白虎號張狂。運式天星加地乙，祭風起順祝吾邦。此理合天蒼。

其十六

九天上，大利我兵陳〔一〕。九地伏藏宜密事，逃潛六合避凶星。隱伏喜忻情。

〔一〕兵：王本作「軍」。

其十七

五不遇〔一〕，甲午丙從辰。乙日巳時丁日卯，更兼戊日在於寅。都是忌行軍。

〔一〕遇：王本作「過」。

其十八

五不擊，第一九天方。九地直符直使位，生門通共五般傷〔一〕。此法遁中藏。

〔一〕共：王本作「兵」。

其十九

六儀刑，謀事總難成。遇着此時遭失陷，奇門强有也難禁〔一〕。大忌用兵行。

〔一〕强：王本作「雖」。　禁：王本作「生」。

其二十

子符使，都忌在三宫。戌怕坤宫申在艮〔一〕，午離酉巽必爲凶。寅與甲辰同。

〔一〕 坤：王本作「冲」。

其二十一

三奇墓，課是設人多〔一〕。好事中間須滅力〔二〕，奇門須遇也難過〔三〕。固守免蹉跎。

〔一〕 設：王本作「没」。

〔二〕 滅：王本作「減」。

〔三〕 須：王本作「雖」。

其二十二

乙奇墓，未上望坤方。丙其戌地酉中是〔一〕，丁奇同位戌朝張〔二〕。都是審明方。

〔一〕 其：王本作「奇」。

〔二〕 朝：王本作「乾」。

其二十三

三奇將，游在六儀中。子庚丑辛寅乾上，卯壬爲例順行蹤。八方四維宫。

其二十四

六癸丁，天網四張時。舉用所謀皆不定，周天網者有高低。坎地一宫隨。

其二十五

如急難，事速爲逃之〔一〕。刀刃對肩居左右，行過六十步無疑。此事要君知。

〔一〕爲：王本作「要」。

其二十六

開門照，六戊合奇門〔一〕。前門貴客相扶助〔二〕，陰人酒肉待相迎。拜返喜忻忻〔三〕。

〔一〕戊：原作「戌」，據王本改。

〔二〕前門：王本作「前程」。扶：王本作「伏」。

〔三〕返：王本作「訪」。

其二十七

休門外，喜笑得錢財。出外三句五十里〔一〕，蛇鼠陰人及小孩。出外定無灾〔二〕。

〔一〕外：王本作「門」。

〔二〕定：王本作「免」。灾：王本作「厄」，失韻，非。

其二十八

生門上，三奇合此門。公吏官人生紫皂，逢之軍馬六三程。特應與軍門。

其二十九

傷門内，捕盗可移趨。杜門有難前潛吉，景門凡事不安居。獻策稍通疏。

其三十

死門上，攻戰要逢之〔一〕。出獵更宜朝此向〔二〕，若還征戰賊亡威。決勝要逢之。

〔一〕要：王本作「莫」。

〔二〕獵：王本作「臘」。　此：王本作「北」。

其三十一〔一〕

驚門路，捕盜捉逃亡。出行一二十里路，路道不通鵲噪狂。論訟喜公方。

〔一〕以上三十一首東北本、京本未收。

占六壬第二十八〔一〕

看行動，只取日辰推〔二〕。若在貴人前實是〔三〕，三傳同此去無疑〔四〕。反此却難移。

〔一〕京本作「占六壬第十七」。

〔二〕取：京本作「在」。

〔三〕實是：東北本、京本作「是實」。

〔四〕此去無：王本作「去此無」，京本作「此不須」。

其二

看天馬，辰戌亦同前。〔魁罡也〔一〕。〕若在支干應定發〔二〕，更還加季不留連〔三〕。人馬鬧喧喧〔四〕。

〔一〕魁罡也：原無此注，據東北本、京本補。

〔二〕支干：東北本、京本作「干支」。　定：王本作「空」。

〔三〕不：東北本、京本作「主」。

〔四〕鬧：京本作「更」。

其三

占虛實，後六作天空。若在支干虛事定〔一〕，天空爲殺最朦朧〔二〕。虛妄更重重〔三〕。

〔一〕支干：京本作「干支」。

〔二〕殺：王本、京本作「煞」。

〔三〕虛妄：東北本作「虛望」。京本作「更望」。　更重重：王本作「禍重重」。

其四

占主客，勝負蚤須知。甲乙丙丁並戊己〔一〕，陽時出戰主凶危。此事決無疑〔二〕。

〔一〕戊己：王本作「戊子」，京本作「戊字」。

〔二〕決：京本作「定」。

其五

占宿次，今夜定如何。太乙天罡太衝上，支干見者恐奔過〔一〕。驚備禦兵戈〔二〕。

〔一〕過：東北本、京本作「波」。

〔二〕驚：王本作「準」，東北本作「謹」，京本作「警」。　禦兵戈：京本作「預防他」。

其六

看歲月，沖破下推之〔一〕。上將行年居此下〔二〕，師侯身必有凶危〔三〕。禳厭始無虧。〔月將加所得之時，看支干上見魁罡者主驚潰。將帥行年上見魁罡者宜禳之〔四〕。〕

〔一〕下：王本作「時」。　推：東北本作「催」。

〔二〕此下：王本作「此位」。

〔三〕侯身必有：王本作「行身必有」，東北本作「身必定有」。

〔四〕月將加三句：原無此注，據王本補。

其七

看六害，用將及傳中。若見定知他捷利〔一〕，更兼惡將定重凶〔二〕。不鬬却無凶〔三〕。

〔一〕 捷：京本作「健」。

〔二〕 更兼句：東北本作「惡將更兼定是凶」，按平仄不合，非。　惡：京本作「月」。

〔三〕 無凶：京本作「爲雄」。

其八

後三五，前四將年辰。若被日衝兼破害〔一〕，破刑亡者負於人〔二〕。好記認爲真。

〔一〕 破：王本、京本作「被」。

〔二〕 破刑亡：王本、京本作「被刑之」，東北本作「刑亡破」。

其九

參詳取，太歲頭上神〔一〕。若尅貴人虛詐事〔二〕，太陰六後僞爲真〔三〕。防備見傷人。

〔一〕 頭上：東北本、京本作「上頭」。

〔二〕剋貴：東北本作「克責」，京本作「能責」。

〔三〕六後：東北本、京本作「神后」，王本作「六合」。　爲：東北本、京本作「非」。

其十

聞賊去，大吉是其元。若在前時應未去〔一〕，若臨賊後是虛傳〔二〕。勿聽此狂言。

〔一〕前：王本作「午」。　未：王本、東北本、京本作「末」。

〔二〕賊：王本作「干」。

其十一

他軍走〔一〕，虛的好參陳〔二〕。神克日辰天馬併〔三〕，傳揚定去必無人〔四〕。此兆決然真。

〔一〕走：京本作「是」。

〔二〕的：王本作「實」。

〔三〕辰：東北本作「神」。

〔四〕揚：東北本作「陽」。

其十二

經險路，爲則忌天罡〔一〕。加孟前行應不喜〔二〕，罡險四仲已中傷。加季後逃亡〔三〕。

〔一〕爲則：東北本、京本作「惟則」，王本作「惟是」。

〔二〕應：王本作「喜」。

〔三〕後：東北本、京本作「復」。

其十三

兵行次，四季獄神凶。春卯〔夏午〕順〔四季〕雷居震主〔一〕，辰年艮上忌相逢〔二〕。臨着失勳功。

〔一〕雷：京本作「來」。　主：京本作「位」。　夏午、四季：原無此注，據東北本、京本補。

〔二〕辰年艮：京本作「日辰年」。

其十四

遊都將，並殺又重傷〔一〕。若遇德神併合將〔二〕，加臨不尅又加祥〔三〕。降虜我軍强。

〔一〕並：京本作「併」。

〔二〕神併合將：王本作「鄉神並合」。

〔三〕又加：京本作「有嘉」。

其十五

遊都將，克日至行年。約束我軍牢固守〔一〕，莫教見戰必遭迍〔二〕。不鬬却爲賢。

〔一〕約束：京本作「若屬」。

〔二〕莫：王本、京本作「若」。　戰：王本、京本作「陣」。　迍：王本作「慫」，京本作「遭」。

其十六

主年上，須要克遊都。克得此宫爲大勝，多應擒捉賊酋徒〔一〕。半虜半降誅。

〔一〕賊：京本作「客」。　酋：東北本作「囚」。

其十七

遊都將，玄武與勾陳。白虎年將須穩害〔一〕，休囚絶氣不傷人。旺相却殘身〔二〕。

〔一〕害：王本、東北本、京本作「審」。

〔二〕却：京本作「即」。

其十八

玄武將，斷例與前同。無克後三皆大勝，後三來客主皆凶〔一〕。却是審其中〔二〕。

〔一〕來：京本作「未」。

〔二〕是：東北本、京本作「試」。

其十九

勾陳將，忌克主行年。若克行年多敗死，行年無克見勳全〔一〕。審細去參詮〔二〕。勾陳克玄武，主勝。

〔一〕無：京本作「多」。見勳全：東北本作「且勳前」。

〔二〕審細：王本作「細審」。

其二十

凶神將，又克主行年。若遇行年克前四，此時交戰勝當先〔一〕。喜躍信趨前〔二〕。

〔一〕時：王本、東北本、京本作「是」。　戰：東北本、京本作「勝」。

〔二〕信趨：東北本作「信超」，京本作「作超」。

其二十一

軍勝負，六害卦中凶。更作惡神占惡將〔一〕，直須固守候晴風〔二〕。俱勝莫前衝〔三〕。上將本命見天喜與白虎凶〔四〕，無敗。

〔一〕占：王本、東北本、京本作「並」。

〔二〕晴：王本作「時」。

〔三〕俱勝：王本作「懼慎」，東北本、京本作「俱慎」。

〔四〕天喜：東北本作「大害」。又王本、京本無此原注。

其二十二

遊都將，臨日在如今。辰上見之明日是，支干不是用前神〔一〕。三二是朝迍。

〔一〕是：東北本、京本作「見」。

其二十三

聞賊去，仔細驗天罡。若此孟方猶未去〔一〕，忽然加仲已商量。加季發他鄉。

〔一〕此：王本、東北本、京本作「在」。

其二十四

三傳將，遥見覓支干〔一〕。將克支干休進戰〔二〕，三神被克我軍安〔三〕。必獲彼旗旛。

〔一〕見：王本作「日」。
〔二〕克：王本、東北本、京本作「見」。
〔三〕軍：東北本、京本作「神」。

其二十五

課中惡，忌見戰雌神。傳送是春登明夏，秋寅冬巳愛傷人。日與喜神親〔一〕。

〔一〕日與句：東北本、京本作「發動愈重迍」。

其二十六

行軍課〔一〕，惟有伏吟時。兵伏自然軍勿進〔二〕，預憂中道有險奇〔三〕。審課要知機。

〔一〕軍：東北本、京本作「兵」。

〔二〕兵伏句：東北本作「伏時自然軍易進」。

〔三〕預：東北本作「須」。　險：東北本、京本作「陰」。

其二十七

行兵課〔一〕，切忌反吟凶。若遇喜神應解退，惡神立敗禍來衝。反覆我軍中。

〔一〕兵：東北本、京本作「軍」。

其二十八

熒惑煞，只是丙丁神。加在金方兵已退，亦無征戰不傷人。發動愈重迍〔一〕。

〔一〕發動句：東北本、京本作「日與喜神親」。

其二十九

看課內，太白是庚辛。若在東方奸賊至，天罡加孟急如神〔一〕。警備要專勤〔二〕。

〔一〕急：東北本、京本作「疾」。

〔二〕要：東北本作「功」。

其三十

課中聖，惟是戰雄併〔一〕。四季孟神雄將位〔二〕，若居喜將得相生，旺相更爲榮。

〔一〕併：東北本作「兵」。

〔二〕句后有小注：「與戰對沖是也。」

其三十一

看課上，與下要相生。上克下兮須損失，逢占惡將必須驚〔一〕。喜將喜無争〔二〕。

〔一〕逢占惡將：東北本作「要占虚將」，京本作「要逢虚將」。

〔二〕喜將：東北本、京本作「吉將」。

其三十二

何煞重〔一〕，天狗是其殃。無殺福神相次惡〔二〕，天雷併者是無妨〔三〕。三殺可商量〔四〕。

〔一〕煞：東北本作「殺」。
〔二〕殺：東北本作「煞」。
〔三〕是：東北本、京本作「也」。
〔四〕殺：東北本作「煞」。　商量：東北本、京本作「參商」。

其三十三

勾陳將，玄武共相親。帶煞併加爲惡煞〔一〕，若逢相克不宜軍〔二〕。有煞便相侵。

〔一〕煞：東北本作「殺」，下二「煞」字亦作「殺」。
〔二〕軍：東北本、京本作「君」。

其三十四

三刑内，最惡是天罡。或是季兮爲日上，沖加四煞必相傷〔一〕。夜即恐驚忙〔二〕。　魁罡臨日，主大將死，臨辰，主小將死，日辰俱臨，俱死。

〔一〕煞：東北本作「殺」。

〔二〕忙：京本作「亡」。

其三十五

課驚怖，日上細尋推〔一〕。辰巳太沖加日上，若逢蛇雀見凶危。復手也如之〔二〕。　大吉加日，宜急去，不可住，辰上見太沖，夜必有風雨，若神后太乙加日辰，夜有盜賊。旺相必見，無氣則不見。

〔一〕尋推：東北本作「推尋」。

〔二〕手：東北本作「平」。

其三十六

課驚怖，辰巳卯三辰〔一〕。無殺相併天馬併〔二〕，用之發課不宜人。虛殺總相親〔三〕。

〔一〕辰：東北本作「神」。

〔二〕無：東北本作「刑」。　併：東北本作「逢」。

〔三〕親：東北本作「傷」，失韻，非。

其三十七

移伏起，陽日在中傳。陰則未傳君記取，覺知如此見由緣〔一〕。照處是推源。

〔一〕覺知句：東北本作「覓知必見此因緣」。

其三十八

欲捕捉，玄武定三傳。相克三傳皆捉得，相生不克是無緣。好記不虚言。

其三十九

三傳克，克日易前擒。快出疾行方始得〔一〕，奸人移伏恐軍侵。離日却難尋。

〔一〕快：京本作「決」。

其四十

傳課中〔一〕，蛇雀與勾陳。蛇主虚驚雀主火〔二〕，亦兼音信又公文。仔細好推論。

〔一〕中：東北本、京本作「内」。

〔二〕主：東北本作「出」。

其四十一

傳白虎，相克戰傷人。無氣不傷途死損〔一〕，天空依舊是空陳〔二〕。旺處是窮貧〔三〕。

〔一〕途：東北本作「逢」。
〔二〕舊：東北本、京本作「積」。
〔三〕處：東北本作「即」。

其四十二

占行路，逐日定占之〔一〕。有氣青龍並六合，錢財倉庫定無疑。多獲綵縑持。

〔一〕之：東北本作「時」。

其四十三

將一二，兼持忌勾陳〔一〕。若見後三並五六，因爲發卦不宜軍。進步必遭迍。

〔一〕持：東北本、京本作「赤」。

其四十四

將軍吏〔一〕，支干審占之。大吉小吉支干上〔二〕，天罡加孟以同推。不戰兩無疑。

〔一〕將軍：東北本作「軍長」。

〔二〕大吉小吉：東北本作「大小吉居」。

其四十五〔一〕

後五六，即是我軍傷。六師有人虚詐説〔二〕，日辰不克也無妨。克日不宜良。

〔一〕以上二十一首辛本、川本未收，據王本、東北本、京本補。文字、次序依王本。

〔二〕詐：東北本作「妄」。

人藥方第二十九〔一〕

衆軍聚，駐札已經時。多有相蒸多氣鬱〔二〕，使軍疫瘴見灾危。一一與君知。

〔一〕人藥方：王本作「醫方」。　東北本、京本無此類。

〔二〕多：王本作「人」。

其二

如瘴氣，鶻骨火燒將。便去上風焚此物，衆人聞此滅灾殃。從此得安康。

其三

轉筋脚，急去使生姜。新水一鍾煎五合，飲之即去總無妨。主將記心腸。

其四

金刃重，速蒴馬牛毛。二件一同燒作末，敷之血止自然消。皮血便堅牢。

其五

金傷者，香白芷爲靈。細嚼噀敷瘡口上，更將酒下七分功〔一〕。細説與君聽。

〔一〕 酒下七分功：王本、川本作「暖酒飲七分」。按當以此爲正。「功」字失韻。

其六

金傷者，甚渴即非常〔一〕。切忌休將水與飲，飲之必定有乖張。肥膩即無妨。

〔一〕即：王本作「急」。

其七

金傷處，傷腦及天倉〔一〕。臂中脉跳並心内，鳩尾五臟小腹胱。醫者不能當。

〔一〕倉：王本作「蒼」。

其八

金傷者，腦髓出非常。頸咽喉中聲沸者〔一〕，兩目直視痛難當。血似水泉塘〔二〕。似此，皆不治而難醫也。

〔一〕中：王本作「音」，非。

〔二〕泉：王本作「流」。

其九

金瘡法，閒時備急方。五月五日平明節，採其諸草搗成漿。石灰共作湯。

其十

遭毒箭，更及馬汗方〔一〕。大頭蝱蟲端午取，去翅陰乾爲末霜。挑破藥敷瘡。次用醋打麵糊紙壓瘡口上，即追出毒氣也。

〔一〕及：王本作「兼」。

其十一

軍或患，發背及癰疽。人屎糞盤下潤土，碾細篩羅貼敷之。猪膽共調施。

其十二

人霍亂，吐瀉有方高。生姜三兩須炮過〔一〕，芭蕉一兩去皮熬。五兩大黄燒。大黄炒過爲末，蜜爲丸，如梧桐子大，每服三丸，以利爲度；如不利，以粥投藥〔二〕。

〔一〕三兩：王本作「二兩」。

〔二〕粥：王本作「米粥」。

其十三

急喉閉，青艾汁須靈。滴下自消血破出，逡巡不救損於人。切記在心勤。

其十四

冬月内，無艾葉枝枯〔一〕。草内急尋蛇牀子，燒烟入口自消除。速救免灾虞。

〔一〕無艾葉：王本作「艾葉葉」，川本作「無葉艾」。

其十五

軍人衆，涉水冒霜多。手脚面皮皆裂拆，麥葉濃煮汁相過〔一〕。熱洗即安和。

〔一〕麥葉：王本作「青葉」。

其十六〔一〕

山瘴氣，嵐谷用恒山〔二〕。獨頭大蒜烏梅肉，速將酒煮便安痊〔三〕。謹記此良言。恒山三兩〔四〕，獨頭蒜一兩，烏梅肉二十枚，爲㕮咀，用酒二盞，煎至一大盞，分爲二服。初一分未發時喫〔五〕，次一服已發時喫。

〔一〕以上十二首川本闕。以上十六首東北本、京本未收。

〔二〕嵐谷：王本作「風火」。

〔三〕速：王本作「連」。　安：王本作「能」。

〔四〕三兩：王本作「二兩」。

〔五〕分：王本作「服」。

馬藥方第三十〔一〕

常灌馬，黄柏與黄連。升麻大黄山梔子，胡鹽青黛鬱金仙。等分勿令偏。

〔一〕東北本、京本、川本俱無此類。

其二

相馬法，要試歲年何。鼻上金字十八歲，四字八歲不年多。八字四年過。

其三

鼻上赤，二十歲無零。馬鼻若青三十歲，公字須當念五乘〔一〕。此象甚分明〔二〕。

〔一〕須：王本作「雖」。

〔二〕甚：王本作「最」。

其四〔一〕

馬瘟病，急取獺之肝。肚内將來去屎洗，煮汁唊嚾便平安。牢記在心間。以上辛本《李衛公望江南》録六百八十八首，另據王本、川本、東北本、京本補三十二首，共七百二十首。

〔一〕以上四首東北本、京本、川本俱未收。

【考辨】

以上《兵要望江南》七百二十首，《崇文總目》卷三、鄭樵《通志》卷六八、《郡齋讀書後志》卷二、《宋史·藝文志》、馬端臨《文獻通考》卷二二一俱題唐易静撰，是宋元人皆以爲易静作。明楊士奇《文淵閣書目》卷一四始著録作「《李衛公望江南》」，其後明清所傳諸本多依之謂李靖撰，並僞撰李靖序以實之。明清人早已疑非李靖作，明張振先跋辛本，謂「是集云出李衛公，尚屬疑信」。《四庫全書總目》卷一〇〇《兵要望江南歌提要》更明謂是「僞托」，並云：「推厥所由，蓋以《望江南》調始（李）德裕，德裕實封衛國公。言兵者多稱（李）靖，靖亦封衛國公。此書以《望江南》談兵，遂合兩衛公而一之耳。」言頗有理。周中孚《鄭堂讀書記》卷三八亦持此説。案，《望江南》調雖早見於《教坊記》，然至中唐白居易、劉禹錫始填此調爲詞，其後倚此調填詞者遂衆。初唐行伍出身之李靖絶無可能開風氣之先倚此調填數百首詞。晚唐易静在《望江南》詞調廣爲流行之後，填此調言兵，以便誦習記憶，自屬可能。然則七百餘首是否皆出自其一人之手，則難斷定。詞中原注，有言及宋末時事者，乃後人所加無疑。又今人饒宗頤《〈李衛公望江南〉序録》謂此集「殊難斷定悉爲唐人作品而隨便視作唐詞」，「其中不少可能雜入宋代作品」（《詞學》第九輯）。雖無確證，亦可備一説。兹從《崇文總目》、《郡齋讀書後志》作易静撰，題名亦從之。

全唐五代詞正編卷三　五代詞

李夢符

李夢符（生卒年里不詳），桂州刺史李瓊之弟。後梁開平初在洪州，放蕩酣飲，好事者與語，應口成詩。有詞千餘首傳於江表，今存二首。事跡據《詩話總龜》前集卷三引《詩史》、卷四四引《郡閣雅談》。

李夢符詞二首，據《詩話總龜》月窗本録入，校以明鈔本、清鈔本、繆校本，並參校嘉靖本《萬首唐人絶句》、道藏本《三洞羣仙録》。

漁父引

村寺鐘聲渡遠灘。半輪殘月落前山。徐徐撥櫂却歸灣。浪疊朝霞錦繡翻〔一〕。

〔一〕　錦繡：《萬首唐人絶句》卷七一、《三洞羣仙録》卷一二引《郡閣雅談》作「碎錦」。

又

漁弟漁兄喜到來。婆官賽了坐江隈〔一〕。椰榆杓子木瘤杯〔二〕。爛煮鱸魚滿案堆。以上二首月窗本《詩話總龜》前集卷四四引《郡閣雅談》。

〔一〕 了：《三洞羣仙録》卷一二引《郡閣雅談》、《萬首唐人絶句》卷七一作「却」。

〔二〕 木瘤杯：《萬首唐人絶句》作「瘤杯酒」。案依前首當句句用韻，「酒」字失韻，疑非。

【本事】

李夢符，不知何許人。梁開平初鍾傳鎮洪州日，與布衣飲酒，狂吟放逸。嘗以釣竿懸一魚向市肆蹈《漁父引》，賣其詞，好事者争買，得錢便入酒家。其詞有千餘首傳於江表。略其一兩首云（略）。察考取狀，答曰：「插花飲酒何妨事，樵唱漁歌不礙時。」遂不敢復問。或（把）〔抱〕冰入水，及出，身上氣如蒸。鍾氏亡，亦不知所在。（《詩話總龜》前集卷四六引《郡閣雅談》 又見《三洞羣仙録》卷一二引）

【考辨】

以上二首雖爲齊言體，然調名已見《教坊記》。《詩話總龜》引《郡閣雅談》又明謂是「詞」，故入正編。

伊用昌

伊用昌（生卒年里不詳），一作伊夢昌。唐末不仕，披羽褐，游山水。天祐十年癸酉（九一三），至撫州南城縣，因食牛肉過量，夫妻俱死於鄉校内。後夫妻又出現於北市，唱《望江南》詞乞錢。又曾至長沙馬殷幕中。爲人狂逸，時人呼爲伊風子。事跡據《太平廣記》卷五五引《玉堂閒話》、《詩話總龜》前集卷四四引《雅言雜載》、卷四五引《青瑣後集》、《十國春秋》卷七六。

伊用昌詞一首，據談本《太平廣記》録入。

望江南

江南鼓，梭肚兩頭欒。釘着不知侵骨髓，打來只是没心肝。空腹被人漫。　談本《太平廣記》卷五五引《玉堂閒話》。

【本事】

熊皦補闕説：頃年，有伊用昌者，不知何許人也。其妻甚少，有殊色。音律女工之事，皆曲盡其妙。夫雖饑寒丐食，終無愧意。或有豪富子弟，以言笑戲調，常有不可犯之色。其夫能飲，多狂逸，時人皆呼爲伊風子。多遊江左廬陵、宜春等郡。出語輕忽，多爲衆所毆擊。愛作《望江南》詞，夫妻唱和，或宿於古寺廢廟間。遇物即有所詠，其詞皆有旨。熊只記得詠鼓詞云（下略）。（《太平廣記》卷五五引《玉堂閒

話》）

【考辨】

此首出自《太平廣記》卷五五引五代王仁裕《玉堂閒話》。《玉堂閒話》乃載雜史瑣聞之筆記，與傳奇小説不同。所載伊用昌死而復生，雖事涉荒誕，然文末謂熊皦「言親睹其事，非謬説也」，或實有其人。《十國春秋》又爲伊用昌立傳，故從之，以此詞屬伊用昌。且此詞爲伊用昌食牛肉而死之前所作，當非王仁裕所依托。

李存勗

李存勗（八八五——九二六），小字亞子，沙陀部人。本姓朱耶氏，咸通中以其祖討龐勛有功，賜姓李氏。晋王李克用之子。天祐五年（九〇八），即王位於太原。後梁龍德三年即帝位，改元同光。同光四年（九二六），被亂兵所殺。廟號莊宗。《舊五代史》卷二七至卷三四、《新五代史》卷四、卷五有本紀。

李存勗詞四首，據《尊前集》朱本入録，校以吴本、毛本、明鈔本，並參校耘經樓本《苕溪漁隱叢話》。

一葉落

一葉落。褰朱箔。此時景物正蕭索。畫樓月影寒，西風吹羅幕。吹羅幕。往事思量著。

陽臺夢

薄羅衫子金泥縫。困纖腰怯銖衣重。笑迎移步小蘭叢，嚲金翹玉鳳。　嬌多情脉脉，羞把同心撚弄。楚天雲雨却相和，又入陽臺夢。

歌頭大石調

賞芳春、暖風飄箔。鶯啼綠樹，輕煙籠晚閣。杏桃紅，開繁蕚。靈和殿、禁柳千行，斜金絲絡。夏雲多、奇峰如削。紈扇動微涼，輕綃薄。梅雨霽，火雲爍。臨水檻、永日逃煩暑〔一〕，泛觥酌。　露華濃，冷高梧，彫萬葉。一霎晚風，蟬聲新雨歇。惜惜此光陰，如流水，東籬菊殘時，歎蕭索。繁陰積，歲時暮，景難留，不覺朱顔失却。好容光，旦旦須呼賓友，西園長宵，宴雲謡，歌皓齒，且行樂。

〔一〕煩暑：吴本、明鈔本作「繁暑」。

憶仙姿

曾宴桃園深洞。一曲清歌舞鳳〔一〕。長記欲別時，和淚出門相送〔二〕。如夢。如夢。殘月落花煙重〔三〕。

以上四首朱本《尊前集》

〔一〕 清歌舞：《苕溪漁隱叢話》後集卷三九引《古今詞話》作「舞鸞歌」。

〔二〕 和淚出門相送：《苕溪漁隱叢話》作「殘月落花煙重」。

〔三〕 殘月落花煙重：《苕溪漁隱叢話》作「和淚出門相送」。

【考辨】

胡仔《苕溪漁隱叢話》後集卷三九引東坡云：「《如夢令》曲名，本唐莊宗製，一名《憶仙姿》，嫌其不雅，改云《如夢》。」（參前白居易《宴桃源》考辨引蘇軾《如夢令》詞注）又引《古今詞話》云：「後唐莊宗修内苑，掘得斷碑，中有字三十二，曰（略）。莊宗使樂工入律歌之，名曰《古記》。」《花草粹編》卷一據此遂不署莊宗作，而僅注出自《古今詞話》。案胡仔駁曰：「《詞話》所記，多是臆説，初無所據，故不可信，當以坡言爲正。」其説是。東坡之前，《尊前集》已録作莊宗，自當屬莊宗作。

又宋陳葆光《三洞羣仙録》卷一〇引《翰府名談》云：「白龜年，乃白居易之孫，于嵩山遇李太白，招與之語曰：『吾自水解之後，放遁山水間，因思故鄉，歸嵩峰中，帝飛章上奏，見辟掌牋奏於此，今已百年矣。近過潼關，有辭曰（略）。乃出書一卷遺之（下略）。」明李日華《六研齋二筆》卷四所載相同，皆謂是李白作此詞。《花草粹編》詞末注：「《仙鑑》：太白作。」疑即指《三洞羣仙録》。案此説乃宋人謬托，不足據。《唐詞紀》卷一一又誤作吕巖詞。《古今詞統》卷三注云：「他本誤傳吕洞賓作。」「他本」即指《唐詞紀》。

陳金鳳

陳金鳳（八九三——九三五），福唐（今福建福清）人。父侯倫，唐末與福建觀察使妾陸氏私通所生。王審知入閩，流落民間，爲族人陳匡勝收養。開平三年（九〇九），年十七，爲王審知選入後宫，召爲才人。王延鈞即位，封爲淑妃，大見寵幸。龍啓元年（九三三）立爲皇后，築長春宫居之。永和元年（九三五）李倣作亂被殺。《十國春秋》卷九四有傳。

陳金鳳詞二首，據清刻本《十國春秋》録入。

樂遊曲

龍舟摇曳東復東。采蓮湖上紅更紅。波澮澮，水溶溶。奴隔荷花路不通。

又

西湖南湖鬬綵舟。青蒲紫蓼滿中洲。波渺渺，水悠悠。長奉君王萬歲遊。　以上二首清刻本

《十國春秋》卷九四引《金鳳外傳》

【本事】

延鈞張長枕大牀，擁金鳳與諸宫女裸卧。又遣使於日南造水晶屏風，周圍四丈二尺，與金鳳淫狎於内，令宫女隔屏覘之。二月上巳，延鈞修禊桑溪，金鳳偕後宫雜衣文錦，列坐水次，流觴娱暢，沈麝之氣，環珮之香，達於遠近。途中絲竹管弦，更番迭奏。端陽日，造綵舫數十於西湖。每舫載宫女二十餘人，衣短衣，鼓楫争先，延鈞御大龍舟以觀。金鳳作《樂遊曲》，使宫女同聲歌之。曲曰（略）。遊人士綺繡夾岸，雜沓如市。（《十國春秋》卷九四引《金鳳外傳》）

歐陽炯

歐陽炯（八九六——九七一），益州華陽（今四川雙流）人。少事前蜀王衍爲中書舍人。前蜀亡，隨王衍至洛陽。補秦州從事。孟知祥鎮蜀，炯復回成都。知祥稱帝，任中書舍人。後主孟昶廣政三年（九四〇）四月，官武德軍節度判官，爲趙崇祚編《花間集》作叙。十二年（九四九）拜翰林學士。

次年，知貢舉，判太常寺。後遷禮部侍郎，領陵州刺史，轉吏部侍郎，加承旨。二十四年（九六一）五月，拜門下侍郎兼户部尚書、平章事、監修國史。宋乾德三年（九六五）元月，後蜀亡，炯隨昶至汴京。六月宋除炯爲右散騎常侍，俄充翰林學士，轉左散騎常侍。後分司西京。開寶四年（九七一）卒。年七十六。《宋史》卷四七九、《十國春秋》卷五六有傳。

歐陽炯詞，《花間集》存十七首，《尊前集》存三十一首（其中一首係和凝作），實存四十七首。今以晁本《花間集》爲底本收十七首，以朱本《尊前集》爲底本收三十首，用鄂本、吴本、陸本、茅本、玄本、湯本、雪本、毛本《花間集》、顧本、吴本、毛本《尊前集》、王輯本《歐陽平章詞》、吴虞《蜀十五家詞》、李一氓《花間集校》及互見各詞之别集、明以前所刊之總集等參校。

浣溪沙

落絮殘鶯半日天〔一〕。玉柔花醉只思眠。惹窗映竹滿爐煙。　獨掩畫屏愁不語，斜欹瑶枕髻鬟偏。此時心在阿誰邊。

〔一〕鶯：湯本《花間集》作「紅」。

又

天碧羅衣拂地垂。美人初着更相宜。宛風如舞透香肌〔一〕。獨坐含嚬吹鳳竹，園中緩步折花枝。有情無力泥人時〔二〕。

〔一〕宛：《醉翁琴趣外篇》卷六作「花」。香：朱本《金奩集》作「春」。

〔二〕泥：《醉翁琴趣外篇》作「殢」。

【考辨】

此首影宋本《醉翁琴趣外篇》卷六作歐陽修詞。案：此首《花間集》收作歐陽炯詞。《醉翁琴趣外篇》，不知何人所輯，收詞二百零三首。其中不見於《近體樂府》者八十三首。所收極爲雜亂，殊不足據。當從《花間集》作歐陽炯詞。

又

相見休言有淚珠。酒闌重得叙歡娱。鳳屏鴛枕宿金鋪。蘭麝細香聞喘息，綺羅纖縷見肌膚。此時還恨薄情無。

【考辨】

此詞「綺羅纖縷見肌膚」句，《全宋詞》一六〇頁云：胡偉《宮詞》作歐陽修句。案：此句早在《花間集》歐陽炯《浣溪沙》詞中，其非歐陽修句甚明。胡偉《宮詞》顯係誤題，當從《花間集》作歐陽炯《浣溪沙》詞句。

三字令

春欲盡，日遲遲。牡丹時。羅幌卷，翠簾垂〔一〕。彩牋書，紅粉淚，兩心知。人不在〔二〕，燕空歸。負佳期。香燼落〔三〕，枕函欹〔四〕。月分明，花澹薄，惹相思。

〔一〕翠：王輯本《歐陽平章詞》作「繡」。

〔二〕在：《張子野詞》卷二作「見」。

〔三〕落：《張子野詞》作「冷」。

〔四〕函：《張子野詞》作「閒」。

【考辨】

此首又見鮑本、朱本《張子野詞》卷二，作宋張先詞。案：此首《花間集》作歐陽炯詞。張先有《安陸集》亡佚不傳，《張子野詞》不知何人所輯。所收舛亂，竄入他人詞作多有，殊不足據。吴本《張子野詞》未收此首。當從《花間集》作歐陽炯詞。《全宋詞》八五頁亦斷作歐陽炯。

南鄉子

嫩草如煙。石榴花發海南天。日暮江亭春影淥。鴛鴦浴。水遠山長看不足。

又

畫舸停橈。槿花籬外竹橫橋。水上遊人沙上女〔一〕。迴顧〔二〕。笑指芭蕉林裏住〔三〕。

〔一〕沙上：朱本《金奩集》作「浣紗」。

〔二〕迴顧：王輯本《歐陽平章詞》作「□回顧」，雪本《花間集》作「回頭顧」。

〔三〕裏：朱本《金奩集》作「下」。

又

岸遠沙平。日斜歸路晚霞明。孔雀自憐金翠尾。臨水〔一〕。認得行人驚不起。

〔一〕臨水：王輯本《歐陽平章詞》作「□臨水」，雪本《花間集》作「臨流水」。

又

洞口誰家。木蘭船繫木蘭花。紅袖女郎相引去。遊南浦。笑倚春風相對語〔一〕。

〔一〕春：王輯本《歐陽平章詞》作「東」。

又

二八花鈿。胸前如雪臉如蓮。耳墜金鐶穿瑟瑟〔一〕。霞衣窄。笑倚江頭招遠客〔二〕。

〔一〕鐶：王輯本《歐陽平章詞》作「鬟」，朱本《金奩集》作「環」。

〔二〕倚：雪本《花間集》作「指」。

又

路入南中。桄榔葉暗蓼花紅〔一〕。兩岸人家微雨後。收紅豆。樹底纖纖擡素手。

〔一〕暗：雪本《花間集》作「裏」。

又

袖斂鮫綃。採香深洞笑相邀。藤杖枝頭蘆酒滴。鋪葵蓆。豆蔻花間趖晚日〔一〕。

〔一〕間：吴本《花間集》作「開」。

又

翡翠鵁鶄。白蘋香裏小沙汀。島上陰陰秋雨色。蘆花撲。數隻魚船何處宿。

【考辨】

以上八首《南鄉子》，陸游跋《金奩集》謂是温庭筠詞。案此八首《花間集》作歐陽炯詞，今傳本《金奩集》亦題歐作。陸游兩次題跋《花間集》，當知其爲歐陽炯作，然跋《金奩集》時，爲何又定爲飛卿詞？陸游或沿襲舊説，以《金奩集》爲温庭筠詞集，而有此誤耶？當從《花間集》作歐陽炯詞。

獻衷心

見好花顔色，争笑東風。雙臉上，晚粧同。閉小樓深閣〔一〕，春景重重。三五夜，偏有恨，月明中。

情未已，信曾通。滿衣猶自染檀紅。恨不如雙燕，飛舞簾櫳。春欲暮，殘絮盡，柳條空。

〔一〕閉：鄂本《花間集》作「閑」。

【考辨】

此首《記紅集》卷二作歐陽修詞。案：此首《花間集》作歐陽炯詞。歐陽修《近體樂府》及《醉翁琴趣外篇》均未收録，《全宋詞》亦斷爲歐陽炯詞，《記紅集》顯係誤題，當從《花間集》作歐陽炯詞。

賀明朝

憶昔花間初識面。紅袖半遮，粧臉輕轉。石榴裙帶〔一〕，故將纖纖，玉指偷撚。雙鳳金線〔二〕。碧梧桐瑣深深院。誰料得兩情，何日教繾綣〔三〕。羡春來雙燕。飛到玉樓，朝暮相見。

〔一〕紅袖三句：陸本、茅本《花間集》、《醉翁琴趣外篇》卷二作「紅袖半遮粧臉。輕轉石榴裙帶」二句。

〔二〕故將三句：陸本、茅本《花間集》、《花間集校》作「故將纖纖玉指偷撚。雙鳳金線」二句。《醉翁琴趣外篇》作「故將纖纖玉指，偷撚雙鳳金線。」　纖纖玉指：王輯本《歐陽平章詞》作「玉指纖纖」。

〔三〕誰料二句：陸本、茅本《花間集》、《醉翁琴趣外篇》作「誰料得、兩情何日教繾綣。」

【考辨】

此首《醉翁琴趣外篇》卷二收作歐陽修詞，非。《全宋詞》亦斷爲歐陽炯作。當從《花間集》作歐陽炯詞。

又

憶昔花間相見後〔一〕。只憑纖手。暗抛紅豆。人前不解，巧傳心事，别來依舊。辜負春晝。

碧羅衣上蹙金繡〔二〕。睹對對鴛鴦〔三〕，空裛淚痕透。想韶顔非久。終是爲伊，只恁偷瘦。

〔一〕間：《唐宋諸賢絶妙詞選》卷一作「前」。

〔二〕蹙：吴本《花間集》作「盛」。

〔三〕對對：原脱一「對」字，據鄂本、毛本《花間集》、《花間集校》補。

江城子

晚日金陵岸草平。落霞明。水無情。六代繁華，暗逐逝波聲。空有姑蘇臺上月，如西子鏡，照江城。

鳳樓春

鳳髻緑雲叢。深掩房櫳。錦書通。夢中相見覺來慵。匀面淚，臉珠融〔一〕。因想玉郎何處去，對淑景誰同。小樓中。春思無窮。倚欄顒望，闇牽愁緒，柳花飛起東風。斜日照簾，羅幌香冷粉屏空〔二〕。海棠零落，鶯語殘紅。以上十七首晁本《花間集》

〔一〕勻面二句：《花間集校》作「勻面淚臉珠融」一句。

〔二〕羅幌句：陸本《花間集》作「羅幌香冷，粉屏空」二句。

【考辨】

此首《詞鵠初編》卷五作歐陽修詞。案：此首早在《花間集》中作歐陽炯詞。《詞鵠初編》十五卷爲孫致彌所輯，樓儼補訂。所録諸詞誤題作者姓氏多有。此首歐陽修集中不載，《詞鵠初編》顯係誤題。《全宋詞》亦斷爲歐陽炯詞。當從《花間集》作歐陽炯詞。

南歌子

錦帳銀燈影，紗窗玉漏聲。迢迢永夜夢難成。愁對小庭秋色，月空明。

漁父

擺脱塵機上釣船。免教榮辱有流年。無繫絆，没愁煎。須信船中有散仙〔一〕。

〔一〕須：王輯本《歐陽平章詞》作「始」。

又

風浩寒溪照膽明。小君山上玉蟾生。荷露墜，翠煙輕。撥刺游魚幾箇驚〔一〕。

〔一〕箇：王輯本《歐陽平章詞》作「處」。

巫山一段雲

絳闕登真子，飄飄御彩鸞。碧虚風雨佩光寒。斂袂下雲端。　月帳朝霞薄，星冠玉蘂攢。遠遊蓬島降人間。特地拜龍顔〔一〕。

〔一〕地：王輯本《歐陽平章詞》作「别」。

又

春去秋來也，愁心似醉醺。去時邀約早回輪〔一〕。及去又何曾。　歌扇花光黦，衣珠滴淚新。恨身翻不作車塵。萬里得隨君。

〔一〕回：王輯本《歐陽平章詞》作「還」。

春光好

天初暖，日初長。好春光。萬彙此時皆得意，競芬芳。　筍迸苔錢嫩緑，花偎雪塢濃香。誰把金絲裁翦却，掛斜陽。

又

花滴露，柳摇煙。艷陽天。雨霽山櫻紅欲爛，谷鶯遷。　飲處交飛玉斝，游時倒把金鞭。風颭九衢榆葉動，簇青錢。

又

胸鋪雪，臉分蓮。理繁絃。纖指飛翻金鳳語，轉嬋娟。　嘈囋如敲玉佩，清泠似滴香泉〔一〕。曲罷問郎名箇甚，想夫憐。

〔一〕泠：王輯本《歐陽平章詞》作「冷」。

又

磧香散，渚水融。暖空濛。飛絮悠揚徧虛空〔一〕。惹輕風。　柳眼煙來點緑，花心日與妝紅。黄雀錦鸞相對舞，近簾櫳。

〔一〕虛：王輯本《歐陽平章詞》作「遠」。

又

雞樹緑，鳳池清。滿神京。玉兔宫前金榜出，列仙名。　疊雪羅袍接武，團花駿馬嬌行。開宴錦江遊爛漫〔一〕，柳煙輕。

〔一〕錦：王輯本《歐陽平章詞》作「曲」。

又

芳叢肅〔一〕，緑筵張。兩心狂。空遺橫波傳意緒，對笙簧。　雖似安仁擲果，未聞韓壽分香。流水桃花情不已，待劉郎。

〔一〕肅：王輯本《歐陽平章詞》作「秀」，吳本、毛本《尊前集》作「繡」。

又

垂繡幔，掩雲屏。思盈盈。雙枕珊瑚無限情。翠釵橫。　幾見纖纖動處，時聞款款嬌聲。却出錦屏妝面了，理秦箏。

又

金轡響，玉鞭長。映垂楊。堤上採花筵上醉，滿衣香。　無處不攜絃管，直應占斷春光〔一〕。年少王孫何處好，競尋芳。

〔一〕應：王輯本《歐陽平章詞》作「須」。　春：吴本、顧本《尊前集》作「風」。

西江月

月映長江秋水。分明冷浸星河。淺沙汀上白雲多。雪散幾叢蘆葦。　扁舟倒影寒潭裏〔一〕。煙光遠罩清波。笛聲何處響漁歌。兩岸蘋香暗起。

〔一〕裏：毛本《尊前集》無此字。

又

水上鴛鴦比翼。巧將繡作羅衣。鏡中重畫遠山眉。春睡起來無力。　鈿雀穩簪雲鬢綠[一]。含羞時想佳期。臉邊紅豔對花枝。猶占鳳樓春色。

[一] 綠：王輯本《歐陽平章詞》、毛本《尊前集》無此字。

赤棗子

夜悄悄，燭熒熒。金爐香盡酒初醒。春睡起來回雪面，含羞不語倚雲屏。

又

蓮臉薄，柳眉長。等閒無事莫思量。每一見時明月夜，損人情思斷人腸。

女冠子

薄妝桃臉。滿面縱橫花靨。豔情多。綬帶盤金縷，輕裙透碧羅。　含羞眉乍斂[一]，微語笑相和。不會頻偷眼，意如何。

〔一〕乍：毛本《尊前集》作「作」。

又

秋宵風月。一朵荷花初發。照前池。摇曳熏香夜，嬋娟對鏡時。　蘂中千點淚，心裏萬條絲。恰似輕盈女，好風姿。

玉樓春〔一〕

日照玉樓花似錦。樓上醉和春色寢。緑楊風送小鶯聲，殘夢不成離玉枕。　堪愛晚來韶景甚。寶柱秦筝方再品。青娥紅臉笑來迎，又向海棠花下飲。

〔一〕王輯本《歐陽平章詞》列此首於《木蘭花》「兒家夫壻」詞後，作《木蘭花》二，下首作三。案：《木蘭花》爲唐教坊曲，以七言四句三仄韵作雙叠。《玉樓春》多數乃七言四句之雙叠，一、五兩句均以仄起。八句六韵脚同韵者爲常體，减韵或换韵者爲别體。《玉樓春》始見於蜀中諸家詞，晚起於《木蘭花》約一百五十年，是五代曲名。此兩首是七言四句之雙叠，一、五兩句皆以仄起，八句六韵脚同韵，是《玉樓春》常體。王輯本《歐陽平章詞》作《木蘭花》，非是。

【考辨】

此首《歷代詩餘》卷三一作韋莊詞。案：此首爲歐陽炯詞，見《尊前集》，洪武本《草堂詩餘》前集卷上，《花草粹編》卷六仍之。《歷代詩餘》收作韋詞，失之。當從《尊前集》作歐陽炯詞。

又

春早玉樓煙雨夜。簾外櫻桃花半謝。錦屏香冷繡衾寒，怊悵憶君無計捨。侵曉鵲聲來砌下。鸞鏡殘妝紅粉罷。黛眉雙點不能描，留待玉郎歸日畫〔一〕。

〔一〕留待：王輯本《歐陽平章詞》作「待得」。

更漏子

玉闌干，金甃井。月照碧梧桐影。獨自箇，立多時。露華濃濕衣。一向。凝情望。待得不成模樣。雖叵耐，又尋思。怎生瞋得伊。

【考辨】

此首《歷代詩餘》卷十一、《詞律》卷四皆題温庭筠作。劉毓盤輯《金荃詞》據之録入。《尊前集》作歐陽炯詞，《詞譜》卷六仍之。案：此首《花間集》温詞未收，《歷代詩餘》、《詞律》所題未可據信。當從《尊前集》作歐陽炯詞。劉輯本《金荃詞》録作温詞，失之。

又〔一〕

三十六宮秋夜永〔二〕，露華點滴高梧。丁丁玉漏咽銅壺。明月上金鋪。　紅線毯，博山爐。香風暗觸流蘇。羊車一去長青蕪。鏡塵鸞影孤〔三〕。

〔一〕敦煌寫卷伯三九九四作《更漏長》。

〔二〕秋夜永：敦煌寫卷伯三九九四奪「永」字。

〔三〕鏡塵：敦煌寫卷伯三九九四作「塵鏡」。　影：王輯本《歐陽平章詞》作「綵」。

定風波

暖日閒窗映碧紗。小池清水浸晴霞。數樹海棠紅欲盡。争忍。玉閨深掩過年華。　獨凭繡床方寸亂。腸斷。淚珠穿破臉邊花。鄰舍女郎相借問。音信。教人羞道未還家〔一〕。

〔一〕還：王輯本《歐陽平章詞》作「回」。

木蘭花

兒家夫壻心容易。身又不來書不寄。閒庭獨立鳥關關〔一〕，争忍抛奴深院裏。　悶向綠紗窗下睡。睡又不成愁已至〔二〕。今年却憶去年春，同在木蘭花下醉。

〔一〕立：顧本《尊前集》作「坐」。

〔二〕已：王輯本《歐陽平章詞》作「又」。

清平樂

春來階砌〔一〕。春雨如絲細。春地滿飄紅杏蒂。春燕舞隨風勢。春幡細縷春繒〔二〕。春閨一點春燈。自是春心繚亂，非干春夢無憑。

〔一〕階：王輯本《歐陽平章詞》、吴本、顧本、毛本《尊前集》作「街」。

〔二〕縷：原作「縷」，校云：「『縷』疑當作『鏤』。」據改。

菩薩蠻

曉來中酒和春睡。四肢無力雲鬟墜。斜臥臉波春。玉郎休惱人。日高猶未起。爲戀鴛鴦被。鸚鵡語金籠。道兒還是慵。

又

紅爐暖閣佳人睡。隔簾飛雪添寒氣。小院奏笙歌。香風簇綺羅。　酒傾金琖滿。蘭燭重開宴〔一〕。公子醉如泥。天街聞馬嘶〔二〕。

〔一〕燭：敦煌寫卷伯三九九四作「麝」。
〔二〕街：敦煌寫卷伯三九九四作「涯」。

又

翠眉雙臉新妝薄。幽閨斜捲青羅幕。寒食百花時。紅繁香滿枝。　雙雙梁燕語。蝶舞相隨去。腸斷正思君。閒眠冷繡茵。

又

畫屏繡閣三秋雨。香脣膩臉偎人語。語罷欲天明。嬌多夢不成。　曉街鐘鼓絶。瞋道如今別。特地氣長吁。倚屏彈淚珠。以上三十首朱本《尊前集》

存目詞

調名	首句	出處	附注
春光好	蘋葉嫩	《尊前集》	和凝作，見《花間集》卷六。
楊柳枝	軟碧摇煙似送人	《花草粹編》卷一	又
江城子	浣花溪上見卿卿	《詞的》卷一	張泌作，見《花間集》卷五。
瑞鷓鴣	天將奇艷與寒梅	《詞鵠初編》卷四	宋柳永作，見《樂章集》卷下。附録於後。

瑞鷓鴣

天將奇艷與寒梅。乍驚繁杏臘前開。暗想花神、巧作江南信，鮮染燕脂細翦裁。　壽陽妝罷無端飲，凌晨酒入香顋。恨聽煙隖深中，誰恁吹羌笛、逐風來。絳雪紛紛落翠苔。

和凝

和凝（八九八——九五五），字成績，鄆州須昌（今山東東平）人。梁乾化四年（九一四），年十七，舉明經。貞明二年(九一六)登進士第。後爲宣義軍節度使賀瓌從事，歷鄆、鄧、洋三府從事。後唐明宗天成三年(九二八)拜殿中侍御史。歷禮、刑二部員外郎，改主客員外郎、知制誥，尋充翰林學士，遷主客郎中。長興四年(九三三)，知貢舉，所取多才名之士，時議以爲得人。後歷中書舍人、工部侍郎，皆充學士。後晋天福二年(九三七)，改禮部侍郎，拜端明殿學士。三年，兼判度支，改户部侍郎。四年，爲翰林學士承旨。五年八月，爲中書侍郎平章事。七年，加右僕射。開運二年(九四五)爲左僕射。後漢天福十二年(九四七)除太子太保，封魯國公。後周廣順元年(九五一)，爲太子太傅。顯德二年(九五五)七月卒。年五十八，詔贈侍中。事迹見《北夢瑣言》卷六、《舊五代史》卷一二七、《新五代史》卷五五本傳。

和凝詞，《花間集》録存二十首、《尊前集》録存七首、《詞譜》録一首。今以晁本《花間集》爲底本録二十首，以朱本《尊前集》爲底本録七首，參校鄂本、吴本、陸本、茅本、玄本、湯本、雪本、毛本《花間集》、顧本、吴本、毛本《尊前集》，並劉輯本《紅葉稿》、王輯本《紅葉稿詞》、李一氓《花間集校》及互見各詞之别集、明以前所刊之總集等。另從内府本《詞譜》輯録一首。計二十八首。

小重山

春入神京萬木芳。禁林鶯語滑、蝶飛狂〔一〕。曉花擎露妬啼粧〔二〕。紅日永、風和百花香。

煙瑣柳絲長〔三〕。御溝澄碧水、轉池塘。時時微雨洗風光。天衢遠、到處引笙簧〔四〕。

〔一〕狂：洪武本《草堂詩餘》後集卷下作「忙」。

〔二〕花擎：洪武本《草堂詩餘》作「桃凝」。

〔三〕絲：吴本《花間集》作「條」。

〔四〕簧：原作「篁」，據王輯本《紅葉稿詞》、劉輯本《紅葉稿》、吴本、玄本、雪本《花間集》改。

又

正是神京爛熳時。羣仙初折得、郄詵枝。烏犀白紵最相宜〔一〕。精神出、御陌袖鞭垂。

柳色展愁眉。管絃分響亮、探花期。光陰占斷曲江池。新牓上、名姓徹丹墀。

〔一〕最：吴本《花間集》作「是」。

臨江仙

海棠香老春江晚，小樓霧縠涳濛〔一〕。翠鬟初出繡簾中。麝煙鸞珮惹蘋風。碾玉釵搖鸂鶒戰，雪肌雲鬢將融。含情遥指碧波東。越王臺殿蓼花紅。

〔一〕涳：王輯本《紅葉稿詞》作「空」，吴本《花間集》作「溟」。

又

披袍窣地紅宫錦，鶯語時轉輕音。碧羅冠子穩犀簪。鳳皇雙颭步摇金。　肌骨細勻紅玉軟，臉波微送春心。嬌羞不肯入鴛衾〔一〕。蘭膏光裏兩情深。

〔一〕鴛：王輯本《紅葉稿詞》作「鸞」。

菩薩蠻

越梅半拆輕寒裏。冰清澹薄籠藍水〔一〕。暖覺杏梢紅。遊絲狂惹風。　閑階莎徑碧。遠夢猶堪惜。離恨又迎春。相思難重陳。

〔一〕藍：雪本《花間集》作「煙」。

山花子〔一〕

鶯錦蟬縠馥麝臍。輕裾花草曉烟迷〔二〕。鸂鶒顫金紅掌墜，翠雲低。　星靨笑隈霞臉畔，蹙金開襜襯銀泥。春思半和芳草嫩，緑萋萋〔三〕。

〔一〕《山花子》與《浣溪沙》唐時各自爲調，故《教坊記》中二名並列。二調句法雖同，而一叶仄韵，一叶平韵。自敦煌曲發現之後，始得勘定此二名爲二調。其先皆爲「七七七三」兩遍之長短句體，後減字爲「七七七」兩遍之齊言體。五代以後，二名已混，遂指長短句之《浣溪沙》爲《山花子》，指齊言之《山花子》爲《浣溪沙》也。後人未見敦煌曲詞，因李璟有長短句之《浣溪沙》二首，而稱爲《南唐浣溪沙》，又不知此體先於齊言，遂認作《浣溪沙》之别體，而有「添字」、「攤破」之名。和凝此闋不是《山花子》，應是《浣溪沙》。今姑依原題原編。

〔二〕草：鄂本《花間集》、《花間集校》作「早」。

〔三〕緑：王輯本《紅葉稿詞》、劉輯本《紅葉稿》、鄂本《花間集》作「碧」。

又

銀字笙寒調正長。水紋簟冷畫屏涼。玉腕重□金扼臂〔一〕，澹梳粧。　幾度試香纖手暖，一迴嘗酒絳唇光。佯弄紅絲蠅拂子，打檀郎。

〔一〕玉腕句：晁本、鄂本、陸本、茅本、玄本、毛本《花間集》皆作六字句。湯本《花間集》作「玉腕重，金扼臂」兩三字句。雪本《花間集》於「臂」字下空一格，作七字句。《花間集校》云：「句應七字，當在**「重」**字下脱一字，如**「團」**、**「纏」**、**「摇」**等。」《花間集注》云：「竊疑當爲二**「重」**字，故抄本易脱一字也。」劉輯本《紅葉稿》作「玉腕重重金扼臂」。

何滿子〔一〕

正是破瓜年幾，含情慣得人饒。桃李精神鸚鵡舌，可堪虚度良宵。却愛藍羅裙子，羨他長束纖腰。

〔一〕何：原作「河」。白居易詩自注謂何滿子乃「開元中滄州歌者姓名，臨刑，進此曲以贖死，上竟不免。」段安節《琵琶録》云：「後遊靈武，李靈曜尚書席上有客唱《何滿子》，四座稱妙。」據改。諸本皆誤作「河」。

又

寫得魚牋無限，其如花鏁春輝。目斷巫山雲雨，空教殘夢依依。却愛薰香小鴨，羨他長在屏幃。

薄命女〔一〕

天欲曉。宫漏穿花聲繚繞。窗裏星光少。冷霧寒侵帳額〔二〕，殘月光沉樹杪。夢斷錦幃空悄悄〔三〕。强起愁眉小。

〔一〕本調鼂本、陸本、茅本、毛本《花間集》均有小注云：「一名《長命女》」，《唐宋諸賢絶妙詞選》卷一於此詞末亦注云：「一本名《長命女》。」劉輯本《紅葉稿》調名作《長命女》，並於「星光少」處分片作雙調。案：《長命女》，唐教坊曲，乃五言四句之聲詩，（見《樂府詩集》卷八〇），與五代雜言體無關。

〔二〕霧：原作「霞」。各本《花間集》同。案：《詞律》以爲「霞」不可言「冷」，也不可言「侵帳」，當是「霧」字之譌。茲從之。劉輯本《紅葉稿》作「露」。

〔三〕斷：王輯本《紅葉稿詞》作「裏」。

望梅花

春草全無消息。臘雪猶餘蹤跡。越嶺寒枝香自拆。冷艷奇芳堪惜。何事壽陽無處覓。吹入誰家橫笛。

【考辨】

此首《梅苑》卷五作歐陽修詞。案：此詞在《花間集》和凝詞中，歐集未收，諸家選本亦未有作歐詞者。《梅苑》顯係誤題。當從《花間集》作和凝詞。

天仙子

柳色披衫金縷鳳〔一〕。纖手輕捻紅豆弄。翠娥雙臉正含情〔二〕，桃花洞。瑶臺夢〔三〕。一片春愁誰與共。

〔一〕柳：原注云：「『丣』，古柳字，後方從木。又，一本作『丣』（案：即「卯」字）。兩存之。」卯色，蛋殼之微黄色也。疑是。

〔二〕臉：毛本《花間集》、《花間集校》作「歛」。

〔三〕瑶：劉輯本《紅葉稿》作「瓊」。

又

洞口春紅飛蔌蔌。仙子含愁眉黛緑。阮郎何事不歸來，懶燒金，慵篆玉。流水桃花空斷續。

春光好

紗窗暖，畫屏閑〔一〕。嚲雲鬟。睡起四肢無力，半春間〔二〕。玉指剪裁羅勝，金盤點綴酥山。窺宋深心無限事，小眉彎。

〔一〕閑：《花間集校》作「間」。

〔二〕間：劉輯本《紅葉稿》、《花間集校》作「閒」。

又

蘋葉軟，杏花明。畫船輕。雙浴鴛鴦出淥汀〔一〕。棹歌聲。　春水無風無浪，春天半雨半晴〔二〕。紅粉相隨南浦晚，幾含情〔三〕。

〔一〕淥：劉輯本《紅葉稿》、吴本《花間集》、《花間集校》、《尊前集》作「緑」。

〔二〕天：朱本《尊前集》作「來」。

〔三〕幾含情：朱本《尊前集》作「莫辭行」。

【考辨】

此首《尊前集》作歐陽炯詞。案：《尊前集》所題作者姓氏多有訛誤，未可據信。當從《花間集》作和凝詞。

採桑子

蝤蠐領上訶梨子，繡帶雙垂。椒户閑時〔一〕。競學樗蒲賭荔枝。　叢頭鞋子紅編細。裙窣金絲。無事嚬眉。春思翻教阿母疑。

〔一〕椒：王輯本《紅葉稿詞》作「朱」。

柳枝〔一〕

軟碧摇煙似送人。映花時把翠娥顰。青青自是風流主，慢颭金絲待洛神。

〔一〕　劉輯本《紅葉稿》、湯本《花間集》作《楊柳枝》。《花間集校》云：「即《楊柳枝》。」

【考辨】

此首《花草粹編》卷一作歐陽炯詞，《全唐詩》卷七六一作歐陽炯詩。劉輯本《紅葉稿》校云：「《花草粹編》以此詞爲歐陽炯作，非。」王輯本《歐陽平章詞》後記云：「《柳枝》『軟碧摇煙』一首，考係和凝作，故削之。」案：當從《花間集》作和凝詞。

又

瑟瑟羅裙金縷腰。黛眉偎破未重描。醉來咬損新花子〔一〕，拽住仙郎儘放嬌。

〔一〕　損：王輯本《紅葉稿詞》作「破」。

又

鵲橋初就咽銀河。今夜仙郎自姓和。不是昔年攀桂樹，豈能月裏索姮娥。

漁父

白芷汀寒立鷺鷥。蘋風輕剪浪花時。烟冪冪，日遲遲。香引芙蓉惹釣絲。以上二十首晁本《花間集》

江城子

初夜含嬌入洞房。理殘妝。柳眉長。翡翠屏中、親爇玉爐香。整頓金鈿呼小玉，排紅燭，待潘郎。

又

竹裏風生月上門。理秦筝。對雲屏。輕撥朱絃、恐亂馬嘶聲。含恨含嬌獨自語，今夜月〔一〕，太遲生。

〔一〕月：王輯本《紅葉稿詞》、劉輯本《紅葉稿》、吴本《尊前集》作「約」。

又

斗轉星移玉漏頻。已三更。對棲鶯。歷歷花間、似有馬啼聲。含笑整衣開繡户，斜斂手，下階迎。

又

迎得郎來入繡闈。話相思〔一〕。連理枝。鬢亂釵垂、梳墮印山眉。婭姹含情嬌不語，纖玉手，撫郎衣。

〔一〕話：原作「語」，據吴本《尊前集》改。

又

帳裏鴛鴦交頸情。恨雞聲〔一〕。天已明〔二〕。愁見街前、還是説歸程。臨上馬時期後會，待梅綻，月初生。

〔一〕恨：吴本《尊前集》作「悵」。

〔二〕天已：王輯本《紅葉稿詞》作「已天」。

喜遷鶯[一]

曉月墜，宿煙披[二]。銀燭錦屏欹[三]。建章欲曉玉繩低[四]。宮漏出花遲。　春態淺。來雙燕。紅日漸長一線[五]。嚴妝鐘罷轉黄鸝[六]。飛上萬年枝。

[一]《陽春集》作《鶴冲天》。

[二] 煙：《陽春集》作「雲」。

[三] 欹：《陽春集》作「幃」。

[四] 欲曉：《陽春集》作「鐘動」。

[五] 漸：《陽春集》作「初」。

[六] 鐘：《陽春集》作「欲」。　鸝：《陽春集》作「離」。

【考辨】

此首又見馮延巳《陽春集》。《花草粹編》卷四於馮延巳名下注云：「本作和凝。」又於詞末注云：「見《南唐書》。」案：馬令《南唐書》卷二一云：「(延巳)著樂章百餘闋，其《鶴冲天》詞云：『曉月墜(下略)』又《歸國遥》詞云：『江水碧(下略)』見稱於世。」《詞林紀事》據之斷作馮詞。然而此詞自《尊前集》録作和凝後，自宋以來諸家選本多作和詞，如《唐宋諸賢絶妙詞選》卷一、《草堂詩餘》正集卷一、《全唐詩》卷八九三、《歷代詩餘》卷一六等。姑兩存之，俟考。

麥秀兩歧

涼簟鋪斑竹。鴛枕並紅玉。臉蓮紅〔一〕，眉柳緑。胸雪宜新浴。淡黄衫子裁春縠。異香芬馥。羞道教回燭。未慣雙雙宿。樹連枝，魚比目。掌上腰如束。嬌嬈不奈人拳跼〔二〕。黛眉微蹙。

以上七首朱本《尊前集》

〔一〕蓮：毛本《尊前集》作「邊」。

〔二〕奈：王輯本《紅葉稿詞》、毛本《尊前集》作「争」，劉輯本《紅葉稿》作「禁」。

解紅〔一〕

百戲罷，五音清。解紅一曲新教成。兩箇瑶池小仙子，此時奪却柘枝名。內府本《詞譜》卷一

〔一〕楊慎《詞品》卷二云：「曲名有《解紅》者」。又云：「《樂書》云：『優童《解紅》舞，衣紫緋繡襦，銀帶花鳳冠。』蓋五代時人也。」《宋史·樂志》云：「小兒舞隊有《解紅》，其曲失傳。」可知《解紅》爲五代時優童隊舞曲名。入清以來，有對所引《樂書》語作「優童解紅，舞衣紫緋（下略）」斷句者，遂演爲「解紅，石晉和凝歌童也，凝爲制《解紅》一曲」之説。

存目詞

調名	首句	出處	附注
抛球樂	盡日登高興未殘	《歷代詩餘》卷三	馮延巳作，見《陽春集》。
玉樓春	拂水雙飛來去燕	《古今詞統》卷八	顧敻作，見《花間集》卷六。
調笑令	柳岸	劉毓盤《唐五代宋遼金元詞補遺》	宋秦觀作，見《淮海居士長短句》卷下。附録於後。

調笑令

柳岸。水清淺。笑折荷花呼女伴。盈盈日照新妝面。水調空傳幽怨。扁舟日暮笑聲遠。對此令人腸斷。

魏承班

魏承班（？——九二五），許州（今河南許昌）人。其父魏弘夫，王建收爲養子，改名王宗弼，承班亦從其父改名王承班。前蜀後主光天元年（九一八）六月，宗弼剪除唐文扆後，以兼中書令秉政。承班爲駙馬都尉、太尉。咸康元年（九二五）十一月，後唐軍攻蜀，宗弼叛蜀歸唐，據成都，自稱留後。承班奉父命賂唐軍。唐軍入成都後，族誅王宗弼家，承班亦罹難。事迹據《九國志》卷九、《新五代史》卷六三、《十國春秋》卷三九《王宗弼傳》，並《資治通鑒》、《錦里耆舊傳》等。

魏承班詞，《花間集》録存十五首，《尊前集》録存六首，共二十一首。今以晁本《花間集》爲底本録十五首，以朱本《尊前集》爲底本録六首，參校鄂本、吴本、陸本、茅本、玄本、湯本、雪本、毛本《花間集》、顧本、吴本、毛本《尊前集》、李一氓《花間集校》、王輯本《魏太尉詞》、吴虞《蜀十五家詞》及互見各詞之别集、明以前所刊之總集等。

菩薩蠻

羅裾薄薄秋波染。眉間畫時山兩點〔一〕。相見綺筵時。深情暗共知。　翠翹雲鬢動。斂態彈金鳳。宴罷入蘭房。邀人解珮璫。

〔一〕時：王輯本《魏太尉詞》作「得」。

又

羅衣隱約金泥畫〔一〕。玳筵一曲當秋夜。聲泛覷人嬌〔二〕。雲鬟裊翠翹。　酒醺紅玉軟。眉翠秋山遠。繡幌麝煙沉。誰人知兩心。

〔一〕隱：原作「穩」，據吴本、鄂本、湯本、毛本《花間集》、《花間集校》改。

〔二〕泛：王輯本《魏太尉詞》、陸本、茅本、玄本、湯本、毛本《花間集》、《花間集校》作「顫」。陸本《花間集》注云：「『顫』一作『泛』。」

滿宫花

雪霏霏，風凛凛。玉郎何處狂飲。醉時想得縱風流，羅帳香幃鴛寢。春朝秋夜思君甚。愁見繡屏孤枕。少年何事負初心，淚滴縷金雙衽〔一〕。

〔一〕衽：原作「枉」，據陸本《花間集》改。

木蘭花

小芙蓉，香旖旎。碧玉堂深清似水。閉寶匣〔一〕，掩金鋪，倚屏拖袖愁如醉。遲遲好景煙花媚。曲渚鴛鴦眠錦翅。凝然愁望静相思，一雙笑靨嚬香蘂。

〔一〕匣：吴本《花間集》作「鴨」。

玉樓春

寂寂畫堂梁上燕。高卷翠簾横數扇〔一〕。一庭春色惱人來，滿地落花紅幾片。　愁倚錦屏低雪面。淚滴繡羅金縷線〔二〕。好天凉月盡傷心，爲是玉郎長不見。

〔一〕數：湯本《花間集》作「素」。
〔二〕羅：湯本《花間集》作「裙」。

又

輕斂翠蛾呈皓齒。鶯囀一枝花影裏〔一〕。聲聲清迥遏行雲〔二〕，寂寂畫梁塵暗起。　玉斝滿斟情未已。促坐王孫公子醉。春風筵上貫珠匀，艷色韶顔嬌旖旎〔三〕。

〔一〕枝：王輯本《魏太尉詞》作「聲」。
〔二〕迥：雪本《花間集》作「響」。
〔三〕旖旎：原作「旎旖」，據王輯本《魏太尉詞》、《花間集校》改。

訴衷情

高歌宴罷月初盈。詩情引恨情。煙露冷，水流輕。思想夢難成。羅帳裊香平。恨頻生。思君無計睡還醒。隔層城。

又

春深花簇小樓臺。風飄錦繡開。新睡覺，步香階。山枕印紅腮。鬢亂墜金釵。語檀偎。臨行執手重重囑，幾千迴。

又

銀漢雲晴玉漏長。蛩聲悄畫堂。筠簟冷，碧窗涼。紅蠟淚飄香。皓月瀉寒光。割人腸。那堪獨自步池塘。對鴛鴦。

又

金風輕透碧窗紗。銀釭焰影斜。攲枕臥，恨何賒。山掩小屏霞。雲雨別吳娃。想容華。

夢成幾度繞天涯。到君家。

又

春情滿眼臉紅銷〔一〕。嬌妬索人饒。星靨小〔二〕，玉璫摇。幾共醉春朝〔三〕。　別後憶纖腰。夢魂勞。如今風葉又蕭蕭〔四〕。恨迢迢〔五〕。

〔一〕銷：《花間集校》作「綃」，並云：「晁、茅、玄、湯、雪諸本均作『紅銷』，非。」

〔二〕星：湯本《花間集》作「翠」。

〔三〕共：湯本《花間集》作「度」。

〔四〕風葉：湯本《花間集》作「楓葉」，雪本《花間集》作「風雨」。

〔五〕迢迢：王輯本《魏太尉詞》作「迢遥」。

生查子

煙雨晚晴天，零落花無語。難話此時心，梁燕雙來去。　琴韻對薰風，有恨和情撫。腸斷斷絃頻，淚滴黄金縷。

又

寂寞畫堂空，深夜垂羅幕〔一〕。燈暗錦屏欹，月冷珠簾薄〔二〕。愁恨夢難成〔三〕，何處貪歡樂。看看又春來〔四〕，還是長蕭索。

〔一〕羅：毛本《花間集》作「簾」。

〔二〕月：玄本、雪本《花間集》作「風」。

〔三〕難：鄂本、毛本《花間集》作「應」。

〔四〕又春：雪本《花間集》、《唐宋諸賢絶妙詞選》卷一作「春又」。

黄鍾樂

池塘煙暖草萋萋。惆悵閑霄含恨，愁坐思堪迷〔一〕。遥想玉人情事遠，音容渾似隔桃溪。偏記同歡秋月低。簾外論心花畔，和醉暗相携〔二〕。何事春來君不見，夢魂長在錦江西。

〔一〕惆悵二句：《花間集校》作「惆悵閑宵，含恨愁坐，思堪迷」三句。　霄：王輯本《魏太尉詞》、毛本《花間集》、《花間集校》作「宵」。《花間集校》云：「玄本作『閑霄』，誤。」案：「霄」，夜也。與「宵」通。

〔二〕簾外二句：陸本、湯本《花間集》、《花間集校》作「簾外論心，花畔和醉，暗相携」三句。

漁歌子

柳如眉，雲似髮。蛟綃霧縠籠香雪。夢魂驚，鍾漏歇。窗外曉鶯殘月。幾多情，無處説。落花飛絮清明節。少年郎，容易别。一去音書斷絶。

以上十五首晁本《花間集》

生查子

離别又經年，獨對芳菲景。嫁得薄情夫，長抱相思病。花紅柳緑閒晴空，蝶弄雙雙影〔一〕。羞看繡羅衣，爲有金鸞竝。

〔一〕弄：王輯本《魏太尉詞》作「舞」。

滿宫花

寒夜長，更漏永。愁見透簾月影。王孫何處不歸來，應在倡樓酩酊〔一〕。金鴨無香羅帳冷。羞更雙鸞交頸。夢中幾度見兒夫，不忍罵伊薄倖。

〔一〕應：顧本《尊前集》作「夜」。

菩薩蠻

玉容光照菱花影。沈沈臉上秋波冷。白雪一聲新。雕梁起暗塵。　寶釵摇翡翠。香惹芙蓉醉。携手入鴛衾。誰人知此心。

謁金門

煙水闊，人值清明時節。雨細花零鶯語切〔一〕。愁腸千萬結。　雁去音徽斷絶。有恨欲憑誰説。無事傷心猶不徹。春時容易别。

〔一〕鶯：原作「鸚」，據王輯本《魏太尉詞》、吴本《尊前集》改。

又

春欲半。堆砌落花千片。早是潘郎長不見。忍聽雙語燕。　飛絮晴空颺遠。風送誰家絃管。愁倚畫屏凡事懶。淚沾金縷線。

又

長思憶。思憶佳人輕擲〔一〕。霜月透簾澄夜色。小屏山凝碧。　恨恨君何太極。記得嬌嬈無力〔二〕。獨坐思量愁似織。斷腸煙水隔。

以上六首朱本《尊前集》

〔一〕人：王輯本《魏太尉詞》作「辰」。

〔二〕嬌嬈：顧本《尊前集》作「嬌嬌」。

王衍

王衍（八九九——九二六），字化源，原名宗衍，許州舞陽（今屬河南）人。前蜀先主王建第十一子。初封鄭王，爲左奉駕軍使。光天元年（九一八），嗣位，改名衍。先後改元乾德、咸康。在位八年，宴游無度，所用非人，咸康元年（九二五），國破降後唐，次年被殺，年二十八。世稱後主。酷好靡麗之辭，曾集艷體詩二百篇，號《煙花集》。《舊五代史》卷一三六、《新五代史》卷六三、《十國春秋》卷三七有傳。

王衍詞二首，一首輯自鮑本《五國故事》，校以陸本《新編分門古今類事》、萬曆本《花草粹編》。另一首録自萬曆本《花草粹編》引《北夢瑣言》。

甘州曲

畫羅裙〔一〕，能結束，稱腰身。柳眉桃臉不勝春。薄媚足精神。可惜許、淪落在風塵〔二〕。

鮑本《五國故事》卷上

〔一〕 畫羅裙：《新編分門古今類事》卷一三引《該聞録》作「畫羅衫子畫羅裙」。

〔二〕 淪：《該聞録》作「流」。

【本事】

衍之末年，率其母后等，同幸青城，至成都山上清宫，隨駕宫人皆衣畫雲霞道服。衍自製《甘州曲》辭，親與宫人唱之，曰(略)。宫人皆應聲而和之。衍之本意，以神仙而在凡塵耳，後衍降中原，宫妓多淪落人間，始驗其語。(《五國故事》卷上　又見《蜀檮杌》卷上)

醉妝詞

者邊走。那邊走。只是尋花柳。那邊走。者邊走。莫厭金杯酒。　萬曆本《花草粹編》卷一引《北夢瑣言》

【本事】

蜀後主裹小巾，其尖如錐，宫妓多衣道服，簪蓮花冠，施胭脂夾臉，號「醉妝」。作此詞。（《花草粹編》卷一引《北夢瑣言》。今傳《北夢瑣言》無此則）咸康元年正月朔，受朝賀，大赦改元。三月，衍朝永陵，自爲尖巾，民庶皆效之，還宴怡神亭，嬪妃妾妓皆衣道服，蓮花冠，髽髻爲樂。夾臉連額，渥以朱粉，曰「醉妝」。國人皆效之。（《蜀檮杌》卷上）

張格

張格（？——九二七），字承之，一字義師，河間（今屬河北）人。天復三年（九〇三），其父張濬爲楊麟所殺，格逃入蜀依王建，爲翰林學士。武成元年（九〇八），拜中書侍郎、同平章事，累加右僕射、太傅。後主王衍即位，貶爲茂州刺史，再貶維州司户。乾德六年（九二四），復入相。前蜀亡，入洛，授太子賓客、三司副使。天成二年卒。《舊五代史》卷七一、《十國春秋》卷四一有傳。另參《資治通鑑》卷二六六。

張格詞殘句，據董本《宋朝事實類苑》録入。

感皇恩

最好是，長街裏，聽喝相公來。　董本《宋朝事實類苑》卷六六引《楊文公談苑》

【本事】

孟蜀後主，凡命宰相，必徵《感皇恩》二章爲謝。有張格者拜相，其所獻之曲，有「最好是，長街裏，聽喝相公來」之句，人傳爲笑。（《宋朝事實類苑》卷六六引《楊文公談苑》。案，張格兩次拜相皆在前蜀，此作「孟蜀後主」時，疑有誤。）

庾傳素

庾傳素（生卒年里不詳），仕前蜀王建，起家蜀州刺史，累官至左僕射，兼中書侍郎、同平章事。天漢元年（九一七），爲宦官唐文扆所譖，罷爲工部尚書；未幾，改兵部。後主王衍即位，加太子少保，復兼中書侍郎、同平章事。前蜀亡，降後唐，授刺史。《十國春秋》卷四一有傳。

庾傳素詞一首，據《尊前集》朱本録入，校以吴本、顧本、毛本、明鈔本。

木蘭花〔一〕

木蘭紅艷多情態。不似凡花人不愛。移來孔雀檻邊栽，折向鳳凰釵上戴。　是何芍藥争風彩。自共牡丹長作對。若教爲女嫁東風，除却黄鸝難匹配〔二〕。

〔一〕　吴本、明鈔本《尊前集》分此詞爲單調二首，非。朱本《尊前集》

〔二〕鸝：吴本、毛本、明鈔本《尊前集》作「鶯」。

薛昭蘊

薛昭蘊（生卒年不詳），字里無考。《花間集》稱爲「薛侍郎」。新舊《唐書》有《薛昭緯傳》，稱其乾寧中爲禮部侍郎，《北夢瑣言》卷四又謂昭緯愛唱《浣溪沙》詞。王國維《庚辛之間讀書記·跋覆宋本〈花間集〉》據之疑即薛昭緯。其説云：「今此集載昭蘊詞十九首，其八首爲《浣溪沙》；又稱爲薛侍郎，恐與昭緯爲一人。緯、蘊二字俱從系，必有一誤也。」俞平伯疑其非是，謂「史載昭緯卒於唐末，而《花間集》列昭蘊於韋莊、牛嶠間，當爲前蜀時人。」（《唐宋詞選釋》上卷）陳尚君《花間詞人事輯》承王説以爲「當即薛昭緯」，並「另舉數據，以成其説」。然終無確乎不拔之證。

薛昭蘊詞今存十九首，均見《花間集》。今以晁本《花間集》爲底本，參校鄂本、吴本、陸本、茅本、玄本、湯本、雪本、毛本《花間集》、李一氓《花間集校》、王輯本《薛侍郎詞》、吴虞《蜀十五家詞》及互見各詞之别集、明以前所刊之總集等。

浣溪沙

紅蓼渡頭秋正雨。印沙鷗跡自成行。整鬟飄袖野風香。　不語含顰深浦裏，幾迴愁煞棹船郎。燕歸帆盡水茫茫。

又

鈿匣菱花錦帶垂〔一〕。靜臨蘭檻卸頭時。約鬟低珥算歸期。　茂苑草青湘渚闊〔二〕，夢餘空有漏依依。二年終日損芳菲。

〔一〕匣：雪本《花間集》作「葉」。

〔二〕茂苑：王輯本《薛侍郎詞》、鄂本、毛本《花間集》作「花茂」。《花間集校》云：「鄂本、毛本作『花茂』，非。『茂苑』與本句『湘渚』對舉，非與『草青』對舉。」所説甚是。

又

粉上依稀有淚痕。郡庭花落欲黄昏〔一〕。遠情深恨與誰論。　記得去年寒食日〔二〕，延秋門外卓金輪。日斜人散暗銷魂。

〔一〕欲：原作「歛」，據鄂本、毛本《花間集》、《花間集校》改。

〔二〕日：王輯本《薛侍郎詞》作「節」。

又

握手河橋柳似金。蜂鬚輕惹百花心。蕙風蘭思寄清琴。　意滿便同春水滿，情深還似酒盃深。楚煙湘月兩沉沉〔一〕。

〔一〕兩：玄本、雪本《花間集》作「雨」。

又

簾下三間出寺墻〔一〕。滿街垂柳緑陰長〔二〕。嫩紅輕翠間濃妝。　瞥地見時猶可可，却來閑處暗思量。如今情事隔仙鄉。

〔一〕寺：雪本《花間集》作「市」。

〔二〕街：玄本、雪本《花間集》作「階」。

又

江館清秋攬客船〔一〕。故人相送夜開筵。麝煙蘭焰簇花鈿。　正是斷魂迷楚雨，不堪離恨咽湘絃。月高霜白水連天。

〔一〕攬：王輯本《薛侍郎詞》作「纜」。

又

傾國傾城恨有餘。幾多紅淚泣姑蘇。倚風凝睇雪肌膚。　吴主山河空落日，越王宫殿半平蕪。藕花菱蔓滿重湖〔一〕。

〔一〕重：王輯本《薛侍郎詞》作「平」。

又

越女淘金春水上。步摇雲鬢珮鳴璫。渚風江草又清香。　不爲遠山凝翠黛，只應含恨向斜陽。碧桃花謝憶劉郎〔一〕。

〔一〕謝：原作「榭」，據王輯本《薛侍郎詞》、鄂本、茅本、玄本、毛本、湯本《花間集》改。

喜遷鶯

殘蟾落，曉鍾鳴。羽化覺身輕。乍無春睡有餘酲。杏苑雪初晴。　紫陌長，襟袖冷。不是人間風景。迴看塵土似前生。休羡谷中鶯。

又

金門曉，玉京春。駿馬驟輕塵。樺煙深處白衫新。認得化龍身。九陌喧，千户啓。滿袖桂香風細〔一〕。杏園歡宴曲江濱。自此占芳辰。

〔一〕香：王輯本《薛侍郎詞》作「花」。

又

清明節，雨晴天。得意正當年。馬驕泥軟錦連乾。香袖半籠鞭。花色融，人競賞。盡是繡鞍朱鞅。日斜無計更留連。歸路草和煙。

小重山

春到長門春草青。玉階華露滴，月朧明。東風吹斷紫簫聲〔一〕。宫漏促〔二〕，簾外曉啼鶯。愁極夢難成〔三〕。紅妝流宿淚〔四〕，不勝情。手挼裙帶繞階行〔五〕。思君切，羅幌暗塵生。

〔一〕紫：鄂本、吴本、毛本《花間集》作「玉」。

〔二〕宫漏促：《唐宋諸賢絶妙詞選》卷一作「金爐冷」。

〔三〕 愁極：晁本、陸本、茅本《花間集》詞末注云：「『愁極』作『愁起』，『繞階』作『繞宫』，非是。合從舊本。」鄂本、吴本、毛本《花間集》作「愁起」。

〔四〕 紅妝句：《唐宋諸賢絶妙詞選》作「殘妝和宿淚」。

〔五〕 階：王輯本《薛侍郎詞》、《唐宋諸賢絶妙詞選》作「花」；鄂本、吴本、毛本《花間集》作「宫」。

又

秋到長門秋草黄。畫梁雙燕去〔一〕，出宫墻。玉簫無復理霓裳〔二〕。金蟬墜，鸞鏡掩休妝。

憶昔在昭陽。舞衣紅綬帶，繡鴛鴦。至今猶惹御鑪香。魂夢斷，愁聽漏更長〔三〕。

〔一〕 雙：王輯本《薛侍郎詞》作「春」。

〔二〕 復：雪本《花間集》作「力」。

〔三〕 漏更：玄本《花間集》作「更漏」。

【考辨】

以上二首《花草粹編》卷六作韋莊詞，不足據。當從《花間集》作薛昭藴詞。

離別難

寶馬曉鞴彫鞍。羅幃乍別情難。那堪春景媚。送君千萬里。半妝珠翠落，露華寒。紅蠟燭。青絲曲。偏能鉤引淚闌干。　良夜促。香塵緑。魂欲迷。檀眉半斂愁低。未別心先咽。欲語情難說。出芳草、路東西。摇袖立。春風急。櫻花楊柳雨凄凄〔一〕。

〔一〕　雨：王輯本《薛侍郎詞》作「兩」。

相見歡

羅襦繡袂香紅〔一〕。畫堂中。細草平沙蕃馬，小屏風。　卷羅幕。凭妝閣。思無窮〔二〕。暮雨輕煙魂斷〔三〕，隔簾櫳。

〔一〕　襦：《陽春集》作「幃」。

〔二〕　無：《陽春集》作「何」。

〔三〕　魂：王輯本《薛侍郎詞》作「腸」，《陽春集》作「夢」。

【考辨】

此首又見馮延巳《陽春集》。四印齋本《陽春集》注云：「別作薛昭藴。」案：此首《花間集》作薛昭藴詞，《花草粹編》卷一、《全唐詩》卷八九四仍之。《陽春集》收作馮詞，失之。當從《花間集》作薛昭蘊詞。

醉公子

慢綰青絲髮。光研吳綾襪。床上小熏籠。韶州新退紅。　叵耐無端處。捻得從頭污。惱得眼慵開。問人閑事來。

女冠子

求仙去也。翠鈿金篦盡捨。入喦巒。霧捲黄羅帔，雲彫白玉冠。　野煙溪洞冷，林月石橋寒〔一〕。靜夜松風下，禮天壇。

〔一〕橋：吴本《花間集》作「樓」。

又

雲羅霧縠。新授明威法籙。降真函。髻綰青絲髮，冠抽碧玉篸。　往來雲過五，去住島經三。正遇劉郎使，啓瑶緘。

謁金門

春滿院。疊損羅衣金線。睡覺水精簾未捲。簷前雙語燕〔一〕。　斜掩金鋪一扇〔二〕。滿地落花千片。早是相思腸欲斷。忍交頻夢見。

以上十九首晁本《花間集》

〔一〕簷：王輯本《薛侍郎詞》、顧本、毛本、朱本《尊前集》作「簾」。

〔二〕掩：吳本《花間集》、顧本、毛本、朱本《尊前集》作「捲」。

存目詞

調名	首句	出處	附注
河傳	秋光滿目	《花草粹編》卷五	徐昌圖作，見《尊前集》。

牛嶠

牛嶠（生卒年不詳），嶠，《舊唐書》作蟜，恐誤。字松卿，一字延峰。其先安定鶉觚（今甘肅靈臺）人，後徙狄道（今甘肅臨洮）。牛僧孺之孫，牛叢之子。乾符五年（八七八），登進士第。歷官拾遺、補闕、尚書郎。大順二年（八九一），王建鎮蜀後，辟爲判官。及前蜀開國，拜給事中，卒。事迹見《唐詩紀事》卷七一、《郡齋讀書志》卷一八、《唐才子傳校箋》卷九、《十國春秋》卷四四本傳。牛嶠詞今存三十二首，均見《花間集》。今以晁本《花間集》爲底本，參校鄂本、吴本、陸本、茅本、玄本、湯本、雪本、毛本《花間集》，並王輯本《牛給事詞》、吴虞《蜀十五家詞》、李一氓《花間集校》及互見各詞之别集、明以前所刊之總集等。

柳枝〔一〕

解凍風來末上青〔二〕。解垂羅袖拜卿卿。無端裊娜臨官路，舞送行人過一生。

〔一〕毛本《花間集》作《楊柳枝》，《花間集校》云：「即《楊柳枝》。」

〔二〕末：王輯本《牛給事詞》、鄂本《花間集》作「未」；湯本《花間集》作「陌」。

又

吴王宫裏色偏深。一簇纖條萬縷金。不憤錢塘蘇小小〔一〕。引郎松下結同心。

〔一〕錢塘：原作「前塘」，據鄂本、吴本、茅本、湯本、毛本《花間集》、《花間集校》改。王輯本《牛給事詞》作「錢唐」。

又

橋北橋南千萬條。恨伊張緒不相饒。金羈白馬臨風望，認得羊家浄婉腰〔一〕。

〔一〕得：王輯本《牛給事詞》作「是」。　羊家浄婉腰：「羊」原作「楊」，「浄」原作「静」，《南史·羊侃傳》：「舞人張浄婉，腰圍一尺六寸，時人咸推能掌上舞。」據改。

又

狂雪隨風撲馬飛。惹煙無力被春欺。莫交移入靈和殿，宫女三千又妬伊。

又

裊翠籠煙拂暖波。舞裙新染麴塵羅。章華臺畔隋堤上，傍得春風尔許多〔一〕。

〔一〕春：王輯本《牛給事詞》作「東」。

女冠子

緑雲高髻。點翠勻紅時世。月如眉。淺笑含雙靨，低聲唱小詞。　眼看唯恐化，魂蕩欲相隨。玉趾迴嬌步，約佳期。

又

錦江煙水。卓女燒春濃美〔一〕。小檀霞。繡帶芙蓉帳，金釵芍藥花。額黄侵膩髮，臂釧透紅紗。柳暗鶯啼處，認郎家。

〔一〕燒春：王輯本《牛給事詞》作「燒香」，雪本《花間集》作「曉春」，湯本《花間集》作「澆春」，皆非。《全蜀藝文志》注云：「燒酒名『燒春』，其法始於文君。」《花間集校》云：「燒春，酒名。李肇《國史補》：『酒則有劍南之燒春。』顯用文君當爐典。」

又

星冠霞帔。住在藥珠宫裏。佩丁當。明翠摇蟬翼，纖珪理宿妝〔一〕。醮壇春草緑，藥院杏花香。青鳥傳心事，寄劉郎。

〔一〕纖珪：湯本《花間集》作「纖手」。《花間集校》云：「毛熙震《河滿子》云：『整鬢時見纖瓊。』『纖珪』同『纖瓊』，意即纖手，但取譬瓊、珪。」

又

雙飛雙舞。春晝後園鶯語。卷羅幃。錦字書封了，銀河鴈過遲。　鴛鴦排寶帳，荳蔻繡連枝。不語匀珠淚，落花時。

夢江南〔一〕

啣泥燕，飛到畫堂前。占得杏梁安穩處，體輕唯有主人憐。堪羨好因緣。

〔一〕　王輯本《牛給事詞》作《憶江南》。

又

紅繡被，兩兩間鴛鴦。不是鳥中偏愛尔，爲緣交頸睡南塘。全勝薄情郎。

感恩多

兩條紅粉淚。多少香閨意。强攀桃李枝。斂愁眉。　陌上鶯啼蝶舞，柳花飛。柳花飛。願得郎心、憶家還早歸。

又

自從南浦別。愁見丁香結。近來情轉深。憶鴛衾〔一〕。　幾度將書託煙鴈，淚盈襟。淚盈襟。禮月求天，願君知我心。

〔一〕鴛：王輯本《牛給事詞》作「羅」。

應天長

玉樓春望晴煙滅。舞衫斜卷金條脱〔一〕。黄鸝嬌囀聲初歇。杏花飄盡龍山雪〔二〕。　鳳釵低赴節。筵上王孫愁絶。鴛鴦對啣羅結。兩情深夜月。

〔一〕條脱：吳本《花間集》作「跳脱」，玄本《花間集》作「調脱」。案：「條脱」，腕釧也。或作「調脱」、「跳脱」、「挑脱」、「條達」。

〔二〕龍：原誤作「攏」，據王輯本《牛給事詞》、茅本、湯本、玄本、毛本《花間集》、《花間集校》改。

又

雙眉澹薄藏心事〔一〕。清夜背燈嬌又醉。玉釵横，山枕膩〔二〕。寶帳鴛鴦春睡美。　別經時，無限意。虚道相思憔悴。莫信綵牋書裏。賺人腸斷字〔三〕。

〔一〕雙：湯本《花間集》作「蛾」。
〔二〕山：王輯本《牛給事詞》作「嬌」。
〔三〕腸斷：湯本《花間集》作「斷腸」。

更漏子

星漸稀，漏頻轉。何處輪臺聲怨。香閣掩，杏花紅。月明楊柳風。挑錦字，記情事。唯願兩心相似。收淚語，背燈眠。玉釵横枕邊。

又

春夜闌，更漏促。金燼暗挑殘燭。驚夢斷，錦屏深。兩鄉明月心。閨草碧，望歸客。還是不知消息。辜負我，悔憐君。告天天不聞。

【考辨】

此首傅榦《注坡詞》傅共序以爲蘇軾詞。案：《花間集》成書於後蜀廣政三年（九四〇年），此詞已在集中牛嶠名下。蘇軾出生於宋仁宗景祐三年（一〇三六年），其非蘇軾所作甚明。傅共所云非是。當從《花間集》作牛嶠詞。

又

南浦情，紅粉淚。争奈兩人深意。低翠黛，卷征衣。馬嘶霜葉飛。　招手别，寸腸結。還是去年時節。書託鴈，夢歸家。覺來江月斜。

望江怨

東風急。惜别花時手頻執。羅幃愁獨入。馬嘶殘雨春蕪濕。倚門立。寄語薄情郎，粉香和淚泣。

菩薩蠻

舞裙香暖金泥鳳。畫梁語燕驚殘夢。門外柳花飛。玉郎猶未歸。　愁匀紅粉淚。眉剪春山翠。何處是遼陽。錦屏春晝長。

又

柳花飛處鶯聲急。晴街春色香車立。金鳳小簾開。臉波和恨來。今宵求夢想。難到青樓上。贏得一場愁。鴛衾誰並頭。

又

玉釵風動春幡急。交枝紅杏籠煙泣。樓上望卿卿。窗寒新雨晴。薰爐蒙翠被〔一〕。繡帳鴛鴦睡〔二〕。何處最相知〔三〕。羨他初畫眉。

〔一〕爐：雪本《花間集》作「籠」。

〔二〕繡：湯本《花間集》作「緑」。

〔三〕最：王輯本《牛給事詞》、鄂本、吴本《花間集》、《花間集校》作「有」。

又

畫屏重疊巫陽翠。楚神尚有行雲意。朝暮幾般心。向他情謾深。風流今古隔〔一〕。虚作瞿塘客。山月照山花。夢迴燈影斜。

〔一〕今古：吴本《花間集》作「今昔」。

又

風簾燕舞鶯啼柳。妝臺約鬢低纖手。釵重髻盤珊。一枝紅牡丹。門前行樂客。白馬嘶春色。故故墜金鞭。迴頭應眼穿。

又

緑雲鬢上飛金雀。愁眉斂翠春煙薄。香閣掩芙蓉。畫屏山幾重。窗寒天欲曙。猶結同心苣。啼粉污羅衣〔一〕。問郎何日歸。

〔一〕污：王輯本《牛給事詞》作「涴」。

【考辨】

此首《古今詞統》卷五作宋李清照詞，注云：「一刻牛嶠。」案：《漱玉詞》及諸選本均未收此首作李清照詞。《古今詞統》顯係誤題。當從《花間集》作牛嶠詞。

又

玉樓冰簟鴛鴦錦〔一〕。粉融香汗流山枕。簾外轆轤聲。斂眉含笑驚。　柳陰煙漠漠。低鬢蟬釵落。須作一生拚。盡君今日歡。

〔一〕樓：王輯本《牛給事詞》作「爐」。

酒泉子

記得去年，煙暖杏園花正發，雪飄香。江草緑，柳絲長。　鈿車纖手卷簾望。眉學春山樣。鳳釵低裊翠鬟上。落梅妝。

定西番

紫塞月明千里，金甲冷，戍樓寒。夢長安。　鄉思望中天闊。漏殘星亦殘。畫角數聲嗚咽。雪漫漫。

玉樓春〔一〕

春入横塘揺淺浪。花落小園空惆悵。此情誰信爲狂夫，恨翠愁紅流枕上。　小玉窗前嗔燕語。紅淚滴穿金線縷。鴈歸不見報郎歸，織成錦字封過與〔二〕。

〔一〕王輯本《牛給事詞》作《木蘭花》。

〔二〕過：王輯本《牛給事詞》作「寄」，《花間集注》云：「疑是『遲』字之譌。」案：「過與」，給與也。《雲謡集・抛球樂》：「當初姊姊分明道，莫把真心過與他。」

西溪子

捍撥雙盤金鳳。蟬鬢玉釵揺動。畫堂前，人不語。絃解語。彈到昭君怨處，翠蛾愁。不擡頭〔一〕。

〔一〕擡：鄂本《花間集》作「回」。

江城子

鵁鶄飛起郡城東。碧江空。半灘風。越王宫殿、蘋葉藕花中。簾卷水樓漁浪起〔一〕，千片雪，雨濛濛。

〔一〕漁：王輯本《牛給事詞》、《花間集校》作「魚」。

又

極浦煙消水鳥飛。離筵分首時〔一〕。送金卮。渡口楊花、狂雪任風吹〔二〕。日暮空江波浪急〔三〕，芳草岸，雨如絲。　　以上三十二首晁本《花間集》

〔一〕離筵句：王輯本《牛給事詞》作「分手時」三字一句，吴本《花間集》作「離筵分首送金卮」。

〔二〕渡口句：陸本《花間集》作「渡口楊花狂雪、任風吹。」

〔三〕空江：鄂本、吴本《花間集》、《花間集校》作「天空」。《花間集校》云：「從鄂本。他本均作『空江』，前者已有『碧江空』句，本句於『日暮』與『波浪急』之外，又言『天空』，詞意充實。」

存目詞

調名	首句	出處	附注
女冠子	含嬌含笑	《古今詞統》卷四	温庭筠作，見《花間集》卷一。
酒泉子	楚女不歸	《古今詞統》卷三	又
南歌子	手裏金鸚鵡	《古今詞統》卷一	又
又	撲蕊添黄子	又	又
歸國遥	香玉	《古今詞統》卷四	又
又	雙臉	又	又
楊柳枝	織錦機邊鶯語頻	《古今詞統》卷二	又
又	金縷毿毿碧瓦溝	又	又
又	膩粉瓊妝透碧紗	《詞的》卷一	張泌作，見《花間集》卷四。
西溪子	昨日西溪游賞	《蜀中名勝記》二	毛文錫作，見《花間集》卷五。
酒泉子	紫陌青門	《詞林萬選》卷一	張泌作，見《花間集》卷四。

張泌

張泌（生卒年不詳），字里無考。《花間集》列諸牛嶠、毛文錫之間，稱「張舍人」。南唐時别有張泌（一作「佖」）者，初官句容尉，後主徵爲監察御史，官内史舍人，後隨後主歸宋，及見後主之卒。前人多以爲《花間》詞作者。近人胡適疑之，謂「此説殊多謬誤。《花間集》結集於九四〇年，其時南唐建國不及四年。後主嗣位在九六一年，相距二十餘年，而《花間集》裏已稱張舍人泌了」。並謂「《花間集》稱人官爵皆是結集時的官爵，故和凝只稱『學士』，而不稱『相』。」（《詞選》）俞平伯亦謂南唐時之張泌，「及見李煜之死，則已在九七八年之後，距《花間集》成書遲約四十年。且《花間》不收南唐詞，自非一人也。」（《唐宋詞選釋》）又《尊前集》選録唐五代人詞，其原本編次不紊中特重南唐，南唐詞人成文幹、馮延巳皆先於温庭筠及《花間》詞人，列諸五代詞人之首。而置張泌於《花間》詞人韋莊之後，毛文錫之前，不在南唐詞人之列。則此張泌自非南唐張泌也。陳尚君撰《花間詞人事輯》疑與唐末詞人張曙爲同一人，惜無碻證，録以備考。

張泌詞《花間集》録存二十七首，《尊前集》録存一首，共二十八首。今以晁本《花間集》爲底本録二十七首，以朱本《尊前集》爲底本録一首，參校鄂本、吴本、陸本、茅本、玄本、湯本、雪本、毛本《花間集》、顧本、吴本、毛本《尊前集》，並王輯本《張舍人詞》、吴虞《蜀十五家詞》、李一氓《花間集校》及互見各詞之别集、明以前所刊之總集等。

浣溪沙

鈿轂香車過柳堤。樺煙分處馬頻嘶。爲他沉醉不成泥。　花滿驛亭香露細，杜鵑聲斷玉蟾低〔一〕。含情無語倚樓西。

〔一〕斷：王輯本《張舍人詞》作「裏」。

又

馬上凝情憶舊遊。照花淹竹小溪流。鈿箏羅幕玉搔頭。　早是出門長帶月，可堪分袂又經秋。晚風斜日不勝愁。

又

獨立寒階望月華。露濃香泛小庭花。繡屏愁背一燈斜。　雲雨自從分散後，人間無路到仙家。但憑魂夢訪天涯〔一〕。

〔一〕訪：雪本《花間集》作「逐」。

又

依約殘眉理舊黃。翠鬟拋擲一簪長。暖風晴日罷朝妝。　閑折海棠看又撚，玉纖無力惹餘香。此情誰會倚斜陽。

又

翡翠屏開繡幄紅。謝娥無力曉妝慵。錦帷鴛被宿香濃〔一〕。　微雨小庭春寂寞，燕飛鶯語隔簾櫳。杏花凝恨倚東風。

〔一〕鴛：玄本、雪本《花間集》作「繡」。

又

枕障燻鑪隔繡幃〔一〕。二年終日兩相思〔二〕。杏花明月始應知〔三〕。　天上人間何處去，舊歡新夢覺來時。黃昏微雨畫簾垂。

〔一〕燻：王輯本《張舍人詞》作「香」。

〔二〕二：王輯本《張舍人詞》作「年」。

〔三〕 杏花：《北夢瑣言》卷八作「好風」。

【考辨】

此首孫光憲《北夢瑣言》卷八謂是張曙詞。詳前張曙詞【考辨】。

又

花月香寒悄夜塵。綺筵幽會暗傷神。嬋娟依約畫屏人。人不見時還暫語，令纔拋後愛微顰。越羅巴錦不勝春。

又

偏戴花冠白玉簪。睡容新起意沉吟。翠鈿金縷鎮眉心。小檻日斜風悄悄，隔簾零落杏花陰。斷香輕碧鏁愁深。

又

晚逐香車入鳳城。東風斜揭繡簾輕。慢迴嬌眼笑盈盈。消息未通何計是，便須佯醉且隨行。依稀聞道太狂生。

又

小市東門欲雪天。衆中依約見神仙。蘂黄香畫帖金蟬。　飲散黄昏人草草，醉容無語立門前〔一〕。馬嘶塵烘一街煙。

〔一〕語：吴本《花間集》作「路」。

臨江仙

煙收湘渚秋江静，蕉花露泣愁紅。五雲雙鶴去無蹤。幾迴魂斷，凝望向長空。　翠竹暗留珠淚怨，閑調寶瑟波中。花鬟月鬢緑雲重。古祠深殿，香冷雨和風。

女冠子

露花煙草。寂寞五雲三島。正春深。貌減潛銷玉，香殘尚惹襟。　竹疏虚檻静，松密醮壇陰。何事劉郎去，信沉沉。

河傳

渺莽，雲水〔一〕。惆悵暮帆，去程迢遞。夕陽芳草，千里萬里〔二〕。鴈聲無限起。　夢魂悄斷煙波裏〔三〕。心如醉。相見何處是。錦屏香冷無睡〔四〕。被頭多少淚。

〔一〕渺莽二句：《花間集校》作「渺莽雲水」一句。

〔二〕夕陽二句：《花間集校》作「夕陽芳草千里。萬里。」

〔三〕悄：雪本《花間集》作「銷」。

〔四〕錦屏句：《花間集校》作「錦屏香冷，無睡」二句。

又

紅杏。紅杏。交枝相映〔一〕。密密濛濛。一庭濃艷倚東風〔二〕。香融。透簾櫳。　斜陽似共春光語。蝶爭舞。更引流鶯妒。魂銷千片玉罇前〔三〕。神仙。瑤池醉暮天。

〔一〕紅杏二句：陸本《花間集》作「紅杏交枝相映」一句。

〔二〕倚：雪本《花間集》作「起」。

〔三〕魂銷句：陸本《花間集》作「魂銷千片，玉罇前。」二句。

酒泉子

春雨打窗。驚夢覺來天氣曉。畫堂深，紅焰小〔一〕。背蘭釭。　酒香噴鼻懶開缸。惆悵更無人共醉。舊巢中，新燕子。語雙雙。

〔一〕畫堂二句：陸本《花間集》作「畫堂深紅焰小」一句。

又

紫陌青門，三十六宮春色，御溝輦路暗相通〔一〕。杏園風。　咸陽沽酒寶釵空。笑指未央歸去，插花走馬落殘紅〔二〕。月明中。

〔一〕御溝句：陸本《花間集》作「御溝輦路，暗相通」兩句。

〔二〕插花句：陸本《花間集》作「插花走馬，落殘紅」兩句。

【考辨】

此首劉毓盤輯本《李翰林集》作李白詞。案沈括《夢溪筆談》卷五云：「小曲有『咸陽沽酒寶釵空』之句，云是李白所製。然李白集中有《清平樂》詞四首，獨只是詩。而《花間集》所載『咸陽沽酒寶釵空』，乃云是張泌所爲，莫知孰是也。」劉毓盤輯本《李翰林集》遂據「李白所製」云云而收此首爲李白詞，却無視沈括「莫知孰是」之説，不足據。《詞林萬選》卷一又題牛嶠撰，亦非是。當從《花間集》作張泌詞。

生查子

相見稀，喜相見。相見還相遠。檀畫荔枝紅，金蔓蜻蜓軟。　魚鴈疏，芳信斷。花落庭陰晚。可惜玉肌膚，銷瘦成慵懶。

思越人

燕雙飛，鶯百囀，越波堤下長橋。鬭鈿花筐金匣恰，舞衣羅薄纖腰。　東風澹蕩慵無力。黛眉愁聚春碧。滿地落花無消息。月明腸斷空憶。

滿宫花

花正芳，樓似綺。寂寞上陽宫裏。鈿籠金瑣睡鴛鴦，簾冷露華珠翠。　嬌艷輕盈香雪膩。細雨黄鶯雙起。東風惆悵欲清明〔一〕，公子橋邊沉醉。

〔一〕　清：王輯本《張舍人詞》作「天」。

柳枝〔一〕

膩粉瓊妝透碧紗。雪休誇。金鳳搔頭墜鬢斜〔二〕。髮交加。　倚着雲屏新睡覺。思夢笑。紅腮隱出枕函花。有些些。

〔一〕《花間集校》注云：「即『楊柳枝』。」

〔二〕墜：鄂本《花間集》、《花間集校》作「墮」。

【考辨】

此首《詞的》卷一作牛嶠詞。案：《花間集》牛嶠詞未收，他本亦無作牛嶠詞者，《詞的》顯係誤題，當從《花間集》作張泌詞。

南歌子

柳色遮樓暗，桐花落砌香。畫堂開處遠風凉。高卷水精簾額，襯斜陽。

又

岸柳拖煙緑，庭花照日紅。數聲蜀魄入簾櫳。驚斷碧窗殘夢〔一〕，畫屏空。

〔一〕 碧：王輯本《張舍人詞》作「北」。

又

錦薦紅鸂鶒，羅衣繡鳳皇。綺疏飄雪北風狂。簾幕盡垂無事〔一〕，鬱金香。

〔一〕 盡：玄本《花間集》作「晝」。

江城子〔一〕

碧欄干外小中庭〔二〕。雨初晴。曉鶯聲〔三〕。飛絮落花，時節近清明。睡起卷簾無一事，勻面了〔四〕，没心情。

〔一〕 此首及下首有合爲雙調者，《唐宋諸賢絶妙詞選》卷一注云：「唐詞多無换頭，如此詞兩段自是兩首，故兩押『情』字，今人不知合爲一首，則誤矣。」參見皇甫松《採蓮子》詞校一。《陽春集》、《醉翁琴趣外篇》卷六則以此合「碧羅衫子薄羅裙」一首爲雙調。

〔二〕 碧：《陽春集》作「曲」。

〔三〕 曉：《陽春集》、《醉翁琴趣外篇》卷六作「早」。

〔四〕 睡起兩句：《陽春集》、《醉翁琴趣外篇》作「睡覺起來勻面了，無箇事」。

【考辨】

此首又見馮延巳《陽春集》。案：此首原在《花間集》中作張泌詞，《唐宋諸賢絶妙詞選》卷一、《花草粹編》卷一、《歷代詩餘》卷三、《全唐詩》卷八九八仍之。《陽春集》收作馮詞，非是。當從《花間集》作張泌詞。別又誤作歐陽修詞，見《醉翁琴趣外篇》卷六。

又

浣花溪上見卿卿。臉波明〔一〕。黛眉輕。緑雲高綰〔二〕，金簇小蜻蜓〔三〕。好是問他來得麽，和笑道〔四〕，莫多情。

〔一〕臉波明：原作「臉波秋水明」，據吴本《花間集》、《花間集校》改。《花間集校》云：「按『秋水』二字當是衍文，『臉波』是當時習用語，和凝《臨江仙》其二：『臉波微送春心』，顧敻《甘州子》其五：『燈背臉波横』可證」。湯本《花間集》注云：「應是『眼波明』。」《唐宋諸賢絶妙詞選》卷一作「眼波明」。

〔二〕緑雲句：《唐宋諸賢絶妙詞選》作「高綰緑雲」。

〔三〕金：王輯本《張舍人詞》作「低」。

〔四〕和：王輯本《張舍人詞》作「含」，《唐宋諸賢絶妙詞選》作「還」。

【考辨】

此首《詞的》卷一題歐陽炯作。案：此首在《花間集》中作張泌詞，歐陽炯詞未收，諸家選本亦未有作歐陽炯者。《詞的》收作歐陽炯詞，非是。當從《花間集》作張泌詞。

河瀆神

古樹噪寒鴉。滿庭楓葉蘆花。晝燈當午隔輕紗。畫閣珠簾影斜。　門外往來祈賽客，翩翩帆落天涯。迴首隔江煙火，渡頭三兩人家。

胡蝶兒

胡蝶兒。晚春時。阿嬌初着淡黃衣。倚窗學畫伊。　還似花間見，雙雙對對飛。無端和淚拭燕脂。惹教雙翅垂。以上二十七首晁本《花間集》

江城子

窄羅衫子薄羅裙〔一〕。小腰身。晚妝新〔二〕。每到花時、長是不宜春。早是自家無氣力，更被伊〔三〕，惡憐人。朱本《尊前集》

〔一〕窄：《陽春集》作「碧」。　薄羅：《陽春集》作「鬱金」。

〔二〕小腰二句：《陽春集》作「好精神。小腰身。」

〔三〕伊：王輯本《張舍人詞》、《陽春集》、《醉翁琴趣外篇》卷六作「你」。

【考辨】

此首《陽春集》收作馮延巳詞，四印齋本《陽春集》注云：「別作張泌，又合前闋爲雙調。」案：此首《花間集》未收，《尊前集》作張泌詞，《全唐詩》卷八九八仍之。吴本、蕭本、侯本、金本《陽春集》皆誤合「碧欄干外小中庭」一首爲雙調。吴本、蕭本、侯本、金本《陽春集》注云：「《蘭畹集》誤作張泌，前篇小不同，後段全異。」則《蘭畹集》所載即《花間集》中張泌詞，然亦誤合兩首爲雙調。此首與張泌詞筆墨的是一色，《陽春集》收作馮詞，失之。當從《尊前集》作張泌詞。別又誤作歐陽修詞，見《醉翁琴趣外編》卷六。

毛文錫

毛文錫（生卒年不詳），字平珪，高陽（今屬河北）人，唐太僕卿毛龜範子。文錫通音律，能詩工詞，時名頗重。年十四，登進士第。唐亡，仕前蜀，任中書舍人、翰林學士，與貫休時有唱和。旋遷翰林學士承旨。永平四年（九一四）八月，遷禮部尚書，判樞密院事。通正元年（九一六）八月，兼文思殿大學士。拜司徒。天漢元年（九一七）八月，貶茂州司馬。或云前蜀亡後，隨王衍入洛而卒。

一説未幾復事孟氏，與歐陽炯等五人以小詞爲後蜀主所賞。事迹據《十國春秋》本傳，另參陳尚君《花間詞人事輯》。

毛文錫詞，《花間集》存三十一首，《尊前集》存一首，共三十二首。今以晁本《花間集》爲底本録三十一首，以朱本《尊前集》爲底本録一首，用鄂本、吴本、陸本、茅本、玄本、湯本、雪本、毛本《花間集》、顧本、吴本、毛本《尊前集》、王輯本《毛司徒詞》、吴虞《蜀十五家詞》、李一氓《花間集校》及互見各詞之别集、明以前所刊之總集等參校。

虞美人

鴛鴦對浴銀塘暖。水面蒲梢短。垂楊低拂麴塵波。蛟絲結網露珠多〔一〕。滴圓荷。　遥思桃葉吴江碧。便是天河隔。錦鱗紅鬣影沉沉。相思空有夢相尋。意難任。

〔一〕蛟：原作「蚊」，據鄂本、吴本、陸本、茅本、玄本、湯本、毛本《花間集》、《花間集校》改。王輯本《毛司徒詞》作「蛛」。

又

寶檀金縷鴛鴦枕。綬帶盤宫錦。夕陽低映小窗明。南園緑樹語鶯鶯。夢難成。　玉鑪香暖頻添炷。滿地飄輕絮。珠簾不卷度沉煙。庭前閑立畫鞦韆。艷陽天。

酒泉子

緑樹春深，燕語鶯啼聲斷續。蕙風飄蕩入芳叢〔一〕。惹殘紅。　柳絲無力裊煙空。金盞不辭須滿酌。海棠花下思朦朧。醉香風〔二〕。

〔一〕蕙風句：陸本《花間集》作「蕙風飄蕩，入芳叢」。

〔二〕香：王輯本《毛司徒詞》、湯本《花間集》作「春」。

喜遷鶯

芳春景，暖晴煙。喬木見鶯遷。傳枝隈葉語關關〔一〕。飛過綺叢間。　錦翼鮮，金毳軟。百囀千嬌相喚。碧紗窗曉怕聞聲，驚破鴛鴦暖。

〔一〕隈：王輯本《毛司徒詞》、鄂本《花間集》、《花間集校》作「偎」。案：《花間集》中「偎」多誤作「隈」。此處「隈」，隱蔽之處也。言鶯隱蔽枝葉間，不改亦通。

贊成功

海棠未坼，萬點深紅。香包緘結一重重。似含羞態，邀勒春風。蜂來蝶去，任繞芳叢。

昨夜微雨，飄灑庭中〔一〕。忽聞聲滴井邊桐。美人驚起，坐聽晨鍾。快教折取，戴玉瓏璁〔二〕。

〔一〕昨夜二句：陸本《花間集》作八字一句。

〔二〕快教二句：陸本《花間集》作八字一句。瓏璁：吴本《花間集》作「玲瓏」。

西溪子

昨日西溪遊賞〔一〕。芳樹奇花千樣。瑣春光，金罇滿。聽絃管。嬌妓舞衫香暖。不覺到斜暉。馬馱歸。

〔一〕日：王輯本《毛司徒詞》、玄本、毛本《花間集》作「夜」。

【考辨】

此首《蜀中名勝記》二作牛嶠詞。案：此首《花間集》作毛文錫詞，牛嶠詞中無此闋。《花草粹編》卷一、《歷代詩餘》卷三、《全唐詩》卷八九三皆作毛文錫詞。《蜀中名勝記》顯係誤題，當從《花間集》作毛文錫詞。

中興樂

荳蔻花繁煙艷深。丁香軟結同心。翠鬟女。相與。共淘金〔一〕。　紅蕉葉裏猩猩語。鴛鴦浦。鏡中鸞舞。絲雨。隔荔枝陰〔二〕。

〔一〕相與二句：陸本、湯本《花間集》、《花間集校》作「相與共淘金」一句。

〔二〕絲雨二句：陸本、湯本《花間集》、《花間集校》作「絲雨隔，荔枝陰。」兩個三字句。

更漏子

春夜闌，春恨切。花外子規啼月。人不見，夢難憑。紅紗一點燈。　偏怨別。是芳節。庭下丁香千結。宵霧散，曉霞輝。梁間雙燕飛。

接賢賓

香韉鏤襜五花驄〔一〕。值春景初融。流珠噴沫躞蹀，汗血流紅〔二〕。　少年公子能乘馭，金鑣玉轡瓏璁。爲惜珊瑚鞭不下，驕生百步千蹤〔三〕。信穿花，從拂柳，向九陌追風〔四〕。

〔一〕花：王輯本《毛司徒詞》、毛本《花間集》作「色」。

〔二〕流珠二句：陸本、茅本《花間集》、《花間集校》作「流珠噴沫，躞蹀汗，血流紅。」三句。案：《漢書·武帝紀》：「太初四年春，貳師將軍李廣利斬大宛王首，獲汗血馬來，作《西極天馬之歌》。」注：「應劭曰：大宛舊有天馬種，蹋石汗血，汗從肩髆出，如血，號一日千里。」　躞蹀：王輯本《毛司徒詞》作「蹀躞」。

〔三〕驕：王輯本《毛司徒詞》作「嬌」。

〔四〕九：王輯本《毛司徒詞》作「紫」。

贊浦子

錦帳添香睡，金鑪換夕薰。懶結芙蓉帶，慵拖翡翠裙。　正是桃夭柳媚〔一〕，那堪暮雨朝雲。宋玉高唐意，裁瓊欲贈君。

〔一〕桃夭柳媚：王輯本《毛司徒詞》作「柳夭桃媚」。

甘州遍

春光好，公子愛閑遊。足風流。金鞍白馬，雕弓寶劍，紅纓錦襜出長楸〔一〕。　花蔽膝，玉銜頭。尋芳逐勝歡宴，絲竹不曾休。美人唱，揭調是甘州。醉紅樓。堯年舜日，樂聖永無憂。

〔一〕長楸：原作「長鞦」，各本《花間集》同。案：《哀郢》：「望長楸而太息兮，涕淫淫其若霰。」李周翰曰：「古人種楸於道，故曰『長楸』。」曹植《名都篇》：「鬭雞東郊道，走馬長楸間。」李商隱《訪人不遇留別館》：「卿卿不惜鎖窗春，去作長楸走馬身。」疑「鞦」乃「楸」字形近致訛。據改。又，王輯本《毛司徒詞》、《花間集校》作「長秋」，漢洛陽有「長秋門」，亦通。

又

秋風緊，平磧鴈行低。陣雲齊。蕭蕭颯颯，邊聲四起，愁聞戍角與征鼙。　青塚北，黑山西。沙飛聚散無定，往往路人迷。鐵衣冷，戰馬血沾蹄。破蕃奚。鳳皇詔下，步步躡丹梯。

紗窗恨

新春燕子還來至。一雙飛。壘巢泥濕時時墜。涴人衣。　後園裏、看百花發，香風拂、繡户金扉。月照紗窗，恨依依。

又

雙雙蝶翅塗鉛粉。咂花心。綺窗繡户飛來穩。畫堂陰。　二三月、愛隨飄絮〔一〕，伴落花、來拂衣襟。更剪輕羅片，傅黃金。

〔一〕二三句：王輯本《毛司徒詞》作「三月愛隨風絮」，「飄」作「風」，無「一」字。

柳含煙

隋堤柳，汴河旁〔一〕。夾岸緑陰千里，龍舟鳳舸木蘭香。錦帆張。因夢江南春景好。一路流蘇羽葆。笙歌未盡起横流。鏁春愁。

〔一〕旁：原作「春」，據王輯本《毛司徒詞》、《花間集校》改，以叶「香」、「張」韵。

又

河橋柳，占芳春。映水含煙拂路，幾迴攀折贈行人。暗傷神。樂府吹爲横笛曲。能使離腸斷續。不如移植在金門。近天恩。

又

章臺柳，近垂旒。低拂往來冠蓋，朦朧春色滿皇州〔一〕。瑞煙浮。直與路邊江畔別。免被離人攀折〔二〕。最憐京兆畫蛾眉。葉纖時。

〔一〕朦：原作「朧」，據王輯本《毛司徒詞》、鄂本《花間集》、《花間集校》改。

〔二〕離：王輯本《毛司徒詞》作「行」。

又

御溝柳，占春多。半出宫墻婀娜，有時倒影蘸輕羅。麴塵波。昨日金鑾巡上苑。風亞舞腰纖軟。栽培得地近皇宫〔一〕。瑞煙濃。

〔一〕皇：王輯本《毛司徒詞》作「王」。

醉花間

休相問。怕相問。相問還添恨。春水滿塘生，鸂鶒還相趁。昨夜雨霏霏〔一〕，臨明寒一陣。偏憶戍樓人，久絶邊庭信。

〔一〕夜：毛本《花間集》作「日」。

又

深相憶。莫相憶。相憶情難極。銀漢是紅墻，一帶遥相隔。金盤珠露滴。兩岸榆花白。風摇玉珮清，今夕爲何夕。

浣溪沙〔一〕

春水輕波浸緑苔〔二〕。枇杷洲上紫檀開〔三〕。晴日眠沙鸂鶒穩，暖相偎。　羅襪生塵游女過，有人逢着弄珠迴。蘭麝飄香初解珮，忘歸來。

〔一〕 原作《浣沙溪》，非，據《教坊記》改。王輯本《毛司徒詞》作《攤破浣溪沙》。案：《浣溪沙》，唐教坊曲名。自敦煌曲發現後，始得勘定其先皆爲「七七七三」平韵兩遍之長短句體，後減字爲「七七七」平韵兩遍之齊言體。後人未見敦煌曲詞，因李璟有長短句之《浣溪沙》二首，而稱爲《南唐浣溪沙》，又不知此體先於齊言，遂認作《浣溪沙》之别體，而有《添字浣溪沙》、《攤破浣溪沙》之名。由於句法與《山花子》同，又誤稱爲《山花子》。參見和凝《山花子》詞校一。

〔二〕 春：吴本、茅本、玄本、毛本《花間集》作「秋」。浸：王輯本《毛司徒詞》作「侵」。

〔三〕 枇杷洲：《花間集注》云：「按『枇杷』當作『琵琶』。《一統志》：『琵琶洲在上饒州餘干縣治南水中，擁沙成洲，狀如琵琶。』韋莊《餘干縣感舊》詩：『琵琶洲近斗牛星，鸞鳳曾於此放情。』是也。」録之以備一説。

又

七夕年年信不違。銀河清淺白雲微。蟾光鵲影伯勞飛。　每恨蟪蛄憐婺女，幾迴嬌妬下鴛機。今宵嘉會兩依依。

月宫春

水精宫裏桂花開。神仙探幾迴。紅芳金蘂繡重臺〔一〕。低傾馬腦盃。玉兔銀蟾争守護，姮娥奼女戲相偎。遥聽鈞天九奏，玉皇親看來。

〔一〕繡：王輯本《毛司徒詞》作「鎖」。

戀情深

滴滴銅壺寒漏咽。醉紅樓月。宴餘香殿會鴛衾。蕩春心。真珠簾下曉光侵。鶯語隔瓊林。寶帳欲開慵起，戀情深。

又

玉殿春濃花爛熳。簇神仙伴。羅裙窣地縷黄金。奏清音。酒闌歌罷兩沉沉〔一〕。一笑動君心。永願作鴛鴦伴，戀情深。

〔一〕兩：湯本《花間集》作「雨」。

訴衷情

桃花流水漾縱橫。春晝彩霞明。劉郎去，阮郎行。惆悵恨難平。愁坐對雲屏。算歸程。何時攜手洞邊迎。訴衷情。

【考辨】

此首《同情集詞選》卷三作宋毛滂詞。案：此詞原在《花間集》毛文錫詞中。毛滂《東堂詞》未收此首，《同情集詞選》顯係誤題，當從《花間集》作毛文錫詞。

又

鴛鴦交頸繡衣輕。碧沼藕花馨。偎藻荇，映蘭汀。和雨浴浮萍。思婦對心驚。想邊庭。何時解珮掩雲屏。訴衷情。

應天長

平江波暖鴛鴦語。兩兩釣船歸極浦。蘆洲一夜風和雨。飛起淺沙翹雪鷺。漁燈明遠渚。蘭棹今宵何處。羅袂從風輕舉。愁殺採蓮女。

何滿子

紅粉樓前月照，碧紗窗外鶯啼。夢斷遼陽音信，那堪獨守空閨〔一〕。恨對百花時節，王孫緑草萋萋。

〔一〕空：《唐宋諸賢絶妙詞選》卷一作「香」。

巫山一段雲

雨霽巫山上，雲輕映碧天。遠風吹散又相連。十二晚峯前。　暗濕啼猿樹，高籠過客船。朝朝暮暮楚江邊。幾度降神仙。

臨江仙

暮蟬聲盡落斜陽。銀蟾影挂瀟湘。黄陵廟側水茫茫。楚山紅樹〔一〕，煙雨隔高唐。　岸泊漁燈風颭碎，白蘋遠散濃香。靈娥鼓瑟韻清商〔二〕。朱絃淒切，雲散碧天長。以上三十一首晁本《花間集》

〔一〕紅：雪本《花間集》作「雲」。

〔二〕 瑟：鄂本《花間集》作「琴」。

巫山一段雲

貌掩巫山色，才過濯錦波。阿誰提筆上銀河。月裏寫嫦娥。　薄薄施鉛粉，盈盈挂綺羅。菖蒲花役魂夢多。年代屬元和。 朱本《尊前集》

存目詞

調名	首句	出處	附注
鞓紅	粉香尤嫩	《花草粹編》卷七	宋無名氏作，見《梅苑》卷七、《全宋詞》三六三五頁。附録於後。
荷花媚	霞苞電荷碧	又	宋蘇軾作，見《東坡詞》卷下。附録於後。

鞓紅

粉香尤嫩，衾寒可慣。怎奈向、春心已轉。玉容別是，一般閒婉。悄不管、桃紅香淺。　月影簾櫳，金瓊波面。漸細細、香風滿院。一枝折寄，故人雖遠。輒莫使、江南信斷。

荷花媚　荷花

霞苞電荷碧。天然地、别是風流標格。重重青蓋下，千嬌照水，好紅紅白白。每悵望、明月清風夜，甚低眉不語，妖邪無力。終須放、船兒去，清香深處住，看伊顏色。

牛希濟

牛希濟（八七二？——？），狄道（今甘肅臨洮）人，嶠之兄子。遭遇世亂，流寓入蜀，依季父嶠。仕前蜀爲起居郎，累官翰林學士、御史中丞。前蜀亡，隨後主入洛。天成初，後唐明宗命作《蜀主降臣唐詩》，但述數盡，不謗君親，爲明宗所稱賞，拜雍州節度副使。其後事迹無考。事迹據《鑒戒録》卷七、《太平廣記》卷一五八、《新編分門古今類事》卷七、《十國春秋》卷四四本傳。

牛希濟詞，《花間集》存十一首。今以晁本《花間集》爲底本，參校鄂本、吴本、陸本、茅本、玄本、湯本、雪本、毛本《花間集》、李一氓《花間集校》、王輯本《牛中丞詞》、吴虞《蜀十五家詞》及互見各詞之别集、明以前所刊之總集等。另從明毛晉汲古閣《詞苑英華》本《詞林萬選》輯出一首，共十二首。

臨江仙

峭碧參差十二峯。冷煙寒樹重重。瑶姬宫殿是仙蹤。金鑪珠帳，香靄晝偏濃。　一自楚王驚夢斷，人間無路相逢。至今雲雨帶愁容。月斜江上，征棹動晨鍾。

又

謝家仙觀寄雲岑〔一〕。巖蘿拂地成陰。洞房不閉白雲深。當時丹竈，一粒化黄金。　石壁霞衣猶半挂，松風長似鳴琴。時聞唳鶴起前林〔二〕。十洲高會，何處許相尋。

〔一〕寄雲岑：雪本《花間集》作「倚雲層」。

〔二〕唳鶴：王輯本《牛中丞詞》作「鶴唳」。

又

渭闕宫城秦樹凋。玉樓獨上無憀。含情不語自吹簫。調清和恨，天路逐風飄。　何事乘龍人忽降，似知深意相招。三清携手路非遥。世間屏障，彩筆畫嬌饒〔一〕。

〔一〕彩：湯本《花間集》作「翠」。

又

江繞黄陵春廟閑。嬌鶯獨語關關。滿庭重疊緑苔班。陰雲無事，四散自歸山。　簫鼓聲稀香燼冷，月娥斂盡灣環。風流皆道勝人間。須知狂客，判死爲紅顔。

又

素洛春光瀲灧平。千重媚臉初生。凌波羅襪勢輕輕。煙籠日照，珠翠半分明。　風引寶衣疑欲舞，鸞迴鳳翥堪驚。也知心許恐無成。陳王辭賦，千載有聲名。

又

柳帶摇風漢水濱。平蕪兩岸争匀。鴛鴦對浴浪痕新。弄珠游女，微笑自含春。　輕步暗移蟬鬢動，羅裙風惹輕塵。水精宫殿豈無因。空勞纖手，解珮贈情人。

又

洞庭波浪颭晴天。君山一點凝煙。此中真境屬神仙。玉樓珠殿，相映月輪邊。　萬里平湖秋色冷，星辰垂影參然。橘林霜重更紅鮮。羅浮山下，有路暗相連。

酒泉子

枕轉簟涼。清曉遠鍾殘夢〔一〕。月光斜，簾影動。舊鑪香。夢中説盡相思事。纖手匀雙淚。去年書，今日意。斷離腸〔二〕。

〔一〕曉遠：玄本、雪本《花間集》作「遠曉」。

〔二〕離：王輯本《牛中丞詞》作「人」。

生查子

春山煙欲收，天澹稀星小〔一〕。殘月臉邊明，别淚臨清曉。語已多，情未了〔二〕。迴首猶重道。記得緑羅裙，處處憐芳草。

〔一〕稀星：王輯本《牛中丞詞》作「星稀」。

〔二〕語已二句：詞末原注云：「一本無『已』字。」王輯本《牛中丞詞》、《唐宋諸賢絶妙詞選》卷一作「語多情未了」。

中興樂

池塘暖碧浸晴暉。濛濛柳絮輕飛。紅蘂凋來，醉夢還稀。春雲空有鴈歸。珠簾垂。東風寂寞，恨郎抛擲，淚濕羅衣。

謁金門

秋已暮。重疊關山歧路。嘶馬摇鞭何處去。曉禽霜滿樹。夢斷禁城鍾鼓。淚滴枕檀無數〔一〕。一點凝紅和薄霧〔二〕。翠娥愁不語。

以上十一首晁本《花間集》

〔一〕檀：雪本《花間集》作「簟」。

〔二〕和：《陽春集》、《蘭畹曲會》作「新」。

【考辨】

此首《陽春集》作馮延巳詞，四印齋本注云：「别作牛希濟。」案：此首原在《花間集》中作牛希濟詞，《唐宋諸賢絶妙詞選》仍之。《陽春集》收作馮詞，失之。當從《花間集》作牛希濟詞。

生查子

新月曲如眉，未有團圞意〔一〕。紅豆不堪看〔二〕，滿眼相思淚。　終日劈桃穰〔三〕，人在心兒裏。兩朵隔墻花，早晚成連理。　《詞苑英華》本《詞林萬選》卷四。

〔一〕圞：楊金本《草堂詩餘》前集卷下作「圓」。

〔二〕豆：楊金本《草堂詩餘》作「荳」。

〔三〕劈：楊金本《草堂詩餘》作「擘」。

【考辨】

此首《詞林萬選》卷四作牛希濟詞，《古今詞統》卷三、《詞的》卷一、《全唐詩》卷八九三、《歷代詩餘》卷四仍之。楊金本《草堂詩餘》前集卷下作趙彦端詞，《全宋詞》據之收作趙彦端詞。案：此首與「裙拖簇石榴」、「輕輕製舞衣」兩詞，《詞林萬選》卷四均題作牛希濟，楊金本《草堂詩餘》前集卷下則均作趙彦端詞。「裙拖簇石榴」一首乃宋韓玉所作，見《東浦詞》；「輕輕製舞衣」一首乃宋晏幾道詞，見《小山詞》。可見兩書蒐採詞作時均未詳加甄擇，遂誤題作者姓氏。《全宋詞》有「《詞林萬選》卷四作牛希濟詞，未知何據」之語。楊金本《草堂詩餘》前集卷下作趙彦端詞，亦不知所本。毛晉汲古閣刊本《介菴趙寶文雅詞》四卷，《彊村叢書》本《介菴琴趣外篇》六卷均未收録此首，《全宋詞》斷爲趙作，亦可疑也。姑繫此，俟考。

存目詞

調名	首句	出處	附注
生查子	裙拖簇石榴	《詞林萬選》卷四	宋韓玉作，見《東浦詞》。原詞見前温庭筠存目詞附録。
又	輕輕製舞衣	又	宋晏幾道作，見《小山詞》。附録於後。
女冠子	蕙風芝露	《補續全蜀藝文志》卷四五	孫光憲作，見《花間集》卷八。
又	澹花瘦玉	又	又
又	鳳樓琪樹	又	鹿虔扆作，見《花間集》卷九。
又	步虚壇上	又	又

生查子

輕輕製舞衣，小小裁歌扇。三月柳濃時，又向津亭見。　垂淚送行人，溼破紅妝面。玉指袖中彈，一曲清商怨。

顧敻

顧敻（生卒年不詳），字里無考。前蜀通正元年（九一六），以小臣給事内庭，會大秃鶖鳥翔於摩訶池上，敻作詩刺之，禍幾不測。久之，擢茂州刺史。已而復事後蜀孟知祥，累官至太尉。事迹見《鑒誡録》卷六、《十國春秋》卷五六本傳。

顧敻詞，《花間集》録存五十五首。今以晁本《花間集》爲底本，參校鄂本、吴本、陸本、茅本、玄本、湯本、雪本、毛本《花間集》、王輯本《顧太尉詞》、吴虞《蜀十五家詞》、李一氓《花間集校》及互見各詞之别集、明以前所刊之總集等。

虞美人

曉鶯啼破相思夢。簾卷金泥鳳。宿妝猶在酒初醒。翠翹慵整倚雲屏。轉娉婷。　香檀細畫侵桃臉。羅袂輕輕斂。佳期堪恨再難尋。綠蕪滿院柳成陰。負春心。

又

觸簾風送景陽鍾。鴛被繡花重。曉幃初卷冷煙濃。翠勻粉黛好儀容。思嬌慵。　起來無語理朝妝。寶匣鏡凝光。綠荷相倚滿池塘。露清枕簟藕花香。恨悠揚。

又

翠屏閑掩垂珠箔。絲雨籠池閣。露粘紅藕咽清香〔一〕。謝娘嬌極不成狂。罷朝妝。　小金鸂鶒沉煙細。膩枕堆雲髻。淺眉微斂注檀輕。舊歡時有夢魂驚。悔多情。

〔一〕粘：《花間集校》作「沾」。

又

碧梧桐映紗窗晚。花謝鶯聲懶。小屏屈曲掩青山。翠幃香粉玉爐寒。兩蛾攢。　顛狂年少輕離別〔一〕。辜負春時節。畫羅紅袂有啼痕。魂銷無語倚閨門。欲黄昏。

〔一〕年少：《花間集校》作「少年」。

又

深閨春色勞思想。恨共春蕪長〔一〕。黄鸝嬌囀呢芳妍。杏枝如畫倚輕煙。瑣窗前。　凭欄愁立雙娥細。柳影斜摇砌。玉郎還是不還家。教人魂夢逐楊花。繞天涯。

〔一〕蕪：雪本《花間集》作「光」。

又

少年艷質勝瓊英。早晚别三清。蓮冠穩篸鈿篦横。飄飄羅袖碧雲輕。畫難成。　遲遲少轉腰身裊。翠靨眉心小。醮壇風急杏枝香〔一〕。此時恨不駕鸞凰。訪劉郎。

〔一〕枝：鄂本《花間集》、《花間集校》作「花」。

河傳

燕颺，晴景〔一〕。小窗屏暖，鴛鴦交頸。菱花掩却翠鬟欹，慵整。海棠簾外影。　繡幃香斷金鸂鶒。無消息。心事空相憶。倚東風。春正濃。愁紅〔二〕。淚痕衣上重〔三〕。

〔一〕燕颺二句：陸本《花間集》作四字一句。

〔二〕倚東三句：鄂本《花間集》作「東風。春正濃。憶愁紅。」

〔三〕痕：玄本《花間集》作「班」，雪本《花間集》作「斑」。

又

曲檻。春晚〔一〕。碧流紋細，綠楊絲軟〔二〕。露花鮮，杏枝繁，鶯囀。野蕪平似剪。　直是人間到天上。堪遊賞。醉眼疑屏障。對池塘。惜韶光。斷腸。爲花須盡狂。

〔一〕曲檻二句：陸本《花間集》作四字一句。

〔二〕絲：雪本《花間集》作「枝」。

又

棹舉。舟去〔一〕。波光渺渺，不知何處。岸花汀草共依依〔二〕。雨微。鷓鴣相逐飛。　天涯離恨江聲咽。啼猿切。此意向誰説。艤欄橈〔三〕。獨無憀〔四〕。魂銷。小鑪香欲焦。

〔一〕棹舉二句：陸本《花間集》作四字一句。

〔二〕共：《唐宋諸賢絶妙詞選》卷一無此字，詞末注云：「一本『汀草』下有『共』字。」

〔三〕艤欄：鄂本、毛本《花間集》、《花間集校》作「倚蘭」，吴本、玄本《花間集》作「艤蘭」。「艤欄橈」與「艤楫」、「艤舟」同義，整舟向岸也。

〔四〕獨無憀：鄂本《花間集》作「無憀」，無「獨」字。

甘州子

一爐龍麝錦帷傍。屏掩映，燭熒煌。禁樓刁斗喜初長。羅薦繡鴛鴦。山枕上、私語口脂香。

又

每逢清夜與良晨。多悵望，足傷神〔一〕。雲迷水隔意中人。寂寞繡羅茵。山枕上、幾點淚痕新。

〔一〕足：玄本、雪本《花間集》作「定」。

又

曾如劉阮訪仙蹤。深洞客，此時逢。綺筵散後繡衾同。款曲見韶容。山枕上、長是怯晨鍾。

又

露桃花裏小樓深。持玉盞，聽瑶琴。醉歸青瑣入鴛衾。月色照衣襟。山枕上、翠鈿鎮眉心。

又

紅鑪深夜醉調笙。敲拍處，玉纖輕。小屏古畫岸低平。煙月滿閑庭。山枕上、燈背臉波橫。

玉樓春

月照玉樓春漏促。颯颯風摇庭砌竹。夢驚鴛被覺來時，何處管絃聲斷續。　惆悵少年遊冶去，枕上兩蛾攢細緑〔一〕。曉鶯簾外語花枝，背帳猶殘紅蠟燭〔二〕。

〔一〕蛾：湯本《花間集》作「眉」。

〔二〕帳：原作「悵」，據王輯本《顧太尉詞》、鄂本、吴本、陸本、茅本、玄本、毛本《花間集》改。

又

柳映玉樓春日晚。雨細風輕煙草軟。畫堂鸚鵡語雕籠〔一〕，金粉小屏猶半掩。　香滅繡幃人寂寂，倚檻無言愁思遠。恨郎何處縱疏狂，長使含啼眉不展。

〔一〕雕：王輯本《顧太尉詞》作「金」。

又

月皎露華窗影細。風送菊香粘繡袂〔一〕。博山爐冷水沉微，惆悵金閨終日閉。　懶展羅衾垂玉筯〔二〕，羞對菱花簪寶髻。良宵好事枉教休，無計那他狂耍壻〔三〕。

〔一〕粘：《花間集校》作「沾」。

〔二〕筯：鄂本《花間集》作「淚」。

〔三〕那：王輯本《顧太尉詞》、《花間集校》作「奈」。《花間集校》作「留」。　狂：玄本、雪本《花間集》作「獨」。

又

拂水雙飛來去燕〔一〕。曲檻小屏山六扇。春愁凝思結眉心，綠綺懶調紅錦薦。　話別情多聲欲顫。玉筯痕留紅粉面〔二〕。鎮長獨立到黄昏，却怕良宵頻夢見。

〔一〕來去：湯本《花間集》作「去來」。

〔二〕痕：玄本《花間集》作「恨」。

【考辨】

此首《古今詞統》卷八作和凝詞。案：《花間集》和凝詞未收，他本亦無作和凝詞者，《古今詞統》顯係誤題。當從《花間集》作顧敻詞。

浣溪沙

春色迷人恨正賒。可堪蕩子不還家〔一〕。細風輕露著梨花。　簾外有情雙燕颺〔二〕，檻前無力綠楊斜。小屏狂夢極天涯〔三〕。

〔一〕蕩：《陽春集》作「浪」。

〔二〕颺：《陽春集》作「舞」。

〔三〕 極：《唐宋諸賢絶妙詞選》卷一作「繞」。

【考辨】

此首《陽春集》作馮延巳詞，非。《花間集》、《唐宋諸賢絶妙詞選》卷一、《全唐詩》卷八九四俱作顧敻詞。當從《花間集》作顧敻詞。

又

紅藕香寒翠渚平。月籠虚閣夜蛩清。塞鴻驚夢兩牽情〔一〕。寶帳玉爐殘麝冷，羅衣金縷暗塵生。小窗孤燭淚縱横〔二〕。

〔一〕 塞鴻句：原注云：「舊前作『天際鴻，枕上夢，兩牽情。』」

〔二〕 小窗句：原注云：「後作『小窗深，孤燭背，淚縱横。』」 燭：湯本《花間集》作「獨」。

又

荷芰風輕簾幕香。繡衣鸂鶒泳迴塘。小屏閑掩舊瀟湘。恨入空幃鸞影獨，淚凝雙臉渚蓮光。薄情年少悔思量〔一〕。

〔一〕 悔：鄂本、吴本、毛本《花間集》作「每」。

又

惆悵經年别謝娘。月窗花院好風光。此時相望最情傷。　青鳥不來傳錦字，瑶姬何處瑣蘭房。忍教魂夢兩茫茫。

又

庭菊飄黄玉露濃。冷莎偎砌隱鳴蛩。何期良夜得相逢。　背帳風摇紅蠟滴，惹香暖夢繡衾重。覺來枕上怯晨鍾。

又

雲澹風高葉亂飛。小庭寒雨緑苔微。深閨人静掩屏幃。　粉黛暗愁金帶枕，鴛鴦空繞畫羅衣。那堪辜負不思歸。

又

鴈響遥天玉漏清。小紗窗外月朧明〔一〕。翠幃金鴨炷香平。　何處不歸音信斷，良宵空使夢魂驚。簟涼枕冷不勝情。

〔一〕紗窗：王輯本《顧太尉詞》作「窗紗」。

又

露白蟾明又到秋。佳期幽會兩悠悠。夢牽情役幾時休。記得呢人微斂黛，無言斜倚小書樓。暗思前事不勝愁。

酒泉子

楊柳舞風。輕惹春煙殘雨。杏花愁，鶯正語。畫樓東。錦屏寂寞思無窮。還是不知消息。鏡塵生，珠淚滴〔一〕。損儀容。

〔一〕珠淚：鄂本《花間集》作「淚珠」。

又

羅帶縷金。蘭麝煙凝魂斷。畫屏欹，雲鬢亂。恨難任。幾迴垂淚滴鴛衾。薄情何處去。月臨窗〔一〕，花滿樹。信沉沉。

〔一〕月：鄂本、吴本《花間集》作「登」。毛本《花間集》注：「『月』一作『登』。」

又

小檻日斜，風度緑窗人悄悄。翠幃閑掩舞雙鸞〔一〕。舊香寒。　別來情緒轉難拚〔二〕。韶顔看却老。依俙粉上有啼痕。暗銷魂。

〔一〕翠幃句：陸本《花間集》作「翠幃閑掩、舞雙鸞。」　雙：王輯本《顧太尉詞》作「孤」。

〔二〕拚：鄂本、吴本、陸本、茅本、玄本、湯本、毛本《花間集》作「判」；《花間集校》作「拚」。《花間集校》云：「『拚』同『拚』、『判』，或作『拌』，訓拋捨。」雪本《花間集》作「堪」。

又

黛薄紅深。約掠緑鬟雲膩。小鴛鴦，金翡翠。稱人心。　錦鱗無處傳幽意。海燕蘭堂春又去。隔年書，千點淚〔一〕。恨難任。

〔一〕千：吴本《花間集》作「一」。

又

掩却菱花，收拾翠鈿休上面。金虫玉燕。瑣香奩。恨猒猒。　雲鬟半墜懶重篸。淚侵山枕濕，銀燈背帳夢方酣〔一〕。鴈飛南。

〔一〕銀燈句：陸本《花間集》作「銀燈背帳、夢方酣。」

又

水碧風清，入檻細香紅藕膩。謝娘斂翠恨無涯〔一〕。小屏斜。　堪憎蕩子不還家〔二〕。謾留羅帶結，帳深枕膩炷沉煙〔三〕。負當年。

〔一〕謝娘句：陸本《花間集》、《花間集校》作「謝娘斂翠。恨無涯。」案：《花間集校》句式與「掩却菱花」闋同。前段「膩」、「翠」皆第三部「寘」部韻，則前段爲五句兩仄韻、兩平韻。

〔二〕憎：吴本《花間集》作「憐」。

〔三〕帳深句：陸本《花間集》作「帳深枕膩、注沉煙。」

又

黛怨紅羞。掩映畫堂春欲暮。殘花微雨。隔青樓。思悠悠。　芳菲時節看將度。寂寞無人還獨語。畫羅襦，香粉污。不勝愁。

楊柳枝

秋夜香閨思寂寥。漏迢迢。鴛幃羅幌麝煙銷。燭光摇。　正憶玉郎遊蕩去。無尋處。更聞簾外雨蕭蕭。滴芭蕉。

遐方怨

簾影細，簟紋平。象紗籠玉指，縷金羅扇輕。嫩紅雙臉似花明。兩條眉黛遠山横。　鳳簫歇，鏡塵生。遼塞音書絶，夢魂長暗驚。玉郎經歲負娉婷。教人争不恨無情。

獻衷心

繡鴛鴦帳暖〔一〕，畫孔雀屏欹。人悄悄，月明時。想昔年歡笑，恨今日分離。銀釭背，銅漏永，阻佳期。小爐煙細，虛閣簾垂。幾多心事，暗地思惟。被嬌娥牽役，魂夢如癡。金閨裏，山枕上，始應知。

〔一〕暖：王輯本《顧太尉詞》作「冷」。

應天長

瑟瑟羅裙金線縷。輕透鵝黄香畫袴。垂交帶。盤鸚鵡。裊裊翠翹移玉步〔一〕。背人勻檀注。慢轉橫波偷覷。斂黛春情暗許。倚屏慵不語。

〔一〕裊裊：原奪一「裊」字。據王輯本《顧太尉詞》、陸本、玄本《花間集》補。

訴衷情

香滅簾垂春漏永，整鴛衾。羅帶重。雙鳳。縷黄金〔一〕。窗外月光臨。沉沉。斷腸無處尋。負春心〔二〕。

〔一〕雙鳳二句：陸本《花間集》作「雙鳳縷黄金」五字一句，非。

〔二〕沉沉三句：王輯本《顧太尉詞》作「□沉沉。□斷腸無處尋。□□負春心。」案：此爲三十三字體，與韋莊「碧沼紅芳煙雨静」詞同。王氏意在改爲與下首同一體。

又

永夜抛人何處去〔一〕，絶來音。香閣掩。眉斂。月將沉〔二〕。争忍不相尋。怨孤衾。换我心、爲你心。始知相憶深。

〔一〕永夜：吴本《花間集》作「夜永」。

〔二〕眉斂二句：陸本《花間集》作「眉斂月將沉」五字一句，與上首同。案：若作五字一句，則失「掩」、「斂」兩仄韵，上首亦失「重」、「鳳」兩仄韵。顧詞兩首均有兩仄韵在，當作兩句爲是。

荷葉盃

春盡小庭花落。寂寞。凭檻斂雙眉。忍教成病憶佳期。知麽知。知麽知。

又

歌發誰家筵上。寥亮。别恨正悠悠。蘭釭背帳月當樓。愁麽愁。愁麽愁。

又

弱柳好花盡拆。晴陌。陌上少年郎。滿身蘭麝撲人香。狂麽狂。狂麽狂。

又

記得那時相見。膽顫。鬢亂四肢柔。泥人無語不擡頭。羞麽羞。羞麽羞。

又

夜久歌聲怨咽。殘月。菊冷露微微。看看濕透縷金衣。歸麽歸。歸麽歸。

又

我憶君詩最苦。知否。字字盡關心。紅牋寫寄表情深〔一〕。吟麽吟。吟麽吟。

〔一〕寫：王輯本《顧太尉詞》、陸本、玄本、雪本《花間集》作「爲」。

又

金鴨香濃鴛被。枕膩。小髻簇花鈿。腰如細柳臉如蓮。憐麽憐。憐麽憐。

又

曲砌蝶飛煙暖。春半。花發柳垂條。花如雙臉柳如腰。嬌麽嬌。嬌麽嬌。

又

一去又乖期信。春盡。滿院長莓苔。手捻裙帶獨徘徊〔一〕。來麽來。來麽來。

〔一〕捻：王輯本《顧太尉詞》、鄂本、湯本、毛本《花間集》作「捼」，陸本、茅本、玄本《花間集》作「拈」。

漁歌子

曉風清，幽沼緑。倚欄凝望珍禽浴。畫簾垂，翠屏曲。滿袖荷香馥郁。好攄懷，堪寓目。身閑心静平生足。酒盃深，光影促。名利無心較逐。

臨江仙

碧染長空池似鏡。倚樓閑望凝情。滿衣紅藕細香清。象床珍簟〔一〕，山障掩，玉琴橫。暗想昔時歡笑事〔二〕，如今羸得愁生。博山鑪暖澹煙輕。蟬吟人靜，殘日傍，小窗明。

〔一〕珍：雪本《花間集》作「枕」。

〔二〕昔：王輯本《顧太尉詞》作「當」。

又

幽閨小檻春光晚，柳濃花澹鶯稀。舊歡思想尚依依。翠顰紅斂〔一〕，終日損芳菲。何事狂夫音信斷，不如梁燕猶歸。畫堂深處麝煙微。屏虚枕冷，風細雨霏霏。

〔一〕斂：雪本《花間集》作「臉」。

又

月色穿簾風入竹〔一〕，倚屏雙黛愁時。砌花含露兩三枝。如啼恨臉，魂斷損容儀。香燼暗銷金鴨冷，可堪辜負前期。繡襦不整鬢鬟攲〔二〕。幾多惆悵，情緒在天涯。

〔一〕穿：毛本《花間集》作「空」。

〔二〕鬢：王輯本《顧太尉詞》作「髻」。

醉公子

漠漠秋雲澹。紅藕香侵檻。枕倚小山屏〔一〕。金鋪向晚扃。　睡起横波慢。獨望情何限。衰柳數聲蟬〔二〕。魂銷似去年。

〔一〕山：湯本《花間集》作「曲」。

〔二〕聲：王輯本《顧太尉詞》作「行」。

又

岸柳垂金線。雨晴鶯百囀。家住緑楊邊。往來多少年。　馬嘶芳草遠。高樓簾半捲。斂袖翠蛾攢。相逢爾許難。

更漏子

舊歡娱，新悵望。擁鼻含嚬樓上。濃柳翠，晚霞微。江鷗接翼飛〔一〕。　簾半捲。屏斜掩。

遠岫參差迷眼。歌滿耳，酒盈罇。前非不要論。

以上五十五首晁本《花間集》

〔一〕翼：雪本《花間集》作「翅」。

鹿虔扆

鹿虔扆（生卒年不詳），字里無考。事孟蜀爲永泰軍節度使，進檢校太尉，加太保。事迹見《茅亭客話》卷三、《十國春秋》卷五六。

鹿虔扆詞，《花間集》録存六首。今以晁本《花間集》爲底本，參校鄂本、吴本、陸本、茅本、玄本、湯本、雪本、毛本《花間集》、李一氓《花間集校》、王輯本《鹿太保詞》、吴虞《蜀十五家詞》及互見各詞之别集、明以前所刊之總集等。

臨江仙

金鎖重門荒苑静，綺窗愁對秋空〔一〕。翠華一去寂無蹤。玉樓歌吹，聲斷已隨風。　煙月不知人事改，夜闌還照深宫。藕花相向野塘中。暗傷亡國，清露泣香紅。

〔一〕綺：王輯本《鹿太保詞》作「倚」。

又

無賴曉鶯驚夢斷，起來殘酒初醒〔一〕。映窗絲柳裊煙青。翠簾慵卷，約砌杏花零。　一自玉郎遊冶去，蓮凋月慘儀形。暮天微雨灑閑庭。手挼裙帶，無語倚雲屏。

〔一〕酒：鄂本《花間集》、《花間集校》作「醉」。

女冠子

鳳樓琪樹。惆悵劉郎一去〔一〕。正春深。洞裏愁空結，人間信莫尋。　竹疏齋殿迥，松密醮壇陰。倚雲低首望，可知心。

〔一〕一：雪本《花間集》作「歸」。

又

步虛壇上。絳節霓旌相向。引真仙。玉珮搖蟾影〔一〕，金爐裊麝煙。　露濃霜簡濕，風緊羽衣偏。欲留難得住，却歸天。

〔一〕珮：湯本《花間集》作「步」。

【考辨】

以上二首《補續全蜀藝文志》卷四五，合孫光憲「蕙風芝露」、「澹花瘦玉」兩首，作牛希濟次牛嶠《女冠子》四首之作。案：此四首《花間集》牛希濟詞未收，却分別收入鹿虔扆、孫光憲詞中。各詞籍亦未有作牛希濟者。《補續全蜀藝文志》所云非是。此二首當從《花間集》作鹿虔扆詞。

思越人

翠屏欹，銀燭背，漏殘清夜迢迢。雙帶繡窠盤錦薦，淚侵花暗香銷。　珊瑚枕膩鴉鬟亂。玉纖慵整雲散。苦是適來新夢見〔一〕。離腸爭不千斷。

〔一〕苦：鄂本、毛本《花間集》作「若」。

虞美人

卷荷香澹浮煙渚。緑嫩擎新雨。鏁窗疏透曉風清。象床珍簟冷光輕。水紋平。　九疑黛色屏斜掩。枕上眉心斂。不堪相望病將成。鈿昏檀粉淚蹤横。不勝情。　以上六首晁本《花間集》

閻選

閻選（生卒年不詳），字里無考，故布衣也。酷善小詞，時人稱爲閻處士。事迹見《十國春秋》卷五六本傳。

閻選詞，《花間集》録存八首，《尊前集》録存二首，共十首。今以晁本《花間集》爲底本録八首，以朱本《尊前集》爲底本録二首，參校鄂本、吴本、陸本、茅本、玄本、湯本、雪本、毛本《花間集》、顧本、吴本、毛本《尊前集》、王輯本《閻處士詞》、吴虞《蜀十五家詞》、李一氓《花間集校》及互見各詞之别集、明以前所刊之總集等。

虞美人

粉融紅膩蓮房綻。臉動雙波慢。小魚衔玉鬢釵横。石榴裙染象紗輕。轉娉婷。　偷期錦浪荷深處。一夢雲兼雨。臂留檀印齒痕香〔一〕。深秋不寐漏初長。盡思量〔二〕。

〔一〕印：吴本《花間集》作「郎」。

〔二〕原注云：「『盡』一作『儘』。」玄本《花間集》作「儘」。

又

楚腰蠐領團香玉。鬢疊深深緑。月娥星眼笑微頻〔一〕。柳夭桃艷不勝春。晚粧匀。　水紋簟映青紗帳。霧罩秋波上。一枝嬌卧醉芙蓉。良宵不得與君同。恨忡忡。

〔一〕笑微頻：原注云：「『笑微頻』一作『笑和顰』。」

臨江仙

雨停荷芰逗濃香。岸邊蟬噪垂楊。物華空有舊池塘。不逢仙子，何處夢襄王。　珍簟對欹鴛枕冷，此來塵暗凄凉。欲憑危檻恨偏長。藕花珠綴，猶似汗凝妝。

又

十二高峯天外寒。竹梢輕拂仙壇。寶衣行雨在雲端。畫簾深殿，香霧冷風殘。　欲問楚王何處去，翠屏猶掩金鸞。猿啼明月照空灘。孤舟行客，驚夢亦艱難。

浣溪沙〔一〕

寂寞流蘇冷繡茵。倚屏山枕惹香塵。小庭花露泣濃春〔二〕。　劉阮信非仙洞客，常娥終是月中人。此生無路訪東鄰。

〔一〕原作《浣沙溪》，據湯本《花間集》改。

〔二〕露：湯本《花間集》作「落」。

八拍蠻

雲瑣嫩黃煙柳細，風吹紅蒂雪梅殘。光影不勝閨閣恨，行行坐坐黛眉攢。

又

愁瑣黛眉煙易慘，淚飄紅臉粉難勻。憔悴不知緣底事，遇人推道不宜春。

河傳

秋雨。秋雨。無晝無夜，滴滴霏霏。暗燈涼簟怨分離。妖姬。不勝悲。　西風稍急喧窗

竹。停又續。膩臉懸雙玉。幾迴邀約鴈來時。違期。鴈歸人不歸。　以上八首晁本《花間集》

謁金門

美人浴。碧沼蓮開芬馥。雙髻綰雲顔似玉。素蛾輝淡緑。　雅態芳姿閒淑。雪映鈿裝金斛。水濺青絲珠斷續。酥融香透肉。

定風波

江水沈沈帆影過。游魚到晚透寒波。渡口雙雙飛白鳥。煙裹。蘆花深處隱漁歌。　扁舟短棹歸蘭浦。人去。蕭蕭竹徑透青莎。深夜無風新雨歇。凉月。露迎珠顆入圓荷〔一〕。

以上二首朱本《尊前集》

〔一〕 迎：王輯本《閻處士詞》注云：「『迎』，疑當作『凝』。」

存目詞

調名	首句	出處	附注
杏園芳	嚴妝嫩臉花明	《詞林萬選》卷一	尹鶚作，見《花間集》卷九。

尹鶚

尹鶚（生卒年不詳），錦城（今四川成都）煙月之士。工詩詞，與賓貢李珣友善。仕前蜀爲校書郎。《花間集》卷九稱「尹參卿鶚」，參卿爲參佐官之敬稱，非具體官守。事迹見《鑒戒録》卷四、《十國春秋》卷四四本傳。

尹鶚詞，《花間集》録存六首，《尊前集》録存十一首，共十七首。今以晁本《花間集》爲底本録六首，以朱本《尊前集》爲底本録十一首，參校鄂本、吴本、陸本、茅本、玄本、湯本、雪本、毛本《花間集》、顧本、吴本、毛本《尊前集》、王輯本《尹參卿詞》、吴虞《蜀十五家詞》、李一氓《花間集校》及互見各詞之别集、明以前所刊之總集等。

臨江仙

一番荷芰生舊沼〔一〕，檻前風送馨香。昔年於此伴蕭娘。相偎佇立，牽惹叙衷腸。　　時逞笑容無限態〔二〕，還如菡萏争芳。别來虚遣思悠颺。慵窺往事，金鎖小蘭房。

〔一〕舊：王輯本《尹參卿詞》、鄂本、陸本、茅本、湯本、毛本《花間集》、《花間集校》作「池」。

〔二〕逞：湯本《花間集》作「呈」。

又

深秋寒夜銀河静。月明深院中庭。西窗鄉夢等閑成〔一〕。逡巡覺後，特地恨難平。　　紅燭半消殘焰短〔二〕，依俙暗背銀屏。枕前何事最傷情〔三〕。梧桐葉上，點點露珠零。

〔一〕鄉：鄂本、毛本《花間集》、《花間集校》作「幽」。

〔二〕消：王輯本《尹參卿詞》、鄂本、毛本《花間集》作「條」。

〔三〕情：王輯本《尹參卿詞》作「神」。

滿宫花

月沉沉，人悄悄。一炷後庭香裊。風流帝子不歸來，滿地禁花慵掃〔一〕。　離恨多，相見少。何處醉迷三島。漏清宫樹子規啼，愁鎖碧窗春曉〔二〕。

〔一〕禁：雪本《花間集》作「落」。

〔二〕春：王輯本《尹參卿詞》作「清」。

杏園芳

嚴妝嫩臉花明。教人見了關情。含羞舉步越羅輕。稱娉婷。　終朝咫尺窺香閣，迢遥似隔層城。何時休遣夢相縈。入雲屏。

【考辨】

此首《詞林萬選》卷一作閻選詞，於閻選名下注云：「《花間集》作尹鶚。」案：此首《花間集》作尹鶚詞，《花草粹編》卷三、《歷代詩餘》卷一一、《全唐詩》卷八九五、《詞譜》卷五仍之。王輯本《尹參卿詞》據以收作尹詞。《花間集》閻選詞中未收，諸選本亦無收作閻選詞者，《詞林萬選》顯係誤題。當從《花間集》作尹鶚詞。

醉公子

暮煙籠蘚砌。戟門猶未閉。盡日醉尋春。歸來月滿身。　離鞍偎繡袂。墜巾花亂綴。何處惱佳人。檀痕衣上新。

菩薩蠻

隴雲暗合秋天白。俯窗獨坐窺煙陌。樓際角重吹。黄昏方醉歸。　荒唐難共語。明日還應去。上馬出門時。金鞭莫與伊〔一〕。　以上六首晁本《花間集》

〔一〕鞭：玄本《花間集》作「鞍」。

江城子

裙拖碧，步飄香。織腰束素長。鬢雲光。拂面瓏璁、膩玉碎凝妝。寶柱秦箏彈向晚，絃促雁，更思量。

何滿子

雲雨常陪勝會，笙歌慣逐閒游。錦里風光應占，玉鞭金勒驊騮。戴月潛穿深曲，和香醉脱輕裘。　方喜正同鴛帳〔一〕，又言將往皇州。每憶良宵公子伴，夢魂長挂紅樓。欲表傷離情味〔二〕，丁香結在心頭。

〔一〕鴛：顧本《尊前集》作「鸞」。

〔二〕傷：王輯本《尹參卿詞》作「將」。

女冠子

雙成伴侶。去去不知何處。有佳期。霞帔金絲薄，花冠玉葉危。　懶乘丹鳳子，學跨小龍兒。叵耐天風緊，挫腰肢。

菩薩蠻

嗚嗚曉角調如語。畫樓三會喧雷鼓。枕上夢方殘。月光鋪水寒。　蛾眉應斂翠。咫尺同千里。宿酒未全消。滿懷離恨饒。

又

錦茵閑襯丁香枕。銀釭燼落猶慵寢。顒坐徧紅爐。誰知情緒孤。　少年狂蕩慣。花曲長牽絆。去便不歸來。空教駿馬回。

撥棹子

風切切。深秋月。十朵芙蓉繁艷歇。小檻細腰無力。空贏得、目斷魂飛何處說。　寸心恰似丁香結。看看瘦盡胸前雪。偏挂恨、少年抛擲。羞覷見、繡被堆紅閒不徹〔一〕。

〔一〕覷：王輯本《尹參卿詞》、顧本《尊前集》作「睹」。

又

丹臉膩。雙靨媚。冠子縷金裝翡翠。將一朵、瓊花堪比。窠窠繡、鸞鳳衣裳香窣地。　銀臺蠟燭滴紅淚。淥酒勸人教半醉。簾幕外、月華如水。特地向、寶帳顛狂不肯睡。

金浮圖

繁華地。王孫富貴。玳瑁筵開，下朝無事。壓紅茵、鳳舞黄金翅。立玉纖腰，一片揭天歌吹。滿目綺羅珠翠。和風淡蕩，偷散沈檀氣。　堪判醉。韶光正媚。坼盡牡丹〔一〕，艷迷人意。金張許史應難比。貪戀歡娱，不覺金烏墜。還惜會難别易。金船更勸，勒住花驄轡。

〔一〕坼：毛本《尊前集》作「折」。

秋夜月

三秋佳節。罥晴空〔一〕，凝碎露，茱萸千結。菊蘂和煙輕撚，酒浮金屑。徵雲雨，調絲竹，此時難輟。歡極、一片艷歌聲揭。　黄昏慵别。炷沈煙，熏繡被，翠帷同歇。醉並鴛鴦雙枕，暖偎春雪。語丁寧，情委曲，論心正切。深夜、窗透數條斜月〔二〕。

〔一〕罥：王輯本《尹參卿詞》作「罥」。

〔二〕深夜：王輯本《尹參卿詞》、顧本、毛本《尊前集》作「夜深」。

清平樂

低紅歛翠〔一〕。盡日思閒事。髻滑鳳皇釵欲墜。雨打梨花滿地。　繡衣獨倚闌干。玉容似怯春寒。應待少年公子，鴛幃深處同歡。

〔一〕低：原校云：「毛本『低』作『偎』。」王輯本《尹參卿詞》、顧本、毛本《尊前集》作「偎」。

又

芳年妙伎。淡拂鉛華翠。輕笑自然生百媚。争那尊前人意。　酒傾琥珀杯時。更堪能唱新詞。賺得王孫狂處〔一〕，斷腸一搦腰肢。

以上十一首朱本《尊前集》

〔一〕賺：原作「贈」，據王輯本《尹參卿詞》、吴本、顧本、毛本《尊前集》改。

毛熙震

毛熙震（生卒年不詳），字里無考。仕蜀，官秘書郎。好書能詞。事迹見《花間集》卷九、《茅亭客話》卷三。

毛熙震詞，《花間集》録存二十九首。今以晁本《花間集》爲底本，參校鄂本、吴本、陸本、茅本、玄本、湯本、雪本、毛本《花間集》、李一氓《花間集校》、王輯本《毛秘書詞》、吴虞《蜀十五家詞》及各詞互見之别集、明以前所刊之總集等。

浣溪沙〔一〕

春暮黄鶯下砌前。水精簾影露珠懸。綺霞低映晚晴天。　弱柳萬條垂翠帶〔二〕，殘紅滿地碎香鈿。蕙風飄蕩散輕煙。

〔一〕原作《浣沙溪》，據湯本《花間集》改。

〔二〕萬：王輯本《毛秘書詞》作「千」。

又

花榭香紅煙景迷〔一〕。滿庭芳草緑萋萋。金鋪閑掩繡簾低。　紫燕一雙嬌語碎，翠屏十二晚峯齊。夢魂銷散醉空閨。

〔一〕榭：雪本《花間集》作「謝」。

又

晚起紅房醉欲銷。綠鬟雲散裊金翹。雪香花語不勝嬌。　好是向人柔弱處，玉纖時急繡裙腰〔一〕。春心牽惹轉無憀。

〔一〕急：吴本《花間集》作「繫」。

又

一隻橫釵墜髻叢。静眠珍簟起來慵。繡羅紅嫩抹酥胸。　羞斂細蛾魂暗斷，困迷無語思猶濃。小屏香靄碧山重。

又

雲薄羅裙綬帶長〔一〕。滿身新裛瑞龍香。翠鈿斜映艷梅妝。　佯不覷人空婉約，笑和嬌語太猖狂。忍教牽恨暗形相〔二〕。

〔一〕裙：原注云：「『裙』一作『裾』。」《草堂詩餘别集》作「裾」。

〔二〕形相：雪本《花間集》作「相將」。

又

碧玉冠輕裊燕釵。捧心無語步香階。緩移弓底繡羅鞋。　暗想歡娛何計好，豈堪期約有時乖。日高深院正忘懷。

又

半醉凝情卧繡茵。睡容無力卸羅裙。玉籠鸚鵡猒聽聞。　慵整落釵金翡翠，象梳欹鬢月生雲。錦屏綃幌麝煙薰。

臨江仙

南齊天子寵嬋娟〔一〕。六宮羅綺三千。潘妃嬌艷獨芳妍。椒房蘭洞，雲雨降神仙。　縱態迷歡心不足，風流可惜當年。纖腰婉約步金蓮。妖君傾國〔二〕，猶自至今傳〔三〕。

〔一〕齊：王輯本《毛秘書詞》作「朝」。案：下言潘妃，當以「南齊」爲是。

〔二〕君：雪本《花間集》作「妃」。

〔三〕自：湯本《花間集》作「是」。

又

幽閨欲曙聞鶯囀，紅窗月影微明。好風頻謝落花聲〔一〕。隔幃殘燭，猶照綺屏箏。　繡被錦茵眠玉暖，炷香斜裊煙輕。淯蛾羞斂不勝情。暗思閑夢，何處逐雲行〔二〕。

〔一〕謝：雪本《花間集》作「聽」。

〔二〕處：雪本《花間集》作「事」。

更漏子

秋色清，河影淯。深户燭寒光暗。綃幌碧，錦衾紅。博山香炷融。　更漏咽。蛩鳴切。滿院霜華如雪。新月上，薄雲收。映簾懸玉鈎。

又

煙月寒，秋夜静。漏轉金壺初永。羅幕下，繡屏空。燈花結碎紅。　人悄悄。愁無了。思夢不成難曉。長憶得，與郎期。竊香私語時。

女冠子

碧桃紅杏。遲日媚籠光影。綵霞深。香暖薰鶯語，風清引鶴音。翠鬟冠玉葉，霓袖捧瑶琴。應共吹簫侶，暗相尋。

又

脩蛾慢臉。不語檀心一點。小山妝。蟬鬢低含緑，羅衣澹拂黄。悶來深院裏，閑步落花傍。纖手輕輕整，玉鑪香。

清平樂

春光欲暮。寂寞閑庭户。粉蝶雙雙穿檻舞。簾卷晚天疏雨〔一〕。含愁獨倚閨幃〔二〕。玉鑪煙斷香微。正是銷魂時節〔三〕，東風滿樹花飛〔四〕。

〔一〕卷：《樂府雅詞》拾遺卷下作「外」。
〔二〕含愁：《樂府雅詞》拾遺作「殘妝」。
〔三〕銷魂：《樂府雅詞》拾遺作「魂銷」。

〔四〕 樹：王輯本《毛秘書詞》作「院」。

南歌子

遠山愁黛碧，橫波慢臉明。膩香紅玉茜羅輕。深院晚堂人靜、理銀箏。　鬢動行雲影，裙遮點屐聲。嬌羞愛問曲中名。楊柳杏花時節、幾多情。

又

惹恨還添恨，牽腸即斷腸。凝情不語一枝芳。獨映畫簾閑立、繡衣香。　暗想爲雲女，應憐傅粉郎。晚來輕步出閨房。髻慢釵橫無力、縱猖狂。

何滿子

寂寞芳菲暗度，歲華如箭堪驚。緬想舊歡多少事，轉添春思難平。曲檻絲垂金柳，小窗絃斷銀箏。　深院空聞燕語，滿園閑落花輕。一片相思休不得，忍教長日愁生。誰見夕陽孤夢，覺來無限傷情。

又

無語殘妝澹薄，含羞嚲袂輕盈。幾度香閨眠過曉，綺窗疏日微明〔一〕。雲母帳中偷惜，水精枕上初驚。　笑靨嫩疑花拆，愁眉翠斂山橫。相望只教添悵恨，整鬟時見纖瓊。獨倚朱扉閑立，誰知別有深情。

〔一〕疏：玄本《花間集》作「初」。

小重山

梁燕雙飛畫閣前。寂寥多少恨，懶孤眠。曉來閑處想君憐〔一〕。紅羅帳，金鴨冷沉煙。　誰信損嬋娟。倚屏啼玉筯，濕香鈿。四支無力上鞦韆。羣花謝〔二〕，愁對艷陽天。

〔一〕曉：原作「暗」，據陸本、毛本《花間集》、《花間集校》改。
〔二〕謝：原作「榭」，據王輯本《毛秘書詞》、陸本《花間集》改。

定西番

蒼翠濃陰滿院，鶯對語，蝶交飛。戲薔薇。　斜日倚欄風好，餘香出繡衣。未得玉郎消息，幾時歸。

木蘭花

掩朱扉，鈎翠箔。滿院鶯聲春寂寞。匀粉淚，恨檀郎，一去不歸花又落。對斜暉，臨小閣。前事豈堪重想着〔一〕。金帶冷，畫屏幽，寶帳慵薰蘭麝薄。

【考辨】

〔一〕 豈：王輯本《毛秘書詞》作「不」。

此首《記紅集》卷一作毛滂詞。案：此首原在《花間集》毛熙震詞中，毛滂《東堂詞》未收録。《記紅集》顯係誤題。《全唐詩》卷八九五、《全宋詞》毛滂存目詞皆斷作毛熙震詞。當從《花間集》作毛熙震詞。

後庭花

鶯啼燕語芳菲節。瑞庭花發。昔時歡宴歌聲揭。管絃清越。自從陵谷追遊歇。畫梁塵黦。傷心一片如珪月。閑鎖宮闕。

又

輕盈舞妓含芳艷。競妝新臉。步摇珠翠脩蛾斂。膩鬢雲染。歌聲慢發開檀點。繡衫斜掩。時將纖手匀紅臉。笑拈金靨。

又

越羅小袖新香倩。薄籠金釧。倚欄無語摇輕扇〔一〕。半遮匀面。春殘日暖鶯嬌懶。滿庭花片。争不教人長相見。畫堂深院。

〔一〕輕：王輯本《毛秘書詞》作「金」，吴本《花間集》作「紈」。

酒泉子

閑卧繡幃。慵想萬般情寵。錦檀偏，翹股重。翠雲欹。暮天屏上春山碧。映香煙霧隔。蕙蘭心，魂夢役。斂蛾眉。

又

鈿匣舞鸞〔一〕。隱映艷紅脩碧。月梳斜，雲鬢膩。粉香寒。　曉花微斂輕呵展。裊釵金燕軟。日初昇，簾半捲〔二〕。對妝殘〔三〕。

〔一〕匣：王輯本《毛秘書詞》作「畫」。

〔二〕捲：鄂本《花間集》作「掩」。

〔三〕妝殘：原作「殘妝」，據王輯本《毛秘書詞》、《花間集校》改。《花間集校》云：「宋明各本均作『對殘妝』，茲從《詞律》校改，以叶『寒』韵。」

菩薩蠻

梨花滿院飄香雪〔一〕。高樓夜静風箏咽。斜月照簾帷。憶君和夢稀。　小窗燈影背。燕語驚愁態。屏掩斷香飛。行雲山外歸。

〔一〕院：《唐宋諸賢絶妙詞選》卷一作「地」。

又

繡簾高軸臨塘看。雨翻荷芰真珠散。殘暑晚初涼。輕風渡水香。　無憀悲往事。争那牽情思。光影暗相催。等閑秋又來。

又

天含殘碧融春色〔一〕。五陵薄幸無消息。盡日掩朱門。離愁暗斷魂〔二〕。　鶯啼芳樹暖。燕拂迴塘滿。寂寞對屏山。相思醉夢間。

以上二十九首晁本《花間集》

〔一〕含：湯本《花間集》作「寒」。

〔二〕暗：雪本《花間集》作「欲」。

李珣

李珣（生卒年不詳），字德潤，梓州（今四川三台）人。其先爲波斯人，後入蜀中。其妹舜絃，爲前蜀王衍昭儀。珣少小苦學，有詩名，以秀才豫賓貢，事蜀主王衍，與成都才士尹鶚相善。國亡，不仕。事迹見《鑒戒録》卷四、《茅亭客話》卷二、《十國春秋》卷四四本傳。

李珣詞有《瓊瑤集》，今已佚。《花間集》存詞三十七首，《尊前集》存詞十七首，共五十四首。今以晁本《花間集》爲底本録三十七首，以朱本《尊前集》爲底本録十七首，參校鄂本、吴本、陸本、茅本、玄本、湯本、雪本、毛本《花間集》、顧本、吴本、毛本《尊前集》、王輯本《瓊瑤集》、吴虞《蜀十五家詞》、李一氓《花間集校》及互見各詞之别集、明以前所刊之總集等。

浣溪沙〔一〕

入夏偏宜澹薄粧。越羅衣褪鬱金黄〔二〕。翠鈿檀注助容光。　相見無言還有恨，幾迴拚却又思量〔三〕。月窗香逕夢悠颺。

〔一〕原作《浣沙溪》，據湯本《花間集》改。

〔二〕褪：原作「健」，據鄂本、吴本、陸本、茅本、毛本《花間集》改。

〔三〕拚：王輯本《瓊瑤集》作「拋」。

又

晚出閑庭看海棠。風流學得内家妝。小釵横戴一枝芳。　鏤玉梳斜雲鬢膩，縷金衣透雪肌香。暗思何事立殘陽〔一〕。

〔一〕　殘：王輯本《瓊瑶集》、湯本《花間集》作「斜」。

又

訪舊傷離欲斷魂。無因重見玉樓人。六街微雨鏤香塵。　早爲不逢巫峽夢，那堪虚度錦江春。遇花傾酒莫辭頻。

又

紅藕花香到檻頻。可堪閑憶似花人。舊歡如夢絶音塵。　翠疊畫屏山隱隱，冷鋪紋簟水潾潾。斷魂何處一蟬新。

漁歌子

楚山青，湘水渌〔一〕。春風澹蕩看不足。草芊芊，花簇簇〔二〕。漁艇棹歌相續〔三〕。　信浮沉，無管束〔四〕。釣迴乘月歸灣曲。酒盈罇，雲滿屋。不見人間榮辱〔五〕。

〔一〕　楚山二句：《沅湘耆舊集》前編卷二六作「山光青，水色緑。」

〔二〕　草芊二句：《沅湘耆舊集》前編作「草綿芊，花撲蔌。」

〔三〕 棹：《沅湘耆舊集》前編作「移」。

〔四〕 管：《沅湘耆舊集》前編作「拘」。

〔五〕 人：《沅湘耆舊集》前編作「世」。

【考辨】

此首《沅湘耆舊集》前編卷二六作郭新詞。郭新，宋末人。宋亡，隱居不仕。案：此首早在《花間集》李珣詞中，《全宋詞·誤題撰人姓名詞存目》中亦斷作李珣詞。《沅湘耆舊集》顯係誤題。當從《花間集》作李珣詞。

又

荻花秋，瀟湘夜。橘洲佳景如屏畫〔一〕。碧煙中，明月下。小艇垂綸初罷。水爲鄉，蓬作舍。魚羹稻飯常餐也。酒盈杯，書滿架。名利不將心挂。

〔一〕 如：雪本《花間集》作「入」。

又

柳垂絲，花滿樹。鶯啼楚岸春天暮〔一〕。棹輕舟，出深浦。緩唱漁歌歸去。罷垂綸，還酌醑。孤村遥指雲遮處。下長汀，臨淺渡。驚起一行沙鷺。

〔一〕天：鄂本《花間集》、《花間集校》作「山」。

又

九疑山，三湘水。蘆花時節秋風起。水雲間，山月裏。棹月穿雲遊戲。鼓清琴，傾渌蟻。扁舟自得逍遥志。任東西，無定止。不議人問醒醉〔一〕。

〔一〕問：毛本《花間集》、《花間集校》作「間」。

巫山一段雲〔一〕

有客經巫峽，停橈向水湄〔二〕。楚王曾此夢瑶姬〔三〕。一夢杳無期。　塵暗珠簾卷，香銷翠幄垂〔四〕。西風迴首不勝悲。暮雨灑空祠。

〔一〕《唐宋諸賢絶妙詞選》卷一注云：「唐詞多緣題所賦，《臨江仙》則言仙事，《女冠子》則述道情，《河瀆神》則詠祠廟，大概不失本題之意，爾後漸變，去題遠矣。如此二首，實唐人本來詞體如此。」

〔二〕向：吴本《花間集》作「問」。

〔三〕瑶：雪本《花間集》作「仙」。

〔四〕幄：吴本《花間集》作「幕」。

又

古廟依青嶂，行宮枕碧流。水聲山色鎖妝樓。往事思悠悠。　雲雨朝還暮，煙花春復秋。啼猿何必近孤舟。行客自多愁。

臨江仙

簾捲池心小閣虛。暫涼閑步徐徐。芰荷經雨半凋疏。拂堤垂柳，蟬噪夕陽餘。　不語低鬟幽思遠，玉釵斜墜雙魚。幾迴偷看寄來書。離情別恨，相隔欲何如。

又

鶯報簾前暖日紅。玉鑪殘麝猶濃。起來閨思尚疏慵。別愁春夢，誰解此情悰。　強整嬌姿臨寶鏡，小池一朵芙蓉。舊歡無處再尋蹤。更堪迴顧，屏畫九疑峯。

南鄉子

煙漠漠，雨淒淒〔一〕。岸花零落鷓鴣啼。遠客扁舟臨野渡。思鄉處。潮退水平春色暮。

〔一〕 雨凄凄：雪本《花間集》作「草萋萋」。

又

蘭棹舉〔一〕，水紋開。競携藤籠採蓮來。迴塘深處遥相見。邀同宴。淥酒一巵紅上面。

〔一〕 棹：王輯本《瓊瑶集》、毛本《花間集》作「橈」。

又

歸路近，扣舷歌。採真珠處水風多。曲岸小橋山月過。煙深鎖。荳蔻花垂千萬朵。

又

乘綵舫，過蓮塘。棹歌驚起睡鴛鴦。遊女帶香偎伴笑〔一〕。争窈窕。競折團荷遮晚照〔二〕。

〔一〕 游女帶香：王輯本《瓊瑶集》作「帶春游女」；鄂本、毛本《花間集》作「帶香游女」；陸本、玄本《花間集》作「游女帶花」。

〔二〕 團：王輯本《瓊瑶集》作「圓」。

又

傾淥蟻，泛紅螺。閑邀女伴簇笙歌。避暑信船輕浪裏。閑遊戲〔一〕。夾岸荔枝紅蘸水。

〔一〕閑：原作空格，據陸本、玄本《花間集》、《花間集校》補。

又

雲帶雨，浪迎風。釣翁迴棹碧灣中。春酒香熟鱸魚美〔一〕。誰同醉。纜却扁舟蓬底睡。

〔一〕酒：吴本《花間集》作「醪」。

又

沙月静，水煙輕。芰荷香裏夜船行。緑鬟紅臉誰家女。遥相顧。緩唱棹歌極浦去。

又

漁市散，渡船稀。越南雲樹望中微。行客待潮天欲暮。送春浦。愁聽猩猩啼瘴雨〔一〕。

〔一〕瘴：王輯本《瓊瑶集》作「夜」。

又

攏雲髻，背犀梳。焦紅衫映緑羅裾。越王臺下春風暖。花盈岸。遊賞每邀鄰女伴。

又

相見處，晚晴天。刺桐花下越臺前。暗裏迴眸深屬意。遺雙翠。騎象背人先過水〔一〕。

〔一〕過：王輯本《瓊瑶集》作「渡」。

女冠子

星高月午。丹桂青松深處。醮壇開。金磬敲清露，珠幢立翠苔〔一〕。步虛聲縹緲，想像思徘徊。曉天歸去路，指蓬萊。

〔一〕翠：雪本《花間集》作「碧」。

又

春山夜静。愁聞洞天疏磬。玉堂虛。細霧垂珠珮，輕煙曳翠裾。對花情脉脉，望月步徐徐。劉阮今何處，絶來書。

酒泉子

寂寞青樓。風觸繡簾珠碎撼。月朦朧，花暗澹。鎖春愁。　尋思往事依俙夢〔一〕。淚臉露桃紅色重。鬢欹蟬，釵墜鳳〔二〕。思悠悠。

〔一〕尋：雪本《花間集》作「愁」。

〔二〕墜：玄本《花間集》作「墮」。

又

雨漬花零。紅散香凋池兩岸。別情遥，春歌斷。掩銀屏。　孤帆早晚離三楚。閑理鈿箏愁幾許〔一〕。曲中情，絃上語。不堪聽。

〔一〕鈿：雪本《花間集》作「銀」。

又

秋雨聯綿，聲散敗荷叢裏，那堪深夜枕前聽〔一〕。酒初醒。　牽愁惹思更無停。燭暗香凝天欲曉〔二〕，細和煙，冷和雨，透簾旌〔三〕。

〔一〕那堪句：陸本《花間集》作「那堪深夜、枕前聽。」　前：雪本《花間集》作「上」。

〔二〕曉：王輯本《瓊瑶集》、《花間集校》作「曙」。《花間集校》云：「宋明各本均作「曉」，茲從《詞律》校改，以叶「雨」韻。」案：《酒泉子》調，别體甚夥，此詞《詞譜》卷三收作「又一體」，雙調四十三字，前段四句，兩平韻；後段五句，兩平韻。無須改作「曙」以叶「雨」韻。

〔三〕旌：原作「中」，據《花間集校》改。《花間集校》云：「宋明各本均作「透簾中」，茲從《全唐詩》校改，以叶「醒」韻。」

又

秋月嬋娟，皎潔碧紗窗外，照花穿竹冷沉沉〔一〕。印池心。　凝露滴，砌蛩吟〔二〕。驚覺謝娘殘夢，夜深斜傍枕前來。影徘徊。

〔一〕照花句：陸本《花間集》作「照花穿竹、冷沉沉。」

〔二〕蛩：王輯本《瓊瑶集》作「蟲」。

望遠行

春日遲遲思寂寥。行客關山路遥。瓊窗時聽語鶯嬌。柳絲牽恨一條條。　休暈繡，罷吹簫。貌逐殘花暗凋。同心猶結舊裙腰。忍辜風月度良宵。

又

露滴幽庭落葉時〔一〕。愁聚蕭娘柳眉。玉郎一去負佳期。水雲迢遞鴈書遲。　屏半掩，枕斜欹。蠟淚無言對垂。吟蛩斷續漏頻移。入窗明月鑒空帷。

〔一〕落葉：雪本《花間集》作「葉落」。

菩薩蠻

迴塘風起波紋細。刺桐花裏門斜閉。殘日照平蕪。雙雙飛鷓鴣。　征帆何處客。相見還相隔。不語欲魂銷。望中煙水遥。

又

等閑將度三春景。簾垂碧砌參差影。曲檻日初斜。杜鵑啼落花。　恨君容易處。又話瀟湘去。凝思倚屏山。淚流紅臉班。

又

隔簾微雨雙飛燕。砌花零落紅深淺。撚得寶箏調。心隨征棹遥。　楚天雲外路。動便經年去。香斷畫屏深。舊歡何處尋。

西溪子

金縷翠鈿浮動。妝罷小窗圓夢〔一〕。日高時，春已老。人未到〔二〕。滿地落花慵掃。無語倚屏風。泣殘紅〔三〕。

〔一〕　小：顧本、朱本《尊前集》作「倚」。

〔二〕　未：原作「來」，據《尊前集》改。《花間集注》云：「『來』，對上下文意均相反，疑爲『未』字之誤，若换一『未』字，全篇無滯塞虞。」

〔三〕 無語二句：《尊前集》作「離思正難緘，燕喃喃。」

虞美人

金籠鸚報天將曙〔一〕。驚起分飛處。夜來潛與玉郎期。多情不覺酒醒遲。失歸期。　映花避月遥相送。膩髻偏垂鳳〔二〕。却迴嬌步入香閨〔三〕。倚屏無語撚雲篦。翠眉低。

〔一〕 鸚：王輯本《瓊瑶集》、鄂本、陸本、玄本《花間集》、《花間集校》作「鶯」。《花間集校》并云：「李洵《臨江仙》『鶯報簾前暖日紅』，可參證。」案：此説非是。此言「金籠鸚報」，據動物學家言，鶯不能籠養。鶯入籠中則絶食死。世未聞有養鶯者。「鶯報簾前暖日紅」，是鶯在簾外樹叢中啼報也。

〔二〕 髻：湯本《花間集》作「鬢」。

〔三〕 嬌：雪本《花間集》作「蓮」。

【考辨】

此首又見《陽春集》，作馮延巳詞。案：此首原在《花間集》李珣詞中，《花草粹編》卷六、《歷代詩餘》卷三七、《全唐詩》卷八九六均作李珣詞。《陽春集》收作馮詞，失之。當從《花間集》作李珣詞。

河傳

去去。何處〔一〕。迢迢巴楚。山水相連。朝雲暮雨。依舊十二峯前。猿聲到客船。　愁腸豈異丁香結〔二〕。因離别。故國音書絶。想佳人花下，對明月春風。恨應同。

〔一〕去去二句：陸本《花間集》作四字一句。

〔二〕豈異：《唐宋諸賢絶妙詞選》卷一作「容易」。

又

春暮。微雨〔一〕。送君南浦。愁斂雙蛾。落花深處。啼鳥似逐離歌。粉檀珠淚和。　臨流更把同心結。情哽咽。後會何時節。不堪迴首，相望已隔汀洲。櫓聲幽。　以上三十七首晁本《花間集》

〔一〕春暮二句：陸本《花間集》作四字一句。

中興樂

後庭寂寂日初長。翩翩蝶舞紅芳。繡簾垂地，金鴨無香。誰知春思如狂。憶蕭郎。等閒一去，程遥信斷，五嶺三湘。　休開鸞鏡學宫妝。可能更理笙簧。倚屏凝睇，淚落成行。手尋裙帶鴛鴦。暗思量。忍孤前約，教人花貌，虚老風光。

漁父

水接衡門十里餘。信船歸去卧看書。輕爵禄，慕玄虚。莫道漁人只爲魚。

又

避世垂綸不記年〔一〕。官高争得似君閒。傾白酒，對青山。笑指柴門待月還。

〔一〕記：王輯本《瓊瑶集》作「計」。

又

棹警鷗飛水濺袍。影隨潭面柳垂絛〔一〕。終日醉，絶塵勞。曾見錢塘八月濤。

〔一〕絛：原校云：「『絛』，毛本作『縚』。」王輯本《瓊瑶集》、玄本《花間集》、毛本《尊前集》作「縚」。

南鄉子

攜籠去，採菱歸。碧波風起雨霏霏。趁岸小船齊棹急。羅衣濕。出向桃榔樹下立。

又

雲髻重，葛衣輕。見人微笑亦多情。拾翠採珠能幾許。來還去。爭及村居織機女。

又

登畫舸，泛清波。採蓮時唱採蓮歌。攔棹聲齊羅袖斂〔一〕。池光颭。驚起沙鷗八九點。

〔一〕攔：毛本《尊前集》作「欄」。

又

雙髻墜，小眉彎。笑隨女伴下春山。玉纖遥指花深處。爭回顧。孔雀雙雙迎日舞。

又

紅荳蔻，紫玫瑰。謝娘家傍越王臺〔一〕。一曲鄉歌齊撫掌。堪游賞。酒酌螺杯流水上。

〔一〕傍：原校云：「毛本『傍』作『接』。」王輯本《瓊瑶集》、顧本、毛本《尊前集》作「接」。

又

山果熟，水花香。家家風景有池塘。木蘭舟上珠簾捲。歌聲遠。椰子酒傾鸚鵡琖。

又

新月上，遠煙開。慣隨潮水採珠來。棹穿花過歸溪口。沽春酒。小艇纜牽垂岸柳。

定風波

志在煙霞慕隱淪。功成歸看五湖春。一葉舟中吟復醉。雲水。此時方認自由身。花島爲鄰鷗作侶。深處。經年不見市朝人。已得希夷微妙旨。潛喜。荷衣蕙帶絶纖塵。

又

十載逍遥物外居。白雲流水似相於。乘興有時攜短棹。江島。誰知求道不求魚。到處等閒邀鶴伴。春岸。野花香氣撲琴書。更飲一杯紅霞酒。回首。半鉤新月貼清虛。

又

又見新巢燕子歸〔一〕。阮郎何事絶音徽。簾外西風黄葉落。池閣。隱莎蛩叫雨霏霏。愁坐算程千萬里。頻跂〔二〕。等閒經歲兩心違〔三〕。聽鵲憑龜無定處。不知。淚痕留在畫羅衣。

〔一〕新：原校云：「毛本『新』作『辭』。」王輯本《瓊瑶集》、毛本《尊前集》作「辭」。

〔二〕頻跂：原缺此二字，於「千萬里」處校云：「毛本有『頻跂』二字。」據王輯本《瓊瑶集》、毛本《尊前集》補。

〔三〕心：王輯本《瓊瑶集》作「相」。

又

雁過秋空夜未央。隔窗煙月鎖蓮塘。往事豈堪容易想。惆悵〔一〕。故人迢遞在瀟湘。

縱有回文重疊意。誰寄。解鬟臨鏡泣殘妝。沉水香消金鴨冷。愁永。候蟲聲接杵聲長。

〔一〕惆：吴本《花間集》作「怊」。

又

簾外烟和月滿庭。此時閒坐若爲情。小閣擁爐殘酒醒。愁聽。寒風葉落一聲聲。

唯恨玉人芳信阻。雲雨。屏帷寂寞夢難成。斗轉更闌心杳杳。將曉。銀釭斜照綺琴横。

西溪子

馬上見時如夢。認得臉波相送。柳堤長，無限意。夕陽裏。醉把金鞭欲墜。歸去想嬌嬈。暗魂銷。

以上十七首朱本《尊前集》

劉侍讀

劉侍讀(？—九四七)，《詞綜補遺》卷一、《全五代詩》卷五九以爲即劉保乂。保乂，一作保義，青州(今屬山東)人。後蜀廣政初，官户部郎中，充諸王宫侍讀。廣政十年(九四七)八月卒。《十國春秋》卷五三有傳。

劉侍讀詞一首，據《尊前集》朱本入録，校以吴本、顧本、毛本、明鈔本。

生查子 雙調

深秋更漏長，滴盡銀臺燭。獨步出幽閨，月晃波澄緑。　菱荷風乍觸。一對鴛鴦宿。虚棹玉釵驚，驚起還相續。

朱本《尊前集》

歐陽彬

歐陽彬（？——九五〇），字齊美，衡州衡山（今湖南衡陽）人。家世爲縣吏。初謁楚武穆王，掌客吏索賄，彬耻以私進不予，遂落魄湖南市中。後入成都，獻《萬里朝天賦》，前蜀後主大悦，擢爲翰林學士。前蜀亡，歸後蜀高祖孟知祥。後主廣政初，爲嘉州刺史。累官尚書左丞，出爲寧江軍節度使。廣政十三年（九五〇）卒。《十國春秋》卷五三有傳。

歐陽彬詞一首，據《尊前集》朱本録入，校以吴本、顧本、毛本、明鈔本。

生查子 雙調

竟日畫堂歡，入夜重開宴。剪燭蠟煙香，促席花光顫。　待得月華來，滿院如鋪練。門外

簇華騮，直待更深散。　朱本《尊前集》

孫光憲

孫光憲（？——九六八），字孟文，號葆光子，陵州貴平（今四川仁壽）人。家世業農，廣交蜀中文士。曾爲陵州判官。後唐天成元年（九二六），避地江陵，梁震薦於荆南高季興，爲掌書記。歷仕從誨、保融、繼冲三世。累官荆南節度副使、檢校秘書監兼御史大夫。宋乾德元年（九六三）二月，宋軍假道荆南，光憲勸高繼冲盡獻荆南三州之地。入宋後，授黄州刺史。在郡有治聲。乾德六年（九六八），宰相薦光憲爲學士，未召，會卒。事迹見《新五代史》卷六九《南平世家》、《宋史》卷四八三、《十國春秋》卷一〇二本傳。

孫光憲詞，《花間集》存六十一首，《尊前集》存二十三首，共八十四首。今以晁本《花間集》爲底本録六十一首，以朱本《尊前集》爲底本録二十三首，參校鄂本、吴本、陸本、茅本、玄本、湯本、雪本、毛本《花間集》，顧本、吴本、毛本《尊前集》，並王輯本《孫中丞詞》、劉輯本《荆臺傭稿》、吴虞《蜀十五家詞》，李一氓《花間集校》及互見各詞之别集、明以前所刊之總集等。

浣溪沙

蓼岸風多橘柚香。江邊一望楚天長。片帆煙際閃孤光。　目送征鴻飛杳杳，思隨流水去茫茫。蘭紅波碧憶瀟湘。

又

桃杏風香簾幕閑〔一〕。謝家門户約花關。畫梁幽語燕初還〔二〕。　繡閣數行題了壁，曉屏一枕酒醒山。却疑身是夢魂間。

〔一〕杏：《陽春集》作「李」。　風香：《陽春集》作「相逢」。　閑：王輯本《孫中丞詞》作「間」。

〔二〕梁：《陽春集》作「堂」。　幽語：原注云：「一本作『雙語』。」《陽春集》作「雙語」。

【考辨】

此首《陽春集》收作馮延巳詞，四印齋本注云：「别作孫光憲。」案：此首《花間集》作孫光憲詞，《全唐詩》卷八九七仍之。《陽春集》收作馮詞，失之。當從《花間集》作孫光憲詞。

又

花漸凋疏不耐風。畫簾垂地晚堂空[一]。墮階縈蘚舞愁紅。　膩粉半粘金靨子[二]，殘香猶暖繡薰籠。蕙心無處與人同。

[一] 疏：《唐宋諸賢絶妙詞選》卷一注云：「一本『疏』作『零』，『晚』作『滿』。」

[二] 粘：《花間集校》作「沾」。

又

攬鏡無言淚欲流。凝情半日懶梳頭。一庭疏雨濕春愁。　楊柳秖知傷怨別，杏花應信損嬌羞。淚沾魂斷軫離憂。

又

半踏長裾宛約行。晚簾疏處見分明。此時堪恨昧平生。　早是銷魂殘燭影，更愁聞着品絃聲。杳無消息若爲情。

又

蘭沐初休曲檻前。暖風遲日洗頭天。濕雲新斂未梳蟬〔一〕。　翠袂半將遮粉臆，寶釵長欲墜香肩〔二〕。此時模樣不禁憐。

〔一〕新：湯本《花間集》作「初」。

〔二〕長：雪本《花間集》作「常」。　墜：雪本《花間集》作「墮」。

【考辨】

此首《詞的》卷一作温庭筠詞。案：《花間集》温庭筠詞未收，他本亦未有作温詞者。《詞的》顯係誤題。當從《花間集》作孫光憲詞。

又

風遞殘香出繡簾。團窠金鳳舞襜襜。落花微雨恨相兼。　何處去來狂太甚，空推宿酒睡無猒〔一〕。争教人不别猜嫌。

〔一〕推：湯本《花間集》作「持」。

又

輕打銀箏墜燕泥。斷絲高罥畫樓西。花冠閑上午墻啼。　粉籜半開新竹逕，紅苞盡落舊桃蹊〔一〕。不堪終日閉深閨。

〔一〕盡落：吴本《花間集》作「落盡」。

又

烏帽斜欹倒佩魚。静街偷步訪仙居。隔墻應認打門初。　將見客時微掩斂〔一〕，得人憐處且生疏。低頭羞問壁邊書。

〔一〕斂：雪本《花間集》作「臉」。

河傳

太平天子。等閑遊戲。疏河千里。柳如絲，偎倚淥波春水，長淮風不起。　如花殿脚三千女。争雲雨。何處留人住。錦帆風。煙際紅。燒空。魂迷大業中。

又

柳拖金縷。着煙籠霧。濛濛落絮。鳳皇舟上楚女。妙舞。雷喧波上鼓。龍争虎戰分中土。人無主。桃葉江南渡。鬟花幾〔一〕。艷思牽。成篇。宮娥相與傳。

〔一〕鬟：湯本《花間集》作「擘」。

又

花落。煙薄〔一〕。謝家池閣。寂寞春深。翠娥輕斂意沉吟。沾襟。無人知此心。玉鑪香斷霜灰冷。簾鋪影。梁燕歸紅杏。晚來天。空悄然〔二〕。孤眠。枕檀雲髻偏。

〔一〕花落二句：陸本《花間集》作四字一句。

〔二〕空：王輯本《孫中丞詞》作「思」。

又

風颭。波斂〔一〕。團荷閃閃。珠傾露點。木蘭舟上，何處吴娃越艷。藕花紅照臉。大堤狂殺襄陽客。煙波隔。渺渺湖光白。身已歸。心不歸。斜暉。遠汀鸂鶒飛。

〔一〕 風颭二句：陸本《花間集》作四字一句。

菩薩蠻

月華如水籠香砌。金鐶碎撼門初閉。寒影墮高簷。鈎垂一面簾。碧煙輕裊裊。紅顫燈花笑。即此是高唐。掩屏秋夢長。

又

花冠頻鼓墻頭翼。東方澹白連窗色。門外早鶯聲。背樓殘月明。薄寒籠醉態。依舊鉛華在。握手送人歸。半拖金縷衣。

又

小庭花落無人掃。疏香滿地東風老。春晚信沉沉。天涯何處尋。曉堂屏六扇。眉共湘山遠。争柰別離心〔一〕。近來尤不禁。

〔一〕 柰：鄂本、毛本《花間集》作「那」。

又

青巖碧洞經朝雨。隔花相唤南溪去。一隻木蘭船。波平遠浸天。　扣舷驚翡翠〔一〕。嫩玉擡香臂。紅日欲沉西。煙中遥解觿〔二〕。

〔一〕舷：鄂本、毛本《花間集》作「船」。毛本《花間集》注云：「『船』一作『舷』。」

〔二〕觿：原作「携」，據鄂本《花間集》改。《詩經·衛風·芄蘭》：「童子佩觿。」《集傳》：「『觿』，錐也，以象骨爲之，所以解結，成人之佩，非童子之飾也。」

又

木綿花映叢祠小。越禽聲裏春光曉〔一〕。銅鼓與蠻歌〔二〕。南人祈賽多。　客帆風正急。茜袖偎檣立〔三〕。極浦幾回頭。煙波無限愁。

〔一〕曉：王輯本《孫中丞詞》作「老」。

〔二〕與：《唐宋諸賢絶妙詞選》卷一作「雜」。

〔三〕檣：《花間集校》作「墻」。

河瀆神

汾水碧依依。黄雲落葉初飛。翠華一去不言歸〔一〕。廟門空掩斜暉。四壁陰森排古畫。依舊瓊輪羽駕。小殿沉沉清夜。銀燈飄落香灺。

〔一〕華：鄂本、毛本《花間集》作「娥」。

又

江上草芊芊。春晚湘妃廟前。一方卵色楚南天〔一〕。數行征鴈聯翩〔二〕。獨倚朱欄情不極〔三〕。魂斷終朝相憶。兩槳不知消息。遠汀時起鸂鶒。

〔一〕卵：原作「夘」，注云：「作『夘』、『夘』、古柳字，作『泖』、『泖』、水名。」案：「卵」，行書作「夘」。蘇軾《和林子中待制》詩：「共把鵝兒一尊酒，相逢卵色五湖天。」陸游《東門外遍歷諸園及僧院觀遊人之盛》詩：「微風蹙水靴紋浪，薄日烘雲卵色天。」卵色，蛋殼之微黄色也。

〔二〕征：鄂本、毛本《花間集》作「斜」。

〔三〕倚：王輯本《孫中丞詞》作「憶」。

虞美人

紅窗寂寂無人語。暗澹梨花雨。繡羅紋地粉新描。博山香炷旋抽條。暗魂銷。　天涯一去無消息。終日長相憶。教人相憶幾時休。不堪棖觸别離愁。淚還流。

又

好風微揭簾旌起。金翼鸞相倚。翠簷愁聽乳禽聲。此時春態暗關情。獨難平。　畫堂流水空相翳。一穗香遥曳。交人無處寄相思。落花芳草過前期。没人知。

後庭花

景陽鍾動宫鶯囀。露涼金殿。輕飇吹起瓊花旋〔一〕。玉葉如剪。　晚來高閣上，珠簾卷。見墜香千片。脩蛾慢臉陪雕輦。後庭新宴。

〔一〕輕飇：原注云：「一作『鮮飇』。」旋：鄂本、毛本《花間集》作「綻」。

又

石城依舊空江國。故宫春色。七尺青絲芳草碧〔一〕。絶世難得。　玉英凋落盡。更何人識。野棠如織。只是教人添怨憶。悵望無極。

〔一〕碧：原作「緑」，失韻。據《花間集校》改。此用第十七部韻。

生查子

寂寞掩朱門，正是天將暮。暗澹小庭中，滴滴梧桐雨。　繡工夫，牽心緒。配盡鴛鴦縷。待得没人時，偎倚論私語。

又

暖日策花驄，嚲鞚垂楊陌。芳草惹煙青，落絮隨風白。　誰家繡轂動香塵，隱映神仙客。狂殺玉鞭郎，咫尺音容隔。

又

金井墮高梧，玉殿籠斜月〔一〕。永巷寂無人，斂態愁堪絶。　玉爐寒，香燼滅。還似君恩歇。翠輦不歸來，幽恨將誰説。

〔一〕斜：王輯本《孫中丞詞》作「寒」。

臨江仙

霜拍井梧乾葉墮，翠幃雕檻初寒。薄鉛殘黛稱花冠。含情無語，延佇倚欄干。　杳杳征輪何處去，離愁别恨千般。不堪心緒正多端。鏡奩長掩，無意對孤鸞。

又

暮雨淒淒深院閉，燈前凝坐初更。玉釵低壓鬢雲横。半垂羅幕，相映燭光明。　終是有心投漢珮，低頭但理秦箏。燕雙鸞偶不勝情。只愁明發，將逐楚雲行。

酒泉子

空磧無邊，萬里陽關道路。馬蕭蕭，人去去。隴雲愁。　香貂舊製戎衣窄。胡霜千里白。綺羅心，魂夢隔。上高樓。

又

曲檻小樓，正是鶯花二月。思無憀，愁欲絶。鬱離襟。　展屏空對瀟湘水。眼前千萬里。淚淹紅〔一〕，眉斂翠。恨沉沉。

〔一〕淹：王輯本《孫中丞詞》、毛本《花間集》、《花間集校》作「掩」。

又

斂態窗前，裊裊雀釵抛頸。燕成雙，鸞對影。耦新知。　玉纖澹拂眉山小〔一〕。鏡中嗔共照〔二〕。翠連娟，紅縹緲。早妝時。

〔一〕山：王輯本《孫中丞詞》作「心」。

〔二〕嗔：雪本《花間集》作「休」。

清平樂

愁腸欲斷。正是青春半。連理分枝鸞失伴。又是一場離散。　掩鏡無語眉低。思隨芳草萋萋。憑仗東風吹夢〔一〕，與郎終日東西。

〔一〕仗：鄂本、毛本《花間集》作「使」。

又

等閑無語。春恨如何去。終是疏狂留不住。花暗柳濃何處。　盡日目斷魂飛。晚窗斜界殘暉〔一〕。長恨朱門薄暮，繡鞍驄馬空歸。

〔一〕窗：雪本《花間集》作「來」。

更漏子

聽寒更，聞遠鴈。半夜蕭娘深院。扃繡户，下珠簾。滿庭噴玉蟾。　人語静。香閨冷。紅幕半垂清影。雲雨態，蕙蘭心。此情江海深。

又

今夜期，來日別。相對秖堪愁絶。偎粉面，撚瑤簪。無言淚滿襟。　銀箭落。霜華薄。墻外曉鷄咿喔。聽付囑，惡情悰。斷腸西復東。

女冠子

蕙風芝露。壇際殘香輕度。蘂珠宫。苔點分圓碧，桃花踐破紅。　品流巫峽外，名籍紫微中。真侶墉城會，夢魂通。

又

澹花瘦玉。依約神仙妝束。佩瓊文。瑞露通宵貯，幽香盡日焚。　碧煙籠絳節〔一〕，黄藕冠濃雲。勿以吹簫伴，不同羣。

〔一〕煙：王輯本《孫中丞詞》作「雲」，《花間集校》作「紗」。《花間集注》云：「蓋以煙狀紗之薄也，温庭筠《更漏子》云：『輕紗捲碧煙』是也。」

【考辨】

以上二首，《補續全蜀藝文志》卷四五合鹿虔扆「鳳樓琪樹」、「步虛壇上」二首，作牛希濟次牛嶠《女冠子》四首之作。案：此四首《花間集》牛希濟詞未收，却分别收入孫光憲、鹿虔扆詞中。各詞籍亦未有作牛希濟者。《補續全蜀藝文志》所云非是。此二首當從《花間集》作孫光憲詞。

風流子

茅舍槿籬溪曲。鷄犬自南自北。菰葉長，水葓開，門外春波漲渌。聽織。聲促〔一〕。軋軋鳴梭穿屋。

〔一〕聽織二句：陸本《花間集》作四字一句。

又

樓倚長衢欲暮。瞥見神仙伴侣。微傅粉，攏梳頭，隱映畫簾開處。無語。無緒。慢曳羅裙歸去。

又

金絡玉銜嘶馬。繫向緑楊陰下〔一〕。朱户掩，繡簾垂〔二〕，曲院水流花榭〔三〕。歡罷。歸也。猶在九衢深夜〔四〕。

〔一〕 綠楊：湯本《花間集》作「楊柳」。
〔二〕 繡：湯本《花間集》作「翠」。
〔三〕 榭：毛本《花間集》、《花間集校》作「謝」。
〔四〕 在：湯本《花間集》作「見」。

定西番

鷄祿山前遊騎〔一〕，邊草白，朔天明。馬蹄輕〔二〕。　鵲面弓離短韔，彎來月欲成。一隻鳴髇雲外，曉鴻驚。

〔一〕 祿：王輯本《孫中丞詞》作「鹿」。《水經注》：「自窳渾縣西北，出雞鹿塞。一作雞祿。」
〔二〕 蹄：原作「啼」，據王輯本《孫中丞詞》、鄂本、陸本、毛本《花間集》、《花間集校》改。

又

帝子枕前秋夜，霜幄冷，月華明。正三更。　何處戍樓寒笛，夢殘聞一聲。遥想漢關萬里，淚縱橫。

何滿子

冠劍不隨君去，江河還共恩深。歌袖半遮眉黛慘，淚珠旋滴衣襟。惆悵雲愁雨怨，斷魂何處相尋。

玉胡蝶

春欲盡，景仍長。滿園花正黄。粉翅兩悠颺。翩翩過短墻。鮮飈暖，牽遊伴〔一〕，飛去立殘芳。無語對蕭娘。舞衫沉麝香。

〔一〕鮮飈二句：陸本《花間集》作六字一句。

八拍蠻

孔雀尾拖金線長。怕人飛起入丁香〔一〕。越女沙頭争拾翠，相呼歸去背斜陽。

〔一〕起：湯本《花間集》作「去」。

竹枝

門前春水竹枝白蘋花女兒。岸上無人竹枝小艇斜女兒。商女經過竹枝江欲暮女兒，散抛殘食竹枝飼神鴉女兒。

【考辨】

此首《詞律》卷一作皇甫松詞。案：《花間集》收作孫光憲詞，皇甫松詞中無此首。諸選本也未有作皇甫松詞者。當從《花間集》作孫光憲詞。

又〔一〕

亂繩千結竹枝絆人深女兒。越羅萬丈竹枝表長尋女兒。楊柳在身竹枝垂意緒女兒，藕花落盡竹枝見蓮心女兒。

〔一〕《花間集校》云：「《竹枝》各本均合作一首，誤。兹分爲二首。」參見皇甫松《採蓮子》校一。

思帝鄉

如何。遣情情更多。永日水堂簾下〔一〕，斂羞蛾。六幅羅裙窣地，微行曳碧波。看盡滿池疏雨，打團荷。

〔一〕堂：茅本、湯本、雪本《花間集》作「晶」。

上行盃

草草離亭鞍馬，從遠道、此地分衿。燕宋秦吴千萬里。無辭一醉。野棠開，江草濕。佇立。沾泣。征騎駸駸。

又

離棹逡巡欲動，臨極浦、故人相送。去住心情知不共。金船滿捧。綺羅愁，絲管咽。迴別。帆影滅。江浪如雪。

謁金門

留不得。留得也應無益。白紵春衫如雪色。揚州初去日。輕別離，甘抛擲〔一〕。江上滿帆風疾。却羡彩鴛三十六，孤鸞還一隻。

〔一〕抛：湯本《花間集》作「棄」。

思越人

古臺平，芳草遠，館娃宮外春深。翠黛空留千載恨，教人何處相尋。綺羅無復當時事。露花點滴香淚。惆悵遥天横渌水。鴛鴦對對飛起。

又

渚蓮枯，宫樹老，長洲廢苑蕭條。想像玉人空處所，月明獨上溪橋。經春初敗秋風起。紅蘭緑蕙愁死。一片風流傷心地。魂銷目斷西子。

楊柳枝

閶門風暖落花乾。飛遍江城雪不寒。獨有晚來臨水驛，閑人多凭赤欄干。

又

有池有榭即濛濛〔一〕。浸潤翻成長養功〔二〕。恰似有人長點檢，着行排立向春風。

〔一〕 榭：雪本《花間集》作「樹」。

〔二〕　長：雪本《花間集》作「常」。

又

根柢雖然傍濁河。無妨終日近笙歌。騣騣金帶誰堪比，還共黄鶯不校多〔一〕。

〔一〕　鶯：王輯本《孫中丞詞》作「河」。

又

萬株枯槁怨亡隋。似弔吴臺各自垂。好是淮陰明月裏，酒樓横笛不勝吹。

望梅花〔一〕

數枝開與短墻平。見雪蕚、紅跗相映。引起誰人邊塞情〔二〕。　簾外欲三更。吹斷離愁月正明〔三〕。空聽隔江聲。

〔一〕　《梅苑》作《梅花令》。

〔二〕　誰：《梅苑》作「離」。

〔三〕　正：王輯本《孫中丞詞》作「更」。

漁歌子

草芊芊，波漾漾。湖邊草色連波漲。沿蓼岸，泊楓汀，天際玉輪初上。扣舷歌，聯極望。槳聲伊軋知何向。黄鵠叫〔一〕，白鷗眠。誰似儂家疏曠。

〔一〕鵠：雪本《花間集》作「鴇」，《花間集校》作「鶴」。

又

泛流螢，明又滅。夜凉水冷東灣闊。風浩浩，笛寥寥，萬頃金波澄澈。杜若洲，香郁烈。一聲宿鴈霜時節。經霅水，過松江，盡屬儂家日月。

以上六十一首晁本《花間集》

浣溪沙

風撼芳菲滿院香。四簾慵捲日初長。鬢雲垂枕響微鍠〔一〕。春夢未成愁寂寂，佳期難會信茫茫。萬般心，千點淚，泣蘭堂。

〔一〕鬢雲句：吴本、顧本《尊前集》作「鬢雲垂、金枕響微鍠」，多一「金」字。

又

碧玉衣裳白玉人。翠眉紅臉小腰身。瑞雲飛雨逐行雲。　除却弄珠兼解佩，便隨西子與東鄰。是誰容易比真真。

又

何事相逢不展眉。苦將情分惡猜疑。眼前行止想應知。　半恨半瞋回面處，和嬌和淚泥人時。萬般饒得爲憐伊。

又

落絮飛花滿帝城。看看春盡又傷情。歲華頻度想堪驚。　風月豈唯今日恨，煙霄終待此身榮〔一〕。未甘虚老負平生。

〔一〕身：王輯本《孫中丞詞》作「生」。

又

靜想離愁暗淚零。欲棲雲雨計難成。少年多是薄情人。　萬種保持圖永遠，一般模樣負神明。到頭何處問平生。

又

試問於誰分最多。便隨人意轉横波。縷金衣上小雙鵝〔一〕。　醉後愛稱嬌姐姐，夜來留得好哥哥。不知情事久長麽。

〔一〕鵝：王輯本《孫中丞詞》作「蛾」。

又

葉墜空階折早秋。細煙輕霧鎖妝樓。寸心雙淚慘嬌羞。　風月但牽魂夢苦，歲華偏感别離愁。恨和相憶兩難酬。

又

月淡風和畫閣深。露桃煙柳影相侵。斂眉凝緒夜沉沉。　長有夢魂迷别浦，豈無春病入愁心〔一〕。少年何處戀虚襟。

〔一〕愁心：王輯本《孫中丞詞》作「離心」，吴本、顧本《尊前集》注云：「一作『離心』。」

又

自入春來月夜稀。今宵蟾彩倍凝暉。强開襟抱出簾帷。　鬙指暗思花下約，凭闌羞睹淚痕衣。薄情狂蕩幾時歸。

又

十五年來錦岸游。未曾何處不風流〔一〕。好花長與萬金酬。　滿眼利名渾信運，一生狂蕩恐難休。且陪煙月醉紅樓。

〔一〕何：吴本、顧本、毛本《尊前集》作「行」。

定風波

簾拂疏香斷碧絲。淚衫還滴繡黃鸝。上國獻書人不在。凝黛。晚庭又是落花時〔一〕。春日自長心自促〔二〕。翻覆。年來年去負前期。應是秦雲兼楚雨。留住。向花枝、誇説月中枝〔三〕。

〔一〕花：王輯本《孫中丞詞》、吴本、毛本《尊前集》作「紅」。

〔二〕自促：王輯本《孫中丞詞》作「似促」。

〔三〕向花句：原作「向花誇説月中枝」，據吴本、毛本《尊前集》改補。

南歌子

豔冶青樓女，風流字楚真〔一〕。驪珠美玉未爲珍。窈窕一枝芳柳、入腰身。舞袖頻回雪，歌聲幾動塵。慢凝秋水顧情人。祇緣傾國、著處覺生春〔二〕。

〔一〕字：王輯本《孫中丞詞》、顧本、毛本《尊前集》作「似」。

〔二〕祇緣句：原校云：「『祇緣』，原本作『占斷』，以下七字並缺，據毛本改補。」吴本《尊前集》作「斷占」兩字。

又

映月論心處，偎花見面時。倚郎和袖撫香肌。遥指畫堂深院、許相期。　解佩君非晚，虚襟我未遲。願如連理合歡枝。不似五陵、狂蕩薄情兒。

應天長

翠凝仙豔非凡有。窈窕年華方十九。鬢如雲，腰似柳。妙對綺筵歌醁酒〔一〕。　醉瑶臺，攜玉手。共宴此宵相偶。魂斷晚窗分首。淚沾金縷袖。

〔一〕醁：王輯本《孫中丞詞》作「淥」。

生查子

春病與春愁，何事年年有。半爲枕前人，半爲花間酒。　醉金尊，攜玉手。共作鴛鴦偶。倒載卧雲屏，雪面腰如柳。

又

爲惜美人嬌，長有如花笑。半醉倚紅妝，轉語傳青鳥。眷方深，憐恰好。唯恐相逢少。似這一般情，肯信春光老。

又

清曉牡丹芳，紅豔凝金蘂。乍占錦江春，永認笙歌地。感人心，爲物瑞。爛漫煙光裹〔一〕。載上玉釵時，迴與凡花異。

〔一〕光：王輯本《孫中丞詞》作「花」。

又

密雨阻佳期，盡日顒然坐〔一〕。簾外正淋漓，不覺愁如鎖。夢難裁，心欲破。淚逐檐聲墮。想得玉人情，也合思量我。

〔一〕顒：王輯本《孫中丞詞》作「凝」。

遐方怨

紅綬帶，錦香囊。爲表花前意，殷勤贈玉郎。此時更自役心腸[一]。轉添秋夜夢魂狂。思豔質，想嬌妝。願早傳金琖，同歡卧醉鄉。任人情妬惡猜防[二]。到頭須使似鴛鴦。

〔一〕此時句：原作「此時更役心腸」，據《詞譜》卷二補一「自」字。

〔二〕情：毛本《尊前集》作「猜」。

更漏子

燭熒煌，香旖旎。閒放一堆鴛被。慵就寢，獨無憀。相思魂欲消。　不會得。這心力。判了依前還憶。空自怨，奈伊何。别來情更多。

又

掌中珠，心上氣。愛惜豈將容易。花下月，枕前人。此生誰更親。　交頸語，合歡身。便同比目金鱗。連繡枕，卧紅茵。霜天暖似春[一]。

〔一〕暖似：王輯本《孫中丞詞》、吴本、毛本《尊前集》作「似暖」。

又

對秋深，離恨苦。數夜滿庭風雨。凝想坐，斂愁眉。孤心似有違。紅窗静，畫簾垂。魂銷地角天涯。和淚聽，斷腸窺。漏移燈暗時。

又

求君心，風韵别。渾似一團煙月。歌皓齒，舞紅籌。花時醉上樓。能婉媚，解嬌羞。王孫忍不攀留〔一〕。唯我恨，未綢繆。相思魂夢愁。以上二十三首朱本《尊前集》

〔一〕忍：王輯本《孫中丞詞》作「争」。

存目詞

調名	首句	出處	附注
調笑令	柳岸	《歷代詩餘》卷三	宋秦觀作，見《淮海居士長短句》卷下。原詞見前和凝存目詞附録。

韓熙載

韓熙載（九〇二——九七〇），字叔言，濰州北海（今山東濰坊）人。後唐同光四年（九二六）進士。同年，其父爲明宗所殺，南奔歸吴，補和、常、滁三州從事。南唐烈祖時，召爲秘書郎，元宗即位，拜虞部員外郎。後拜中書舍人，遷兵部尚書。累官至中書侍郎。宋開寶三年（九七〇）卒，年六十九。謚文靖。有集不傳。事迹據徐鉉《徐騎省集》卷一六《韓公墓誌銘》、馬令《南唐書》卷一三、陸游《南唐書》卷一二、《宋史》卷四七八、《十國春秋》卷二八本傳。

失調名

桃李不須誇爛漫。已輸了春風一半。　寶顔本《江鄰幾雜誌》

【本事】

李後主於清微（殿）歌「樓上春寒水四面」，學士刁衎起奏：「陛下未睹其大者遠爾。」人疑其有規諷，訊之，云：「風乍起，吹皺一池春水。」又作紅羅亭子，四面栽梅花，作豔曲歌之。韓熙載和云：「桃李不須誇爛漫，已輸了春風一半。」時已割淮南與周矣。（《江鄰幾雜誌》）

南唐張泌、潘佑、徐鉉、湯悦，俱有才名。後主於宫中作紅羅亭，四面栽紅梅，欲以豔曲記之。佑應令

云云。時已失淮南，故佑以詞諷諫。（《詞林紀事》卷二引《鶴林玉露》）

【考辨】

此殘篇江休復《江鄰幾雜誌》作韓熙載詞。《詞林紀事》卷二引《鶴林玉露》（今傳本無）、《詞品》卷二、《堯山堂外紀》卷四一、《詞苑叢談》卷六屬潘佑。案江休復乃北宋人，其去南唐較近，其説應比明清人所言可信。《詞品》等將李後主詞句與韓詞連成一闋，當誤。《全唐詩》卷九〇〇屬韓熙載，亦只録二句，注作「詠梅」。兹從《江鄰幾雜誌》作韓熙載詞。

馮延巳

馮延巳（九〇三——九六〇），一名延嗣，字正中，廣陵（今江蘇揚州）人。以文雅稱，白衣見南唐烈祖，起家授秘書郎。累遷駕部郎中、元帥府掌書記。元宗保大元年（九四三），拜諫議大夫、翰林學士，遷户部侍郎。次年進翰林學士承旨。四年（九四六），自中書侍郎拜平章事。明年，罷爲太子少傅。九年（九五一），爲冠軍大將軍，召爲太弟太保，領潞州節度使。十年，拜左僕射，同平章事。十五年（九五七），罷爲太子少傅。建隆元年（九六〇）卒，年五十八。謚忠肅。事迹見馬令《南唐書》卷二一、陸游《南唐書》卷八、《十國春秋》卷二六本傳，另參夏承燾《唐宋詞人年譜·馮正中年譜》。

延巳詞集宋初即已散佚，迨嘉祐戊戌（一〇五八）陳世修始爲搜集成書。宋張侃《張氏拙軒集》卷五云：「《香奩集》，唐韓偓用此名所編詩；南唐馮延巳亦用此名所製詞，又名《陽春》」。是馮延巳詞原名《香奩集》，又名《陽春集》。陳世修所編名《陽春集》，殆即仍其舊稱。宋尤袤《遂初堂書目》著録有馮延巳《陽春集》。宋人引用或所著録，多稱《陽春録》。《宋史·藝文志》即稱馮延巳《陽春録》一卷。陳振孫《直齋書録解題》卷二一亦作《陽春録》一卷，並云：「世言『風乍起』爲延巳所作，或云成幼文也。今此集（案指崔公度跋本）無有，當是幼文作。長沙本以寘此集中，殆非也。」直齋所見《陽春録》，長沙本外，似另有一本無「風乍起」闋。今各本《陽春集》皆載有此詞，或源出長沙本。羅泌跋歐陽修《近體樂府》，既引崔公度跋《陽春録》之語，其校語所據之《陽春録》，當與崔公度所跋者爲同一本。此外未聞流傳。今所見《陽春集》，最早者爲明吴訥《唐宋名賢百家詞》本（藏天津圖書館。簡稱「吴本」），一九三〇年商務印書館曾據天津圖書館所藏舊鈔本排印（排印本多擅改原文，有失原貌，未可據信），原鈔及排印本近年皆有影印本問世，北京圖書館尚藏有傳鈔本。又有明末毛晋汲古閣藏未刻詞舊鈔本，即光緒己丑王鵬運《四印齋所刻詞》本《陽春集》（簡稱「四印齋本」）之所從出者；一九三三年南京書店印行陳秋帆《陽春集校箋》（簡稱「校箋本」），於馮原詞亦悉依之以爲藍本。又有清康熙己巳侯文燦刻《十名家詞》本（簡稱「侯本」），侯氏謂稿出顧梁汾之見餉。顧氏稿本從何來，則未可知。又有光緒丁亥江陰金武祥重刻侯氏十名家詞之《粟香室叢書》本（簡稱「金本」）。又有清康熙乙未常熟蕭江聲手鈔本（藏北京圖書館。

簡稱「蕭本」），蕭氏手記云係假洞庭東山葉氏樸學齋藏本鈔録。葉氏藏本乃明嘉靖甲辰冬十一月，少岳山人復初從罄室借録者。罄室手鈔本，乃嘉靖甲辰秋假文氏鈔本迻録者。又有光緒壬辰無錫劉繼增校勘本，其所得舊鈔本之來源則未詳。劉氏所刻，僅有硃印數本，未及墨刷，而其版遽毁，極少流傳。一九一八年無錫圖書館始據所藏硃印本鉛排。又有中國大學鉛印講義本孫人和《陽春集校證》（藏湖北省圖書館。簡稱「校證本」），此本以星鳳閣鈔本（藏臺灣中央圖書館）及一舊鈔本參校，惟不知所採底本及參校諸本來源。諸舊本中吴本文字較勝，而鈔手拙劣，蕭本亦多譌誤。金氏重刻侯本，意在改補侯本譌字脱文，而校勘粗疏，譌脱仍舊。惟四印齋本勘校獨精，蒐集較全，收詞一百十九首，王氏又輯得補遺七首，並於補遺末記有《後庭花破子》一首及一殘句，皆見《古今詞話》，王氏以爲可疑者。今以四印齋本《陽春集》爲底本，而以吴本、侯本、蕭本、金本、星鳳閣本（據校證本迻録）《陽春集》、陳秋帆校箋本、孫人和校證本及互見各詞之别集、明以前所刊之總集等參校，逐首甄擇，得詞一百十一首，另從《尊前集》輯出一首，凡一百十二首。

鵲踏枝〔一〕

梅落繁枝千萬片〔二〕。猶自多情〔三〕，學雪隨風轉〔四〕。昨夜笙歌容易散。酒醒添得愁無限。

樓上春寒山四面〔五〕。過盡征鴻，暮景煙深淺。一晌憑闌人不見。紅綃掩淚思量遍〔六〕。

〔一〕星鳳閣本《陽春集》作《蝶戀花》，《壽域詞》作《鳳棲梧》。
〔二〕梅：《壽域詞》作「籬」。
〔三〕自：《壽域詞》作「似」。
〔四〕學：《壽域詞》作「似」。
〔五〕寒山：原作「山寒」，注云：「別作『寒山』。」據吴本、侯本、金本《陽春集》改。《壽域詞》作「雲山」。
〔六〕紅：原作「鮫」，注云：「別作『紅』。」據吴本、侯本《陽春集》、《壽域詞》改。

【考辨】

此首又見杜安世《壽域詞》。案：《壽域詞》一卷有陸貽典校本，收詞八十六首，雜有李煜、馮延巳、晏殊、吴感、歐陽修等人詞作，所收較雜亂。此闋諸家選本未有作杜安世詞者，《壽域詞》顯係誤收。當從《陽春集》作馮延巳詞。

又〔一〕

誰道閑情拋擲久〔二〕。每到春來，惆悵還依舊。日日花前常病酒〔三〕。敢辭鏡裏朱顏瘦〔四〕。

河畔青蕪堤上柳。爲問新愁，何事年年有。獨上小樓風滿袖〔五〕。平林新月人歸後。

〔一〕《近體樂府》卷二作《蝶戀花》。

〔二〕 誰：原注云：「别作『莫』。」 擲：原注云：「别作『棄』。」《近體樂府》作「棄」。羅泌校云：「一作『抛擲』。」

〔三〕 日日：原作「舊日」，注云：「别作『日日』。」據吴本《陽春集》、《近體樂府》改。

〔四〕 敢：原注云：「别作『不』。」《近體樂府》作「不」。

〔五〕 樓：原注云：「别作『橋』。」《近體樂府》作「橋」。羅泌校云：「一作『小樓』。」

【考辨】

此首原注云：「别作歐陽修。」吴本《陽春集》注云：「《蘭畹集》作歐陽永叔者，非。」侯本、蕭本、金本《陽春集》注云：「《蘭畹集》誤作歐陽永叔。」又見歐陽修《近體樂府》卷二，羅泌校云：「亦載《陽春録》。」案：《陽春集》、《近體樂府》皆雜有他人之作（參見韋莊詞《應天長》「緑槐陰裏」闋【考辨】），而兩集互見之作竟多達十六首。陳世修序《陽春集》後十四年，《歐陽文忠公集》編成，歐陽修旋即去世。或謂陳世修竟敢在歐陽修生前取其佳作十六首託之馮延巳。然十四年間歐陽修竟無一語道及，同時諸人亦未嘗言之，此説未足徵信。而馮詞之誤入歐集，宋人則早已言之。羅泌跋《近體樂府》云：「元豐中崔公度跋馮延巳《陽春録》，謂皆延巳親筆，其間有誤入六一詞者，近世《桐汭志》、《新安志》亦記其事。」陳振孫《直齋書録解題》卷二一亦云：「歐公詞多有與《花間》、《陽春》相混，亦有鄙褻之語一二厠其中」。近人陳秋帆云：「歐公平生寢饋馮詞，或録傑作爲研摩，後人遂誤傳歐作。」（《陽春集箋》）歐陽修筆録他人之作而載入《近體樂府》者，如卷一《瑞鷓鴣》，調名下注云：「此詞本李商隱詩，公嘗筆於扇，云可入此腔歌之。」此乃唐吴融詩，見《才調集》卷二、《全唐詩》卷六八七。是羅泌校定時，既知非歐作而又不從歐集剔出者。又如《一叢花》，調名下注云：「此篇世傳張先子野詞。」以及羅泌跋《近體樂府》所云雜入柳三變詞者皆是。《近體樂府》實不足據。此詞諸家選本多作馮詞，《全唐詩》、《全宋詞》亦斷爲馮作，當從《陽春集》作馮延巳詞。

又

秋入蠻蕉風半裂。狼籍池塘，雨打疏荷折。繞砌蛩聲芳草歇。愁腸學盡丁香結。　回首西南看晚月。孤雁來時，塞管聲嗚咽。歷歷前歡無處説。關山何日休離别。

又

花外寒雞天欲曙〔一〕。香印成灰，起坐渾無緒。檐際高桐凝宿霧〔二〕。捲簾雙鵲驚飛去。　屏上羅衣閑繡縷。一晌關情〔三〕。憶遍江南路。夜夜夢魂休謾語。已知前事無尋處〔四〕。

〔一〕花：原注云：「别作『窗』。」

〔二〕檐：原注云：「别作『庭』。」吴本《陽春集》作「庭」。　桐：原注云：「别作『梧』。」吴本、侯本、蕭本、金本《陽春集》作「梧」。

〔三〕 闕：蕭本《陽春集》作「閑」。

〔四〕 尋：吴本、蕭本、星鳳閣本《陽春集》作「情」。

又

叵耐爲人情太薄。幾度思量，真擬渾拋却。新結同心香未落。怎生負得當初約〔一〕。　休向尊前情索寞。手舉金罍，憑仗深深酌。莫作等閑相鬥作〔二〕。與君保取長歡樂。

〔一〕 初：蕭本、金本、星鳳閣本《陽春集》作「時」。

〔二〕 莫作：侯本、蕭本、金本《陽春集》作「莫信」。

又

蕭索清秋珠淚墜。枕簟微凉，展轉渾無寐。殘酒欲醒中夜起。月明如練天如水。　階下寒聲啼絡緯。庭樹金風，悄悄重門閉。可惜舊歡攜手地。思量一夕成憔悴。

又

煩惱韶光能幾許。腸斷魂銷，看却春還去。祇喜墻頭靈鵲語。不知青鳥全相誤。　心若垂楊千萬縷。水闊花飛，夢斷巫山路。開眼新愁無問處〔一〕。珠簾錦帳相思否。

〔一〕開：吴本《陽春集》作「滿」。

又

霜落小園瑶草短。瘦葉和風，惆悵芳時换。舊恨年年秋不管〔一〕。朦朧如夢空腸斷。獨立荒池斜日岸。墻外遥山，隱隱連天漢。忽憶當年歌舞伴。晚來雙臉啼痕滿。

〔一〕舊：原作「懊」，注云：「别作『舊』。」據吴本、侯本、蕭本、金本《陽春集》改。秋：原注云：「别作『愁』。」

又

芳草滿園花滿目。簾外微微，細雨籠庭竹。楊柳千條珠𦆈𦆈。碧池波皺鴛鴦浴。窈窕人家顔似玉。絃管泠泠，齊奏雲和曲。公子歡筵猶未足。斜陽不用相催促。

又

幾度鳳樓同飲宴。此夕相逢，却勝當時見。低語前歡頻轉面。雙眉斂恨春山遠。蠟燭淚流羌笛怨。偷整羅衣，欲唱情猶懶。醉裏不辭金盞滿〔一〕。陽關一曲腸千斷。

〔一〕 盞：原注云：「别作『爵』。」吴本、舊抄本《陽春集》作「爵」。

又

幾日行雲何處去。忘却歸來〔一〕，不道春將暮。百草千花寒食路。香車繫在誰家樹。　淚眼倚樓頻獨語。雙燕飛來〔二〕，陌上相逢否。撩亂春愁如柳絮〔三〕。悠悠夢裏無尋處〔四〕。

〔一〕 却：原注云：「别作『了』。」吴本、蕭本《陽春集》、《近體樂府》卷二作「了」。

〔二〕 飛來：原注云：「别作『來時』。」《近體樂府》作「來時」。

〔三〕 撩：原注云：「别作『掩』。」《詞綜》作「掩」。

〔四〕 悠悠：原注云：「别作『依依』。」《近體樂府》作「依依」。

【考辨】

此首原注云：「别作歐陽修。」又見歐陽修《近體樂府》卷二。羅泌校云：「亦見《陽春録》。」案：《近體樂府》未可據信。《全唐詩》、《全宋詞》亦斷爲馮作。當從《陽春集》作馮延巳詞。參見前「誰道閑情抛擲久」首【考辨】。

又〔一〕

庭院深深深幾許〔二〕。楊柳堆煙，簾幕無重數〔三〕。玉勒琱鞍游冶處〔四〕。樓高不見章臺路。雨橫風狂三月暮。門掩黄昏，無計留春住。淚眼問花花不語。亂紅飛入秋千去〔五〕。

〔一〕《唐宋諸賢絶妙詞選》卷二、《樂府雅詞》卷上作《蝶戀花》。

〔二〕深幾許：「深」字下原注云：「别作『知』。」蕭本、舊抄本、星鳳閣本《陽春集》、《樂府雅詞》卷上作「知幾許」。

〔三〕重：原注云：「别作『量』。」《歷代詩餘》作「量」。

〔四〕玉：原注云：「别作『金』。」舊抄本《陽春集》作「金」。　琱：吴本、侯本、蕭本、金本、星鳳閣本《陽春集》作「金」。

〔五〕入：《近體樂府》、《樂府雅詞》、《唐宋諸賢絶妙詞選》作「過」。

【考辨】

此首原注云：「别作歐陽修。」又見歐陽修《近體樂府》卷二。羅泌校云：「亦載《陽春録》，易安李氏稱是六一詞。」《樂府雅詞》卷上、《唐宋諸賢絶妙詞選》卷二、《草堂詩餘》前集卷上、《花草粹編》卷七、《詩餘圖譜》卷二、《古今詩餘醉》皆題歐作。案：歐陽修爲一代儒宗，《歐陽文忠公集》（詞在集中）在孫謙益校刊之前，尚無定本，而汴京、江、浙、閩、蜀皆已刊之（見歐集周必大序及《近體樂府》繆荃孫跋），已遍傳士林。世皆知此詞爲歐作，而見知此詞在《陽春集》中者尠矣。李易安詞序云：

「歐陽公作《蝶戀花》有『深深深幾許』之句，余酷愛之，用其語作『庭院深深』數闋，其聲即舊《臨江仙》也。」（《草堂詩餘》前集卷上歐陽永叔《蝶戀花》詞注引）易安語不及《陽春》，即其證。其後諸家選本或據歐集選作歐詞，或據易安詞序以爲此首必歐作。清朱彝尊始云：「『庭院深深』一闋，載馮延巳《陽春録》，刻作歐九，誤也。」（《詞苑叢談》卷一）張惠言《詞選》卷一録馮詞《鵲踏枝》四首，而獨於此闋據易安序，以爲「易安去歐公未遠，其言必非無據」，斷爲歐作，並附會宋事爲證。張伯駒則謂：陳世修編《陽春集》於嘉祐，既去南唐不遠，且與正中爲戚屬，其所編録，自可依據。易安去嘉祐尚遠，或係當時已傳抄失真，而雜入六一集中耳。（《叢碧詞話》）歐詞集本原極雜亂，王灼《碧雞漫志》卷二云：「歐陽永叔所集歌辭，自作者三之一耳。」且「馮詞蹊徑頗與宋初之詞相近，故多混入宋詞，宋人亦不能辨識。易安之言未可確信也」（孫人和《陽春集校證》）。陳延焯亦云：「細味此闋，與上三章筆墨的是一色，歐公無此手筆。」（《白雨齋詞話》卷一）《全宋詞》亦斷作馮詞。當從《陽春集》作馮延巳詞。

又

柳岸花飛寒食近〔一〕。陌上行人，杳不傳芳信。樓上重檐山隱隱。東風盡日吹蟬鬢。

粉映墻頭寒欲盡。宮漏長時，酒醒人猶困。一點春心無限恨。羅衣印滿啼妝粉〔二〕。

〔一〕妝：吴本、星鳳閣本《陽春集》作「痕」。

〔二〕岸：原注云：「别作『暗』。」蕭本、星鳳閣本《陽春集》作「暗」。　飛：蕭本、星鳳閣本《陽春集》作「稀」。

又〔一〕

六曲闌干偎碧樹。楊柳風輕，展盡黄金縷。誰把鈿箏移玉柱〔二〕。穿簾海燕驚飛去〔三〕。

滿眼游絲兼落絮。紅杏開時，一霎清明雨。濃睡覺來慵不語〔四〕。驚殘好夢無尋處〔五〕。

〔一〕《珠玉詞》作《蝶戀花》。

〔二〕誰把：《近體樂府》卷二、《樂府雅詞》卷上、《唐宋諸賢絶妙詞選》卷二作「誰抱」。羅泌校云：「一作『誰把』。」

〔三〕海燕驚：原注云：「别作『燕子雙』。」《詞綜》作「燕子雙」。《珠玉詞》、《近體樂府》、《樂府雅詞》、《唐宋諸賢絶妙詞選》作「海燕雙」。

〔四〕睡：原注云：「别作『醉』。」《唐宋諸賢絶妙詞選》作「醉」。　慵不：原注云：「别作『鶯亂』。」《珠玉詞》、《近體樂府》、《樂府雅詞》、《唐宋諸賢絶妙詞選》作「鶯亂」。

〔五〕殘：吴本《陽春集》作「□」。

【考辨】

此首原注云：「别作歐陽修。」又見歐陽修《近體樂府》卷二，羅泌校云：「載《陽春録》。」《樂府雅詞》卷上亦題歐作，《唐宋諸賢絶妙詞選》卷二仍之。别又入晏殊《珠玉詞》。《詞律》卷九又題張泌作。案：《樂府雅詞》收歐詞八十三首，曾慥紹興丙寅（一一四七）自序云：「歐公一代儒宗，風流自命，文章幼眇，世所矜式。當時小人或作艷曲，謬爲公詞，今悉删除。」此八十三首中仍雜有白居易、吴融、馮延巳、張先、李冠、黄庭堅諸人作品。《樂府雅詞》未可據信。此首自朱彝尊《詞綜》選録之後，張惠言《詞選》、周濟《詞辨》皆録之，並題作馮詞。又諸家選本未有作晏殊詞者，《珠玉詞》顯係誤收。《全宋詞》於晏殊、歐陽修存目詞中皆斷作馮詞。當從《陽春集》作馮延巳詞。《花間集》張泌詞中無此闋，諸家選本亦未有作張泌詞者，《詞律》所題非是。

采桑子〔一〕

玉堂香煖珠簾捲〔四〕，雙燕來歸〔五〕。後約難期〔六〕。肯信韶華得幾時。

中庭雨過春將盡〔二〕，片片花飛。獨折殘枝。無語憑闌祇自知〔三〕。

〔一〕《尊前集》作《羅敷艷歌》。毛本《尊前集》注云：「一名《採桑子》。」

〔二〕中：原注云：「别作『小』。」吴本、蕭本、星鳳閣本《陽春集》、《尊前集》作「小」。

〔三〕無：原注云：「别作『不』。」《尊前集》作「不」。

〔四〕香：原注云：「别作『春』。」毛本《尊前集》作「春」。

〔五〕來歸：朱本《尊前集》作「歸來」。

〔六〕後：原注云：「別作『君』，又作『舊』。」吴本、侯本、蕭本、金本、星鳳閣本《陽春集》作「君」，《尊前集》作「舊」。

難：原注云：「別作『佳』。」《花草粹編》作「佳」。

又

馬嘶人語春風岸，芳草綿綿。楊柳橋邊。落日高樓酒旆懸。　舊愁新恨知多少，目斷遥天。獨立花前。更聽笙歌滿畫船。

又

西風半夜簾櫳冷，遠夢初歸。夢過金扉〔一〕。花謝窗前夜合枝。　昭陽殿裏新翻曲，未有人知。偷取笙吹。驚覺寒蛩到曉啼。

〔一〕夢：原闕，注云：「別作『夢』。」據蕭本《陽春集》補。

又

酒闌睡覺天香煖，繡户慵開。香印成灰。獨背寒屏理舊眉。　朦朧却向燈前卧，窗月徘徊。曉夢初回。一夜東風綻早梅。

又

小堂深静無人到，滿院春風。惆悵墻東〔一〕。一樹櫻桃帶雨紅。　　愁心似醉兼如病，欲語還慵。日暮疏鐘。雙燕歸棲畫閣中〔二〕。

〔一〕惆悵：吴本《陽春集》作「悵悵」。

〔二〕棲：原注云：「别作『來』。」蕭本《陽春集》作「來」。

又

畫堂燈煖簾櫳捲，禁漏丁丁。雨罷寒生。一夜西窗夢不成。　　玉娥重起添香印，回倚孤屏。不語含情。水調何人吹笛聲。

又

笙歌放散人歸去，獨宿江樓。月上雲收。一半珠簾掛玉鉤。　　起來點檢經遊地〔一〕，處處新愁。憑仗東流。將取離心過橘洲〔二〕。

〔一〕遊：原作「由」，注云：「别作『遊』。」據吴本、蕭本、金本、星鳳閣本《陽春集》改。

〔二〕洲：原注云：「别作『州』。」《花草粹編》作「州」。

又

昭陽記得神僊侣〔一〕，獨自承恩。水殿燈昏。羅幕輕寒夜正春。　如今别館添蕭索，滿面啼痕。舊約猶存。忍把金環别與人。

〔一〕侣：星鳳閣本《陽春集》作「裏」。

又〔一〕

微風簾幕清明近，花落春殘。尊酒留歡。添盡羅衣怯夜寒。　愁顔恰似燒殘燭，珠淚闌干。也欲高拌。争奈相逢情萬般〔二〕。

〔一〕《壽域詞》作《丑奴兒》。

〔二〕般：《壽域詞》作「端」。

【考辨】

此首又見杜安世《壽域詞》。案：諸家選本無作杜安世者，《壽域詞》顯係誤收，未可據信。當從《陽春集》作馮延巳詞。

又

畫堂昨夜愁無睡〔一〕，風雨凄凄。林鵲争棲〔二〕。落盡燈花雞未啼〔三〕。　年光往事如流水，休説情迷。玉筯雙垂。祇是金籠鸚鵡知。

〔一〕睡：侯本、金本《陽春集》作「寐」。

〔二〕争：原作「單」，注云：「别作『争』。」據吴本《陽春集》改。

〔三〕雞：星鳳閣本《陽春集》作「獨」。

又

寒蟬欲報三秋候，寂静幽齋〔一〕。葉落閑階〔二〕。月透簾櫳遠夢回。　昭陽舊恨依前在，休説當時。玉笛纔吹。滿袖猩猩血又垂〔三〕。

〔一〕齋：吴本、侯本、蕭本、金本、星鳳閣本《陽春集》作「居」。

〔二〕葉落：星鳳閣本《陽春集》作「落葉」。

〔三〕滿：蕭本《陽春集》作「紅」。

又

洞房深夜笙歌散，簾幕重重〔一〕。斜月朦朧。雨過殘花落地紅。　昔年無限傷心事，依舊東風。獨倚梧桐。閑想閑思到曉鐘。

〔一〕幕：星鳳閣本《陽春集》作「影」。

又

花前失却遊春侶，獨自尋芳〔一〕。滿目悲凉〔二〕。縱有笙歌亦斷腸。　林間戲蝶簾間燕，各自雙雙。忍更思量。緑樹青苔半夕陽。

〔一〕獨自：原注云：「别作『極目』。」《花草粹編》作「極目」。

〔二〕目：原注云：「别作『眼』。」吴本、星鳳閣本《陽春集》作「眼」。

酒泉子

庭下花飛〔一〕。月照妝樓春事晚〔二〕。珠簾風，蘭燭燼，怨空閨。　迢迢何處寄相思。玉筯零零腸斷。屏幃深，更漏永，夢魂迷。

〔一〕庭下：《陽春集箋》作「庭外」，《張子野詞》卷二作「亭下」。

〔二〕事晚：《張子野詞》作「欲曉」。

【考辨】

此首及下四首又見張先《張子野詞》卷二。此首别又入杜安世《壽域詞》。案：此五首諸家選本無作張先詞者，《張子野詞》顯係誤收，未可據信（參見温庭筠《更漏子》「星斗稀」闋【考辨】）。此首諸家選本亦未有作杜安世詞者，《壽域詞》未可據信。《全宋詞》於張先、杜安世存目詞中皆斷爲馮作。當從《陽春集》作馮延巳詞。

又

雲散更深〔一〕。堂上孤燈階下月。早梅香〔二〕，殘雪白。夜沉沉。闌邊偷唱繫瑶簪〔三〕。

前事總堪惆悵，寒風生，羅衣薄，萬般心。

〔一〕雲：《張子野詞》卷二作「人」。

〔二〕香：《張子野詞》作「愁」。

〔三〕闌邊：吴本《陽春集》作「閑邊」，《張子野詞》作「闌前」。　繫：原作「繄」，注云：「『繄』或作『繫』。」據金本《陽春集》改。　瑶：《張子野詞》作「瓊」。

又

庭樹霜凋〔一〕。一夜愁人窗下睡，繡幃風，蘭燭焰，夢遥遥。　金籠鸚鵡怨長宵〔二〕。籠畔玉箏絃斷，隴頭雲，桃源路，兩魂銷。

〔一〕庭樹：《張子野詞》卷二作「亭柳」。
〔二〕籠：星鳳閣本《陽春集》作「籬」。

又

芳草長川。柳映危橋橋下路〔一〕。歸鴻飛，行人去。碧山邊〔二〕。　風微煙澹雨蕭然〔三〕。隔岸馬嘶何處。九迴腸，雙臉淚〔四〕，夕陽天。

〔一〕橋下：《張子野詞》卷二作「堤下」。
〔二〕邊：原注云：「元誤『遥』。」《張子野詞》作「連」。
〔三〕蕭然：原注云：「元誤『蕭蕭』。」
〔四〕雙：蕭本《陽春集》作「兩」。

又

春色融融。飛燕乍來鶯未語[一]。小桃寒[二]，垂楊晚[三]，玉樓空。　天長煙遠恨重重。消息燕鴻歸去。枕前燈，窗外月[四]，閉朱櫳[五]。

[一] 乍：《張子野詞》卷二作「未」。

[二] 小：《張子野詞》作「露」。

[三] 垂楊晚：「楊」字下原注云：「别作『柳』。」吴本、舊抄本、星鳳閣本《陽春集》作「垂柳晚」，《張子野詞》作「風柳晚」。

[四] 月：《張子野詞》作「雨」。

[五] 朱櫳：《張子野詞》作「簾櫳」。

又

深院空幃[一]。廊下風簾驚宿燕，香印灰，蘭燭小[二]，覺來時。　月明人自擣寒衣[三]。剛愛無端惆悵，階前行，闌畔立[四]，欲雞啼[五]。

[一] 空：吴本、星鳳閣本《陽春集》作「重」。

〔二〕小：原注云：「別作『灺』。」《花草粹編》作「灺」。蕭本《陽春集》作「燼」。

〔三〕月明：蕭本《陽春集》作「明月」。

〔四〕畔：原注云：「別作『外』。」《全唐詩》作「外」。

〔五〕雞啼：吴本《陽春集》作「啼雞」。

臨江仙

秣陵江上多離別，雨晴芳草煙深。路遥人去馬嘶沉。青帘斜掛〔一〕，新柳萬枝金。隔江何處吹横笛，沙頭驚起雙禽。徘徊一晌幾般心。天長煙遠〔二〕，凝恨獨沾襟。

〔一〕青帘句：原注云：「别本有『裏』字。」侯本、蕭本、金本《陽春集》作「青帘斜掛裏」。星鳳閣本《陽春集》作「青帘裏」三字句。吴本《陽春集》此二句作「路遥人去馬嘶，沉沉青帘裏」。

〔二〕天長句：蕭本《陽春集》作「天長煙遠□」五字句。

又

冷紅飄起桃花片，青春意緒闌珊。畫樓簾幕捲輕寒〔一〕。酒餘人散後〔二〕，獨自憑闌干〔三〕。

夕陽千里連芳草，萋萋愁煞王孫〔四〕。徘徊飛盡碧天雲。鳳笙何處〔五〕，明月照黄昏〔六〕。

〔一〕晝：原注云：「别作『高』。」《尊前集》作「高」。

〔二〕酒餘句：《尊前集》作「酒餘人散」四字句。

〔三〕憑：原注云：「别作『倚』。」《尊前集》作「倚」。

〔四〕萋萋：原注云：「别作『風光』。」《尊前集》作「風光」。

〔五〕鳳笙句：「笙」字下原注云：「别作『城』。」《尊前集》作「鳳城何處」。萧本《陽春集》作「鳳城何處□」五字句。

〔六〕明：侯本、萧本、金本、星鳳閣本《陽春集》作「圓」。

又

南園池館花如雪，小塘春水漣漪。夕陽樓上繡簾垂。酒醒無寐〔一〕，獨自倚闌時。　綠楊

風静凝閑恨〔二〕，千言萬語黄鸝。舊歡前事杳難追。高唐暮雨，空祇覺相思〔三〕。

〔一〕酒醒句：原作「酒醒無寐□」。據吴本、萧本《陽春集》改。

〔二〕凝閑：萧本《陽春集》作「閑凝」。

〔三〕覺：吴本、星鳳閣本《陽春集》作「宜」。

清平樂

深冬寒月。庭户凝霜雪。風雁過時魂斷絶〔一〕。塞管數聲嗚咽。　披衣獨立□香〔二〕。流蘇亂結愁腸。往事總堪惆悵，前歡休更思量〔三〕。

〔一〕風：金本、星鳳閣本《陽春集》作「聞」。

〔二〕□：原注云：「别作『披』。」金本《陽春集》作「披」。

〔三〕更：原作「要」，注云：「别作『更』。」據吴本、侯本、蕭本、金本、星鳳閣本《陽春集》改。

又

雨晴煙晚〔一〕。緑水新池滿〔二〕。雙燕飛來垂柳院。小閣畫簾高捲。　黄昏獨倚朱闌。西南新月眉彎〔三〕。砌下落花風起，羅衣特地春寒。

〔一〕晚：吴本《陽春集》作「曉」。

〔二〕緑：原注云：「别作『淥』。」《詞選》作「淥」。

〔三〕新：原注云：「别作『初』。」《近體樂府》卷三作「初」。

【考辨】

此首又見歐陽修《近體樂府》卷三，羅泌校云：「又載《陽春録》。」案：諸家選本未有作歐詞者，《近體樂府》未可據信。《花草粹編》卷三、《全唐詩》卷八九八、《歷代詩餘》卷一三、《全宋詞》歐陽修存目詞皆斷作馮詞。當從《陽春集》作馮延巳詞。

又

西園春早。夾徑抽新草。冰散漪瀾生碧沼〔一〕。寒在梅花先老。　與君同飲金杯。飲餘相取徘徊。次第小桃將發〔二〕，軒車莫厭頻來。

〔一〕瀾：原作「闌」，注云：「別作『瀾』。」據金本《陽春集》改。

〔二〕將：蕭本《陽春集》作「花」。

醉花間

獨立階前星又月。簾櫳偏皎潔。霜樹盡空枝，腸斷丁香結。　夜深寒不徹〔一〕。凝恨何曾歇。憑闌干欲折。兩條玉筯爲君垂，此宵情，誰共説。

〔一〕徹：原注云：「別作『寐』。」《花草粹編》作「寐」。

【考辨】

此首《詞鵠初編》卷二作宋趙以夫詞。案：趙以夫《虚齋樂府》有陶涉園影宋本，收詞六十七首，無此闋。《全宋詞》趙以夫詞亦未收。《詞鵠初編》顯係誤題。當從《陽春集》作馮延巳詞。

又

月落霜繁深院閉。洞房人正睡。桐樹倚雕檐，金井臨瑶砌。曉風寒不啻。獨立成憔悴。

閑愁渾未已。人心情緒自無端〔一〕，莫思量，休退悔。

〔一〕人心情：原注云：「别作『離人心』。」《花草粹編》作「離人心」。

又

晴雪小園春未到。池邊梅自早。高樹鵲銜巢〔一〕，斜月明寒草。山川風景好。自古金陵道。少年看却老。相逢莫厭醉金杯，别離多，歡會少。

〔一〕巢：吴本、侯本、蕭本、金本、星鳳閣本《陽春集》作「窠」。

又

林雀歸棲撩亂語。階前還日暮。屏掩畫堂深，簾捲蕭蕭雨。玉人何處去。鵲喜渾無據。

雙眉愁幾許。漏聲看卻夜將闌〔一〕，點寒燈，扃繡户。

〔一〕看：金本《陽春集》注云：「按『看』字疑有誤。」

應天長

石城山下桃花綻。宿雨初收雲未散〔一〕。南去棹，北歸雁〔二〕。水闊天遥腸欲斷〔三〕。倚樓情緒懶。惆悵春心無限。忍淚蒹葭風晚〔四〕。欲歸愁滿面。

〔一〕收：吴本、蕭本、星鳳閣本《陽春集》、《近體樂府》卷三作「晴」。

〔二〕歸：原注云：「别作『飛』。」《近體樂府》作「飛」。

〔三〕天：《近體樂府》作「山」。

〔四〕忍淚：原注云：「别作『燕度』。」《近體樂府》作「燕度」。

【考辨】

此首又見歐陽修《近體樂府》卷三，羅泌校云：「並載《陽春録》。」案：諸家選本未有作歐詞者，《近體樂府》未可據信。《全宋詞》歐陽修存目詞亦斷爲馮作。當從《陽春集》作馮延巳詞。

又

朱顏日日驚憔悴。多少離愁誰得會〔一〕。人事改，空追悔。枕上夜長衹如歲。　紅綃三尺淚〔二〕。雙結解時心醉。魂夢萬重雲水〔三〕。覺來還不睡。

〔一〕誰：原無此字，注云：「『愁』下别作『誰』。」據吴本、侯本、蕭本、金本《陽春集》補。

〔二〕紅綃：星鳳閣本《陽春集》作「綃紅」。

〔三〕魂夢句：原作「夢魂萬里雲水」，注云：「别作『魂夢萬重雲水』。」據吴本、侯本、蕭本、金本《陽春集》改。

又

石城花落江樓雨〔一〕。雲隔長洲蘭芷暮。芳草岸，和煙霧。誰在緑楊深處住。　舊遊時事故〔二〕。歲晚離人何處〔三〕。杳杳蘭舟西去。魂歸巫峽路。

〔一〕江：原注云：「别作『紅』。」侯本、金本《陽春集》作「紅」。

〔二〕時事：原注云：「别作『還似』。」

〔三〕晚：吴本、侯本、金本、星鳳閣本《陽春集》作「遠」。

又

當時心事偷相許。宴罷蘭堂腸斷處。挑銀燈，扃珠户〔一〕。繡被微寒值秋雨。　枕前和淚語。驚覺玉籠鸚鵡。一夜萬般情緒。朦朧天欲曙。

〔一〕珠：吴本、侯本、蕭本、金本、星鳳閣本《陽春集》作「朱」。

又

蘭舟一宿還歸去〔一〕。底死謾生留不住。枕前語。記得否。説盡從來兩心素。　同心牢結取〔二〕。切莫等閑相許。後會不知何處。雙棲人莫妒。

〔一〕舟：原作「房」，據吴本、侯本、金本、星鳳閣本《陽春集》改。

〔二〕結：原作「記」，據吴本、侯本、蕭本、金本、星鳳閣本《陽春集》改。

謁金門

聖明世。獨折一枝丹桂〔一〕。學著荷衣還可喜。春狂不啻□〔二〕。　年少都來有幾。自古閑愁無際。滿盞勸君休惜醉。願君千萬歲〔三〕。

〔一〕丹：侯本、蕭本《陽春集》作「香」。

〔二〕春狂句：原注云：「此句應是『春』字上下有奪字。」案：此闋諸選本未載，無可斠補，姑缺。

〔三〕萬：吴本、侯本、蕭本《陽春集》作「百」。

又

楊柳陌。寶馬嘶空無跡。新著荷衣人未識。年年江海客。　夢覺巫山春色。醉眼花飛狼藉〔一〕。起舞不辭無氣力。愛君吹玉笛。

〔一〕花飛：原注云：「別作『飛花』。」吴本、星鳳閣本《陽春集》作「飛花」。

又

風乍起〔一〕。吹縐一池春水。閑引鴛鴦香徑裏〔二〕。手挼紅杏蕊。　鬥鴨闌干獨倚〔三〕。碧玉搔頭斜墜〔四〕。終日望君君不至。舉頭聞鵲喜。

〔一〕乍：朱本《尊前集》作「又」。

〔二〕香：原注云：「別作『花』，又作『芳』。」《尊前集》作「花」；《草堂詩餘》前集卷下作「芳」。

〔三〕獨：原注云：「別作『遍』。」《唐宋諸賢絶妙詞選》卷一作「遍」。

〔四〕 搔頭：原注云：「别作『瓏璁』。」《尊前集》作「瓏璁」。

【考辨】

此首吴本、侯本、金本、舊抄本《陽春集》注云：「《蘭畹集》誤作朱希濟。」案「朱」當是「牛」字之誤。《詞綜》卷一又作成幼文詞。《花間集》牛希濟詞無此闋，諸家選本亦未有作牛希濟者，未知《蘭畹》何據。又陳振孫《直齋書録解題》卷二一云：「世言『風乍起』爲延巳所作，或云成幼文也。今此集無有，當是幼文作。長沙本以置此集中，殆非也。」是直齋時已有長沙本在，而直齋據崔本斷爲成幼文作。胡仔《苕溪漁隱叢話》後集卷二九兩引其説，未嘗專屬幼文。朱彝尊《詞綜》過信直齋，定爲成作，遂滋後人疑竇，不知馬令《南唐書》卷二一、趙與時《賓退録》卷八皆記作馮詞，且考古今詞家選本，如《尊前集》、《唐宋諸賢絶妙詞選》卷一、《草堂詩餘》前集卷下、《花草粹編》卷三、《全唐詩》卷八九八、《歷代詩餘》卷一一、《唐五代詞選》、《詞林紀事》卷二等均題馮作。當從《陽春集》作馮延巳詞。

虞美人

畫堂新霽情蕭索〔一〕。深夜垂珠箔。洞房人睡月嬋娟。梧桐雙影上朱軒〔二〕。立階前。

高樓何處連宵宴。塞管吹幽怨〔三〕。一聲已斷别離心。舊歡抛棄杳難尋。恨沉沉。

〔一〕堂：原注云：「別作『簾』。」《尊前集》作「簾」。

〔二〕朱：原注云：「別作『珠』。」《尊前集》作「珠」。

〔三〕吹：原注云：「別作『聲』。」《張子野詞》卷二、《尊前集》作「聲」。

【考辨】

此首及下首又見張先《張子野詞》卷二，鮑本《張子野詞》注云：「又載馮延巳《陽春集》。」案：諸家選本未有作張先詞者，《張子野詞》顯係誤收。《全宋詞》亦斷爲馮作。當從《陽春集》作馮延巳詞。

又

碧波簾幕垂朱户〔一〕。簾下鶯鶯語。薄羅衣舊泣青春〔二〕。野花芳草逐年新。事難論。

鳳笙何處高樓月。幽怨憑誰説。須臾殘照上梧桐〔三〕。一時彈淚與東風。恨重重。

〔一〕簾幕垂朱户：原注云：「別作『朱户垂簾暮』。」《尊前集》作「朱户垂簾暮」。朱：吴本、舊抄本《陽春集》作「珠」。

〔二〕衣：原作「依」，據吴本、侯本、蕭本、金本《陽春集》、《尊前集》改。

〔三〕須臾：原注云：「別作『亭亭』。」《張子野詞》卷二、《尊前集》作「亭亭」。

又

玉鈎鸞柱調鸚鵡。宛轉留春語。雲屏冷落畫堂空。薄晚春寒無奈落花風。　搴簾燕子低飛去〔一〕。拂鏡塵鸞舞。不知今夜月眉彎。誰佩同心雙結倚闌干。

〔一〕低：原注云：「別作『雙』。」《詞選》作「雙」。

又

春山澹澹横秋水〔一〕。掩映遥相對。祇知長作碧窗期〔二〕。誰信東風吹散彩雲飛〔三〕。　銀屏夢與飛鸞遠。祇有珠簾捲。楊花零落月溶溶。塵掩玉箏絃柱畫堂空。

〔一〕山：原注云：「別作『風』。」《花草粹編》作「風」。　澹澹：原作「拂拂」，注云：「別作『澹澹』。」據《歷代詩餘》改。

〔二〕作：原作「坐」，注云：「別作『作』。」據吴本、金本《陽春集》改。

〔三〕彩雲：原作「緑霞」，注云：「別作『彩雲』。」據吴本、金本《陽春集》改。星鳳閣本《陽春集》作「緑雲」。

喜遷鶯〔一〕

霧濛濛〔二〕。風淅淅，楊柳帶疏煙。飄飄輕絮滿南園。墻下草芊綿。　燕初飛，鶯已老。拂面春風長好。相逢攜酒且高歌。人生得幾何。

〔一〕　原作《春光好》。唐教坊曲有《春光好》，《羯鼓録》屬「太簇商」，並云爲李隆基所作，《碧雞漫志》卷五謂或易名《愁倚闌》者，與此無涉。馮延巳此調與韋莊《喜遷鶯》詞同，惟前段一、二句平仄相反，且次句不起韻異。諸家選本多作《喜遷鶯》，是《喜遷鶯》之别體。《詞譜》卷六注云：「馮延巳詞有『拂面春風長好』句，名《春光好》。」則題作《春光好》當是此詞以後事。

〔二〕　霧：原注云：「别作『露』。」

舞春風

嚴妝才罷怨春風。粉墻畫壁宋家東。蕙蘭有恨枝猶緑，桃李無言花自紅。　燕燕巢時簾幕捲〔一〕，鶯鶯啼處鳳樓空〔二〕。少年薄倖知何處，每夜歸來春夢中。

〔一〕　時：原注云：「别作『兒』。」　簾：原注云：「别作『羅』。」吴本、侯本、蕭本、金本《陽春集》作「羅」。

〔二〕　鳳樓：原注云：「别作『曲房』，『樓』，别作『臺』。」《歷代詩餘》「樓」作「臺」。

【考辨】

此首吴本、侯本、金本注云：「此首《蘭畹集》誤作歐陽永叔。」案：《舞春風》調在宋人詞中從未見，歐集亦無此闋。《蘭畹》所題，或有誤。當從《陽春集》作馮延巳詞。

歸國遥〔一〕

何處笛。終夜夢魂情脉脉〔二〕。竹風檐雨寒窗隔〔三〕。　離人數歲無消息〔四〕。今頭白。不眠特地重相憶。

〔一〕原作《歸自謡》,《近體樂府》卷一同。張宗橚《詞林記事》卷二云:「各本俱作《歸國遥》。」案:《歸國遥》爲唐教坊曲。「遥」一作「謡」,乃緣宋人詞調《歸自謡》而誤。唐五代詞人無作《歸自謡》者,當以《歸國遥》爲是。

〔二〕終:原注云:「别作『深』。」《近體樂府》卷一、《樂府雅詞》卷上作「深」。　魂:原注云:「别作『回』。」《近體樂府》卷一、《樂府雅詞》卷上作「回」。

〔三〕隔:原作「滴」,注云:「别作『隔』。」據吴本、侯本、金本《陽春集》、《近體樂府》、《樂府雅詞》改。

〔四〕數:原注云:「别作『幾』。」《近體樂府》、《樂府雅詞》作「幾」。

【考辨】

此下三首《歸國遥》又見歐陽修《近體樂府》卷一,羅泌校云:「並載馮延巳《陽春録》,名《歸國遥》。」《樂府雅詞》卷上選前兩首作歐詞。案:《歸國遥》三首,筆墨的是一色。馬令《南唐書》卷二一於馮傳有馮延巳作《歸國遥》「江水碧」詞見稱於世之説,當可據以斷此三首爲馮詞。且諸家選本多題馮作,《全宋詞》於歐陽修存目詞亦斷作馮詞。《近體樂府》卷一、《樂府雅詞》卷上收作歐詞,非是。當從《陽春集》作馮延巳詞。

又

春豔豔〔一〕。江上晚山三四點〔二〕。柳絲如剪花如染。香閨寂寂門半掩。愁眉斂。淚珠滴破胭脂臉。

〔一〕豔豔：原注云：「別本作『灧灧』。」

〔二〕山：原注云：「別作『峰』。」

又

江水碧〔一〕。江上何人吹玉笛〔二〕。扁舟遠送瀟湘客。蘆花千里霜月白。傷行色。來朝便是關山隔〔三〕。

〔一〕江水：原作「寒山」，注云：「別作『江水』。」據馬令《南唐書》卷二一改。吴本、侯本、金本《陽春集》、《近體樂府》卷一作「寒水」。

〔二〕江：原注云：「別作『水』。」吴本、蕭本《陽春集》、《近體樂府》作「水」。

〔三〕來：原注云：「別作『明』。」《苕溪漁隱叢話》後集卷三九作「明」。

南鄉子

細雨濕流光〔一〕。芳草年年與恨長〔二〕。煙鎖鳳樓無限事〔三〕，茫茫。鸞鏡鴛衾兩斷腸〔四〕。

魂夢任悠揚〔五〕。睡起楊花滿繡牀〔六〕。薄倖不來門半掩，斜陽。負你殘春淚幾行〔七〕。

〔一〕細雨句：《醉翁琴趣外篇》卷五作「細雨濕花」。

〔二〕與：《醉翁琴趣外篇》作「惹」。

〔三〕鳳：《醉翁琴趣外篇》作「畫」。

〔四〕鸞鏡：《醉翁琴趣外篇》作「粉鑒」。

〔五〕任：原闕，注云：「別作『任』。」據《花草粹編》補。

〔六〕睡：《醉翁琴趣外篇》作「嚑」。

〔七〕幾：《醉翁琴趣外篇》作「兩」。

【考辨】

此首又見歐陽修《醉翁琴趣外篇》卷五。案：《醉翁琴趣外篇》不知何人所輯，雙照樓影刊宋金元明本詞有影宋本，收詞二百零三首。其中不見於《近體樂府》者，計八十三首。八十三首中見於《花間集》者三首，見於《尊前集》、《樂府雅詞》、《唐宋諸賢絶妙詞選》不題歐作者各一首，另又見《陽春集》一首，《張子野詞》二首，《壽域詞》一首。昔人所論仇人羼厠鄙褻之語，皆在其中。集本殊不足據。此首《近體樂府》未收，汲古閣《宋六十名家詞》本《六一詞》亦未收。《全宋詞》歐陽修存目詞亦斷作馮詞。當從《陽春集》作馮延巳詞。又《苕溪漁隱叢話》前集卷五九引《雪浪齋日記》謂荆公云李後主「細雨濕流光」最好。此又誤作李煜詞。王仲聞《南唐二主詞校訂》斷爲馮作。又張端義《貴耳集》卷上引周文璞語云：「《花間集》祇有五字佳，『細雨濕流光』，景意俱微妙。」《花間集》無此五字，周氏所云非是。

又〔一〕

細雨泣秋風〔二〕。金鳳花殘滿地紅。閑蹙黛眉慵不語。情緒。寂寞相思知幾許。

〔一〕此首原本及諸選本合下首作雙調。《詞譜》卷一録此首作單調，二十八字，五句，兩平韵，三仄韵。並謂《陽春集》馮詞二首悉同。案：《南鄉子》，唐教坊曲，原是單調，雙調起於馮延巳「細雨濕流光」詞。此二首用韵各異，與前首雙調者迥然不同。且此調作雙調者，無論五十四字、五十六字、五十八字體，皆前後段各四平韵。而此二詞各有三仄韵在，兹據《詞譜》作單調。

〔二〕泣：吴本、侯本、金本《陽春集》作「濕」。

又

玉枕擁孤衾。挹恨還同歲月深〔一〕。簾捲曲房誰共醉。憔悴。惆悵秦樓彈粉淚。

〔一〕 挹：侯本、金本《陽春集》作「抱」。 同：原注云：「別作『聞』。」

薄命女〔一〕

春日宴。緑酒一杯歌一遍。再拜陳三願。一願郎君千歲，二願妾身常健〔二〕。三願如同梁上燕。歲歲長相見。

〔一〕 原作《長命女》。案：《花間集》有和凝《薄命女》一闋，晁本調下注云：「一名《長命女》。」是宋時二名已混。《長命女》，唐教坊曲，乃五言四句之聲詩，與五代雜言體無關。當從和凝作《薄命女》。明胡震亨《唐音癸籤》卷十三録馮延巳《陽春集》七曲名作《薄命妾》。《薄名妾》乃一曲之異名。《能改齋漫録》作《長命縷》，非。

〔二〕 常：吴本、侯本、蕭本、金本《陽春集》作「長」。

喜遷鶯

宿鶯啼，鄉夢斷〔一〕，春樹曉朦朧。殘燈和燼閉朱櫳。人語隔屏風。 香已寒，燈已絶〔二〕。

忽憶去年離別。石城花雨倚江樓。波上木蘭舟。

〔一〕鄉：星鳳閣本《陽春集》作「香」。

〔二〕絶：蕭本《陽春集》作「炮」。

芳草渡

梧桐落，蓼花秋。煙初冷〔一〕，雨才收。蕭條風物正堪愁。人去後，多少恨，在心頭。　燕鴻遠。羌笛怨。渺渺澄江一片〔二〕。山如黛，月如鈎。笙歌散。魂夢斷〔三〕。倚高樓。

〔一〕煙：吴本、侯本、金本、星鳳閣本《陽春集》作「秋」。

〔二〕江：原注云：「别作『波』。」《近體樂府》卷三作「波」。羅泌校云：「『澄波』，一作『清江』。」

〔三〕魂夢：原注云：「别作『夢魂』。」蕭本《陽春集》、《近體樂府》作「夢魂」。

【考辨】

此首原注云：「别作歐陽修。」又見歐陽修《近體樂府》卷三，羅泌校云：「又載《陽春録》。」《草堂詩餘别集》卷二亦作歐陽修詞。此外諸家選本未有作歐詞者。案：《近體樂府》、《草堂詩餘别集》未可據信。《花草粹編》卷五、《全唐詩》卷八九八、《歷代詩餘》卷二九、《全宋詞》歐陽修存目詞皆斷作馮詞。當從《陽春集》作馮延巳詞。

更漏子

金剪刀，青絲髮。香墨鸞箋親劄。和粉淚，一時封。此情千萬重。　垂蓬鬢〔一〕。塵青鏡〔二〕。已分今生薄命。將遠恨，上高樓。寒江天外流。

〔一〕垂蓬：原注云：「别作『蓬垂』。」侯本、蕭本、金本、星鳳閣本《陽春集》作「蓬垂」。

〔二〕青：原注云：「别作『侵』。」蕭本、星鳳閣本《陽春集》作「侵」。

又

秋水平，黄葉晚。落日渡頭雲散。捲朱箔〔一〕，掛金鈎。暮潮人倚樓。　歡娱地。思前事。歌罷不勝沉醉。消息遠，夢魂狂。酒醒空斷腸。

〔一〕捲：原作「擡」，注云：「别作『捲』。」據《歷代詩餘》改。

又

風帶寒，秋正好〔一〕。蘭蕙無端先老〔二〕。雲杳杳，樹依依〔三〕。離人殊未歸。　褰羅幕。憑朱閣。不獨堪悲寥落〔四〕。月東出，雁南飛。誰家夜擣衣。

〔一〕 秋：原注云：「別作『枝』。」《近體樂府》卷三作「枝」。

〔二〕 蘭蕙：原作「蕙蘭」，注云：「別作『蘭蕙』。」據吴本、侯本、星鳳閣本《陽春集》、《近體樂府》改。

〔三〕 雲杳二句：原注云：「別作『情悄悄，夢依依』。」《近體樂府》作「情悄悄，夢依依」。羅泌校云：「『情悄悄』，一作『雲杳杳』。」

〔四〕 寥：原注云：「別作『摇』。」《近體樂府》作「摇」。

【考辨】

此首原注云：「別作歐陽修。」又見歐陽修《近體樂府》卷三，羅泌校云：「又載《陽春録》。」案：《更漏子》五首爲聯章組詞，寫深秋思婦日夜懷遠之情，從「上高樓」望「寒江」到「落日渡頭雲散」，從「月東出」到「星移後，月圓時」，不僅此首在時序上不容分割，即以所寫景物言，如「雲」，如「雁」，亦與前後緊密相連。《近體樂府》僅録此一首，正是誤收馮詞之證。且諸家選本多作馮詞，《花草粹編》卷四、《全唐詩》卷八九八、《歷代詩餘》卷一五、《全宋詞》歐陽修存目詞皆斷爲馮作。當從《陽春集》作馮延巳詞。

又

雁孤飛〔一〕，人獨坐。看却一秋空過。瑶草短，菊花殘。蕭條漸向寒。　簾幕裏。青苔地。

誰信閑愁如醉。星移後，月圓時。風摇夜合枝。

〔一〕孤：原注云：「别作『南』。」《歷代詩餘》作「南」。　雁孤：蕭本《陽春集》作「孤雁」。

又〔一〕

夜初長，人近别。夢斷一窗殘月〔二〕。鸚鵡睡〔三〕，蟪蛄鳴。西風寒未成。　紅蠟燭。半棋局〔四〕。牀上畫屏山緑。搴繡幌，倚瑶琴。前歡淚滿襟〔五〕。

〔一〕《尊前集》入「商調」。

〔二〕斷：原注云：「别作『覺』。」《尊前集》、《唐宋諸賢絶妙詞選》卷一作「覺」。

〔三〕睡：原注云：「别作『卧』。」《尊前集》、《唐宋諸賢絶妙詞選》卷一作「卧」。

〔四〕半：原注云：「别作『彈』，又作『伴』。」《尊前集》、《唐宋諸賢絶妙詞選》卷一作「彈」，吴本、侯本、蕭本、金本、星鳳閣本《陽春集》作「伴」。

〔五〕滿：原注云：「别作『滴』。」《尊前集》、《唐宋諸賢絶妙詞選》卷一作「滴」。

拋毬樂

酒罷歌餘興未闌。小橋秋水共盤桓〔一〕。波摇梅蕊當心白〔二〕，風入羅衣貼體寒。且莫思歸去，須盡笙歌此夕歡。

〔一〕秋：原注云：「別作『清』。」吴本、侯本、金本《陽春集》作「清」。蕭本、星鳳閣本《陽春集》作「流」。

〔二〕當：原注云：「別作『傷』。」《花草粹編》作「傷」。

又

逐勝歸來雨未晴。樓前風重草煙輕〔一〕。谷鶯語輭花邊過，水調聲長醉裏聽。款舉金觥勸〔二〕，誰是當年最有情〔三〕。

〔一〕重：星鳳閣本《陽春集》作「動」。

〔二〕款：吴本《陽春集》作「欲」。

〔三〕年：注云：「別作『筵』。」吴本、侯本、蕭本、金本《陽春集》作「筵」。

又

梅落新春入後庭。眼前風物可無情。曲池波晚冰還合，芳草迎船緑未成。且上高樓望，相共憑闌看月生〔一〕。

〔一〕生：星鳳閣本《陽春集》作「明」。

又

年少王孫有俊才。登高歡醉夜忘回。歌闌賞盡珊瑚樹，情厚重斟琥珀杯。但願千千歲，金菊年年秋解開。

又

霜積秋山萬樹紅。倚巖樓上掛朱櫳〔一〕。白雲天遠重重恨，黄草煙深淅淅風〔二〕。髣髴梁州曲，吹在誰家玉笛中。

〔一〕巖：原作「簾」，注云：「别作『巖』。」據吴本、侯本、蕭本、金本《陽春集》改。　櫳：原作「朧」，注云：「别作『籠』，又作『櫳』。」據吴本、侯本、蕭本、金本《陽春集》改。

〔二〕草：原注云：「别作『葉』。」

又

莫厭登高白玉杯〔一〕。茱萸微綻菊花開。池塘水冷鴛鴦起，簾幕煙寒翡翠來。重待燒紅燭，留取笙歌莫放回。

〔一〕厭：原作「怨」，據吳本、侯本、蕭本、金本、星鳳閣本《陽春集》改。

又

盡日登高興未殘。紅樓人散獨盤桓〔一〕。一鉤冷霧懸珠箔〔二〕，滿面西風憑玉闌。歸去須沉醉，小院新池月乍寒。

〔一〕獨：原注云：「別作『月』。」《歷代詩餘》作「月」。

〔二〕珠：星鳳閣本《陽春集》作「朱」。

【考辨】

此首原注云：「別作和凝。」《歷代詩餘》卷三作和凝詞。案：《花間集》和凝名下無此闋，《歷代詩餘》顯係誤題，未可據信。當從《陽春集》作馮延巳詞。

又

坐對高樓千萬山。雁飛秋色滿闌干。燒殘紅燭暮雲合，飄盡碧梧金井寒〔一〕。咫尺人千里，猶憶笙歌昨夜歡。

〔一〕梧：侯本《陽春集》作「桐」。

鶴冲天〔一〕

曉月墜，宿雲披〔二〕。銀燭錦屏幃〔三〕。建章鐘動玉繩低〔四〕。宫漏出花遲。　春態淺。來雙燕。紅日初長一線〔五〕。嚴妝欲罷囀黄鸝〔六〕。飛上萬年枝。

〔一〕《尊前集》、《唐宋諸賢絶妙詞選》卷一作《喜遷鶯》。

〔二〕雲：《尊前集》作「煙」。

〔三〕幃：原注云：「别作『欹』。」《尊前集》作「欹」。

〔四〕鐘動：原注云：「别作『欲曉』。」《尊前集》作「欲曉」。

〔五〕初：原注云：「别作『漸』。」《尊前集》、《唐宋諸賢絶妙詞選》作「漸」。

〔六〕欲：原注云：「别作『鐘』。」《尊前集》作「鐘」。

【考辨】

此首原注云：「别作和凝。」《尊前集》作和凝詞。《唐宋諸賢絶妙詞選》卷一、《草堂詩餘正集》卷一、《全唐詩》卷八九三、《歷代詩餘》卷一六仍之。《花草粹編》卷四於馮延巳名下注云：「本作和凝。」又於詞末注云：「見《南唐書》。」案：馬令《南唐書》卷二一云：「（延巳）著樂章百餘闋，其《鶴冲天》詞云：『曉月墜，宿雲披。銀燭錦屏帷。建章鐘動玉繩低。宫漏出花遲。』又《歸國遥》詞云：『江水碧。(下略)」見稱於世。」《花間集》和凝名下又未録此詞，是可疑也。然而自《尊前集》題作和凝後，自宋以來諸家詞籍多作和詞，恐非無據。姑兩存之，俟考。

醉桃源〔一〕

南園春半踏青時〔二〕。風和聞馬嘶〔三〕。青梅如豆柳如眉〔四〕。日長蝴蝶飛。　花露重，草煙低。人家簾幕垂。秋千慵困解羅衣。畫梁雙燕棲〔五〕。

〔一〕《珠玉詞》、《近體樂府》卷一、《樂府雅詞》卷上、《唐宋諸賢絶妙詞選》卷二、《草堂詩餘》前集卷上作《阮郎歸》。

〔二〕半：《近體樂府》、《樂府雅詞》作「早」。

〔三〕嘶：蕭本《陽春集》奪此字。

〔四〕眉：原注云：「別作『絲』。」

〔五〕梁：原注云：「別作『堂』。」《草堂詩餘》前集作「堂」。　棲：原作「歸」，注云：「別作『棲』。」據《近體樂府》、《樂府雅詞》、《唐宋諸賢絶妙詞選》改。

【考辨】

此首原注云：「別作歐陽修。」又見歐陽修《近體樂府》卷一，羅泌校云：「《阮郎歸》三篇，並載《陽春録》，名《醉桃源》。」《樂府雅詞》卷上作歐詞，《唐宋諸賢絶妙詞選》卷二、《草堂詩餘》前集卷上、《詩餘圖譜》卷一、《古今詩餘醉》卷五因仍之。吴本、侯本、蕭本、金本《陽春集》注云：「《蘭畹集》誤作晏叔原。」《草堂詩餘正集》卷一注云：「亦作晏同叔。」又見晏殊《珠玉詞》。案：晏殊、晏幾道、歐陽修皆愛好馮詞，其所自撰樂府歌詞，亦與延巳風格相似，馮詞之混入二晏、歐陽詞中，時人亦往往不能辨識。歐詞原有《平山集》，成書在陳世修輯《陽春集》後。《平山集》雖盛傳於世，而所收極爲雜亂。今傳《近體樂府》、《醉翁琴趣外篇》兩集，誤收他人詞作之可考者近四十首。《樂府雅詞》以雅正爲準，故棄其艷詞，以爲皆當時小人謬托歐陽修之名者，而對他人詞作誤入歐集者，並未予以審辨剔出；其後羅泌校定《近體樂府》僅削去「其甚淺近者，前輩多謂劉煇僞作」（羅泌跋《近體樂府》語），而對誤入歐集之諸家作品，甚至雖已知其非歐詞者，也未删除。後人遂以爲歐作而選諸集中，實不足據。《全宋詞》於二晏、歐陽存目詞中皆斷作馮詞。當從《陽春集》作馮延巳詞。

又

角聲吹斷隴梅枝。孤窗月影低。塞鴻無限欲驚飛〔一〕。城烏休夜啼。　尋斷夢，掩香閨〔二〕。行人去路迷。門前楊柳緑陰齊。何時聞馬嘶。

〔一〕塞：吴本《陽春集》作「寒」。

〔二〕香：原注云：「别作『深』。」《近體樂府》卷一、《樂府雅詞》卷上作「深」。

【考辨】

此首又見歐陽修《近體樂府》卷一。《樂府雅詞》卷上亦作歐陽修詞。案：《近體樂府》、《樂府雅詞》未可據信。《全宋詞》歐陽修存目詞亦斷爲馮作。當從《陽春集》作馮延巳詞。參見前首【考辨】。

又〔一〕

東風吹水日銜山〔二〕。春來長是閑。林花狼籍酒闌珊〔三〕。笙歌醉夢間。　春睡覺〔四〕，晚妝殘。憑誰整翠鬟〔五〕。留連光景惜朱顔〔六〕。黄昏獨倚闌〔七〕。

〔一〕《南唐二主詞》及諸家選本作《阮郎歸》。

〔二〕吹：原注云：「别作『臨』。」《近體樂府》卷一、《樂府雅詞》卷上作「臨」。

〔三〕林花：「林」字下原注云：「别作『落』。」《南唐二主詞》、《近體樂府》卷一、《樂府雅詞》卷上、《草堂詩餘》前集卷上作「落」。吴本、舊抄本《陽春集》作「薄衣」，星鳳閣本《陽春集》、周詠先《唐宋金元詞鈎沉》輯本《蘭畹集》引朱祖謀手過查映山校本《陽春集》作「荷衣」。

〔四〕春睡覺：原注云：「别作『佩聲悄』。」《南唐二主詞》作「佩聲悄」。《近體樂府》羅泌校云：「『睡覺』，一作『睡起』。」

〔五〕憑誰：原作「無人」，注云：「别作『憑誰』。」據《南唐二主詞》改。

〔六〕惜：原作「喜」，注云：「别作『惜』。」據吴本、侯本、蕭本、金本《陽春集》、《南唐二主詞》、《近體樂府》、《樂府雅詞》、《草堂詩餘》前集改。

〔七〕獨：原注云：「别作『人』。」《草堂詩餘》前集作「人」。

【考辨】

此首原注云：「别作李後主，又作歐陽修。」又見《南唐二主詞》，調下題作「呈鄭王十二弟」。《草堂詩餘》前集卷上、《花間集補》卷下、《古今詞統》卷六、《古今詩餘醉》卷五、《花草粹編》卷四、《全唐詩》卷八八九、《歷代詩餘》卷一六、《詞譜》卷六作李煜詞。又見歐陽修《近體樂府》卷一。《醉翁琴趣外篇》卷五、《樂府雅詞》卷上亦作歐陽修詞。吴本、侯本、蕭本、金本《陽春集》注云：「《蘭畹集》誤作晏同叔。」案：《近體樂府》、《樂府雅詞》不足據信；今傳本《珠玉詞》中亦無此首，《蘭畹集》顯係誤收。王仲聞《南唐二主詞校訂》云：「此詞殆爲延巳所作。後主曾録之以遺鄭王，後人遂據墨跡以爲煜作。」《南唐二主詞》收作李煜詞未詳何據，後世選本亦多作李煜詞，姑兩存之，俟考。

菩薩蠻

金波遠逐行雲去〔一〕。疏星時作銀河渡。花影卧秋千。更長人不眠。　玉筝彈未徹。鳳髻鸞釵脱〔二〕。憶夢翠娥低。微風凉繡衣〔三〕。

〔一〕雲：原作「人」，注云：「別作『雲』。」據吴本、侯本、蕭本、金本、星鳳閣本《陽本集》改。

〔二〕驚：原注云：「別作『横』。」吴本、蕭本、星鳳閣本《陽春集》作「黄」，疑是「横」之訛。

〔三〕凉：吴本、侯本、蕭本、金本《陽春集》作「吹」。

又

畫堂昨夜西風過。繡簾時拂朱門鎖。驚夢不成雲。雙娥枕上顰〔一〕。金爐煙裊裊。燭暗紗窗曉。殘月尚彎環。玉箏和淚彈。

〔一〕娥：原注云：「別作『蛾』。」《花草粹編》作「蛾」。

又

梅花吹入誰家笛。行雲半夜凝空碧。欹枕不成眠。關山人未還。聲隨幽怨絶。雲斷澄霜月〔一〕。月影下重檐〔二〕。輕風花滿簾〔三〕。

〔一〕雲：原注云：「別作『空』。」

〔二〕檐：原作「簾」，據吴本《陽春集》改。

〔三〕簾：原作「檐」，據吴本《陽春集》改。

又

回廊遠砌生秋草。夢魂千里青門道。鸚鵡怨長更。碧籠金鎖横。羅幃中夜起。霜月清如水。玉露不成圓。寶箏悲斷絃。

又

嬌鬟堆枕釵横鳳。溶溶春水楊花夢。紅燭淚闌干。翠屏煙浪寒。錦壺催畫箭。玉佩天涯遠。和淚試嚴妝。落梅飛曉霜〔一〕。

〔一〕曉：原注云：「别作『夜』。」《花草粹編》作「夜」。

又

西風裊裊凌歌扇。秋期正與行人遠〔一〕。花葉脱霜紅。流螢殘月中。蘭閨人在否。千里重樓暮。翠被已消香。夢隨寒漏長。

〔一〕人：原注云：「别作『雲』。」《花草粹編》作「雲」。

又

沉沉朱户横金鎖。紗窗月影隨花過。燭淚欲闌干。落梅生晚寒。　寶釵横翠鳳。千里香屏夢。雲雨已荒凉。江南春草長。

又

欹鬟墮髻摇雙槳。採蓮晚出清江上。顧影約流萍。楚歌嬌未成。　相逢顰翠黛。笑把珠璫解。家住柳陰中。畫橋東復東。

浣溪沙

春到青門柳色黄。一梢紅杏出低墻。鶯窗人起未梳妝。　繡帳已闌離别夢，玉鑪空裊寂寥香。閨中紅日奈何長。

又

轉燭飄蓬一夢歸。欲尋陳跡悵人非。天教心願與身違。　待月池臺空逝水，蔭花樓閣謾斜暉〔一〕。登臨不惜更沾衣。

〔一〕 曛：《全唐詩》卷八八九作「映」。

【考辨】

此首《全唐詩》卷八八九、《歷代詩餘》卷六作李煜詞。案：各本《南唐二主詞》皆無此闋，王仲聞《南唐二主詞校訂》斷作馮詞。《全唐詩》、《歷代詩餘》顯係誤題。當從《陽春集》作馮延巳詞。

相見歡

曉窗夢到昭華。阿瓊家。欹枕殘妝一朵，卧枝花。　情極處。却無語。玉釵斜。翠閣銀屏回首，已天涯。

三臺令

春色。春色。依舊青門紫陌〔一〕。日斜柳暗花嫣。醉卧誰家少年〔二〕。年少。年少。行樂直須及早。

〔一〕 門：原注云：「别作『山』。」吴本、星鳳閣本《陽春集》作「山」。

〔二〕 誰家：原注云：「别作『春風』。」金本《陽春集》作「春風」；吴本、侯本、蕭本、星鳳閣本《陽春集》作「春色」。

又

明月。明月。照得離人愁絶。更深影入空牀。不道幃屏夜長。長夜。長夜。夢到庭花陰下。

又

南浦。南浦。翠鬢離人何處〔一〕。當時攜手高樓。依舊樓前水流。流水。流水。中有傷心雙淚。

〔一〕鬢：原注云：「别作『鬢』。」吴本、蕭本、星鳳閣本《陽春集》作「鬢」。

點絳脣

蔭緑圍紅，夢瓊家在桃源住。畫橋當路〔一〕。臨水雙朱户〔二〕。　柳徑春深，行到關情處。顰不語。意憑風絮。吹向郎邊去。

〔一〕橋：吴本、星鳳閣本《陽春集》作「樓」。

〔二〕雙：原注云：「别作『開』。」《花草粹編》作「開」。

上行盃

落梅著雨消殘粉〔一〕。雲重煙輕寒食近〔二〕。羅幕遮香。柳外秋千出畫墻。　春山顛倒釵橫鳳〔三〕。飛絮入簾春睡重。夢裏佳期。祇許庭花與月知〔四〕。

〔一〕著：原注云：「别作『暑』。」蕭本《陽春集》作「暑」，誤。
〔二〕輕：原注云：「别作『深』。」金本《陽春集》作「深」。
〔三〕春：原注云：「别作『青』。」《歷代詩餘》作「青」。　橫：原注云：「别作『頭』。」《歷代詩餘》作「頭」。
〔四〕許：原注云：「别作『訴』。」金本《陽春集》作「訴」。

【考辨】

此首趙琦美輯《小山詞補遺》引《詞調元龜》作晏幾道詞。案：《小山詞》中無此闋，諸家選本亦無作晏幾道者，《詞調元龜》顯係誤題，未可據信。《全唐詩》卷八九八、《全宋詞》晏幾道存目詞皆斷作馮詞。當從《陽春集》作馮延巳詞。

賀聖朝

金絲帳煖牙牀穩。懷香方寸。輕顰輕笑，汗珠微透，柳沾花潤。　雲鬢斜墜，春應未已，不勝嬌困。半欹犀枕，亂纏珠被，轉羞人問。

憶仙姿〔一〕

塵拂玉臺鸞鏡。鳳髻不堪重整。綃帳泣流蘇，愁掩玉屏人靜。多病。多病。自是行雲無定。

〔一〕原作《如夢令》。此調本唐莊宗製，名《憶仙姿》，宋蘇軾嫌其名不雅，改爲《如夢令》，唐五代詞中應無有此名，據改。

憶秦娥

風淅淅。夜雨連雲黑。滴滴。窗外芭蕉燈下客。　除非魂夢到鄉國。免被關山隔。憶憶。一句枕前争忘得。

憶江南

去歲迎春樓上月。正是西窗，夜凉時節。玉人貪睡墜釵雲。粉消妝薄見天真〔一〕。　人非風月長依舊。破鏡塵筝，一夢經年瘦。今宵簾幕颺花陰。空餘枕淚獨傷心。

〔一〕妝：原作「香」，注云：「别作『妝』。」據吴本、蕭本、星鳳閣本《陽春集》改。

又

今日相逢花未發。正是去年，别離時節。東風次第有花開。恁時須約却重來。　重來不怕花堪折。祇怕明年，花發人離别。别離若向百花時。東風彈淚有誰知。

思越人〔一〕

酒醒情懷惡。金縷褪、玉肌如削。寒食過却。海棠零落〔二〕。　乍倚遍〔三〕、闌干煙澹薄。翠幕簾櫳畫閣〔四〕。春睡著。覺來失、秋千期約。以上一百五首四印齋本《陽春集》

〔一〕《晁氏琴趣外篇》卷六作《朝天子》。《詞譜》卷六採之爲《朝天子》體，注云：「唐教坊曲名。《陽春集》名《思越人》。」查《教坊記》未列《朝天子》曲名。任半塘《教坊記箋訂》附録六載《教坊記》以外之唐五代曲名一百四十六，亦無《朝天子》，而有《思越人》，則《朝天子》非唐五代時曲名已顯然。《詞譜》所云非是。

〔二〕海棠零落：《晁氏琴趣外篇》作「海棠花零落」。

〔三〕乍倚遍：《晁氏琴趣外篇》作「漸日照」。

〔四〕翠幕句：原作「翠幕簾櫳籠畫閣」，於「籠」字下注云：「别無『籠』字。」據改。《晁氏琴趣外篇》作「繡額珠簾籠畫閣」。

【考辨】此首又見晁補之《晁氏琴趣外篇》卷六，《詞譜》卷六仍之。案：晁補之生於皇祐五年（一〇五三），陳世修序《陽春集》在嘉祐戊戌（一〇五八），時晁補之年甫五歲，此詞已在《陽春集》中，其非晁作甚明。《晁氏琴趣外篇》有雙照樓影宋本，爲南宋中葉刊本，蒐採詞作，頗有甄擇，然亦録有晏幾道、黄庭堅、陳師道、晁端禮、晁説之諸人作品。馮詞蹊徑頗與宋初之人相近，故多混入宋詞，此首遂爲《晁氏琴趣外篇》所誤收。當從《陽春集》作馮延巳詞。

長相思

紅滿枝。緑滿枝。宿雨厭厭睡起遲。閑庭花影移。　憶歸期。數歸期。夢見雖多相見稀。相逢知幾時。

【考辨】《陽春集》原無此闋，四印齋本補入。注云：「見《御選歷代詩餘》、《全唐詩》、《草堂詩餘》、《花草粹編》。」案：洪武本《草堂詩餘》所選諸詞中，其前後銜接有失詞人姓氏者，未必均爲同一人之作。如前集卷下秦處度《卜算子》詞後，有韋莊《謁金門》「空相憶」詞，已見《花間集》，《詞學筌蹄》以其未題作者姓名，而在秦詞之後，遂題秦作，則誤矣。同卷，此詞在秦少游詞前，馮延巳《謁金門》「風乍起」詞後，晚出諸本《草堂詩餘》遂以爲馮詞，而題馮延巳作。《花草粹編》卷一、《全唐詩》卷八九八、《歷代詩餘》卷三因仍之，四印齋本據以補入，是可疑也。《全宋詞》三七三九頁收作宋無名氏詞。姑存此，俟考。

莫思歸〔一〕

花滿名園酒滿觴。且開笑口對穠芳。秋千風煖鸞釵嚲，綺陌春深翠袖香。莫惜黄金貴，日日須教貰酒嘗。

〔一〕案此首下原有《採桑子》「櫻桃謝了梨花發」一首，乃宋晏殊詞，兹删入存目。

【考辨】

《陽春集》原無此闋，四印齋本補入。注云：「見《花草粹編》。」《唐詞紀》卷五亦題馮延巳詞。案：《花草粹編》卷一列此詞在寇平仲《點絳脣》「水陌輕寒」詞前，馮延巳《拋毬樂》六首之後，失撰者姓名。《唐詞紀》徑題馮延巳作，未可據信，且前此未聞見有題作馮詞者，殊爲可疑。《全宋詞》三八三七頁據《花草粹編》録作宋無名氏。姑存此，俟考。

金錯刀

日融融，草芊芊。黄鶯求友啼林前。柳條裊裊拕金線，花蕊茸茸簇錦氈。鳩逐婦，燕穿簾。狂蜂浪蝶相翩翩。春光堪賞還堪玩，惱煞東風誤少年。

【考辨】

《陽春集》原無此闋，四印齋本補入。注云：「見《歷代詩餘》、《全唐詩》、《花草粹編》、《詞律拾遺》。」案：胡震亨《唐音癸籤》卷一三於「題義無考」之二百九十七曲中，有「《歸國謡》、《薄命妾》、《點絳脣》、《思越人》、《金錯刀》（一名《醉瑶瑟》）、《芳草渡》、《壽山曲》七曲，見馮延巳《陽春集》」之語，則此首與下首及《壽山曲》皆已在《陽春集》中。然今所傳諸本無此三首，未知胡氏何據，抑別有録此三首之《陽春集》耶？是可疑也。姑存此，俟考。

又

雙玉斗，百瓊壺。佳人歡飲笑喧呼。麒麟欲畫時難偶，鷗鷺何猜興不孤。歌宛轉，醉模糊。高燒銀燭卧流蘇。衹銷幾覺懵騰睡，身外功名任有無。

【考辨】

《陽春集》原無此闋，四印齋本補入。注云：「見《全唐詩》、《花草粹編》、《詞律拾遺》。」《詞譜》卷十注云：「此詞《陽春集》不載，見《花草粹編》，採以備調。」題馮延巳詞。萬曆本《花草粹編》列此詞於前詞後，金本《花草粹編》注云「失名」，未定爲馮詞。參見前詞【考辨】。

玉樓春

雪雲乍變春雲簇。漸覺年華堪縱目〔一〕。北枝梅蕊犯寒開，南浦波紋如酒緑。　芳菲次第長相續〔二〕。自是情多無處足〔三〕。尊前百計得春歸，莫爲傷春眉黛蹙〔四〕。

〔一〕縱：《近體樂府》作「送」。

〔二〕長：《近體樂府》作「還」。

〔三〕自是：《近體樂府》作「不奈」。

〔四〕眉：《近體樂府》作「歌」。

【考辨】

《陽春集》原無此闋，四印齋本補入。注云：「見《歷代詩餘》、《尊前集》。」此詞又見歐陽修《近體樂府》卷二，羅泌校云：「此篇《尊前集》作馮延巳，而《陽春録》不載。」案：此詞首見《尊前集》。《尊前集》，宋人多稱「唐本」，如王灼《碧雞漫志》卷五云：「唐《尊前集》載和凝（《麥秀兩歧》）一曲，與今曲不類。」張炎《詞源》卷下云：「聲詩間爲長短句，至唐人則有《尊前》、《花間集》。」羅泌跋《近體樂府》亦云：「今觀延巳之詞，往往自與唐《花間集》、《尊前集》相混。」今本《尊前集》首列明皇、昭宗、莊宗、李王詞，其次爲李白以下至李珣詞，先君後臣，編次不紊。惟李珣詞後，又出李王詞八首，其下又出馮延巳詞七首，其下又李王詞一首。疑此皆後人增入，非原本次序。《尊前集》既爲唐人輯本，此詞又在編次不紊之馮延巳詞三首中，必非歐作甚明，《近體樂府》顯係誤收。朱翌《猗覺寮雜記》卷上引「北枝梅蕊犯寒開」句，作馮延巳詞。朱翌，南宋初人，所言當有據。又，明董逢元未見《尊前集》，而所輯《唐詞紀》以此首爲馮詞，亦必非無據。然《尊前集》流傳中有遺易，如羅泌校《近體樂府》《長相思》「深畫眉」一首云：「《尊前集》作唐無名氏詞」，爲今本所無；所題作者姓氏也有訛誤，如温飛卿《更漏子》詞之誤作李王，和凝《春光好》之誤題歐陽炯等。此首既題馮延巳，爲何爲《陽春集》所遺？亦可疑也。姑存此，俟考。

壽山曲〔一〕

銅壺滴漏初盡〔二〕，高閣雞鳴半空。催啓五門金鎖〔三〕，猶垂三殿簾櫳〔四〕。階前御柳摇緑，仗下宫花散紅。鴛瓦數行曉日〔五〕，鸞旗百尺春風〔六〕。侍臣舞蹈重拜〔七〕，聖壽南山永同。

以上六首四印齋本《陽春集》補遺

〔一〕《侯鯖録》卷一云：「余往在中都，見一士大夫家，收江南李後主書一詞，下云『馮延巳』三字，詞中復云：『聖壽南山永同。』恐延巳作也。」未題爲《壽山曲》，此三字始見於《花草粹編》卷六，未詳何據。《詞譜》卷十三則謂：「因詞有『聖壽南山永同』句，故名。」

〔二〕滴漏初盡：原注云：「別作『漏滴初晝』。」《侯鯖録》卷一作「漏滴初盡」。「盡」字義長。

〔三〕啓：原注云：「別作『起』。」《全唐詩》作「起」。　門：《侯鯖録》作「更」。

〔四〕簾：《侯鯖録》作「珠」。

〔五〕鴛：原注云：「別作『宫』。」陸游《南唐書》卷八作「宫」。

〔六〕鸞：原注云：「別作『龍』，又作『鷲』。」陸游《南唐書》作「龍」。《全唐詩》作「鷲」。

〔七〕舞蹈：原注云：「別作『蹈舞』。」《侯鯖録》作「蹈舞」。

【考辨】

《陽春集》原無此闋，四印齋本補入，注云：「見《歷代詩餘》、《全唐詩》、《花草粹編》。」案：此首始見趙令畤《侯鯖録》。陸游《南唐書》卷八《馮延巳傳》曾舉「宫瓦」、「龍旗」兩句云：「識者謂有元和詞人氣格。」胡震亨《唐音癸籤》卷一三云此曲見馮延巳《陽春集》，則此詞原已在《陽春集》中，今本失之。（參見《金錯刀》「日融融」一闋【考辨】）當據《侯鯖録》作馮延巳詞。

搗練子〔一〕

深院静，小庭空。斷續寒砧斷續風。畨是夜長人不寢〔二〕，數聲和月到簾櫳。　朱本《尊前集》

〔一〕《詞譜》卷一注云：「一名《搗練子令》，因馮延巳詞，起結有「深院静」及「數深和月到簾櫳」句，名《深院月》。」

〔二〕畨是：《南唐二主詞》作「無奈」。　長：《詞苑叢談》卷十作「寒」。　寢：《南唐二主詞》作「寐」。

【考辨】

此首見《尊前集》，題馮延巳作。《嘯餘譜》卷九、《南詞新譜》卷二二、《詞譜》卷一因仍之。又見《南唐二主詞》，注云：「出《蘭畹曲會》。」自明以來諸家選本多作李煜詞。此依《尊前集》迻録。案：在《尊前集》編次不紊之馮延巳三詞中，首列此闋，似可據信。然《陽春集》未收，且《尊前集》編次不紊之諸詞中，誤題作者姓氏者多有，如李璟之《浣溪沙》「手捲真珠」一闋即誤作李煜。此詞是否李煜詞而誤題馮延巳，則未可知矣。《南唐二主詞》乃南宋人所輯，據《蘭畹集》收作李煜詞，《蘭畹集》今不傳，亦未詳其録作李詞之所本。姑兩存之，俟考。

存目詞

調名	首句	出處	附注
酒泉子	楚女不歸	《陽春集》	温庭筠詞，見《花間集》卷一。
清平樂	春愁南陌	《陽春集》	韋莊詞，見《花間集》卷二。
應天長	一鈎新月臨鸞鏡	《陽春集》	李璟詞，見《南唐二主詞》。
又	緑槐蔭裏黄鶯語	《陽春集》	韋莊詞，見《花間集》卷二。
謁金門	秋已暮	《陽春集》	牛希濟詞，見《花間集》卷五。
虞美人	金籠鸚鵡天將曙	《陽春集》	李珣詞，見《花間集》卷十。

調名	首句	出處	附注
歸國遥	雕香玉	《陽春集》	温庭筠詞，見《花間集》卷一。
更漏子	玉爐煙	《陽春集》、《尊前集》	温庭筠詞，見《花間集》卷一。
菩薩蠻	人人説盡江南好	《陽春集》	韋莊詞，見《花間集》卷二。
浣溪沙	桃李相逢簾幕閑	《陽春集》	孫光憲詞，見《花間集》卷七。
又	醉憶春山獨倚樓	《陽春集》	張泌詞，見《花間集》卷四。
又	春色迷人恨正賒	《陽春集》	顧敻詞，見《花間集》卷七。
相見歡	羅帷繡袂香紅	《陽春集》	薛昭藴詞，見《花間集》卷三。
江城子	曲欄干外小中庭	《陽春集》	張泌詞，見《花間集》卷五。

調名	首句	出處	備注
又	碧羅衫子鬱金裙	《陽春集》	張泌詞，見《尊前集》。
採桑子	櫻桃謝了梨花發	《歷代詩餘》卷一〇、四印齋本《陽春集》補遺	宋晏殊詞，見《珠玉詞》。附録於後。
後庭花破子	玉樹後庭前	《古今詞話·詞辨》上卷引《陳氏樂書》	金元好問作，見《遺山樂府》卷下。附録於後。
失調名(殘句)	卍字迴欄旋看月	《古今詞話·詞品》下卷	《陽春集》未收，亦未見他書著録，未詳作者。

採桑子

櫻桃謝了梨花發，紅白相催。燕子歸來。幾處香風緑户開。　人生樂事知多少，且酌金杯。管咽絃哀。漫引蕭娘舞袖迴。

後庭花破子

玉樹後庭前。瑶草妝鏡邊。去年花不老，今年月又圓。莫教偏。和月和花，天教長少年。

陶穀

陶穀(九〇三——九七〇),字秀實,邠州新平(今陝西彬縣)人。本姓唐,唐末詩人唐彦謙之孫,後晉時避石敬瑭諱改。起家爲校書郎,後晉天福九年(九四四),官至倉部郎中。後漢乾祐中,官給事中。周世宗即位,遷户部侍郎。顯德三年(九五六),遷兵部侍郎,加承旨。六年,加吏部侍郎。宋初,轉禮部尚書。乾德二年(九六四),判吏部銓兼知貢舉。開寶三年(九七〇)卒,年六十八。著有《清異録》。《宋史》卷二六九有傳。

陶穀詞一首,據寶顔本《南唐近事》録入,校以鮑本《玉壺清話》、覆宋本《雲巢編》、《説郛》本《野雪鍛排雜説》、岳本《類説》、耘經樓本《苕溪漁隱叢話》。

風光好〔一〕

好因緣。惡因緣〔二〕。只得郵亭一夜眠〔三〕。別神仙。　琵琶撥盡相思調〔四〕。知音少〔五〕。待得鸞膠續斷絃〔六〕。是何年。　實顔本《南唐近事》

〔一〕《玉壺清話》卷四、《苕溪漁隱叢話》前集卷二四、《野雪鍛排雜説》等作《春光好》。案此詞與宋歐良輯《撫掌集》所載《風光好》字數句式相同,而與《花間集》所載《春光好》調有異。曾慥《類説》卷五五引《玉壺清話》亦作《風光好》，與《南唐近事》同，當可信。

〔二〕惡因緣：此下《雲巢編》卷八《任社娘傳》、《玉壺清話》有「奈何天」三字句。案依《風光好》調，應無此句。若依《春光好》則應有此句，然下片字數句式又不合。

〔三〕一：《雲巢編》作「幾」。

〔四〕盡：《雲巢編》作「斷」。

〔五〕少：《類説》作「鮮」。

〔六〕斷絃：《類説》作「鳳絃」。

【本事】

陶穀學士奉使，恃上國勢，下視江左，辭色毅然不可犯。韓熙載命妓秦弱蘭詐爲驛卒女，每日敝衣持帚掃地。陶悦之，與狎。因贈一詞，名《風光好》云（略）。明日後主設宴，陶辭色如前，乃命弱蘭歌此詞勸酒。陶大沮，即日北歸。（《南唐近事》）

【考辨】

此詞及本事始見宋初太平興國二年（九七七）鄭文寶所撰《南唐近事》。其後諸家載述頗多歧異。文瑩《玉壺清話》卷四、《類説》卷五五及《緑窗新話》卷上《陶奉使犯驛卒女》引《玉壺清話》、周煇《清波雜志》卷八所載事與此同而略詳。《苕溪漁隱叢話》前集卷二四謂此詞「《江南野録》謂是曹翰使江南贈娼妓詞，《本事曲》謂是陶穀使錢塘贈驛女詞，《冷齋夜話》謂是陶穀使江南贈韓熙載歌姬詞，是一詞而有三説也」。又沈遼《雲巢編》卷八《任社娘傳》謂是乾興中陶穀奉使吴越王時贈妓任社娘詞，許景迂《野雪鍛排雜説》實其説（唯「任社娘」作「杜任娘」），並謂沈遼爲杭州人，所聞當不謬。諸家所述本事雖有歧異，然除《江南野録》作曹翰詞外，其餘各家俱作陶穀詞。兹從《南唐近事》等録作陶穀。

成彦雄

成彦雄（生卒年里不詳），字文幹，江南人，南唐時進士。有《梅嶺集》，不傳。事迹據《袁本郡齋讀書志》卷四中。

成彦雄詞十首，據《尊前集》朱本録入，校以吴本、毛本、明鈔本，並參校嘉靖本《萬首唐人絶句》。

楊柳枝

欲趁寒梅趁得麽。雪中偷眼望陽和。陽和若不先留意，這個柔條争奈何。

又〔一〕

輕籠小徑近誰家。玉馬追風翠影斜。愛把長條惱公子，惹他頭上海棠花。

〔一〕 以下九首《萬首唐人絶句》卷七二作《柳枝辭九首》。

又

鵝黄剪出小花鈿。綴上芳枝色轉鮮。飲散無人收拾得，月明階下伴秋千。

又

東君愛惜與先春。草澤無人處也新。委囑露華并細雨〔一〕，莫教遲日苦風塵〔二〕。

〔一〕 雨：吴本《尊前集》作「菊」，疑非。

〔二〕 苦：《萬首唐人絶句》作「惹」。

又

勾踐初迎西子年。琉璃爲帚掃溪煙。至今不改當時色，留與王孫繫酒船。

【考辨】

此首《升庵詩話》卷一〇作姚合《柳枝詞》，誤。各本《尊前集》、《萬首唐人絶句》、《唐音統籤》卷七六七俱屬成彦雄，而明鈔本、毛本《姚少監詩集》則未收，故應屬成詞。

又

緑楊移傍小亭栽。便擁濃煙撥不開。誰把金刀爲删掠，放教明月入窗來。

又

遠接關河高接雲〔一〕。雨餘洗出半天春〔二〕。牡丹不用相輕薄，自有清陰覆得人。

〔一〕關：原作「山」，據吴本、明鈔本、毛本《尊前集》、《萬首唐人絶句》改。

〔二〕春：《萬首唐人絶句》卷七二作「津」。

又

掩映鶯花媚有餘。風流才調比應無。朝朝奉御龍池上〔一〕，不羡青松拜大夫。

〔一〕龍：《萬首唐人絶句》卷七二作「臨」，疑非。

又

王孫宴罷曲江池。折得春光伴醉歸。怪得美人争鬬乞，要他穠翠染羅衣。

又

殘照林梢嫋數枝。能招醉客上金堤。馬嬌如練纓如火，瑟瑟陰中步步嘶。　以上十首朱本《尊前集》

楊花飛

楊花飛，南唐中主李璟時樂工。事見《南唐近事》。楊花飛詞殘句，據寶顔本《南唐近事》録入。

水調

南朝天子好風流。　寶顔本《南唐近事》

【本事】

元宗嗣位之初，春秋鼎盛，留心内寵，宴私擊鞠，略無虚日。常乘醉命樂工楊花飛奏《水調》詞進酒。

花飛唯歌「南朝天子好風流」一句，如是者數四。上既悟，覆杯大懌，厚賜金帛，以旌敢言。（《南唐近事》）

【考辨】

馬令《南唐書》卷二五《王感化傳》所載本事略同，然謂是王感化歌此句。或其作者既非楊花飛，亦非王感化。姑依見載最早之《南唐近事》列於楊花飛名下。

李璟

李璟（九一六——九六一），字伯玉，初名景通，徐州（今屬江蘇）人。十歲，起官駕部郎中。十五歲，爲兵部尚書參知政事。次年，爲司徒同平章事。天祚二年（九三六），爲太尉副元帥。昇元元年（九三七），封吴王。次年，徙封齊王。保大元年（九四三），先主李昪卒，嗣位爲南唐皇帝。交泰元年（九五八），兵敗於後周，遂去帝號，稱國主，奉後周正朔。建隆二年六月，卒於南都，年四十六。在位十九年，廟號元宗，又稱中主。《舊五代史》卷一三四、《新五代史》卷六二、馬令《南唐書》卷二、陸游《南唐書》卷二、《十國春秋》卷一六有傳。另參《唐宋詞人年譜・南唐二主年譜》。

李璟詞四首，以《南唐二主詞》（版本源流詳後李煜小傳）吕遠刻本爲底本，校以吴本、南詞本、侯本、蕭本、王本，並參校吴本、明鈔本、毛本、朱本《尊前集》、叢刊本《唐宋諸賢絶妙詞選》、吴本、侯本、蕭本、四印齋本、金本《陽春集》、影宋本《歐陽文忠公近體樂府》、影宋本《醉翁琴趣外篇》、墨海本馬令《南唐書》、耘經樓本《苕溪漁隱叢話》。

應天長〔一〕

一鈎初月臨妝鏡〔二〕，蟬鬢鳳釵慵不整〔三〕。重簾静〔四〕，層樓迥〔五〕。惆悵落花風不定。

柳堤芳草徑〔六〕。夢斷轆轤金井〔七〕。昨夜更闌酒醒。春愁過却病〔八〕。

〔一〕原有注云：「後主書云：『先皇御製歌詞。』墨跡在晁公迂家。」

〔二〕鈎：《歐陽文忠公近體樂府》卷三作「彎」。《醉翁琴趣外篇》卷二作「灣」。初：侯本《南唐二主詞》、《陽春集》作「新」。妝：《陽春集》、《歐陽文忠公近體樂府》、《醉翁琴趣外篇》作「鸞」。

〔三〕蟬：《陽春集》、《歐陽文忠公近體樂府》、《醉翁琴趣外篇》作「雲」。

〔四〕重：《陽春集》、《歐陽文忠公近體樂府》、《醉翁琴趣外篇》作「珠」。静：《歐陽文忠公近體樂府》、《醉翁琴趣外篇》作「净」。

〔五〕層：《陽春集》、《歐陽文忠公近體樂府》、《醉翁琴趣外篇》作「重」。

〔六〕柳堤芳草：《陽春集》、《歐陽文忠公近體樂府》、《醉翁琴趣外篇》作「緑煙低柳」。

〔七〕夢斷：《陽春集》、《歐陽文忠公近體樂府》、《醉翁琴趣外篇》作「何處」。

〔八〕過：《陽春集》、《歐陽文忠公近體樂府》、《醉翁琴趣外篇》作「勝」。

【考辨】

此首别作李煜詞，見《草堂詩餘續集》卷上、《古今詩餘醉》卷三、《古今詞統》卷六（原注：「一刻永叔」）、《全唐詩》卷八八九、《歷代詩餘》卷一九。朱景行輯本《南唐二主詞集》、《三李詞》、劉毓盤輯本《南唐二主詞》亦收作李煜詞。别又作馮延巳詞，見《陽春集》（吴本注：「此首與南唐詞首闋小異。」）「《蘭畹集》誤作歐陽永叔。」侯本、金本注：「此首與南唐中主詞小異。」「《蘭畹集》誤作歐陽永叔。」四印齋本注：「别作李後主」）、《詞綜》卷三、《詞譜》卷八。别又作宋歐陽修詞，見《歐陽文忠公近體樂府》卷三（原注：「李王詞」）、《醉翁琴趣外篇》卷二、《詞律》卷五。按《直齋書録解題》卷二一云：「《南唐二主詞》一卷，中主李璟、後主李煜撰。卷首四闋：《應天長》、《望遠行》各一、《浣溪沙》二，中主所作，重光嘗書之，墨跡在盱江晁氏，題云：『《先皇御製歌詞》。』余嘗見之，於墨光紙上作撥鐙書，有晁景迂題字，今不知何在矣。餘詞皆重光作。」此與今傳《南唐二主詞》所注相合，此闋及後三闋屬李璟作無疑。别歸李煜、馮延巳、歐陽修詞者，皆非。

望遠行

碧砌花光錦繡明〔一〕。朱扉長日鎮長扃〔二〕。餘寒不去夢難成〔三〕。爐香煙冷自亭亭。

遼陽月〔四〕，秣陵砧。不傳消息但傳情。黄金窗下忽然驚〔五〕。征人歸日二毛生。

〔一〕碧：萧本、王本《南唐二主詞》作「玉」。　錦纈：《唐宋諸賢絶妙詞選》卷一作「照眼」。

〔二〕朱：吴本《南唐二主詞》作「珠」。

〔三〕餘：南詞本、萧本、王本《南唐二主詞》作「夜」。　不：《唐宋諸賢絶妙詞選》作「欲」。　夢：王本《南唐二主詞》作「寢」。

〔四〕遼陽：南詞本、王本《南唐二主詞》作「殘」。

〔五〕窗：《唐宋諸賢絶妙詞選》作「臺」。

【考辨】

此首朱景行輯本、劉毓盤輯本《南唐二主詞》、《三李詞》、《古今詞統》卷七、《詞律》卷七、《全唐詩》卷八八九、《歷代詩餘》卷二九作李煜詞，非。參前《應天長》詞【考辨】。

浣溪沙〔一〕

手捲真珠上玉鉤〔二〕。依前春恨鎖重樓〔三〕。風裏落花誰是主，思悠悠。　青鳥不傳雲外信，丁香空結雨中愁。回首緑波三楚暮〔四〕，接天流。

〔一〕《唐宋諸賢絶妙詞選》卷一作《山花子》。

〔二〕真珠：吴本《尊前集》、《唐宋諸賢絶妙詞選》卷一、馬令《南唐書》卷二五《王感化傳》、《苕溪漁隱叢話》後集卷一八作「珠簾」。

〔三〕重樓：吴本、明鈔本、朱本《尊前集》作「眉頭」。

〔四〕三楚：《唐宋諸賢絶妙詞選》、《苕溪漁隱叢話》後集卷三九作「三峽」。馬令《南唐書》卷二五、《苕溪漁隱叢話》後集卷一八作「春色」。

【考辨】

此首《尊前集》、《唐宋諸賢絶妙詞選》、《花間集補》卷下作李煜詞，非。馬令《南唐書》卷二五《王感化傳》謂「元宗(李璟)嘗作《浣溪沙》二闋，手寫賜感化」，「後主即位，感化以其詞札上之，後主感動，賞賜感化甚優」。此首即其一。是此詞本李璟作。胡仔《苕溪漁隱叢話》後集卷三九引《南唐書》後按云：「元宗即嗣主李璟，嘗作此二詞(另首指「菡萏香銷翠葉殘」)。《古今詞話》以爲後主作，非也。」又參前《應天長》詞【考辨】。此首别又誤入明萬曆張廷璋藏舊鈔本《夢窗詞集》，《彊村叢書》本《夢窗詞集》已删除，《全宋詞》入存目並斷歸李璟。

又

菡萏香銷翠葉殘。西風愁起緑波間〔一〕。還與容光共憔悴〔二〕，不堪看。　細雨夢回雞塞遠〔三〕。小樓吹徹玉笙寒。多少淚珠何限恨〔四〕，倚闌干〔五〕。

以上四首吕遠刻本《南唐二主詞》

〔一〕緑：馬令《南唐書》卷二五、《苕溪漁隱叢話》後集卷一八、卷三九作「碧」。

〔二〕還：原作「遠」，據南詞本、侯本、王本《南唐二主詞》、《唐宋諸賢絶妙詞選》卷一、馬令《南唐書》、《苕溪漁隱叢話》後集卷一八、卷三九改。　容：南詞本、王本《南唐二主詞》、《唐宋諸賢絶妙詞選》作「韶」。蕭本《南唐二主詞》作「寒」。

〔三〕鷄塞遠：馬令《南唐書》、《苕溪漁隱叢話》後集卷一八作「清漏永」。

〔四〕多少句：馬令《南唐書》、《苕溪漁隱叢話》後集卷一八、卷三九作「漱漱淚珠多少恨」。　何限：南詞本、蕭本、王本《南唐二主詞》作「無限」。

〔五〕倚：原作「寄」，據南詞本、蕭本、王本《南唐二主詞》、《唐宋諸賢絶妙詞選》、馬令《南唐書》、《苕溪漁隱叢話》後集卷一八、卷三九改。

【考辨】

此首《尊前集》、《唐宋諸賢絶妙詞選》卷一、諸本《草堂詩餘》、《詞的》卷二、《嘯餘譜》卷三、《花間集補》卷下、《詞腴》卷上作李煜詞，《苕溪漁隱叢話》前集卷五九引《雪浪齋日記》載王安石之説亦以「細雨夢回」三句爲李煜作，非。參前《應天長》、《浣溪沙》詞【考辨】。

存目詞

調名	首句	出處	附注
浣溪沙	風壓輕雲貼水飛	《類編草堂詩餘》卷一、陳鍾秀本《草堂詩餘》卷上、《花草粹編》卷二、《詞綜》卷二、《歷代詩餘》卷六、《全唐詩》卷八八九、《十國春秋》卷一六、王本《南唐二主詞》	宋蘇軾詞，見《東坡樂府》卷下、《東坡詞》卷下、《全宋詞》三一七頁，參《南唐二主詞校訂》考辨。附録於後。
又	一曲新詞酒一杯	《類編草堂詩餘》卷一、《堯山堂外紀》卷四一、《詞的》卷一、《十國春秋》卷一六、王本《南唐二主詞》	宋晏殊詞，見《珠玉詞》、《全宋詞》八九頁，參《南唐二主詞校訂》考辨。附録於後。

帝臺春	芳草碧色	《堯山堂外紀》卷四一、《古今詞統》卷一二（原注：「一刻李景元」）、《十國春秋》卷一六	宋李甲詞，見《樂府雅詞》卷下、《全宋詞》四九〇頁，參《南唐二主詞校訂》考辨。附録於後。

浣溪沙

風壓輕雲貼水飛。乍晴池館燕争泥。沈郎多病不勝衣。　沙上未聞鴻雁信，竹間時有鷓鴣啼。此情惟有落花知。

又

一曲新詞酒一杯。去年天氣舊亭臺。夕陽西下幾時回。　無可奈何花落去，似曾相識燕歸來。小園香徑獨徘徊。

帝臺春

芳草碧色，萋萋遍南陌。飛絮亂紅，也似知人，春愁無力。憶得盈盈拾翠侶，共攜賞鳳城寒食。到今來，海角逢春，天涯行客。　愁旋釋，還似織。淚暗拭，又偷滴。謾倚遍危欄，儘黄昏，也只是暮雲凝碧。拚則而今拚了，忘則怎生便忘得。又還問鱗鴻，試重尋消息。

徐昌圖

徐昌圖（生卒年不詳），莆田（今屬福建）人。兄弟五人皆以明經入仕。宋太祖時守國子博士，累遷殿中丞。事迹據《莆陽比事》卷二。

徐昌圖詞三首，據《尊前集》朱本録入，校以吴本、顧本、毛本、明鈔本，並參校叢刊本、毛本《唐宋諸賢絶妙詞選》。

木蘭花〔一〕雙調

沈檀煙起盤紅霧。一箭霜風吹繡户〔二〕。漢宫花面學梅妝，謝女雪詩栽柳絮。　長垂夾幕孤鸞舞〔三〕。旋炙銀笙雙鳳語。紅窗酒病嚼寒冰〔四〕，冰損相思無夢處〔五〕。

〔一〕《唐宋諸賢絶妙詞選》卷一作《木蘭花令》。

〔二〕箭：《唐宋諸賢絶妙詞選》作「剪」。

〔三〕夾：《唐宋諸賢絶妙詞選》作「天」。

〔四〕嚼：《唐宋諸賢絶妙詞選》作「對」。

〔五〕冰損：《唐宋諸賢絶妙詞選》作「冰覺」。

臨江仙

飲散離亭西去，浮生長恨飄蓬〔一〕。回頭煙柳漸重重。淡雲孤雁遠，寒日暮天紅。　今夜畫船何處，潮平淮月朦朧。酒醒人静奈愁濃。殘燈孤枕夢，輕浪五更風。

〔一〕長：吴本、顧本、毛本、明鈔本《尊前集》作「常」。

河傳

秋光滿目。風清露白。蓮紅水緑〔一〕。何處夢回，弄珠拾翠盈盈，倚蘭橈，眉黛蹙。　採蓮調穩，吴侶聲相續。倚棹吴江曲。鷺起暮天，幾雙交頸鴛鴦，入蘆花，深處宿。　以上三首朱本《尊前集》

〔一〕 緑：吴本、明鈔本《尊前集》作「渌」。

孟昶

孟昶（九一九——九六五），字保元，初名仁贊，後蜀高祖孟知祥第三子，邢州龍岡（今河北邢台）人。起家西川節度行軍司馬。後蜀建國，進東川節度使、同中書門下平章事，充崇聖宫使。明德元年（九三四），即後蜀帝位。在位三十二年。廣政二十八年（九六五），國亡降宋，封秦國公。同年卒，年四十七。世稱後蜀後主。《舊五代史》卷一三六、《新五代史》卷六四、《十國春秋》卷四九有傳。

孟昶詞二首，分别據伍本《陽春白雪》、萬曆本《花草粹編》録存。

洞仙歌

宜春潘明叔云：蜀王與花蕊夫人避暑摩訶池上，賦《洞仙歌》，其辭不見於世。東坡得老尼口誦兩句，遂足之。蜀帥謝元明因開摩訶池，得古石刻，遂見全篇。

冰肌玉骨，自清凉無汗。貝闕琳宫恨初遠。玉闌干倚遍，怯盡朝寒，回首處、何必留連穆滿。芙蓉開過也，樓閣香融，千片紅英泛波面。洞房深深鎖，莫放輕舟、瑶臺去，甘與塵寰路

斷。更莫遣、流紅到人間，怕一似當時、誤他劉阮。　　《陽春白雪》卷二

【考辨】

此首清宋翔鳳《樂府餘論》以爲「明是南宋人僞托」，蓋蘇軾《洞仙歌》（冰肌玉骨）詞序謂孟昶《洞仙歌》是「與花蕊夫人夜納凉」避暑而作，而此詞「怯盡朝寒」，則非避暑之意，且詞中所寫俱晝景，非夜景。言頗有理。清鄧廷楨《雙硯齋詞話》則以爲此詞首二句「正與東坡所記相符，是昶詞本作《洞仙歌》，尤無疑義」。《陽春白雪》乃依石刻入録，似可信，姑從之録存備考。又宋末陳著《本堂詞》有《洞仙歌》次此詞韵，題作《次韵花蕊夫人》（又見《全宋詞》三〇三八頁），是此首宋末又傳爲花蕊夫人作。

相見歡

無言獨上西樓。月如鈎。寂寞梧桐深院鎖清秋。　　剪不斷。理還亂。是離愁。别有一番滋味在心頭。　　萬曆本《花草粹編》卷一

【考辨】

此首别作李煜詞（詳後李詞【考辨】），難定誰作，姑兩存之。

花蕊夫人

花蕊夫人（生卒年不詳），姓費，一説姓徐，青城（今四川灌縣）人。以才色入蜀，事後蜀後主，拜貴妃，號花蕊夫人，又升號慧妃。後蜀亡，入宋，備後宫。宋太祖召使陳詩，有「十四萬人齊解甲，寧無一個是男兒」之句，太祖悦。事迹據《苕溪漁隱叢話》前集卷六〇引《後山詩話》、《能改齋漫録》卷一六、《十國春秋》卷五〇本傳、俞正燮《癸巳類稿》卷一二《書舊五代史僭僞列傳三後》。花蕊夫人詞一首，據聚珍本《能改齋漫録》録入，校以萬曆本《花草粹編》。

採桑子〔一〕

初離蜀道心將碎，離恨綿綿。春日如年，馬上時時聞杜鵑。　三千宫女皆花貌，妾最嬋娟。此去朝天。只恐君王寵愛偏。聚珍本《能改齋漫録》卷一六

〔一〕原無調名，據《花草粹編》卷二補。《花草粹編》題作《萬里朝天》。

【本事】

僞蜀主孟昶。徐匡璋納女于昶，拜貴妃，别號花蕊夫人。意花不足擬其色，似花蕊翾輕也。又升號慧妃，以號如其性也。王師下蜀，太祖聞其名，命别護送。途中作詞自解曰（略）。（《能改齋漫録》卷一

六）

花蕊夫人，宫詞之外，尤工樂府。蜀亡入汴，書葭萌驛壁云：「初離蜀道心將碎，離恨綿綿。春日如年。馬上時時聞杜鵑。」書未畢，爲軍騎催行。後人續之云：「三千宫女皆花貌，妾最嬋娟。此去朝天。只恐君王寵愛偏。」花蕊見宋祖，猶作「更無一個是男兒」之詩，焉有隨昶行而書此敗節之語乎？續之者不惟虚空架橋，而詞之鄙，亦狗尾續貂矣。（《詞品》卷二）

【考辨】

此首全篇始見於宋吴曾《能改齋漫録》卷一六。《花草粹編》、《唐詞紀》卷七因之。明楊慎《詞品》卷二則謂原詞僅上闋，下闋乃後人所續，未詳所據。《古今詞話·詞話》上卷、《詞林紀事》卷二引明陳繼儒《太平清話》亦承其説（今傳本未載），其後《古今詞統》卷四、《全唐詩》卷九〇〇等因之而僅録上闋。兹從《能改齋漫録》録其全篇。又《唐詞紀》署「費氏」作。費氏，即花蕊夫人。

盧絳

盧絳（？——九七五），字晋卿，南昌（今屬江西）人，一作宜春（今屬江西）人。舉進士不中，爲吉州回運務計吏，以盗庫金事覺，亡去。後詣（南唐）樞密使陳喬，用爲本院承旨，授沿江巡檢，習水戰，以善戰聞，拜上柱國。及宋師伐南唐，以絳爲凌波都虞候、沿江都郡署，守秦淮水栅，戰屢勝。出援潤州，授昭武軍節度留後。旋爲宣州節度使。金陵城陷，諸郡皆下，絳獨不降。宋太祖遣人招之，遂降。授冀州團練副使。開寶八年被斬。馬令《南唐書》卷二二、陸游《南唐書》卷一四有傳。

盧絳詞一首，據墨海本馬令《南唐書》録入，參校四庫本《紺珠集》、萬曆本《花草粹編》。

菩薩蠻

玉京人去秋蕭索。畫簷鵲起梧桐落。欹枕悄無言。月和殘淚圓〔一〕。　背燈惟暗泣。甚處砧聲急。眉黛小山攢。芭蕉生暮寒〔二〕。　墨海本馬令《南唐書》卷二二《盧絳傳》

〔一〕殘：《紺珠集》卷一二作「清」。

〔二〕眉黛二句：《花草粹編》卷三注：「一作『獨自倚闌干，衣襟生暮寒』。」

【本事】

（盧絳）病痁，且死，夜夢白衣婦人頗有姿色，歌《菩薩蠻》，勸絳樽酒，其辭云（略）。歌數闋，因謂絳曰：「子之疾，食蔗即愈。」詰朝，求蔗食之，疾果瘥。追數夕，又夢前白衣麗人曰：「妾乃玉真也。他日富貴，相見於固子坡。」絳寤，襟懷豁然，唯不測固子坡之説。（中略）絳臨刑，有白衣婦人同斬，姿貌宛如所夢。問其受刑之地，即固子坡也。婦人姓耿名玉真。其夫死，與前婦之子通，當極法，與絳同斬焉。（馬令《南唐書》卷二二《盧絳傳》）

盧絳夢白衣女子，以甘蔗兩盤遺絳，絳食其一，女子曰：「若食盡，當享富貴。」乃歌《菩薩蠻》曲云

（略）。絳問何人，曰：「姓白，後當於固子陂相見。」絳後爲江南李主將，被誅於固子陂。其行刑者，乃果白姓也。（《紺珠集》卷一二《盧絳夢曲》）

【考辨】

此首始見於馬令《南唐書》，謂盧絳夢耿玉真所歌。《花草粹编》卷三、《唐詞紀》卷一二據此屬盧絳作。《古今詞統》卷五則歸耿玉真，《詞綜》卷三、《歷代詩餘》卷九因之。《全唐詩》卷八六八、卷八九九於盧絳、耿玉真名下兩收之。《詞的》卷一則歸無名氏。案，此詞本事《江南野史》卷一〇、《詩話總龜》前集卷三三引《江南野録》所載略同，唯耿玉真所贈乃詩而非此《菩薩蠻》詞。《紺珠集》載有此詞而未言白衣婦人即耿玉真。此詞爲盧絳夢耿玉真所歌，二人素不相識，自非耿玉真作。是否爲盧絳作，亦難斷定，或爲他人所依托。姑從《花草粹编》等作盧絳詞。

錢俶

錢俶（九二九——九八八），字文德，初名弘俶，杭州臨安（今屬浙江）人。吴越文穆王錢元瓘之第九子。後漢乾祐元年（九四八），即吴越國王位。宋太宗太平興國三年（九七八），納土歸宋，封淮海國王。雍熙元年（九八四），改封漢南國王。端拱元年（九八八）春，徙封鄧王。同年八月暴卒。有《正本集》，不傳。《舊五代史》卷一三三、《新五代史》卷六七、《宋史》卷四八〇有傳。《十國春秋》卷八一至卷八二有世家。

錢俶詞二首殘篇，分别據津逮本《湘山野録》、百川本《後山居士詩話》録入，校以學津本、學海本《湘山野録》、津逮本、何本《後山詩話》、適園本《後山先生集》。

木蘭花

帝鄉煙雨鎖春愁，故國山川空淚眼。　津逮本《湘山野録》卷上

【本事】

錢思公（惟演）謫居漢東日，撰一曲曰：「城上風光鶯語亂（下略）。」每歌之，酒闌則垂涕。時後閤尚有故國一白髮姬，乃鄧王俶歌鬟驚鴻者也，曰：「吾憶先王將薨，預戒挽鐸中歌《木蘭花》引紼爲送，今相公其將亡乎？」果薨於隋。鄧王舊曲亦有「帝鄉煙雨鎖春愁，故國山川空淚眼」之句，頗相類。（《湘山野録》卷上　案《稗史彙編》引邵伯温語亦載此二句）

失調名

金鳳欲飛遭掣搦，情脉脉。看即玉樓雲雨隔〔一〕。　百川本《後山居士詩話》

〔一〕即：適園本《後山先生集》卷二八《詩話》作「取」。

【本事】

吳越後王來朝,太祖爲置宴,出内妓彈琵琶。王獻詞曰(略)。太祖起,拊其背曰:「誓不殺錢王。」

(《後山居士詩話》)

李煜

李煜(九三七——九七八),字重光,初名從嘉,自號鍾隱、鍾峰白蓮居士,徐州(今屬江蘇)人。李璟第六子。初封安定郡公,進鄭王,徙吳王。建隆二年(九六一)初,立爲太子,留金陵監國。同年中主卒,遂嗣位於金陵。在位十五年,稱臣於宋。開寶八年(九七五),宋師攻入金陵,被迫降宋,幽囚於汴京。太平興國三年(九七八),被宋太宗用牽機藥毒死,年四十二。世稱李後主。《舊五代史》卷一三四、《新五代史》卷六二、《宋史》卷四七八、馬令《南唐書》卷五、陸游《南唐書》卷三、《十國春秋》卷一七有傳。另參《唐宋詞人年譜・南唐二主年譜》。

李煜詞集,原爲南宋初人所輯,與李璟詞合編爲《南唐二主詞》。宋本久佚,現存最早之本爲明吳訥《唐宋名賢百家詞》鈔本(天津圖書館藏本。簡稱吳本),其次爲明萬曆庚申呂遠刻譚爾進校本(一九三四年北平來薰閣有影印本。簡稱呂本)、清董氏誦芬室鈔《南詞十三種》本(簡稱南詞本)、清康熙二十八年侯文燦刻《十名家詞》本(簡稱侯本)、康熙五十四年蕭江聲傳鈔明嘉靖二十三年甲辰少岳山人復初鈔本(簡稱蕭本)。以上五本來源各異,然所收詞作及編次悉同(唯呂本多補遺一首），猶存宋本原貌。　晚清以來之輯校本有：　光緒十五年朱景行據《歷代詩餘》重輯本《南唐二主詞集》（簡稱朱本）、光緒十六年楊文斌輯《三李詞》本、同年劉繼增據吕本箋釋並補遺《南唐二主詞箋》本（簡稱劉箋本）、宣統元年王國維校録南詞本並補遺本（有鈔本《唐五代二十一家詞輯》本、《晨風閣叢書》校刊本）、劉毓盤《唐五代宋遼金元名家詞集六十種輯》本（簡稱劉本）、一九三六年唐圭璋《南唐二主詞彙箋》本、一九五七年王仲聞《南唐二主詞校訂》本、一九五八年詹安泰《李璟李煜詞》本等。　諸家校補本收詞多寡不一，兹重行輯録，據《南唐二主詞》吕遠刻本爲底本入録三十四首，校以吴本、南詞本、侯本、蕭本、王國維《唐五代二十一家詞輯》本（簡稱王本），有關詞作並參校吴本、明鈔本、毛本、朱本《尊前集》、叢刊本《樂府雅詞》、叢刊本《唐宋諸賢絶妙詞選》、伍本《陽春白雪》、吴本、侯本、蕭本、金本、星鳳閣本《陽春集》、影宋本《歐陽文忠公近體樂府》、影宋本《醉翁琴趣外篇》、吴本、毛本《杜壽域詞》、朱本《龍洲詞》、明鈔本《墨莊漫録》、鮑本《耆舊續聞》、涵芬樓校刊本《捫蝨新話》、岳本《類説》、耘經樓本《苕溪漁隱叢話》、月窗本《詩話總龜》、嘉慶本《景定建康志》。　另從明刊本《五代名畫補遺》輯録二首，叢刊本《唐宋諸賢絶妙詞選》、毛本《詞林萬選》各録存一首。又從寶顔本《江鄰幾雜志》、聚珍本《能改齋漫録》各輯録一殘句，計四十首。

虞美人〔一〕

春花秋月何時了〔二〕。往事知多少。小樓昨夜又東風。故國不堪回首月明中。　雕闌玉砌依然在〔三〕。只是朱顏改。問君都有幾多愁〔四〕。恰似一江春水向東流〔五〕。

〔一〕原注：「《尊前集》共八首，後主煜重光詞也。」　吴本、毛本《尊前集》作《虞美人影》。各本《尊前集》注：「中吕調。」

〔二〕月：南詞本、蕭本、王本《南唐二主詞》、《尊前集》、《唐宋諸賢絶妙詞選》卷一作「葉」。

〔三〕依然：《唐宋諸賢絶妙詞選》作「應猶」。

〔四〕問君：《尊前集》作「不知」。　都：南詞本、侯本、王本《南唐二主詞》作「能」。《唐宋諸賢絶妙詞選》作「還」。

幾：南詞本、蕭本、王本《南唐二主詞》作「許」。

〔五〕似：《尊前集》作「是」。

【考辨】

此首清平山堂話本《柳耆卿詩酒翫江樓記》附會作柳永詞，非。

烏夜啼

昨夜風兼雨，簾幃颯颯秋聲。燭殘漏斷頻欹枕〔一〕，起坐不能平。　世事漫隨流水，算來夢裏浮生〔二〕。醉鄉路穩宜頻到，此外不堪行。

〔一〕斷：南詞本、蕭本、王本《南唐二主詞》作「滴」。
〔二〕夢裏：南詞本、侯本、王本《南唐二主詞》作「一夢」。

一斛珠〔一〕

曉妝初過。沈檀輕注些兒箇〔二〕。向人微露丁香顆〔三〕。一曲清歌，暫引櫻桃破〔四〕。　羅袖裛殘殷色可。杯深旋被香醪涴〔五〕。繡牀斜凭嬌無那〔六〕。爛嚼紅茸〔七〕，笑向檀郎唾〔八〕。

〔一〕《尊前集》注：「商調。」
〔二〕沈：《醉翁琴趣外篇》卷二作「濃」。
〔三〕向：《醉翁琴趣外篇》作「見」。
〔四〕暫：《醉翁琴趣外篇》作「漸」。
〔五〕涴：《醉翁琴趣外篇》作「污」。

〔六〕 嬌：《醉翁琴趣外篇》作「情」。

〔七〕 爛：《醉翁琴趣外篇》作「亂」。

〔八〕 唾：南詞本、蕭本《南唐二主詞》作「吐」。案「吐」字失韻，非。

【考辨】

此首《醉翁琴趣外篇》卷二收作歐陽修詞，非。《尊前集》及各本《南唐二主詞》俱屬李煜，應爲李煜作。

菩薩蠻〔一〕

人生愁恨何能免。銷魂獨我情何限。故國夢重歸。覺來雙淚垂。　高樓誰與上。長記秋晴望。往事已成空。還如一夢中。

〔一〕 吴本、南詞本、侯本、蕭本、王本《南唐二主詞》作《子夜歌》。《尊前集》作《子夜》，毛本《尊前集》注：「即《菩薩蠻》。」

臨江仙〔一〕

櫻桃落盡春歸去〔二〕，蝶翻金粉雙飛〔三〕。子規啼月小樓西〔四〕。畫簾珠箔〔五〕，惆悵卷金

泥〔六〕。　門巷寂寥人去後〔七〕，望殘煙草低迷〔八〕。〔爐香閒裊鳳凰兒。空持羅帶，回首恨依依〔九〕。〕

〔一〕《陽春白雪》卷三康與之「補足李重光詞」作《瑞鶴仙令》。

〔二〕落盡春歸去：《墨莊漫録》卷七作「結子春歸盡」。

〔三〕金：《耆舊續聞》卷三、《淳熙秘閣續帖》載後主書迹作「輕」。

〔四〕月：《陽春白雪》作「恨」。

〔五〕畫簾珠箔：《墨莊漫録》、《耆舊續聞》作「玉鉤羅幕」。《類説》卷五七引《西清詩話》作「曲瓊鉤幕」。《苕溪漁隱叢話》前集卷五九、《詩話總龜》後集卷三二引《西清詩話》作「曲欄金箔」。《景定建康志》卷五〇引《西清詩話》作「曲欄珠箔」。《淳熙秘閣續帖》作「玉鉤誰卷」。

〔六〕卷金泥：《耆舊續聞》作「暮煙垂」。《淳熙秘閣續帖》作「暮霞霏」。

〔七〕門：《耆舊續聞》作「別」。　去：《耆舊續聞》、《淳熙秘閣續帖》作「散」。

〔八〕草：《景定建康志》作「柳」。《淳熙秘閣續帖》作「衰草」。

〔九〕爐香三句：原闕，據《耆舊續聞》補。《淳熙秘閣續帖》、《花草粹編》卷七亦有此三句。　爐：《淳熙秘閣續帖》作「爐」，非。　羅：《淳熙秘閣續帖》作「裙」。

【本事】

《西清詩話》云：「南唐後主，圍城中作長短句，未就而城破：『櫻桃落盡春歸去……望殘煙草低迷。』余嘗見殘稿點染晦昧，心方危窘，不在書耳。藝祖云：『李煜若以作詩工夫治國事，豈爲吾虜也。』」苕溪漁隱曰：余觀《太祖實録》及《三朝正史》云：「開寶七年十月，詔曹彬、潘美等率師伐江南，八年十一月，拔昇州。」今後主詞乃詠春景，決非十一月城破時作。《西清詩話》云後主作長短句，未就而城破，其言非也。然王師圍金陵凡一年，後主於圍城中春間作此詩，則不可知，是時其心豈不危窘？於此言之乃可也。（《苕溪漁隱叢話》前集卷五九　又見《詩話總龜》後集卷三二）

宣和間，蔡寶臣致君收南唐後主書數軸，來京師以獻蔡絛約之。其一乃王師收金陵城垂破時倉皇中作一疏，禱於釋氏，願兵退之後許造佛像若干身、菩薩若干身、齋僧若干萬員，建殿宇若干所。其類皆甚多，字畫老草，然皆遒勁可愛，蓋危窘急中所書也。又有《看經發願文》，自稱「蓮蓬居士李煜」。又有長短句《臨江仙》云：「櫻桃結子春歸盡……望殘煙草低迷。」而無尾句。劉延仲爲補之云：「何時重聽玉驄嘶。撲簾飛絮，依約夢回時。」（《墨莊漫録》卷七）

蔡絛作《西清詩話》，載江南後主《臨江仙》，云圍城中書，其尾不全。以余考之，殆不然。余家藏李後主七佛戒經及雜書二本，皆作梵葉，中有《臨江仙》，塗注數字，未嘗不全。其後則李太白詩數章，似平日學書也。本江南中書舍人王克正家物，後歸陳魏公之孫世功君懋。余陳氏婿也。其詞云：「櫻桃落盡春歸去……回首恨依依。」後有蘇子由題云：「凄凉怨慕，真亡國之聲也。」（《耆舊續聞》卷三）

【考辨】

此首蔡絛《西清詩話》謂是李煜在圍城中作，未及完篇而城破。故無結尾三句。各本《南唐二主詞》、張邦基《墨莊漫録》卷七皆同。然陳鵠《耆舊續聞》據家藏李煜墨跡，謂此首本爲完篇，並録全詞。《淳熙秘閣續帖》亦有此首全詞墨跡（詳見夏承燾《唐宋詞人年譜·南唐二主年譜》之《後記三》引），是此詞原實爲完篇。《陽春白雪》卷三載康與之補足李煜此詞，康氏殆據《西清詩話》而未見李煜全詞墨跡，故爲之續補。康氏所補三句爲：「閑尋舊曲玉笙悲。關山千里恨，雲漢月重規。」兹録以備參。

望江南〔一〕

多少恨，昨夜夢魂中。還似舊時遊上苑，車如流水馬如龍。花月正春風〔二〕。

〔一〕　此首及下首原並作一首爲雙調。按《望江南》唐人詞俱作單調，雙調始自宋人，且上下闋一韵。此二首原從《尊前集》輯入，而《尊前集》分作二首，且二首非叶同一韵，兹從《尊前集》分作二首。

〔二〕　月：吳本《尊前集》作「下」。

又

多少淚，斷臉復横頤。心事莫將和淚説〔一〕，鳳笙休向淚時吹。腸斷更無疑。

〔一〕和：吴本《南唐二主詞》作「如」，疑誤。

清平樂

別來春半。觸目愁腸斷〔一〕。砌下落梅如雪亂。拂了一身還滿。　雁來音信無憑。路遥歸夢難成。離恨恰如春草，更行更遠還生。

〔一〕愁：王本《南唐二主詞》作「柔」。

【考辨】

此首《松隱文集》卷四〇收作宋曹勛詞，非。按此首始見於《尊前集》，《尊前集》成書於五代末北宋初，生當北宋末年之曹勛詞，自無可能收入《尊前集》。《全宋詞》於曹勛存目詞亦斷爲李煜作。

採桑子〔一〕

亭前春逐紅英盡〔二〕，舞態徘徊。〔細〕雨霏微〔三〕。不放雙眉時暫開。　緑窗冷静芳音斷〔四〕，香印成灰。可奈情懷。欲睡朦朧入夢來。

〔一〕《尊前集》注：「羽調」。

〔二〕亭：王本《南唐二主詞》作「庭」。

〔三〕細：原闕，據南詞本、侯本、王本《南唐二主詞》、《尊前集》補。蕭本《南唐二主詞》作「零」。微：《尊前集》作「霏」。

〔四〕音：王本《南唐二主詞》作「英」。

喜遷鶯

曉月墜〔一〕，宿雲微〔二〕。無語枕頻欹〔三〕。夢回芳草思依依。天遠雁聲稀。啼鶯散，餘花亂。寂寞畫堂深院。片紅休掃儘從伊。留待舞人歸。

〔一〕曉：侯本《南唐二主詞》作「晚」。墜：南詞本《南唐二主詞》作「墮」。

〔二〕雲：《尊前集》作「煙」。

〔三〕頻：南詞本、吴本、侯本、王本《南唐二主詞》作「憑」。

蝶戀花

遥夜亭皋閒信步〔一〕。乍過清明〔二〕，早覺傷春暮〔三〕。數點雨聲風約住。朦朧淡月雲來去。桃李依依春暗度〔四〕。誰在秋千〔五〕，笑裏低低語〔六〕。一片芳心千萬緒〔七〕。人間没個安排處。

〔一〕信：原作「倒」，據南詞本、蕭本、王本《南唐二主詞》、《尊前集》改。

〔二〕乍：《唐宋諸賢絶妙詞選》卷六作「才」。

〔三〕早：《樂府雅詞》卷上、《唐宋諸賢絶妙詞選》、《歐陽文忠公近體樂府》卷二、《醉翁琴趣外篇》卷一作「漸」。

〔四〕李：《尊前集》、《樂府雅詞》、《唐宋諸賢絶妙詞選》、《歐陽文忠公近體樂府》、《醉翁琴趣外篇》作「杏」。　依依春：《樂府雅詞》、《唐宋諸賢絶妙詞選》、《歐陽文忠公近體樂府》、《醉翁琴趣外篇》作「依稀香」。《尊前集》「春」作「風」。

〔五〕在：《歐陽文忠公近體樂府》、《醉翁琴趣外篇》作「上」。

〔六〕笑：毛本《尊前集》作「影」。　低低：《樂府雅詞》、《唐宋諸賢絶妙詞選》、《歐陽文忠公近體樂府》、《醉翁琴趣外篇》作「輕輕」。

〔七〕一片芳心：《樂府雅詞》、《唐宋諸賢絶妙詞選》、《歐陽文忠公近體樂府》、《醉翁琴趣外篇》作「一寸相思」。

【考辨】

此首《尊前集》、《花草粹編》卷七、《古今詩餘醉》卷二、《歷代詩餘》卷三九、《全唐詩》卷八八九作李煜詞。《南唐二主詞》即從《尊前集》輯入，並注：「《本事曲》以爲山東李冠作。」《唐宋諸賢絶妙詞選》卷六作李冠，或本《本事曲》，其後《類編草堂詩餘》卷二、《詞的》卷三、《古今詞統》卷九、《詞綜》卷八、《全宋詞》俱因之作李冠詞。《後山詩話》引王安石語、《渚山堂詞話》卷二、《詞品》卷二亦屬李冠。案，楊繪《本事曲》成書晚於《尊前集》，《尊前集》似比《本事曲》更可信。然《尊前集》亦曾誤收温庭筠詞作李煜詞，是《尊前集》所載亦未可完全據信。究屬誰作，尚難斷定，姑依《南唐二主詞》録入。又此首別誤作歐陽修詞，見《歐陽文忠公近體樂府》卷二（羅泌校云：「《尊前集》作李王詞。」）、《醉翁琴趣外篇》卷一、吴訥《唐宋名賢百家詞》本《六一詞》卷二、《樂府雅詞》卷上。《全宋詞》於歐陽修存目詞中斷爲李冠作，詳參王仲聞《南唐二主詞校訂》。

烏夜啼〔一〕

林花謝了春紅。太匆匆。常恨朝來寒重晚來風〔二〕。　胭脂淚，留人醉〔三〕，幾時重。自是人生長恨水長東〔四〕。

〔一〕《樂府雅詞》拾遺卷下作《憶真妃》。

〔二〕常恨：王本《南唐二主詞》、《樂府雅詞》作「無奈」。　重：南詞本、王本《南唐二主詞》、《樂府雅詞》作「雨」。晚：吴本《南唐二主詞》作「曉」。案「曉」與「朝」字義復，疑非。

〔三〕留人：《樂府雅詞》作「相留」。

〔四〕自是：《樂府雅詞》作「到了」。

長相思

雲一緺〔一〕。玉一梭。淡淡衫兒薄薄羅〔二〕。輕顰雙黛螺〔三〕。　秋風多〔四〕。雨相和〔五〕。簾外芭蕉三兩窠〔六〕。夜長人奈何〔七〕。

〔一〕雲一緺二句：《龍洲詞》卷下作「玉一梭。雲一緺。」　緺：《樂府雅詞》拾遺卷上作「髙」。《陽春白雪》卷六作「窩」。

〔二〕衫兒：《陽春白雪》、《龍洲詞》作「春衫」。

〔三〕螺：《陽春白雪》、《龍洲詞》作「蛾」。

〔四〕秋風：《陽春白雪》、《龍洲詞》作「風聲」。

〔五〕相和：《陽春白雪》作「聲和」。《龍洲詞》作「聲多」。

〔六〕簾：《陽春白雪》、《龍洲詞》作「窗」。

〔七〕人：《龍洲詞》作「争」。

【考辨】

此首原注：「曾端伯集《雅詞》，以爲孫肖之作，非也。」今本曾慥（字端伯）《樂府雅詞》拾遺卷上録此首無撰人姓氏，列於孫肖之《點絳唇》詞後。案《樂府雅詞》拾遺所收前後相接而無撰人姓氏之作，並非皆爲同一人之詞（參《南詞二主詞校訂》二七頁）。《南唐二主詞》原注謂《樂府雅詞》「以爲孫肖之作」，或《樂府雅詞》原本曾題孫肖之作而後傳鈔時奪去撰人姓氏，或是《南唐二主詞》編者因此詞與孫肖之詞相接而誤會曾慥屬孫肖之作。然《南唐二主詞》原注明謂「非」孫肖之作，當有所據，應爲李煜作。《陽春白雪》收作孫肖之詞，即是因《樂府雅詞》原列此首於孫詞之後而誤認。又吴訥《唐宋名賢百家詞》本、《彊村叢書》本《龍洲詞》收作劉過詞（汲古閣《宋六十名家詞》本《龍洲詞》未收）。宋周密《浩然齋雅談》卷下録此詞上片亦謂是劉過贈妓之詞。案《樂府雅詞》輯成於紹興十六年丙寅，而劉過生於紹興二十四年，其詞自不可能入録《樂府雅詞》。此首顯非劉過作，或是劉過曾録此詞以贈妓，後人遂以爲劉過作（參《南唐二主詞校訂》二八頁）。

搗練子令〔一〕

深院静，小庭空。斷續寒砧斷續風。無奈夜長人不寐〔二〕，數聲和月到簾櫳。

〔一〕原注：「出《蘭畹曲會》。」

〔二〕無奈：《尊前集》作「早是」。　寐：《尊前集》作「寢」。

【考辨】

此首《尊前集》作馮延巳詞，參前馮延巳詞【考辨】。姑兩存之。

浣溪沙〔一〕

紅日已高三丈透〔二〕。金爐次第添香獸〔三〕。紅錦地衣隨步皺。佳人舞點金釵溜〔四〕。酒惡時拈花蕊嗅〔五〕。别殿遥聞簫鼓奏〔六〕。

〔一〕原注:「此詞見《西清詩話》。」

〔二〕紅:《類説》卷三四、《詩話總龜》前集卷五、《詩人玉屑》卷一〇引《摭遺》、《捫蝨新話》卷七作「簾」。

〔三〕金爐:《詩話總龜》作「佳人」。

〔四〕佳:《捫蝨新話》作「家」。　點:蕭本《南唐二主詞》作「急」。《類説》、《詩話總龜》、《詩人玉屑》作「徹」。

〔五〕惡:《詩話總龜》作「渥」。案《侯鯖録》卷八:「金陵人謂中酒曰**『酒惡』**,則知李後主詩云**『酒惡時拈花蕊嗅』**,即用鄉人語也。」作「渥」當誤。

〔六〕别殿遥聞:《捫蝨新話》作「别院時聞」。　遥:《詩話總龜》、《詩人玉屑》作「微」。

【考辨】

此首《類説》、《詩話總龜》、《詩人玉屑》引《摭遺》、《捫蝨新話》卷七、《侯鯖録》卷八等俱謂是「詩」,《南唐二主詞》據《西清詩話》録作詞,其後《花草粹編》卷二、《古今詞統》卷四、《花間集補》卷下、《詞律》卷三、《詞譜》卷四、《全唐詩》卷八八九、《歷代詩餘》卷七俱因之。兹從《南唐二主詞》。

菩薩蠻〔一〕

花明月暗籠輕霧〔二〕。今朝好向郎邊去〔三〕。剗襪步香階〔四〕。手提金縷鞋〔五〕。　畫堂南畔見〔六〕。一向偎人顫〔七〕。奴爲出來難〔八〕。教君恣意憐〔九〕。

〔一〕《尊前集》作《子夜啼》。

〔二〕籠輕：吴本、南詞本、侯本《南唐二主詞》作「飛輕」。《杜壽域詞》作「朦朧」。

〔三〕今朝好向：王本《南唐二主詞》、《尊前集》作「今宵好向」。《杜壽域詞》作「此時欲往」。

〔四〕步：原作「出」，據吴本、蕭本、侯本、王本《南唐二主詞》、《尊前集》改。南詞本《南唐二主詞》、《杜壽域詞》作「下」。　階：《尊前集》作「苔」。

〔五〕提：《杜壽域詞》作「擕」。

〔六〕畫堂南：《杜壽域詞》作「藥闌東」。

〔七〕一向：《杜壽域詞》作「執手」。

〔八〕奴：《尊前集》作「好」。

〔九〕教君：王本《南唐二主詞》作「教郎」，《杜壽域詞》作「從君」。

【本事】

後主繼室周后，昭惠之母弟也。警敏有才思，神彩端静。昭惠感疾，后常出入卧内。（中略）后自昭惠殂，常在禁中。後主樂府詞有「衩襪步香階，手提金縷鞋」之類，多傳於外。至納后，乃成禮而已。（馬令《南唐書》卷六《繼室周后傳》）

【考辨】

此首《杜壽域詞》收作宋杜安世詞。案《杜壽域詞》收詞頗濫，誤收有馮延巳、晏殊、歐陽修、張先等人之作（參《全宋詞》所收杜安世詞有關考辨及存目詞，《南唐二主詞校訂》三二頁），此首《杜壽域詞》亦當是誤收。馬令《南唐書》載有此詞本事，亦證當爲李煜作。《全宋詞》於杜安世存目詞亦斷歸李煜。

望江梅〔一〕

閒夢遠，南國正芳春。船上管絃江面緑〔二〕，滿城飛絮滚輕塵〔三〕。忙殺看花人。

〔一〕 蕭本《南唐二主詞》作《望江南》。案《望江梅》即《望江南》，乃同調異名。此首與下首諸本《南唐二主詞》合刻爲一首作雙調，而蕭本《南唐二主詞》、《全唐詩》卷八八九、《歷代詩餘》卷一分作兩首，兹從之（參前《望江南》其一校記〔一〕）。

〔二〕 緑：王本《南唐二主詞》作「渌」。

〔三〕 滚：吴本、侯本、王本《南唐二主詞》作「輥」。蕭本《南唐二主詞》作「混」。

又

閒夢遠，南國正清秋。千里江山寒色遠，蘆花深處泊孤舟。笛在月明樓。

菩薩蠻

蓬萊院閉天台女。畫堂晝寢人無語。拋枕翠雲光。繡衣聞異香。　潛來珠鎖動。驚覺銀屏夢。臉慢笑盈盈。相看無限情。

又

銅簧韻脆鏘寒竹。新聲慢奏移纖玉。眼色暗相鉤。秋波橫欲流。　雨雲深繡户。未便諧衷素。宴罷又成空。夢迷春雨中〔一〕。

〔一〕 夢：南詞本、蕭本、王本《南唐二主詞》作「魂」。　春雨：原注：「『春雨』一作『春睡』。」吴本、南詞本、蕭本、侯本、王本《南唐二主詞》作「春夢」。

阮郎歸[一]呈鄭王十二弟

東風吹水日銜山[二]。春來長是閒。落花狼藉酒闌珊[三]。笙歌醉夢間。　珮聲悄[四]，晚妝殘。憑誰整翠鬟[五]。留連光景惜朱顏。黄昏獨倚闌[六]。

〔一〕《陽春集》、《醉翁琴趣外篇》卷五作《醉桃源》。

〔二〕吹：《歐陽文忠公近體樂府》卷一、《醉翁琴趣外篇》、《樂府雅詞》卷上作「臨」。

〔三〕落花：侯本、蕭本、金本、四印齋本《陽春集》作「林花」。吴本《陽春集》作「薄衣」。星鳳閣本《陽春集》作「荷衣」。

〔四〕珮聲悄：《陽春集》、《歐陽文忠公近體樂府》、《醉翁琴趣外篇》、《樂府雅詞》作「春睡覺」。

〔五〕憑誰：《陽春集》、《歐陽文忠公近體樂府》、《醉翁琴趣外篇》、《樂府雅詞》作「無人」。

〔六〕後有隸書東宫書府印。

【考辨】

此首《陽春集》録作馮延巳詞，《歐陽文忠公近體樂府》卷一、《醉翁琴趣外篇》卷五、《樂府雅詞》卷上又録作歐陽修詞。吴本、侯本、蕭本、金本《陽春集》注謂「《蘭畹集》誤作晏同叔」，然今傳各本晏殊（字同叔）《珠玉詞》俱未收。案《全宋詞》於晏、歐二家存目詞中已判定非晏、歐之詞而應爲馮延巳作，王仲聞《南唐二主詞校訂》亦謂「此詞殆爲延巳所作」，言頗有據。然《南唐二主詞》既已收録，又尚難考實非李煜之詞，姑兩存之。另參前馮延巳詞【考辨】。

浪淘沙〔一〕

往事只堪哀。對景難排。秋風庭院蘚侵階。一行珠簾閒不捲〔二〕，終日誰來。　金鎖已沈埋〔三〕。壯氣蒿萊。晚涼天静月華開〔四〕。想得玉樓瑶殿影，空照秦淮。

〔一〕原注：「傳自池州夏氏。」

〔二〕行：南詞本、蕭本、王本《南唐二主詞》作「任」。

〔三〕鎖：侯本《南唐二主詞》作「劍」。

〔四〕静：南詞本、王本《南唐二主詞》作「浄」。

採桑子〔一〕

轆轤金井梧桐晚，幾樹驚秋。晝雨新愁。百尺蝦鬚在玉鉤。　瓊窗春斷雙蛾皺，回首邊頭。欲寄鱗〔遊〕〔二〕。九〔曲〕寒波不泝流〔三〕。

〔一〕原注：「二詞墨跡在王季宫判院家。」

〔二〕 遊：原闕，據南詞本、蕭本、侯本、王本《南唐二主詞》補。

〔三〕 曲：原闕，據南詞本、王本《南唐二主詞》補。 蕭本《南唐二主詞》作「月」。

【考辨】

此首《詞林萬選》卷四作牛希濟詞。《古今詞統》卷四注云「一刻晏小山」，而今傳各本晏幾道《小山詞》未收，俱未詳所據。案此詞原據李煜墨跡輯入，應是李煜詞，明清諸選如《類編草堂詩餘》卷一、《花草粹編》卷二、《花間集補》卷下、《唐詞紀》卷一二、《歷代詩餘》卷一〇、《全唐詩》卷八八九等俱作李煜詞。

虞美人

風回小院庭蕪緑。柳眼春相續。凭欄半日獨無言。依舊竹聲新月似當年。 笙歌未散尊前在。池面冰初解。燭明香暗畫堂深〔一〕。滿鬢清霜殘雪思難任。

〔一〕 堂：南詞本、侯本、王本《南唐二主詞》作「樓」。

玉樓春〔一〕

晚妝初了明肌雪。春殿嬪娥魚貫列。笙簫吹斷水雲〔間〕〔二〕，重按霓裳歌遍徹。 臨春誰更飄香屑。醉拍闌干情味切。歸時休照燭花紅〔三〕，待放馬蹄清夜月〔四〕。

〔一〕原注：「已下二詞傳自曹公顯節度家，云墨跡舊在京師梁門外李王寺一老居士處，故弊難讀。」注文中的「下」字，南詞本、王本《南唐二主詞》作「後」；「老居士」三字，蕭本、王本《南唐二主詞》作「老尼」。

〔二〕間：原闕，據南詞本、蕭本、王本《南唐二主詞》補。

〔三〕照：南詞本、王本《南唐二主詞》作「放」。　花：王本《南唐二主詞》作「光」。

〔四〕放：南詞本、王本《南唐二主詞》作「踏」。

【考辨】

此首《松隱文集》卷三九誤收作宋曹勛詞。案《南唐二主詞》原注謂此詞「傳自曹功顯（勛）節度家」，有後主墨跡，應是李煜詞。或曹勛曾書此詞，後人遂誤作曹詞而編入其集（參《南唐二主詞校訂》）。

子夜歌

尋春須是先春早。看花莫待花枝老。縹色玉柔擎。醅浮盞面清。　□□頻笑粲〔一〕。禁苑春歸晚。同醉與閒平〔二〕。詩隨羯鼓成。

〔一〕□□：原注：「二字漫滅不可認，疑是『何妨』字。」蕭本《南唐二主詞》作「何妨」。

〔二〕平：蕭本《南唐二主詞》作「評」。

謝新恩〔一〕

金窗力困起還慵。

〔一〕原注：「以下六詞墨跡在孟郡王家。」

【考辨】

此首各本《南唐二主詞》僅殘存一句。《花草粹編》卷七、《唐詞紀》卷三、《全唐詩》卷八八九、《歷代詩餘》卷三五、《詞譜》卷一〇以此句爲本調第四首下片之第三句。王本校記以爲應屬第四首，王仲聞《南唐二主詞校訂》以爲《南唐二主詞》原據墨跡入録，謂是六首，若以此句屬第四首，則少一首，與原注不合。今案此句字數用韻平仄與第四首所闕之句正相合，應屬第四首而誤脱於此。第四首蕭本原分作二首，若是，亦合六首之數。

又〔一〕

秦樓不見吹簫女，空餘上苑風光。粉英金蕊自低昂〔二〕。東風惱我，纔發一衿香〔三〕。瓊窗夢笛殘日〔四〕，當年得恨何長。碧闌干外映垂楊。暫時相見，如夢懶思量。

〔一〕劉本《南唐二主詞》作《臨江仙》。

〔二〕金：南詞本、蕭本、王本《南唐二主詞》作「含」。

〔三〕矜：南詞本、王本《南唐二主詞》作「衿」。蕭本《南唐二主詞》作「枝」。

〔四〕笛：南詞本、蕭本、王本作「□留」。

又

櫻花落盡階前月，象牀愁倚薰籠。遠是去年今日恨還同〔一〕。雙鬟不整雲憔悴，淚沾紅抹胸。何處相思苦，紗窗醉夢中。

〔一〕是：南詞本、王本《南唐二主詞》作「似」。

又〔一〕

庭空客散人歸後，畫堂半掩珠簾。林風淅淅夜厭厭。小樓新月，回首自纖纖。下闋　春光鎮在人空老，新愁往恨何窮。□□□□□□□〔二〕。一聲羌笛，驚起醉怡容。下闋

〔一〕朱本、劉本《南唐二主詞》作《臨江仙》。又蕭本、劉本《南唐二主詞》分此首作二首。案《南唐二主詞》各本於上片末句注「下闕」，吕本、蕭本於下闋末句亦注「下闕」。若作一首，依此調格律並不闕文，原注「下闕」云云則爲多餘。當以蕭本、劉本分作二首爲是。

〔三〕 此空闕七字，劉本《南唐二主詞》作「金窗力困起還慵」。

又

櫻桃落盡春將困〔一〕，秋千架下歸時。漏〔暗〕斜月遲遲花在枝闕十二字〔二〕。徹曉紗窗下，待來君不知。

〔一〕 桃：王本《南唐二主詞》作「花」。

〔二〕 漏暗：原注：「二字又疑（日）〔是〕『滿階』。」「暗」字原闕，據吴本、南詞本、蕭本、王本《南唐二主詞》補。

又〔一〕

冉冉秋光留不住。滿階紅葉暮。又是過重陽，臺榭登臨處。茱萸香墜紫〔二〕，菊氣飄庭户〔二〕。晚煙籠細雨。雝雝新雁咽寒聲，愁恨年年長相似〔三〕。

〔一〕 劉本《南唐二主詞》作《醉花間》，並注：「各本作《謝新恩》，誤。今從《陽春集》改正。」案此首字數句式用（仄）韻與《謝新恩》調其他詞不同，而與馮延巳《醉花間》調相近，僅結句比馮詞多一字。劉本所言可從。又此首諸本多不分前後段，《詞律拾遺》卷二注云：「此詞不分前後疊，疑有脱誤。」葉本（案指葉申薌《天籟軒詞譜》）於『處』字分段。」蕭本《南唐二主詞》於「紫」字分段，林大椿《唐五代詞》於「墜」字分段。若依《醉花間》調，當從

「處」字分段。

〔二〕紫：《唐詞紀》卷一〇作「素」。案「素」字叶韻，當以「素」爲正。又《南唐二主詞彙箋》、《南唐二主詞校訂》、《李璟李煜詞》等將「紫」字屬下句。

〔三〕似：《歷代詩餘》卷二三、《詞律拾遺》作「侶」。案「侶」字叶韻，當以「侶」爲正。又「似」之本字爲「侣」，疑後主墨跡本作「侣」，因形近而誤認作「佀」，後又轉鈔成「似」。

破陣子

四十年來家國〔一〕，三千里地山河〔二〕。鳳閣龍樓連霄漢，瓊枝玉樹作煙蘿〔三〕。幾曾識干戈〔四〕。　一旦歸爲臣虜，沈腰潘鬢消磨。最是倉皇辭廟日，教坊猶奏別離歌。垂淚對宮娥〔五〕。

〔一〕四十年來：《苕溪漁隱叢話》前集卷五九作「三十年餘」。

〔二〕三：《苕溪漁隱叢話》作「數」。

〔三〕瓊枝玉樹：吴本、南詞本、侯本、王本《南唐二主詞》作「玉樹瓊枝」。

〔四〕幾曾識：《苕溪漁隱叢話》作「已曾慣見」。

〔五〕垂：《苕溪漁隱叢話》作「揮」。

浪淘沙[一]

簾外雨潺潺。春意將闌[二]。羅衾不暖五更寒[三]。夢裏不知身是客，一晌貪歡。　獨自莫憑欄，無限關山[四]。别時容易見時難。流水落花歸去也[五]，天上人間。　以上三十四首吕遠刻本《南唐二主詞》

〔一〕吴本、南詞本、蕭本、侯本、王本《南唐二主詞》作《浪淘沙令》。

〔二〕將闌：南詞本、王本《南唐二主詞》、《唐宋諸賢絶妙詞選》卷一、《苕溪漁隱叢話》前集卷五九引《西清詩話》作「闌珊」。

〔三〕暖：南詞本、蕭本、王本《南唐二主詞》作「耐」。

〔四〕關：《唐宋諸賢絶妙詞選》作「江」。

〔五〕歸去也：原注：「一作『何處也』。」南詞本、王本《南唐二主詞》作「春去也」。《苕溪漁隱叢話》作「何處也」。

【本事】

南唐李後主歸朝後，每懷江國，且念嬪妾散落，鬱鬱不自聊。嘗作長短句云（略）。含思悽惋，未幾下世。（《苕溪漁隱叢話》前集卷五九引《西清詩話》　又見《南唐二主詞》引）

漁父〔一〕

閬苑有情千里雪〔二〕，桃李無言一隊春〔三〕。一壺酒，一竿身〔四〕。快活如儂有幾人〔五〕。

〔一〕《花草粹編》卷一題作《題供奉衛賢春江釣叟圖》。

〔二〕閬苑有情：《詩話總龜》前集卷二〇作「浪花有意」。　里：王本《南唐二主詞》補遺據彭文勤《五代史注》引《翰府名談》作「重」。

〔三〕李：《詩話總龜》作「花」。

〔四〕身：《詩話總龜》作「鱗」。

〔五〕快活：王本《南唐二主詞》補遺、《詩話總龜》作「世上」。

又

一棹春風一葉舟。一輪繭縷一輕鉤〔一〕。花滿渚，酒盈甌〔二〕。萬頃波中得自由。　以上二首

明刊本《五代名畫補遺·屋木門第五》

〔一〕輪：王本《南唐二主詞》作「綸」。

〔二〕盈：王本《南唐二主詞》、《詩話總龜》作「滿」。

【考辨】

以上二首始見於宋劉道醇《五代名畫補遺》，其云：「衛賢，京兆人，仕南唐爲内供奉。初師尹繼昭，後刻苦不倦，執學吴生。長於樓觀殿宇，盤車水磨，於時見稱。予嘗於富商高氏家觀賢畫《盤車水磨圖》，及故大丞相文懿張公第有《春江釣叟圖》，上有南唐李後主金索書《漁父詞》二首（下略）。」《詩話總龜》前集卷二〇引《古今詩話》亦載：「張文懿家有《春江釣叟圖》，上有李煜《漁父》詞二首（下略）。」《花草粹編》卷一據《五代畫品補遺》亦録作李煜詞，《全唐詩》卷八八九、《歷代詩餘》卷一、《詞譜》卷一（録第一首）俱因之。朱本、王本、劉本《南唐二主詞》、《三李詞》等亦收入。唯《唐詞紀》卷一四録於張志和詞後，未署作者名氏。王本注云「右二闋見《全唐詩》、《歷代詩餘》，筆意凡近，疑非後主作也。」似未詳《五代名畫補遺》等早已著録。案以上二首乃北宋劉道醇據親見之李煜題畫墨迹入録，當屬可信，應爲李煜作。

烏夜啼〔一〕

無言獨上西樓。月如鈎。寂寞梧桐深院鎖清秋。　剪不斷。理還亂。是離愁。别是一番滋味在心頭〔二〕。

〔一〕《花草粹編》卷一作《相見歡》。　叢刊本《唐宋諸賢絶妙詞選》卷一

〔二〕是：《花草粹編》作「有」。

【考辨】

此首《唐宋諸賢絶妙詞選》卷一、《花間集補》卷下、《草堂詩餘續集》卷上、《詞的》卷一、《古今詩餘醉》卷八、《詞綜》卷二、《歷代詩餘》卷三、《全唐詩》卷八八九、《詞律》卷二、《詞苑叢談》卷三、《詞林紀事》卷二、《清綺軒詞選》卷二作李煜詞。朱本、王本、劉本《南唐二主詞》、《三李詞》、劉繼增《南唐二主詞箋》等亦收入。而《花草粹編》卷一引《古今詞話》作孟昶詞，《堯山堂外紀》卷四〇、《古今詞統》卷三（注「一刻李後主」）、沈雄《古今詞話・詞話》卷上俱因之。《十國春秋》卷四九亦以爲孟昶作。案以時而論，成書於南宋初之楊湜《古今詞話》早於黄昇《唐宋諸賢絶妙詞選》，《古今詞話》作孟昶詞當較可信，然胡仔《苕溪漁隱叢話》後集卷三九謂《古今詞話》「所記，多是臆説，初無所據，故不可信。」《唐宋諸賢絶妙詞選》所收録較審慎，然亦有誤收。就風格言，此詞較近於李煜。然仍難斷定究是孟詞抑或李作，姑兩存之。

搗練子

雲鬢亂。晚妝殘。帶恨眉兒遠岫攢。斜托香腮春筍嫩〔一〕，爲誰和淚倚闌干。　毛本《詞林萬選》卷二

〔一〕香：《花間集補》卷下作「杏」。　嫩：《花草粹編》卷一作「懶」。

【考辨】

此首始見於楊慎《詞林萬選》卷二，作李煜詞，未詳何據。其後《詞的》卷一、《花間集補》卷下、《草堂詩餘續集》卷上、《唐詞紀》卷一〇、《古今詩餘醉》卷一〇、《全唐詩》卷八八九、《歷代詩餘》卷一、《清綺軒詞選》卷一俱因之作李煜詞。吴本、南詞本、蕭本、侯本《南唐二主詞》不載此詞，吕本《南唐二主詞》據《詞林萬選》録入卷末（原注「出升庵《詞林萬選》」），劉繼增箋本因之，王本録入補遺中，劉本亦收録。案《花草粹編》卷一録此首未署作者姓氏，《全宋詞》三八三六頁因之録作宋無名氏詞。又宋石孝友《金谷遺音》集句詞《浣溪沙》（又見《全宋詞》二〇四五頁）末句「爲誰和淚倚闌干」注「中行」，王仲聞《南唐二主詞校訂》以爲「中行殆北宋之田中行」，「石孝友既注作**「中行」**，當非李煜之作」。可備一説。姑録以存疑。

失調名

樓上春寒水四面。　**竇顔本《江鄰幾雜志》（參韓熙載詞【本事】）**

又

別易會難無可奈。　聚珍本《能改齋漫録》卷一六

存目詞

調名	首句	出處	附注
浣溪沙	手捲真珠上玉鉤	《尊前集》、《唐宋諸賢絶妙詞選》卷一、《花間集補》卷下	李璟詞，詳李璟詞考辨。
又	菡萏香銷翠葉殘	《尊前集》、《唐宋諸賢絶妙詞選》卷一、諸本《草堂詩餘》、《詞的》卷二、《花間集補》等	李璟詞，詳李璟詞考辨。
更漏子	金雀釵	《尊前集》、各本《南唐二主詞》	温庭筠詞，見《花間集》。參《南唐二主詞校訂》(下同)。

調名	首句	出處	說明
又	柳絲長	《尊前集》、王本、劉箋本《南唐二主詞》	温庭筠詞，見《花間集》。
長相思	一重山	《類編草堂詩餘》卷中、《草堂詩餘正集》卷一、《花間集補》卷下、《花草粹編》卷一、《唐詞紀》卷一二、《全唐詩》卷八八九、《歷代詩餘》卷三、朱本、王本、劉本、劉箋本《南唐二主詞》、《三李詞》	宋鄧肅詞，見《栟櫚先生文集》卷一一、《栟櫚詞》、《全宋詞》一一〇九頁。附録於後。
秋霽	虹影侵階	《類選箋釋草堂詩餘》卷五、《類編草堂詩餘》卷中	無名氏詞，見《全宋詞》三七四一頁考辨。附録於後。
應天長	一鈎初月臨妝鏡	《草堂詩餘續集》卷上、《古今詩餘醉》卷三、《古今詞統》卷六、《全唐詩》、《歷代詩餘》	李璟詞，詳李璟詞考辨。
望遠行	碧砌花光錦繡明	《古今詞統》卷七、朱本、劉本《南唐二主詞》、《三李詞》等	李璟詞，詳李璟詞考辨。

調名	首句	出處	附注
青玉案	梵宫百尺同雲護	《古今詩餘醉》卷一四	後人僞托或誤題，《古今詩餘醉》外别無他本作李煜詞。附録於後。
鷓鴣天	節候雖佳景漸闌	《皺水軒詞筌》、《詞苑叢談》卷一〇、《蕙風詞話》卷五、朱本《南唐二主詞》、《三李詞》	後人據李煜二首《搗練子》增改僞托。附録於後。
又	塘水初澄似玉容		
後庭花破子	玉樹後庭前	《古今詞話·詞辨》卷上、王本、劉本《南唐二主詞》	金元好問作，見《遺山樂府》卷下。原詞見前馮延巳存目詞附録。
三臺令	不寐倦長更	《古今詞話·詞話》卷上、朱本、王本、劉本《南唐二主詞》	韋應物作，參副編韋詞考辨。
浣溪沙	轉燭飄蓬一夢歸	《全唐詩》卷八八九、《歷代詩餘》卷六、朱本、王本、劉本、劉箋本《南唐二主詞》、《三李詞》	馮延巳詞，見《陽春集》。

憶王孫	萋萋芳草憶王孫	《清綺軒詞選》卷一	宋李重元詞，見《唐宋諸賢絶妙詞選》卷七、《全宋詞》一〇三九——一〇四〇頁。附録於後。
又	風蒲獵獵小池塘		
又	颼颼風冷荻花秋		
又	同雲風掃雪初晴		
南歌子	雲鬟裁新緑	《三李詞》	宋蘇軾詞，見汲古閣本《東坡詞》，《全宋詞》三二七頁。附録於後。
開元樂	心事數莖白髮	劉本《南唐二主詞》、《南唐二主詞彙箋》	唐顧況詩，原題《歸山作》，見明銅活字本《顧況集》卷下、席本《顧逋翁詩集》卷四、《全唐詩》卷二六七、《萬首唐人絶句》卷二六。《全唐詩》卷二四二又作張繼詩。《東坡題跋》卷二載此首謂是李煜所「書」「神仙隱遁之詞」，後人遂誤作李煜詞。附録於後。

長相思

一重山。兩重山。山遠天高煙水寒。相思楓葉丹。　菊花開。菊花殘。塞雁高飛人未還。一簾風月閒。

秋霽

虹影侵階，乍雨歇長空，萬里凝碧。孤鶩高飛，落霞相映，遠狀水鄉秋色。黯然望極，動人無限愁如織。又聽得，雲外數聲，新雁正嘹嚦。　當此暗想，畫閣輕拋，杳然殊無，些箇消息。漏聲稀，銀屏冷落，那堪殘月照窗白。衣帶頓寬猶阻隔。算此情苦，除非宋玉風流，共懷傷感，有誰知得。

青玉案

梵宮百尺同雲護。漸白滿蒼苔路。破臘梅花李蚤露。銀濤無際，玉山萬里，寒罩江南樹。　鴉啼影亂天將暮。海月纖痕映煙霧。修竹低垂孤鶴舞。楊花飛弄，鵝毛天剪，總是詩人誤。

鷓鴣天

節候雖佳景漸闌。吳綾已暖越羅寒。朱扉日暮隨風掩，一樹藤花獨自看。　雲鬢亂，晚妝殘。帶恨眉兒遠岫攢。斜托香腮春筍嫩，爲誰和淚倚闌干。

又

塘水初澄似玉容。所思還在別離中。誰知九月初三夜，露似珍珠月似弓。深院静，小庭空。斷續寒砧斷續風。無奈夜長人不寐，數聲和月到簾櫳。

憶王孫

萋萋芳草憶王孫。柳外樓高空斷魂。杜宇聲聲不忍聞。欲黄昏，雨打梨花深閉門。

又

風蒲獵獵小池塘。過雨荷花滿院香。沈李浮瓜冰雪凉。竹方床，針線慵拈午夢長。

又

颼颼風冷荻花秋。明月斜侵獨倚樓。十二珠簾不上鈎。黯凝眸，一點漁燈古渡頭。

又

同雲風掃雪初晴。天外孤鴻三兩聲。獨擁寒衾不忍聽。月籠明，窗外梅花瘦影橫。

南歌子

雲鬢裁新緑，霞衣曳曉紅。待歌凝立翠筵中。一朵彩雲何事下巫峰。趁拍鸞飛鏡，回身燕颺空。莫翻紅袖過簾櫳。怕被楊花勾引嫁東風。

開元樂

心事數莖白髮，生涯一片青山。空林有雪相待，野路無人自還。

林楚翹

林楚翹（生卒年里不詳），《全唐詩》卷八九九録作唐五代人，劉毓盤《詞史》疑爲五代詩人林楚才之兄弟行輩，然無確據。

林楚翹詞一首，據《尊前集》朱本録入，校以吴本、顧本、毛本、明鈔本。

菩薩蠻　中吕宫

畫堂春晝垂珠箔。卧來揉惹金釵落。簟滑枕頭移〔一〕。鬢蟬狂欲飛。　笑拖嬌眼慢。羅袖籠花面。重道好郎君。人前莫惱人。朱本《尊前集》

〔一〕頭：吴本《尊前集》作「頻」。

許岷

許岷（生卒年里不詳），《全唐詩》卷八九九録作唐五代人，《全五代詩》卷五九謂是「蜀人」，而列於後蜀，未詳所據。

許岷詞二首，據《尊前集》朱本録入，校以吴本、顧本、毛本、明鈔本。

木蘭花　大石調

小庭日晚花零落。倚户無聊妝臉薄。寶筝金鴨任生塵，繡畫工夫全放却。　有時覷着同心結。萬恨千愁無處説。當初不合儘饒伊，贏得如今長恨别。

又

江南日暖芭蕉展。美人折得親裁翦。書成小柬寄情人〔一〕，臨行更把輕輕撚。其中撚破相思字。却恐郎疑蹤不似。若還猜妾倩人書，誤了平生多少事。　朱本《尊前集》

〔一〕柬：吴本、顧本、毛本《尊前集》作「簡」。

文珏

文珏，生平無考。宋本《全芳備祖》録存其詞一首，署「西蜀文珏」（徐鈔本、四庫本無此題名），《花草粹編》卷六因之，《唐詞紀》卷一亦收作唐五代人。《全宋詞》則收作宋人。兹從宋本《全芳備祖》作五代西蜀人。

文珏詞一首，據《全芳備祖》宋本録入，校以徐鈔本、四庫本。

虞美人

歌脣乍啓塵飛處。翠葉輕輕舉。似通舞態逞妖容。嫩條纖麗玉玲瓏。怯秋風。　虞姬

珠碎兵戈裏。莫認埋魂地。只因遺恨寄芳叢。露和清淚濕輕紅。古今同。宋本《全芳備祖》後集卷一一、

顧下

顧下，生平無考。存詞一首，據鮑本《碧雞漫志》録入，校以宋本、徐鈔本、四庫本《全芳備祖》。

虞美人

帳前草草軍情變。月下旌旗亂。褫衣推枕愴離情〔一〕。遠風吹下楚歌聲。正三更〔二〕。撫騅欲上重相顧〔三〕。豔態花無主。手中蓮鍔凛秋霜。九泉歸去是仙鄉〔四〕。恨茫茫。鮑本《碧雞漫志》卷四

【考辨】

〔一〕愴：宋本、徐鈔本、四庫本《全芳備祖》後集卷一一作「惜」。

〔二〕正：宋本、徐鈔本、四庫本《全芳備祖》作「月」。

〔三〕騅：宋本、徐鈔本、四庫本《全芳備祖》作「鞍」。

〔四〕去：宋本、徐鈔本、四庫本《全芳備祖》作「路」。

此詞始見於《碧雞漫志》卷四，未具作者姓名，僅謂「亦有就曲誌其事者，世以爲工」。宋本《全芳備祖》後集卷一一署名「顧卞」（徐鈔本、四庫本未署名），《詞品》卷五謂是「唐人舊曲」，《花草粹編》卷六署爲「唐人」，而注出「《碧雞漫志》」。《唐詞紀》卷二、《全唐詩》卷八九九收作唐無名氏。《歷代詩餘》卷三七作無名氏，未具時代。《蕙風詞話》卷四謂顧卞「唐人亦北宋人，俟考」。《全宋詞》據《全芳備祖》録作宋人顧卞。姑從《全芳備祖》並《詞品》所云録作唐五代人顧卞詞，以俟確考。

無名氏

無名氏詞一首，據鮑本《玉壺清話》録存，參校明鈔本《詩話總龜》、康熙本《全唐詩》、内府本《歷代詩餘》。

漁家傲〔一〕

二月江南山水路〔二〕。李花零落春無主。一箇魚兒無覓處。風兼雨〔三〕。土龍生甲歸天去〔四〕。

鮑本《玉壺清話》卷九《李先主傳》

〔一〕《全唐詩》卷九〇〇作《豆葉黄》。《歷代詩餘》卷二作《憶王孫》。

〔二〕路：《詩話總龜》前集卷四七作「緑」。

〔三〕 兼：《詩話總龜》作「和」。

〔四〕 土：《詩話總龜》作「玉」。

【本事】

先是數載前，一漁者持蓑笠綸竿，擊短版，唱《漁家傲》，其舌爲鳴榔之聲以參之，自號「回同客」。人後疑爲吕洞賓，音清悲如煙波間，聽者無厭。唱曰（略）。人或與錢，則擺首不接。唱於金陵凡半年，了無悟者，里巷村落皆歌焉。「土龍生甲」，果以甲辰歲二月殂於正寢。「魚兒」，乃向所謂鯉魚也。歌中之語皆驗焉。（《玉壺清話》卷九《李先主傳》）

熙寧中，江南有李先生者，自號同客人，持蓑笠綸竿敲短板唱《漁家傲》，又爲鳴榔之聲以參之。音清悲激，如在青霄。其詞曰（略）。人或與錢，不受；與酒即不辭。以甲辰二月終，瘞之無尸。始悟同客者即洞賓也。（明鈔本《詩話總龜》前集卷四七引《青瑣集》）

【考辨】

此首始見於北宋釋文瑩《玉壺清話》卷九引《李先主傳》，謂是南唐先主李昪時一漁者所歌。原文所謂「以甲辰歲二月殂於正寢」者，即指李昪。是此首爲南唐無名氏所作。明鈔本《詩話總龜》引《青瑣集》（月窗本未載）則謂是宋神宗熙寧中一李先生所歌，並謂此李先生即吕洞賓。其後《全唐詩》卷九〇〇、《歷代詩餘》卷二因之俱作吕洞賓詞，《全宋詞》三八五八頁則因之録入「宋人依托神仙鬼怪詞」類呂洞賓名下。按《青瑣集》所載當出自《玉壺清話》引《李先主傳》，蓋事件人物均同，唯時間改在「熙寧中」。此「熙寧」不可信，蓋熙寧（一〇六八——一〇七七）中無甲辰歲，熙寧後之甲辰歲在徽宗宣和六年（一一二四）。《玉壺清話》成書於熙寧中（《青瑣集》或據此成書時代而改時間爲「熙寧中」），李先生其人其事既已見載録，李先生自不可能死在書成四、五十年後之宣和甲辰。《青瑣集》（即今本《青瑣高議》）本小説集，所載「熙寧中」李先生即呂洞賓事，不可信據。《玉壺清話》引《李先主傳》所載事或可信，然此詞是否爲《李先主傳》作者所依托、此作者是南唐人或宋人俱難斷定。姑從《玉壺清話》録作南唐無名氏以存疑。

無名氏

無名氏詞八首，據董本《青瑣高議》録存（原題隋煬帝楊廣撰），參校宛委山堂本、涵芬樓《説郛》本《海山記》、明刻本《唐詞紀》、明刻本《古今詞統》。

望江南

湖上月，偏照列仙家。水浸寒光鋪象簟〔一〕，浪摇晴影走金蛇。偏稱泛靈槎〔二〕。　光景好，輕彩望中斜。清露冷侵銀兔影〔三〕，西風吹落桂枝花。開宴思無涯。

〔一〕浸：《古今詞統》卷一作「漾」。

〔二〕偏：《古今詞統》作「恰」。

〔三〕清：原作「青」，據《説郛》本《海山記》改。

又

湖上柳，煙柳不勝垂。宿露洗開明媚眼〔一〕，東風搖弄好腰肢〔二〕。煙雨更相宜。　環曲岸，陰覆畫橋低。線拂行人春晚後，絮飛晴雪暖風時。幽意更依依。

〔一〕露：《古今詞統》作「霧」。

〔二〕搖：《古今詞統》作「調」。

又

湖上雪，風急墮還多。輕片有時敲竹户，素華無韻入澄波。煙外玉相磨〔一〕。　湖水遠，天地色相和。仰面莫思梁苑賦，朝尊且聽玉人歌〔二〕。不醉擬如何。

〔一〕煙：《説郛》本《海山記》作「望」。

〔二〕尊：《説郛》本《海山記》作「來」。

又

湖上草，碧翠浪通津。修帶不爲歌舞綬[一]，濃鋪堪作醉人茵。無意襯香衾。　晴霽後，顔色一般新。遊子不歸生滿地，佳人遠意寄青春。留詠卒難伸。

〔一〕綬：《説郛》本《海山記》作「緩」。

又

湖上花，天水浸靈葩[一]。浸蓓水邊匀玉粉[二]，濃苞天外剪明霞。只在列仙家[三]。　開爛熳，插鬢若相遮。水殿春寒澂冷豔[四]，玉軒清照暖添華[五]。清賞思何賒。

〔一〕葩：《説郛》本《海山記》作「芽」。
〔二〕浸蓓：《説郛》本《海山記》作「淺蕊」。
〔三〕只：《説郛》本《海山記》作「即」。
〔四〕澂：《説郛》本《海山記》作「幽」。
〔五〕清：《説郛》本《海山記》作「晴」。

又

湖上女，精選正宜身〔一〕。輕恨昨離金殿侶〔二〕，相將今是採蓮人〔三〕。清唱滿頻頻〔四〕。

軒內好，嬉戲下龍津。玉琯朱弦聞晝夜，踏青鬬草事青春。玉輦從群真〔五〕。

〔一〕宜身：《說郛》本《海山記》作「輕盈」。

〔二〕輕恨昨離：《說郛》本《海山記》作「猶恨乍離」。

〔三〕今：宛委山堂《說郛》本《海山記》作「盡」。

〔四〕滿：《說郛》本《海山記》作「謾」。

〔五〕從：涵芬樓《說郛》本《海山記》作「泛」。

又

湖上酒，終日助清歡。檀板輕聲銀線緩〔一〕，醅浮香米玉蛆寒。醉眼暗相看。　　春殿晚，仙豔奉杯盤。湖上風煙光可愛〔二〕，醉鄉天地就中寬。帝主正清安〔三〕。

〔一〕線：《說郛》本《海山記》、《古今詞統》作「甲」。

〔二〕煙光：《說郛》本《海山記》作「光真」。

〔三〕帝主：涵芬樓《説郛》本《海山記》作「皇帝」。

又

湖上水，流遶禁園中。斜日暖摇清翠動，落花香緩衆紋紅。蘋末起清風。　閒縱目，魚躍小蓮東。泛泛輕摇蘭棹穩，沈沈寒影上仙宮。遠意更重重。《青瑣高議》後集卷五引《隋煬帝海山記》

【本事】

帝自素死，益無憚。乃闢地周二百里爲西苑，役民力常百萬。内爲十六苑，聚土爲山，鑿爲五湖四海，詔天下境内所有鳥獸草木，驛至京師（中略）。又鑿五湖，每湖方四十里：南曰迎陽湖，東曰翠光湖，西曰金明湖，北曰潔水湖，中曰廣明湖。湖中積土爲山，構亭殿，曲屈盤旋，廣袤數千間，華麗。又鑿北海周環四十里，中有三山，效蓬萊、方丈、瀛洲，上皆臺榭回廊。水深數丈，開狹湖通五湖北海，俱通行龍鳳舸。帝多泛東湖，帝因製湖上曲《望江南》八闋（略）。帝常游湖上，多令宫中美人歌唱此曲。（董本《青瑣高議》後集卷五引《隋煬帝海山記》）

【考辨】

以上八首始見於宋劉斧《青瑣高議》後集卷五載《隋煬帝海山記》，謂是隋煬帝楊廣所作。其後《唐詞紀》卷四、《古今詩餘醉》卷一〇（選録二首）亦録作隋煬帝詞。王世貞《藝苑巵言》、毛奇齡《西河詞話》卷一亦以爲是煬帝作。而楊慎《詞品》卷一則以爲「不類六朝人語，傳疑可也」。《古今詞統》卷一載徐士俊眉批亦云：「不似六朝人語。楊升庵疑之，余止存其四首，每首又止存其半調，亦不忍竟削耳。」其後沈雄《古今詞話·詞辨》上卷、萬樹《詞律》卷一、徐釚《詞苑叢談》卷一〇、《四庫全書總目》卷一〇〇《兵要望江南歌提要》、馮金伯《詞苑萃編》卷二〇、李良年《詞家辨證》、葉申薌《本事詞》卷上、張德瀛《詞徵》卷一等，或疑其僞，或明謂是「贋作者無疑」。案詞中「帝主自清安」云云非煬帝自作口吻，當爲《海山記》作者所依托。而《海山記》始載於宋劉斧小説集《青瑣高議》中，魯迅《中國小説史略》以爲「自是北宋人作」，程毅中《唐代小説史話》亦以爲「不像是唐人作品」，可備一説。《唐人説薈》本《海山記》題作唐韓偓撰，不可信據，然兩種《説郛》本、《古今説海》本、《歷代小史》本《海山記》俱題作「唐」無名氏撰，或有所本。若《海山記》爲唐無名氏撰，則其中八首《望江南》亦爲唐人依托。《全宋詞》未作宋人詞録入，當亦以爲是唐人詞。任半塘等《隋唐五代燕樂雜言歌辭集》正編六亦以爲「此詞若非韓(偓)氏所爲，至遲亦必出於晚唐人手」，姑録作唐無名氏詞。

無名氏

無名氏詞一首，據叢刊本《樂府雅詞》録入，參校洪武本《草堂詩餘》、聚珍本《能改齋漫録》、耘經樓本《苕溪漁隱叢話》、鮑本《耆舊續聞》。

魚遊春水

秦樓東風裏。燕子還來尋舊壘。餘寒微透〔一〕，紅日薄侵羅綺。嫩筍才抽碧玉簪〔二〕，細柳輕窣黄金蕊〔三〕。鶯囀上林，魚遊春水。　屈曲欄干遍倚〔四〕。又是一番新桃李。佳人應念歸期〔五〕。梅粧淡洗〔六〕。鳳簫聲杳沈孤雁〔七〕，目斷澄波無雙鯉〔八〕。雲山萬重〔九〕，寸心千里。

叢刊本《樂府雅詞》拾遺上

〔一〕微透：《草堂詩餘》前集卷上作「猶峭」。《能改齋漫録》卷一六、《苕溪漁隱叢話》後集卷三九作「初退」。

〔二〕筍才：《草堂詩餘》作「草方」。《能改齋漫録》、《苕溪漁隱叢話》作「草初」。　簪：《草堂詩餘》作「茵」。

〔三〕細柳輕窣：《草堂詩餘》作「細柳輕拂」。《能改齋漫録》作「媚柳輕窣」。《耆舊續聞》卷九引《本事曲》作「緑楊輕拂」。　黄金蕊：《草堂詩餘》、《能改齋漫録》、《苕溪漁隱叢話》作「黄金縷」。《耆舊續聞》作「黄金檖」，並云：「蓋用唐人詩『楊柳黄金檖，梧桐碧玉枝』。今人不知出處，乃改作『黄金蕊』或『黄金縷』。」

〔四〕屈：《草堂詩餘》、《能改齋漫録》、《苕溪漁隱叢話》作「幾」。

〔五〕念歸期：《草堂詩餘》作「怪歸遲」。

〔六〕淡：《草堂詩餘》、《能改齋漫録》、《苕溪漁隱叢話》作「淚」。當以「淚」爲正。

〔七〕杳：《草堂詩餘》、《能改齋漫録》、《苕溪漁隱叢話》作「絶」。

〔八〕 目斷澄波：《草堂詩餘》作「望斷清波」。《能改齋漫録》、《苕溪漁隱叢話》作「目斷清波」。

〔九〕 重：《草堂詩餘》作「里」。

【考辨】

此詞來歷，《苕溪漁隱叢話》後集卷三九云：「《復齋漫録》云：『政和中，一中貴人使越州回，得辭於古碑陰，無名無譜，不知何人作也，録以進御，命大晟府填腔，因詞中語，賜名《魚遊春水》，云（略）。』（按，此條見今本《能改齋漫録》卷一六）《古今詞話》云：『東都防河卒，于汴河上掘地，得石刻，有詞一闋，不題其目，臣僚進上，上喜其藻思絢麗，欲命其名，遂摭詞中四字名曰《魚遊春水》，令教坊倚聲歌之。詞凡九十四字，而風花鶯燕動植之物曲盡之。此唐人語也，後人狀物寫情，不及之矣。』二説不同，未詳孰是。」《耆舊續聞》卷九引《本事曲》亦謂「因開汴河得一碑石，刻此詞，以爲唐人所作」，與《古今詞話》同。曾慥《樂府雅詞》拾遺上、洪武本《草堂詩餘》前集卷上録之而未具作者姓名時代。毛本《類編草堂詩餘》卷二誤以此首爲宋阮逸女詞，蓋洪武本《草堂詩餘》此詞前爲阮逸女《花心動》詞，《類編草堂詩餘》遂誤以此詞爲「前人」阮氏作。黄昇《唐宋諸賢絶妙詞選》卷一〇已謂「阮逸之女工於文，惟此曲（即《花心動》）傳於世。」定非阮氏作。《全宋詞》於阮逸女存目詞中已斷之。《詞綜補遺》卷二又誤作宋袁綯詞，《全宋詞》已斷其非。《全宋詞》據《樂府雅詞》收歸宋無名氏。兹從《苕溪漁隱叢話》引楊繪《本事曲》、《耆舊續聞》引楊湜《古今詞話》、《唐詞紀》卷一一、《古今詞統》卷一一、《全唐詩》卷八九九録以存疑。

無名氏

無名氏詞一首，據百川本《庚溪詩話》録入，參校張本《全蜀藝文志》、明刻本《詞品》。

後庭宴〔一〕

千里故鄉，十年華屋。亂魂飛過屏山簇。眼看眉褪不勝春，菱花知我銷香玉　雙雙燕子歸來，應解笑人幽獨。斷歌零舞，遺恨清江曲。萬樹緑低迷，一庭紅撲簌。百川本《庚溪詩話》卷下

〔一〕《全蜀藝文志》卷二五作《後庭怨》。

【考辨】

此首始見於宋陳巖肖《庚溪詩話》卷下：「宣政間，修西京洛陽大内，掘地得一碑，隸書小詞一闋，名《後庭宴》，其詞曰（略）。余見此碑墨本於李丙仲南家，仲南云得之張魏公姪椿處也。」未言作者時代歸屬。明楊慎《詞品》卷一謂是「唐人作」：「宋宣和中，掘地得石刻一詞，唐人作也。本無題，後人名之曰《後庭宴》。」而其《全蜀藝文志》卷二五調下則注云：「建隆中旭川築城，掘得石刻，蓋唐人語也。」並署「唐無名氏作」。所言石刻來歷與《庚溪詩話》、《詞品》俱異，然謂唐人作則與《詞品》同。其後《詞的》卷一、《唐詞紀》卷七、《全唐詩》卷八九九俱因之録作唐無名氏詞，兹從之。

無名氏

無名氏詞一首，據耘經樓本《苕溪漁隱叢話》録入，參校伍本《陽春白雪》、寬永本《詩人玉屑》。

撲蝴蝶

煙條雨葉〔一〕，緑遍江南岸。思歸倦客，尋芳來較晚〔二〕。岫邊紅日初斜〔三〕，陌上飛花正滿。凄涼數聲羌管〔四〕。　怨春短。玉人應在，明月樓中畫眉懶。鸞箋錦字〔五〕，多時魚雁斷〔六〕。恨隨去水東流〔七〕，事與行雲共遠〔八〕。羅衾舊香猶暖〔九〕。耘經樓本《苕溪漁隱叢話》後集卷三九

〔一〕煙條：《陽春白雪》卷三作「風梢」。

〔二〕芳：《詩人玉屑》卷二一作「春」。　較：《陽春白雪》作「最」。

〔三〕岫：《陽春白雪》作「酒」。　斜：《陽春白雪》作「長」。

〔四〕羌：《陽春白雪》作「弦」。

〔五〕鸞：《陽春白雪》作「魚」。

〔六〕魚雁：《陽春白雪》作「音信」。

〔七〕隨：《陽春白雪》作「如」。　東流：《陽春白雪》作「空長」。

〔八〕　共：《陽春白雪》作「漸」。

〔九〕　猶：《陽春白雪》作「餘」。

【考辨】

此首始見於《苕溪漁隱叢話》後集卷三九，原謂：「舊詞高雅，非近世所及，如《撲蝴蝶》一詞，不知誰作，非惟藻麗可喜，其腔調亦自婉美。」（又見《詩人玉屑》卷二一引）《花草粹編》卷八據之録入，署出「苕溪漁隱」。《全宋詞》三六六三頁則據之録作宋無名氏。趙聞禮《陽春白雪》卷三作晏幾道詞，《全宋詞》又因之録歸晏幾道。明温博《花間集補》録作唐人詞，未詳所據。《唐詞紀》卷一一亦收作唐人詞。《詞品》卷五、《古今詞統》卷一一、沈雄《古今詞話·詞話》上卷俱作無名氏（未署時代）。姑從《花間集補》、《唐詞紀》録以存疑。

無名氏

無名氏詞一首，據清鈔本《懷古録》録入，參校明鈔本《懷古録》、明刻本《詞品》、丁本《升庵詩話》、萬曆本《花草粹編》。

醉公子

門外猧兒吠，知是蕭郎至〔一〕。剗襪下芳階〔二〕，冤家今夜醉。　扶得入羅幃，不肯脱羅衣。醉則從他醉，猶勝獨眠時〔三〕。　　清鈔本《懷古録》卷中

〔一〕是蕭郎至：明鈔本《懷古録》作「蕭郎來至」。按「來」、「至」義復。

〔二〕芳：《詞品》卷一、《升庵詩話》卷五、《花草粹編》卷一作「香」。

〔三〕猶勝獨眠：《詞品》、《升庵詩話》、《花草粹編》作「還勝獨睡」。

【考辨】

此首始見於宋陳模《懷古録》卷中。陳模引此首後云：「此唐人詞（清鈔本作『詩』）也，前輩謂此可以悟詩法。或問蒼山，蒼山曰：『此只是轉多。且如喜其至，剗襪下階，是一轉矣；而苦其今夜醉，又是一轉；喜其入羅幃，又是一轉；不肯脱羅衣，又是一轉；後兩句自開釋，又是一轉。」《詞品》卷一亦謂是「唐詞」，《升庵詩話》卷五謂是「此唐人小辭」，《花草粹編》卷一録作「唐人」，《唐詞紀》卷五、《詞的》卷一、《古今詞統》卷三、《詞鵠初編》卷一、《全唐詩》卷八九九俱録作唐無名氏詞，兹從之。按此首字數句式與《花間集》中顧敻、尹鶚同調詞相同，明鈔本《懷古録》又明謂是詞，故入正編。

無名氏

無名氏詞一首，據明刻本《唐詞紀》録入，參校楊金本《草堂詩餘》。

菩薩蠻

曉來誤入桃源洞。恰見佳人春睡重。玉腕枕香腮。荷花藕上開。　一扇俄驚起。斂黛凝秋水。笑倩整金衣。問郎何日歸〔一〕。　明刻本《唐詞紀》卷五

〔一〕何日歸：楊金本《草堂詩餘》前集卷下作「來幾時」。

【考辨】

此首楊金本《草堂詩餘》前集卷下作宋陳師道詞，《全宋詞》亦收作陳師道。《唐詞紀》則作唐無名氏，未詳所據。姑録以存疑。

無名氏

無名氏詞一首，據康熙本《詞鵠初編》録存。

搗練子

雲染幕，緑堆煙。霏霏細雨濕花鈿。一片芳菲吹不起，閒愁損，更啼鵑。人去後，景依然。畫堂誰復聽哀絃。鸚鵡不知情意懶，頻催我，下犀簾。康熙本《詞鵠初編》卷三

【考辨】

此首始見於《詞鵠初編》卷三，署「五代無名氏」，未詳所據。《歷代詩餘》卷二三、《詞律拾遺》卷二作「無名氏」，未署時代。按，敦煌詞及李煜《搗練子》俱作單調，宋以後《搗練子》始有雙調，疑此詞乃宋以後人作。姑依《詞鵠初編》録以存疑。